赶潮

赵渚敏 著

长江出版传媒

长江文艺出版社

图书在版编目（ＣＩＰ）数据

赶潮 / 赵渚敏著. -- 武汉 ：长江文艺出版社，
2017.11
　　ISBN 978-7-5354-9993-6

　　Ⅰ．①赶… Ⅱ．①赵… Ⅲ．①长篇小说－中国－当代
Ⅳ．①I247.5

　　中国版本图书馆 CIP 数据核字(2017)第 254151 号

责任编辑：田敦国　　　　　　　　　　责任校对：陈　琪
封面设计：笑笑生设计　　　　　　　　责任印制：邱　莉　　胡丽平

出版：长江出版传媒 ｜ 长江文艺出版社
地址：武汉市雄楚大街 268 号　　　　　邮编：430070
发行：长江文艺出版社
电话：027—87679360
http://www.cjlap.com
印刷：湖北新华印务有限公司

开本：700 毫米×1020 毫米　　　1/16　　印张：22.375　　插页：2 页
版次：2017 年 11 月第 1 版　　　　2017 年 11 月第 1 次印刷
字数：327 千字

定价：36.00 元

一

八月初的南京城，一切好像都是静止的。

时间已是下午三点许，没有一丝风。太阳仍在毫不吝啬地挥洒着它的满腔热情，蓝蓝的天空上缀着白云，像儿童笔下的蜡笔画一样纯净无邪。

南京西站里，一列即将开往北京的绿皮客车车厢里已上满了旅客。这是八号车厢，是一节硬座车厢，列车还没开动，尽管车窗都开着，车厢里仍像蒸笼一样格外的闷热，汗味、脚丫子味夹杂着其他怪味随着热浪不断蒸腾着。只有哄不住孩子哭闹的母亲在不断地埋怨丈夫的没用，不能给他们母子安排好舒适的行程。不知他们的目的地有多远，要承受多久的罪。走道里三三两两地站着人，汗流浃背、目光无神地看着窗外，都保持着沉默，显然是刚上车。座位上的几位采购员模样的旅客安置好行李，找好座位，打开盛满盐水鸭、油炸花生米的饭盒，再往桌上放上几瓶啤酒，边淌着汗边打着纸扇，一脸幸福的神情，等待着列车启动，他们美好的旅程就要开始了。

时值公元一九八四年，改革开放的中国大陆正在呈现出欣欣向荣的气象，南来北往的旅客似乎也格外的多起来。

面向行车前方的座位上安静地并排坐着三个二十岁开外学生模样的男子，穿着一色的的确良短袖白衬衫，似乎南京的热对他们而言已司空见惯了，也可能是他们清瘦的身材帮忙，不像大腹便便之人爱出汗。

这时列车终于启动了，列车广播开始播出娇滴滴的女声独唱《太湖美》。车窗能放下来的早就放了下来，感觉有风吹来，车厢里便开始热闹起来。

戴着近视黑框眼镜靠窗坐着的那位扭转脸，仍然十分平静地开口说道："俺老孙终于毕业了。柳明你发什么呆呀？还没看够南京吗，想什么呢？"

中间坐着的柳明把视线从窗外收了回来，对发话的孙庆华挤挤眼，顿了顿悠悠回道："能想什么？南京哪有我们老家苏州好。待会让顾卫东给你讲讲南京长江大桥吧，也算我们没白学这四年路桥专业。"

坐在右侧的顾卫东有点没好气："是啊！苏州是好，也留不住你们两位'天之骄子'呀。江苏还是人才太多，要发配我们到北方去，我宁愿回苏北老家也不愿到北京去，天天吃面食我可受不了，学校食堂的馒头就把我的胃吃坏了！早知道这样我还不如上个大专，就地分配多好。搞半天还学个土木系的道路工程，不就是修马路的吗？我要是个女的就好了，'马路天使'。"顿了顿，耸耸他的秀眉，本来就拉长的瘦削的脸显得更长了，接着又说，"这长江上建桥也太难了点吧！我们这辈子不知道捞不捞得着机会搞一座，像旧金山金门大桥这样跨度的也太牛了！"

"看来你们都是大学生了，不容易呀，这么年轻就毕业工作了。现在的大学生都很年轻嘛。"对面一位白发老者边侧身往对面靠窗位置落座边插话道，脖子上淌下的汗已洇湿了他白衬衣的前胸，长袖的扣子反倒是一丝不苟地扣着，神情半是落寞半是兴奋，"看你们的穿戴、气质，就知道你们的身份。你们是赶上时候了，恢复高考出来的大学生还很稀少呢！"

老者的后一句话让柳明觉得有点夸张，心想恢复高考已几年了，光以南京一地的高校规模也一年毕业近万大学生吧！北京高校这么多，各大单位怕是都不缺大学生的，何苦要我们这些江苏人再去凑热闹。顾卫东说的有些道理，上个全国统一分配的重点大学真是有点不划算。"好儿女志在四方"，"海阔凭鱼跃，天高任鸟飞"，口号是这么说的，但江苏籍的谁不想留江苏呢？上有天堂下有苏杭，在父母家人身边工作不跃得更高，飞得更好吗！像孙庆华家里上有两个哥，下有一个弟，学的是机械工程，分配到北京兴国机器厂，去北京当然胜过去支边"新（疆）西（藏）兰（州）"，怎么着也是去首都，是去大城市。顾卫东学业优秀，分去交管部第一规划研究院也是门当户对了，我去国家经参委，虽然看得出是大单位，到底是干什么的呢？专业对口吗？一连串的疑问在柳明脑子里盘旋，先去了再说吧，不合适就三十六计走为上。想到这，柳明抬起头向慈颜善目的老者问道："老师傅搞哪行的？"

老者见有人搭腔，神情有点激动："我是从上海去安徽工作的，三线工厂的老工人啦。退休了！现在去蚌埠一家乡镇企业，他们聘我做点技术指导工作，时髦话叫发挥余热。我的儿子上山下乡回了上海，没机会上大学，在街道厂干着呢，找个对象都难。你们多好啊，前程似锦！"

老师傅的话让三位年轻人听着有点受用，连一向话多的顾卫东也闭了嘴，不知他是开始想家还是在想他在长江上建桥的宏伟蓝图。

沉默中,列车广播播音员提醒旅客,列车已行驶到南京长江大桥,马上就要离开"虎踞龙盘今胜昔"的古城南京了!

柳明禁不住又惆怅起来。上专业课时老师曾组织同学们到桥上参观过,自己也与同学结伴来过,带着父母和姐姐也来旅游过。公路桥是来了多次了,公路桥下的铁路桥却还是头一回!没想到这第一次就是坐着火车过长江去远方的北京。

看着亘古不息的长江水在桥下欢腾地向东流去,想着工作第一年不能回老家探亲的规定,全然没有一丝像孙庆华那样终于"出道"的高兴劲,心里生出一点一去不复返的感慨。想转个话题,他有点气馁地对两位同学说道:"找个人凑一桌'拱猪'吧。"

"拱猪"是母校里流行的一种纸牌游戏,简单易学,可以捉对厮杀,或散打,也可以三打一,输的人在纸条上画个八戒贴额上,或者拿夹子夹头发、鼻子、耳朵,供众人取笑。

柳明并不喜欢像有些同学那样到处找机会跳交谊舞,因为他觉得喜欢跳舞的人其目的不是享受跳舞,而是享受跳舞的对象。所以当"拱猪"这种游戏一出现在校园,柳明就学会了并引进到班上,这大概可以给工科院校鲜有女同学的学子们消磨一点精神寂寞时的无聊,同时又符合校规,不赌钱,时间可长可短。

柳明一提议,孙庆华马上叫好。虽然他跟柳明和顾卫东是不同系的,但由于跟柳明是苏州同乡,经常来往,因此跟顾卫东也很熟悉,嚷道:"顾卫东,你负责找人,最好找个到北京的美女来,一路打通宵!"

"老孙真是好胃口,打牌还要找女伴,出了校门就自由了? 动起女孩的脑筋,战略转移挺快的,瞄上哪个了? 我帮你去请,不过,恐怕我是请不动的,倒要看看你怎么骗一个到北京。"顾卫东打趣道。

"窈窕淑女,君子好逑。给你们找点机会嘛。"孙庆华有点厚颜地说道。

柳明知道三人中孙庆华年龄最大,他本来应该是七八届高中毕业,当时没考上大学,连续补习两年才考上江南工学院,与柳明成为不同专业的同学,应该还没有女朋友。心想难怪这小子中国足球输球他去鼓楼闹事,中国女排赢球他也去新街口闹事,跟南京"小纰漏"似的精力有点过剩。

"都是荷尔蒙闹的!还是你去车厢里扫描吧,我没经验。"顾卫东揶揄道。

顾卫东的话让柳明想起进入高年级后不少同学在这方面都有了动静,一方面是如顾卫东说的荷尔蒙闹的,另一方面是传说有女朋友的可以照顾分配回女朋友所在地。

顾卫东就是这么干的。四年级下学期时柳明曾看见同一个年轻女子来找过他几次。据此看来，他该是属于有经验的一类了，只可惜他空有这么多的荷尔蒙，分配没遂了他的愿。不知道传说中有利于毕业分配的事情是以何为依据的。

柳明自己不是晚熟，实在是工科学校女生比大熊猫还珍贵，僧多粥少，校园里流行的"借书还书"的把戏是一次也没有机会实践。而中学毕业时还只有十六岁，懵懵懂懂忙着应考，完全没有这时的远虑和谋略，到现在发现中学的女同学们又不知去了哪里，父母厂里有热心的同事来介绍对象，也被他以不认识、自己年龄还小推得个干净。其实是因为他过了少年维特式烦恼的年龄，脑海里对女朋友的影像开始清晰起来，林黛玉病恹恹式的美肯定不是他的所求，王熙凤式也入不了他的眼。由于最近痴迷于新体诗，受戴望舒《雨巷》的影响，有时他期待着一位有丁香一般芬芳的姑娘的出现，有时又想像丁香一样的也过于结着愁怨，不甚健康，最好是小家碧玉。因为柳明觉得自己什么都会一点，但又什么都不突出，一不小心才进了江南工学院这样的高水平大学，小家碧玉倒是居家过日子的最佳选择。

柳明情愿多泡学校图书馆看点闲书，多参加一些周末晚上阶梯教室里杂七杂八的讲座，星期天背个相机到南京郊区转转。天凉时星期天就去大行宫雾气缭绕的大浴池，请个搓澡工人舒舒服服搓个背，裹着浴巾跟同学打牌，回校路上看看省美术馆门前的报廊。有一次偶然看见一段讽刺长江环保问题的文字：黄河呼叫长江。长江！长江！我是黄河！我是黄河！长江呼叫黄河，黄河！黄河！我也是黄河，我也是黄河！甚觉精彩。所以柳明经常去那里逗留，每每都能看到一些妙趣横生的漫画和文章。

那老者见青年人说笑，自觉插不上嘴，便起身端着水杯去位于车厢连接处的茶炉倒开水。顾卫东趁机起身占了老者的座位，嘴里念叨着："这位置好打牌，晚上还好趴着睡觉，老爷子坐着有点浪费，等他回来跟他换。"惹得跟老者同排座的两位壮汉都善意地笑了。

他们俩是从南京转道去北方的。一个穿着背心，另一个一上车就光着膀子，下身都是肥短裤。

柳明已隐约从他们间难听懂的对话中听到了，便笑道："二位玩牌吗？"

"俺们不识字，不会你们说的啥东西。"其中一位笑着努力清楚地回答，一股大蒜味夹杂着酒气扑鼻而来。

柳明无法抵挡这股气味的袭击，心里怨自己不识人，白白浪费了自己的笑脸,还是社会经验少了。想要避开怪味,他便趁势转头对孙庆华说:"看来抓壮丁这种事非你莫属了,抬抬你尊贵的屁股,发挥一下你的长处吧。"

孙庆华急于想要玩牌,听言即站起身,伸手摸摸自己剪成刺猬似的短发,一甩头做出一副雄赳赳气昂昂的动作,斩钉截铁道:"瞧俺老孙的! 去去就来!"他亮完相快速拿起自己的茶杯,也向茶炉方向去了,引得周围人笑声一片。

"这小子自己去添水也不说帮我捎一杯。你们苏南人就是小家子气!"只有顾卫东板着脸有点借题发挥,说完端起柳明和他自己的搪瓷水杯也去倒水。

班上同学除少部分来自省外各地,其余苏南苏北各占一半,四年相处都挺融洽,但毕业分配时江苏籍的除了去北京天津各大单位的,极少数去了西藏青海,省外来的基本都回了原籍,苏北的同学没一个能去苏南单位的。

顾卫东还在生分配的闷气,连带着攻击起苏南人了,像个喋喋不休的怨妇。

柳明在苏州出生并长大,对"苏南""苏北"之说颇有了解。

正宗苏州人对操苏北腔的外地人总有三分看轻。儿女结婚找对象时,当父母的先要问对方是不是正儿八经的苏州人,再看他或她是干什么的。这大体上都是因为苏北穷吧,加上苏南人眼里的苏北人在生活上确有不少坏习惯,好像在上海就有"上只角下只角"之分,而且上海人扩大化地将不会上海话的人都叫"乡倔人",似乎还要踩上一只脚般的仇视,连苏州人也不例外。

柳明就非常讨厌被上海人称作乡下人。到上了大学跟苏北来的同学住一个寝室,朝夕相处后才发现苏北同学普遍学习比较用功,农村来的尤其刻苦,也没啥业余爱好,没课的时候总是背着书包去教室自修,几乎没有星期天。顾卫东跟柳明同一寝室住了四年,柳明觉得顾卫东就是一个典型。这次毕业离校没几天就去北京报到就是顾卫东提议的,用他的话说既然决定了就早点上班给单位留个好印象。

一会儿工夫顾卫东端着两杯水回来坐下。柳明对苏北人的被瞧不起本来有的一丝同情,现在被顾卫东刚才不近情理的话全搅了,不禁有点鄙夷,开始怀疑这小子的说话方式到单位能不能处好同事关系。见他回来,终于有了数落他的机会:"苏北人大方? 这车票还是我们提前来买的,要不然我们乐得在苏州家里多待两天。一杯水都值得你这么夸张!"

说话间,列车早过了长江大桥,离南京越来越远了。

上海老师傅终于端着水杯悄悄走了回来,看见顾卫东占了他的座位,很宽厚地在柳明右侧的座位上坐下,对顾卫东这个苏北人的无礼占座行为丝毫没有追究的意思。以致柳明推测他可能像鲁迅先生说的"假洋鬼子"一样,实际上也根本就不是真正意义上的上海人,要么是他还不知道占他座的人是个"苏北佬"?

柳明想借机敲打一下顾卫东,便抢先对"假上海人"说道:"老师傅,我这个同学是从盐城来的,马上要到北京做北京人了,得意着呢!"

"嘿,这是好事情,苏北人能干,出人才!到北京的都是干大事的,周总理也是从苏北去的北京。""假上海人"不懂柳明的话意,自顾自说道。

顾卫东终于有机会解释:"老师傅,我坐您的位置好打牌,别见怪。这一路也没的事搞,光听着这哐当哐当的声音我就要迷糊了,坐到北京我也就赶上你的岁数了,还干什么大事哦。"

"北京是首都,都是大单位。当年我要能去北京,说不定还不会被打成'右派'——""假上海人"说到这里突然打住。

柳明闻言不禁吃了一惊,父亲厂里就有一"右派",在厂里打扫卫生,自己经常在夏夜的繁星下私下听他讲《红楼梦》的故事!后来也平反了,补领了不少工资。还有,大三的时候上结构力学的李老师也是"右派",课讲得极好,没半句废话。没想到路上又遇到一位。苏南苏北的话题早忘了,柳明忍不住想探究一下他的来路,一时又不知该怎么称呼,只好直截了当地问:"那您一定是哪个大学毕业的?有专业的,您现在到底是做什么工作呢?"

"过去的事了不提了。现在政策好,我可以干自己想干的事,到处转转。羡慕你们年轻呀。"老者依然平静,慢慢说道。

"老先生原来是过来人,您现在还搞技术吗?"顾卫东有点哪壶不开提哪壶。

老先生不紧不慢地答道:"我原来学电子工程的,现在从事锅炉设计工作。被打倒后一直伺候锅炉,就自然而然改了行。"

柳明看出来老先生不愿意多提过去,只好打岔道:"搞技术工作就是好,什么时候都靠本事吃饭。现在确实政策好,知识分子也是工人阶级。看来我们学工科是对了,累是累点,整天撅着屁股画啊画、算啊算的,但将来饭总还是有得吃,马路总要修吧。"本来他还想问老先生怎么成了"右派"分子,想了想把话咽了回去。

"'世上本没有路,走的人多了,也就成了路。'这是鲁迅先生说的,可见路不是修出来的而是走出来的。"顾卫东有点不着边际地胡搅蛮缠道。

在校时几乎天天晚上熄灯后就开宿舍神仙会,顾卫东就喜欢大发议论。从女人都是头发长见识短,根据老师的长相起外号,到美国总统是驴党多还是象党多,再到农民吃饭爱哑巴嘴。还有他家来亲戚,吃饭时饭粒掉桌缝里,筷子夹不着,不好意思用手指抠,只好想办法用手掌猛拍桌子,说在拍苍蝇,其实是等米粒跳出来再捡了吃。诸如此类。

而柳明几乎每晚都是顾卫东的对立面,带头对顾卫东的谬论进行驳斥。有一次顾卫东说流氓犯是因为女的长得太漂亮了。柳明和所有同学一齐驳斥他。顾卫东说说这话的人不会犯流氓罪,不说的人才有可能犯。柳明说内因是决定因素,外因是次要的,跟说不说没有关系,关键是干不干。双方辩论到隔壁宿舍来提意见方才罢休。

这时听闻顾卫东的奇谈怪论,柳明急忙朝他瞪瞪眼,正色道:"别胡说八道了!这儿不是学校宿舍。"

"你是要小心点,你去单位肯定不是搞技术。再说时代不同了,我就是个画图的,只要造桥不塌就没事,安全系数搞大点,没的事。"顾卫东好像对自己的职业生涯很有信心,南京腔调又出来了。

顾卫东给柳明的毕业纪念册上的留言就是"国计关乎民生"。柳明知道他个性有时比较张扬,本来想给他美言几句,比如"静如处子,动如脱兔",最后斟酌半天给他留了句"一切尽在不言中",让他自己去琢磨意思。现在看来他没有理解,不但话多,还尽放大炮,性格恐怕早就定型了。

现在柳明心里被顾卫东的话说得七上八下,更加怀疑起自己的北京之行是否正确,便不想再作声。

"干工作就要什么都拿得起放得下,大学里学习的是方法,只是入门,将来学的才是本事。活到老学到老!北京的大单位有大单位的好处,人才多,竞争也激烈,同时锻炼机会也多,容易提高水平。你们年轻人就应该多闯。"老先生终究不是别人肚里的蛔虫,不知道年轻人肚子里的道道,仍然和颜悦色地娓娓道来。

柳明心里正觉得不是滋味,听了老先生的话愈加翻江倒海起来,抬杠地接口道:"小单位可能更好吧!都说过去的工农兵大学生实力不行,尤其是基层单位,大学生很少,我们有师兄去新单位都当头了,机会才多呢!"

"是啊,我要回老家说不定过两年就是什么长了,老婆孩子热炕头。小地方过日子舒服,亲戚朋友都在一块,办起事来也方便,苏北是穷点,但搞专业的人少啊! 大学生去了才吃香。去北京这样的大城市就是面子上好看,离老家远,终究不是个事! 将来还不知道这社会会怎么样呢,变数太多。搞不出名堂也就是过过小日子,跟小地方有什么区别呢? 没什么区别! "顾卫东慷慨激昂地发表他的意见,像是还在进行他的毕业设计答辩。

其实顾卫东滔滔不绝的话说到了柳明心里。柳明本来就自认为有点冬妮娅式的小资情调,也没有在专业上干一番成就的雄心壮志。虽然不是进了大学考试成绩"六十分万岁"的那种人,但也不像顾卫东那样的孜孜不倦。柳明总觉得干道路工程这一行太辛苦,毕业后进设计院的尚好,进施工单位的那就比较惨了,工地在哪就得在哪住工棚。去扬州解放大桥实习时已看到工地上技术员的生活,天天出差这种煎熬可不是正常人过的生活! 还不如高中毕业就在苏州找个单位就业来得稳定。现在到了这一步能进北京的大单位也算是好的去向了,所以大学毕业以来柳明有时想想就庆幸自己不用去支边和施工单位,有时又想能回苏州工作多好,心里总是像老式座钟的钟摆一样忽左忽右地自己跟自己斗争着。

"美国佬就是好,电影演员可以当总统,个人奋斗发挥到了极点了! 美国的高速公路都成网了。我看过一个报道,美国人住汽车里,开车到处旅游,自由自在。什么时候我们也能有汽车自己开就好了! "顾卫东又心驰神往地憧憬起他的汽车梦。

"'面包会有的,牛奶会有的'。你就多想想什么时候你开车走在自己设计的公路上,那是什么滋味。如果你也去美国留学当美国人,美国汽车倒是有的,高速公路也是现成的,只是你恐怕没机会自己设计了,人家都搞完了。"柳明想起教路线工程课的刘老师从美国当访问学者回来,就讲到美国的高速公路路侧防护栏是连续的、钢制的,而我们的公路技术规范只规定在山区公路外侧设置间断的不连续的、混凝土的墩子。根本的区别一个是弹性材料,可以将汽车挡回道路上,一个是非弹性材料,只能使汽车和墩子一起坠下山坡。其原因就是中国钢产量很低,公路是绝对用不起的。柳明很赞同顾卫东想有车开的天方夜谭式梦想,又想不出话来挑他的刺,只好安慰起顾卫东来。

"美国佬科技太发达,电算这玩意太神奇。旧金山海湾大桥都搞了半个多世纪了! 现在个人电脑又出来了,看来我们也不用再拉计算尺了。我顾卫东还好选修了电算课,将来可以省很多事了。改革开放还是很及时的,公路改造项目多的是,到时怕是来不及干活。"顾卫东继续说道。他的话是有根据的,不少同学的毕业设计图纸已拿到工地上投入使用了。

"我毕业设计时去无锡搞调查,双曲拱桥不是他们那里发明的吗! 听说他们'文革'时还试验用竹子代替钢筋,简直是胡搞! 我们跟美国佬的差距实在是拉得太大了。"顾卫东说完又转向老先生道,"不知道你们那时候是怎么过来的?"

"你就不要瞎问了,过去的事哪里说得清楚?"柳明打岔道。

他察觉老先生的沉默肯定是不愿触及以往,有岁数有经历的人了,大概也不愿意在萍水相逢的晚辈跟前袒露自己的真实思想,这或许就是时下都在议论的"代沟"问题吧。

柳明以他有限的社会阅历做着这样的揣测。

不料老先生开腔道:"我们那时候学的都是苏联的东西,制度是这样,技术也是这样。你们学道路工程的,应该知道长江上第一座桥是武汉长江大桥,它就是苏联专家援建的。桥梁技术我不懂。再说南京长江大桥,虽然是我们中国人自己建设的,但本质上看不出有多大的区别,技术上没有什么进步,还是苏联的思路。"老先生端起水杯试了试水温又放下,接着说,"那时候讲的是'楼上楼下、电灯电话、土豆加牛肉',共产主义就实现了,现在才发现不是这么回事。几十年了长江上还是只有武汉、南京两座桥,电话还只有公用的,只有人口多了,住房不要说楼上楼下了,返城的知识青年只能占道搭油毡房住。上海如此,南京据我观察也差不多,哪都差不多。"

"老先生,您的话真是让我胜读十年书了。不过我们是学公路的,长江上的桥都是铁路桥,荷载标准不一样,所以跨度做不大,要是公路桥就不一样了。美国旧金山大桥早已做到1300米的跨度,就是中间没有桥墩的那种。我看过一本书,叫《我们登上了月球》,美国宇航员阿姆斯特朗讲:我的一小步,却是人类的一大步。那么美国人都上了月球了,依您看我们中国人该怎么办呢?"柳明一向以为自己闲书看得不少,对社会现状是有所了解的,这时却也有点惊讶于老先生的见识。

老家和学校周边马路边上棚子的确不少见,学校西围墙外的进香河路上有个棚户门口就有一副字:蜗居一隅心怀天下,建设四化我岂匹夫。横批是:欢迎光临。当时还跟同学们调侃说这家主人没准是个大文豪呢! 再说自己父亲在苏州园林机械厂当副厂长,姐姐结婚搬出去后,自己放假回家就从客厅搬到了单独的房间住。从来没把棚户与什么社会矛盾问题扯上过,原来校门外的世界真是高深莫测,索性刨根问底地请教起来。

"噢,桥我不懂的,但我知道美国的阿波罗计划,实现登月是一九七二年的事了,应该是阿波罗17号飞船。中国的嫦娥早就在月亮上了,不过那是浪漫主义，现在就要看你们这一代人了。现在上面要讲专家治国了，人才是第一位的！我们这些人知识结构就这样了，过时了，能看到今天的形势已经不错了，'超英赶美'就要靠你们了。"老先生忍不住叹口气又把话打住了。

顾卫东插不上话，憋屈了半天，马上接上："乖乖！这么说我们去北京会不会也住大棚噢，真是亏大发了！"柳明和老先生看他着急的样子，都禁不住笑了起来。

柳明逗他："真是'金玉良缘将我骗'呢。不过那是北京，老舍先生早盖好了四合院等你搬全家去《四世同堂》呢。没准天上真掉下个林妹妹呢，你可是'天之骄子'啊。"

"真要这样我还不如考个研究生，争取留校当老师的好，工资不是一样的吗！南京也不错，毕竟是省会，离老家也近得多。"顾卫东不理睬柳明的调侃，继续唠叨着。

顾卫东和柳明曾一起给老师搬过家，印象里好像重点大学老师的住房条件还可以。

而且，柳明知道顾卫东家在农村，家里有父母和一弟一妹，弟弟连中专也没考上，已经务农了，妹妹还在上中学，经济比较困难，他是靠大学助学金过来的，对"钱"途更敏感，这或许也是他决定不考研早日参加工作的原因。

"过去看看再说吧，没准北京还可以呢，毕竟是首都嘛。"柳明说完才发现连自己都不知道想说什么，只能漫无目的地开导起来。

"但愿如此。"顾卫东仍在与老先生说着什么，柳明已听不进去了，扭头看起窗外的景色。

列车停停走走，这会早已离开江苏进入安徽境内。

柳明过去在南京郊区没少去转悠，其他地方往东最远去过上海，往西最远到过安徽最东部的马鞍山，最南到过杭州，别的地方还没涉足过。眼见窗外皖北广阔的平原上稀稀落落的村庄镶嵌在一望无际的绿色庄稼地里，低矮破旧的房子、原始的旷野，一切都与自己人口稠密的家乡如此不同，不知道遥远的北方会是怎样的一番光景。老家的馄饨、阳春面恐怕是吃不到的了，北京只有馒头加土豆和大白菜的生活自己真的能适应吗？柳明不禁怀念起南京上学时宿舍楼前小吃部的榨菜肉丝面来……

胡思乱想了半天，柳明起身从自己头顶上方的行李架上取下旅行包，放在孙庆华空出的座位上,拉开拉链取出了从苏州家里带出来的一筒枣泥麻饼,边往桌上放边环顾老先生和顾卫东说道:"要吃自己拿。"说完自己打开盖取了一块咬了一口。

老先生开着玩笑道:"吃你的饼要粮票的吧?"

顾卫东不说话,伸手就去取却又取不出,原来第一块饼取走后下面的饼便在筒沿下方了,手指伸不进去,只好将饼筒横过来倒,一下倒出来两三块,顺手给老先生递了一块,说道:"打土豪,分田地了。"又抓起两块要给那两位大汉。

柳明老大不愿意,看他们俩的腰围就知道整盒饼都给他们也不够塞牙缝,着急地说:"这可是我到明天的口粮哦。"那两人知趣地推辞,一开腔怪味又随风飘过来。

"明天吃我的,到北京我请你们客!吃北京烤鸭。"顾卫东说完狡黠地一笑,伸出去一半的手缩回来,自己吃起来。

柳明知道这小子生活是很简朴的,平常吃的都是食堂里最便宜的大锅菜。同宿舍四年,只记得他有一回从老家带了肉联厂的香肠,还是不合格的内部处理产品,请吃烤鸭纯粹是他放的又一个"卫星",不假思索地说道:"你一抬屁股我就知道你要放什么屁!包里有什么尽管拿出来!"

顾卫东道:"我包里吃的只有一瓶扬州酱菜。"

老先生啃着麻饼,抬头说道:"我有安徽买的卤干花生米。"说完蹲下身伸出右手去顾卫东腿下掏他的包。列车突然晃动得厉害,老先生左手拿着饼,不肯丢掉饼去扶桌子,只有右手空着,胡乱抓了一下大汉的光腿,就势向过道跌了过去。柳明连忙起身去扶,连声说道:"没事吧,没事吧。"

老先生在柳明和大汉的搀扶下回到座位,惊魂未定地喘着气,左手仍然举着饼,自嘲地笑着说:"孔子的学生子路知道吧,与人厮杀,刀架脖子上了,还要正冠再战,结果被杀。我还好,饼没掉,人也完好无损。幸事!幸事!"

柳明大笑道:"果真是士可杀不可辱!您可是国家的宝贝,文官不贪财,武将不怕死,国家有希望了!"

顾卫东也笑着说:"别一套一套的了,老先生就是贪了块饼。"说得大汉在一旁傻笑,那怪味又隐约随风飘来。

柳明劝老先生去洗手,老先生依言起身取下挂在行李架上的毛巾,去了车厢前端。坐最外侧的光膀子大汉趁机将脚脱了凉鞋,搁上了老先生的座位。

柳明忍了一路的怪味,这下终于爆发了:"你的脚很美还是怎么的,搁到我这儿展览？"那大汉看看柳明，叽里咕噜说了一通，很不情愿地将脚缩回他的凉鞋。柳明一脸正色，懒得再去看他。

顾卫东对柳明笑着说："对农民你就没经验了吧？对农民要说服教育，不能动不动就猛烈地批评、打击，地可是农民种的，要不然你们这些城里人吃什么？"

"你还真一套一套的了，你没看见椅子是用来坐的吗？"柳明没好气地回敬道，"你好歹也是个小知识分子了，别以为你还在农村，说话没有原则！你知道吗？严重了讲叫作丧失立场！"柳明知道顾卫东爱狡辩，故意顺着他的话跟他接着绕。

"跟农民讲话要先称'师傅'，然后再讲您辛苦了，然后再说你要达到的目的。比如刚才吧，你可以说'您能不能把脚放下去'，最后别忘了告诉他'经过我的研究，您的脚的确不美，请勿展览'，诸如此类的理由吧！有电算程序的，肯定管用。"顾卫东一顿胡吹，反把柳明绕了进去，倒把两个大汉逗乐了。

"农民掌握了知识是挺厉害的，就像你一样。"柳明的气已顺了不少，但还要反击一下。

"我就是农民进城。我们刚入学时的院长不就是新四军老干部吗？我们苏北人！我这个苏北人即使当不了领导，也要争取当技术权威。"顾卫东又开始扯东扯西。

"打住吧！新四军都是江南游击队组成的。到苏南当领导的都是解放军还差不多！不知道不要乱说，偷换概念！"柳明反驳道。

"新四军不就是解放军吗！百万雄师过大江，苏北先解放，江南后解放。我说的没错呀！"顾卫东还在辩解。

两人还在练嘴皮子，这时柳明看见孙庆华远远地端着水杯，肩上多了个包，穿过车厢连接处站着吸烟的人群正往回走，边走边扭头跟人说话。

等后面的人跟着穿过人群，柳明看见是一位穿着时髦淡蓝色连衣裙的年轻女郎。

还没到跟前，孙庆华就冲柳明嚷开了："喂，怎么样！牌友来了不是。"

柳明朝顾卫东挤挤眼："你有事做了，省得你狡辩，真来了一位，你可别掉链子！"

"来一位什么？这么神秘。"顾卫东边起身边扭头，等他看见孙庆华身后的女郎，又有点吃惊地说道，"乖乖，老孙可真有水平，真领了个来。"

说话间,孙庆华他们已到了面前,柳明起身让座,同时细细打量孙庆华带来的女孩。见她齐眉的刘海加上短发及耳,发梢自然弯曲遮住两腮的部分,显得脸有些圆,谈不上多漂亮但五官端正,个头快赶上自己了,估计也就二十来岁的样子,只是身体好像发育得早,前凸的胸部昭告着她的青春活力,让柳明想起"燕瘦环肥"这句话。

见柳明盯着她看,对方倒十分大方,站定身子自我介绍道:"我叫舒燕华,北师院中文系,大三,北京人。"

"他叫孙庆华。"柳明见女孩长相举止不像是难说话的主,故意先开个玩笑算是打招呼,女孩不答言,只微微一笑。

柳明接着又朝顾卫东一点头道:"他叫顾卫东,我叫柳明,我们三个是同学。请里面坐吧,老孙就坐外面了。"

孙庆华急忙道:"别过河拆桥好不好?舒小姐坐里边,我坐中间,你就靠边了。"一看座位刚发现老先生不在,又嘀咕道,"哎,老师傅呢?还没到蚌埠吧?"

"我在这儿呢,我快到了,站会吧,不过——"老先生已站到了柳明身后,对光膀子大汉接着说道,"小姑娘来了,你还是穿上衣服好点,讲文明嘛。"

光膀子无奈地抓起放在身后座位上的衣服,很不情愿地起身,腆着个大肚子向老先生来的方向走了出去。

柳明巴不得他走,最好两个都走开,连忙对老先生道:"那您还坐这,我坐会他的位置。"

"你们不好打牌呀,你跟这位师傅换换不就行了。"老先生热情地指派着,真是热心人,帮人帮到底。

柳明觉得老先生简直就像希腊神话中给人间以光明的普罗米修斯一样伟大和崇高。

另一位大汉倒也不错,给老先生一个面子,痛快地跟柳明换了位置。众人这才落了座。

顾卫东一直冷眼观察着,这时对坐他对面的舒燕华没话找话地说道:"你们中文系好啊!成天看小说。师范学校嘛,吃的是学校的,看的是图书馆的,全是国家的,干的是自己感兴趣的,将来领的工资是自己的,多好啊。"

"也不是啊!看电影还有任务呢,不都自己买票吗?放假了不就得吃自己的吗?出门不就得花自己的吗?我刚从上海一路到南京,全花的自己的,住旅馆、买衣服、逛公园,不都是花自己的吗?"舒燕华被顾卫东有点油腔滑调的话语逗乐了，也学着他的腔调笑着回答。

"北京人经济条件就是好，大学生就出来晃悠。"柳明也感慨道。他被舒燕华的一口京腔吸引，觉得很悦耳，人也觉得比第一眼好看了。

"也不是的，我家可是世代贫农，祖籍河北，到我父母辈才到的北京，进了工厂的。我是星期天兼职当导游攒的钱，我并不喜欢将来当老师，我对考古更感兴趣。"

"学考古啊！我看过西北哪个大学的学报，有篇论文讲甘肃一个什么地方发现几个村的人长相都像欧洲人，经过血液比对是意大利人的血统。文章最后的结论是古罗马的十字军远征打到过甘肃，所以这些人都是古罗马人的后裔。光凭这个血液得出这么个结论，没有其他佐证，靠得住吗？"

"是吗？我不知道，没看到过这文章，这可能是历史学的问题了。考古是讲究物证的，光凭几个面孔像还真的悬。万一到过西方传教士什么的，像那个马可·波罗不也来过吗！留下几个后代也不是没可能的。哈哈。一代天骄成吉思汗倒是打到过欧洲，这是有文字记载的，会不会是他带回来俘虏的后代？"

"你不知道，我就更不懂了。你看美国那么多白人、黑人，不都是欧洲、非洲去的吗！不过美国是移民国家，国家历史很短。这一路怎么样？"

"嗨！南方太热了！我在上海只待半天，上海的衣服好，买了件衣服就离开了。上海人还特别排外，讲普通话的就爱理不理的。苏州还行，看了拙政园，还去了寒山寺和枫桥。原想体会一下张继《枫桥夜泊》的意境，结果天还没黑，蚊子可多了，又怕赶不上回旅馆的公交车，只好回城里。不过苏州总体上不错，城市小，文化氛围特好的感觉！游客挺多，看云卷云舒，赏花开花落！当地人生活优哉游哉的。南京更热！就去了不花钱的中山陵。这不就打道回府了，待不住。本来要去浙江余姚看河姆渡遗存的，到了上海发现交通不方便，不去了，回去挣钱要紧。"

"到底是中文系的，看问题就是挺深刻的！可惜你到苏州时我们还不认识你，要不我们带你游遍苏州，苏州值得看的地方可太多了，沧浪亭、网师园，还有盘门、胥门。苏州不仅有小桥流水，建城还是在春秋时期，历史比上海早不知多少年了。唐诗还有一首写苏州：'君到姑苏见，人家尽枕河。古宫闲地少，水巷小桥多。夜市卖菱藕，春船载绮罗。遥知未明月，乡思在渔歌。'对了，孙庆华他家就离寒山寺不远，苏州的原住民。"

"是啊，我已听他说了——"

"倷蛮搞哉，倷请人来是打牌咯。"孙庆华听柳明跟舒燕华聊得起劲，有点按捺不住了，扑克牌已拿在手里，边用苏州话埋怨柳明边开始腾桌子。

"看把你急的，都不让人把话说完。"柳明知道每次孙庆华跟他着急的时候，苏州话就会不自觉地冒出来。

有次他俩跟几个同学结伴去马鞍山采石矶玩，进了太白楼的前院，后院门口有告示牌写道：欢迎外宾参观，内宾不得入内。大家趁工作人员不注意都闪了进去，柳明正在欣赏对联"四壁云山开醉眼，一楼风月活诗心"。孙庆华落在后面进去时却被工作人员拦住，跟他们起了肢体冲突。人家要拉他去公安局，情急之下他就不管不顾地用苏州话大叫："倷看呢，他们是华人与狗弗得入内。"幸亏柳明与同学们出面再三交涉，才得以返校。所以听到孙庆华的家乡话，柳明知道这是个信号，就像鸵鸟遇到危险时把头埋进沙里一样，表明孙庆华心里着急了。

柳明猜测他去了半天，肯定跟舒燕华已很熟络了，不但把人领了来，自己还非要傍着她坐，肯定还有别的意思。柳明本来想跟北京人套套近乎的，现在只好一语双关地把话打住。

顾卫东因为刚才舒燕华的回答让他有点吃瘪，一直保持沉默，现在终于有机会挽回点面子，连连说道："打牌，打牌，输的人贴猪头还是夹鼻子？"

"不就是画猪嘛，我可是高手，夹鼻子我可不干。北京队对江苏队。"舒燕华愉快地接受挑战。

"你以为是'关公战秦琼'呢，你一个人何来的北京队？充其量是半支北京队，要不我们各自为战，如何？"柳明本来感觉和舒燕华挺聊得来，这会怕再聊起来又惹孙庆华着急，因为打牌搭档间难免要交流的，所以不想按座位和舒燕华结对子打牌。

"嘿，是啊！不过你们明天就成北京人了，既然都是北京人，那就单打独斗好了。欢迎你们到北京！边打边侃大山，两不耽误。"舒燕华又洒脱地聊上了。

柳明怀疑她跟孙庆华是不是已经把该说的话都说完了，或者根本就是孙庆华有意，舒燕华无心，如果真如此，那也君子不掠人之美，少在舒燕华跟前卖弄吧。

其实柳明不懂舒燕华说的"侃大山"是什么意思，根据她说的话推测是边打牌边干什么事，但不能确定干什么，想问又怕跟她接上火，惹孙庆华犯嫌，只好即刻闭嘴。

这时孙庆华熟练地洗牌发牌，顾卫东正在忙着找白纸。老先生插上话："真是'谈笑有鸿儒，往来无白丁'，年轻人在一起就是充满朝气。后生可畏！

我听着都新鲜,书是越读越多的,说得没错。"

"那要看什么书了,我看文科的书都没啥用,文科都是伪科学!据说写两篇《红楼梦》里人物的头发长短、粗细,发型等等的文章,就可以成红学专家。这对国家有什么用呢?没半毛钱关系!"顾卫东找好纸笔抬头说道。

"那你不如说文学是伪科学好了!学理工的都说只有理工科有用,我们中文系倒可以取消了,我倒是很高兴,我本来就想考考古系研究生的。不过将来中小学语文课谁来教呢?都去上私塾不成?私塾可都是讲国学的。"舒燕华显然不同意顾卫东的以偏概全。

"私塾是不对的,学好数理化,走遍天下都不怕!中国晚清时期就派人去美国学习现代科技,就是为了'以夷制夷',学好了回来发展科技,实业救国嘛!说明私塾这种教育制度是不对的。科学技术才是第一生产力!"顾卫东摆出一副兵来将挡,水来土掩的架势,边出牌边说道,"先定规则,第一张不得出'猪头',拱猪。"说完先出了黑桃A。

柳明见手上黑桃长,随手跟着出了张黑桃。孙庆华出黑桃6。

舒燕华说道:"如果黑桃就一张猪,应该可以出的噢,给'猪头'。"

顾卫东吓一跳,连忙看舒燕华出的牌,原来出的是黑桃5。

顾卫东乐了:"高手打牌是不是都这样,说的一套,做的一套,你有柳明同志一样当官的潜质!我听说越南姓阮的都是阮小二的后代,有没有这回事?黑桃!继续拱猪,拱猪不积极,思想有问题!"

"狡辩是顾卫东的强项。"柳明一说完就发现自己不该说的,倾向性太明显,孙庆华没准又要有反应,一走神顺手出了拿在手上最边上的黑桃K,孙庆华不声不响丢出"猪头"黑桃Q。

"我先说你的第一个问题。科学技术是第一生产力,这不假,清朝派出去留学的,那还选的有国学底子的呢!中国历史那——么——长,生下来就派出去,不懂中国文化,学好了也回不来,即使回来了也没用,怎么有生产力呢?第二个问题嘛,有点远了,哎,猪头下来了哎。"舒燕华看来的确是高手,边说边垫了张红桃A。

柳明刚发现,心想第一把就吃了"猪"和红桃A挺没面子的,要耍赖,说道:"我一把黑桃,出错了!换一张。"

"哈哈!工科生,数学都没的说,怎么会出错?可不许赖,幸亏没跟你搭档。"舒燕华笑着说,有点幸灾乐祸。接着对顾卫东又说道,"据《水浒后传》记载,征方腊后阮氏兄弟只剩阮小七,最后与剩下的兄弟们都在暹罗湾的金鳌岛建立国家,不是你说的在越南。那是小说,虚构的!"

"我可是说了拱猪的,你别见了美女就走不动道。"顾卫东又碰了回壁,一本正经地说道。有点回敬柳明说他狡辩的意思,又开始转移话题。

"柳明打牌的水平就这样了,你们一个班的还不知道吗!"孙庆华更是不含糊,干起了落井下石的事。

柳明心想你小子就是要在舒燕华跟前讨个巧罢了,我们可是多年的老乡关系,不就是嫌我刚才跟舒燕华多聊了会嘛,报复得挺快,真是个重色轻友、损人利己的家伙,看我怎么捞回来,随口说道:"谁笑到最后还不知道呢。"紧接着方片连出三张 Q、K、A,第五圈牌就把"羊"从顾卫东手上乖乖牵了过来。柳明笑道:"这就是水平,怎么样? 我还要收齐呢!《水浒后传》我可是看过的,要说姓阮的都是中国人,我是信的! 阮小七在我们苏州太湖重新造反,从长江口到暹罗湾,先要经过越南金瓯角,可能就在这地方落脚。明朝时越南还是在中国治下,再说那暹罗国王还是汉伏波将军马援之后。要说证据呢,武松墓的确在杭州! 不全是小说虚构。"又出了张红桃 9。

孙庆华朝柳明亮了亮手里的红桃 J 说道:"我有 J,不拦你,看看你收齐的本事。"

舒燕华和顾卫东跟着出牌,都小于 9,柳明手上红桃只有 9,闯过这一关就用黑桃和梅花实现收齐。柳明大喜道:"怎么样? 这叫明修栈道,暗度陈仓,毛毛雨了。"

舒燕华笑道:"南方人就是狡猾! 柳明才是说一套做一套,说着'水浒'干着'三国',不是孙庆华让过你的红桃 9,你不可能收齐! 真砢碜,该给孙庆华画头猪!"

顾卫东很利索地在孙庆华名字下画上了猪头,孙庆华被柳明骗了一把,自觉丢了面子,转过来很认真地责怪柳明:"本是同根生,相煎何太急!"

柳明正想要嘲笑他赔了夫人又折兵,听见乘务员在吆喝:蚌埠就要到了,下车的旅客请准备。柳明有点纳闷,车厢里广播怎么不响了,一路聊天吹牛没注意,转念说道:"不玩了,我们送送老前辈。"

"这话可不能这么说,提提行李是可以的。"舒燕华也很认真地纠正。

"还是中文系的会说话,小的们学着点。"孙庆华附和着说。

柳明已侧身弯腰从顾卫东身下取出了老先生的黑色仿革旅行包,边直起身边说道:"老先生是老江湖了,什么坏小子没见过,还在乎你们几个挑拨离间。"

大家都笑了起来。

顾卫东使坏地说:"你说老先生是老糨糊啊?"

老先生依旧宽厚地边笑边说:"谢谢,我们都是唯物主义者,不碍事的。认识你们很高兴,我带了点安徽的卤干花生米,留给你们路上吃吧。"说着拿过柳明手上的包,取出一个浅黄色糙纸包递给柳明。

柳明推辞着,老先生道:"来而不往非礼也!我可是吃了你的饼的。"

这时列车已减速进站,柳明拉着顾卫东送老先生下车,示意孙庆华好好看管着行李。

等他们回到车上,老远就发现原来离开的大汉已坐在他自己的位置上。两个大汉各举着瓶啤酒自顾自地灌着,靠窗的座位上坐着一位老太太,舒燕华正跟她说着话,孙庆华悠闲地听着她俩对话。

顾卫东走在前面,扭头对柳明轻声说道:"坏了,打不成牌了。"

"没事,替换着站站,总不会站到北京吧。"柳明回答。

等走到跟前,孙庆华已帮老太太提起行李,舒燕华搀扶着她走出座位,对走来的顾卫东和柳明说:"我们送老太太到我的座位去,回来继续打牌。"

柳明心想这舒燕华可真看不出来,年龄不大办事挺老到,毕竟是北京出来的,又当过导游,心里有点佩服,嘴里敷衍道:"你们俩可别去半天不回来哦。"

顾卫东不说话只顾往靠窗位置坐了进去,打开老先生留下的纸包:"咦!还有一包'傻子瓜子'呢。"抓起两把花生米给了身边的大汉,"两位师傅,你们慢慢喝,吃点花生米,给我们调一下位置,我们好打牌。"大汉接了花生高兴地换了座位大嚼起来。顾卫东得意地朝柳明笑一笑,隐晦地说道:"物有所用。"

"这叫人以群分,物以类聚。看把你美的。"柳明本想说你们是臭味相投,又怕大汉们听明白,刺激到他们或使换位置泡汤,打不成牌,只好给顾卫东发"密电",估计大汉们听不明白这高雅的语言。

"'傻子瓜子'留着给孙庆华他们吧。"柳明心里惦记舒燕华的笑声,这笑声让他感觉旅途愉快,这大概要感谢孙庆华的外交努力,所以提议把"傻子瓜子"留给他俩实在是再恰当不过了。

柳明一会又觉得时间过得太慢,不知道孙庆华他俩去了哪节车厢,是不是又要过几个小时才回来,他俩倒是聊得高兴,自己和顾卫东过去四年几乎天天见面也没啥好聊,只好干等着,便没话找话地对忙着吃花生米的顾卫东说道:"你除了瞎显摆就是吃,多没劲啊。"

"民以食为天,吃饱了不想家,瞎显摆不也是为了打发时间吗?等他们来了不就有事做了？"顾卫东边说边吃,吃吃停停,再喝口水,一副悠然自得的样子。

他的话让柳明更加心烦,后悔刚才没拽着孙庆华一起去送老先生,这样孙庆华和舒燕华就不会继续搅在一起了。

柳明越想越不是味,索性抓起装着"傻子瓜子"的袋子拆了嗑起瓜子来。顾卫东不知道柳明的心思,说道:"你不是说把瓜子留给他们的吗？"

"嘿,我先替他们尝尝。"柳明心不在焉。一会儿工夫瓜子皮吐得到处都是。

"你小子有心事,是不还在想去北京的事,你多有面子啊,真正的大单位！其他人想去还去不了,甭想那么多了,吃花生米吧！不会嗑瓜子就别嗑,一会乘务员来骂人。"顾卫东只知道江苏人不愿离开江苏,不着边际地说道。

柳明正觉得瓜子索然无味,丢下瓜子来抓花生米,发现花生米已所剩无几,嚷道:"嘿,我发现你这小子不花钱的东西就是吃得快！"

"我除了嗟来之食不吃,其他都是好胃口！"

"你的意思是我吃了嗟来之食呗？"

"哪能呢？没这意思,你自己说的！"

"那就吃你的吧,别大单位小单位的！"

"晚饭来了,又得吃了,这一路还真饿不着。"顾卫东先发现孙庆华和舒燕华端着盒饭回来,高兴地说道。

柳明也看见了,心里高兴他们终于回来了,脸上不动声色,对走近的孙庆华埋怨道:"都带着呢！何必买盒饭,火车上的东西能乱吃吗？"

"这可是舒燕华买的！你不吃可以的,多出来的我全包销。就这'傻子瓜子'哪有我们老家的黄埭瓜子好。"孙庆华一改咋咋呼呼的说话方式,变成了轻声细语。

柳明发觉孙庆华的细微变化,更加确认他们的关系。因为最近这两年柳明看多了同学们的变化。以前大大咧咧,一到了女朋友或准女朋友面前都变得神秘兮兮、小心翼翼,就像老母鸡呵护它刚孵出的小鸡崽,先是藏着掖着,再是积极公开曝光。想到这里柳明心里禁不住的失落,嘴里说道:"原来如此啊,那我可是拼死吃河豚了！吃撑了也要吃,不会便宜你们。"柳明故意说"你们"是说给舒燕华听的, 一来是表示感谢之意,二来是表示对舒燕华与孙庆华友情进展的认可。说完柳明就后悔,既然他们"二华"郎有情妾有意的,那与自己又有何干？真是多此一举。这么想着,刚才还期待着与舒燕华有点什么的一颗心终于完全放下,随口又说道,"顾卫东到北京要请我们吃烤鸭的。"

"哈哈!到了北京烤鸭我请。河豚我压根就没见过,我看到时你们谁请我尝尝。"舒燕华依旧爽快,抢在孙庆华前面说道。

"哪能让你一个学生请客!我豁出去第一个月的工资,说好了还是我们四个人,地方你找好,一个月以后我们吃烤鸭!"顾卫东信誓旦旦地承诺,让柳明觉得实在太夸张,刚才还说请吃烤鸭,现在又说一个月以后,还要豁出一个月工资。

"这还差不多,就这么定了。要说河豚啊,那东西可是有毒的,不是随便吃的,你没听他说是拼死才敢吃河豚吗?在我们老家就很少人敢吃。"孙庆华解释给舒燕华。

舒燕华似乎刚弄明白:"原来是这样!那烤鸭还是顾卫东请吧。要说吃烤鸭,当然是去全聚德或者便宜坊了,不过那儿呀,东北人说'老贵了',哈哈。"大家一齐笑了起来。

晚餐就在你一言我一语的精神会餐中过去了。

柳明没想到自己的一句话让大家的情绪这么高涨,估计顾卫东这回是真的被装了进去,不请吃烤鸭是不行了。意外的胜利让他觉得很安慰,一路上反反复复萦绕着他的莫名的惆怅感觉一扫而光。

柳明起身去扔掉四个饭盒,转来就催促开始打牌。

顾卫东道:"吃饱就打牌啊!这盒饭又干又硬,实在不好消化,不活动活动那不养膘吗?"

舒燕华似乎对"养膘"这个词很在乎:"我发现顾卫东可真会聊天。你看你们南方人吃米饭的有几个胖的,都'芦柴棒'似的,居然敢说养膘,别扯没用的!开战吧!"

柳明看看身边正举着他们家乡的饼大吃的大汉,心想舒燕华说的不无道理,加上舒燕华在内,这北方人还真是个个人高马大的,面食要发酵,莫不是以面食为主食的北方人也跟着发酵!这太可怕了,自己在北京混上一年半载的,也弄成这样岂不成了怪物!

柳明自小在家看父亲带回的《参考消息》,除了国际政治板块吸引柳明外,还读过不少关于国内国外的科技理论的小豆腐块文章。比如左撇子比右撇子反应快、用筷子的比用刀叉的聪敏等。起初是真当参考的,慢慢也养成自己琢磨个小理论,这个习惯在与顾卫东的论战中发挥得淋漓尽致,屡战屡胜。现在不知道这个推理是否成立,也担心再说胖的话会刺激孙庆华,凭自己和孙庆华的交情也不合适在这个时候去说他不愿意听的话题,更怕招来舒燕华的反唇相讥。因为他已发现舒燕华不但伶牙俐齿,而且敢说敢当,所以没敢说出口。孙庆华似乎已被她从里到外"攻陷",也不吭声。顾卫东是好辩论的,听到舒燕华直截了当的埋怨不仅不收口,反而巧舌如簧地发挥他的狡辩之道:"胖的人爱出汗,所以不会再胖下去,瘦的人不爱出汗,所以容易变胖。因此瘦的人不活动出汗就会长膘。像你就不用担心会更那个了。"

"你不就想说我胖呗!我个高呀,一米七,再胖也不显。再说中国的唐朝之所以称为盛唐,就是以胖为美、为象征的,胖是福相。这叫——道可道,非常道。"舒燕华果然是中文系的,能说会道,一点不落下风,边愤愤然地说话,边擦擦不知道是因为刚才吃饭还是现在说话流出的汗,又用和缓的语气说道,"孔子就讲:人不知,而不愠,不亦君子乎?"

柳明暗忖气氛有点不对,舒燕华流这么多汗估计是激动的。她对顾卫东的顽劣这回可能是真的领教了, 怕她再说出什么伤及颜面的厉害话来。顾卫东的习性自己是最清楚的,引起无休止的论战会伤了和气,那这一路可就没意思了。正要劝和,孙庆华已开口:"善哉,善哉,打牌就打牌,不搭界的事就别瞎扯了。"和事佬般的喃喃自语柳明听来像是老家西园里僧人的诵经一样滑稽,但柳明笑不出来,心里千转百回,感慨舒燕华的情绪变化之快,女孩的心思就像这八月的天气一样的不确定,刚才还是阳光灿烂,转眼变成多云,还好不是狂风暴雨。

"好男不跟女斗,那我们打牌见分晓吧。"顾卫东没想到自己无意间的一句话惹来舒燕华的激烈反应,讪讪地说道。

柳明心想顾卫东习惯了宿舍里的"窝里斗",同学之间知根知底,说过了头也无所谓,争论几句就完事,但出门在外遇到的并不全是像我这样能包容的。姑娘爱苗条,这可是放之四海而皆准的真理。顾卫东个子不高,常常以拿破仑自诩,心怀远大的理想,讲话追求语不惊人死不休的境界,不知道这个刚到南京时乘公交坐不到座位也觉得吃亏的家伙现在是否从舒燕华的反诘中学到什么, 或许压根他就没听明白舒燕华话里话外的意思,更没看出"二华"的特殊时期。想到这柳明说道:"在水里淹死的都是游泳高手,噎死的都是会吃的,话多必有失,别关公面前耍大刀了。还是'拱猪'来劲,我们等着吃你的烤鸭呢。"

顾卫东尴尬地笑而不答,舒燕华勉强笑笑,不着调地说道:"还是吃猪头肉实惠吧。"

孙庆华又默契地开始洗牌、发牌,舒燕华抓到黑桃 3 先出牌,照例是先出黑桃"拱猪",顾卫东异常谨慎地接招不说话。

一圈下来,又是孙庆华得猪,舒燕华也不吭声,只管拿过纸笔来给孙庆华名字下画猪,大家都不说话只管默默出牌、画猪头。几圈下来竟是孙庆华得猪最多,其他的就算柳明多了。

柳明明白孙庆华在有意放水,因为"拱猪"是个简单游戏,只要牌型不极端,不是新手,得猪概率是差不多的。看得出孙庆华所出的牌明显漏洞百出,害得自己跟着吃猪。柳明逗了他几句,气氛始终不热烈,很是无聊,转念想想还是来点刺激有意思,便说道:"这以前的都算热身,热得差不多了,现在重新开始,谁得猪就钻一回桌子,怎么样?"

舒燕华道:"孙庆华可能有一米八吧,钻桌子我们都不划算,这么小的桌子! 顾卫东个矮最划算,不如来点实在的,就赌明天到京的午饭。"

"只要不吃烤鸭,什么都行。"柳明积极响应。

孙庆华嗯嗯啊啊半天才说道:"那不如先拿你的麻饼开始,先到嘴的才实惠。我有卤汁豆腐干,看谁的先输光。顾卫东有什么快点拿出来。"

"我没什么呀! 就咸菜,我就是赢了也可以贡献出来。"顾卫东忽然很大气地说。

柳明不易察觉地舒了口气,气氛终于回暖,这一路才不至于无聊,高兴地说:"那就重新开战。"

顾卫东很快从自己的帆布旅行包里掏出用衣服严严实实地裹着的扬州酱菜,说道:"谁有本事打开它?"

孙庆华二话不说掏出裤袋里的折叠水果刀,将酱菜瓶垫在腿上,打开刀用刀尖朝瓶子的铁皮盖上反复猛扎,很快就在盖上开了个洞,边往桌上放瓶边卖弄地说道:"只有种不活的树,没有吃不成的果子。"

柳明本就怀疑顾卫东这回怎么这样痛快,等看到酱菜瓶就明白,他可能是觉得没人能开它的盖,他的酱菜也就可以保全。没想到孙庆华家里兄弟多,从小自己照顾自己,怕去上山下乡,少时自己拜师习过武,想挣个前途,后来恢复高考才发奋读书,与柳明在南京第一个学期结束回苏州的火车上结识,之后教柳明学会了自行车,是生活问题专家,带的各种工具齐全,平常削苹果都不用第二刀,这时三下五除二就开了盖,还要在舒燕华跟前炫耀。

孙庆华说者无意,但柳明怕顾卫东听着又要敏感,以为是说他吝啬,连忙补充说道:"雕虫小技了,何足挂齿! 这下可好,咸的甜的都有了,开战吧。"

"橘生淮南为橘,橘生淮北为枳,这话就是一点没错。"舒燕华又是阴不阴阳不阳地来上一句。

柳明觉得是在说顾卫东为枳,简直有点又要变天的感觉。眼看着自己的调和努力就要泡汤,急忙伸脚过去踢了踢孙庆华。孙庆华一脸的茫然,看着柳明道:"你踢什么呀?台上握手台下踢脚。开战就开战,谁怕谁呀?现在开始改计分制,满1000分一个回合,一个大猪头。"

顾卫东不明白有什么事,慢吞吞地说道:"不咸死你们才怪。"

柳明很高兴没有再起不愉快,心里乐得像刚指挥球队得胜的教练,懒得去想顾卫东的话的意思,示意孙庆华快点发牌。

有了物质的刺激,果然孙庆华的牌有了很大改变,舒燕华开始不断吃猪头,孙庆华明着暗着送羊,抵消了不少负分,但还是一路领先,逐渐逼近1000分。

这时西沉的太阳像白天见不着父母,晚上睡前急于表现一番的孩子,随着列车的拐弯时不时地把热量透过开着的半截车窗洒在她的脸上,把她靠窗的原本白皙的脸烤得红红的。柳明眯缝着眼逆着光线仍看得见汗在她鼻尖沁出,额头上的汗也穿过刘海的丛林在向下汇集。柳明惊讶于她的妩媚,心里像是欣赏带露的玫瑰一样愉悦。见她开始频频擦拭流到脸颊上的汗,嘴上不服气地嘟囔,怪手上牌不好,柳明想提醒她何不跟孙庆华换个座位,又怕孙庆华多心,欲说还休,这时看准舒燕华副牌大的机会又下了猪头,顾卫东趁火打劫似的垫上红桃A,此前红桃已被孙庆华吃进四张,羊被顾卫东自得。舒燕华见全部收齐已不可能,满一千分成定局,甩下手上剩下的牌,气咻咻地说道:"你们合起伙整我呢,不带这么玩儿,这回算了,孙庆华同志发豆腐干吧,下回看我怎么整回来。"

"发我的豆腐干?'不多不多!多乎哉?不多也。'你请大家吃了晚饭,就抵过了。"孙庆华刚一本正经地说完,大家都笑了起来。

舒燕华边笑边说道:"你不会这么差劲吧!几块臭豆腐干都自个儿捂着?我早就说南方人狡猾,一点不错。"

"是可忍,孰不可忍,还不拿出来分了。"顾卫东好像还没察觉孙庆华与舒燕华的微妙关系,起劲地起哄。

柳明知道孙庆华是在开玩笑,倒是听舒燕华反复说南方人狡猾,心里不服气,于是说道:"诸葛亮气死周瑜,七擒孟获,诸葛亮是北方人吧,说明还是北方人狡猾。就拿这回来说吧，牌是你输了，最后倒霉的是孙庆华的豆腐干，还是你北方人狡猾。"

"中国人都是北京猿人的后代，不都是北方人吗！"顾卫东边附和边开豆腐干的纸盖。

舒燕华摁住盖说："既然这么说，那豆腐干不许动！我请大家吃的晚饭抵过了。"

孙庆华不依不饶地说道："顾卫东你真是我们苏州人讲的'羊咩咩掉进盘里——洋盘'，怎么能根据北京猿人说中国人都是北方人呢？南方没发现猿人不等于南方没有呀！万一南方也发现猿人呢？岂不成了中国人都是南方人了？"

柳明看顾卫东和舒燕华一头雾水的样子，估计是没听懂，解释道："'洋盘'就是没搞明白，外行的意思。"见雄辩的顾卫东一时语塞，又对舒燕华说道，"我觉得孙庆华说得对，好像云南元谋也发现猿人了吧！这考古一定很有意思的，你应该清楚的。"

"我要说得清楚这个问题我就是考古学家了，还考什么研究生？不过话不说得绝对了总是不会错的。"舒燕华这回没有明说顾卫东的话不对，似乎对自己的表达很满意，用放在桌上的毛巾擦了擦汗说道，"该谁出牌呀？继续。"

"那你为什么要学考古呢？考古工作不得到处跑吗，老出差。"柳明印象里考古是男人的工作，像地质队找矿一样拎个锤子背个帆布挎包在荒山野岭到处转悠，因此很不理解舒燕华的选择，很想像舒燕华研究考古一样考究一下舒燕华本人，边出牌边说道。

"我不喜欢年复一年一成不变的工作。你想吧，当老师就是这样的，到老了还是个老师。我学中文的，你要写点东西吧，还有文人相轻一说，俗话说得好'病从口入，祸从口出'。很多人就是写写说说惹了祸，所以师范学中文的只好规规矩矩当老师，充其量是个'园丁'，能成刘心武者，几何？能成《人生》者，几何？学考古呢，年轻时候多跑，老的时候就有积累、有资历了，我们国家有文字记载的历史就很长，没文字记载的那就太长了。国家在发展，经济实力在增长，中国历史上没弄清的都会去弄清楚，考古工作的机会可多了去了。我可以比别人先知道很多事，我喜欢这种感觉，两个行当，好比是运动员和钢琴家的关系。我身边学外语考托福的很多，有海外关系的也都出国去了，但我不赶这个时髦。"舒燕华咕噜咕噜一口气说了一大堆，完了还不忘催别人快出牌。

柳明很佩服舒燕华年纪轻轻挺有想法，但心想美国的运动员可都是富豪，钢琴演奏家看着高大全，没准还没有运动员富裕，匠人还有成巨匠的，中国人讲的是行行出状元。而且，一日之师，终身为父，当老师也有成教育家的，她的话到处是矛盾，因此不完全同意她的种种看法。此时自己看过的一鳞半爪的考古知识挠得他心里痒痒，赶巧碰上个准备成为考古学家的，不请教一番不甘心，何况可以借机多欣赏几眼舒燕华的如花笑靥，俗话说得好，秀色可餐嘛。即使做一回如老舍先生在《四世同堂》里说的"敢在专家面前拿出自己的一知半解的人不是皇帝，便是比皇帝也许更糊涂的傻蛋"也在所不惜，不就是没皮没脸嘛，大不了惹孙庆华不高兴一回，自己已经毕业了，这点成本比大学里那些期末考试挂红灯的来得光彩多了，所以不忍反驳她，接着又问："这北京猿人和元谋人到底谁在前面呢？"

"都是旧石器时代，北京猿人发现在早，是 1929 年，元谋人在后，1965年，还有陕西蓝田人，也是 1963 年发现的，鄙人出生那年。但有专家说元谋人生活在北京人之前，如果是这样的话，套用顾卫东的公式，那中国人有可能都是南方人了。但据我了解，年代测定是很笼统的，几十万年前留下的东西，不一定测得准确，考古就是这样，在不确定性中寻找真实。你们学理工的或许可以发明什么新的测年方法，那就好了。"

"难怪我个矮，看来我才是南方人，你们都是北方人。"矮子顾卫东又有了新发现，很认真地说道。

柳明和顾卫东学过工程地质学，但柳明这时想不起几十万年前大概是什么地质年代，转头问顾卫东。顾卫东道："大概是新生代第四纪更新世吧。恐龙是中生代的三叠纪、侏罗纪和白垩纪，中生代在 13000 万年到 23000万年，在新生代前面。"

"你看我的秘书怎么样，厉害吧。"柳明开着玩笑夸完顾卫东，又接着问，"那就是说恐龙灭绝以后了，那河姆渡又是怎么回事呢？"柳明觉得认真回答问题时的舒燕华不但显得自信，而且神态自若的样子越发可爱，不想将视线从她脸上离开，只有装出一副打破砂锅问(璺)到底的样子继续发问。

舒燕华很耐心地回道："这把我要赢了就页献你的饼哦。那已经是新石器时代了，距离现在也就 5000 年到 6000 年左右。新石器与旧石器的区别主要就是出现了农业，并且部分依赖于农业，人类掌握了石器的磨制技术，这都是史前考古。中国的考古研究范围一直到明末为止，1644 年，清朝开始以后就不算了。新石器时代晚期文化著名的发现有良渚文化，你们可能听说过，1936 年发现于浙江余杭良渚镇。在苏南一带都有发现，就在你们身边,可有意思了。哎,你问这么多不会是也想改学考古吧？哈哈。"

"不去跟你竞争了。我们中学就分班了,我是理科班出来的,连中国历史、地理都没学过,就知道国庆是十月一日。还有就是乾隆下江南,说什么徐州那地方的人都是'穷山恶水,刁民泼妇'。考古就是专门考察猿人的吧,反正没人搞得清年份。"柳明想幽默一把。

舒燕华接口道:"我说南方人狡猾吧,一点儿都没错,知道扬长避短。哈哈,下猪头,你出去了。"

柳明听出舒燕华这回说的南方人狡猾的褒义,正暗自高兴,待看分数时却发现自己加上"猪头"已够 1000 分了,只好认输,说道:"算我交学费了,麻饼你们自己拿了。"

大家嬉笑着吃饼。

柳明又有了新问题:"猿人有没有跟恐龙共存过？"

孙庆华果然不耐烦起来,很烦人地插话:"倷真是太湖里的船,看见风就扯篷,没完没了的问题。我来告诉你,跟恐龙待过的只有类人猿,类人猿进化到猿人,再到智人,然后再到你这样的现代人。怎么连自己祖宗是谁都不知道？恩格斯的'劳动创造人'论断你不知道吗？"

"没你这么说话的！权当我复习功课了,有问题只管问。"舒燕华干脆利落地打断孙庆华的话。

"孙庆华说的基本对,类人猿发现最早的距现在也就 2000 万年到 3000万年,这下你知道人类与恐龙有没有打过照面了吧,差得太远！怎么样？继续打牌,麻饼真香。"舒燕华拍拍手上的麻饼屑,又继续战斗。

柳明被孙庆华苏州话夹杂着普通话说了一通心里不自在,心想这小子大概又怀疑我居心不良,不如干脆跟他搅和搅和,只要舒燕华不在乎回答就 OK,麻饼被她吃了也不算浪费,于是又问:"孙庆华你就不要倷了伲的,别人也听不懂！就算你说得对,那问题是最后形成勤劳勇敢的中华民族的类人猿又是怎么来的呢？白种人那把胡子,一看就不像现代人;日本人这么矮,跟我们进化程度不一样吧？"

"我觉得应该说是智慧的中华民族创造的灿烂文明照耀了人类的进步,四大发明就不用说了。现在穷点,那是因为不自信,闭关锁国造成的。你看盛唐多开放,小日本派大批遣唐使来中国学习,四面来朝,八方来贺,那时哪有美国什么事？现在我们去美国学习,是挺悲哀的,但还是有机会翻身的,毕竟现在开放了。至于你说类人猿是哪里来的,我还没掌握这方面知识,也许现在还没人能告诉你这一点。但我想黄种人、白种人还有黑人肯定不是一种类人猿,《希腊神话和传说》中讲,太阳神福玻斯的儿子法厄同偷驾他父亲的太阳车出去炫耀,出了车祸将非洲人的皮肤烤成黑色,你信吗?白人说上帝造人,你信吗?中国古代有女娲造人说,日本有什么呀?用的还是中国字!就一个'明治维新'把中国甩后面了,现在就是靠汽车、彩电骗发了财。日本人侵略中国,'三光政策',忒凶残了,光在我们河北老家就杀了多少人。我肯定跟他们不是一个猿变的。"

"是啊,柳明你还学日语,我打死不学日语,简直是——唉,闹不懂。有俩钱就成了师傅吗?忘记南京被日本鬼子攻陷了吗?忘记大屠杀了吗?忘记历史意味着背叛。"顾卫东又是感慨又是批驳,说得柳明哑口无言。

柳明知道顾卫东的祖父牺牲在抗日战场,听了他的话不免有点唏嘘。

为自己选修日语的事跟顾卫东在宿舍还有过激烈的辩论,最后演化成争吵。柳明觉得学日语不也是为了"他山之石,可以攻玉"这句话吗,列宁还说过外语是阶级斗争的工具呢。尽管柳明没见过,但知道日本也有《源氏物语》这样的传世之作,这是日语老师简单介绍过的,还有时髦的高仓健和山口百惠,还有多了,鲁迅还与日本人藤野先生结下友谊,冒着"为'正人君子'之流所深恶痛疾"的风险写下的文字,成了我们中学教材里《藤野先生》的名篇;研究甲骨文的郭沫若先生更是娶了日本太太。顾卫东从个人感情出发,绝口不提日本现代桥梁技术领先一事,坚持说学日语没意思,认识中文就懂日文,日本没有文化、没有政治,更没有政治家,只有战犯和政治痞子。害得柳明好几天不敢把日语教材放在桌子上,怕被他扔了。他就是这样的人,认准的事九头牛也拉不回,现在柳明又无语了。

历史和现实总是这样纠缠在一起,加上国际形势风云变幻,岂是这些埋头于力学书堆的工科学生明白的。年轻人像雾里看花一样理不清现实与梦想,人性的善与丑,也许人类社会就是在这对立与统一的反反复复中一步一步走来。柳明相信只要有脚踏实地、仰望星空的伟人运筹帷幄,老百姓就有盼头,而具有五千年文化的中国从来不缺乏这样的伟人,眼下这大变革的年代伟人已然正领导着中国人民向着繁荣富强的目标前进。

柳明每次想到这里就觉得热血沸腾,浑身充满干劲,这其实是他从未向外人道的北上首都的真正原因。

"中国的夏朝是不是真的有?好像历史学家们有争论。"孙庆华也不甘寂寞地开始发问,似乎担心不提个问题会被舒燕华忘了他的存在。

"又一个帮我复习的,忒好了!你们不让我赢好吃的了?夏是最难说清的,考古就是要给历史学家们找证据。司马迁在《史记·夏本纪》里就描述了夏,东晋时出土的《竹书纪年》甚至明确夏代'自禹至桀十七世,用岁四百七十一年'。有夏是肯定的,争论是因为掌握的考古实物证据少,夏与商的界限很模糊,都说商汤灭夏,年代久远证据少,很复杂的。现在已发现的主要有河南偃师的二里头文化,1959年发现的,有大量青铜器、玉器出土,距离现在大约不到4000年,与文字记载很吻合。很多专家觉得可信度非常高,是第一个奴隶社会不会错。还有最近发现的河南新密的新砦村遗址,1979年才发现,还在研究。"

"乖乖,你说的禹是治水的大禹吗?这家伙为治水三过家门而不入,怎么是个万恶的奴隶主啊?"顾卫东大呼小叫地问舒燕华,手一松手上牌不断往下掉。

舒燕华给了他肯定的回答,说道:"没啥奇怪的!你干脆投降算了,不就几根破咸菜吗?"

顾卫东不理她,又嚷道:"我知道桀是个暴君,没想到禹也是个奴隶主,你那个出处靠得住吗?《史记》是什么年代,夏又是什么时候的事?真是搞得不得了,谁弄得清?我就说文科都是伪科学吧。司马迁也就是个文学家吧,那么早的事他说的就准,奇了怪了!"

"你看这人又来劲了。狮子身上也总是有跳蚤的,问题是在跳蚤下面是不是总有一头狮子。司马迁他写《史记》是在汉武帝时代,是对历史进行研究后写的,不是凭空创作的小说。《史记》是公认的,你眼里怎么那么多伪科学!"舒燕华实在有点厌烦顾卫东的伪科学说,脸上露出不耐烦的神情。

柳明知道甲骨文是商代的殷墟遗址发现的,再往前中国应该还没有文字,那么司马迁又根据什么写下夏代历史,心里倾向于顾卫东"那个出处是否靠得住"的意见,没考虑舒燕华的情绪,嘴里随口就说了出来。没想到舒燕华马上笑着回道:"你们学理工的都是榆木脑袋!人类早就学会语言了不是吗?口口相传不会吗?远古、近古的事不就传下来了吗?多少少数民族到现在都没有文字,不也是中华民族的一分子!你们没读过中国的民族史,中国人在周朝就实现了民族大融合,原来有几千个小方国,到战国时就剩了七国,戎、狄、夷、蛮、华夏各大族互相兼并,人口大迁徙,血缘早就分不清了。你们还在以为自己是南方人或北方人?你们吴国的祖先就是周朝的鼻祖古公的大儿子太伯和二儿子仲雍,当年为了不跟三弟季历争君位而离开周朝发祥地——现在的宝鸡一带——去的!因为古公觉得季历的儿子姬昌很能干,姬昌就是周文王,果然这姬昌和他的儿子姬发后来得了天下,姬发就是周武王,就是周朝。你们吴国人就是南蛮!跟你们说古谈今还真累,对牛弹琴！从星球大爆炸产生生命开始到现在知识大爆炸，社会分工越来越细，革命工作只有分工不同，怎么到你这儿净成了伪科学！考古就是给你们这些人找根据的真科学！"

大家都笑了起来。柳明觉得舒燕华至少并不讨厌自己，接着边打牌边胡吹。

这时广播坏了一直没见修好，列车也不知开到了哪里。天色已晚，还好灯已亮了，四个人继续玩牌。柳明和孙庆华的饼、豆腐干是越来越少，顾卫东的酱菜没人动过，也记不清是因为太咸还是他没输过。柳明的心情跟他的麻饼数量正好成反比，越战越起劲，没想到拱猪这种低级游戏也能用来结识新朋友，看来艺多不压身这话还是正确的。

列车在众人的嬉闹说笑中穿过黑沉沉的夜，向着北方前进。窗外吹进来的风凉快了不少，周围的人都趴的趴、靠的靠地开始打瞌睡。两个大汉早就下了车，换上来的一男一女也东倒西歪地好像睡着了。

柳明抬腕看表已是深夜一点多，惦记着明天的报到，提议大家休息。孙庆华很是赞同，跟舒燕华相约走了出去。顾卫东好像刚看出一丝端倪，对柳明意味深长地说道："他们俩原来是这么回事啊，咱洗了先睡了！"

柳明刚才太亢奋，这会想睡一会又睡不着，见顾卫东趴在桌上边学他一样趴着，心里如四海翻腾，想着明天、后天、再后天……

不知道过了多久，他听见有人挪桌上杯子的声音，估计是孙庆华他们回来了。听着他们轻声对话，柳明怕舒燕华看见自己迷迷瞪瞪的样子，更怕看见他们俩深情款款的对视，不愿再抬头，这时他真的感觉累了，困意上来了，真的睡着了。

二

次日上午十点多，列车徐徐开进了北京站。

孙庆华还在赞叹白杨树："'笔直的干，笔直的枝。'这白杨树不是西北高原才有吗？我记得茅盾的《白杨礼赞》就写的'白杨树是西北极普通的一种树，像西北的农民'。"

梳洗装扮一新的舒燕华纠正道："应该是——'象征了北方的农民，尤其象征了今天我们民族解放斗争中所不可缺的朴质、坚强，力求上进的精神。'北方很多白杨树，你们南方只有'杨柳岸，晓风残月'。此杨非彼杨。"

顾卫东道："进站了！还在卿卿我我。几棵白杨树也值得聊一路，你们不看看这一路的地震棚？今后天天看得见了。"

柳明一早醒来就看见铁路两侧的棚户密密麻麻，现在不知道他说的天天看得见指的是什么。如果是指"卿卿我我"，那第三次世界大战就要开始了，顾卫东的话就是那个巴尔干火药桶。只见从早晨到现在一直在介绍河北风土人情的舒燕华晕红了脸，一路上谈笑风生的洒脱劲也不见了，不看孙庆华反而看着柳明，一副欲言又止的样子。

柳明明白舒燕华对顾卫东不感冒，但不知道她这会是什么意思，再看看孙庆华一副若无其事，巴不得有人说他俩般配的样子，心想只要世界大战不打起来就行，便敷衍道："我也觉得白杨树挺美的。马上下车了，收收东西下车吧。"

大家都不再说话，默默收拾起行李，随人流出了北京站。

北京正好刚下过雨，雨后的北京让柳明一下觉得神清气爽，蓝蓝的天空，宽阔的大街，回头看见北京站的两个大钟，时间已是十点一刻。

舒燕华道："你们拖着行李到单位都得下午了，不如吃点午饭再走。"

柳明他们早上一盒稀饭就着扬州酱菜，也确实折腾得有点饿了，加上初来乍到，一切都听舒燕华的。

跟着她往前走了一段路，终于发现一个饭馆。走进去空荡荡的四五个小桌子，几乎没客人。戴着白帽子的女服务员把身体靠在端菜的窗口，熟练地把一粒一粒瓜子丢进嘴里，再把一粒一粒壳扭头吐在地上，还不断跟玻璃窗里的男服务员唠着嗑，看得出嗑瓜子闲聊两不耽误。

　　四人拣靠里的桌子坐了，舒燕华一口京腔开口道："大姐哎！来两斤水饺，一盘素的，一盘大肉的。"

　　孙庆华马上说道："来几个炒菜吧，再来点米饭。今天这顿我请。"

　　舒燕华道："有大肉的饺子就不错了！这儿没米，还几个炒菜？那能花掉你一个烤鸭子的钱，你以为还在南方呢？省省吧！"

　　顾卫东在一边一迭声的"乖乖"，声称只要二两素饺。

　　舒燕华道："你去问问看，二两饺子卖不卖？北京卖吃的东西都是论斤的。你就安稳坐着吃吧。"

　　柳明觉得兄弟仨都成了进了大观园的刘姥姥，舒燕华叫两斤饺子把他也吓一跳，本想叫她少要点，这会庆幸自己没开口。

　　饺子上来就胡吃海塞一通，满嘴面疙瘩味。看着舒燕华斯斯文文地夹着饺子蘸着醋慢条斯理地享用，心里想着北方人胃口这么好，难怪个个膘肥体壮！孙庆华跟舒燕华要真成的话，以后的日子就要靠吃饺子过了。柳明忍不住有点替孙庆华担心。

　　吃完饺子，大家争着付饭钱，最后孙庆华付了钱，由舒燕华伴着安安静静地告别，先去了兴国机器厂报到。

　　柳明和顾卫东回到火车站广场找电话亭给各自单位打电话。顾卫东先打通电话问清地址和公交线路，兴冲冲地找他的公交车去了。柳明按照从学校抄来的电话号码打过去，一会儿传来一个女声，是一个极不耐烦的女声问柳明找谁。柳明说是找国家经参委报到，报到两字还没说出口，对方就挂了电话，连打三次对方都这样很快挂了，见后面的一个中年妇女急着打电话，柳明没办法，只好让别人先打。

　　见她很快说完话，柳明灵机一动，便央求中年妇女帮助打国家经参委的电话。开口就称大姐，这是刚跟舒燕华学到的经验，女同志要往年轻了称呼。果然这位大姐很帮忙，很快打通了并告诉柳明去西城区三里河。

　　柳明千恩万谢，扭头买了张北京城市地图，按图索骥地上了公交车。一路踅摸，最后换乘上了114路电车来到三里河路。还好车上乘客不多，柳明向年轻的女售票员打听，女售票员很仔细地告诉他过了甘家口到百万庄站下车，见到解放军站岗的大楼就是。

柳明很高兴终于到了目的地,手提肩背地走到大门口向哨兵说明自己是来报到的。哨兵告诉他现在是中午休息时间,请到台阶以外等候。柳明看表,时间正好是十二点半多,没招,只好退到远离哨兵的行道树下遮阴处站立,脸朝着大门,盼着一点钟快点到。在南京的时候,自己和同学没少去与学校一墙之隔的南京市政府大院瞎溜达。大院里古树参天,民国建筑很多,正好成为柳明和同学拍照留影的好去处。那大院的大门可好进多了,从来没碰到有人拦。

想着想着被太阳烘烤得有点困了,这时过来个中年男子,问柳明是否有事。柳明告诉他是来报到的,中年人很热情地问了柳明的名字就进大门里去了。

不多会又出来一位中年男子,出大门就直奔柳明,手里拿个纸条,跟柳明热情握手后便说:"我是人事局的老杨,这里是国家建委,国家经参委在月坛南街。还坐114路电车,离这两站路,往南到玉渊潭站下往东,朝北大门,六层大楼就是。这是经参委人事局的电话,到门口打这个电话就行。还背这么多行李,辛苦了。"柳明说不出的感激,连连道谢。

告别后一路顺利到了国家经参委的大院门口。人事局一位大姐到门口热情地接待了柳明,告诉他要到综合运输设施建设计划局工作。领他上楼穿过走廊,进到一间办公室,穿过打着隔断的外间进到里间,对一高大胖胖的老者说道:"老霍,这位是小柳,柳明。你们从南京要来的,人就交给你们了,他找到建委去了。"

被叫老霍的老者慢慢起身,很爽快地笑道:"哈哈,是吗?啥时候到的,怎么没先来个电话,不挂牌的单位不好找啊!行,交给我们了。哈哈,谢谢你啊,你给送过来了。"

办公室里的人纷纷起立,跟人事局的大姐打招呼。等她一走,老霍开始介绍:"她是陆副处长,这位是秦副处长,这位是温工,这两位是小鲍、小季,还有他是去年来的小陶。我叫霍成山,交通处长,我们这里老的称老,年轻的称小,你就是小柳了。"

"我早来一年,可以称老陶了吧。"背对门口与温工对着坐的小陶的插话引得大家哄笑。

小鲍是个小个子,边往靠东窗朝南的桌子落座边说道:"我七八级的!上过山下过乡还没称老鲍,怎么轮得到你个'三门干部'?"

这时温工端了杯茶给柳明,柳明一时没搞懂什么叫"三门干部",而且正渴得很,不管三七二十一,端起就喝,没想到很烫。大家都笑。

老霍说道:"你们都会老的,没到时候呢。小柳,你坐什么车来的?硬座票?帮我们省经费呢,你可以坐硬卧的。要不小柳你先去住下休息,小陶你帮着安排一下,带个路。你的办公桌就这张了。"老霍指着面对东窗的桌子说道,"明天八点钟上班后再去局长们那里点卯。"老霍说起话来不但语气干脆,而且语速很快,敏捷的思维让柳明无法把他的话与一个行动迟缓的大胖子联系起来。

柳明还在想我们老家只有年长的相互间才称"老张"或"老李",以自己晚辈身份这时开口称他老霍还有点不习惯,便好像不经意地说起托运的两纸箱书在火车站还没取。老霍便要小陶去办要车单。

这时从外间进来一位老者,进门就道:"小伙子真精神,哪里人啊?"

陆副处长和蔼地看看柳明,说道:"应该是南京来的苏州人吧,一点没有南京口音哎。"

柳明告诉她路上认识一个北京人,学了一路的北京腔。她又说:"小柳,这位是民航邮电处的崔处长,你叫老崔好了,北京人。我们这里已经有两个江苏人了,小陶也是,连云港的。老霍是东北人,老秦是上海人。"

老秦朝柳明点头算是打招呼,说道:"苏州离上海很近,话都通的,半个老乡。"

老陆说:"老温是广西人,小季是福建人,还有老程是四川人,今天没在。我是湖北人。五湖四海都有了。"

"我是青岛人。"小鲍补充道。

一下见这么多领导,柳明有点晕,听陆副处长讲话又不像是中午挂断他电话的女声,只好挨个笑笑打招呼。

小陶拿着一张纸条进来,招呼柳明下楼。柳明便跟各位领导告别,跟小陶下到大院找车队要车。

过来一位师傅领着两人走到一辆中巴跟前开车门。柳明道:"我就两箱书,有个小车就够了。"

师傅板着脸不客气地说道:"你刚来就挑挑拣拣的?那小车是给你用的吗?"

柳明发着窘。小陶说到这儿一切听领导的。

两人上车一路无话,倒是很顺利地取回了行李。返回到一座高楼前,门牌写着木樨地甲 29 号楼。小陶带着柳明扛着行李从一个门洞往下走,取了钥匙开了房门。柳明发现是一个半地下室,一桌加四张床,都空着,窗户一多半下沉在地面下,还能透点光线进来。心里纳闷,怎么住地下室,成了鼹鼠,好处是凉快,嘴里又不好说,按小陶的说法,肯定又是听领导安排没错。

小陶临走又给柳明留了点饭菜票,嘱咐柳明晚饭到二食堂吃,明天到办公室别忘带自己的饭碗和茶杯等一应俱细。

柳明送完小陶回房铺好席子就睡。不知睡了多久,被敲门声惊醒,见房间里已暗下来,急忙开灯,迷迷糊糊看表已是七点多了。开门看时是一女一男两人,站在前面的大姐说:"你是小柳吗?我是运输局的秘书惠大姐,就住你楼上。这是我爱人,老郝,委里培训中心的。来看看你,吃晚饭没有?饭菜票换了没有?到我家去吃饺子去!这是你的工作证,明天要带证进大院。缺点什么吗?这附近都转过了吗?"

柳明万幸自己身上衣裤是完整的,看他们一高一矮差别那么大,没想到居然是一对夫妇,一连串的问题不知道先回答哪个,连忙把他们让进房间,心里绝对不想再吃饺子,便胡乱答道:"吃过了,不缺什么了!谢谢。"

惠大姐道:"那就好,明天早饭还去二食堂,这里是三里河三区,都是机关宿舍区,二食堂在一区,要走二十分钟,早点去啊。你在这里不能睡凉席的,你们南京热,这地下室多凉啊!洗澡要打热水噢,别用自来水冲。带褥子没有?我给你铺上!男孩子什么也不会的。"

老郝笑眯眯地一直看着不作声。惠大姐的热情唠叨简直让柳明感动,这一天来经历的太多,有的冷若冰霜,有的热情似火,感觉一天里像是经历了几次老家的冬夏轮回,这时肚子也饿了,他便委婉地要惠大姐夫妇回家。惠大姐坚持把褥子铺完才离开。

柳明决定上街找点吃的。从地下室上来沿复兴门大街往东走,除了路灯和高楼,呼啸而过的三三两两的汽车,行色匆匆的骑车人,没见到什么饭馆和商店,连个纳凉的人也没有;回头往西,快走了两站路,看见中国革命军事博物馆,门口有个商店,也不亮灯,走近看门是锁着的,也没有半个饭馆的影子。柳明失望到极点,回到三区小街小巷里转悠半天也没找到一个商店、饭馆,想不透这领导同志们除了回家吃饭是不是就不上街买个东西什么的。

一路想着寻回地下室,想继续睡又饿得睡不着,后悔路上穷大方把麻饼分给大家都吃了,怀疑全北京是不是就火车站那一家饭馆。

想去找白天看见的门房里的大嫂打听,才发现已换成一个年轻男子,跷着脚在桌上,抽烟看电视,不愿搭理柳明,一问三不知。气得柳明直后悔没跟孙庆华学上几招三脚猫功夫,上去抽他两巴掌,但柳明不是孙庆华,从来不靠体力惹是生非,没办法只好先找水房洗澡。没想到水龙头放出的水凉凉的,又没带盆,不好兑热水,只好就着水龙头胡乱擦了擦就回了房。掏出随身从南京带来的《青春》杂志,发现灯光太暗没法看,真是要啥没啥,叫天天不应,叫地地不灵的感觉,只好倒在床上硬睡。打量着那个唯一的窗户,想着鲁班要是泉下有知,他的一位徒弟设计的一个既不地上又不地下的局困住了另一个肚中无食的徒弟,会不会气疯。又觉得刚才没跟门房里的吵起来,自己好像有点政治家的风度,对得起自己明天要去的门口两个解放军站岗的单位。一会又觉得自己有点像阿Q,鲁迅先生的精神胜利法是多么重要,可以调节人的情绪。想着想着自己觉得好笑,慢慢地放松下来,睡着了。

次日天明,柳明早早去一区找到二食堂用早餐,小米粥就着窝窝头吃得有滋有味。

穿过马路进院再上电梯到四楼,赶到走廊尽头的办公室,原以为要等人开门,还好门开着,见温工一人在拖地板,柳明放下碗要替他。温工说木地板要用拧干的拖把拖,很麻烦,北京灰尘大,天天要擦桌,你还是擦桌子吧。柳明开始打水擦桌子,一会小陶到了,一起擦完桌子,夹好报纸再架好。

小陶去打开水,柳明正要跟他去认识一下路,听温工在说话:"哟,老程回来了。小柳,这是程处长。"

柳明见来者是一个干瘦的小老头,好像在哪见过,还没开口,程处长已对柳明说道:"小柳,还认识我吗?我们在南京见过的。"一口四川腔让柳明一下想起大约一个多月前在系总支书记办公室,跟柳明说好儿女志在四方的那位老师,原来是他!

这时老霍和老陆他们几乎同时到了。程处长对老霍说道:"小柳要回苏州工作,他们书记要他到这里来。我还以为小柳不会来的,来了就很好,欢迎你哦。"

"是吗,怕不习惯北方生活吧,没关系的,这里南方人很多的!老秦他们夫妻都是上海人,时间长了就惯了。中午食堂有米饭,每天早点下去排队,去晚了就剩面食了。老程你领他去三楼,老龙他们到了,领他去报个到,一会儿他们出去有会。"老霍依然是慢人快语。

老程领柳明走楼梯到三楼一间办公室,穿过一个大办公室进到里间。

柳明看见靠窗四个拼在一起的桌子,三位长者坐着。老程开始对面对门靠窗坐着的一位介绍柳明:"老龙,这是小柳,学公路的,我从南京找来的。小柳,这是龙局长,这是楼副局长,这是刘副局长。"

柳明有了昨天见很多处长的经验,今天从容地一个一个局长恭敬地拜见过。龙局长一直在打量柳明,眯缝着本来就不大的眼睛,没有一点其他表情,慢吞吞地说话:"欢迎你啊,我们这里都来自五湖四海,我是河北人,老楼是浙江人,老刘山西人,老程是成都人,你们处长是东北流亡学生。老程是高小毕业文化,公路现在他管。我们的工作就是组织、协调和管理,给国务院当好决策参谋。你是科班的,你来了要安心工作啊,好好向老霍、老程他们学习!全局加上你就二十八人,最近三年每年进两个大学生。老程,你们安排一下工作。我们这些老家伙都很快要退的,年轻人来了,要好好培养。"

柳明头一次与这么大的官面对面,心想局长的级别与苏州地区专员一样的吧,只管二十八人!说话懒洋洋的一点没有激情,但柳明听着句句有分量,像个刚入学的小学生听老师讲课一样地认真聆听他的每一句话每一个字,尤其听到他说来了要安心工作,柳明心里不免有些忐忑,估计是老程来汇报过的。

好不容易等龙局长做完指示,正欲辩解几句,楼局长说道:"小柳是苏州人吧,苏州的陈副市长是这里过去的,你不认识他吧? 等他来,你们可以认识认识,好好干噢。"柳明把想说的话咽回自己肚里,听刘局长寒暄几句无关痛痒的话就随老程退出局长办公室。

回到大办公室,老程又把柳明向铁道处、综合处的各位领导和同事做了一番介绍才回交通处。

见大家已各就各位,老霍开口道:"小柳,住的地方怎么样?"小陶告诉他是地下室,今年新来的四十多个大学生统一都在那里。

柳明想幽默一把,忍不住地说新发配来的是不是都先打五十杀威棒。

老霍哈哈笑着说你一定是《水浒传》看多了,先住着吧。

大家都笑,嘻哈一通。

老霍接着开始安排工作,明确柳明跟老程搭档搞公路行业的年度计划和五年计划,主要联系交管部计划局和总后,兼管处里的文件收发。并说老陆是人大管理干部班的,又是局里的支部委员,让她给柳明介绍一下工作纪律。

老陆温和地说道:"小柳,你也看见了,我们是纪律严格的单位,所以单位的事是不可以往外说的,家里人也不可以;与工作无关的人不能带到单位,接待来谈工作的人要和气;下级服从上级,不越级报告;积极完成领导交办的事项,保护机密;离开办公室时桌上不能有文件,都要锁柜里;机密事情要用红机打电话,有字的废纸要回收;单位电话不私用,上班时间不聊私人的事。要做到不该看的不看,不该问的不问,不该听的不听,不该说的不说。不过我要问,你在北京有亲戚吗?"

柳明告诉她自己大伯在卫戍区工作过近三十年,早已转业去了上海。老霍听了好像有点诧异似的问是哪年的兵,柳明补充是48年的兵,具体干什么也不知道。

确实自己也不知道,祖父母去世得早,印象里大伯在京工作期间就没回过苏州,转业以后才有了来往而见过几次。听老陆这么说,可以想象大伯他们那时的纪律肯定很严。柳明想说我大伯说过国家经参委的门很难进,昨天我打电话就折腾半天,又怕老霍他们误会,终于没说。

老程插话道:"小柳在学校挺活跃的,是学生干部,但还不是党员,难怪你们书记要把你往北方派。要不是我们碰上,你可能就去内蒙古交通厅了。喏,这是我家地址,明天星期天,来串门吧。"

柳明不明白老程的话的逻辑,但有一点是明白的,那就是班上的预备党员基本都被要回了原籍。

老陆开玩笑道:"老程这么快就开始拉帮结派的了。我们都住在一区,很近,来串门。"大家都笑着开始各干各的活。

柳明接过小陶移交的文件登记册,正好惠大姐上来送文件,跟柳明逐一交割。

小鲍和小季是相对着并排靠着东窗,柳明的办公桌靠着他俩对着东窗,处长们一堆四个桌子靠着北窗,柳明背对着处长们。小鲍轻声说小季干过专职秘书,让他教教你怎么运转文件!从昨天到现在没吭过一声的小季也不多话,拿过登记本做了示范。

柳明半个上午就干文件登记了,觉得实在零碎,又怕搞错这一大堆看起来都很重要的文件。

感觉过了没多久,小陶招呼去吃饭。柳明像终于解脱似的把文件往铁柜里锁了跟着去了。

到食堂见人不多,很快到了,柳明打到了米饭,又从黑乎乎的几大盆菜里要了一份,边吃边爬楼回办公室,边问小陶怎么没见小季说过话。小陶看似漫不经心地说人家给领导当过秘书,嘴巴紧。

回到办公室见只有小鲍在埋头写东西,看见柳明说道:"小季是工农兵(大学生),老程就高小没毕业,嘴巴碎得很。"

柳明有点蒙,不知道他想表达什么意思,忙往嘴里塞口饭,连连说道:"菜太咸了,太咸了。"其实心里想着不管它了,做好自己的事拉倒。

小鲍瞅一眼说道:"你吃的是鱼香肉丝吧!这里的当家菜,北方人做菜都咸得很。看你吃得挺香,我也饿了,回家吃去了。"

柳明见小陶出去洗碗,便找来交管部及在京直属单位电话本,找到顾卫东单位,两个电话就联系上了,约好明天中午在柳明宿舍见。

小陶进来见柳明在打电话,说道:"同学都联系上了吗?打吧,别老占着线耽误公事就行,没事。我住一区,回宿舍睡一会。"说完走了。

柳明接着找孙庆华在苏州就留下的电话,很快也联系上了。又想起昨天老是被挂断的奇怪电话号,柳明找来老霍桌上的委内电话簿,挨个找,找到文教局高教处终于对上了,原来是这帮老爷!

柳明端出上午登记好的那堆文件想看看内容,小季进来了,见只有柳明在,便用关心的口吻说:"我不放心你,早点过来跟你聊两句。绝密文件要盯住,当天归还小惠,不要在处里过夜;机密和秘密级的也要重点关照。所有文件登记完要马上给处长,处长们传阅完会有批示,你要按批示交相关人签收,不要压在自己手上。在机关说话要注意,尽量少说多看,不要跟人,遇事要冷静,不要慌张,也不要喜形于色,说话办事要对事不对人。"

柳明连连点头,心想三人行必有我师,看着沉默寡言的人倒是很热心的,人不可貌相。坐机关的可能都得有泰山崩于前而不变色的功力,像龙局长那样的一定是修炼到家的。

柳明好奇地问了他的南方口音,知道他是出生在福建的福州人,原籍河北,父母是南下的八路军老干部。又了解到他跟老秦搭档搞沿海港口,小鲍跟老温分工搞船舶,老陆跟小陶搞内河航道与码头建设。小季说昨天老霍给你介绍过的,你没记住吗?柳明说一下说太多,确实没记住。小季随手写下处里七人的名字给柳明,柳明道了谢把字条收好。

不多会老程到了,往烟灰缸里掐掉烟头,说道:"小柳,我给你找了些相关规定,你翻翻,以后都用得着的。"

柳明急忙把分好的文件夹放到随后进来的老霍跟前,认真看起自己的文件。发现有关于基建项目审批权限的规定,公路项目是地方公路200公里以上、独立大桥1000米以上,需报国家经参委审批,还有规定说是投资规模在2亿元以上报国家的规定;还有年度计划和"六五"计划两个大本,柳明找来找去没看到一个公路地方项目,在预算内投资栏内看到几个国边防公路项目,都是几十公里,几百万的投资,属于局里业务最多的是铁路和港口，其次是民航和内河，最少的是造船。柳明不明白什么是预算内和预算外，心里琢磨着按这个规定，公路应该没什么项目能进国家计划，江苏这么小的地方，200公里差不多就出省界了，新疆、内蒙古应该很大，但200公里以上的规模投资要多少呢？地方公路要自己筹资，这些地方肯定花不起这个钱；1000米的独立大桥，那不就长江、黄河上才有吗，山区公路恐怕也不多见，这规定不是摆设吗？

很多疑问积累在柳明心里，想问又想起小季多看少说的告诫。干脆把大本认真翻了个遍，很快发现"六五"计划大本真是包罗了各行各业，从唐山重建、中小学建设到向日本出口原油什么都有，最惊讶的是煤矿死亡率指标，柳明觉得自己眼花，是不是看错了，有指标是不是意味着只要在计划指标内就算合理，杀敌一千，自损八百，经济发展也是要付出矿工的生命代价的！中国原油并不丰富，为什么一方面积极花外汇买船从中东进口原油，一方面还要从大庆向日本出口？再看封面上用章子盖着"绝密"两字，柳明想传说中的五年计划原来是这样的，不知道这些与己无关的该不该看，本上那几个国边防公路项目也记住了，还是还给老程保管为好！

小鲍见柳明看完资料，便说："我们运输设施建设计划核心就是运量预测，有量就可以建航道、港口和铁路，港口讲吞吐量，铁路也讲运量，比如玉门油田的油要从新疆运出来到沿海港口，这就是量，公路也是讲运量预测。"

柳明听他说得不确切，也是跟顾卫东辩论惯了，忘记了小季说的少说多看，脱口而出道："公路是讲交通量预测的，很多车是空车，但也计入当量小客车，不是根据运量预测的。玉门油田是甘肃的，不在新疆。王之涣有诗叫《凉州词》：黄河远上白云间，一片孤城万仞山。羌笛何须怨杨柳，春风不度玉门关。玉门关是万里长城的一个关，是古代内地通西域的要道。"

小鲍梗着脖子对柳明大声说："你真是老外！交通量不也是运量吗？长城到嘉峪关就到头了！哪里到新疆了？"

柳明觉得大家都在往自己这里看，刚来就与人起争执，自己成了顾卫东了，有点紧张，心想你管航道的，哪里知道明长城有个嘉峪关，还有汉长城的玉门关，这大单位"不知有汉，无论魏晋"的也大有人在！见小鲍认真起来，只好息事宁人地说："就算你说得对。"

老霍转身说道："我都听见了！新疆油田是克拉玛依，小柳说得对。我们这儿各专业齐了，你们可以多交流，没坏处。我们国家汽车空驶率太高，经管委有材料说达到40%多，浪费太严重！小柳你可以研究一下。"

小季看着柳明微笑不说话，上海人老秦也笑笑转过身去干自己的活。柳明想处长就是处长，协调能力就是强，慢人快语，一场争论就此化解了。

恰巧惠大姐进来，跟柳明说给你争取到半个月工资和粮票，嘱咐柳明去食堂换饭菜票，院里有小卖部可以买生活用品，五点就下班了。柳明像怕被人踩了尾巴似的跑了出去，听见身后一片领工资的嘻嘻哈哈声。

从食堂出来，柳明直奔小卖部，见人很多，便在外围等。边看货架边掏钱，等前面的人走了，很快买到了搪瓷脸盆、暖水壶、手纸、十个信封、饼干和油炸花生米。

出来见大院里很多人在往几辆大巴上上，回到办公室见民航处早走光了，柳明看表差一刻钟到五点。急匆匆往里屋走，见老温站在老陆桌前轻声说着话，柳明急着去整理文件。

老陆说道："小柳，跟你说句话，以后在机关说话要注意团结，你还不是党员，要积极向组织靠拢。小鲍、小季都有近十年党龄了，小陶在学校就入了党，马上要转正了，老温也不是党员，你们都要努力哦。这是小惠拿来的办公室钥匙，刚才忘给你了。"

柳明听了有点纳闷，注意团结是什么意思呀？不就刚才跟小鲍那几句话吗，那也没什么呀，君子和而不同，难道有人打你这边的脸，还要把那边的脸也送过去打，要舍身饲虎争取成佛？再说也不是我挑的事呀，真是比窦娥还冤，但听出老陆的好意，初来乍到，不便反驳。

老温像看出了什么，说："有些人不学这个专业，不管的事，也喜欢发表高论。小柳，没事的！"

柳明不知说啥好，哼哼唧唧答不上。老陆又交代柳明走时关好门窗，和老温说着工作上的事走了。

柳明看着他们离开，脑海里闪现着辛弃疾的词：落日楼头，断鸿声里，江南游子，把吴钩看了，栏杆拍遍，无人会、登临意。

柳明收拾好办公室带好东西，锁好门径往二食堂去。碰见小陶与人坐一起在吃晚饭，小陶说："看样子你是不回办公室待会了吧。米饭还有，动作快点。"

柳明说："是啊，我要回住处整理一下，待办公室干吗呢？连个电视机都没有，昨天的饭菜票先还你。"

小陶说："吃饱点啊，明天只有早饭和晚饭，早十点，晚三点。"

柳明有点怀疑是否听错，想想还是今天先吃饱再说，赶紧去打米饭。一吃才知道全是中午的剩饭剩菜,热都没热,心想有得吃就不错了,好在是夏天,昨天还饿了一晚呢。

草草吃完,柳明沿着大马路往宿舍走。先看到13路终点站,是往和平里的,想起电话本上写的人民交通出版社在那里,有个同学分配在出版社,将来来往倒是很方便。再往南拐又是个跟国家经参委差不多建筑风格的大院,不知道是什么单位,再往前又是个差不多的大院,都有战士站岗,再加上自己从办公室窗户看到的财政部大院,这附近建筑风格差别不大的应该都是国家部门,感觉很气派。柳明为能在这地方上班而很自豪,难怪顾卫东说别人想来还轮不上。

一路走一路看,一路看一路想,很快回到宿舍。刚泡好昨天换下的衣裤,听见好像是顾卫东的声音在喊自己,出来一看还真是他,身上背个书包,手里攥着个酒瓶,一到房间就拽过桌子往桌上放带来的包里的东西。柳明看是几根香肠,问:"是不是家里带来的,藏到现在?"

顾卫东喜气洋洋地说:"这洋河酒是家里带来的,这肠是北京的粉肠,同事说好吃,搞点你尝尝。"

柳明很高兴,说:"刚给我发半个月工资,说是额外的。听你的意见早报到还真有好处,你肯定也有,发了多少?"

顾卫东说:"乖乖,发了一个月的,还有奖金呢!唯一的遗憾是把我分到了情报室,桥梁室的都是上海工程大学的,正在找桥梁室主任要求转过去。"

柳明知道上海工程大学的桥和路是分开的两个专业,学桥的肯定比母校混着学要精一些,问他是否有希望,顾卫东说:"肯定没问题!我一直把精力放在桥梁工程上,肯定没问题。我今天就没上班,等着转过去。"

顾卫东要柳明找了碗倒上酒、把香肠拧成段,柳明又打开纸包包着的花生米,两人就喝了起来。

柳明在家跟父亲喝过啤酒,最多喝一点黄酒,学校毕业晚宴上第一次喝白酒,喝了一口,太呛,当即吐掉了,现在喝起来突然感觉酒香扑鼻。顾卫东说:"这就对了!这是家乡水嘛。"说完两人都大笑,很是惬意,忘掉了当初来不来北京的犹豫不决。

顾卫东说:"你这住的是好的了,我们住的是院里搭的简易房,还不知道冬天怎么过。"到底是工棚还是地震棚,邀柳明去看了再判定。柳明逗他说你的小老婆什么时候接来,顾卫东得意地说:"桥梁室,鱼也!老婆,熊掌也!鱼与熊掌我都要也!"

正聊得来劲,孙庆华推门进来,嚷道:"你们好不快活,俺老孙老远就听见你们的声音。"

柳明说你怎么也来了,你不是应该和舒燕华在一起的吗?孙庆华环顾四周,说道:"她有她的事。你这享受单人间呀,明天我去跟机械工业部的同学碰头,他也在这一带,今晚我住你这儿,省得明天再跑。"

柳明说:"在我这住一晚是没问题,可不是单人间!咱们不是来得早吗,有几十号人要住这儿呢。"

顾卫东翻箱倒柜又找出个柳明的漱口杯,边倒酒边说:"老孙,喝一口还是两口?"

孙庆华说:"你全倒上都没问题。"

柳明抿着喝,顾卫东、孙庆华大口地喝,大家嘻嘻哈哈乐个没完,分开一天半,像是分开了一年半载。一瓶酒很快见了底,顾卫东还没尽兴,又变魔术般从包里掏出一瓶,说本来是留给柳明的,干脆也喝了吧。柳明坚决不喝,顾卫东便缠着孙庆华喝。孙庆华边喝边絮絮叨叨,说自己去的机器厂其实是个汽车改装厂,一年改不了几辆环卫用车,前途不太妙,住在技术科办公室里。柳明劝他往前看,中国公路要大发展,汽车也要大发展,没有汽车,公路给谁用?

孙庆华道:"你刚上一天班,就学会说大话了! 到你说的那一天我就老了。"

顾卫东说:"我们单位有汽车室,干脆你到我们单位来。"

孙庆华说:"我现在单位在牛街,离舒燕华家近,你的单位在北边,我才不想换单位呢,在哪儿混不是一样混。北京就是凉快,比老家好,热的地方人寿命短。"

顾卫东笑话他是南方人的叛徒,该吃馒头的坯子。两人越喝话越多,又喝去半瓶,终于自己停了,倒在光板床上就睡。

柳明把他们搀到自己床上,又铺了个床自己睡,躺下又想起还有衣服没洗,起身去洗衣服,又打热水擦澡。找不到晾衣服的地方,又折回房间晾在床架上。满屋的酒气,看着睡着了的同学,友情带来的愉悦的感觉像节日盛会上人们放飞的氢气球一样在心里升腾,忘记了两天来遇到的种种不痛快,倒在床上沉沉睡去。

第二天起来已是九点多,孙庆华急急忙忙去他同学那里,柳明带顾卫东去二食堂吃了早中饭。顾卫东说他们单位礼拜天没食堂吃,还是你这单位好,还有米饭吃,很是羡慕,吃完走了。

柳明挎着包来到自己单位,走廊里静悄悄的,有些办公室开着门,看得见有人在忙着。走到尽头开锁进自己办公室,柳明把所有窗户打开,一股凉风吹进来,格外凉爽,掏出相机搁办公桌上估摸着位置用自拍给自己来了个特写,拍完后开始按原来的打算给家里写封信。

写信无非是报个平安,告诉个地址。写到住处时,费了一番脑筋,只写了门牌号,没往上写"地下"两字。从抽屉里找出领好的公函信封,封好后准备去大院对面的邮局。走到门口想想又不妥,回到座位又打开抽出信纸,换成自己的信封,去了邮局。

三里河比木樨地热闹得多,小商店很多,各种店门都开着,有点老家的味道,但远不如观前街的热闹。

在菜场外面用一串铁架支起的凉棚下,柜台上蔬菜不多,买菜的人不少。售货员在呵斥买菜的,嫌人家挑挑拣拣耽误事。柳明走过菜场,挨家挨户逛了逛。有家小门脸的照相器材店引起柳明的注意,进去发现除了国产相机,还有很多进口配件,但很贵。柳明给自己的海鸥牌135相机买了个便宜的国产胶卷就回了办公室。

见门开着,只有小陶在看材料。柳明这两天与他接触下来,感觉小陶也是话少的人,便不打搅他往自己办公桌去。

小陶说:"来了,没出去转转?"

柳明道:"哪儿也不认识,也没啥好转。"

小陶依然一副漫不经心的样子说:"是的,北京太大,慢慢转吧,等你们这一拨来齐了,地下室就热闹了。不过要不了多久又散了,结婚的结婚,调动的调动,升迁的升迁,都会搬走。"

两人聊着天。小陶告诉柳明,去年来的那拨人里有一个退回去了,因为坐公交车摸姑娘的屁股被揪住了。柳明惊奇堂堂国家经参委会摊上这等事情。小陶说你慢慢就懂了,大千世界,无奇不有,还有换老婆被告来的呢。又介绍说大楼西半部是国家经管委,西邻的几个大单位是中科院、机械部等保密单位。说在机关就是一切听安排,按部就班最好,熬年头,熬到就什么都有了,自己想法不要太多,都是些事务性的工作,甭想着突然冒尖。小季、小鲍的岳父都是省部级干部,都有靠的。他们早来的都有人盯着,专门到有关部门去看档案挑女婿。

柳明想这种事一直都在上演,"和亲""联姻""门当户对",不胜枚举,所以不觉得奇怪。突然想起锺书老前辈把看中同一个女士的人叫"同情者",

跟小陶开玩笑说这是不是算"公情",因为已演化为半公家的事了;又问他你怎么还没被挑走?小陶怪怪的晒着脸说我也奇怪呀,有发展前途的都被挑走了,看来我前程不妙。等一会又告诉柳明交通统计资料都在大保密柜里,没事看看呗。又教柳明怎么开。

柳明打开保密柜看见满满一柜资料,翻了翻,都是有密级的,挑了几本自己看了起来,发现全国一级公路也就一百公里出点头,公路总长七十二万多公里,养路费不到五亿多。柳明怕记不住,一一记到自己本上,好天天翻看;又逐省看,发现山东、广东、辽宁、江苏各项指标领先,养路费占全国29个省、直辖市和自治区的一多半,看着看着,很多陌生而没有逻辑关系的数据把他搞得晕头转向,心想文科生原来也很难的,要记忆那么多没有关联的数据,不知道舒燕华是怎么记的,有机会倒可以请教一番。

正犯嘀咕,小陶说:"有个大概念就行了,知道在哪里查就得了。"

柳明想这倒好办了,又看自带的地图册找昨天记的那几个公路项目,怎么也找不着,问小陶,小陶说那可能得找专门的地图来看,你那小地图册怎么找得着!该吃晚饭了,关门走吧。

一路无话,到食堂吃了又回办公室,柳明往靠门的套着布套的沙发上坐下,佯装打盹,心里盘算着。

几天来委婉的批评、谨慎的提醒接踵而至,现在都在脑海里像汹涌的波涛一样翻滚着,面对着自己不是党员的现实,心里的结打不开。在学校就没想过要提交个申请,主要怕对毕业分配不利,党员带头去边疆怎么办?结果来了北京还是成了软肋,又想随它去吧,当初申请了,也不一定能入党,如果入党了,倒有可能留江苏了,可留江苏就没有现在的软肋了吗?新的问题又会是什么,要搞专业?好像又很乏味,留在这将来升不了职,像温工一样,还不如搞专业实在,唉……是走是留,还是考研?翻来覆去理不清思路,原来就打算看一年再说的,现在从这么光鲜亮丽的大单位回去,没准人家以为我是不合格被退回去的!临阵怯战也不是自己的性格,又想起老师的鼓励,来这儿不容易的!一切顺其自然吧,社会大学这本书读不好吗?多看少说不就得了。

一直胡思乱想,想到迷迷瞪瞪时,感觉小陶走了,柳明起身找资料又回沙发上坐着翻看。过了很久,小陶又回来了,柳明说:"我以为你回去了。"

小陶说:"我去农经局聊会天。"

"肯定是瞄上哪个姑娘了。"

"姑娘倒是有,不多,还都有主了。"小陶也往另一个沙发上坐下说道。

"怎么？处里不帮你介绍介绍？"

"谁看得上咱呀！兜里没有三毛钱。"

柳明心想原来党员也有烦恼，问他转正后工资不有五十几元吗？小陶答道："我们苏北穷啊，我老家赣榆是最穷的！我一月工资一半贴给父母了，剩下正好自己用，机关又没有奖金，哪里有钱娶媳妇？"

柳明一直用家里的钱，没想到这个问题，想想昨天顾卫东酒啊、香肠啊什么的，一定花了不少钱，真挺不容易的，这收入问题还真是个问题。想起从今经济上应该要独立，一下感觉不一样了，不知道如何是好，问小陶那怎么办呢，小陶说："写点东西拿去杂志刊登一下，偶尔也能弄两个稿费。小豆腐块文章一次弄个十块八块的。"

"这办法倒是不错，那就多写点吧。"

"嘿，那也不能瞎写呀，别人不也是看你掌握点信息才登你的文章不是吗！有保密要求的内容还得注意呀，搞不好就出问题了。"

"是啊，我怎么没想到。"柳明心想刚发现一个窍门又没戏了，自己刚来，两眼一抹黑，情况也不了解，学的一点专业知识也远不到能去专业杂志发表见解的程度，看来只能拿点干工资了。怪不得小陶哪也不去逛，经济基础决定了上层建筑，想想自己找个小家碧玉的理论是正确的，至少经济上不受拖累。不过还是孙庆华最会算计，连单位离舒燕华距离近都考虑到了，肯定是在火车上摸清情况才下的手。不知道舒燕华说南方人狡猾是不是还包括这层意思。

"你可以在公路发展政策方面搞点名堂，不过也要慢慢来，着什么急。"小陶像是看透了柳明的想法，又说，"听说你会两门外语？"

"科技英语基本能明白，日语就学了一个学期，只能算是入门，唯一的收获就是发现徐志摩大师的'沙扬娜拉'原来是日语。"柳明半是认真半是玩笑地说道。心里琢磨不透怎么这点事也传到了单位，山外青山楼外楼，强中更有强中手，吹大了圆不回来又是个麻烦事。

小陶可能没听明白关于徐志摩的话，只顾着说小鲍脱产学过一年英语，还考上了赴英国公费访问学者名额，小季培训过半年法语，据说个个很流利，但从没见过他们露一手。柳明说那肯定都挺厉害的。小陶说你会两门，那也很厉害了。

见天色不早，小陶回办公桌前坐下，打开桌上台灯研究起他的文件。又对柳明说你可以用老霍的台灯，他年纪大了，晚上不来加班。柳明看都是一色的绿罩子台灯，就把老霍的台灯移到了自己桌上，看起了《公路》杂志。两人到快九点了才各回住处。

星期一上班,老霍看见台灯到了柳明桌上,很高兴,说年轻人就是要多学习。

随后处长们去局长那里开例会,快十点了回来要柳明去见楼局长。柳明下楼见到楼局长。楼局长说终于来了个学公路的,这些军交地图你拿去用,要好好保管。柳明见是一个手提皮箱,正要打开,楼局长又说都是分省的详图,机场铁路公路都有,有得看了,拿回去慢慢研究。

柳明如获至宝,拎回到办公室。老霍说图慢慢看反正归你用了,先传达局务会精神。都是些大工程项目,但没有公路方面的事。柳明也听不明白。最后老霍说现在年轻人多了,我们处里就有两个单身,给你们争取台彩电,晚上看看新闻。

小陶开玩笑说还是小柳有面子,一来就有彩电,我来一年了也没有彩电。

老陆说这说明国家发展了,彩电多了。柳明想支部委员说话就是不一般,跟着众人后面笑笑,开箱看起地图来。老程见状过来将几个国边防公路一一指给柳明,又谈了他的想法,问柳明有什么意见。柳明答不上,正想着怎么说,见龙局长一步三摇地走进来,慢悠悠地对老霍说:"老霍啊,你们处现在人最齐,各专业的都有,是全局最兵强马壮的,老中青搭配得很好。接下来就是要好好培养年轻人,小柳会两门外语,别让年轻人闲着,我看你们安排出去看看。"

柳明听局长嘴里说出自己会两门外语,头有点大,生怕他现在出个题目测试一下,忙说是学了一点点。

小鲍学着电影里的人物拿腔拿调地说:"你的,良心的大大的好! 会说吧?"

大家都笑。龙局长也露出一丝笑脸说很好嘛,出去多看看,说完又摇摇晃晃地走了。

老霍随即跟老程商量带柳明去哪里考察。老程说要么去河北,近一点,可以请河北省经参委来个车,这样省点经费。老程找出河北的电话号码,费半天劲打不通长途。老陆学着老程的四川腔说:"让小柳打嘛,你那个四川话长途台听不懂嘛。"

柳明接着要还是不通,想还不如跑趟邮局去发个电报来得快,又想可能有经费问题,不敢多说,只好等长途台要通河北后再打过来。

到下午电话终于来了，跟老程约好礼拜四早晨来接。老程要柳明做点准备，柳明摘了点交通统计本上的河北省资料给他，老程看了看，又找出国道网规划资料一起给了柳明，要柳明结合起来仔细看。

柳明到机关后头一次出差，有点鸡盼稻熟狗盼过年似的盼着。天天早到办公室跟老温和小陶一起打水、擦桌子，代接着找处长们的一个个电话，过起了处长们秘书的日子。

日子一天一天地过，仿佛过了很久，终于到了星期四。不到九点柳明就带上塞满资料和换洗衣服的书包跟老程到大院门口等。等到老程抽完一支烟，河北牌照的丰田小面包车终于来了，老程与来者握手寒暄过就上车出发了。

来的是一位中年汉子，留着大鬓角，看着像文化人，坐在副驾驶位置上扭头跟老程说话。他说他是交通厅计划处的副处长，叫史一伦，历史的史，一二三的一，伦理道德的伦，不是"死一轮"，你们南方人不一定读准。老程和柳明被他的幽默开场搞笑了，柳明在办公室里说话也要像写报告般字斟句酌地小心的压抑感都烟消云散了。

又听他介绍省经参委交通处的郑处长在石家庄等着与我们会合一起考察，柳明觉得是不是有点太兴师动众。老程说我们这次没有具体任务，小柳新来，一般性看看，你看哪里公路有特点就往哪里去。史处长说那就沿107国道走吧，看看我们的"万噔路"，小柳要有思想准备哦。柳明说我知道"万噔路"的意思，就是路面平整度不够，坐车老是咯噔咯噔的。

史处长说："你一定是学路的吧？我们省的路面渣油表处的多，因为任丘油田在这，但油品不高，夏天一晒八吨大货车再一压就起包了，冬天一冻一压就翻浆成坑，成了'搓板路''万噔路'。那我们赵州桥和任丘油田是一定要去看的。"

柳明见他挺在行，跟他请教了一些问题。老程说你们是同行，好好探讨吧。一路说着闲话，柳明了解到史处长带着车昨晚住在靠近北京的涿州，早晨赶到三里河，说他们辛苦了，赶这么多路。史处长说我们一天到晚在路上跑，不辛苦。

说话间到了涿州，史处长决定去交通局吃午饭。到了交通局，局长陪着到食堂。在一扇屏风后面有一桌圆台，六菜一汤，席间看他们吃生蒜头，柳明剥了一片，咬一点尝尝，辣得烧心。见主食有米饭，柳明吃了米饭，吃完就走。老程说钱和粮票还没给呢，说着就掏钱。史处长说给啥钱，食堂吃个便饭给啥钱。招呼局长回去上班,自己拽着老程往车上去了。

柳明想在校时跟老师出去调研吃饭也不交钱,都是联系好的校友单位请客,据说都是养路费支出了。老革命看着随和,要求挺严格的,幸亏自己的钱都在身上。看着他被史处长塞进车里,只好跟着上车出发。

吃饱了饭容易犯困,尤其是在这夏日的旷野,太阳的热量随着风从开着的车窗往里灌,老程上车不多会就开始打盹,而柳明的心情像出了笼的鸟,兴奋地东看西看。

公路两边的地里,成片成片的玉米已经像南方的水稻一样抽穗,正在阳光下茁壮成长;往路西看,清晰可见的山峦绵延起伏。突然看见有个岔路口写着"往易县",柳明像是想起点什么来,念叨着"易县",但就是想不起来。史处长说对啊,这里就是荆轲刺秦王的出发地易水了。柳明一下想起这地方并脱口而出道:"自古燕赵多慷慨悲歌之士。风萧萧兮易水寒,壮士一去兮不复返。说的就是这儿呀!"

老程猛抬头说:"在哪里?"

史处长哈哈笑着道:"到易水了! 小柳斯文得很,用我们的话说是像孔老二裤裆里的家伙——文(纹)皱皱。"

连司机也在笑了,大声地说:"小柳,你把手放下来,道不好走,当心颠一下折了手。"

柳明赶紧把图凉快而插在把手里的手抽了回来,心想司机开着车后面的事也看得这么清楚,说道:"这儿路还可以呀。"

史处长说:"这是 107 国道,是河北的门面! 管养得好,往省道去就明显不行了,就这也总是不如城市道路平坦。"

老程说:"还有什么好笑的讲来听听,不说话就犯困。"

史处长说:"前面就是保定了,可听说'京油子,卫嘴子,保定府的狗腿子'?"

柳明很好奇,说:"什么意思呢?"

史处长接着说:"你们都不是北京人,我先讲京油子。我们处老钱是北京知青,有一回老钱去北京办事,转来转去找不到地,尿又急,随便拐进一个胡同对墙掏家伙就撒。这时门里出来一个大娘,说你这位同志怎么随地小便。老钱吓一跳,尿都缩了回去。答道我自己的东西自己看看不行吗? 大娘说原来是我孙子回来了。"

老程和柳明都被逗得前仰后合。老程说:"还有卫嘴子呢?"

"有个媒婆给一男子介绍对象,男子没看上,媒婆说为嘛吗? 为嘛没看上？男子说胸部太小,像摊鸡蛋嘛!媒婆说摊鸡蛋不也是鸡蛋嘛。"史处长学着天津话,眉飞色舞地说得惟妙惟肖。

"别往下说了,我知道卫嘴子的意思了,就是天津人爱说俏皮话。我们小柳还是单身呢。"老程边吞云吐雾边笑着阻止道。

史处长说:"我们搞公路的还是男同志方便,困了就来点荤的,要方便了路边停车就可以。"

柳明等着他说保定府的故事,终于没听到。史处长说前面有个交通量观测站,去看一眼吧。看见统计员用计数器一辆一辆地记录,老程问问交通量数据就上车继续往石家庄走。柳明不知道他们车型怎么分的,史处长说像国道上是几人分开记录,省道上车不多也就笼统记录了,根据车型比例匡算。柳明想这些数据能准确吗?领导来了,好像很认真,没人来谁知道他们干什么呢?反正车过去了也无法核对。

一路上又聊起公路街道化、混合交通、空载等问题,柳明觉得学到了很多书本以外的东西,一一记在心里。

汽车一路穿城过寨,越晚车辆越少,柳明感觉车速越来越快。史处长说省经参委郑处长在等我们吃晚饭。

左晃右晃终于在月光下赶到石家庄市区。穿过宽阔且亮着路灯的大街,汽车在一家挂着省经参委招待所牌子的院里停了下来。

等候着的一群人迎上来,像久别重逢的老友一样热情握手后一起拥向一个包间,老程操着四川话熟练地应酬。很快开席,菜很丰盛,酒过三巡,柳明这才搞明白,冲门坐的主人是省经参委主任,老程坐他右手,挨着他的是管交通的副主任,柳明在主任左手坐,挨着自己的是交通处郑处长,副处长坐主任对面,交通厅计划处长和史副处长分坐他两边。

主任热情地劝酒,这么多领导出场的高档酒宴柳明是头一回,所以有点拘谨,看着倒满的酒盅犹犹豫豫不知道该不该端。

主任说河北人出门在外两样东西一定要讲究,一是老白干,二是生蒜头,老白干性烈,三盅可以解忧不想家;生蒜可以杀菌,我们乡下条件差,吃蒜后不会得肠胃病。说着端起柳明跟前的酒盅往柳明嘴里灌,柳明感觉是主任的热情不好拒绝,一盅酒生生咽了下去,喉咙辣得像着了火,赶紧吃菜,再也不敢喝酒。

主任聊了一会说还有事就告别先走了,副主任接着主持。介绍了河北的交通情况,谈到公路时说公路就有点养路费,可以小打小闹搞点裁弯取直的改扩建项目,新建不敢想。老百姓盼通公路,说要想富,先修路,但政府拿不出钱，问老程上面有什么新政策。老程顾左右而言他，说现在那行都缺钱，要柳明记着点回去好写报告。柳明觉着新鲜，回答说记住了。

左等右等不见米饭上来，最后勉强吃了几个饺子。

一会儿席散，众人把老程和柳明分别送到房间。老程要住两人一间的标准房，副主任说现在不开会空房多，两人住打个呼相互还影响休息，坚持把老程送入了套房才回。

柳明晚饭没吃到米饭，心里像少了点什么似的记挂，把房间里切好的一盘西瓜吃了个干净，才美滋滋地睡觉。

第二天吃完早饭，郑处长也加入了考察队伍。柳明很快发现郑处长的寡言，一路除了问到才回答外，就是跟史处长商量行程安排，仍是史处长不断地介绍着情况。

中午到内丘县公路段食堂吃饭，来了一位副县长，非要上酒，拉拉扯扯地给郑处长殷勤敬酒，说是有个公路改造项目请郑处长列入年度计划。史处长在一旁敲边鼓帮县长说话。

老程见惯了这种事，悄悄地跟柳明说，出门吃饭也是一个考验，下面跟上面要项目要资金是常事，要柳明只管吃饭，吃完好开路。柳明依言把馒头蘸着鱼汤吃完，竟吃出了另一番风味，很满足地趁别人不注意跟老程一起回车上。老程掏烟点上，柳明瞥见是极便宜的春城牌香烟，委里小卖部有得买。想起徐志摩先生说的"导师的秘密，是对准了他的徒弟们抽烟"。"学会抽烟，学会沙发上古怪的坐法，学会半吞半吐的谈话。"而自己就是处里的学徒，老程选择了自己，就是导师选择了学生，但学生不能选择导师，就像子女不能选择父母。可惜自己不会抽烟，古怪的坐法倒不难学会，就是学会半吞半吐的谈话可能要费点周折。

史处长跟着出来说让老郑在那应付吧。一会县长陪郑处长也过来了，后面跟着公路段的人拎着不知什么东西往车上放，郑处长跟老程说给你们捎点土产。老程一口回绝，催着快走。郑处长见老程很坚决就叫人拿了回去，上车出发。柳明佩服老革命肯定是早就看出了什么情况，才要自己快点吃完开路。

一行人继续往南，路况跟昨天差不多，货车多，小车少。

傍晚时分就到了邯郸，在院子更大的邯郸宾馆住下。史处长说："燕赵燕赵，这里是赵的地盘了。"

吃晚饭时邯郸经参委和交通局的头头脑脑来了几位，又是一通吃喝，除了喧闹的酒桌文化柳明也没听到什么新情况。

想起史处长说起的赵的地盘，趁老程回去休息独自到门口转了转，除了两三层的现代建筑和狭窄的街道，也没看到什么能与"赵的地盘"联系起来的东西。

一个安静的小城，宾馆条件这么好，还不如回去将听到看到的情况记录一下，柳明这样想着就回去了。

一觉醒来，又是一个晴朗的夏日。用完早餐，史处长说我们今天往西到山里去走走，看看省道、县道。

一路西行到了太行山脚下的涉县，再沿小路往北，一路走一路看。道路曲折蜿蜒，爬上爬下，时而沙尘漫漫，时而涉水过溪；时而在峡谷里峰回路转，豁然开朗；时而登临峰顶，一览众山小！到处是嶙峋怪石，看不到成片的绿荫。

跑了近三天，吃住基本都在公路段的道班房，终于到达石家庄西的井陉。柳明看到的除了公路条件之差，还看到了这辈子没见过的山区群众生活的困苦，石板当瓦，石块垒墙，吃着石缝里种出来的玉米面，高山上夏日穿夹袄，点着蜡烛，很多人一辈子没出过山。史处长说这地方计划生育干部最难当，感慨城乡差别之大，想起了自己还在为有没有米饭吃而计较，想起顾卫东常说的存在的就是合理的话，也不知他从哪本哲学书上看来的，真想把他拎过来与他再辩论一番，想起了省经参委副主任说的要想富先修路……

回到大路上，史处长说这儿是山西运煤车出省的必经之路，车辆比较多，又指着路边一个刀削面摊说，是不是吃点有名的山西刀削面？柳明吃了三天的玉米糊，这时一碗面条也是好馋的美味，但看看汽车扬起的尘土，满地的煤屑，强忍住想吃的欲望，主动催史处长按计划去看赵州桥。

车到了平原一路疾驶，车上的乘客都打起了盹，到赵县时已近晚上九点。正是月上柳梢的时候，天空上繁星点点，暑气消散，凉风习习，小城一片静谧，似乎早已安睡。

进到政府招待所，老程说先去房间冲个澡。柳明饿着肚子抓紧洗完澡，紧接着等老程出来一起简单吃晚饭。柳明饱饱地吃了一盘饺子，足有十多个。

经历了简直有点惊心动魄的二天行程后都累了，分头回房睡了。

晚上被敲门声惊醒，听清是老程在焦急地叫自己，连忙起身开门，老程捂着肚子问柳明有没有带黄连素，说肚子绞着般疼，拉了几回了。柳明没带药,一下慌了,赶紧扶他回房间卫生间去马桶上坐好,扭头去叫来史处长。

一会郑处长听见动静也来了,郑处长说一定是吃坏了,赶紧去医院吧。老程说我一路吃着蒜,怎么会拉起肚子来了,可能是水土不服。

说话间就到了医院,医生说是吃坏了,打一针止疼,怕脱水又挂起了掺了消炎药的葡萄糖盐水。

老程很快停止了叫唤,但眼窝深陷,看起来好像已瘦了一圈。郑处长忙前忙后,柳明和两位处长一直陪到天明。老程的泻也止住了,感觉好多了,就把两位处长支回宾馆。

空荡荡的医院里,只剩老程和柳明商量起行程来。老程像安排遗嘱似的一样一样考虑得很周到,说等史处长来了你们去看赵州桥,他和郑处长在医院等,看完赵州桥就返程回北京,要柳明把饭费和房费结一下。

柳明说赵州桥可以不看,费用可能带得不够。老程说我不是让你做些准备的吗?钱和粮票可以到财务预支些的。都到这儿了,你学桥的,这桥一定要看。食宿费用按差旅费标准结,超过标准委里也不能报销。

正说着话,郑处长他们来了,给柳明带了两个花卷。老程把他的安排说了,史处长就带柳明离开了。

车一路往南,不多久,柳明就看见一座单孔石拱桥,除了跨径比较大比较平坦以外,跟老家的石拱桥别无两样,只是桥下无水让柳明有点惊讶。四周冷冷清清,也没有一个游人,一副对联阳刻在桥孔两旁:"水从碧玉环中去,人在苍龙背上行。"这对子在无水的河上显得有点滑稽,依依杨柳树下只有"全国重点文物保护单位"的石碑陪着它。

史处长说此桥的跨径达到37米,建于隋朝,是中国第一座石拱桥,也是当时世界第一跨,由李春设计建造,又说照个相吧。柳明的相机就在书包里,一直没用,这时掏出来,挑了处柳荫可以遮挡住干涸的河床的地方,请史处长摁了快门,拍完就回医院。

路上柳明要交钱和粮票给史处长,史处长说你是看不起我们河北吗?再说你给我我也没地方下账,都是国家的人办的是国家的事,就不要再提这个事了。

坐车回到医院接了老程就开始往北京返,先走 307 国道往东到武强,再沿 106 往北走。

经过任丘时,史处长说油田到了,我们就不停了,争取下午能把老程送到家。

柳明考虑到他们不便在京过夜,必然当天还要赶回河北,连连应诺。

一路狂奔回到三里河，老程的老伴和女儿已下班到家，老程硬留处长们在家吃晚饭，柳明不好意思在领导家吃饭。老程说叫你来串门，你不来，今天正好一起吃顿饭。柳明只好留下，看着老程家狭小的客厅里除了饭桌，可以说是家徒四壁，还不如自己老家，房间里的椅子搬出来刚够来的客人坐着吃饭。肉末炒豆角、辣椒，就着米饭，让柳明吃得特别的香，有点回到南方的感觉，抛却了进门时的诚惶诚恐。吃完，柳明下楼送郑处长他们离开，自己回办公室整理出差报告。

柳明把头回出差的报告起草好，洋洋洒洒有两三千字，自己很满意。见小陶不在，想起保密柜顶上的资料还没看过，便搬椅子把资料搬下来拭去灰尘慢慢看。看到有文章介绍中国最早的道路是秦始皇修的直道，有 700 多公里，路宽有 20 多米，觉得写到调查报告里可以说明公路建设的必要性，但没见详细描述，想起舒燕华学考古，没准可以找点信息，便拿起电话拨通了孙庆华。刚把想法跟他一说，孙庆华在电话里好一通抱怨，说舒燕华忙着当导游挣钱，几天没见着了，怪柳明添乱。柳明心想着自己可是为你的舒燕华老家办事呢，偏不领情！又怕他起疑，连去了河北出差的事也没说，挂了电话便回住处。

回到房间见多了两位戴眼镜的伙伴，一问都是赣江财院来的，一位年龄大些的是财政局的，另一位是劳动局的，两位正在骂骂咧咧地说着住宿条件这么差，还不如学校。柳明不理会他们，但心里在笑，处长家也不过尔尔，你们想要怎么的？只顾学他们江西人补碗——自顾自（吱咕吱）洗了睡。

次日，太阳照常升起，柳明与同伴一起去吃早饭。两位伙伴经过半夜的休息，似乎已接受了"转入地下"的现实，恢复了淡定，路上聊了几句，得知年长些的叫顾民，已二十六岁了，党员；另一位叫陈春生，二十二岁，跟柳明一样是团员。柳明真的有了同伴，心中不免有些宽慰。

回到办公室上班，柳明拿出昨晚写的草稿反复斟酌，把"秦直道"的事加了进去，再看有什么遗漏。

小鲍说："写这么多？按规矩出差回来可以休息半天，你应该等老程来了让他先看后再说。"

柳明想想也是，老程昨天还是个病人呢，等等再说吧。搁下报告赶紧登记惠大姐送来的文件，忙乎好一阵，内线电话又响了，接起电话听见龙局长的声音："叫小柳下来一趟。"柳明不知什么事，匆忙赶到，原来是要誊一份他亲自起草的报告，有好几页。柳明边看边往回走，到办公室听老陆怪笑着说:"局座又要越级指挥了。"老霍面无表情也不搭话忙着看文件。柳明听出与自己有关,怀疑她话中有话,好像是冲自己来的,想没这么严重吧,肯定是有人听见局长的声音告诉处长的,心里疑惑局长安排工作那自己还能拒绝吗? 硬着头皮把杂乱无章、圈圈改改过的文稿誊完,已到了午饭时间了。

一中午都在盘算自己哪里没搞明白,想来想去只有可能是自己下楼前没跟处长们说清楚,本来是一点小事,看以后得注意;原来下级不能越级报告,上级也不能跳级指挥,可这领导是不按下级的下级的意志行事的,自己给局长誊稿子是不是可以扣上某某人跟某某人走的帽子? 这程序不对,累死也活该,这机关的事啊真的复杂! 还好是件小事,庆幸自己又学了一招。

下午老程到了,柳明把调查报告交给他。老程边看边议论,说太长了,要柳明减半,再加上政策建议的内容才像个调查报告,又问起出差食宿费的事。柳明担心挨批,又不能不说,只好强调自己交了史处长愣是不收。老程说我估计到了,那就不要去领出差补助了。

正说着话,龙局长踱了进来问柳明抄完没有。柳明其实上午就抄完了,但这会儿回答说还差一页,一会儿给您送去。其实他就等着龙局长上来,好证明自己是在按局长的交代办事,不是自己越级找领导。老程凑上来顺手把柳明写的报告给龙局长看。他看看头,再翻到尾看看说:"不错嘛,字也写得不错,年轻时要出去多跑多看。天将降大任于斯人,必先劳其筋骨,疲其肌肤。"说完把报告递给老霍说,"你们处里看看! 合适的话给委里的《通讯》投投稿。"说完就走了。

老霍笑着把稿子看完说道:"按老程意见办,压缩后投一下稿,要登了还有点稿费。"柳明听说要投稿觉得没把握,连忙把活推给了老程,自己给龙局长送稿子去了,心里很高兴地想还是南方人狡猾吧,又闯过交食宿费和越级誊报告几关。

自打龙局长说柳明字写得好之后,柳明的工作又多了一项,那就是时不时地帮局长们誊稿子、校对文稿,处长们好像也习以为常了,不再议论。柳明从龙局长那里学到了不少铁路、民航和通讯方面的知识,比如铁路上的自动闭塞技术,解开了柳明关于快速运行中的列车如何不撞车的问题。虽然一天到晚没干什么正经事,倒是忙得屁颠屁颠的,努力学着半吞半吐地说话,装出一副老成持重的样子,表面上看好像过得很充实。

有一天跟老程去位于会城门的交管部计划局转了一圈。计划局的一位散发着浓郁香水味的姑娘给柳明留下了深刻印象,走回办公室的路上就问老程这人怎么上班喷这么重的香水。老程说那位女孩的老公在美国刚拿到绿卡,正等着去美国团圆呢。柳明有点奇怪这么重要的岗位怎么安排马上要出国定居的人,但到底没说出口。

没过几天,楼局长来到处里,跟老霍说要柳明跟他去趟浙江。老霍开玩笑说你点名要,还是回老家,甭管干啥,我都得给呀。谈笑间,决定柳明到第三天跟楼局长乘火车去杭州。柳明明显感觉到楼局长人缘好,没有办不成的事。

这一阵地下室里的伙伴越来越多,大家都忙着熟悉工作,在办公室挑灯夜战,回去就睡个觉,见个面也就是点个头打个招呼。由顾民串联发起的针对门房吊儿郎当的管理员的一场斗争也宣告结束。柳明知道顾民是醉翁之意不在酒,而在想尽早搬出地下室,因为他年龄不小了,马上就要结婚过日子的架势,管理员问题不过是个理由和发泄的对象。虽然自己也想早日逃离地下室,但想到处长们在一区住着的老旧房屋,看不到转向地上的希望,便懒得参与顾民的运动。顾民见本寝室的也不积极,似有不悦。柳明心想随他去吧,反正你也不是我的领导。果然很快恢复平静,地下室里一切照旧。

每周三下午的政治学习是柳明觉得轻松的时光。小陶和柳明轮流读报或读专门的小册子,领导们轮流发表意见谈学习体会,柳明基本不发言。

每天忙完白天又忙晚上,不过不是工作上的事,而是复习外语。因为他明白自己白天干的都是些小事,像漂着的浮萍一样生根但不落地,打杂的感觉始终萦绕着他,只有学外语让他有踏实的存在感。

楼局长来过以后,柳明觉得终于又有机会离开忙碌的办公室和阴暗的地下室,心里乐得像吃了蜜。这回柳明有了经验,先去财务支了点钱和粮票,再到接待处订了车票,一张软卧和一张硬卧,找了点浙江公路的资料就随楼局长到了杭州。

一下车就有楼局长熟识的省经参委投资处小严处长接着,坐着小轿车一路风风光光地到了西湖边上的柳莺宾馆。很有一番春风得意马蹄疾,跑马观花遍杭州的意思。

到了宾馆,在一棵大樟树下对着西湖喝了一通龙井茶,等来了一位高个子李副主任,看样子不会超过五十岁,短袖白衬衣的下摆束在深色长裤腰里,显着精干。看得出也是楼局长的老相识,免去了客套直奔主题,谈了一阵宁波北仑港区和杭州笕桥机场的事就接着说行程安排,问楼局长哪里没去过,楼局长说其他事你不用管了,我跟小严跑就行了。李主任操着杭州普通话说辰光不早了,那就在宾馆吃晚饭吧。

晚餐很讲究,菜不多但很精致,一色的江南风味,对上了柳明的胃口。上了绍兴花雕,愿喝的喝,也不灌酒,楼局长喝了一小杯就不再喝了,柳明也很轻松地品尝到了正宗西湖醋鱼,最后,一小碗撒着绿油油葱花的阳春面结束了饭局。

楼局长边走边说,把李副主任送到宾馆外大路上才告别,李副主任坐上跟在身后的小轿车走了。

局长要柳明陪着散步,局长说浙江所有投资项目都归投资处管,李副主任是管投资处的,老红军后代,又介绍了很多关于他的事。柳明见面时就对李副主任有的好感又增加了一份尊敬。

回到宾馆看着优雅的环境,想着如果不是恢复高考,如果不是到了北京,自己不会有这样"出有车,食有鱼"的生活,想起有的同学正在工棚里煎熬,不知他们的工作是否顺心,在艰苦的环境下能否坚守自己成才的梦想;想起了孙庆华对舒燕华的缱绻;还有,自己上次来杭州时的情景,住着简陋的旅馆,在西湖的波光潋滟里形单影只地踯躅,羡慕别人的双双对对……

次日早晨,一场雷雨过后,小严处长陪同着一路沿着省道南行,擦过诸暨,穿过义乌,青山绿水,满目苍翠,令人心旷神怡,下午就不惊动一人地赶到金华西的兰溪。

楼局长一人去了祖居,柳明在宾馆百无聊赖,向小严处长问清方向后独自出门闲逛。

走到江边,蓝天下热烈的阳光照射着大地,碧清的兰江水静静地流淌,江对岸是一畦连着一畦的菜地,再后面远山如黛,偶尔有一两只不知名的水鸟来到江上翻飞竞翔,时不时地俯冲到江面表演"蜻蜓点水"的功夫。一会儿想起《沁园春·长沙》:漫江碧透,百舸争流,鹰击长空,鱼翔浅底,万类霜天竞自由;一会儿又想起白居易的《忆江南》:江南好,风景旧曾谙。日出江花红胜火,春来江水绿如蓝,能不忆江南。

看够了水一人快快地往回找热闹的街道走。似曾相识的石板街道和木板门铺子,白墙黑瓦,热情地吆喝着客人留步看货的女子和让柳明半懂不懂的口音,透着与兰溪地名一样的美丽风韵,一切都让柳明陶醉着迷,奇怪着楼局长是什么时候和什么原因离开这仿佛处处凝结着灵气的家乡到了北京。估摸他当年一定也是个热血青年,投身革命去了北京,在北京成家立业……

幻想着自己与温柔而娇羞的南国姑娘的美丽邂逅,浑浑噩噩地回到宾馆。小严处长问这小地方怎么样?柳明从迷迷糊糊中醒来,据实相告而且大大赞美一番。不料他指着墙上挂的一副字说道:"你看唐朝戴叔伦写的《兰溪棹歌》:凉月如眉挂柳湾,越中山色镜中看。兰溪三月桃花雨,半夜鲤鱼来上滩。可新中国成立前这里也曾饿殍当街,也有很多人吃不饱饭,改革开放后才有大的改观。"他的话让柳明吃晚饭时胃口大减,端上来的肉沉子、鸡子馃等当地名小吃也没有吃出小严处长吹嘘的那种美味。

第三日沿 330 国道一路往西,过建德拐上一条新修的旅游公路,到了新安江水库边的一座新宾馆。

下午就是在风平浪静的水库上荡舟,欣赏着田园诗般宁静的库区。一座座原本的山包,如今只露出了山尖在水面上,看似一座座植被茂密的小岛。小严处长说刚才进来的旅游公路是当地政府为开发旅游而集资修建的,像这种情况在浙江比较普遍,为偿还集资款还设立了公路收费站,只是现在车还不多,估计随着本地旅游事业的发展,十年能收回投资,风险可控。楼局长觉得很不错,要柳明记下详细数据。柳明照办,又向楼局长报告了去河北太行山区的见闻。楼局长说"老少边穷"地区可能搞不成这样的政策,吃饭穿衣问题还没有解决。现在要先让沿海地区富起来,再通过二次分配解决中西部地区的问题,具体怎么搞? 有很多问题值得我们去发现和研究解决。柳明没想到楼局长看似来水库游玩,实质上由一条旅游公路看到了全国交通的一盘大棋。姜还是老的辣,走一路学一路,不知不觉就学到了东西。领导们经常说的多跑多看原来是个经典,没有调查研究就没有发言权。

但柳明不懂什么叫二次分配, 楼局长说国家经参委是个综合部门,学了工程技术专业还不够,要学经济知识,要做"万金油",什么都得懂一点。又告诉柳明委里培训中心这两年都举办培训班,教学经济知识,小陶去学过,要柳明也去学。柳明把这事记在心上。

轻松的时光总是过得飞快,转眼到了浙江之行的第五天。柳明跟着楼局长沿 330 国道一路北返,穿过路两侧山坡上鳞次栉比的桑树园,还有雨后春笋般蓬勃发展的乡镇企业,完成了对桐庐县的县乡公路情况调查。了解到随着地方经济的快速发展,沿公路建成不少厂房,溶洞"瑶琳仙境"的旅游每年吸引大量游客,当地的汽车保有量也在直线攀升,原来的公路成了街道,养护任务仍归公路部门,公路和市政管理部门矛盾出现,互相推诿,好路率下降,用楼局长话讲是发展中的新问题很多。

下午来到了杭州南的富阳县,在紧临着富春江的富阳宾馆住下。

县里的一位王副县长兼县经参委主任早就带人在那里等候,薄嘴唇上下翻飞,见面就是一套熟练的欢迎词,客气异常。

众人在楼局长套间外的大平台上早已排好的一圈藤椅上坐下,楼局长朝南正对着富春江,江对岸青青的山冈映得江水碧绿,一顶大遮阳伞把大家罩在了阴影里。一位走路轻盈的姑娘端来了茶和切好的西瓜,紧接着是王副县长的一串项目提了出来。

楼局长直截了当地说:"你们这些小项目我管不了,有什么政策建议你可以提出来。"

王副县长马上说:"不批项目就连建材都没有,那批点钢材水泥给我们吧!"

"对的,钢材水泥计划是跟着大项目走的,你批到项目才有计划指标,你要找物资部门反映。"

"我们这两年每年上不少项目,资金问题比较好解决,靠集资嘛!但物资问题不好办,还有电煤的问题,县里虽然成立了协作办,横向联合能搞到一些,但靠采购员到处搞关系毕竟不是个事,也容易出问题,怎么办?"

"那是另一个问题,可以探索,但目前的计划管理就是这样。"

王副县长见在楼局长这里捞不到便宜,马上把洋溢着满腔热情的脸转向小严处长。小严处长左挡右推地跟他打起了太极拳,实在没办法了只好跟他说还有事要出去办。王副县长拽着他,普通话夹着本地话说道:"你们李向农主任也太保守,这么大个人胆子这么小,一点'擦边球'也不敢打。重点项目多列几个,多批点计划指标,匀点给我们,我们小项目不都有办法了?"

柳明刚明白李副主任的名字叫李向农,这时小严处长被缠得没招,起身跟楼局长说出去走走,看看富阳小城。楼局长答应着起身,柳明赶紧跟上。小严处长扭头对王县长说:"晚饭不用等我们,我们什么时候回来什么时候自己吃。"

"那怎么行,我陪去!去哪里?我给你带路吧。"

"那不行,我就烦你,就让你们办公室的小叶去,你在这等。"

"你就想着小叶,下次不带她来见你!"

"别舍不得,不让见?那我让你什么事也办不成!"小严处长笑着与王县长开着玩笑。

这时穿着连衣裙和高跟鞋的小叶不知从哪里袅袅婷婷地冒了出来。柳明见仍是刚才端西瓜来的那位姑娘，原以为是服务员，现在仔细看才发现小严处长非要她陪的理由成立！的确是一位长相出众的美人，鹅蛋脸加上细长的眉毛，透着自然的美，不用化妆就很上镜。小严处长跟楼局长介绍说她是县越剧团转业过来的，在县经参委搞接待工作。

小叶很看得出眼高眉低，知道楼局长是贵宾，一路傍着楼局长走出宾馆来到街上，边走边介绍富阳风土人情。柳明跟在后面听，小叶说话柔声细语，柳明听不真切，又不好意思凑得太近，只好保持两步的距离紧紧跟着，看着她时不时地扭头跟楼局长说话，心思全到了她身上，盼着她能否回身跟自己说上一句半句。

小严处长跟柳明并排走着，问柳明想到哪里转转，柳明想起在校图书馆看过杂志介绍被日本宪兵密杀于苏门答腊岛的郁达夫的文章，记得他是富阳人，不知道有什么东西值得看。小严处长把小叶叫住，小叶瞥了两眼柳明，跟小严处长说只有郁达夫故居可以看，不过现在已被保护起来，不能进去。

柳明被美人看了两眼，心跳有点加剧，想起在兰溪时对江南美女的眩晕感觉，好像现在马上就要实现似的终于有了机会，胡乱答应。

四人离开喧嚣的大街，顺着一条三四人不能并行走的弄堂前行。

晒不到阳光的弄堂里格外的凉快和清净，到了一座门口石级上长满青苔的院落，大门紧闭，只有几棵青藤蜿蜒地在墙上攀缘扎根，稀疏地露出的墙上能看见灰暗的石灰粉斑驳掉落，一幅人去楼空的景象。

小叶热情地说道："你喜欢的话，我回单位给你取套《郁达夫选集》送你。难得有你这样千里迢迢来看达夫先生的，达夫先生是我们富阳人的骄傲！"

甜甜的声音在幽静的小弄堂飘着，像早春里的丝丝小雨滋润着柳明的心。柳明满心欢喜地谢过，心里想着这送书的机会是不是自己他乡遇知音的开始，禁不住有点心花怒放，一路盘算着如何才能不动声色地得到小叶的名字，以便可以跟她保持联系。但小叶忙着给楼局长讲郁达夫的生平，再也无暇顾及柳明。

回到宾馆已是华灯初上，富春江被照得波光粼粼，对岸的山冈变身为影影绰绰的巨型怪兽，蛰伏着像要伺机扑过来吞食这一团灯火，让柳明感觉不舒服。

在装着落地长窗的包厢里吃晚饭，王副县长与小严处长酒逢知己千杯少。柳明心不在焉地等待机会，但一直等到晚饭结束也没看见小叶的人影。

楼局长照例要柳明陪着去江边散步，说了一会工作上的事便各回各房。柳明打开自己的房门，见桌上摆着两本书，正是《郁达夫选集》！翻遍全书没发现小叶留的只言片语，怅然若失的感觉涌上心头。小叶的倩影闪现在脑海，想起楼局长说的明天早晨回杭州，后悔下午没有壮胆跟她当面要个联系方式，是自己的矜持让自己错失了一切美好的可能，怨自己没有孙庆华般的本事，期待着明天早晨的来临，或许她会出现在送行的人群中。

麻木地度过一个夜晚，早晨王副县长又出现在餐厅，仍然不见小叶的身影。柳明想着今生可能不得再见，几次想拐弯抹角地打听，但工作上没有关联，使他没有勇气和理由提起小叶，机械地随楼局长告别富阳，直接到杭州火车站乘火车回了北京。

出差不到一周时间，感觉经历了很多，积累了不少知识。从车站直接坐接楼局长的车把楼局长送回一区，又坐车风尘仆仆地回到办公室，却一切还是原来的样子。

柳明按楼局长的吩咐单独向处里汇报了出差的情况。老霍说调查好是好，摸到不少情况，但他就不愿意出差，到了地方人家又是吃饭又是送东西的，挺难受。柳明以为他话中有话，是在检查工作纪律，心想吃是吃了，但土特产没拿呀，就带了套不相关的书，怀疑是不是自己这几天江南菜吃胖了，被老霍看出了端倪，有点做贼心虚，赶紧补充说一路没有喝酒，闭口不提小叶送书的事。大家看见柳明急着辩解的样子都笑。老陆说了句："有楼局长顶着呢。"柳明这才松了口气。

老程开玩笑说："不喝酒当心水土不服。"

老秦插话说："他这是回南方了，回来上班才有水土不服的问题。"

大家都笑了。老程又说去河北的调查报告委里的《通讯》登了，不过就一句话。柳明拿过来看只有"近日交通处赴河北调查公路建设，群众呼吁'要想富，先修路'，要求加大建设投资"一行字。老程把五元钱给柳明，说是稿费，柳明坚决不要，老程说那就交局里充公了。

好不容易挨到下班，柳明去吃晚饭时碰到顾民，顾民告诉他房间里又来一个河南人小耿，是流域局的。又一起到他办公室坐了会，看到他桌上一堆书报和专业杂志。顾民从抽屉里拿出他正在写的文章，得意地说道："这第一个月的奖金就靠它了。大机关就是好，随便诌点就可以发。"说完又抖了抖专业杂志说，"我随便写写都不比这些文章差。"柳明心想这家伙前两天还在为不住地下室组织抗争，这会儿就说好了，随便敷衍几句就告辞。

走在走廊里，柳明觉得人家学"伪科学"的刚到就要发表长篇大论，自己大学四年算是白学了，写不出什么高论。回到自己办公室，小陶又不在，柳明想何不把这次出差情况整理一下，争取露一手，但那'想要富，先修路'的一句话文章又浮现在脑海，像消防员手里的水龙头把想写点东西的思想火花给浇灭了。拿起了报纸看，没看到什么特别的，又想起了《郁达夫选集》，掏出来看了一会，发现什么也没看进去，想的全是富阳时的情景，懊丧地合上书。想想时间已是九月初了，还有分到交通出版社的陈俊和交通援外公司的张海东该到京了吧。马上给顾卫东办公室打电话，无人接。

出差一圈很久没有遇到自由自在地说话的机会，这会很想和人聊会天，无奈又给孙庆华打，孙庆华一听是柳明就开始抱怨，说："舒燕华专门找了资料给你，你出差也不打声招呼，是不刚回来呀？"

柳明听说才找到了资料，心里有点不高兴，说道："我的报告都登出来了，你的资料才来呀！"

"你真是躺着说话不腰疼，人家费了工夫还不讨你的好，你真以为自己是领导啊！"

"领导都下班了。那你说说看，我又出了趟差，说不定能用上。"柳明觉得他说得对，找人帮忙哪能再挑剔，都怪自己跟孙庆华随便惯了，但这回是麻烦舒燕华，遂换了种口气说道。

"不是秦始皇的直道，就是《诗经》里有两句：周道如砥，其直如矢。"

"两句诗管什么用呢？我早就知道。"

"人家还查了考古资料，说是在陕西的宝鸡，3000年前西周的周原地区发现道路遗迹，宽11米，可以并排六辆马车，还说没用吗？"

"有用，你小子还挺帮忙，替我谢谢舒燕华！不过，我还有封信没看，回头再说吧。"柳明想把孙庆华说的记下来，从抽屉里掏纸时刚发现了父亲的来信，估计是惠大姐塞进去的，忙应付完孙庆华，看起信来。

父亲高中文化，信也写得简单，就是告诉家里都好，问柳明情况怎么样，不合适就准备调回老家，考回去最好，苏州城市学院有招研究生计划等等。柳明反复考虑怎么回信，很多事没考虑清楚，觉得还是暂时不回信，满怀着惆怅回了住处。

三

一晃又是几天过去,始终联系不上顾卫东,柳明忙着自己的事,对联系同学不再像刚到时那么热心。

住处要什么没什么,柳明跟地下室的伙伴们一样早已把办公室当成了家,有时相互到同伴办公室串门。

这天晚上柳明又像往常一样去规划局的罗晨办公室聊天。罗晨是无锡人,从南京的江南大学经济系毕业分配过来,年纪不轻,已二十八岁了,老成持重,又是老乡,柳明很愿意与他来往,私下里叫他老罗。罗晨说压力很大呀,到这儿放眼望去全是老革命,不尽快熟悉工作还真不行。

聊了一会,见罗晨忙着掏稿纸写文章,柳明就告辞回了自己办公室。

听见对面机电局办公室里传出热闹的说笑声,推门进去见南京老乡黄同坤和另一位同事小查正在同一位漂亮姑娘说笑。黄同坤是去年来的,柳明的校友,不是一个专业,柳明来了以后做了办公室邻居才与他认识。校友见到柳明打了声招呼,又继续跟女孩说笑。小查也是79级的。

柳明明白他们在干什么,退回到自己办公室。见小陶不在,估计他去干跟黄同坤一样的事去了,便独自坐沙发上跷着脚看英语。

不多会,电话铃响了,一接发现是顾卫东,开口就是要柳明去一趟,一贯自信满满的他此时声音有点沮丧。柳明没搞明白为什么,但答应后天礼拜天过去。

打完电话想起邮电处的朴英顺昨天曾期期艾艾地邀请自己这个星期天去她家玩,当时老秦在场,等她走后还跟柳明介绍说她是物资总局副局长的女儿,去年大学毕业分配在北京郊区的基层单位,今年刚调过来,比柳明还晚进机关。柳明也没往心里去,这下撞了车才想起来。

第二天快下班时又接到小朴内线电话告诉了她家地址和乘车路线,柳明决定明天早晨去她家看看大领导的家是什么样子,再从她家拐到北太平庄找顾卫东。

星期天早晨柳明吃点饼干就出发了,到三里河坐车往小朴家去。到了西四下车按她提供的地址逐条胡同找,发现胡同连着胡同,都是四合院,让人想起《四世同堂》里去祁老太爷家必须经过的葫芦脖子,只是环境卫生还可以,走一段就有一座公共厕所,垃圾有专门的桶存放。

进到她家的四合院,柳明说:"你家好大,一个院子不得几百平方米。"一向穿长裤衬衣上班的小朴今天例外地穿上了一件素净的连衣裙,笑吟吟地迎出来,老远就听见她的柔柔的声音飘过来:"哪儿呀,我家就四合院的两间东厢房,我爷爷奶奶占着一间,我占着一间,厨房是自己在院里搭的,卫生间就是外面的公共厕所。"

柳明头一回看见她穿连衣裙,像是被她的全新靓丽形象晃了眼,有点不自然起来,磨叽半天才找到话:"你父母不在这儿住吗?那冬天怎么办呢?公共厕所再多也是在外面。"

"冬天屋里生炉子,裹着衣服上厕所呗。我调回来就是为照顾爷爷奶奶,我父母在我们机关对面的月下湾部长楼住,我弟弟跟他们住,好房子我还轮不上。屋里坐吧!"

"是这样啊。"柳明进到阴暗的屋里,看见的都是凌乱的旧家具,只有角落里小朴的床铺是新的,有点感慨。

她爷爷奶奶出来热情地打招呼,柳明见了老人更加不自然起来,坐了会便要告辞。

小朴说中午在这吃午饭,让她奶奶去准备包饺子。柳明哪里好意思打搅,嘴里说着比我地下室好多了,心里想的是饺子我是能不吃就不吃的,坚持说要去见同学。小朴笑着说肯定是去见女同学。柳明这才放松下来,打趣说女同学还没生呢。小朴笑着用纸包了几个月饼塞给柳明,说明天就是中秋节了。柳明把饼收好,又担心找不到出去的路,让小朴陪着边说话边去北太平庄的汽车站。

北太平庄是个热闹的城郊集市,礼拜天格外人多,马车、驴车,还有各种吆喝声此起彼伏。柳明一路打听,很快在北京电影制片厂的对面找到了顾卫东的单位。进了大院就看见了一排朝东的两层简易工棚,根据上次顾卫东的描述,不用打听就沿着钢铁制的室外楼梯上楼找到了他。

顾卫东正在用电炉架个小锅炸花生米,一盆海蜇头已准备好,还有切好的粉肠和青椒摆在桌上。宿舍里就两张床是干净的,一台小录音机里播放着美国乡村歌曲,柳明只听懂了一句:Green green grass to play on。

见了柳明,顾卫东懒洋洋地说:"怎么这会儿才到？找不到路吗？"

柳明说:"我从西四转过来的，经过北师大，没走你说的西直门这条道。"

"你还不知道吧？陈俊去德国了,张海东压根就没来北京,他爸来了,把他的关系强行转回南通了。"

"是吗？怪不得一直没消息。你怎么样吗？"

"不太妙,桥梁室去不了了！现在在道路室临时干着,总是不来劲！"

"怎么去了道路室呢？"

"道路室主任是老校友,把我要过去。前两天出差才回来,去营口了,搞了个路面检测课题,那里重车太多。"

"有钱就可以嘛,你还非挑干什么具体工作。"

"不挑哪行？不搞桥我就不来北京！你看看这地方,哪里是人待的?哪里有你大衙门好。钱是不少拿,去趟营口又得了好几十奖金。"

"我就拿四十多块的干工资,衙门是大,天大地大没有'大团结'大,我进的可是个清水衙门。"

"得了吧,不可能,谁不知道你们是有权的。我们这里出去还围一帮人招待,天天好吃好喝,海蜇就是人家送的。"

"跟你说不清,信不信随你。"

"你们的干工资含金量高啊,享受的东西不一样。"

"你越说越邪门,我怎么没看出来？"

"不识庐山真面目,只缘身在此山中。"

"净说这些没用的,你还不如说是身在福中不知福。"

"这可是你自己说的,就这意思。"

"不说这些了。"柳明忍不住说起了去浙江富阳的偶遇。

顾卫东突然来了劲,道:"你是真不懂还是假不懂,看那么多书,这事没搞明白,爱美之心人皆有之。可你,简直是盲目！有句话叫'女想隔层纱,男想隔堵墙'。人家没这意思,你自己在瞎想,你连人家姓名都没搞清楚!你知道她是什么情况吗？没准人家已经结婚了,漂亮的追求的人也多,哪里会闲着,隔那么远,别说你只见过一面,你就是见过一路也不见得能搞定这事。搞定了要弄到北京来怕也不那么容易吧！北京户口有多难？你不会还在想这事吧？趁早拉倒,你这么好的条件,要高度有高度,要文凭有文凭,五官端正,身体健康,还怕找不到老婆？怕是要挑花眼的。我准岳父跟我说过几次,找老婆不是选美,要找对自己最合适的。我要是你,哼,我非找个北京大干部的千金不可!"顾卫东像接通了电源的机器,不切断电源不会停下来。

柳明被他数落得晕晕乎乎,本想从他那里寻找一些安慰或办法,现在好像被从釜底抽了薪,心里的热度一下降下来,嘴里还在反驳他,要捞回点面子:"你是找老婆还是找大干部?新社会学艺的肯定都是小家碧玉,大家闺秀看不上这行,过分贫穷的也学不起。"但不知他的女朋友究竟是什么背景,一时不知该怎么继续说下去,改口叹道,"连情不自禁都不懂!"说完悻悻然地提醒顾卫东花生米煳了。

顾卫东手忙脚乱地捞完花生米,又把粉肠和青椒倒下去炒,还不忘往柳明的伤口上撒盐,就像是往油炸花生米里撒盐一样:"再说这演戏的行当是最靠不住的。唉!我老婆要调过来可难了,这破单位不知道帮不帮忙。"

柳明感觉顾卫东像是换了个人,说道:"还是那个吗?是不是换了?"

"你见过的,我看中的跑不了!是有城市户口的,在老家县城邮局上班,她爸是县信用社主任呢,多少人巴结!"

"明天好像是中秋节了,给你两个月饼。"柳明嫉妒顾卫东真的找到了他的小家碧玉,有意岔开话题。

"我还真想吃呢,是北京月饼吗?《北京晚报》上有个小笑话,说是从拉月饼的车上掉下一个月饼,押货的下车找,就是找不到,司机也下车找,找到了,原来是月饼太硬被后面的车压嵌到路面里去了。这样的月饼能吃吗?"顾卫东接过月饼掂了掂说道。

"这月饼是我同事送的,我也不知道好吃不好吃。要想知道梨子的味道,那就要亲口尝一尝。能把面粉做成把路面硌下去的东西,也是一种境界,说不定能用来当筑路材料,你应该好好研究一下怎么利用这种技术。"

"这倒也是,我们的'豆腐渣'路面就是强度太低了,我要搞路面工程的话,中国公路路面就有希望了。喂,菜都做好了,将就吃吧!"顾卫东边连锅端过来边招呼柳明搬椅子到桌前。

柳明觉得录音机放的乡村音乐很好听,问他是哪来的,顾卫东说是新买的录音机,校园歌曲早听腻了,是他专门从《美国之音》上录的,《美国之音》里什么消息都有。顾卫东拿出一瓶"尖庄"白酒给柳明倒到大碗里,边倒边说:"我还托人搞票买了辆自行车,正学骑车呢。这电炉是实验室的,用坏了再去拿,电是公家的,这酒也是营口人民送的。喂!你这酒量也就能喝一口吧。"

"你说过要请我们几个吃烤鸭的。酒我喝不了,烤鸭我会吃的。"柳明看他经济条件好了，又跟他提起来时火车上的话。

"嘿嘿，什么年代的事了，你还记着！我请是肯定请得起，就怕人凑不起来，以后再说吧。"

"你这家伙真能要赖！"

"不算赖，先记着嘛。"顾卫东眼里闪着狡黠的光，手里端着碗跟柳明的碗磕着。

"谁要赖呢？"这时外面进来个三十来岁戴眼镜的男子，柳明看着眼熟。

"老邱啊，来来来，一块喝点。这是我同学柳明，这是78级的师兄，邱达理，镇江丹阳的，不过以前是上海的。"顾卫东急忙介绍完，又起身去找碗。

"啥叫以前是上海的？就是上海的。"邱达理麻麻利利地坐下，目光有点呆滞像是在思索，看看柳明又说，"像是见过。"

"我见过师兄，都住一栋宿舍，肯定见过的。"柳明收敛起刚才与顾卫东的狂放，恭敬地说道。

"你在哪里呢？"

"我在国家经参委综合运输计划局。"

"哦——哎，我说顾卫东，你别找碗了，我来跟你说，去援外公司的事给你问过了，人家肯定要，但你自己得想清楚了，决定了告诉我。我走了。"邱达理说完话看也不看柳明就走了。

"他就这样，风风火火的，混得不错，已经是标准室副主任了，据说是第三梯队的，未来的院长接班人。这里上班流行上海话，也不知道怎么这么多人讲上海话！不知道是不是都是上海人，我听到上海话就头晕。"顾卫东放下酒碗又跟柳明继续聊。

"讲上海话不是有身份吗？上海出来的知识分子也这样？他们怎么不明白上海开埠才几天，有几个是上海本地人。你要去援外公司？"一瞬间发生的事很多，柳明拣要紧的问。

"是啊，本来我想先告诉你的。我都打听过了，援外公司出去干两年，一天几十美元，两年就是一大笔钱，一个季度一件大件一件小件，回来后那家用电器不是随便搬吗？关键是那边缺搞桥的，我仍然可以搞桥，施工也没关系，在这不也住工棚吗？什么时候改善还看不到，到非洲苦两年，等我回来说不定汽车也能买了，不挺好吗？看来我还是适合在基层干，对付农民我有经验。"顾卫东精明地算着账，把柳明唬得一愣一愣的。

"那之后怎么办呢？非洲能干什么大项目呢？研究院毕竟是出技术精英的地方。"

"两年说快也快,邱达理没准当院长了,我再回来也不难,要不然我也打回老家去。嗨,以后的事以后再说。好比你去食堂吃饭,吃到个苍蝇,你会怪打饭给你的服务员还是怪厨师?"

"我会怪厨师。"柳明不以为然地说道。虽然自己也没彻底放弃回老家的念头,还是替顾卫东可惜,曾经的高涨热情,才一个多月的工夫就像这北京眼下的天气一样凉了下来,难道这是现实的必然?

"我会换食堂!"顾卫东斩钉截铁地说道。

柳明想这家伙是打定主意了,再说什么也是枉然。顾卫东还在滔滔不绝地说着去营口的见闻,柳明嗯嗯啊啊地应付,本想再跟他聊聊河北太行山区的见闻,见他又变成一副拿好主意后笃定的样子,便不再提起,草草吃完饭就坐公交回木樨地。

路上一会儿想着鲁迅先生在《无常》文中写的"无论贵贱,无论贫富,其时都是'一双空手见阎王'";一会儿又想着顾卫东或许是对的,世界在变,中国也在变,人怎么能不变呢? 每个人都有实现自身价值的权利,眼前明光村是一片灰突突的村庄,两年以后这儿可能已变成富阳一样到处是工厂的光明村,顾卫东会开着他梦想的汽车,他的梦想至少一部分将会实现。邱达理成了接班人,有的同学还没毕业就去了美国,现在又有同学出国,或是调回了老家,自己的梦想又在哪里呢……

礼拜一很快就到了,柳明像往日一样上班。

处长们开完例会回来,老秦问柳明昨天去小朴那里了吗,柳明回答说去了,正要说去了第一研究院同学那里听到很多辽宁公路的事,老陆说道:"是吗,小朴好像也是单身?"

老程说得更邪乎:"小朴比小柳大好几岁吧?"话说得都没毛病,问题是联系起来就让柳明犯了嘀咕,这话赶话的明显有所指,柳明真想找个缝钻进去,自己答应小朴去她家时没想这么多,去见了小朴也很正常没见有什么异常呀? 如果她表现出一点"和羞走。倚门回首,却把青梅嗅"的意思来,自己倒要"心有灵犀一点通"了……哎呀,想哪去了,富阳的不期而遇还没理出个头绪来,怎么会注意身边的事? 嗨,这单身族的交往怎么就这么敏感? 老革命们这方面的想象力也太丰富了! 柳明想辩解,又想这种事越辩越往他们想的方向去,反正也没什么事,但又怕他们再问下去,定定神把从同学那里听来的辽宁沿海公路交通量很大的情况吹了一遍。

老霍说:"这很好,以后跟同行、同学要多联系,可以掌握很多第一手的情况,有时比专门去调查还可靠。"

老程终于从谁大谁小的话题中出来,说道:"我这儿还有沈大一级路的计划任务书,你拿去看看吧!搞不成的事,看完就存你那里了。公路建设基金的事也是这个单位在研究,要跟踪一下。"柳明把那几页纸认真看完就到中午了。

下午又接着看老程给的公路建设基金研究报告,其中的各种经济预测模型看得柳明头昏眼花,处里杂七杂八的事不断穿插,使柳明不能连贯地看报告,柳明决定晚上沉下心来看报告。

下班时老陆要小陶和柳明去她家吃晚饭,说是中秋节,没地方去就到她家吃月饼。小陶说四个领导家他和柳明各去两家,肯定要吃撑。大家都笑,柳明知道不可能真去,佩服小陶平常话不多,但总能在关键的时候说出让领导们满意的话,跟着哈哈了事。

晚上从食堂回到办公室,不多会,罗晨和另一位重工业局的江苏老乡沈瑀来串门。

沈瑀是镇江人,父母都是大学教师,他本人是江南化工学院毕业,都是刚毕业来委里。

聊起各自家乡中秋节的热闹,吃糖芋头加糯米圆子,当然还有月饼,发现都大同小异,无非是找些安慰。柳明把小朴给的月饼分给大家吃了。

沈瑀说:"这月饼没老家的好吃,像是烧饼,一坨面粉,也没有多少馅,老家月饼有白果仁,很好吃。"

罗晨说:"月是故乡明,这月饼自然也是老家的好。"

柳明道:"刚才应该到院里看着月亮吃月饼才好。"

罗晨笑道:"'花间一壶酒,独酌无相亲。'那不成了动物园了,人家都来看热闹。"

柳明接着起哄道:"举饼邀明月,对啃成七人。我们这些漂泊在外的,过中秋也难呢。"

沈瑀说:"那不成了群魔狂舞了?我可不跟你啃。赶紧找个能啃的对象呗。"

罗晨道:"那也得有被找的对象才行呀。"

沈瑀说:"我都侦察过了,新来的女生都在一区单身楼呢。"说完又问柳明,"你们局有被对象的吗?"

柳明道:"我这没有,老罗这把年纪不会没女朋友吧?对门倒是有一位新来的,天天晚上在办公室,你们何不去认识一下,撞撞大运。"

罗晨嘿嘿笑着,天生的小眼睛已变成一条缝:"还有漏网的吗？留到现在？我能去瞧瞧吗？"

"去吧,正对门。"柳明积极鼓动着。

"你倒是方便得很,邻居嘛,天天看得到,你怎么不去发展一下？"沈瑀说完张着嘴疑惑地看着柳明。

"我已发现她被很多人惦记上了。邻居反而不好办呢,吃不成羊肉反惹身骚,不怕被人笑话吗？"柳明说出了心里话。

"你看老罗过去了,你也去呗。"柳明接着鼓动。

"这种好事应该留给老罗,他的情况比较紧急。"沈瑀嘴上说着,人早就站起身迈开了步向对门走去。

柳明觉得很轻松,心想你们去加入"同情者"行列好了,自己经历了富阳的事,正像哲学课里讲的一样,从实践到认识,认识再到实践,这样螺旋式上升,现在已经能做到像兔子一样不吃窝边草了。回到自己座位,研究报告是看不进去了,拿出父亲赶在中秋节前寄到的第二封信重又看了起来。

父亲在信中除了埋怨儿子没及时回信、上次的信过于简单外,又一次谆谆教诲——我认为,聪明、老实二义,足以解决一切困难问题,聪谓多向多思,实谓实事求是,持之以恒,行之有素,总是比较能够做好事情的。

思索良久,柳明给父母写了到京后的第二封信,按报喜不报忧的习惯,乐观地叙述了一番自己工作的重要性,虽然目前还是板凳队员,但前途可期,领导热情关心,生活困难可以克服等等。

写了满满三页纸,还把在办公室的自拍照和在新安江水库的照片塞了几张进去,再贴上一张邮票,想起余光中的《乡愁》:小时候,乡愁是一枚小小的邮票,我在这头,母亲在那头。

离开办公室去寄信时听见对面办公室虚掩的门里传来男女愉快地说笑的声音,柳明想起了孙庆华和舒燕华,是不是应该给孙庆华去个电话,但这念头仅是一闪而过, 因为柳明知道孙庆华在这样的日子里肯定不会闲着。柳明边走向邮筒边想着今晚不给孙庆华打电话的理由,寄完信抄小路走回宿舍。路两边万家灯火,想着这朦胧月光和路灯辉映下的城市是多么热闹而又寂寞,真的是别有一番滋味在心头。

日子过得很快,一周时间又过去了,柳明像往常一样晚上独自在办公室消磨时间。牡丹电视机已配发给交通处,想起白天惠大姐来叫小陶和自己去搬电视机时的情景,柳明到现在还忍俊不禁。惠大姐像立了好大的功劳似的喋喋不休,说是照顾你们楼上两个处有三个单身汉,电视机不放局长室改放你们交通处。柳明说晚上最多也就两个人。惠大姐说你们处两个再加上外屋邮电处的小张不是三个吗？柳明从未见小张晚上来过,没想到他也是单身,所以随口说了出来。惠大姐转身揪住小张不放,一连串地问他晚上去哪里了,叽叽喳喳像只兴奋地觅食的麻雀。小张在她的逼问下说是去女朋友了。惠大姐装出一副生气的样子说你喜糖都没发就住女朋友家了,你够能耐的。小张说她爸在单位是管房子的,家里大,我住一间还不行吗。惹得大家哄堂大笑。惠大姐又说小陶来一年多了还不落实女朋友。小陶说都怪处长不多进点女的来,来了个小柳是男的不说,还差点坏了小张的好事。柳明赶紧辩解说自己不知情,又揭发说最近小陶也不常来。大家都在笑。惠大姐说小陶也该有情况了吧,赶快坦白。小张不高兴地对柳明说："你这种行为叫泄露'国家机密'！"

大家都笑着散去。

柳明很高兴无意中报了小张的"一箭之仇"。因为前不久借他的热得快礼拜天在办公室煮花生米吃,还他时被他发现沾了花生的颜色,叫柳明赔了他一个新的, 也让柳明明白自己刚来时为什么连打三个电话都被挂断,这叫林子大了什么鸟都有!

看了会电视,粗制滥造的广告很烦人,又掏出英语书看了一会,罗晨来了。两人坐沙发上一起看电视,一群舞蹈演员正在跳得起劲。

柳明说："这些女孩子身材都特别好,该凸的凸,该细的细。"

老罗说："那是自然了,整天在那里搂搂抱抱,刺激得雌激素水平高,所以身材发育好。"

"那不是因为长得好才选去跳舞的吗？"

"长得不好的,跳跳也变好了。"

"还是你老兄阅历广,经验丰富。"

"嘿嘿,不说了,我去办正事。"罗晨起身离开,一会儿柳明听见对面办公室的开门声,柳明关掉电视机又掏出《郁达夫选集》看了起来。

一会儿又觉得身上很痒,说来奇怪,入秋以来柳明总有这种感觉,水喝得不少,嘴唇还是很干,尤其是夜深人静的时候,身上皮屑纷纷掉落,奇痒难忍,鼻子也少有地出了两回血,一次是在办公室,一次是晚上睡觉时,早晨起来发现血迹已经干了。

为此去过委里医务室,大夫诡异地笑着说柳明年轻人火力旺着呢,冬天跳到玉渊潭里嗤一声还冒烟,内火太大,加上北京气候逐渐干燥,到明年春天才会慢慢转好,南方人初来北方都有个过程,慢慢会习惯,要多喝水,多吃蔬菜和水果。柳明说水倒是不花钱,但我顿顿吃食堂,蔬菜就那么点土豆白菜,怎么可能多吃,天天吃水果咱也吃不起呀。大夫说也是的,给你配点牛黄丸清清火吧。

这时柳明从抽屉里找出剩下的一粒牛黄丸,打开蜡封咬成四份,再用水冲服下去。或许是心理作用,感觉好多了,想起大夫的话,要到春天才会转好,觉得时间过得太慢,再也无心看闲书,从自己的文件柜里拿出各省报来的项目文件看起来。

或许是设立公路建设基金的消息传出去的缘故,零零星星有几个省很有远见地报来了要求"七五"期间上马的公路项目,经济干线、旅游专线、疏港公路、城市出入口公路等等,各种理由花样百出,都想争取一点国家投资。柳明知道顾卫东强调的"有权"就是这些内容,但哪个能哪个不能列入计划的权力不在自己,而在处长们。柳明把项目分类记到自己本上,又在图上熟悉一下,防备老程时不时地提问。

想起前天小鲍讲起沉船的一幕:一艘刚从罗马尼亚进口的散货船在接船回国时,因主机故障失去动力沉没在印度洋上,全船仅一名船员生还。

全处都在感叹!

柳明到现在心里还在唏嘘,万幸自己不在这条船上,比较这些失去生命的船员自己太幸福了,气候问题引起的不适实在不算什么。国家经参委权力是大,但权力用不好就会导致实实在在翻船的后果,每一个决策要考虑的因素太多。

周二上班,惠大姐又像往常一样给柳明送来一摞文件,等柳明逐一签字交割完,她又拿出一页纸说:"这是关于你的通知,不用签字了,看了以后交给你们处长就行了。"

柳明急忙拿过来看,原来是委里培训中心"关于举办委第三次计划干部经济理论培训班的通知",空白处楼局长有批示:我意本次培训由柳明参加,请龙局长定。龙局长在自己的名字上画了个圈,写了几个字:交通处阅。

柳明每次读报和资料后都觉得自己知识面窄,与顾民、罗晨等伙伴们接触多了更是觉得自己学的专业囿于工程技术知识,在管理经济的大机关工作显得基础知识太薄弱,因此对经济理论知识很渴望,对培训的事是望眼欲穿。今天楼局长践诺批准自己去培训班令他喜出望外,连忙给老霍看,老霍看了以后又递给老程看,说道:"局长重培训,我这个处长是要有人干活,我们这些老头子要交卷,本来希望小柳赶快接你的班,你看怎么办？要不让老温先帮你一段？"

柳明听老霍话里似乎不情愿放自己去,怕机会要溜走,赶紧说:"楼局长说小陶去学过……"

刚要接着说,话已被老霍打断:"那行,你去吧,让老温接触接触公路也好。"

柳明想大事不好,莫非领导生气了,想解释,转念想自己这么年轻,不管以后在不在这干,多学点经济知识总是好的,打杂以后还有得打了,只要老霍同意自己去就行了,生气不生气的慢慢就好了,我不也是为了适应今后的工作吗,子曰:工欲善其事,必先利其器。

老程沉默半晌终于表态说:"行,去学学吧,就三个月。"事情总算定了下来,柳明欢天喜地地谢过两位处长,回到座位又把通知详细看了几遍,看清是国庆节后开班,已经没几天了,心里高兴着又闯过一关。

大机关里的运转规律是复杂的存在,全然不像柳明学过的一点弹性力学啊、高等数学啊那么明了有公式,偏偏柳明用了最简单的加减法来打算自己的未来。随后的几天里柳明就发现自己想多学点的想法有多么幼稚,因为他又进入了刚来时纯打杂的模式,每天上班就是接电话、登记和分发文件。还好柳明不是只知道一加一一定等于二的人,心里不高兴,脸上还不能表现出来,依旧熟练地干着"老本行"。

国庆前两天柳明接了个内线电话,是沈瑀,问柳明国庆节放假去不去八达岭长城。柳明正发愁国庆怎么过,故宫和鲁迅博物馆早就去过了,国庆大检阅是十月一日,不能去现场看,单位办公室是要贴封条的,那除了公园就没地方去。便问怎么去,沈瑀说坐车呗。柳明想起顾卫东的自行车,说干脆骑车去算了,省两个钱呗。沈瑀说那就抓紧借自行车吧。

落实了国庆节的事,柳明心里还是感到些安慰。正要给顾卫东打电话借自行车,听老程在叫自己,扭头看时见老陆位置上坐着一位穿红外套的中年女同志,一副神采奕奕的样子。老程介绍说是江苏省经参委的管处长,又介绍柳明是南京江南工学院来的,学路的。管处长看着柳明愣了一下,还没开口脸上神情已变了三变,从惊讶到欣喜再到疑惑,然后停留在怀疑的神态上,说道:"乖乖！国家经参委也有这么年轻的干部啊！我也是江南工学院的,道路专业的,去年才从省交科院调过去。我们处也有像你这样年轻的,也是校友,79级的。这下好了,下次我带他来认识认识,没准你们认识,你哪一届的？"

一口纯正的南京话让柳明听着很舒服,但她的怀疑的态度让柳明心里不悦,但心里一个声音在说一定要绷住,所以脸上绝对没有反应:"我刚到两个月,谁在你们处呢?"

管处长看看老程,又对着柳明道:"小柳是北京人啊?钱之若在我那里。"

老程笑着说道:"我们这里两个江苏人,小柳是苏州人,还有小陶,连云港人,今后你们江苏人来办事可就方便了。"

柳明跟钱之若在校时就认识,只知道他去了省政府,没想到是在省经参委,现在看老程情绪不错接着他的话说道:"我家祖传的苏州人。"

管处长好像松了口气说道:"听不出你的口音,这么年轻,还以为是北京哪个部领导的子女呢。我们小钱的父母可都是在省委上班的。"

柳明听出了她的话外音,难道只有部长的子女才能到大机关上班吗?联想起顾卫东单位的邱达理爱理不理的神态,心想这帮校友可能就是嫉妒自己能到大机关工作,就像自己眼红孙庆华一出手就觅到一个舒燕华一样,除了这种心理作祟还能有什么呢?想到这他心中更加不悦,说道:"小钱父母也就是一般干部吧!"

管处长自顾自地说道:"下次让他来。"

柳明到单位快两个月了,最怕别人说自己年纪小!因为小意味着嫩而难堪重任,天下事怎么都是跟人长得老和少挂钩呢?自己要长一副坐山雕似的脸可能就足智多谋成熟稳重的了!这时窝着火踅回自己座位坐下,勉强听她说完京杭运河苏南段改造和南京新生圩港口的事,再挨到她告辞,跟老程道:"我跟您去河北,人家一听就知道我是南方人,这南方人来了反倒以为我是北方人,被他们开除了省籍不说,还那么多怪话。"

小陶一直在听,这时笑着说:"幸亏老霍、老陆不在,别把我包括进去,要不我就惨了。"

柳明当然听懂了他话中的玄机,本想说:你是想说我惨了,转念一想古人说得对,知我者谓我心忧,不知我者谓我何求,多说无益,沉默是金,赶紧装作若无其事的样子给顾卫东拨电话,身后传来老程的嘿嘿笑声:"江苏出人才,我们这里江苏人最多,你应该感谢母校的培养。"

柳明想导师就是导师,宽以待人,包容显示了领导的胸怀,说话一针见血显示了领导的睿智,不过一日之师终身为父,对老师是应该常怀感恩之心的,自己提前报到不就是为了不辜负母校的栽培吗?否则……唉!真是骑虎之势。顾卫东在电话那头痛快地答应借车,让柳明又一次感觉到老同学的温暖情谊。

虽然是打杂但也终日忙忙碌碌,很快到了国庆节。柳明睡了个懒觉,再去二食堂吃过早午饭就去了顾卫东处。

因为总吃食堂里大锅菜,所以顾卫东用电炉做的饭菜成了柳明可口的家乡美食。看着顾卫东熟练地做饭,柳明也帮不上忙,因为柳明除了收拾鱼,其他压根就不会,但顾卫东说市场上就没活鱼卖。

单身族的生活就是有时候吃了上顿没下顿, 有时候又一顿接一顿地吃。顾卫东是边炒菜边吃,柳明是边吃边聊。顾卫东集体宿舍的同事们三三两两地过来闲聊,见柳明在又三三两两地告辞。柳明听着录音机里的美国牛仔歌曲,仿佛自己也在美国荒凉的西部神游,不过吃的是纯粹的家乡菜。

顾卫东说调去援外公司的事刚有眉目,研究院不好好用他总不能耽误他,自己已跟院领导反复交涉,到哪里都是吃技术饭,是干活的;又说柳明不一样,是劳心者治人,他是劳力者治于人,现在没啥事就学国画,从基本技法开始。

柳明听了有点兔死狐悲的感觉,好像现实已让顾卫东变成了一个入定了的老僧,不再踌躇满志,也没有了张狂的影子,更担心等他出了国,今后没地方吃家乡饭菜了,更为重要的是随着他的改变,今后少了一个可以自由自在地东拉西扯的地方!

在顾卫东宿舍混到天擦黑,柳明骑着他的自行车默默地回到木樨地。

十月二日早晨天刚亮,柳明和沈瑀带上水壶和面包骑车出发,到月坛北街时柳明看表刚到七点。经过昨晚的热闹,北京城似乎还在酣睡,路上很少碰到人。路线是柳明早就找好的,一路往东到德胜门就出了城,三块板的一级公路宽阔平坦,两人骑行在非机动车道上很是惬意。柳明把放着照相机的军用挎包斜背在左肩上,不时地扭头看东方冉冉升起的太阳,秋日阳光照耀下的京郊暖洋洋的,让柳明想放歌。沈瑀说要走的路还很长,少说话省点力气吧。

两人低头猛踩自行车,骑得耳旁生风,两边的庄稼地唰唰地往身后去,南来北往疾驶的汽车也不能让两人有丝毫的气馁。

到了昌平路口时柳明看表已是十一点了, 一级路往东去是昌平县城,向西前往八达岭的公路变成二级路,两人不觉得累,但肚子空了,停车歇脚,吃面包喝水,继续往西狂奔。

到了南口,柳明兴奋地告诉沈瑀,还有四分之一的路程就到了。沈瑀说你是不给我打气呢？怎么越来越骑不动了。柳明说这是山脚下的风口可能有风,要不就是上坡了,看山跑死马,哈着腰骑呗。

两人都弓着腰,身子几乎是伏在车上,大腿发力死命地蹬着车,歪歪扭扭地走着"之"字形一路上山,一会就气喘吁吁。柳明觉得累了,估计今天是回不了城了。沈瑀说不到长城非好汉,不管怎样先到长城再说。两人一刻不停又继续冲锋,到居庸关时柳明实在骑不动了,只好叫沈瑀停车休息,喝了水再冲。两人耽搁几分钟又咬牙坚持,继续骑上山,终于在下午三点多来到了长城下。

城墙上下没见一个人,一处敞开的栏杆孤零零地戳在那里,在微微的秋风里显得格外冷清。两人顾不得多想,直接穿过栏杆处往长城上爬,骑车没觉得出汗,爬上长城倒是大汗淋漓。柳明边爬边选景给沈瑀拍照,两人换着个拍,来回折腾,直到把相机里剩的半个胶卷用完。

站定在积淀了无数历史尘埃的长城上,远眺起了长城外连绵的群山,山坡上、沟沟壑壑里一团团一簇簇好像是要赶在冬天来临之前做最后的表演的红叶,在温暖的阳光下像巨型的花儿一样怒放,美不胜收。与到南京栖霞山和苏州天平山看红叶竟是如此不同,让柳明浮想联翩,豪情大发。想象着冬日里白雪茫茫的时候该是一番如何壮观的景象,两人忘乎所以,同时兴奋地大声喊着《沁园春·雪》：

> 北国风光,千里冰封,万里雪飘。
> 望长城内外,惟余莽莽;大河上下,顿失滔滔。
> 山舞银蛇,原驰蜡象,欲与天公试比高。
> 须晴日,看红装素裹,分外妖娆。
> 江山如此多娇,引无数英雄竞折腰。
> 惜秦皇汉武,略输文采;唐宗宋祖,稍逊风骚。
> 一代天骄,成吉思汗,只识弯弓射大雕。
> 俱往矣,数风流人物,还看今朝。

忽然发现就要夕阳西下,想起还要回城,急忙下城墙骑车就出发。

因为是连续下坡,柳明一直用刹车控制着车速,但由于太陡,柳明估计有7%的坡度,重力作用下车速还是太快,觉得耳鼓膜在涨,连过十几个急弯,前面赫然又是一急弯向右,左侧是看不见底的悬崖,右侧是公路内侧山坡,柳明怕冲下悬崖急忙向右猛拐,双手下意识地捏紧刹车,车是控制住了,但人的重量太大,惯性的作用下连人带车向着悬崖边摔了过去。跟在后面的沈瑀急叫着停车,等他来扶时,柳明已滑到路边缘停下,脑子里一片空白。

沈瑀重复着:大难不死必有后福。柳明心有余悸地爬起来,怪新车的刹车太灵敏了,一下就刹死了。赶紧检查背包里的相机,还好没坏,再看自己的左手手背上已然渗血,离家时父亲新买的宝贝雪铁纳手表表盖也已磨得一片模糊,依稀看得见针还在走,放耳边听听依然嘀嗒有声,上个礼拜天去王府井买的灯芯绒西便服的左袖也破了,让柳明好不心疼,最后检查顾卫东的自行车,除了车把有划痕一切正常。这时才定下神来,与沈瑀两人拽着车慢慢下坡,边走边埋怨这世界闻名的八达岭的旅游公路怎么这么差劲,怪不得这国庆节也没见一个游客。想想舒燕华可能常来这地方,应该先问问她才是,心里直后悔。

沈瑀说这样拽着车下坡不知要多久才能下山,这深山里不知道有没有住的地方,找个地方住一晚再说吧。柳明这回领教了上山容易下山难,自然赞同,边走边东张西望。

太阳已转到山的西边,两人完全在阴影里走,前不见古人,后不见来车,心里瘆得慌。天快黑了终于看见一块指路牌上写着"团结农场场部"!柳明体会了一回小鲍说的大海上遇救的水手的心情。

两人沿着比八达岭旅游公路还窄的等外公路一路摸进去,终于在丛林里见到了这个场部,一栋六层楼加几栋平房。

两人像化缘的苦行僧推着车进院门。院里只有一位大妈,柳明说明来意并央求她随便找个房间收留一晚,怕她不同意,又掏出工作证给她看。大妈先是奇怪怎么会来了两个不速之客,狐疑地反复盯着两人上下打量,又对照工作证照片看人,终于像是把心放到了肚子里,脸上有了点正常人的血色,热情地说有房间。说着去传达室取钥匙,把两人带到三楼开了一间房门。

房间里四张床分两边靠墙依次摆着,中间靠窗放着一张桌子。大妈说是来场部办事的工作人员偶尔来住的,你们就住这,不收钱。沈瑀像是有钱没处花似的要给钱,大妈说不用了,我们这都不收钱。柳明巴不得她这样说,等她转身出门,便迫不及待地脱下外套往靠窗的床上躺,沈瑀嘻哈着说:"你这衣服哪里买的?挺好的,可惜破了。"

经历了惊心动魄的一幕,柳明实在有点身心俱疲,心里怨他又提刚才的倒霉事,只好有气无力地说:"北京衣服都是江苏出的多,这是王府井买的常州货,花了我半月工资,这下完了。"

沈瑀依然笑着说:"我们一不留神成了长城旅游的开拓者,你这衣服、手表将来可以进博物馆,是个见证。"

柳明道:"真是乐极生悲,还好人没永远留在这里。"

"我过节参加委里经济理论培训班,你去吗?"

"嘿,这么巧! 我也参加,这下有伴了。"

两人说着话,大妈悄悄地端着一个碗进来,柳明赶忙起身,定睛看清是几个馒头,才发现肚子也确实饿了,两人不约而同地连声道谢。柳明想着这北京郊区人就是淳朴热情,长城这么著名的景点免费开放参观,不像新安江水库和老家的公园进去就要钱,还遇上朴实的大妈供住供吃,心里着实感激。谢完大妈两人抓起馒头就啃,大妈见两人狼吞虎咽的样子便不再说话微笑着转身走了出去。

填饱肚子,沈瑀建议出去转转,柳明没心思,沈瑀也不坚持,只是告诉柳明他节前刚交了入党申请书。

柳明说:"这是好事,不过我还要考虑一阵再说。"两人都躺在床上聊天,柳明又说,"老罗经常到我对面串门,也不知道钓到'鱼'没有?"

沈瑀说:"老罗年纪不小了,经验应该很丰富,说不定这会两人已钻去哪个角落过节了。"

柳明对着天花板出神,不知道哪个角落会有自己的归宿,有点茫然。两个月来的磕磕碰碰让他有种说不清道不明的感觉,这种感觉不自觉地在他心里像做馒头的面粉一样发酵,一会又觉得总想这些事太累人,君子坦荡荡,小人长戚戚,有很多事是自己控制不了的,想得太明白反而不知道明天该怎么办。一会又想今天一路上坡虽然很累,但一切顺利,为什么到了下山反而不利? 是车技问题还是自然条件问题? 公路设计讲究的是人车路合一,自己车技应该不差了,在孙庆华的指导下已学会快速行驶中"大撒把",当然是在平地上,想想可能还是这山区公路等级太低了,都说艺高人胆大,可这回栽了,下回再也不敢骑这山路了,想着想着就睡着了。

或许是山里特别安静的缘故,也可能是昨天太累了,柳明这一晚睡得特别沉,特别踏实。

第二天太阳光晒进房间时,柳明才醒来,发现沈瑀不见了,想到走廊里找却觉得两条腿很沉,全身酸疼,原地蹲下起立了几回才感觉还是自己的身体,又趴在地上练起了俯卧撑。这时沈瑀端着个托盘进来,边说边跨过柳明:"干什么呢? 劲很大嘛,早知道就让你去厨房帮忙了。"

柳明怕泄了气不敢吱声,等做完十个才起身说道:"在学校倒是经常练,出了校门就没练过,恢复一下体力。你去做的早饭?"

沈瑀说:"自己动手,丰衣足食。我去厨房说会话,白吃人家的怪不好意思的。"

"那倒是,等人伺候是不好,还是你考虑周到。"柳明已看清早餐有小米粥、馒头和咸菜,很高兴,坐到桌前先咕噜咕噜喝粥。

来到北京后,小米粥成了柳明的最爱,而且对这种曾养育了无数中国革命者的耐旱作物怀有像茅盾对白杨树一样的特殊感情。馒头还是难以下咽,除非有其他东西上桌,一般而言,馒头他是不碰的。但现在不同,回程还有八十来公里路等着,一碗小米粥可撑不到回城。

一会儿工夫,两个馒头、一碗粥下肚,感觉又像《水浒传》里的英雄好汉喝了一坛酒、吃了二斤牛肉一样豪气冲天,精神头又足了起来,对沈瑀说道:"看你细嚼慢咽的,等后面的吃进去前面的就该消化完了,什么时候能吃饱!"

沈瑀依然不慌不忙地咽下一口馒头,笑着说道:"磨刀不误砍柴工,吃得慢吸收好,骑车才有劲。过节过得三天没见荤了,有吃的要充分利用。"

"说得是,'子在齐闻《韶》,三月不知肉味'。长城不是一般人能到的。现在牵头牛来,没准我们俩倒是能吃完。"

"嘿嘿,你这一说,我更想老家的看肉了,这馒头都吃出肉味来了。咱们食堂每份菜里就一点点肉,还不如在南京学校里。"

"哈哈,才离开几天就开始怀旧了?"柳明嘴上问沈瑀,其实心里也在想在学校时单纯而热烈的美好时光,而这种美好现在好像正在渐渐远去,换成对融入新生活的期盼。

"我都了解过了, 一区那栋单身宿舍楼里有一些前两年来的结婚要搬走,等空出床位我就搬过去,离办公室近,中午回去自己做饭,晚饭更是笃悠悠的。"

"唉,想法不错,我们处小陶也在那里住,只是不知道他什么时候结婚,看来我也要盯住他的床位,希望他快点结婚。"柳明两月来一直心神不定,所以住宿问题没放在心上,可能也是在地下室住久了以后好像习惯成了自然,始终有着一种从众的心理,等着单位的安排,总认为大家会一起搬出去,听沈瑀一说心里也有点着急。

"好,吃完了!灌点水就回吧。"沈瑀吃完拍拍手说道,好像手上沾了多少面粉似的。

两人去厨房灌满水壶,连带着向大妈表示感谢后骑上车返程。一路下坡是一会骑一会儿下车拽着车走,格外小心,过了南口就是一马平川。飞奔到德外时两人分手,柳明独自往西去北太平庄还车。

见到顾卫东时已是六点多了。看见柳明来,他马上嚷开了:"你可真会借,害我整整两天没车用,这会才回来。"

柳明也不客气:"就你这破车!下回是不借了,害我差点回不来。"

顾卫东刚发现柳明的破衣袖,明白了大概,大笑着说:"到长城了吗?好汉不是那么容易做的,还不如我在宿舍练画上档次。"

"哼,就你那点'白描''黑描',哪有上长城惊心动魄!有什么吃的弄点来吧。"

"只有面条,吃吗?"顾卫东打着岔。柳明午饭都没吃,这会儿饿得两眼冒金星,有面条那是再好不过了,催着顾卫东快下面,趁他煮面给他讲长城游,最后还没忘记像是刚在战场上替他挡了颗子弹似的要他在面里敲个鸡蛋,把顾卫东指挥得团团转。

一个国庆假日很快过去。四日去机关后院印刷厂的楼上参加培训班,柳明还觉得两条腿不听使唤,爬上二楼都有点打战,还好不用去单位打水抹桌子。

大会议室里早已经有十几个人在闲聊,沈瑀也在里面。惠大姐的爱人——高个子的老郝被围在中间,脸带他标志性的微笑耐心地解答着学员们的问题。这种场景让柳明想起刚告别不久的大学生活,老师在中间,渴求知识的学子围着问。柳明拖着腿努力踱过去听,原来正在议论国庆节大阅兵的盛况,有人在叫老郝为郝处长。柳明看北方人看不准年龄,只听小季说过惠大姐也就三十四五岁,跟老郝两人都是部队的转业干部。据此猜测老郝也不会超过四十岁,没想到委里还有这么年轻的处长,不知道是正处还是副处……

不多会,学员们都到得差不多了,老郝说了一通欢迎词,请出第一位教员到报告席,介绍说是委里最年轻的正局长黄局长,黄局长是"六五"计划起草组核心成员,正在准备"七五"计划。

老郝的话让柳明忽然想到顾卫东的"食堂里的苍蝇"的事,不过不是吃苍蝇的问题,而是如果把国家经参委比作一个食堂,主任肯定是厨师长,黄局长就是大厨,其他局都是窗口里的服务员,负责把厨师烹调好的计划指标盛给各个省或部门。

柳明正为自己的奇怪念头发呆,黄局长已开讲第一门课《国民经济计划原理》。每个学员一来就拿到了人大编的大学本科教材,黄局长首先讲为什么要编制五年计划和年度计划,计划的内容等等。可能是觉得对这些工科生要先普及基本概念,基本上是照本宣科,很快一上午就过去了。

下午又发了几本书,有《宏观经济学》《统计学概论》《金融学概论》《外经贸学概论》《计划经济研究》杂志合订本等,又对全部四十三名学员按错开年龄的原则分成了五组,沈瑀在第三组,柳明最年轻,被分在第五组。

第五组组长是来自农林局的辽宁人小连,柳明觉得他应该叫老连或者大连,因为他看起来已四十好几了,不过身材矮小而已,长相有点对不起这个大单位,眼皮好像没睡醒似的耷拉着,说话时眉毛无节奏地往上一挑一挑的,好像不小心就会离开它们原来的所在,跳将出来针尖对麦芒地进行一番殊死决斗一样。

老郝说本次培训班他年龄最大,就由他当班长吧。小连连忙挑着眉毛说单位太忙,不能保证天天来听课,小德当班长最好,他爸是委领导,我们都听他的不是很好吗。

柳明一下子觉得小连的形象太高大了,应该叫大连才对的,谦让中把各方关系都处理好了,也刚弄明白自己居然跟委领导的儿子在一个培训班做了同学。老郝说那就定下小德当班长,负责联络协调各组长。恰巧小德也在第五组。

接着分组讨论上午学的内容。柳明本来是对黄局长讲的计划经济的好处是能集中国家的力量办大事有点不理解,因为美国也办成了曼哈顿计划这样的大事,而且经济和科技都领先,州际高速公路成网,人民生活水平高,要不怎么那么多人要挤破脑袋去美国,去欧洲?但考虑小德的存在,黄局长是领导,小德更是大领导的子女,说错话是收不回来的,一会儿留给大家"媚美"的印象岂不是大错,大连都要讨好小德。虽然已有很多人大模大样地移民去了国外,但有的人,像自己,是不能乱说美国的好话的。中国出口几千万件衬衣、几千万吨对虾才能换回人家一架客机,但哪怕是美国科技领先这样的事实,也是不能拿来跟管理体制沾边的,遂打消了想发言的念头。

听着大家不痛不痒的发言,柳明觉得自己首先要学的不是经济理论,而是怎么发言才像一个机关干部。小德见柳明不发言,便代组长催促。柳明被他点了名,实在没辙,说了一通从报上看来的解放生产力的大道理,因为觉得这方面最有把握。

小德笑着说看不出柳明同志年龄不大,站的高度挺高的,可现在说的是"计划"的具体问题。

柳明觉得小德说话好有领导的派,想想自己要在父亲的单位可能也是这样如鱼得水,只是听出他是开玩笑,便接着他的话茬说道:"解放生产力是个纲嘛,纲举目张。"大家都笑,引得其他角落里的各组都好奇地往五组望。柳明很得意,自己报纸杂志没白看,还想提的关于指令性计划和指导性计划的区别、双轨制的意义等实用问题也忘了提起。

大连接着做了"精辟"的讨论总结,把各人的意见和问题一一罗列,谁的发言都复述了一遍,柳明觉得他真是周到得可以,应该是个搞计划平衡的高手,然后还听他问小德他的总结有什么遗漏,听着他们俩的互补有无,柳明盼着快点结束讨论,等着看明天能不能见点真章。

每天上午听课下午讨论,授课老师走马灯似的换,有人大的、财院的老师,也有统计局、税务局的领导,有一个特点是差不多,都是照本宣科。柳明不知道他们是不是怕到国家经参委来说错话,反正没有什么教科书上没有的东西,最想听的对时下经济形势的分析一概没有。

这样的日子过得笃悠悠的。又是几天过去,一天下午讨论的时候,忽然小组里有人提议能不能组织学员去郊游,因为北京的金秋十月实在是不能错过。大连估计是北京来的时间长了,哪里都去过,也可能是确实单位忙,马上否决。小德倒是很赞成,不过建议去远点,比如清东陵或清西陵。柳明不知道他说的清什么陵在哪里,因为历史是柳明的短板,关于清朝柳明只知道乾隆下江南时,路过江苏徐州说过"穷山恶水,刁民泼妇"。这还是听徐州同学讲的,再有就是慈禧太后、《红楼梦》里的四大家族、北洋水师邓世昌等等,所以也很想去,便积极附和。

小德说要用委里的班车才能拉所有学员去,西陵在河北易县,东陵在河北遵化,距离差不多。柳明听到是易县,马上想起崎岖的山区公路,想起去八达岭的惊险遭遇,但遇险这事是不能提的,只是肯定地说去西陵的山路肯定不好走,当天来回时间太紧张,不如去遵化,因为北京往东都是大平原。

小德一本正经地说那还是听运输局的意见去东陵,由他去向老郝提建议。

柳明有点哭笑不得，自己的建议成了运输局的意见，那他应该是站在更高的领导位置上了。想小德同志也太着急了吧，这可能是自己代表运输局的一次"外交"失败了，不过想想他是班长，这么说也勉强说得过去，但奇怪小朴怎么没给自己这种感觉，真是林子大了什么鸟都有，幸亏自己为学一点仿生学知识，还曾参加了校园里的生物学协会，知道一点生物多样性的理论，才不至于过于惊诧。

次日上午上课时，柳明正好挨着小德坐。小德发现柳明笔记本下垫着本许国璋编《英语》第二册，随手抽了过去，一直看到课间休息才忍不住问柳明："看不出你这么年轻还会写诗。"柳明明白他弄错了，那些诗都是自己看英语时为解闷根据记忆写上去的别人的诗句，这本英语书的扉页上写的应该是：只要再克制一下，我就会解脱——这割裂我内心的阵阵绞痛；最后一次对你和爱情长叹过，我就要再回到忙碌的人生。我如今随遇而安，善于混日子，尽管这种种从未使我喜欢；纵然世上的乐趣都已飞逝，有什么悲哀能再使我心酸？

柳明解释说大体上都是拜伦、雪莱、泰戈尔等人的诗。小德不相信地说："会写诗没什么不好，你承认也没关系呀？外国诗我就知道'生命诚可贵，爱情价更高。若为自由故，两者皆可抛'。是这样的吗？你还写了什么东西拿来看看。"

柳明怕他觉得自己就是那个混日子的人，同时也是因为柳明一旦说到自己熟悉的事情，从来不怕被人以为炫耀，因此解释变成了辩解："我哪能写这种东西！多没劲呀。这种东西只能是吃饱没事做的外国佬写的。"

小德好像开始相信柳明说的话，喃喃道："也是啊，有些太无病呻吟了，跟我们的生活距离太大。其中有首《致爱尔兰》，我就奇怪你怎么可能去过爱尔兰？"

柳明终于松了口气："《致爱尔兰》是雪莱的诗。现在中国没事有去钓鱼的、养花的，没人玩写这种诗。"

小德合上书说："旧北京很多达官贵人、旗人养鸟、养戏子，怎么就没见养出个大诗人，也往国外去扬扬名。"

"中国人写新体诗也挺多出名的，徐志摩、戴望舒就很出名，还有左联作家柔石的《别了，哥哥》，充满力量。'因此劳苦群众的呼号震动心灵，因此他尽日尽夜地忧愁，想做个普罗米修斯偷给人间以光明。真理和愤怒使他强硬，他再不怕天帝的咆哮……'"柳明遇到了同好，把知道的都说了一通。

"我曾背过很多唐诗宋词,都是为高考准备的,还有就是毛泽东诗词。新体诗这个角落我还真了解不多,听说过老外但丁的《神曲》吗?有什么书借我看看?"

"《神曲》?我也没看过,不过别的有一些。没问题。"

"找时间我请组里的兄弟们去我家坐坐,你找几本给我带去呗。"

"好的。"两人聊到老师回来上课才罢休。柳明觉得即使是在好像都一本正经地说话办事的大机关,人与人的交流也是多么重要和容易,小德好像不是表面看起来那样爱利用自己已占据的优势的人。即使是在不同的院子、不同的角落里出生、成长,人与人的交流也可以促进了解,相互了解又增进了友谊。今天才发现小德原来也是一个热爱学习的年轻人。

接下来的日子真是风调雨顺,柳明跟其他人一样尽情地享受着小德这个班长带来的种种"福利",小德也不再把小柳是最年轻的同学挂在嘴上,而柳明是那种人们常说的给一点阳光就灿烂的人,乐得把精力放在学习上,不用去考虑处长们今天做了哪些指示,明天要怎么过。

一次下课后,小德跟五组的都打了招呼,讨论完后一起去他家。因为他爸陪领导去地方考察去了,他家就完全成了他的天地。

下午大连忙着催大家发言,很快就做了番总结便领着大家跟小德往木樨地的部长楼去。柳明的书包里已装好了中午回办公室取的两本拜伦、雪莱诗选和一本自己手抄的包括中国现代各家代表诗作的笔记本。

一路上大连跟小德聊得起劲,柳明跟其他人都闷着头赶路,各自想着自己的心事。柳明想的是终于有机会进到部长楼瞧上一眼。

电梯到了十三层,小德开了个房门,一个二十来平方米的大客厅映入眼帘。一个长沙发加两个跟柳明办公室一样的单人布套沙发,曲折地围着茶几,两面墙的书架上堆满了书和资料。书架也跟机关办公室一样是木制的,刷了清漆,露出木料的本色,只是大了几号,一台索尼彩电搁在对着长沙发的书桌上。

小德热情地招呼大家在沙发上坐,又从房间里拿出几个折叠椅,正好九个人围着茶几坐定。柳明掏出书往茶几上放,小德笑着说你还真记着这事,谢过兄弟,接着问谁会打桥牌。柳明表示不会桥牌。小德说我知道你爱看书,那你去找书看吧。柳明想难不成他们都会打桥牌?既然小德这么说,便正好不管他们自己去书架前浏览。

几十本采煤工程相关书籍整齐地码放在一面书架的上部。柳明知道小德是学电子工程的,猜想采煤可能是他爸学的专业,下部是《李自成》《金陵春梦》等现代小说和一些演义类书籍,夹杂着一些电子工程教科书。柳明猜想这些应该都是小德的宝贝;另一面墙前的书架被经济类书籍满满地占据,有点杂乱无章,柳明想这些书才应该是被主人经常翻阅的。便开柜抽了一本,一看是本署名马寅初的《经济学》,心想看不懂,又抽一本看是厉以宁教授的《宏观经济学》,连看几本都是孙冶方、吴敬琏等名家大作,还有成套的领袖们的著作,心里奇怪小德怎么也去培训班学习,他家里的书就够他研究的,看来这家伙是醉翁之意不在酒,没准是找机会邀人打桥牌呢,可惜自己只会"拱猪"这种小儿科,不能"入流"。不过还好自己还是有份正儿八经的工作,应该算是有个不错的开端,怎么着自己也算是领导阶级的一分子,今后一切就要靠自己了……

桥牌打得累了,也可能是饿了,小德说谁会下面条?看牌的小董说我去吧,不过你得给我个助手。柳明听得说,便撂下手里的《经济工作通讯》杂志跟着到了厨房,做出一副帮忙的架势。小董说你先烧水,我找挂面。看着小董开"偷吃吧(TOSHIBA)"冰箱找面条,柳明忍住了不吭气,想这冰箱还有保鲜粮食的功能吗?又想下面条的主要工序不就是烧水吗?在老家住平房,厨房里生炉子做饭都是母亲的事,现在烧水也要先生炉子吧,在这高楼里可怎么生炉子呢?这可是个麻烦事,不如让小董生炉子烧水。不料小董战战兢兢地说他最怕点炉子了。原来这居民楼里用的是煤气罐,一只手拧开关,一只手把燃着的火柴伸过去,要点着煤气灶还真不容易,开晚了火柴已烧完,开早了煤气会泄漏出来。

两人伺候炉子半天没点成,外面在催怎么搞的,火头军怎么还不弄饭来。柳明想这点事都办不成岂不太没面子,终于看出点门道,算好时间,先抓着小董颤抖的手凑到出气孔上,再屏住呼吸拧开开关,终于点火成功。

小董来自甘肃天水,这时乐得忍不住地笑,柳明没想到这家伙还会伺候煤气灶,就是谨慎得胆小,还偏要到领导家厨房图表现,难道是想先进厨房"踩点",以后好常来遛遛蹭顿饭不成?

这时小董连忙把锅支上,一会儿水就开了,一斤面条根本不够,怕再点火麻烦,两人换水不停火,使劲地造,连煮几锅才把大伙给喂饱。

小德吃饱了开始发表高论,说什么据他观察全委不到 0.3% 的人有机会问鼎副主任,10% 到局级,70% 可以到处级,剩下的可能都是一般干部,极少数的会因各种原因被淘汰,主要看各人的人脉,兄弟们努力吧!接着又拿柳明打比方,说柳明最年轻,离退休的时间最远,机会最多,但也说明要等待的时间最长,机会成本最大,"投资风险"也最大。说得一时兴起,又泄露了"天机",说其实每个人的位置进来时就定下了,每人都有的档案说明了一切。

柳明听得汗毛都竖起来了,自己在北京举目无亲,也没有什么背景,但想起地下室里住着的兄弟们不可能都是大领导的子女亲属,瞬间就否定了小德的高论,中国人不还有句话叫事在人为吗?还没上战场就先湿了裤子?对于努力的人来讲,人生的战场就像足球场,不到最后一秒分不出胜负,高中老师就说过:任凭弱水三千,我只取一瓢饮。小德的理论虽然符合"正态分布"的科学规律,但革命工作管他什么级别不都是为人民服务吗?出水的荷花还不一样高呢!时光已流转到了今天,高低贵贱之分仍是很多人津津乐道的话题和制定行动纲领的根据,这是不争的事实,谁也不能免俗。柳明接受住地下室的现实,只能暗然,默默想着按照这种照级别论英雄的规则,自己什么时候才能论资排辈成为小德嘴里的英雄!在这大城市里有一间属于自己的屋子就阿弥陀佛了,听说小鲍、小季都跟人"合住",两家分享一套房,自己好不容易大学毕业,师傅算是领进了门,今后该怎么办?唉,这大机关什么都好,就是离老家太远,柳明心里又开始游移不定……

直到小德母亲从单位值班回来,牌局才算结束,大伙各自散去。柳明回到地下室,开始反刍半天来的所见所闻,心里像是刚喝了碗酸辣汤一样五味杂陈,翻来覆去地睡不着。陈春生说你今天不对劲呀。顾民说肯定是没去机关浴室洗澡,洗个澡就啥事也不想了,就想睡觉。小耿说对呀,有什么心事说出来,我们给排解排解。柳明终于笑出了声,说你们这帮家伙搞诱供有一套啊,我想什么能公开说吗?那不违反纪律了?你们进单位没人给你们讲纪律吗?逗大家一乐,埋头睡觉。

转眼到了十一月的第一个星期天,柳明终于等来了去清东陵的机会,跟同住地下室的几位学员一道天还没亮就都早早地到机关大院上车。

深秋的北京清晨,已是寒风阵阵。老郝早就瑟缩着身体等在车前,登车点名后,又告诉大家午饭由遵化经参委招待,问大家路上喝的水带了没有。大概是听说有免费的饭局,大家情绪高涨,齐声回答带好了,场面好不热闹。老郝满意地跟坐在前排的小德交代带去多少人要带回来多少人。大家哄堂大笑,有人说慈禧都死那么多年了,谁愿意留下陪她?又是一片笑声,老郝说那我就放心了,笑着下了车。

小德随即请师傅开车,扭头跟大家解释说委里班车不够用,所以安排在星期天去郊游。有人说不管星期几能去就行,谢谢德班长。也有人说能住一晚,晚上搞点联谊活动就更好了。有人附和道回来时让遵化找两辆卡车送都行。小德乍一听露出喜色,继而又是左右为难的样子。关键时刻大连挺身而出,挑动着眉毛大声说能去就不错了,大家都忙得很,当天返回是最佳方案,联谊活动可以回来找时间安排。

局面随即恢复。柳明先是觉得大家的意见似乎都有道理,不过自己人微言轻,懒得说话,心想由他们去吧!这时听大连这么说觉得他英勇得有点像长坂坡单骑救主的常山赵子龙。不知谁说的,上帝是公平的,在他面前关上一扇门,又打开了一扇窗,他的处事的感觉就是异于常人,重要的是人家不怕因当面奉承大领导的"贴心人"而被大伙笑话。看来能进这大机关的人都有点三脚猫,真是人不可貌相,不由得心生佩服。

班车在几无车辆的长安街上疾驶,很快穿过通县来到已收割完庄稼的冀东平原上。这是 102 国道,通往东北的主要干线公路,柳明早把这一带的国道网印在脑子里,前方是河北的三河,再往前是天津的蓟县,走岔路奔马兰峪……阳光洒进车厢,身上暖和了起来,起了个早,柳明有点犯困,靠在椅背上迷迷糊糊地睡着了。

等挨着坐的沈瑀叫醒柳明时,车已到了清东陵。遵化经参委的一位杨科长在班车门口迎候,小德代表大家说了一通客套话就由杨科长领着去参观。

在这远离城市的一隅,东陵敞开怀抱欢迎远来的参观者。柳明抬头望见东陵北靠群山,东西两侧也是连绵的山峦,阳光下北望远山是灰突突的一片,左右两侧也是光秃秃的不见植被,一条沙石路面的简易公路在南侧平原通过,正是自己来的路。

杨科长说当年皇家派出的风水先生跑遍离皇城不算远的冀东,选中这块宝地,希望清朝可以凭此国祚长久,只可惜晚清最终成为任列强宰割的案板上的肉,白白耗费了银两,更糟蹋了这一方水土,慈禧的墓更是被盗。

走了很长一段路,众人来到慈禧墓,沿当年孙殿英炸开的大洞下到墓穴,只剩零落的棺椁的残片在地上,一段长约三米的木料应该是其中的一部分,隐约能看到当年慈禧被埋葬时的情况。沈瑀说很遗憾不能亲自踹上一脚。柳明戏说可惜光线太暗,要不我给你拍一张你踏在这棺材板上的脚,就说是你打倒了这老妖婆。沈瑀大笑说你上次长城上的照片就没照好。确实那次的照片扩印后红彤彤的一片,柳明也没搞清是因为自己曝光不足,还是因为三里河那家照相器材店扩印中的问题,现在沈瑀这么说,只好解释道没有闪光灯效果自然差了。两人说笑着随众人往回走,柳明奇怪这记载了几百年历史的地方怎么没见一个管理人员,更没见有什么管理机构,规模比南京的明孝陵大了去了,但周边环境可是两重天。

杨科长听见,回头说这儿离遵化还有几十里地,平时没人感兴趣专门来看。沈瑀哦了一声,说其他地方还有什么可看的吗,杨科长道就剩这些东西了,每一座低矮的建筑下面是墓,有几座建筑就有几个皇帝老儿,但除了刚才的慈禧墓其他都只能从外面看看。小德说那我们先自由活动,一个小时后在下车的地方拍个"大团结",就去吃饭。柳明盼着他这话久矣,拉着沈瑀就拍照。沈瑀说少拍两张吧,这坟场看看就够了,拍了也拿不出手。柳明觉得也是,谁会拿去坟场的照片做纪念,干脆收好相机回车前晒着太阳等。

中国人的饭局总是热闹的,尤其是同龄人在一起的时候。在马兰峪一个机关食堂坐满五桌,简陋的饭厅里济济一堂。遵化经参委来了位副主任,说了一大通话,最后总算没忘记还有饭要吃。

大家在热情的东道主面前都体现了大机关来干部的纪律严明,领导讲话时鸦雀无声,等他讲完便报以热烈掌声,接着就是风卷残云。或许是由于这不花钱的午餐像偷来的果子吃着香一样的缘故,或许是由于大家都来自不同的局、办,用不着装一本正经,要抓住这个远离各自单位难得放松的机会。反正是嘻哈打闹,就着满桌的菜,场面火热,上桌的除了碗筷都打扫进肚,没有丝毫浪费。柳明想如果有河北人的骄傲——老白干的话,老郝特别交代的要小德把人如数带回去的担心可能真会出现。

吃饭时大家都躲着领导们坐的第一桌,柳明只好跟小德和副主任在一桌坐,听他跟副主任解释大部分人住机关宿舍,今天起早没吃早饭来的。副主任见多不怪,笑着回答我们小地方的厨师手艺还是可以的,欢迎大家常来。又站起身提高嗓门说道:"大家吃饱没有?不够再添菜!"小德连忙说道:"添麻烦了,都够了,再吃我的尼康相机要留这儿了。"引得大家哄堂大笑。

同桌的大连适时地提醒小德还要再次向副主任表示感谢,柳明觉得大连快成小德的参谋长了,但这时这样的想法只是一闪而过,因为刚才京东板栗炖鸡块的鲜香味占据了柳明的脑海,心里想着没准是这道菜把替皇帝老儿办差的风水先生招来的,要有下次机会我也一定还来尝尝。

有了这吃饭时的热闹,接下来的归程显得特别的无聊,只有特别爱侃的还在班车里显摆他的博学,清朝的奇闻逸事都是他的话题,柳明自觉历史知识的匮乏,也无能力去辨识他说的故事的真伪,听了会儿便懒得再去听,感觉清东陵之行除了撮了一顿实在有点乏味,一路瞌睡回到机关。

二食堂早就关门了，几人一起走回地下室。柳明首先看到的是堂兄留的纸条，他来北京开订货会已几天，明天就回上海，本来是凑礼拜天找柳明出去吃饭，等不及就回宾馆去了。柳明想又错过了出去改善一顿伙食的机会，这下可好，住地下室的事怕是瞒不住父母了。

没办法，只好用热得快自己煮面。生活就是这样，一会儿还是大嚼鸡啊肉的贵客，一会儿就有点像回京的班车里的兄弟说的那样，是清宫里被打入冷宫靠捡菜帮子过活的弃妇，还好自己还有面条下锅。前者是沾了这大机关牌子的光，自己享用得有点心里发虚，后者是目前条件所限，让人有点心烦，有点气馁，要在父母跟前的话，回家不会差这一口热饭。柳明再次体会了这"独在异乡为异客"生活的滋味。这忽晴忽雨的生活也符合辩证法，"要奋斗就会有牺牲"，不是吗？毛主席在《七律·到韶山》里就写道："为有牺牲多壮志，敢教日月换新天。"达夫先生在《空虚》里也这样写道："对将来抱希望的人，他的头上有一颗明星，在那里引路，他虽在黑暗的沙漠中行走，但是心里终有一个犹太人的主存在，所以他的生活，终于是有意义的。"

柳明这时已想好了万一父母来追问住宿的事，就这么回答，苦不苦，想想红军长征两万五！这个话父母应该懂的，柳明这样想着给自己鼓气。

尽管除理工科外的学科都被顾卫东指为伪科学，但柳明不这么看，参加经济理论培训班是他的兴趣所在，所以白天晚上都集中了精力，边学习新知识边找材料准备写结业报告，日子过得忙忙碌碌。

一天下午小组讨论时，忽然老郝来找柳明，说是有同学找来了，柳明想不会是顾卫东有什么急事吧。出门见是钱之若，他乡遇故人，不禁大喜，忘了找个坐的地方，就站在门口张口就说："你老兄怎么来了？"

钱之若也有点兴奋地说："我是刚出差到吉林长春开完会，特地按管处长的指示来找你。"又皱着眉责怪地说，"兄弟到了北京这大单位也不吭一声，不过这回好了，要不是你在这，我还轮不到到北京来汇报工作。"

柳明一下觉得管处长毕竟是同门校友，说话方式是一个方面，这点校友感情还是有的，钱之若在她手下干真是有福气，但他后面一句话明显有点客气得见外，按相熟的师兄弟关系不存在这种客套的必要，有点不习惯，便说道："你老兄怎么也来这一套。我也是听管处长说了才知道你在她手下。"

"以后我可能会经常有机会来，今天我是到你们交通处才找到这里的。

从长春带了两枝君子兰,放你办公桌上了,你回去时收一下。"

"哎呀,老兄你怎么搞的!我们这里很严的,你放东西在那不是给我找事吗!"柳明一听就急了,老革命拒绝礼品时的神色又浮现在眼前。

"也没什么带的,别人给我,就带过来了。总不能带回南京去吧,南京又没暖气,带回去也养不活,只能给你。"

"这东西现在流行着呢,我看报纸上说挺贵的。已经放了就算了!那你晚上一起到我们食堂吃了晚饭再走。"柳明见他也有点犯愁,仿佛明白做错了事,便把给我也没啥用的话咽了回去,改成和缓的语气说道。

"来不及了,我还要去找火车票,下次来再聚聚,我做东。先走了,下次见。"钱之若边说边伸过手来与柳明郑重地握手。

柳明看着明显已不再像是过去般与自己很随便的钱之若,突然感觉友情在消退,说不清的东西在滋长,无奈只好机械地与他握手告别。

吃过晚饭回到办公室,果然看见两盆君子兰在自己桌上,柳明思索处理的办法,这东西吃不得,用不得,地下室照不到阳光,肯定养不活,不如就光明正大地放在办公室的东窗口,大家欣赏得了。想到这里,柳明把还没见花蕾的君子兰安顿好,便又心安理得地看起书来。

老罗又轻手轻脚地进来,吓了柳明一跳,心想自己还没想好怎么跟处长们解释这两盆花的来历,就有人来了。等见是老罗便又放下心来,知道肯定是对门的姑娘没空或还没来,因为只有这时老罗才会来自己办公室闲坐。

果然老罗说起正在召开全国计划工作会议,问对门的小潘是不是去京西宾馆会上看电影去了。柳明这时才知道隔壁的女孩叫小潘,便笑老罗自己没看好人,我要知道人家姑娘去处那你情况就不妙了。老罗光嘿嘿笑不说话。柳明琢磨不透他笑的意思,便说道要不在我这儿看电视吧,说不定一会就来了。

老罗说他白天去会上帮忙,局长、处长们住会上。柳明想他肯定是回来找小潘的,不好意思说罢了,知道他比较低调,不再去提让他发窘的话题,转而跟他请教起经济理论来。老罗说他们局黄局长在你们培训班授课,我们也是同学了。柳明说是啊,黄局长讲课有点干巴巴的,像没有多少实践经验的大学讲师。老罗说那是因为太谨慎,涉及经济体制的问题,摸着石头过河,明天跟今天的理论都会不一样,发展太快,实际操作的人总是跟不上理论创新的人。比如大学教授,有些研究成果就发表了,百花齐放嘛,操作的人总要小心点,出了偏差就是全国的事,所以要搞特区嘛,先试验再说。

柳明觉得老罗看问题还真是深入,还想听他说说全国计划会是怎么开的,偏偏这时候对面传来开门声,老罗又嘿嘿笑着起身走了。柳明知道那里吸引力大,笑着目送他离开。

冬天越来越近,每天喝大量的水还是忍不住地口干舌燥和周身奇痒,好像是不能有闲暇的时候,一旦空下来,柳明就满身的不舒服,而且越是洗澡这种感觉就越是强烈,为这事没少跑医务室。医生总是说多喝水。柳明猜想这是水土不服的症状,反正水壶里倒出来的开水都是混着水碱,怀疑是水的问题。买来处长们常喝的花茶泡也没有解决问题,但也没有其他什么招。

这时又给自己泡上一杯花茶,像以往的每次一样,看着杯里水的颜色逐渐变深,闻着茉莉花香。心想北京不可能产茶和花,心里会感到一点安慰,希冀这南方来的东西能冲淡每天喝的北方的水,从而能医治自己身体上的不适。感叹这北方的冬天还没到,春天什么时候才能来,想想这是没办法的事,只能找事做,转移注意力,一天天混过这个冬天再说,便又开始找资料准备自己的结业报告。

这样与北方干燥气候作着斗争,又是大约两周过去。一天晚上柳明晚饭后到办公室写结业报告,看见自己桌上留了一个纸条,要柳明明天请假,准备后天跟全处一起去天津参加全国交通工作会议,署名是温海晟。这么重要的会议柳明自然想见识一下,没犹豫就留了纸条给老霍桌上,满怀着期待抓紧写自己的报告,还没忘记给自己的君子兰浇水。

到第三天柳明如期到处里随处长们坐车去天津。车上老霍拿老程开涮,说他高升了也不见他有什么表示。柳明才知道老程已荣升综合处处长,现在是老温管公路了,想想自己来还没到半年师傅换两个了,难怪老霍不希望自己去培训班!这下又换一个不懂路的老温当顶头上司,不知道会怎样!想起前天晚上纸条是温海晟留的,不免有点惆怅和不安,一会又觉得这其实不是自己操心的事,谁当顶头上司自己不都是个小喽啰吗。总之,牛吃稻草鸭吃谷,各人头上一爿福,是你的早晚跑不了,不是你的咋想也不是你的,多想无益。

这时老程又操着四川话对老霍说我这不拉你们到天津吃几天饭来了吗。老秦说这哪是你请客?人家交管部安排的食宿。老陆说你老人家当了正处请全国交管部门的客?您还是交管部的客,还真会耍赖。大家都被逗乐了,你一句我一句地发挥着互相开着玩笑,只有柳明坐在后排忍受着颠簸不吭气,思索着刚得到的信息对自己意味着什么。老温连党员都不是,年龄不过四十五岁左右,看来自己要做好长期跟他当学徒的准备了。

一路胡思乱想跟着处长们下车时已到了天津宾馆。大院里的天津宾馆小楼错落有致,国家经参委的同志们被安排在一座三层小楼的一层。会务人员说跟部长们住一起方便交流,其他参会人员都在隔着花园的六层主楼里。

住下后接着就去小楼餐厅吃午饭。老霍说跟大家一起去主楼大饭厅吃饭不是热闹吗?正说着,部里的局长们陪部长们出现了。这位部里的会务人员顾不上老霍,扭头三步并作两步去迎部长,领着部长往小餐厅里的包厢去了。老陆说那就按他们意思坐这吃吧。小季悄悄地对柳明说这部长当的,把我们请了来,连正眼都不瞧一下,鼻孔都快朝天了。小鲍在那里不知是抱怨还是艳羡地说当部长就是神气。

柳明头一回遇见部长级人物,不知道部长应该是个什么形象,心里说不清的感觉,机械地吃饭。菜很精致,就是太咸,只能浅尝即止,吃点米饭就放下碗筷。老程说天津产盐,盐便宜嘛,大家可以少吃菜,多吃点饭。他们非要把公路建设基金归他们掌握,这下好了,给部里省点经费。老陆说这饭吃得真是别扭,白白浪费这么多菜,像打翻了盐缸。

柳明知道公路建设基金的事国家经参委从主任到老霍、老程都是竭力支持,都是为了解决交通"瓶颈"对国民经济的制约问题。主管副主任为此亲自打过几次报告,呈请领导支持交通先行政策。转过来的领导批示柳明晚上也在处里的公用保密柜里看过,并且仔细揣摩过。早就听老程说过要将这笔资金纳入预算内资金管理,因为谁管理谁主动,争取"部门利益"的道理连柳明都明白,要不然委里管汽车的不会坚决反对以汽车为公路建设基金的征收对象。"先有路还是先有车"争论不休,这道像鸡生蛋还是蛋生鸡一样的命题比陈景润攻克的难题不知难多少倍,最后都在委领导的协调下顺利解决。现在这样变成预算外资金由部里直接管理,委里不管理资金如何体现计划的严肃性、权威性,如何体现全国"一盘棋"和宏观管理!这个结果应该是处长们没想到的,现在是不是有点借题发挥?柳明不知道,想着现在反正有老霍当家,等老霍吃完饭他说去哪儿就去哪儿,现在就是他不走大家都坐着等。

不一会部里的计划局长老范陪着卢副部长过来跟大家打招呼,老霍像没事儿一样热情地应酬完就告辞。柳明原以为老霍吃饭时不吭声是胸有成竹,满心期待着作为全处主心骨的他与部领导有一场火花四溅的"智斗",这时难免有点失望,心里充满了挫败感,因为刚入机关时接受的教育和所见所闻使柳明把处长的地位看得很高,要不怎么像老霍老程这些老革命快退休了才当上处长,正说明了处长的地位,局长就更不用说了。

此时老霍们的缺乏"斗争性"自然让柳明百思不得其解,想象不出公路基金归部里掌握的消息传来时他是个什么样子,只好随大家跟着老霍一样告辞,各回各的房间。

充斥着暖气的房间里温暖如春,却是干燥难耐,柳明连连喝水,忽然想起自己的君子兰几天不浇水会怎样。

小季跟柳明在一个房间,说是不是午饭的"咸菜"吃多了,他要睡一会,要柳明别睡过了。柳明说你尽管睡,我没有午睡的习惯,到时叫你。

说完开始翻阅会议文件,部长的报告说的都是大道理,似曾相识,不知道是不是因为刚才部长亮相的缘故,柳明看着无趣,看看出席人员名单倒是引起兴趣。自己单位出席人员都在部长们之后,柳明对自己的名字出现在这份名单中还有点不习惯,往下看,各省交通厅长、副厅长与各部直属单位领导均赫然在列,还附了随行的处长名字,好多不是正式代表,最后才看到部里各局局长、处长和工作人员名单,心想会务人员倒是很会安排,在名单上做文章,看着客气,让我们"坐花轿",实际上恨不得"踢开国家经参委闹革命",这话还是从老革命那里听来的,唉,这人的心思是最复杂的。

不知怎么的,小季醒来了,说是不是差不多了,柳明说开会两点钟,还早呢。小季说差不多了,开门听着点动静,听见老霍他们出来就走。说完去卫生间洗脸,柳明觉着他说得对,这到处铺着高级地毯的宾馆里是听不见脚步声的,到底是当过专职秘书的,很有经验。就去开门,果然不多会听见有人开门,接着又是一间……听见老霍说话声,柳明跟着小季在门口等住在走廊最深处的处长们一一走过,便跟着去会议室。

大会议室里已有不少人,互相握手打招呼、小声说着话,主席台上方挂着醒目的横幅。老霍们很快在正对主席台的第一排找到座位牌坐好。三三两两的代表过来问候处长们,处长们和小季们不得不站起身说话,柳明谁也不熟识,感觉自己游离于这个集体之外,只好坐在那里装着看会议室环境,犹豫半天后还是决定凑近去听听他们怎么聊"天气"。

老霍在说长江水道开发问题,坚决反对建沿江铁路。柳明已不是第一次听他说了,又转到老秦跟前,听他说了一通广州港怎么办的问题,珠江航道水深和港区岸线不足等等。柳明都没搞清是怎么回事,绕过人群见老程与几人在说话，有个侧着脸的人把大鬓角对着柳明，一看是"死一轮"处长。柳明终于见到一个认识的人，过去打了招呼，原来他们在谈论北京到天津塘沽港区新公路通道问题，要求经过河北。老程在说八字还没一撇，要修的话当然会考虑到地区平衡的因素，又说以后找老温和小柳。柳明不明就里，只好含混地频频点头，装出一副理解了老革命的话意的样子。

恰好有人说开会了，众人很快散去坐好，部长们鱼贯而入登上主席台，接着就是部长做报告。柳明早就浏览过这报告，听他一边念一边讲背景情况，倒也觉得精彩。特别是讲到成功设立公路建设基金时，部长的喜悦之情溢于言表，说到部分路政人员及相应养路费转入市政管理部门时又轻描淡写，把与会的厅长、处长们听得一会儿嗡嗡声起，一会儿又鸦雀无声。

柳明想这资金政策问题才是会议的主题吧，大会之后还开小组会估计也就是这些事了。果然第二天第三天就是逐省对项目，柳明跟着老温到各组转悠，听到很多"交通交通，(路政管理)交了就通"的议论，收集了一堆项目名单。

第四天会议就结束了，柳明心里想着就这么简单的工作，与所学专业基本无关，莫名地感到如释重负，跟着老革命们登车返京。

老程拉着柳明一起坐，向柳明问长问短，绕到最后就直接说有个正军级领导托他给女儿找对象，家里有房，想介绍给柳明。听老程的口气他倒觉得是十拿九稳的事。柳明没想到幸福来得这么突然，有点不知所措，想想自己还没有考虑好是不是在北京待下去，找个北京对象那就铁定走不脱了，再说人家是个什么模样还不知道，总不能为了间房就决定这么大的事吧。以自己普通家庭出来的也没想过要找个高级干部的家庭，更不想成为于连式的人物，但又怕拂了老革命的满腔好意，一时不知如何回答，是该找托词还是直言相告，思索半晌仍拿不定主意。

老程等不及柳明回答，接着说道："那你要找什么样的？我帮你留心看看。"说完就把头靠在椅背上打起了瞌睡。柳明想只能这样了，反正自己也不急着考虑这事，就让他失望一回吧。

回京没几天，培训班就到了尾声，柳明的学习报告差不多写完了。突然听到说是考虑大家工作很忙，结业报告可以不用交了。本来写了很多交通运输业在国民经济发展中的地位的学习心得，这时柳明觉得有点瞎起劲。

晚上到顾民办公室聊了一通，看见他写的关于劳动工资分配关系的文章登在专业杂志上，心里很是佩服，请教了一番经济理论，直到顾民说要去女朋友家去了才告辞。

回自己办公室正琢磨怎么处理自己写的稿子,忽然接到小陶的电话说是局里的老秘书老王去世了,快去一区老王家里帮忙料理后事。柳明急忙锁柜子关门去与小陶会合一起去老王家,柳明问是怎么回事,小陶说老王你没见过,是延安出来的干部,年纪大了,身体情况一直不好,丧事规格肯定不会低,去看看能帮什么忙。

两人一路说着就到了老王家楼下,已有很多人在门洞里楼上楼下来回地忙碌。龙局长和楼局长都默默地站在楼前,惠大姐在指挥大家搬出一些旧家具,看见小陶和柳明便说:"不用上去了,家属都到了,屋子太小,等去八宝山开追悼会时去告别吧。"

柳明便随小陶陪局长们站了很久才散去,有点奇怪延安出来的干部也不过住在这再普通不过的住宅里。小陶说局长们也住普通房子里,都挺不容易的,北京也就这住房条件了,说完再没有一句话。柳明觉得自己想在北京有一间房的想法实在是幼稚,看来住地下室比住陕北的窑洞还是要强一些了。独自回到办公室给君子兰浇了水,考虑半天后把近万字的学习心得留到老霍桌上就回自己的"窑洞"睡觉。

又过了几天,柳明参加完老王的追悼会就回处里参加年度总结会。老霍一通开场白,把处里的工作做了总结,柳明觉得都说的是项目上的事,也没什么政策理论的内容,有点像交通工作会议的小组会,老陆、老秦的发言更像是报告项目清单这本流水账,每个经手过的项目说得头头是道,柳明最想知道的决策理由和办理过程仍是听不明白,倒是小鲍们可能没啥干货好摆弄,由此让柳明怀疑他们其实也没经手过像样的大事,也可能确实考虑过深层次理论,纷纷谈到交通瓶颈问题,什么北煤南运、一票难求等等。等他们讲完,柳明只好谦虚地说自己还在学习,没啥体会,想说的都在给处里的学习心得上了。小季接着说小陶小柳两个年轻人素质是很好的,小陶发了文章,小柳写的报告我们都看了,也很不错,表现也都不错。

柳明听见表扬正在得意,猛听到小陶打岔说:"我怎么听着你说话像是处长的口气?"

老霍打圆场说:"这也是我的意思。"

小鲍说:"就是嘛!该表扬的处长会表扬的。"

小季说:"实事求是嘛。"

老秦似乎是故意打岔地开着玩笑说:"天下文章一大抄,看你会抄不会抄!像老霍,今年文章又发了一大堆,稿费挣了不少吧?"

老霍哈哈笑着说："哎！你别说，我的关于反对建沿长江铁路的文章发了以后还起了点效果，很多地方转载了，这抄来抄去就有影响了。那点稿费跟省下来的投资比实在太微乎其微了，还是国家受益大。"

柳明见气氛不像开场时的一本正经，连忙附和着说："这抄与不抄就像炒菜，一样的原料做出不一样的菜，江苏人吃淮扬菜，四川、湖南人吃辣菜；都是中国方块字，有人写成小说，有人写成诗歌。"

小鲍打断柳明的话说："又是你的小说、诗歌，这开总结会呢！"

柳明想"团结紧张，严肃活泼"是同志间的关系，老同志开玩笑就可以，轮到咱新来的就是小媳妇，什么也不能说了？但看别人不吭气便也不再作声。

只听老霍正色说道："今年的不足之处是公路建设基金管理问题没协调好，不过呢，既然上面定了我们就执行，我们这个部门没有'自留地'，也不想有，干干净净做事。谁不知道'屁股指挥脑袋'，现在有人争这权那权，哪天他换了位置就知道权力这东西进不带来，走不带去。我们不管资金也潇洒，免得找你的人踏破门槛，不用晚上睡不着觉。我们工作中有啥意见和建议尽管写出来，呼吁呼吁，一样管用！只要对国家有利，领导们是听得进不同意见的。现在我们国家农业发展最快，手中有粮，心中不慌，吃饱饭没有问题！这就是个大进步，但现在还有不少人边吃肉边骂娘，为啥呢？因为还有不少问题、不少瓶颈。城市的经济体制改革刚开始，一部分人富了以后怎么办？贫富差距会不会拉大？公平分配问题怎么办？东部发展了，还有中西部、'老少边穷'地区怎么办？改革的趋势是不可能逆转的。交通瓶颈问题首先是个认识问题，'屁股指挥脑袋'，卖啥吆喝啥，我们干交通就喊交通先行，尽管不可能在各行业中都先行，但吃饭问题解决以后，交通就要先行。首先是那么大的客货量怎么运？西部的资源怎么到东部？一票难求、托关系要车皮，实际不是铁老大一家的问题，正说明其他运输方式薄弱的问题，透过现象看本质，到 2000 年工农业年总产值要比 1980 年翻两番，交通运输总量要达到多少？交通运输总体上的短板问题已经显现，中央已经看到了这个问题，所以我们以后要干的工作是越来越多，会越来越忙。今后干活要靠你们，有机会你们要多出去跑，我想的话，每人每年要出去调研一到两个月的时间，包括去国外看，不能光听来汇报的，要掌握第一手材料，不能瞎拍板。会哭的孩子多吃奶，我们不能被人忽悠了。不过出去要严格遵守纪律，我本人是怕出去的，到了地方又吃又送的，这也是个矛盾，但还是要走出去！"

柳明想太行山区的老百姓整天玉米糊糊那也叫吃饱饭了吗？老陆说道："全党服从中央,处里我们当然听处长的,只要是有利于交通发展的事我们都要支持,希望大家不要受一些不利因素影响,搞好明年工作。"

柳明终于明白了老革命们的真正想法,意识到部门间的斗争只是管理制度上的摩擦,连人民内部矛盾都算不上,更不要想看到什么火花或者硝烟了,心平气和地看待就行了。不知为什么,老霍此时的形象在柳明看来像极了扬州平山堂里供奉的弥勒佛,那副对联更是写出了他的心境:慈颜常笑笑天下可笑之人,佛肚能容容天下难容之事。心想处长们把天下大事说了个透,却没有提到一句刚送走的那位老革命,美国人上月亮都一个生肖轮回了,也没有提一句还有部下蜗居在地下室的要事,真不明白他青布中山装包裹的魁伟身躯里的心思,哪怕是说一句关心的话呢!

很失望之余以为会开完了,准备收拾书包去培训中心点卯,这时综合处的副处长老海急匆匆地进来冲柳明说道:"可逮着你了,你的君子兰给我吧! 这几本英文杂志送你,跟你换。"看柳明在那里愣怔的样子,又接着问,"怎么样？"

柳明完全猝不及防,傻了半天才讷讷地回道:"您拿去吧。"

等老海端走了花才缓过劲来,后悔早知道这样还不如给老霍、老程每人家里送一盆去呢,这老海怎么冷不丁地上门强换呢？真是应了孔子说的,君子喻于义,小人喻于利。

小鲍像看出了柳明的不舍,冷冷地说道:"他早来过几次了,我都替你挡了几回了。这么好的东西你放这!"

柳明感觉好像刚找到机会说明这花的来历,心里埋怨着钱之若,脸上挤出滑稽的笑:"我同学送的, 也没地方放, 就放这地方等开花了大家看的。"

说完就听见老霍在哈哈笑:"这老海,生拉硬拽的。好,散会！"

柳明想君子兰再贵重也不值处长对自己的看法重,只要老霍别认为自己收了谁的礼就行,其他长板短板的离自己还远,心里很是释然,带上书包高高兴兴去了培训中心。

四

时间如白驹过隙,转眼就到了元旦,顾卫东早就去了援外公司,正忙着准备去非洲。柳明没地方去庆祝新年,想起孙庆华已几个月没见了,便打起精神去找他。

七拐八拐终于找到孙庆华在牛街附近的单位,一个比自己单位还要大得多的院子,着实让柳明惊讶。

按门卫说的路线找到技术科楼下,柳明祭起找人的法宝,在楼前喊起孙庆华来。不料二楼一个窗户里伸出舒燕华的脑袋来喊柳明上去,柳明没想到她也在,连忙举起戴着手套的手挥手示意,不等她关窗户就跑上了二楼,推开关得严严实实的门,冲孙庆华抱怨:"你这大单位怎么躲在小巷子里?下了公交还要走老长的路,冻得我瑟瑟发抖,进了大门还要到处问。你们的产品不是汽车吗,怎么开出去?"不等他抬头接着就向舒燕华打招呼。舒燕华的短发已变成披肩长发,上身穿着紧身的毛衣,曲线毕现,愈发娇艳,柳明怕走神,不敢多看。

孙庆华放下切菜刀回敬道:"你一个蹭饭吃的还说这话?谁有你的单位大?坐吧!大门朝南的,你走的是歪门邪道,你知道吧。不坐?你就来切这萝卜,大白菜已经切好了。"

"就吃萝卜白菜呀!你以为我是兔子吗?"柳明边脱大衣边故意说道。

"吃老北京的涮羊肉,你们不爱吃饺子,就整点羊肉呗。"舒燕华热情地说道。

"你怎么没去当导游呢?"

"现在是淡季,我不过是个客串的,他们不忙就不叫我去了。"

"听说你要来,人家老早就去买菜了。烤鸭太贵,请不起,不过这羊肉也不便宜,买得不多,白菜冻豆腐倒是管够。"孙庆华好像一本正经地说道。

"哎呀,我们在学校经常去吃榨菜肉丝面,弄碗面条不就行了?羊肉这么金贵,太破费了吧,感谢了!不过涮羊肉我还没吃过呢,羊肉上火吧,我还不习惯北京的干燥呢。"柳明由衷地感谢舒燕华,心里羡慕孙庆华有人红袖添香。

"有朋自远方来,不亦乐乎。羊肉暖身,这冬天吃点有好处,北京的冬天还是很冷的。烤鸭什么时候吃都行,冬天还是吃羊肉好,牛街这儿买羊肉也方便。"舒燕华热情地回答。

"他逗你呢!谁不知道他们大衙门里要吃啥有啥,喂他点草,正好。"孙庆华说着就从办公桌抽屉里拿出一个电炉,往桌上安顿好。

"你也用电炉啊,好像全北京的单身汉都会用电炉,除了我们单位。"柳明想起顾卫东单位的电炉。

"我们这种小单位就是自由啊!不高兴了躺半天也行,更不用说使使电炉了。在你们单位不可能吧!"

"看不出你们是个小单位呀,这么大的院子?"

"大的是几何尺寸,小的是牌子,你们的牌子多大呀!什么时候我们单位也挂着像你们的牌子,那就笑掉大牙了。"

"哎呀,别说了,兜里摸不出几毛钱,你牌子小,孔方兄来得多就行了呗。"柳明听他老是提自己的单位就忙打住他的话对舒燕华说道,"你考考古学研究生的事差不多了吧?"

"嗨,别提了,他父母的单位快黄了,饭都吃不上了,她再考研,谁养活呀?他弟都当兵去了。"

"是啊,'贫而无怨难,富而无骄易。'现实问题,咱们边吃边侃吧!孙庆华,你取一下冻豆腐,在外面窗台上呢。"舒燕华叹着气指挥孙庆华,说完脸上居然还露出蒙娜丽莎般的微笑。

想要的事业要黄,她脸上还是波澜不惊,柳明发现人们常说的心宽体胖是有道理的。他想了想又说道:"我还以为全世界只有我是最潦倒的,住猫儿洞、啃冷馒头,原来真是家家有本难念的经啊。"

"我们那个分到部里上班的同学马上要去美国了,托福通过了。我真后悔呀,怎么当时不下死力气学英语呢!"孙庆华像变戏法似的一转身就把锅碗瓢盆安置在桌上,在电炉上支上锅再倒水通电。

"匹夫不可夺志也!要那样的话你们俩不一定碰得上,好像舒燕华是不主张出洋的。"

"现在是讲发家致富的时候,你看他这儿的条件,现在我情愿富贵不能淫,不愿贫贱不能移。他要有本事出去,我愿意嫁鸡随鸡。"舒燕华冷不丁冒出一句。

"你看看,不是我不支持她考研,理想是美好的,现实是冷酷的。要不我出去教中国功夫,你出去教中文吧!"孙庆华跟舒燕华打趣道。

"还是吃饭吧,谁说我除了不考研就一定要嫁你了。"舒燕华又露出笑脸,边往锅里下肉片边说道。

"不嫁我你嫁谁去,先富的都在南方呢,人家还看不上你这个只会包饺子的北佬呢。"孙庆华涎着脸跟舒燕华打情骂俏。

柳明看着有趣,想给他们添点佐料便插言道:"子曰:巧言、令色、足恭,左丘明耻之,丘亦耻之。"说完又觉得下料太重,有点不合时宜,忙转移话题道,"你老家是河北哪里?河北我出差去过几次了。"

"孙庆华就是巧言令色之徒,把人家骗到手就嫌弃只会包饺子。我家祖籍保定农村的,可穷了,会包饺子已经不容易了。"舒燕华收敛起笑容做出一副认真的样子。

"柳明,侬看侬!河北人就会吃馒头,饺子还是难得的。"孙庆华有点急眼,口不择言,家乡话又出来了。

柳明发现自己多话引起麻烦,赶紧解释:"孙庆华就是我们南方人的优秀代表,又能文又能武的,打着灯笼都难找。"

"这话还差不多。"孙庆华有点刚醒过来的样子。

"哈哈,除了不会做你们南方人的这个菜那个菜,馒头、饺子我都会,保定的配你们苏州的,工人家庭对工人家庭还算门当户对吧。"舒燕华终于忍俊不禁地笑出声来,笑完又问柳明,"保定去过吗?"

"保定附近吃过顿饭而已,算过。"柳明心里松了口气,想他们也不过相识不到半年,刚才自己玩笑开大了,差一点真的坏了孙庆华的好事,连忙顺杆爬,"不过我看保定是个好地方,不明白的是为什么河北人说'京油子、卫嘴子',还要捎上说'保定府的狗腿子'呢?"

"'京油子、卫嘴子'你肯定知道了,'保定府的狗腿子'说的是日本人打过来时,保定的汉奸比较多吧,都是贬义的。孙庆华就不是这种人,我觉得苏州人不是油子,也不是嘴子,可能跟苏州人的文化有关,一方山水养一方人,地富而不骄,人富而不滑,是我梦想中的天堂,就希望他是我的狗腿子。"顿了顿又说道,"本姑娘还是个学生呢,真要学没有学不会的,我还想学你们南方话呢,做菜那不是小意思吗?吃肉呀,都煮老了,我们家是不兴给客人夹吃的。"

头一回听人这么深刻地夸苏州,柳明都感动了,不过在年轻异性面前还要装出一副跑过码头见多识广的样子，便说道："南方人都在学普通话，你能听懂南方话就行了，何必要学？"

"我不是当导游嘛，现在老外来得多，很多是华侨，还有港澳的，其次是上海人和你们苏南的乡镇企业，除了英语，会广东话和上海话就会很方便。"舒燕华平静地解释。

"她不是想嫁有钱人嘛，方便干导游是借口。你看上海人到了外地趾高气扬的样子，你还想学上海话？"孙庆华边嚼着肉边发表报复性言论。

"你看他的小肚鸡肠，非要赢不可，南方人是不都有这缺点？"舒燕华问柳明。

"北方人都豪爽吗？我看不见得，我倒觉得有些北方人看着豪爽实则粗野、狡诈、不文明、不开化，还爱嫉妒，总觉得自己比别人高明。当然你是属于真正豪爽的北方人，有鉴湖女侠之风，要生在将门那就是虎子啊！"柳明在她的逼问下说了实话，其实他是想起了小德和小朴，出身不同但追求美好生活的权利是一样的。

"听见没有，你老乡说的，我是爽快人。哈哈！再说你看不上的是一部分上海人的态度，而不是上海话本身，何况现在最时髦的是广东白话，上海话也已经靠边了。"

"哈哈个啥！导游有什么好干的？我就担心你接触人太杂，别被卖了还帮人数钱。吃肉吧，看羊肉能不能帮你补根筋！"

"那你说远了，接触人多社会经验才丰富，不是说读万卷书，行万里路吗？这涮羊肉真是好吃，比我们老家的羊肉要好得多！"柳明边秉公坚持边夹肉大口吃。

"嗨，老同学你是不知道，女孩子找对象都这样，生病的时候希望男朋友是个医生，走夜路的时候希望是个武林高手，逛商场的时候希望是个香港富商。你说吧，哪有十全十美的事？"

孙庆华刚说完，柳明就忍不住笑了："你是饱汉不知饿汉饥啊，我哪里懂得这么多。你已经有舒燕华了，还在研究别的女孩的心思？还是吃肉吧，我被你说饿了。"柳明心想照你的说法自己手不能提肩不能扛的，口袋里就半个月工资，那不就惨了。曾从《参考消息》上看过印度人嫁女儿要准备大笔嫁妆，不知道印度人是不是个个都是菩萨心肠，看来只有去那里混了不成？

"这都是这个北京傻妞教我的。"

孙庆华好像也实话实说，一直在边上笑的舒燕华回道："傻妞才会找你呀。"柳明边吃边笑,不敢再说话。

一顿涮羊肉下来,柳明觉得北方羊肉味道实在是鲜美,发现自己俨然一个十足的美食家,从小米粥到蘸鱼汤的馒头、板栗烧鸡块,再到这涮羊肉无一不被自己发掘出来,原来北方也不是一无是处呀,只是眼前他们间火热的感情让自己内心深处有种茕茕孑立的感觉。

由于前一阶段写报告缺觉太多,也怕耽误他们太多卿卿我我的时间,柳明谢绝了舒燕华提出的饭后到天坛去遛圈的热情邀请。其实,天坛他早去过了。

从"二华"处告别回到地下室就钻被窝睡觉,在这冬日里自己的被窝是最让人留恋的,其他的都去他的吧。

接下来几天上班,柳明像是又被调回了自动模式的机器,每天从拖地打水开始,奔二食堂抢打米饭结束。好像每天存在的意义都在这晚餐的米饭上,抢到了米饭,这一晚就功德圆满,否则就百无聊赖,总有一种飞机上钓螃蟹——悬空八只脚的感觉。

这样一天又一天机械地循环往复,只有晚上是自由支配的,但到了晚上单身族们一个一个的不见踪影。

直到有一天早晨,老温说老霍指示我们俩去天津考察北京到天津塘沽的高等级公路建设方案,柳明才觉得有正事干了,像是儿童手上刚上紧了发条的玩具青蛙一样又蹦蹦跳跳地活跃起来,心急慌忙地找地图和技术标准。

次日一大早,天还没亮,柳明如期赶到部大门口上车,老温和部里参加活动的人已在打着空调的中巴车上等候。没想到起个大早还落了个最晚上车,柳明默默到后排空位坐下,车就沿长安街一路往东出发了。

车到马驹桥附近,天亮了,但太阳没有像往常一样升起来,倒是像喝多了酒的人一样在半醉半醒之间,灰蒙蒙的像要下雪。坐前面的下车看地形,等柳明下车时,前面下车的人已经看完了,开始往车上返。柳明直后悔没有早点到集合点。如此这般折腾几次,天津杨村就到了,柳明稀里糊涂跟了半路净上车下车了,心想在杨村吃过饭再走时一定抢个前排的位置。不料饭后大雾弥漫,什么也看不成了,设计院领队的说只能等雾散了再说了。

一等就等到了吃晚饭时间,领导们说只有住天津去了。

汽车一路鸣笛慢慢吞吞晃晃悠悠进了天津,柳明下车看时又是天津宾馆,心想住宿条件倒是不错,随老温往里走到前台登记住宿,部里的王处长站在那里说道:"来的人比较多,各单位自己安排住宿。"

老温站在那里傻了眼,柳明也没了主意,事先没说要过夜,经费没准备呀,再看价目表标间要 460 元,老温也就是个工程师,级别不够,这么高的天价回去也报销不了。边上北京市局来的大胖子刘副局长好像看明白了,对柳明说:"我睡觉打呼,他们都不跟我住,小柳你要不怕吵就跟我住。"

柳明想老温怎么办呢?急得打转,这时看见熟悉的大鬓角"死一轮"处长边摘皮帽边往里来,连忙跟他打招呼,就如释重负地把老温推给他。史处长开玩笑说幸亏我来晚了,你们俩今晚我们管了!柳明忙说我住刘副局长那里,一边解决一个,说完急匆匆跟一直等着的刘副局长走了。

这一晚可真是享受,一会儿山呼海啸,排山倒海般的声震寰宇,一会儿淅淅沥沥,和风细雨似的连绵不断,那叫难受,心生抵触,更加不能平静,一晚未睡。心想这种呼呼啦啦一大帮人的调研以后能免还是免了的好。

第二天天已放晴,北风呼啸。赶到塘沽吃午饭时上了鲅鱼饺子,大家吃得津津有味,柳明本来就不爱吃饺子,加上昨晚压根没睡,尝了尝就提前离席找司机上车占位置。不料回程又一站未停,直接回了北京。路上老温说幸好没赶上下雪,要不回不来怎么办,出差报告他来写。柳明心想反正我是要办的事是什么也没弄明白,就知道了几个地名,哪些人参会都没搞清楚,还好本人全乎地回来了,老温正在积极申请入党,什么事都抢着干,这出差报告最好而且也只能由他亲自操刀了。

回京后次日两人不约而同地早早到单位,老温边拖地边说报告昨晚已写完了,你是科班的,你先看看改改。柳明想这趟差出得挺冤,情况不掌握待会汇报也不好说,也就不客气地说我擦完桌子就看。等看完觉得写得挺全面,很多自己漏过去的各方意见都反映了,老同志干工作还是挺细的,指出了两三处技术性错误。正交流着,老霍他们就到了,老温就开始汇报。老霍说:"这高等级公路到底怎么搞啊,有人说一级公路,有人说二级专用公路,还有人说学国外的高速公路,可高速公路这东西我们谁都没见过,设计院的同志能否说得清楚?"

柳明听见,赶紧插话:"美国高速公路就是分道行驶,中间设隔离带,限制车速,设立交,没有红绿灯,其他的我也不知道。老海给我的杂志上有照片。"

柳明说完就找出那两本美国联邦公路局的《HIGHWAY》杂志,翻出一幅州际高速公路穿越科罗拉多大峡谷和一幅纽约至大西洋城十车道高速公路的照片。老霍边看边说:"这么宽的路,还全是桥,得花多少钱呀?工程这么大这么壮观，这家伙！占地这么多，我们国家人那么多，还指着那些地养活我们呢，能不能搞窄点？"

柳明道："这美国州际高速公路系统还是三十年代经济大萧条时期搞的，当时目的是刺激经济，人家那时候也没多少汽车，并不是经济学家眼里的有需求就有供给。倒是罗斯福总统有眼光，基础设施要超前三十年。比他窄的也有，比如人口密度也大的日本，不但隔离带窄，行车道也窄，但曲线指标、车道尺寸都跟行车速度和安全性有关。不是有个笑话吗，说 100 个车位，德国人能停 100 辆车，美国人只能停 80 辆车，日本人能停 120 辆车。"

老霍说："哈哈，是啊，日本还有铁路新干线，我们这里搞铁路的就叫要优先发展铁路，也拿日本说事。公路是有门到门的优势，但我们是先普及公路还是花大本钱搞高等级公路？伤脑筋呢。"

柳明说："听说宝岛台湾也有贯通南北的高速公路。"

老陆说："我们还去不了台湾，铁路公路什么情况没人知道呀！就知道它的外贸量大，亚洲四小龙嘛，日本韩国我国香港这些地方的集装箱都有在那里中转，港口吞吐量很大。台湾的情况不好参考的！"

柳明听如是说法只好不提台湾的事，想我给处里的培训报告里也专门写过一章关于高速公路与铁路关系的思考，就是没说你们最关心的水运问题，因为水运项目有预算内资金，可柳明觉得水运太慢，中国这么大，靠水运解决不了问题。再说办公室书架上交通出版社送的关于公路技术的书和杂志也很多，莫非你们老人家一样没看？但难得有机会表现便顺势把自己关于发展公路的想法一股脑儿地说了一通，什么秦直道、"周道如砥，其直如矢"等等都没忘记，再添油加醋地从"一骑红尘妃子笑"说到唐朝的交通运输发达。全处都参加讨论，柳明得意地像参加答辩的学子一样答完这个问题又是那个问题，一个上午就过去了，水都来不及喝，心里觉得很充实，自己东看西看学的知识终于有了用处，顾卫东那里顺来的日本公路技术标准也派上了用场。

到了下午老程忽然跑上来找柳明，偷偷地跟柳明说："别跟老海黏糊，自以为给领导当过几天秘书，其实不是什么好鸟。大家都烦他！"

柳明心里赞同老革命的观点，估计是他知道了君子兰的事，想说明君子兰是怎么回事，但见老革命风风火火地转身要走，赶紧点头说我知道了。等他走了还在琢磨自己没跟老海有什么密切交往呀，想来想去最终还是没完全弄明白老革命想说的意思，上午"舌战群儒"带来的成就感倒是一扫而光。

随后柳明每天还像往常一样上班下班，努力完成着各种各样的事，只是有一种像农民看天吃饭有劲使不上的感觉。

一天惠大姐来电话叫大家去买出国旧装备，老霍说："你们去看吧，我是出差都怕的，不要说出国了。"

老陆说："都有什么呀？"

柳明说："她也没说，我也没问。"

柳明想你们去看看不就行了，你们忙我也没闲着呀，转眼一想自己不就是跑腿的吗，还是去看一趟再说吧。嘚嘚地下楼，看见一堆箱子、旧西装、旧风衣，惠大姐说都是委里因公出国用过的东西，便宜处理给大家了。又上楼报告，老陆说那就没我什么事了，你们男同志去挑吧。老温像遇见了肉骨头赶紧下了楼，一会就拎回个箱子加一套西装，边进门边说："二十元钱，值了，你们怎么不去呢？"

小陶说："我们也没什么机会穿西装，你要出国正好用得上。"

老秦说："就是，你出国置装费好省下来给你老婆买衣服了。"

老霍说："你去法国逛十天，回来还可以拎个冰箱回来，这一年的工资全可以交老婆了。"

柳明想这等好事怎么自己才听说，处长们也没抢着去，看来处长们还是觉悟挺高的嘛，不知道自己能不能有机会去美国逛逛州际高速公路，这个梦什么时候能做着。自己也要像老温那样表现好才行呢，刚才差点就没去跑下楼这趟差，曾子曰："吾日三省吾身：为人谋而不忠乎？与朋友交而不忠乎？与朋友交而不信乎？传不习乎？"真是小心没大错！

眼巴巴地看着老温出国，盼着再有老秦他们出国的消息传来。因为柳明知道只有老同志们都出了国，自己才有机会轮上。

眨眼间，老温回国了，也没听说谁又要出国。柳明仿佛想通了，这种机会是可遇而不可求的。

老温边给大家发外国巧克力边说为了省钱天天在大使馆蹭食堂，不是鸡腿就是鸡翅，再就是白切鸡，还把牙硌掉一块。

柳明听了就乐了，说天天吃鸡还不好啊？

老霍又在那里哈哈大笑："一块牙换台冰箱可真值了，还天天有鸡吃！这西方人的生活水平确实高啊。"

小鲍说："哪里啊，西方人吃鸡的都是穷人，牛羊肉吃不起才吃鸡的。我听说我们出国去的都躲在宾馆用热得快热方便面吃，啃干面包，能到大使馆吃食堂、有口热饭菜已经很好了。归根结底不就是为了那台彩电冰箱嘛！"

"哎呀，你算说对了一半，有人说受洋罪去了，西餐吃不惯，只能去搭伙，又有时差，睡不好，还不能乱说话。关键是各方面差距太大，受不了那个刺激！"

柳明想开洋荤也当作受洋罪？总书记说的到 2000 年人均消费肉蛋奶的指标要怎么达到？难怪差距大了，关键还是观念，不同的东西好的就要"拿来"，鸡多好吃呀，我们要天天吃鸡那才好呢，看到了差距那才是进步的开始，要换我去的话肯定不会说受洋罪的。同样是出国考察，领导看到的是如何急起直追，普通人得到的是刺激，这是角度的问题？还好老温带了点考察资料回来，但柳明翻了翻见都是法文的就只好放弃了。七嘴八舌议论了半天又各自揣着自己的心思干自己的活。

热闹的气氛不断持续，因为快到春节了。

一天早晨，柳明正埋头登记文件，忽然外屋闹哄哄的。柳明以为又是什么单位的熟人来找他们谈工作，就没加理会，继续自己每天的必修课，也就是登记文件。忽然听老陆在叫自己，扭头看时见龙局长领着一位披着大衣的高个子汉子走进来，全处起立。直觉告诉柳明来者是个大人物，老霍率先问候："主任好！"大家七零八落地问主任好，柳明想自己桌上也太乱了，边站起身边去收拾自己凌乱的桌面，不小心把自己的茶杯又碰翻了，大家都笑。

龙局长道："这是我们今年新来的小柳，大家照常工作啊。阎主任来看看大家！"

阎主任摆摆手笑着说："老霍啊，大家好！大家辛苦一年了，我来拜个早年。"又看着柳明道，"我姓阎，阎王的阎，但今天不是来催交卷的，也不是催命的哦，大家忙着吧！"

大家笑得更起劲了。柳明第一次直接面对办成了公路建设基金这样大事的委领导，紧张的感觉被他的风趣一瞬间风吹云散，等他们走了柳明才想起抹去桌上的残水，还好文件没被打湿，心里像这洒在桌上的水一样暖暖的。

晚饭后柳明忙着给父母和亲友写信，给父母的信里报告了生活近况和不回去过年的决定。想象着父母亲看信时的失望，柳明把信投入了机关门口的邮筒。

之所以做出这个决定是因为柳明兜里真的没钱了，饭菜票、买衣服被褥加上四处游玩花去的门票和照相机上的花费耗尽了柳明所有的工资。有钱的顾卫东已到了坦桑尼亚的首都达累斯萨拉姆,只好用一张邮票寄去对他在非洲辛苦的慰问,美金是借不到了。孙庆华那里又不好意思去借,因为估计他的情况也不会富余,而自己单位又没有像父亲单位里那样设有互助金好借,柳明头一次体会到了一钱难死英雄汉的窘境,看着别人订回家的票,柳明只能默默扛着。

到了腊月二十六,正好星期六,柳明从惠大姐处领回全处的香酥鸭。鸭子号称苏州香酥鸭,已包装好,一人一只,是食堂自己加工后半送半卖给大家的福利。柳明想这鸭子我是一定要吃的,按规定每人交五元钱菜票,交完这笔钱,发现自己饭菜票还够用到春节后发工资,暗暗庆幸自己的计划竟如此精确。

下班后带着鸭子去二食堂吃饭,闻着鸭子的香味忍住了不吃。吃完饭又带着它回住处把它挂在窗外,看见已有一只在那,正奇怪是谁也不准备回老家了,一会儿小耿回来了,不断地唠叨着:"这破地方,不回家了事还这么多!真烦人!还不如早点回家呢。"

柳明不明就里:"怎么了?"

小耿皱着眉说:"嗨,还有人在外面出差呢!这挨家挨户地送鸭子就跑了半天。食堂都关门了,自己倒没吃上。"

"你何不挂办公室窗外不挺好吗?天然冰箱,他们节前总要回来的。"柳明不解。

"这不图表现吗!出点力给送到家。春节不回家,也还是图个一年干到头的好印象吗?"

柳明听了哈哈大笑:"看来我们都只有跑腿的份!程度不同而已。"

"我在学校就练长跑,现在还真用上了,要不然这楼上楼下的,跑两家就喘不上气了。"

"这大衙门里的大事都抢着干,抄抄写写、跑东跑西伺候人的小事都是新来的干,'先进门三日就是大。'"

"是啊,老不让人插手,是什么意思?谁没有第一回呢。好歹咱也是大学毕业呀。"

两人坐在各自床上你一句我一句,像想读书而读不到书的高玉宝在心里喊着"我要读书"一样喊着"我要工作",同病相怜起来。相互间同住几个月都没说过这么多话,一半牢骚另一半还是牢骚。牢骚发完了小耿想起自己还饿着肚子,过去把他的鸭子掰扯着吃,又撕个腿给柳明,柳明说自己吃过了。

小耿一会儿工夫把整只鸭啃完,边收拾骨头边说道:"哎呀,太奢侈了,在我老家这一只鸭的价值一家人要消费一个月,比不上你家。"

"你的意思还想吃鸭呗,我的留着过大年一起吃吧。你家河南哪里?"

"信阳往东,农村的,大别山你肯定知道的。我是我们县当年的理科第一名。"处理完垃圾,小耿就靠在被子上。

"还真不容易,大别山出来的都是革命后代,那你怎么没去干专业呢?"柳明想起了顾卫东。

"嗨,我上个月去了趟重庆出差,那里的女孩子可真漂亮,可能是跟重庆老有雾有关系,皮肤白的——啧啧,可真是漂亮。"小耿明显不愿意接柳明的话茬。柳明本来是喜欢研究一点小理论的,但这时没心情去探讨女孩肤色与雾的关系,便不说话,也往自己床上躺。

"我爷爷辈是富农!我家过去是总挨批斗的那种。我从懂事就想离开老家,不是改革开放哪有机会来这大单位!"小耿好像是鸭子吃撑了要找事干好消化一下似的又开了口,难怪他反复强调第一名和大学生的身份。

"不好意思,我还以为你是有什么大亲戚才要来北京的呢。"柳明也习惯了别人的思维方式。

"这没什么,都过去了,出生是没法选择的,道路是可以选择的!我不也到了北京吗?我相信改革不会走回头路。"

"那是自然了,两次三中全会不会白开。'君不见黄河之水天上来,奔流到海不复回'吗?"

"是啊,急人哪,什么时候才能进入角色!"

"我发现你干什么都有一个好胃口,吃鸭吃一只,上班半年就想当主角,慢慢来呗。"刚才还在跟着发牢骚的柳明忽然想通了似的充起大来,因为嗅到了小耿的与众不同。

"我还是那句话,看现在这些处长什么的水平就那么回事,思想僵化,没什么思路,人云亦云,小脚女人走路——迈不开步!"

小耿说完,柳明就心跳,顾民挑战杂志上的观点就让他吃惊,敢公开质疑顶头上司的还是头一回听到,便说道:"这个问题太大了,建议你不要到处说为好。"

"我就这么一说,你别紧张!我还没有那么不知好歹,我这出身能到处说这话吗?也就是跟你兄弟在房间里聊聊而已,而已!"

"怎么没看见你参加经济理论培训班？"柳明太怀疑小耿说的话了，一个学工的在这个地方有什么理由怀疑上司的思路有问题。

"经济理论班那些东西我早在大学里就自学过了，本来就想转行的。我就觉得学工的单枪匹马改变不了社会，当下经济学才是改造社会的实用科学。"

"原来是这么回事，看来你才是有先知先觉的。鲁迅先生也是弃医从文的。"柳明原本就相信这大单位是藏龙卧虎的地方，现在更是确信这一点。真是英雄出少年呀，也更加觉得自己像沧海一粟般渺小。

"那是形似而实不同，现在社会进步了。鲁迅是针砭时弊，嬉笑怒骂皆成文章，现在需要的是讲真话讲科学讲实用的创新经济理论，意义大不同了。"

"鲁迅先生说的：所以我们的第一要著，是在改变他们的精神。马上'七五'了，在大城市里我们还住在这地下室里，发发牢骚是难免的，要改变的是处长们的'精神'，我们才能感觉组织的温暖，鲁迅先生那种东拉西扯的精神终究还是需要的，我们的时弊还存在呀。"

"嗨，这都是小事。对我来说，能到北京住下来已是天大的幸福了，做梦都没想过有这一天。这地方开车的、烧锅炉的都是党员，闹心的是咱自己怎么发挥作用！"

"时候不早了，我要睡觉了。"柳明听他老在"角色"问题上打转便有了困意，老霍的"进不带来，走不带走"的话又在耳边响起，打开被子把自己装进去，躲进被窝成一统，管他冬夏与春秋。

"我明天必须要去找人汇报思想去了。"小耿嘀咕着熄灯，也钻了被窝。

第二天，两人一起去二食堂吃早午饭，小耿还真去了一区领导家。柳明一人回了办公室，打开电视胡乱混到吃晚饭，又去浴室排长队冲了个澡就回住处了。这晚小耿很晚才回来，柳明早就睡着了。

星期一上班时，惠大姐通知大家下午去培训中心会议室开茶话会，柳明应她要求上午就跟她去布置一下会场。等到了那里见会议室已布置得挺像回事的，椅子都靠墙，每条边上都放了两张桌子，门边留了一长溜桌子可以充做主席台，天花板上挂满了彩纸条。

惠大姐说看来是别人已经开过联欢会了，那就回吧。柳明说谢天谢地，我还有局长的一篇稿子没抄完呢。惠大姐回道："我们柳明真是个好同志，一叫就来了，手上有活也不说一声，别耽误正事，快回去吧。"

柳明说道："光表扬有什么用,你也不给发点奖金。"

"我没这个权力呀,就能给你们报销个市内公交车票,要是可以我就给你们常跑腿的发奖金了!小年轻就那几个工资怎么办?还要讨老婆呢,人家局都是有工资外收入的。你干吗不回老家过年呀?不想家呀?你在我就叫你了。花生瓜子就不叫你去买了,我叫小朴跟我去。"惠大姐又唠叨上了。

柳明知道她要打开话闸就没完,心想我不是跟小耿一样图个表现吗?虽然很想闹明白"人家局都有工资外收入"的意思,但也怕被她黏着走不脱,连忙说:"我先走了。"说完就开溜。

下午茶话会,局里在京的都来了,国办秘书局的同志也来了两位,龙局长介绍了一下他们就开别的会去了。

楼局长说茶话会就是喝茶呗,要不解渴就请小朴给大家表演一段朝鲜族舞蹈吧。

小朴大大方方地起身跳舞,一会儿撩起手,一会儿转着圈,除了没穿民族服装还真像那么回事。大家起哄喊再来一段,小朴喘了口气说,我一个人跳也没意思呀,交谊舞不都会嘛,大家一起跳呗,秘书局领导带个头呗。黄处长说我不会跳舞,我们小沈会,他代表了。小朴就跟小沈跳起了交谊舞。楼局长给黄处长转着圈一一介绍局里的人,最后轮到柳明这边时,黄处长说小柳很年轻嘛。很久没听见这句话,柳明有点愣神但很快反应过来,马上礼貌地回答黄处长好。楼局长开玩笑说我们很多稿子都经过他的手送国办的。

等他们坐下,柳明正好喝茶吃花生,听他们聊天。项目上的事、各地的风土人情听来倒也十分有趣,柳明想没回老家有没回老家的好处,长了不少平常听不到的见识。

高高兴兴地放松了一回,不到下班时间就散了,柳明得到机会可以早点去食堂。

走了那么多单身族,食堂里的人反而比平时多了,都是家属。米饭没抢到,买了两个花卷就着热腾腾的小米粥吃完,回味了半天这幸福的烦恼,正要去洗碗碰到小耿,干脆等他吃完馒头一起回办公室。

此时的办公楼跟食堂比起来冷清多了。柳明回办公室拣了几本闲书装进书包就到一楼大厅等小耿。一会儿电梯下来,看见他和一位头发花白的老者一起出了电梯。小耿手上拎着个皮包,自己的包拎在肩上,边走边跟老者说话,看见柳明便严肃地点点头说:"走吧。"

柳明只好跟着走,听他们对话也不像是谈工作,到了院门口小耿便将包递给老者与他分手,转身跟柳明往西走。柳明问:"谁呀?"小耿挥挥手,又摆摆手,就是不说话,等拐过了弯才说道:"是我们一把手局长。"

柳明禁不住笑了:"行啊,给局长拎上包了,我还以为是委领导呢!"

"这不正好碰上他刚下班嘛。"

"那不送他回家得了呗。"柳明揶揄道。

"老头上班可严肃了,做过了不自讨没趣吗?"小耿扭头看看柳明,好像忍住了笑但仍掩不住得意的神情。

"你礼拜天就是去找局长汇报思想去了吧?"

"就是啊,聊了一小会。"小耿坦白。

"去了一天才聊一小会?"柳明反倒不明白了。

"我还去别的地方了,暂时不能告诉你。"

"是这样啊,那你还是不说的好。"柳明听出了他跟顾卫东一样的狡黠,但他毕竟不是像顾卫东一样一路同学过来的可以直接问,心想该怎么套套他的话,便说,"春节要好几天假,怎么过呢?"

"大年肯定自己过了,过完年就挨个拜拜年咯。你想怎么过?"

柳明想套他,不料反被他问倒了,便开始敷衍:"还有很多地方没走到,到处转转吧。"

"我对逛公园不感兴趣,那是学生干的。"

听完他的话,柳明想起人心隔肚皮的古训,知道想套他的话是无果了,但大体已明白了他要干的事,无非是去找他的关系呗,谁没有两个沾亲带故的关系呀,不稀罕! 便不再去撩他,学他的样,沉默是金。

一路无话回到地下室,小耿好像更加心事重重,过很长时间又开始找话说:"今晚肯定找不到地方跳舞了,快过年了,搂着姑娘细腰的感觉可真好。"

柳明刚才路上热脸贴了冷屁股,这时懒得理他,只用鼻子哼一声表示听到了,拿起暖水壶去门房灌开水,遇到培训班的同学小董在打听小耿的房号,柳明说跟我走吧。待见了面,他们两人商量着今晚去哪儿哪儿,全不说人名和地名,只说方位,最后说定一个柳明不熟悉的地方就一起走了。柳明边倒水边听着,心想这人啊真不可貌相,貌似有才实是无德,没听说跳蚤能拱起被子的,小泥鳅还想翻起大浪,估计他们走远了便狠狠地关上门,嘴里吐出一句:"无聊!"

腊月二十九,上班已是形式而已,人们到处串门,说着过年的话,好像一年的压力非要在这一天内宣泄。柳明默默看着这一奇观,也收到了老革命们要他春节去串门吃饭的邀请。

腊月三十上午,办公室里像决堤后的水库一样平静,大家用一上午时间默默收拾好个人物品,坐在那里品茶,等着处长发布"回家过年"的最后指令之后,大家就真的是"鸟兽散"了。

由于办公室贴了封条,柳明自然就在饭后回了地下室。一路上静悄悄的,偶有行人也是行色匆匆的归家人。地下室里只有三个房间有人,柳明挨个房间串门,前两个房间都有女眷,第三个门就懒得再去敲了,很快完成任务回到房间,拿起中学老师送的《论语》翻看起来。

这本书到手的时候就是旧书,被柳明带来带去地看已经有了破页,但每次看都好像有新的感悟。当初老师送书时,原本是想拉柳明参加文科班,好给他教的文科班的升学率增加一点成色。不料柳明吃了糖衣吐出了炮弹,参加了理科班,还拐走了老师好几本圣贤书,到现在回想起来还是觉得欠那位老师太多人情。现在坐定重又翻看此书,看到:"子曰:见贤思齐焉,见不贤而内自省也。"这半年来的情景又历历在目,想自己零落他乡而不曾有半点成绩和长进,内心的煎熬愈加强烈,坐立不安,干脆放下书往床上躺,胡思乱想着竟然睡着了。

一阵敲门声把他叫醒时已是快五点了,天早黑了,柳明起身开灯再开门,见是龙局长站在门口,心里吃惊,急忙将他请进屋。龙局长还是那样慢条斯理地说:"初一不拜年,现在给你拜个早年。"说完把手里拎的一袋东西往桌上放下就转身走了。柳明不知道该说谢谢还是该说过节好,习惯性地跟在后面到门口才想起来说声"谢谢龙局长",龙局长转了半个身说道:"回去吧。"柳明便乖乖地止步,目送他出了地下室。回到房间再看他送来的东西,原来是油炸花生米,内心大受感动,看上去一向不苟言笑、公事公办的龙局长对部下还有如此细致入微的体贴关怀,半年来跑腿的辛苦和冤屈好像都有了理由和意义。

小耿从跟小董出去那天起就没回住处住过,柳明一个人的年夜饭由于有了这袋花生米和老家样式的香酥鸭而显得很别致。静悄悄的夜让柳明想起过去在老家过年时的热闹,父母这会儿吃过年夜饭了吗?在看电视吗?父亲肯定会喝两口,但今年会不会喝?李煜的《乌夜啼》闪现脑海:无言独上西楼,月如钩。寂寞梧桐深院锁清秋。剪不断,理还乱,是离愁。别是一番滋味在心头。一想到这,柳明禁不住叹了口气,没好意思跟父母开口要回家的路费,也只能这样了。按老家的规矩是要守岁的,但这时的柳明觉得这二十多年的不易一起袭来，又困了，为了纪念这一夜，按元时马致远的《天净沙·秋思》的样子，在笔记本上草草写下六行字：孤灯冻土凉鸭，花生《论语》冰花，冷被寒窗矮榻。北风呼啸，梧心人在思家。公元一九八五年二月十九日晚，除夕。然后把灯开着让它守岁，想着自己不小心变成了孤独的鲁滨逊，想会心事一会就睡着了。

初一醒来时已日上三竿，阳光从后面建筑反射过来仍照亮了柳明住的房间。洗漱完后感觉精神很爽，既然旧年过了，自己还在这里，而且站在了新的起点上，就没理由不乐意。

在屋里转圈，想今天该干什么，突然想起小季说的初一一起去给领导们拜年的，去提提东西吧，便把昨晚剩的鸭肉吃了带上房门去找小季。

到小季楼下喊了一声，他便下了楼，柳明说据说初一不拜年的。小季说没那么回事，走吧。两人空着手一左一右把一区转了个遍，老霍、老陆、老程处都到了，其他处的处长家里也几乎访遍，大都是在门口聊两句就走。只到老陆家坐了会，老陆说明天中午没客人，坚持要柳明明日来吃午饭。老程则要小季和柳明留下吃饭，小季推托了。柳明跟在后面以为接下来要去局长们家了，哪知道小季说好了，完成任务了，局长家就不去了。柳明怕是听错了，他要不去自己也不知道局长们住址呀？小季把头摇得像拨浪鼓，说回去吧，人家当秘书的过年都去主任家走动，他是从来不去的，局长家就更不去了。

柳明只好打道回府，心想这又是什么讲究呢？这大衙门里的事真是多。

柳明闲得无聊，就往不花钱的开放公园玉渊潭去逛，东门进去北门出去，走了一遍没看见什么与春节气氛联系上的，又从北门进去从东门出来，再沿三里河路往南走回木樨地，走得热烘烘的，边进门边脱大衣，进门就看见地上小鲍留的条：见条明天来我处，一起去拜年。柳明想我已拜过年了，你们这种拜年花样还真多，都是一个处的就不能结伴一起去吗？让不是和尚的柳明也摸不着头脑，想想他们俩还没成老虎呢，就一山容不下了。还有去老陆家吃饭也怪不好意思的，干脆明天我躲出去算了，最不济的办法是去孙庆华那里厚颜无耻地混一天，只可惜香酥鸭吃光了，要不然作为见面礼挺好！不过，同学嘛，管他呢！打定主意就提上饭碗去二食堂吃晚饭，然后到邮局给孙庆华打通了电话。

初二早晨还在睡懒觉，就听见有人在走廊里小柳小柳地喊，开门看是一位戴眼镜的先生站在门口，仔细瞧正是老陆的爱人老丁。柳明一看就知

112

道是怎么回事了,被堵在被窝里,这下想躲也是躲不开了,急忙请他进屋坐。老丁说不进屋了,他还要去办点事,一会中午他家里见。柳明赶紧披衣趿拉着鞋将他送到门房处,看着他骑上车离开。心想这社科院的副所长,大知识分子,待人这么热情不去恐怕说不过去了,那就恭敬不如从命了。

迟迟疑疑地洗漱完毕,又磨磨蹭蹭地研究一下着装,一边想到底是应该去呢还是不去,一边慢吞吞地走路,到老陆家里时已快十一点半了,一桌子丰盛的菜已在桌上。老丁热情地招呼上桌,他们的两个儿子都是上初中的样子,很礼貌地等柳明先入座再上桌。老陆从厨房进进出出,递来筷勺。老丁热情地夹菜,一会说我忘了拿酒了。柳明说我不喝酒的,老丁坚持拿出一瓶什么果酒来,与柳明相持着。老陆让他随柳明的便,别让人觉得在外作客就行。她和蔼的神态让柳明觉得她已不是一个事事认真的处领导,而更像是一个迎接远归游子的慈爱母亲。他们一家的热情好客和其乐融融的气氛让柳明想家,要是这会儿是在自己家该多好!心里生出格外的不安,言谈举止也更加扭扭捏捏。老丁一定是看出了柳明的变化,说道:"我们年轻时经常去老同志家里蹭饭,随意好了,想吃啥吃啥。"老陆说:"就是嘛,你家不在这,这就跟家一样。"柳明感动得差点落泪,把夹来的菜吃完就有点撑了,等他们吃完就认真地道谢再就是告辞。

回去的路上竟想不起来吃了些什么,埋怨自己没用。自己今天的表现是如此的懦弱,本应该大大方方地向他们请教一些问题的,也好在领导面前好好表现一番,关键时候掉了链子。吃了那么多次不花钱的午餐,这次竟然是如此的不同啊。

初三再去找孙庆华时,他不在住处,估计是去舒燕华家了。柳明真的像是因小病而看医不遇的病人一样找不到安慰,心里怨大伯也不给自己介绍几个战友,逢年过节也好大大方方地去蹭饭。无聊地想着,独自去了天安门,在北风里兜起了圈子,感觉自己像土拨鼠一样嗅到了春天的气息,心里对没见过的北京的春天充满了期盼。

节后上班,老革命们又开始周而复始的工作。柳明满怀着对老革命们给予自己的关怀的感激和对进入角色的渴望投入了新春的工作。但社会发展似乎仍然按照它本来的规律在运转,地球也并没有因为柳明的努力奔走而改变它的步伐,柳明的生活也并没有发生明显的改变,早八点晚五点。

随着"两会"的召开,来谈工作的也在增多,端茶倒水、做记录,忙忙碌碌而不见将来总结时能见到或是值得总结的成果,柳明感觉自己的满腔的热血就要换成一盆冰水,但又能与谁人说?自己设定的一年的考虑时间已开始倒计时,柳明开始有了一种如小耿般的危机感,但柳明不想像他那样到处找关系,因为不想落下越级反映情况,坚决跟谁走的口实,一切靠自己努力的信念支撑着他,旺盛的精力只能放在晚上的自学上。外语是第一不能放弃的,这是自己未来的基础,学习外语已到了像有些人"愈有钱便愈是一毫不肯放松"的地步,同时能找到的各类经济刊物都成了柳明如饥似渴地吸收新知识的载体,一向为柳明视为宝贝的闲书反被束之高阁。还好随着春天脚步的临近,口干舌燥的感觉也得到缓解,晚上又一次成为他的主战场。

苦苦坚持到"两会"结束时已是三月下旬,柳明觉得是不是该到改变模式的时候了。

一天上班,突然空气中能闻到浓烈的泥土味,紧接着黄尘遮天蔽日漫漫而来。大家忙着关闭窗户,有人打开日光灯,土腥味越来越浓,几乎不能呼吸,大家都停下手上的工作,在那里议论这突然而来的暴风沙天气。

老陆突然拉柳明到一边做了一次简短谈话,大意是经处里研究决定,派柳明去交通研究院实习三个月,并强调组织关系不转,研究院的奖金也不能领,工资仍回来领。柳明闻言已是五雷轰顶,摇半天船,才发现船缆还没解,懊恼、震惊,还有不甘,定下神来时,已经像被浇了桶冰水一样透心凉,改变模式的时候真到了?自己莫非也到了最困难的时候了?自己要成为小德口中"因各种原因,被淘汰一小部分人"中的一分子了吗?自己大学四年间大大小小的实习不下十余次,同来的伙伴们也没听说谁出去实习的,原以为按老霍的说法,处里工作渐忙,该有自己大显身手的时候了,不料要离开自己刚开始适应的工作环境,实习怕是个支开自己的巧妙借口吧,下放的话,那就真的无颜见江东父老了!要是照顾年轻人去研究院挣俩奖金倒是可以理解,但又偏偏明确不能领,这肯定是一个不便直说而他们又不想留用自己的精巧设计。自己半年来的确没起什么作用,又不像有些人一样有背景,连天气都这么凑巧地来捣乱,老天爷也不公呢!但这可是组织的决定,嘴里口不应心地答应着,心里已决定借此机会提前实施自己的 B 计划,这叫梁园虽好,非久留之地,走自己的路,让别人说去吧。既然都不是草包,弹性体间有碰撞就有反弹,这也是弹性力学的基本原理,要怨只能怨自己是个"三门干部"。

默默地收拾起自己的物品,又默默地等着第二天的到来,柳明嘴里无话心里也已无活动的迹象,要是现在去做体检,心电图一定像一条直线!

第二天,默默赶到研究院时已是上午十点,机械地到处里联系好的秦副院长处报到。秦副院长热情地接待柳明,介绍了各室情况,问想去哪个室,柳明因顾卫东的事对研究院领导没有好印象,本不想说什么话,但架不住他的热情介绍,便说:"随便吧,您看哪个室有空地方就去哪。"

"那就去标准室吧,去搞技术标准研究,你们老霍就关心这个事。"秦副院长依旧热情地说。

柳明一听就急了:"是邱达理那个室吗?那我还是想去经济室。"

"那就先去经济室再去标准室好了,其他室到时再说。"秦副院长豁达得让柳明吃惊,怎么顾卫东到这就不能如愿去桥梁室呢,心想老霍的面子太大了,看来自己在这儿也是逃不出如来佛掌心的孙猴子,一举一动仍在老霍的眼皮底下,自己说话办事仍得小心翼翼才是,千万不能提前暴露自己想考回老家的打算。

到经济室报到后诸葛主任给柳明安排了一个桌子。桌上昨天沙尘暴后的泥沙还没有拭尽,诸葛主任用湿毛巾抹了抹说:"这里本是乔老的办公桌,他病了不常来,你就先坐这,我工作太忙,你想了解什么就说,我们秦副院长是当家的,还当过'右派',对你们单位的同志有感情,有事好办,有什么困难你直接跟我说,办不了的我找院长。你是哪里人?我是上海人。"柳明想难怪呢,经历过磨难的人道行就是不一样,不但为人热情而且办事周全,看来顾卫东的事是他自己运气不好了。不过自己是临时的,既然你们这么热情,估计是没啥困难了,就是不想知道你是上海人,本人跟上海人沟通可能有心理障碍,至于困难嘛,就是想有多多益善的奖金了,可你们也解决不了呀,但眼前这个上海人好像跟老秦似的,还比较实在,便诚恳地说了到院后的第三句话:"您忙您的,我需要什么就找您。我是江苏人。"

就这样柳明开始了在研究院的新生活,每天到室点卯,也没人管他,想看什么就看什么,听着几个大知识分子来来往往地说着上海话,讨论着谁家房子大,朝向好;谁家的孩子要考大学了;部里的谁因为给部长家里扛煤气罐当了处长,等等,还装出一副听不懂的样子,心里在暗笑他们这么爱说上海话,自己不小心就"被"成了窃听器,一边偷听一边还像强盗似的把他们的资料翻了个遍,看有没有对自己有用的东西,好应付三个月后的交差。只不过他终究是个文弱书生,还没有翻江倒海的破坏力,翻乱的书很快又被他恢复了原样。

晚上住在顾卫东住过的工棚里,也没人打搅,也不主动跟这些临时的伙伴有深入的交流。有时走出房门看看郊区才能看到的明亮的月亮星星,想想人们都说美国的月亮比中国的亮,顾卫东在非洲是否也有这样或那样的月亮,放松一下又回去逍遥地看白天不能看的城市规划的书籍。这些书是父亲早就在年前就寄过来的,现在终于用上了。

这样过了十来天,天天吃馒头有点腻了,想起自己二食堂的好来,再说工资也没领,就回了趟局里。

惠大姐见面就打趣,工资不来领,是不是到哪发财去了,看不上这点了。柳明只好忍耐着说是处里派去实习了,并嘱咐她不要说自己来过了。早早去二食堂吃顿米饭,悄悄地回了研究院。

很快柳明就发现研究院的秘密,就像厨房里的人总是先闻到菜肴的香味一样,学术研究机构中也有着像机关里一样的竞争气氛,不同的是这里的年轻人看上去都有干不完的活,只有个别人每天早到为全室打开水,擦桌子都是各人自扫门前雪,接着就是各路尖子埋头自己的工作,谁都想掌握别人不掌握的技术思想,好崭露头角。柳明为这些年轻人感到庆幸,学的专业知识马上就投入实用,不像自己终日抄抄写写、端茶倒水地过日子,每天的白天就像不是自己在过一样。同时,他们的工作除了主任能掌握进度,像柳明这种外来人是了解不到太多新东西的,除非实际参加他们具体的研究任务,但这是柳明不愿意的,因为这样一来他的"自留地"就没时间种了,没办法,那就只好白天学外语,晚上看应考用得着的书。

一天吃午饭时,诸葛主任突然跟柳明说:"看你吃馒头的困难劲,要不我给你找个地方做点实际工作,既有米饭吃又能了解情况。"

柳明回道:"是啊,这馒头不知怎么就是咽不下去。"

"我们院在海南岛有个基地,也有设计项目,吃住都没问题。我去院长那里争取立个调研项目,就可以去了。"诸葛热情地说道。

柳明一听就来了劲,但嘴上客气道:"那不挺麻烦的吗?赶大老远去海南?"

"没事的,就花点路费,我现在吃完就去找院长批钱。"诸葛太热情了,柳明想这喜欢在北京说上海话的上海人其实也挺不错的,但对院长批钱的事也不抱什么希望,谁家没有经费问题呢?没有经费就出不去,诸葛说的也就是个画饼而已。

没想到下午诸葛就对柳明说秦院长同意了,就立个公路运输成本研究的题目,地点就在海南岛,由诸葛当组长,除了柳明再配个小刘当组员,后天一起出发。柳明不禁大喜,不但有机会出去转转,还有机会做点事了,没准还能按按劳取酬的原则弄两个奖金呢,一向对上海人的坏印象都被颠覆了,心电图一瞬间就又变成了山区公路的竖曲线。

静静地等小刘去东四民航售票处买来机票时已是第二天中午了。小刘说机票紧张,只买到柳明和主任的,他的是次日的,都要到广州再转大巴渡琼州海峡到海口。柳明说:"这下诸葛主任真是破费了,三张机票得花不少钱呢。"

小刘说:"我是跟着你沾光了,主任才有资格坐飞机,我只有资格坐火车去,可北京到广州的火车票根本买不到,那我就不知什么时候能去了。"

柳明想只要能去就行,管他在哪里中转呢。飞机还没坐过,这回要好好体会一下航空运输方式了。

第三天,经过反复考虑,柳明套上毛衣再穿上绿军衣外套,早早背上书包,手上再提个人造革箱子到院子里等诸葛主任。一会儿诸葛主任也着件毛衣外面套件西便服,提个箱子背个公文包来与柳明会面,放下箱子去找了个中巴车来,两人一路来到东四换乘民航班车去了首都机场。

候机楼里人满为患,柳明不知道下一步该干什么,跟在诸葛后面亦步亦趋,他说掏工作证就掏工作证,他说去哪里排队就去哪里排队,见诸葛托运行李便也跟着托运了自己的箱子,一会儿就转得晕晕乎乎口干舌燥了。好不容易进了圆形的候机厅,感觉空气因为人多而很浑浊,看登机牌时离起飞时间还有大约两个小时。诸葛主任很有经验地找到座位,从容地从公文包里拿出一本杂志看了起来。柳明只在《中国民航》杂志上看过机场的照片,便好奇地东看西看起来。一会隔着玻璃看飞机,心里想着这么一架飞机要多少只对虾换?一会儿又挨个观察坐飞机的都是什么人,穿中山装的估计是干部,着西装而不打领带的估计是知识分子,打领带戴黄澄澄戒指的估计是老板们……忘了自己成了名副其实的刘姥姥。站累了就到诸葛边上坐一会,诸葛说头一回坐飞机吧?四个小时不到就到广州了,飞上海的话只要两个小时,我回上海坐飞机半天就到家吃饭了。柳明想到底还是个上海人,说话不过三句就要提上海,要知道自己是听得懂上海话的苏州人的话怕是又要说上海话了,便不吭声只是点头。

到了飞机上按座位坐好,见到了传说中貌若天仙的空中小姐,细看看也不过如此,好像比去浙江看到的要差得多。但初次坐飞机的紧张感倒是减少了很多,这些妙龄姑娘都敢坐自己有什么不敢的。柳明只管按她们的要求系好安全带,只是感觉空气比候机厅更加浑浊了,人声嘈杂。

非常忐忑地等待起飞,真的起飞后一切正常,柳明的心也放了下来。空姐送来的午餐不过是一个面包和两片香肠一样的东西,柳明要了一杯汽水,狼吞虎咽地吃完就学着诸葛的样放平椅背打起盹来。

等柳明从闷热难耐中醒来时,飞机上的广播正在提醒乘客广州就要到了,请系好安全带,收起小桌板,将椅背放到原来位置。柳明想自己的安全带一直系着呢,原来这东西是可以解开的呀。接过空姐递上来的飞机小模型,心里在祈祷一切平安,因为听说飞机的起降是最关键的,这降落可是最后一程了。

一会儿工夫飞机果然顺利降落在广州白云机场,柳明觉得坐飞机真是惬意,这么遥远的地方眨眼的工夫就到了,边高兴地解衣裳边跟着下飞机,再坐大巴到取行李处,一路下来就觉得背上开始汗渍渍的。

等了足有二十几分钟,诸葛找到了他的行李,但柳明的箱子就是找不见。诸葛去找管理人员,管理人员说没有了,全部行李都到了。柳明给他看行李票,管理人员说他去查,又等了半个多小时,管理员回来说行李发错了,已到了上海机场,已联系他们转过来,但要等明天中午才能到了。

诸葛像是《威尼斯商人》里的犹太人夏洛克一样得理不饶人,说:"按惯例你们应该赔偿才行,我们今晚去海南岛,不可能等到明天来取的。"

管理员直着嗓门说:"给你找到就不错了,赔什么赔?"下面的广东话就听不懂了。

这下向以精明能干著称的上海人也没了办法,吃了瘪,只好扭头问柳明箱子里东西是否重要。柳明想这么热的天,换洗衣服和自己的宝贝资料都在里面,过不来可怎么办呢?这破民航可真是耽误事!焦急中想起小刘明天过来,便建议道要不让小刘明天来取,我去找地方给小刘打个电话,我们还可以今晚去海南岛。诸葛决定就这么办,把行李票和箱子上的钥匙留下,先去找邮局打电话。

两人坐机场大巴一路往城里走,再换去到长途汽车站的公交,到长途站门口就有邮电局。

原来诸葛来过这条线几次了,熟门熟路,打通电话后就去买好晚上的车票。诸葛边找地方坐边说要明天早晨天亮才能到海口,够辛苦的,先抓紧休息会再去吃点东西,上车就没吃的了。柳明想诸葛同志不会超过五十岁,就这么一天就累了,怕是烦的吧,带个徒弟净找事了,有点不好意思,便自告奋勇地说去找点吃的来。出站到对面小饭馆看见有茶叶蛋就买了六个,看见有叫河粉的东西就买了两盒,付完钱看看东西不多,怕诸葛吃不饱,又狠下决心再买两笼虾饺,因为那虾饺皮薄得能看见里边的红虾,皮上沾着的水汽还是油星使它看起来晶莹剔透,实在挺诱人的。

回头看长途站时吃了一惊,这是什么广州啊!刚才匆匆忙忙地进来也没注意,这么破的汽车站,在周围高楼林立的街区看着像是蜷缩在闹市角落里的乞丐,门窗上没有一块完整的玻璃,到处是席地而坐的旅客,这广东人经济这么发达,混得一个与"山东的路"齐名的"广东的桥"的诨名,竟然有这等的光景!而且诸葛主任来了也不见有人接个站什么的,幸亏诸葛来过多次,要换自己摸索不知今晚是否走得成!顾卫东说的好吃好喝的招待又在哪里呢?没有比较就没有鉴别,看来顾卫东说的机关里的干工资含金量高还真有点道理。

找到诸葛时他已挤到了一个座位,柳明在他跟前站定,端上一盒河粉和一盒虾饺,一人坐着一人站着边吃边聊。诸葛是老江湖了,边吃边夸广东美食如何好吃,不断介绍这河粉是如何用大米制作,这像小树一样的菜叫芥菜,如何让它保持青翠欲滴的颜色;这上面的蒜蓉辣酱如何甜辣适中,合上海人的口味等等。

柳明只管品尝,时不时地迎合他的意见,说两声好吃好吃,其实也确实对柳明的口味,住相近,食相近嘛。吃完河粉、虾饺两人又各吃了一个茶叶蛋才罢休。

一会儿天色已暗,站前大街华灯初上,流光溢彩,一片辉煌景象。柳明去找上车的地方,原来不过是一块灯光照耀下的露天停车场。回来帮诸葛把箱子提了一起去上车,柳明对号入座,正是靠窗的位置,上车就开始打盹。

一会儿感觉到汽车的颠簸,睁开眼看时汽车好像已出了广州城。黑黢黢的夜空看不到一点星光,城里成排的热带阔叶行道树榕树早已不见了踪影,倒是大巴上坐得满满当当的,头顶上的行李架也塞得满满的,乘客们都悄无声息,只听见汽车发动机有规律的轰鸣声,觉得越来越闷热。柳明脱掉毛衣把它塞到头顶上行李的缝隙里,还是热,干脆把窗打开一部分,阵阵夜风吹来,顿时神清气爽。

汽车驶过一座座城市,柳明新奇地找一块块指路牌,先是开平,接着是恩平,再就是阳江。这时到了一个停靠点,汽车停下供大家下车活动舒展一下。一下车就有很多人围上来,手里举着明晃晃的菜刀,嘴里叽里呱啦地乱嚷。柳明以为是打劫的出现,诸葛镇定地说:"卖菜刀的,这里菜刀出名。"等诸葛方便完两人又上车,先检查行李,再入座,汽车又向南走,这时已进入后半夜,柳明真的困得不行了,斜靠着窗框就睡着了。

车到湛江,又一次停车。诸葛捅醒了柳明,说去方便,让柳明看着行李。

柳明懵懵懂懂地答应着,看看天已蒙蒙亮了,窗外的景色是大不同前。小时候看连环画里才有的高高的椰子树就耸立在眼前,路边的野花在晨风里摇曳,新奇的感觉刺激得柳明兴奋起来,一眨不眨地观察。

不到一天的时间里好像走遍了全中国,北京的国槐变成了眼前的椰子树,不知是造物主的神奇还是现代交通的造化,或者就是自己选择的英明,一夜看遍神州!昨天还在春寒料峭的北京,转眼就到了繁花似锦的南国,柳明抑制不住的心花怒放,这就是中国!就是幅员辽阔、物产丰富的中国!

一路往南,椰树越来越多,海的气息越来越浓,已经能从路旁树和房的间隙中远远地看到海了。

到了徐闻就下车等待渡轮,看着渡轮慢慢靠上码头,柳明跟诸葛又重新上车,随大巴一起渡过琼州海峡。

这时太阳已升起,碧空如洗,海风吹进来,带进来一阵阵的腥味。海的感觉在这里得到确认,看着阳光下蔚蓝的海面,柳明贪婪地呼吸着这海的味道,不由得心潮澎湃。诸葛说遇天气不好如台风什么的就要停渡了,除非在这里建海峡大桥或者海底隧道,海岛交通就是这么麻烦。柳明回答说那就赶紧建呗。诸葛说那投资得多大,上海黄浦江那么点宽还是靠轮渡。柳明想真是三句离不开上海,到底是国家经济上建不起还是你们研究院技术上不会建,或者两者都达不到,这倒是个问题,用经济学理论来讲有需求就应有供给,海南岛可是中国第二大岛呢,那么多人货进出岛仅靠渡轮吗?不过自己到南方的适应能力还是挺不错的,在这海上居然没有什么异常感觉。

边欣赏海景边打听海南岛的风情,看着一块陆地渐渐靠近,很快海口秀英港就到了。大巴直接开到了市区的汽车站。诸葛说这离海南公路局很近了,我们就走过去。柳明跟着拐个弯到了大同路上就到了目的地,一个不大院子里办公和生活楼都在里边了,院子里能停车的地方都停满了各色各样的轿车。

到了宿舍楼上到二楼,诸葛开了房门,是一套三居室的房子,经过了简单的装修,水磨石的地面溜光,每间房里两张单人床和桌椅。诸葛说这就是他们院在海南的基地了,每人一间,你先挑。柳明说我住小房间,诸葛笑着说他住另一间小房间,大间朝南太热,留给小刘。柳明说还可以呀,一点不闷,也不是太热,比广州好多了。诸葛说海岛气候不一样,同样是热但热得不一样,你住一段就知道了。他叫柳明休息,便去找人来收拾房间。

一会儿来了个精瘦大妈,带来三张席子,拿块毛巾东抹西抹一会就走了。柳明左等右等不见诸葛回来，就从自己包里拿出茶叶蛋吃起来，吃了两个还想吃。这时诸葛跟一个有点富态的中年女同志说着话进来了，诸葛说："我忘了跟你说了，我们出去吃饭。这是伍局长，这位小柳。"柳明忙说伍局长好，趁握手的工夫打量这位领导，除了肤色偏黑，面容端庄，很有领导风度，就是普通话说不准，暗想恐怕接下来要跟此人打交道了。

三人坐伍局长的车出去吃饭，柳明注意到一路上各家院子里都停满轿车，早就听说海南的汽车走私事件，没想到有这等规模。伍局长说总量有8、9万辆，又听伍局长称诸葛为诸葛先生，要"诸葛先生"帮他们往北京销车。柳明心里好笑，诸葛怎么不摇上一把羽毛扇呢。

黑脸司机把车开到海边一个搭着凉棚的地方，就去张罗饭菜。伍局长操着蹩脚的普通话问柳明海边到过没有，海鲜是否吃得惯。柳明如实回答没到过，也不知道海鲜是否能习惯。聊了会家常菜就来了，全是海货，岸上的就是一盘白切鸡，柳明就盯着鱼和鸡吃，把鸡骨上带着血丝的鸡块蘸随菜上桌的蒜蓉酱吃起来又嫩又滑又香。他们都是熟悉的，各挑各爱吃的菜，也没人劝菜，再吃点米饭，午饭就解决了。

回到住处，诸葛说："以后吃饭就在他们单位食堂，签单就行，由院里结账。"说着又掏出钱递给柳明，"这是500块钱，是给你在这里的经费，可不是奖金啊。"柳明有点晕，没想到还真有钱经手，又想还没开干就领钱，还这么多，要拿了是否合适，吃饭不花钱还领这个数，要知道这个数顶自己一年的工资了，老温的出国置装费也就这个数，像顾民、罗晨拿稿费要爬多少方格啊！但明晃晃的钱放在那挺有吸引力，有了这个钱自己春节就不愁路费了，再说昨晚在广州随便买点吃的就花了十来块，在这经济发达的南方生活怕是真的用得着。

诸葛看出了柳明的犹豫，补充说道："这是秦院长定的，你回去不要跟同事说起，小刘来了也不要说。我们院的政策是到现场参加项目的都有补助，按贡献定的，你不放心的话，就把花出去的钱尽量要发票，没发票的要记个清单，回去找我。另外，在这里没人知道你的身份，你就是我们院的助理工程师，这钱你只管拿好。我待不长，你愿意多待些时间就待，在这里生活用得着的。"

柳明听他话里好像有破绽，将信将疑，但想想顾卫东没干几天活也添置了那么多家当，不也是领的奖金吗？这点钱也就够在天津宾馆住一晚，也就半推半就收了钱。诸葛说他要在小刘到达前写个研究提纲，要柳明去逛街买点衣服什么的必需品。柳明得令独自出了门，突然感觉自己像是被鲁滨逊收容的星期五。

一路走一路问,可遇到的好像都听不懂似的摇头,更不要说听到普通话的回答,无奈只好靠自己双脚去找。一路找,竟走到了海瑞公园,心想海瑞是个清官,在江浙当过官,怎么埋到了这里。进去看了简单的墓和碑,才知道他是海南人,也算是叶落归根了,两副对联"政善民安歌道泰,风调雨顺号时清"和"三生不改冰霜操,万死常留社稷身"让柳明流连忘返。

看完往回走出公园,比画着央求管理员帮忙在门口拍了个照就继续找卖衬衣的地方。沿有骑楼的马路走,因为在广州就发现了这一现象,往往骑楼底下都是各种各样的商店,但很快发现这里的骑楼底下都是小店面,卖些渔具和干海产品。楼房老旧不堪,大多是两层,最多为三层,狭小的街道弥漫着海的味道,依稀能看清颜色的黄色墙面上积满霉斑,那柱子都是像下次台风来就要被吹倒似的,居然还钉着大大小小的钉子,挂着各种各样的样品。柳明杞人忧天地替他们担心,挂东西太多不是增加了受风面积吗?会不会拦腰折断……满街充斥着歌星邓丽君的"靡靡之音",这边唱"青青的山冈,弯弯的小河……"换一家店又唱"路边的野花你不要采……"这家店的歌声还在绕梁,下一家店又唱"美酒加咖啡",把柳明的骨头都唱酥了。写着"今日献影香港功夫巨片"的招牌隔两三家店就可以看见,"哼哼哈哈"打斗的声音从挂在头顶的音箱里炸响,与铺面老板们听不懂的咋咋呼呼声一起汇成一首南海交响曲,生活气息特别浓厚,一副自得其乐、歌舞升平的样子。柳明心里痒痒的,好像是在老家逛街,但走东走西就是找不到卖衣服的地方。

因为交寄的行李还没到,急需换洗衣服毛巾什么的。这时他心里急了,走得也热了,身上越走越黏糊,想着今天不洗澡换衣服明天人家不明就里的会怎么看,诸葛说过海南人是一天至少洗三次澡的。看到对面商铺的招牌突然醒悟,写字不会都看不懂吧?这不是在中国吗?于是马上落实,写了一张"请问百货店在哪里?"的纸条,这下才找到要去的地方。这是一座五层楼的百货大楼,其实很好找,因为它是这片城区的制高点,转个弯就是。

进楼找到衬衣柜台却只有两种牌子,一种是上海产的名牌"海螺",还有就是没有牌子的,有牌的价格是没牌的两倍多。有了先前的教训,柳明揣着钱不敢胡花,挑了没牌的,下决心买了两件短袖衬衣,再买了短裤毛巾肥皂等等,回到大门口看见拖鞋又买了一双。到出门时自己计算共花去了六十多块,加上广州花的,两天花这么多,把他心疼了半天。

回到公路局门口时,看香蕉只要两毛钱一斤便又买了一把香蕉。诸葛一见到便说你上当了，这是芭蕉，价格比香蕉应该便宜一半才对。柳明想真是行一路学一路，谁想到还有芭蕉这一说呢。

洗完澡老老实实地跟着去院子里的平房吃晚饭。小食堂只有三张小圆桌，中午那个大妈早就把饭菜准备好了，一盆米饭，一盆清汤加一道什么蔬菜炒肉丝。柳明下午转得又累又饿，盛饭就吃，诸葛却先盛汤喝，边喝边讲广东人的喝汤经。听他讲完便请教这菜里是什么，诸葛说是苦瓜炒猪肉丝呀，苦瓜是华南的当家菜的一种，清凉解热。柳明确实没见过这种蔬菜，搞明白一种又问第二种，说听说广东人吃老鼠的，不会是老鼠肉吧？诸葛说他看见过别人杀鼠，还有猴脑，但那都是名菜，一般情况还吃不到。"三叫"听说过吗？一只粉嫩的小老鼠叫三下就被做熟上桌了，我们是外地人，不会给我们吃这玩意的，老鼠也不可能有这么多肉。柳明放宽心吃饭，直到把一盆饭美美吃完。

饭后诸葛提议去散步，便出了大门往街上走。粗到两三人才抱得过来的大榕树成排地立在路旁，树荫下面是一堆堆的人都坐在矮凳上，围着一个个的小炉子，一手拿啤酒瓶，一手拿筷子，边喝边吃，邓丽君的歌声还在敲击着耳鼓膜。柳明又问诸葛是不是在办喜事什么的，诸葛说都是大排档吃夜宵的，估计是狗肉煲吧，四季如此，要吃到半夜。柳明咋舌称奇，真是大千世界无奇不有啊，听说过西北人"早穿棉袄午穿纱，围着火炉吃西瓜"的说法，但眼前放着好好的米饭不吃，这么热的天守着火炉吃狗肉还是头回看见。

回到住处，诸葛继续他的提纲研究，柳明冲了凉水澡倒头就睡。次日被诸葛叫醒时已是上午十点多了，诸葛还把一碗面条带了上来。柳明嘴里不住地感谢，洗漱完就吃，吃完就洗衣服一气呵成。正犯愁接下来干什么，见伍局长的司机拎着自己的箱子进来了，柳明急忙去接，接着进来的是小刘，放下东西就向柳明说："谢谢詹科长吧，要不我一人拎过来还挺沉的，全是你的破书，你是想大搬家还是怎么的？"

柳明想这看着大大咧咧的家伙肯定是在机场开过箱，这下自己的秘密恐要守不住，忙打岔道："辛苦了，辛苦了，快洗洗吧！我们早点吃饭去。"

司机也说："好的，休息一会还坐我的车去吃饭。"柳明想可能是自己没闹明白吧，这个脸像红烧过的司机莫非就是詹科长，昨天还把他当成局长的司机了，有点怪自己没把基本情况摸清，这会只好将就着先不说破。

这时诸葛已听见动静出了屋，关心地问："路上还顺利吧？"

"一切顺利,听说你们丢了箱子,我就没敢托运,我后边可是没人了。"

柳明打断他道:"先喝水还是先洗脸?"

"先洗澡。"小刘一说柳明就放心了。

一个小时后四人就坐在了昨天吃午饭的地方,詹科长又弄了跟昨天差不多的菜。柳明吃了几个清煮大虾,挺好吃,又吃了两个,但海螃蟹不敢碰。看诸葛吃得挺香,小刘边吃鸡边吹海南文昌鸡就是好吃,连鱼都不碰,一会儿就把鸡吃完了,柳明只好吃鱼,问他到底是北方哪里人,詹科长打诨说他是内蒙古的,离这十万八千里,到这受罪来了。小刘说老广什么都敢吃,四条腿的除了桌子,都吃。诸葛放下蟹壳说那是过去穷,逼的。柳明一想对呀,便卖弄地说道:"这是劳动人民的智慧,过去生产力水平低,中国人又喜欢多生孩子,养不活,那就见什么吃什么!现在非洲人还吃树上长的'面包'呢。一个规律就是越穷越生,越生越穷。要不怎么说全世界无产者联合起来?这广东人呢,都是中原地区避战乱来到了岭南,岭南原来是蛮荒之地,古时候充军发配来海南的也不在少数,来的人多了,带的粮食不够就只能吃老鼠、蛇、猴子了,要不怎么叫客家人呢!这客家人可不是少数民族,是先客后家,时间长了就变成这里的主人。人在食物链的顶端嘛,所以吃什么都不奇怪。"

"现在不一样了,广东是最富的,该生还生,该富还富,人家都是'绿灯行、黄灯看、红灯停',广东人是'绿灯冲、黄灯跑、红灯闯'。光倒腾进口物资赚了多少?海南光汽车一项就挣了不少,全国人民谁不想来广东发一票?我还想来呢,可惜詹科长不要。哎哟,这无产者是越来越少了。"小刘反驳道。

詹科长马上接上话说:"你要来那就是局长了。我们海南跟广州还是有很大区别的,海南话就跟广东其他地方不一样,吃法也有区别。"

诸葛说:"那是因为广东靠近香港,要不上海还是老大哥。"

柳明本想跟詹科长说海南跟广州隔着海峡,自然不会完全一样,在江苏隔条小河沟说话就不一样,听到诸葛提上海就不说话了。

小刘说:"哎呀,局长不局长的不敢瞎说,但我看广东的科技还是不如上海的,要不怎么这鸡都没烧熟?"

詹科长大笑道:"有道理!我们吃海鲜都是原汁原味的,最多加点盐。除了文昌鸡,还有嘉积鸭、东山羊,都是本地美食,以后有机会请你们尝尝。"

诸葛说:"是啊,要在上海那就讲究了,一只螃蟹可以分几种吃法。有些山西人吃鸡囫囵煮,只去毛,膛都不开。"大家都笑,一顿饭又过去了。

回去睡午觉,一直睡到下午三点。诸葛开始布置工作,说院里跟这边公路局正在合作研究设计海榆东线的高等级公路,但到底怎么搞还没有数,所以要搞一个运输成本研究,看什么等级合适,我们这次的任务就是从海口和三亚分别往中间进行调查研究,小刘明天去三亚往北,他和小柳从北往南,最后由小刘汇总,成果由他最后把关,争取做一个以后其他地方也能用的模式,公路系统的协助人员由伍局长安排好了。

柳明下午就是先看他拟的提纲,看完就提出了一个建议,就是把经济学里的恩格尔系数引入交通出行量的研究。诸葛欣然同意了。

如此这般,一晃十多天过去了,除了"五一"节休息,每天白天访问有关单位,中午睡个午觉,晚上整理资料,忙得不亦乐乎,总算跟着诸葛把海口和琼山的情况基本摸完了。发现除了走私汽车多以外,实际本地汽车保有量很小,工业基本没有,农业和渔业最发达,但渔业是以船舶海运为主,对陆上运量影响有限。旅游业好像还没睡醒,进出靠渡轮,又不通民航,中国那么大,国家也顾不上这里,不先解决与大陆交通问题什么都是白搭,想帮他们拔高都难。柳明几次想跟诸葛谈谈感想都打住了,拿人的手短,吃人的嘴软,就按诸葛的思路办吧,接下来就考虑去下一站定安了。

有一天正在食堂吃晚饭,詹科长来通知诸葛说北京白天来电话叫他尽快回单位。诸葛叫住詹科长,边喝汤边交代柳明,明天跟詹科长去定安跑,那边能住就住,不能住就回来住,省点经费。詹科长说没问题,接下来的工作他来安排好了。吃完,诸葛就跟詹科长出去买回程票。

第二天诸葛真的就走了。临走交代柳明等他安排好家里的工作再来。詹科长送完诸葛就来接柳明,沿 223 国道一路南行,拐个弯走一大段好像没路的路就到了定安。一路只有寥寥可数的车辆,两侧的农田长满各种庄稼,每个角落都得到充分利用,水稻、番茄树、西瓜地,柳明都认得,田埂上、屋前屋后长满的好像美人蕉和挂着手雷一样果实的小树,柳明不认识。詹科长一一介绍,这是香蕉树和木瓜,还有芒果树,现在芒果还青看不见。柳明感慨自己突然离热带这么近,小时候过节时才能打牙祭的香蕉和木瓜等竟然触手可及,这种感觉太奇妙了。

一路领略南国农村风貌,一会就进了定安。詹科长领着柳明进了一家小馆子的包厢,两个年轻人等在那里,接着就上菜。大盘子里稀稀拉拉几根菜,他们三人喝上了啤酒,叽里呱啦一通乱叫,猛吃猛喝,就当柳明不存在一样。喝高兴了稍矮个的年轻人开始在年轻女服务员的肥屁股上上下其手,那姑娘只管嘿嘿地笑,一点没有闪躲的意思。詹科长好像刚想起有柳明在,用普通话问那小伙子道:"什么感觉呀?"

小伙子道:"软软的,妙极了。"

另一小伙子怂恿说:"还有上面呢?"

矮个说:"那不敢。"

詹科长已喝得脸成了酱猪肝,边哈哈大笑边说道:"你还有停手的时候啊!"边问柳明菜吃得惯吗。柳明虽然没吃着什么东西但已看饱了,心里像揣了头小鹿,脸上不露声色,淡淡地回答说看吃豆腐吃饱了,弄点米饭吧。他们几个才收住笑继续喝酒,詹科长说:"她们老板要揽食客,这些姑娘都不敢说不的,没事的。"柳明想这事要搁在北京就除名了,实在看不下去,匆匆吃了米饭先走了出去。

等他们喝完已是下午三点多了,詹科长说人都认识了,明天再来了啦。柳明想赶这么多路吃顿饭就回去了?这办事效率太高了,但客随主便,拿他也没办法,只好上车回去。一路装打盹,其实右手一直紧抓着扶手,心里祈祷路上可别有车。

回到海口柳明就边独自在食堂吃晚饭边琢磨明天怎么办,任务怎么完成。

次日九点,詹科长才姗姗来迟地上楼叫柳明。柳明上车就跟他约法三章,每天八点钟出发,中午两人的饭由柳明负责,第五天必须完成在定安的任务。詹科长好像明白了似的连说好的好的。柳明放心地跟他到定安,昨天的那两位陪着挨个单位拜访。

县城不大,来时的路就是主要大街,两旁均是三四层半新半旧的平顶房。这里的人他们好像都认识,倒也挺顺利。到中午了,詹科长又跟他们一起吃饭去了。柳明独自找个大排档,点了两份河粉,一盘牛杂,五块来钱吃了个饱还落个自由自在。吃完左等右等就是不见他们来,柳明怕占着座耽误人家生意,街上又没有可以避荫的大树,只好起身在热辣辣的太阳底下沿着马路来回溜达,心里反复考虑回去以后是不是应该和伍局长反映一下情况。始终决定不了,便掏出个硬币,自己跟自己打赌,是数字就说,结果是图,决定不说,等一会还不见人影,又掷一遍,还是图,便赌气再掷一遍,却是数字,想还是应该说。就这样自己跟自己玩,汗水沿着额头、脖子往下流,便用手去擦,一会儿就把自己弄成了个花脸。直到想明白这样毫无意义,便像一只斗败了的公鸡一人去了刚无意中发现的南渡江边看风景。

到了江边找了棵大树,靠树坐下。宽宽的河滩上,蓬勃的野草高及人腰,几头牛在埋头吃草,不见一个人影,江水比老家的要清很多,像是儿时外婆家农村的感觉,想起"蓝蓝的天上白云飘,白云底下马儿跑"的歌来。

外婆家在阳澄湖畔的景家浜,门前一条小河曲曲弯弯通向阳澄湖,水牛在河里打滚,人们在湖里捕鱼捉蟹,小孩光着屁股戏水。边乘凉边琢磨这地方真是神仙生活,钟灵毓秀,风光好不说,田园牧歌式的生活特别悠闲,干上半天活,喝上半天酒,就是太懒散了!

老家的小城虽然在舒燕华眼里是舒适的,但骨子里是忙碌的,也不至于像这里的工作作风。毛主席早就说过:"工业无产阶级人数虽不多,却是中国新的生产力的代表者,是近代中国最进步的阶级,做了革命运动的领导力量。"眼前这些人能不能算是无产阶级,柳明不敢确定,但跟他们讲马列主义他们肯定听不进去,山高皇帝远!不知道换了是顾卫东在这会有什么办法对付。天下熙熙皆为利来,就请他们吃饭是否可行呢?

实在无聊了,就只好往回走到刚才吃饭的地方,见没客人便找个角落坐下等,等到跟昨天差不多的时间,詹科长的车到了,那两位不见了,詹科长喜气洋洋地喊上车回去吧。柳明彻底缴了械,乖乖地上车回去了。

路上柳明故意不断地提起伍局长,又打听伍局长的办公室位置,想暗示他自己可能去找伍局长。不料,詹科长主动介绍起伍局长的当官履历来,弄得柳明哭笑不得,只好明说照这个进度自己担心来不及完成任务。詹科长安慰说没问题,就这点活他闭着眼都完成了,保你五天完成,多找两个人不就行了。柳明想也对啊,怎么没想到,便把诸葛的意见和要求跟他说了一通。

等到了海口又拉他一起到食堂吃晚饭,詹科长反说改日请柳明去吃狗肉煲夜宵,现在他马上去办公室给定安打电话落实明天的事,说完就走了。柳明猜想他可能是不想吃这食堂里的清汤寡水,也不勉强,想想事情总算有了眉目,这人其实挺聪明的,柳明也高兴地吃自己的饭。

第三天早晨一切顺利到了定安,詹科长把柳明拉到挂着"定安县人民政府"牌子的楼里,找到两位打扮入时的女士,说是他们定安分局的两位办事员,有文化又懂普通话,要柳明跟她们跑,他去另一小组,说完他就开车走了。柳明就在大厅里跟两位女士说了一下要找的资料,年长些的说她就知道哪个单位在哪儿,你要的东西还是你去找,她们也不懂。柳明说这样最好,那我们就从政府办公室开始。这样听着她们吧嗒吧嗒的高跟鞋声楼上楼下地找人,把楼里的单位都找遍了,搜集了不少资料,但柳明并不满足。但看时间也快中午了,柳明提议请她们去吃顿饭好下午再来,她们异口同声地答应。

一行三人就离开政府大楼往街上走,柳明边走边问去哪里吃,年轻的说大姐家里就开着饭馆,就去她家吃吧。

继续往前走过柳明昨天吃过的那家大排档,老板看见柳明就哇啦哇啦地热情招手,待看见边上两人就背过身去了。两位女士只管走,很快到一座两层楼酒店跟前,年长的就带路上了二楼的包厢,用海南话吩咐几句,一会儿菜就上来了,一个牛肉煲,一条江鱼,一份苦瓜炒肉片,一盘炒空心菜,还有一份不知道是什么内容的汤。

忙了半天大家都不讲客气,各拣对胃口的吃,很快就吃完了饭。柳明抢先一步下楼到吧台结账,吧台里的姑娘递过账单,柳明一看就吃了一惊,四菜一汤要八十六元,这能比肩自己两个月的工资了。但已经到了这分上,也只好死要面子活受罪了,赶紧付钱要发票,姑娘漠然地收了八十五块,奇怪地看了一下柳明,吐词清晰地回答说:"优惠一块了,没有发票。"柳明心里恨得牙痒痒,想"红色娘子军"的后代怎么都成这样了,往自己碗里舀特主动,给公家干就磨起洋工了,这活是干不了了!要天天如此自己就活不了几天了,能不能活着回去都是个问题了,如何脱身成了当下第一要事。

傻傻地等她们下楼,年长的边剔着牙边说:"柳工,我们要回家去休息了,下午上班要到三点以后,三点半以前是找不到人的,不到五点就走光了,你去哪里?要不在这里等我们?"

柳明想难怪詹科长天天吃喝到三点多,可是三点半就该回去了,回去晚了詹科长又不愿意,自己也要赶食堂的晚饭,尽快脱身的念头占据着大脑,便说道:"也不知道那詹科长去哪里了,我去跟他们一起好了。"

那女的道:"我找得到他的,你就在这等吧。"说完从吧台后抄起一把遮阳伞两人一起吧嗒吧嗒地扭着屁股走了。看着她们出门,柳明在木沙发上坐下,心里想着詹科长他们怎么不来摸这两位的屁股,这么贵的菜,那汤里不会是老鼠肉吧?想吐又吐不出,越想越腻味,便向吧台要了杯白开水想冲刷一下自己的肠胃。

等酒足饭饱的詹科长开着车来接时已快三点半了。柳明主动说回去吧,詹科长巴不得地开车就跑。路上詹科长说:"我看你不爱吃海货,今晚带你去吃狗肉煲。"

柳明想起中午的事就忙回绝,说:"海鲜怕是不习惯,我们老家吃河鲜,鱼、虾、大闸蟹、螺蛳都非常好吃。狗肉就不吃了,这么热的天吃了不好。"

詹科长道:"你老家哪里?"

柳明怕他追问下去便哄他说:"南京你知道吗?"

"南京!当然知道啦!我在南京小汤山站岗放哨五年。南京军区的,汽车兵。"詹科长激动得有点张牙舞爪,"不过后来再也没去过。"

柳明也被他的情绪感染:"半个老乡啊,你看起来年龄不大嘛!"

"我都四十五啦,回来快二十年啦,才当个科长。看来是到头啦!当年要去当海军就好啦,就在家门口。海南人都跑不远,去了北方都不习惯,就像北方人来海南也不习惯。"詹科长又滔滔不绝地介绍自己的经历,当过生产队长,招工当工人,又当道班养护工,从道班班长又到运输公司开货车。

柳明说:"难怪你普通话比别人好得多呀。"

詹科长听了夸奖越说越高兴:"这样吧,今天来不及啦!等结束定安的工作,我拉你去文昌找朋友吃正宗的文昌鸡,看椰林,尝尝那里的海鲜,没事的啦!喝点酒就行,我保你一点事都没有!"

柳明还是怕花钱,便说道:"以后再说吧,这儿什么都贵。"

詹科长说:"我是本地人啦!朋友多,去海边吃点海鲜那是家常便饭,你等我安排就行啦!"

"我还是担心定安的事,完了还要去琼海,不知道诸葛主任什么时候能来,最好一起去琼海。"柳明着实担心手里的活。

"定安不是差不多了吗?这小地方没有太多的单位。我看你们找的资料我都能编给你,去调查反而调查不出来。用的油料、运量什么的,小单位他们自己都没数,谁会有现成的数据给你,能给你的也是现编的。不管诸葛主任回来不回来,琼海的事还是我来安排好啦!"詹科长又说了一通今天他们那边的成绩,柳明说那我今天晚上整理一下再说吧。

晚上一场突如其来的阵雨将气温降了几度,柳明放下手边工作出去散步。楼下那户的男主人赤着上身提着个铁丝笼子正往里进,柳明见是个硕大的老鼠,吃了一惊,往边上就闪,那汉子说了几句听不懂的话就笑眯眯地提笼进屋了。柳明一边闪一边想诸葛说的名菜,有点不寒而栗,大门都没出就回了屋。接着干活,边干活边想詹科长的话,想这人啊就是怕熟,一熟就什么事都好办,现在的关键是经费,有经费的话请他们吃吃饭不就熟了,不就什么都成了嘛!几天来不也是这么一天天过来的嘛!想不起来是谁说的,只要给我一个支点,我能撬动整个地球,现在这个支点就是经费,但进馆子除了经费还有怕的,那就是他们什么都吃、什么都干,还真的不好办,明天是第四天了,要是诸葛回来前还完不成任务岂不没面子,只好硬着头皮继续了。

没想到第四天一切顺利,午饭也不要柳明张罗,那两个年轻人什么都安排好了,由于有那两位女士在场,什么插曲也没有。第五天也是如此风平浪静,没想到撬动地球的支点是詹科长。跟詹处长是处得越来越熟悉了才能这么顺利,柳明终于松了口气。

回到住处时碰到楼下那汉子在楼道门外杀鼠,柳明几乎闭着眼绕过去,放下东西再估计他收拾完了才下楼去食堂,但眼前老是闪着那老鼠又粗又长的尾巴,一阵阵恶心,饭也吃不下去了,想起鲁迅先生转述过的西医的话说:医生的职务是可医的应该给他医治,不可医的应该给他死得没有痛苦。刚才那汉子肯定比西医崇高,不但快刀杀了与人类争食的有害的硕鼠,为人类除了害,使它没有痛苦地死,而且还要亲自将它烹而食之,为他急需美食的肠胃过明天的礼拜天做准备,也可能那团肉过不了今晚就被他消化了,那汉子一定是"伟大"的了,难怪他长着一身的斯巴达克斯式的疙瘩肉,许是那钻地打洞的老鼠们的精气都凝聚到了他的身上。大热天吃狗肉就让柳明吃惊了,这会儿亲眼看见杀鼠,却是百思不得为何真的有人爱吃老鼠的答案!想想自己就像好龙的叶公一样原来内心并没有做好见食老鼠的准备,想想就把饭装了一碗再端上菜径自回屋去了。

礼拜天到来前还有半个通宵的活要干呢,应该给自己准备点吃的。

苦干半宵,再一觉睡到早晨十点半,肚子也饿了。柳明又晃晃悠悠地朝食堂来,早餐的一碗面条还留在那里,哧溜哧溜地吃完。食堂里做饭的大妈也到了,左手一块五花肉,右手一袋苦瓜。柳明想礼拜天没几个人在食堂吃,自从自己离开家乡就没吃过一顿像样的红烧肉了,不如今天改个红烧肉。便跟她说,可是大妈听不懂,柳明跟进厨房拿菜刀比画,大妈很高兴地把肉交给柳明,又拿过油盐酱醋。柳明明白她的意思是柳明可以自己做,立即动手切肉放锅里,按记忆中的味道放入水盐酱油姜,使劲煮,做成了一道看起来像是红烧肉的菜。最后除了柳明自己吃没其他人吃,一位来打菜的员工说他们买肉要么是炒蔬菜吃,要么是做煲仔吃,看起来这么油腻的菜没人吃的。柳明心里不服气,想你们那么肥的老鼠都敢吃,偏偏猪肉反倒挑剔得很吗?只管自己大快朵颐,着实过了回瘾。

到了下午突然肚子不舒服起来,柳明连呼冤枉,这才吃这么点肉就闹肚子了?还好自从随老程出差经历了他闹肚子以后自己的箱子里总有黄连素,但吃了几片也止不住地痛,连连上厕所,熬到晚上已是上气不接下气,水都不敢喝,一个人又不能去医院,恨詹科长说过定安事完了以后要去文昌的,却一天不见踪影,只能在心里祈祷一切快点过去。四小时吃一次药,想是不是昨晚所见被烹老鼠的魂灵在作祟,因为自己当时诅咒了它。

到礼拜一早晨好像止住了泻。詹科长上楼来了,说去文昌住一晚,再顺道去琼海办事。柳明有气无力地说自己差点死了,还能去什么鬼地方吗?这时轮到詹科长大吃一惊,忙说去医院!柳明说不用了好像好多了,只是出门出不了了。两人商量了半天,最后决定不去医院。詹科长从食堂弄了点稀饭,告诉柳明说那大妈还辩解说不是她做的肉呢。柳明说很奇怪这地方苍蝇蚊子倒不多,可能是自己早饭中饭连着吃吃坏了,确实不怪她的。喝点稀饭,算是度过一天,到晚上柳明感觉好多了,又开始琢磨琼海的事。

礼拜二早晨詹科长来问能不能去,柳明说最好明天出发去琼海,看样子要住在那里,来回跑的话一天也干不了什么事,詹科长同意了。

第三天到了琼海,琼海分局的领导招呼吃午饭,是在豪华的政府招待所,弄了一桌菜,鱼、虾、贝一大堆。还好这里的领导都没有给客人夹菜的习惯,柳明可以自由地吃自己敢吃的鱼,因为鱼是清蒸的,其他的都是清水煮的,不敢下筷。詹科长显然明白柳明的心思,总把鱼的那端往柳明的座位转。

高高兴兴吃完饭,工作和住处也安排好了,就在这个招待所,去跑资料的人都落实好了,柳明只要在招待所每晚验收就行了。因祸得福,柳明想詹科长是越来越"上路"了,这下自己白天可以自由活动了,早就看见地图上万泉河在这里入海,应该去看看。

饭后,因为伍局长另有安排,詹科长告别独自回了海口。等他们走了,柳明在大门口花两块钱找辆摩的一人去了江边,等看见歌曲"我爱五指山,我爱万泉河"中歌颂的万泉河时,宽阔的江面,清澈的江水,两岸郁郁葱葱的林子,柳明兴奋得不断下车照相。走一段加两块钱给司机,一直沿江到了入海口。

远眺海水波澜壮阔,无风起浪,近看万泉河水水波不兴,相汇处黏黏糊糊像誓言永不分离的情人一样,一个热烈奔放,敞开胸怀,一个从容不迫,舍生忘死,割舍不开似的一条弯曲的水线清晰可见,蔚为壮观的自然景观!想起人们常说的许多旅游景点都是"没看过的想看,看过的就想走"的话,心想就这景观恐怕是看了也不想走的。

流连忘返半天,照了很多照片,把司机也教会了照相,才回到招待所。尽管花去了二十来块钱,但心里觉得很值,暗下决心明天要去爬五指山,亲眼看看红色娘子军生活战斗过的地方。

晚上没事,其实柳明心里已认可了这里的慢节奏。才到半天,没收到他们找来的资料也是正常的,好在吃住都有人管了,晚个一天两天也没大碍,于是心安理得地打开电视消遣。除了各种粗制滥造的无聊广告,居然看到了闭路电视播放的香港打斗片。实在无聊,只好看自己带过来的英语书。

第二天早晨,边吃早饭边向服务员打听去五指山的路线。年轻的女服务员讪笑着说从来没听说有客人要爬五指山的,山高得很,到处是蛇虫,这儿过去很远,也没有路,还反问说山没见过吗?柳明被她问得哑口无言,边品着咸粥边默默思索她话的可靠性。回到房间找地图细看也确实找不出有什么上山的路,只好断了念想。

好在接下来的几天一切顺利,柳明白天看自己的书晚上整理资料,很快完成了琼海的任务,该打道回府了。万泉河已留在了相机里,五指山还仍然是一个名字,多少有点遗憾,但也没办法了,反倒是琼海清淡的饮食特别是每天早晨的皮蛋粥和猪肝粥让柳明难以忘怀。

柳明回到海口时,小刘已回来了,并已搬到北屋。他告诉柳明说诸葛已升副院长了,能不能回来搞这个项目还不清楚,年富力强的,早该提了,接下来要看我们的了。柳明想看不出小刘倒是挺会分析人的,但不知他自己是什么背景,便跟他聊了起来,弄明白他是宁夏吴忠人,西安运输学院经济系七九级的。看他好像黑了很多,顺口说他像海南人了。小刘抱怨说三亚那边热得要命,吃也吃不好,睡也睡不好。看他直来直去不像是说大话的人,柳明不敢说自己吃坏了一回,也不说起在琼海的优惠待遇,只跟他说回来就好了,北方人有面条吃不挺好吗,只要想吃就可以叫食堂做的。其实柳明是在担心自己下一步该怎么办,怕小刘说回京,按诸葛的意思汇总和写稿是小刘的工作,定稿是诸葛的任务,外业干完了,诸葛会不会叫自己回去不一定,能继续留在这里干自己的事是最好不过了,想来想去决定只要在三个月之内,诸葛不说就赖着不回去了!总之这儿的环境尤其是生活方面太好了,白天可以帮小刘的忙,晚上关起门来看自己的书,甚好。

到真正做起来,小刘一会说定安的数据有问题,一会说琼海的资料不全面。柳明又一次次地去这两个地方做补充,吃饭连交通花了不少不能报销的钱,心里怪这家伙多事,但有时也偷着乐,只要还有资料要补充这家伙就不会想回京。

这样过了两个多礼拜,小刘终于安静下来。看着他的稿子越写越长,柳明的心悬得越来越高,担心随时会被召回去。没事就往街上去感受海岛生活,选购了一些海石花、装在椰壳里的椰糖什么的纪念品。

有一天詹科长跑来说部里在湛江开会,会后全国各地公路系统的代表们要来海南参观,伍局长说了,这次接待要让大家认识宝岛,档次会比较高,你们来干项目辛苦了,让柳明和小刘借此机会一起去参观。小刘说他海南来过两次了,已比较熟悉了,还要干活,就不去了。不花自己钱的公费旅游机会,柳明自然不想放过,但更想煽动小刘一起去,主要是想把他的工作拖延一天是一天,但他一根筋地不松口,反倒体贴地说你是第一次来,叫柳明去溜达溜达。詹科长说那就小柳去了,说完去给局长汇报去了。

次日中午,代表们真的来了。柳明饭后去宾馆搭上了他们的大巴,其中一辆的最后一排是基本空着的,随便找了个座位就随车出发。坐柳明边上的是一位三十来岁的男子,考究的白衬衣衬着他白皙的四方脸,看见柳明坐下,就问柳明是哪个省的,怎么像没见过似的,柳明答是海南的。一来二去两人就聊上了,那人自我介绍说是黑龙江省公路局的副科长,叫万山,说有机会到哈尔滨可去找他,还说柳明说话不像广东的。柳明见瞒不过便告诉他是部里研究院来实习的,万山好像对柳明更感兴趣了,详细问了很多海南进口汽车的事和研究院的事。柳明知道得不多,只能含糊回答。一直聊到文昌宾馆下车,两人已很熟悉了,一起吃完晚饭又到海边看椰林,万山让人用柳明的相机给两人合了影,说是好让柳明到时按照片找人,顶个介绍信了。柳明被他的幽默惹笑了。

突然一场大雨把大家浇回了宾馆。晚上柳明跟詹科长的一位手下小丁住一屋,这家伙忙会务直到很晚才回屋,也没说成什么话。

第二天中午到琼海,在柳明住过的招待所吃了午饭,看了万泉河就离开琼海往万宁的兴隆赶。

到了兴隆农场大家都下车找东西买,柳明也没来过,见了一垄垄的胡椒树、咖啡树和一排排的波罗蜜树就很新奇,兴奋地边擦汗边到处拍照。见他们买了很多胡椒、咖啡便也各买了一袋准备寄给父母,游览完就回万宁住宿。小丁说兴隆有很出名的温泉,但来了两车人,根本住不下,只好回万宁县城里住。柳明只关心这次去不去五指山,或靠近五指山的地方。小丁说去五指山要走海榆中线,红色娘子军主要在以中部的通什为中心的五指山地区,很贫困,路不好走,大巴根本行不通,客人的时间也不允许,到三亚就回去了。

又去不成了,柳明心里那个遗憾,反复琢磨怎么样才能去一次五指山。

第三天过了中午才到三亚吃午饭,饭后就去了天涯海角。柳明跟万山走在一起,在沙滩上和写着"天涯海角"的花岗岩巨石跟前一通猛拍照后,已是大汗淋漓了。面对着一望无垠的蔚蓝大海,万山不住地说早知道要来海南就准备条泳裤啊,哈尔滨的太阳岛游惯了,到这大海里游一回多好啊。柳明见海滩上好像除了自己来的那几辆车就没别人了,这帮内陆来的同志们可能都是第一次这么近距离地亲近大海,有人在沙滩上照相看海,有人光脚拎着鞋在那里踢着海水,有的埋头找贝壳,一副副兴奋激动的样子。问万山太阳岛是怎么回事,万山逗着乐说太阳岛的"海"比这儿的大,到夏天下水的人比这儿多得多了,像下饺子一样,因为就在哈尔滨嘛,哈尔滨是大城市嘛。柳明笑问他大到什么程度,是比三亚大还是比北京大,万山说你来了就知道了,你到了中国的最南端还要到最北端漠河看看,那里也有公路可以研究的。

柳明也不知道他说的漠河在哪里,只是感觉眼前这么好风光的旅游佳地居然没什么人,周围所有的一切都是原始的,原始的沙滩,原始的椰林,还有这似乎自盘古开天辟地以来就汹涌着的中国南海的浪,除了"天涯""海角"两组字表明这里确实是人间外,没有人工雕琢的痕迹,不自觉地把这跟自己去过的旅游景点做比较,但今天的天涯海角比去年国庆时的北京八达岭已经是热闹多了,至少还有近百号人了。比这更远的南沙群岛会是怎样的景象?柳明知道自己又有点心猿意马了,陆地上的五指山去不成,南沙群岛更是遥远的梦想了。

众人在海边逗留到吃晚饭才回到住处———一座建在突入海中的巨石上的三亚鹿回头宾馆。对这些客人而言明天就是海南之旅的结束了,一路没有上酒的餐桌上放上了啤酒,菜也多了几道,其中压轴的一道海蛇炖鸡汤,美其名曰"龙凤汤",黑白相间的蛇皮还在上面,老家吃蛇是先剥皮再切段的,这原始的做菜方法看起来触目惊心。柳明战战兢兢地尝了尝,味道却异常鲜美,但大家好像还没有从海南的旖旎风光的陶醉中醒来,酒水也没几人喝,倒是伍局长亲自给大家介绍的"鹿回头"的来历深深吸引了大家。

很早以前,一对相爱的黎族青年因遭恶势力迫害来到这里,男青年被逼跳海,女青年化作一头美丽的鹿在此回头守望。

吃过晚饭,大家好像都很珍惜在海南的每分每秒,蜂拥而出去欣赏海上的晚霞。五彩缤纷的晚霞映照着波诡云谲的南海,静静的鹿回头像一位披着红头巾的待嫁新娘,羞答答地欲诉还休。晚风吹来,柳明想起了"大风起兮云飞扬,安得猛士兮守四方"的名句,原来觉得家乡是最好的地方了,现在又觉得海南除了热其实是一个现实的或者说是一个明天的天堂,心里生出很多与大家一样的不舍,丝毫没有想到这次三亚之行有什么不妥。

随小丁的专车送别会议代表后回到海口住处时,已是第四天的晚上了,小刘还在挑灯夜战,柳明又回到了现实中,侃了通几天的见闻后就冲凉回自己房间休息。

果然回海口后第二天小刘就跟柳明谈了他的工作安排,由他回京汇报工作成果,柳明在海口继续等待,看有什么需要补充,通过后柳明再回去。柳明听了很高兴,当即同意。小刘兴冲冲地去找伍局长沟通,约一个小时后,詹科长和小刘一起来找柳明,说是在北京的诸葛同意了小刘的方案,伍局长对报告思路也提了些意见,要小刘抓紧回京向诸葛汇报,并转告诸葛的意见说是安排柳明去海南的公路施工工地去锻炼,问柳明是否愿意去。柳明想只要不马上回京怎么办都行,"诸葛先生"真是一位好领导,远在北京也知道自己不想回的心思,当场同意跟詹科长明天早晨去海榆西线上的昌龙河大桥工地。小刘当即决定明天动身去广州坐飞机。

次日送走小刘后,柳明坐詹科长的车沿海榆西线一路往南,由于路况比东线差得远,车子走得慢,路边店凑合了一顿饭,紧赶慢赶终于于午后赶到昌江县城南的昌龙河工地。局里工程队的占队长好像专门在队部等着,占队长一口海南普通话让柳明似懂非懂,但他的热情却不是靠他的那张黑脸来表达的,而是专门腾了间屋子。说"屋子"其实过了,因为在这个工地上所有房子都是用竹子夹油毡搭起来的工棚,但确实是个单间,而且紧挨着队部,离食堂也近,柳明看得出是非常照顾了。安排完柳明占队长就转身去忙他的去了,詹科长说雨季要来了,工期紧,让他回头给你安排工作就行了,说完抓紧时间独自往回赶。

柳明没事就去现场溜达。工地上一片忙碌的景象,河宽约有一百多米,对面南岸的钻孔灌注桩桥墩已经出水,中间和北岸的围堰还在,看样子是五孔二十米预应力 T 梁或箱梁,两岸的施工便道泥泞不堪,正在增铺沙石,也没看到什么像样的大型施工机械。施工人员倒是不少,一副人海战术的样子。一旦涨水施工难度肯定会加大,不知道詹科长说的雨季是什么时候,看他们大干快上的劲头估计是快了。

一位同样黑脸的眼镜青年走过来打招呼,问是不是记者,柳明下意识地将相机往后挪挪,回答说来实习的。对方也不讲究,伸过手来就握手,柳明请教他是什么职务,对方答叫陈华中,是技术员。这时占队长正好走过,特地走近来介绍了柳明,说"眼镜"是项目上技术负责人,要柳明跟"眼镜"跑就是了。"眼镜"把项目情况介绍了一下就去忙他的。柳明听着觉得和自己推测的差不多,看一眼就明白了,以后白天黑夜都可以忙自己的"自留地"了。

　　一会儿"眼镜"回来说换班了,要柳明跟他回食堂吃晚饭,两人边走边聊,一会儿就熟悉了起来。"眼镜"像竹筒倒豆子一样介绍了自己,柳明得知他从省交校毕业已八年了,父亲是安徽人,随军南下干部,母亲是海南人,一个哥哥在海南区委上班,还有一个在三亚搞建筑工程。柳明庆幸自己又遇到了一位爽快人,很乐意跟他交朋友,跟他"坦白"了自己是部研究院派来实习的情况。

　　到住处拿了碗筷就去食堂打饭,一人一份饭菜,也不用饭菜票,不过又是苦瓜炒肉丝。看见肉丝柳明猜想厨师的水平一定是国际领先的,至少比以"眼镜"领衔的这桥梁工地的技术水平看来要高明得多,因为肉丝细得比不上头发也差不多了,柳明觉得自己只要有一碗米饭应该就没问题,问题是下班回来的"眼镜"们靠这点肉丝怎么熬得住这长夜。

　　到了新环境,柳明早睡也睡不着,看了会书就到"眼镜"屋里聊天。他的屋跟柳明的隔着一间,屋里还有两位年轻伙伴,一位是小田,另一位是小李,这时都下夜班回来了。因为都是年轻人,天南海北地胡吹一通就像是老邻居一样了。小李最活跃,吹着吹着话题就转到女孩身上了。"眼镜"年龄最大,笑他只会画饼充饥,隔壁就住着女孩怎么没看见你搞定一个,说着就跟顾卫东似的从床底下拖出一个电炉,开始往锅里倒油煎起了鸡蛋。柳明说这荒山野岭怎么会有鸡蛋。小李抢着说有人送嘛,但肯定不是隔壁的"花姑娘"送的,就他"四个眼"谁送他呀!"眼镜"说要不打赌?是隔壁送的话你赌什么?柳明看跑题太远就告辞回去找水龙头冲凉去了。

　　偏僻的乡野,晚上特别安静,柳明睡了一夜好觉。早晨去水龙头打水洗漱,发现四肢上都是红点点,越擦越痒起来,想自己挂着帐子呢,哪来这么多的蚊子呀!撩开汗衫胸腹部全是,这下吃惊不小,忍不住大呼小叫起来。有人忙去医务室找队医来,那队医说这是虱子咬的,虱子喜欢新鲜血液,被咬了一身你怎么到这会儿才知道,柳明顺口说道不是说虱子多了不痒嘛。

　　队医咧着嘴去取药水,看着大夫忙着去自己房间撒药,柳明禁不住想锺书老前辈曾听"外国人说听觉敏锐的人能听见跳蚤的咳嗽",看来自己的听觉是有问题的了,导致自己像唐僧一样差点被这些小精灵瓜分了还不知道,怪只怪占队长没有赶时髦引进个把外国桥梁专家来,哪怕是只能听见跳蚤咳嗽而不懂桥梁的洋人呢,这样自己也不会差点一晚上被吸干血,还要冒被传染什么毛病的风险!老家过去流行血吸虫病,但被"纸船明烛照天烧"地烧掉了,这地方却为何仍跳蚤流行?但海南有米饭吃,没有"吞吞吐吐"、充满"机巧"地说话的习惯,柳明在此作客,没有升职竞争或奖金分配不平衡之虞,只管享受这"春风杨柳万千条"的好地方,区区几个细菌或跳蚤还不足为虑,一点小代价而已。

柳明一点也没有后悔留下来的意思,何况还有看自己的书这一重要任务。

由于房间被大方的队医撒了太多的药,柳明只好去技术员办公室暂避,没想到是一屋子人,哇里哇啦的也听不懂。一会儿人都散了,只剩下"眼镜"和两个年轻姑娘,"眼镜"介绍说这位叫符兰,那位叫"琼之花"。被叫"琼之花"的姑娘马上起立自我介绍说:"你好,我叫吴海英。"

"眼镜"哈哈笑着道:"她是我们工地选美皇后,也是可以代表我们海南水平的,叫'琼之花'不过分吧?"边说边朝柳明挤眼睛。

柳明见她长得黑黑的,除了眼睛,都快分不清五官了,像个黑脸包公,实在与皇后联系不上,完全不懂他的意思,不知道该怎么配合,机械地说着你好你好,一边逐一点头一边去倒水以掩饰自己的尴尬。因为柳明已注意到站在边上的符兰盯着自己的灼灼目光,"琼之花"一刻不停地说着她跟符兰是同学,都是省交校毕业的,听说部里研究院来了位大学生,我们这里是小地方,全是跟民工打交道的下里巴人,怎么会有北京来的人?柳明听明白了她的意思,忙说道:"我是来学习的,你们这里是国道上的大项目呀。"

"眼镜"插空说道:"你看,部里都知道我们这里有'琼之花',所以才来的,懂了吗?"

柳明刚明白他一直在开玩笑,心情放松了一些。符兰一直不说话,一副沉稳的样子,等柳明喝完了杯里的水就走过来帮他添水。柳明受宠若惊,不自然地说着谢谢,感觉嗓子在冒烟,下意识地仔细看了一下她,见她还在盯着自己,嗓子里的烟快要冒出来了,又不好意思地移开视线端杯喝水。这时"眼镜"指挥道:"好啦!南岸准备浇承台,该你们俩下地干活啦。"

"琼之花"回敬道:"你就是个'周扒皮'!"

"眼镜"佯怒道:"再说?我叫你去上夜班去!"

符兰拉着"琼之花"出了门,到门口还扭头瞥了柳明一眼,正目送她们离开的柳明看在眼里,想起徐志摩的"最是那一低头的温柔,像一朵水莲花不胜凉风的娇羞"。感觉自己终于从姑娘们的热情包围中获得了"解放"。

柳明坐在"眼镜"对面打听去通什的路,有什么交通线路等等。"眼镜"说:"通什说远真远,因为从昌江过去要从三亚绕,没有一个星期回不来!懂吗?要说近呢也很近的啦!因为昌江这里跟通什那里自然环境差不多,也是黎族苗族世代聚居的地方。可惜你来晚了几天,'三月三'刚过,很热闹的啦!你要看看他们生活的话,我们中饭后就去附近转转。"说完拿着图纸下了河滩。

柳明闲着没事在办公室翻看资料,一会儿"眼镜"带着一个民工模样的人进了屋,那人把提着的一个小纸箱放到"眼镜"桌上就走了。"眼镜"说这是我的夜宵啊。柳明奇怪是什么东西,"眼镜"说:"是鸡蛋啦,这些包工头每周都要送鸡蛋给我们的。"

柳明恍然大悟地说:"原来如此啊,不过你吃了他的鸡蛋就不怕他偷工减料吗?"

"那没什么,我边吃鸡蛋边看住他,不行就开了他,几个鸡蛋他还想怎么样呢?""眼镜"胸有成竹地说道。

柳明还是不明白包工头获利的道理,"眼镜"说:"包工头拿到活以后要想赚钱就靠技术员给他核定工程量,赚多赚少就看这工程量,你还不懂吗?图纸上的工程量是估算的,实际结算的工程量是可变的,技术员就说了算,占队长哪里管得过来,吃几个鸡蛋那不是——洒洒水啦,小意思啦。好啦,吃中饭去啦。""眼镜"说得合情合理,柳明不由得不信,帮他拎了纸箱子一起去吃饭。

吃完饭就取了相机一起往黎寨去。柳明一路拣有热带特点的景照了几张相,很快就见到了真正的黎寨。一色的茅草屋顶,斜坡很陡,足有四十五度,墙也是茅草的,看不出"当年鏖战急,弹洞前村壁"的痕迹。"眼镜"解释说这里雨水特别多,不陡就会漏水,问柳明要不要找个老乡进屋看看,柳明想我又不是访寒问暖的领导,就说不进屋了。

两人回身出寨,柳明看见香蕉树上的香蕉,忍不住伸手摘了两个,递了一个给前面走的"眼镜","眼镜"一看就急了,冲柳明道:"快跑!老乡看见了不得了。"

柳明大惊之下丢下香蕉就跑,两人一口气跑回办公室。"眼镜"大喘着气埋怨道:"香蕉这里不到一毛钱一斤,你怎么想起来偷摘呢?黎寨的人就忌讳这种事。"柳明想你毫无愧色地吃人鸡蛋,我摘个香蕉又有什么?在外婆家地里的西瓜香瓜随便摘,吃到撑,便回道:"我从没有摘过香蕉,就想亲手摘一个,尝尝有什么不同。"

"眼镜"哭笑不得,挥挥手笑道:"算了算了,还好没人看见啦。"

这时两位黑脸女包公出现在门口,"琼之花"看见柳明背的相机就嚷嚷:"柳工会照相啊!给我们来两张啦。"柳明刚才还上气不接下气地接"眼镜"的招,这时听说有人要照相,便后悔自己挎着个相机到处招摇,要知道相机的费用对柳明来说是一笔比较高的开支,但小姐提议了自然不能含糊,正要答应,"眼镜"说道:"你们就这么着急吗?他就住你们隔壁,人家昨晚差点喂了'狮子(虱子)',今天又差点被老乡抓去,你们不拿点鸡蛋出来犒劳一下吗?怎么好意思劳动人家拍照啊?"

"琼之花"咪咪地笑道:"怎么回事呀?要吃鸡蛋那还不容易嘛!谁不知道鸡蛋你最多,我们怎么没有虱子呀?"

符兰好像很老到地说:"外地人新到,难免吃亏。队部那里可是什么人都去的,那么些农民工包工头,谁知道是谁带过去的!但可以肯定不是我们房间的问题。被老乡抓去又是怎么回事呀?"柳明头回听她开腔,只觉得是悦耳的海南腔,细看她其实比"琼之花"更像是一个南海姑娘,长长的睫毛,鹅蛋形的长圆脸配着个小巧玲珑的鼻子,除了肤色随海南人的大流,其实是个真正的美人,符合柳明的标准,搞不懂为何没能入选"皇后",真是有点埋没人才。

"眼镜"像是一个爱走街串巷散布小道消息的长舌妇,把柳明摘香蕉的事夸大其词地渲染一通。"琼之花"笑得更厉害了,符兰依然冷静地说:"我就想到北方去看看苹果是怎么长的,亲手摘一个。晚上我做一个特色菜给柳工尝尝吧。"

"别忘了我哦,我煎两个鸡蛋过来。""眼镜"已恢复了平静。

柳明见他们好像忘了照相的事,乐得再保全自己的胶卷几天,如释重负地说道:"那照相的事就看你们什么时候准备好了再说吧。"

说笑完,他们几个就下河滩上去了,柳明没事也跟着去转转。碰到他们熟识的包工头说起他们的话,柳明也听不懂,稀里糊涂跟着瞎转消磨时光。转了半天,两位姑娘先走了,"眼镜"说再待会我们也走啦,看看她们搞什么特色菜。

跟着"眼镜"回到他的宿舍,小田、小李端着饭碗在吃饭,煎鸡蛋已快吃完了,他们是准备上夜班的。"眼镜"说:"'琼之花'她们搞了菜慰劳柳工,你们晚点下工地啰!一起热闹一下再去,就在这里了,女生闺房不能瞎闯的。"

小李听了加紧吃完煎鸡蛋抹着嘴嬉皮笑脸地说:"能有什么菜呀? 她们那点名堂谁不知道! 还不如帮我洗洗衣服来得好。"

小田说:"那我必须参加,看看她们怎么招待柳工。"还要小李留下。

"眼镜"说:"这食堂的饭还不能浪费呀。"随即叫小李帮忙去打饭,小田负责煎鸡蛋。柳明感觉他们这么隆重,自己成了受欢迎的人了,心里有些得意。胡扯一通后果然两位"皇后"端来了两盆"特色菜"。"琼之花"还来了个隆重推出,努力踮着脚尖双手捧着盆子,嘴里哼着"万泉河水,清又清,我编斗笠送红军。"身体和伸出的双臂像蛇一样扭啊扭地首先端着一盆酱油腌香瓜进来了。柳明瞬间明白了为什么她是"皇后",因为她性格随和、健康乐观,招人喜爱。随后的符兰平静地端着一盆西红柿炒鸡蛋也进来了,然后是入席。"眼镜"从床底下掏出两瓶啤酒,熟练地在床沿上磕开盖,一一倒上,再举起碗道:"鄙人代表工地老百姓,欢迎柳工大驾光临啦! 干!"

柳明学着他的腔调说了声谢谢啦,就一饮而尽,大家都喝干,"琼之花"劝菜,柳明拣没尝过的腌香瓜尝了一块,酸掉大牙,大伙都笑。"琼之花"像是恶作剧成功后的孩子拍手道:"这是生抽腌芒果,削了皮的青芒果肉,特色菜,没尝过吧?"

柳明啧啧称奇,符兰说:"还有一道,尝尝吧。"

柳明以为鸡蛋西红柿里也藏着什么秘密,夹一小筷尝了尝,却很正常,便喃喃地说道:"这菜好像没什么异常。"

符兰露出奇怪的神色:"怎么会呢? 难道北京也有这菜?"

柳明怕她误解自己不领情,忙补充说:"我老家是江苏的,一到夏天就吃西红柿,生吃熟吃,炒着吃炖着吃,整天吃,吃到不想吃。不过在北京确实是不多见的,北京的家常菜就是土豆白菜,特色菜就是涮羊肉,还有什么炒肝爆肚,不过我估计你们是不会喜欢的。"

"哦,除了广州我还没有到过岛外任何地方,少见多怪了。"符兰静静地自语道。

"眼镜"看出了冷场,马上举起第二碗酒说道:"为了项目成功干杯,赚了钱我们都到北京去吃涮羊肉,炒肝爆肚万岁! 不到长城非好汉,是好汉的都干杯!"

"琼之花"马上说道:"涮羊肉倒是听说过,炒肝爆肚又是什么东西?"

其实柳明也就是去鼓楼大街尝过一次,也没尝出炒肝是什么东西,只记得是黑乎乎的一碗,但知道爆肚,便解释道:"是两样东西,炒肝是什么我也没搞清楚,可能是酱油熬猪大肠。爆肚嘛,就是羊肚丝在开水里烫熟再拌特制的酱料,趁热吃,很脆很香。"

"琼之花"说道:"那我们今晚吃的是不是太素了?"

柳明忙接上道:"这可都是'珍珠翡翠白玉汤'啊,你要搞个'三叫'来我就晕倒了。"

小田说:"我就爱吃羊肉,羊肉像美女,回味无穷。干了这碗我先去了。"

小李挤对他道:"你就是一个羊肉吃不到反而惹身骚的货色, 还美女?癞蛤蟆想吃天鹅肉啦,美的!"

"眼镜"笑嘻嘻地教柳明说海南话,柳明只学会了吃饭叫"将母喂",把大家逗得捧腹大笑。要不是屋顶是用竹片拴着的,没准会被掀开。大家说说笑笑把"眼镜"藏在床下的啤酒喝完才结束晚宴。柳明只觉得自己的汗出了干,干了出,喝到结束还像没喝过一样,桌上的"珍珠翡翠白玉汤"比在鹿回头宾馆吃的"龙凤汤"享受多了。

随后的日子,跳蚤不再光顾柳明,但好像雨季真的来了。风一到雨就哗哗啦啦地下,有人冒雨干活,大部分人停工。风一走太阳就热辣辣地直射下来,该干活的都去干活。不过这种天气对柳明没有多少影响,天晴时自己看书,看烦了就去河边转转见识一下热火朝天的场面,下雨时在办公室海阔天空地聊天。尤其是"眼镜",满嘴跑火车,把局里领导们和小李、小田的各种各样不太光彩的"趣事"抖搂个遍。有次两位姑娘不在,他把符兰的底细告诉了柳明,说她爹是当官的,但她妈死得早,而且是被她爹气死的,她爹又结了婚,符兰受了刺激跟外公外婆过,对什么都很冷漠,同事们都不敢撩她等等。柳明听得大热天直发冷,现代社会还有这么悲惨的故事,不知怎么的开始注意起这个言语很少的姑娘。

找机会给姑娘们照相的念头始终在心里。有一天中午看见"琼之花"和符兰在水龙头旁洗头,长长的头发垂在盆里,穿着连衣裙弯腰洗发的姿势勾起柳明拍一张"洗发的南海姑娘"的照片的念头。拿起相机转着选一个能以椰林黎寨为背景的角度,却被"琼之花"发现了,欢喜地叫:"符兰,柳工来给我们照相啦!"符兰撩起头发露出一张难得的笑脸,眼神传情,柳明快速按下快门,"琼之花"说:"我们还没准备好呢!"

柳明说:"没问题,你们选地方,还可以拍的。"

两人回房间整理好头发又回来找柳明照相,柳明很满意刚才抢到的镜头,这会很快选了开满野花的背景按她们的要求照了一串。

回来时碰到小李,小李油嘴滑舌地说:"合影都照好啦,这么快。"

符兰怒道："去你的！"

还是"琼之花"大方："有什么不可以吗？我们想跟谁照就跟谁照。"小李灰溜溜地走了。

柳明心里挤出一句《金陵春梦》里看来的"国骂"：娘希匹！这臭小子！好在我是跟两个姑娘一道走的，要不然自己明天没准就成了他们传播"趣事"的原料。看来传播流言蜚语这种事哪儿都是一样的。不过这次承蒙小李贵人眼高，挑中了自己。感叹"命运"的手段舞起来其实也简单，像武松手里的朴刀，上下翻飞顷刻间便斩获一片！自己从老家到南京，到北京，再到这昌龙河工地遇见两位心地善良的南海姑娘，不到一年的工夫，像一个人生的旅行家，经历了太多，但说实在话自己与眼前的两位姑娘在一起相处是极其愉快的，一个温柔大方，热情似火，就像时下的太阳能融化再难的心结，一个温润内敛，外柔内刚，像南京梅花山上的梅花经历风霜雨雪，暗香浮动，等待着春天。

柳明觉得昌龙河之行一点都不虚。

白天晚上转着圈地找乐子，与这帮小知识分子是越来越熟络了，柳明像是回到了在南京学校时的美好时光。晚上总能听到从隔壁姑娘们的房里传来的录音机里的歌声，有时是"自从相思河畔见了你，无限的思念埋在心窝里……"有时是"左手一只鸡，右手一只鸭……"接着又是"月亮代表我的心……"柳明感觉整个工地因姑娘们的存在而像是一座《沸腾的矿山》，为这夜的天空增加了无数亮色，曼妙的歌声总使柳明浮想联翩，像是掉到了安乐窝里，同时感觉符兰是越来越开朗了。

转眼就到了六月下旬，正是工地附近火红的木棉花盛开的时候。柳明天天找机会围着木棉树转悠，研究这光秃秃不见一张叶子的木棉树没有绿叶的光合作用，怎么一会儿工夫就长出了美丽的花。想起几年前的那场南国战事中，人们把这种树叫作"英雄树"，终于悟出一点道理，能结出没有绿叶相衬的红花的树够得上"英雄"的称号，它的鲜红象征着为国家的安宁所付出的生命和鲜血，就像不长叶先开花的梅花一样值得人们称颂！

正在陶醉中，一天"眼镜"告诉柳明说是海口局里转来的口信，柳明单位来通知要柳明准备回京了。柳明想了想应该时候还没到吧，再说这里的日子也实在太轻松欢乐了，能拖一天是一天，便敷衍他道："还早呢！不会是你赶我走吧？你就说找不到我，我不在工地。""眼镜"也就不当真，依旧由着柳明三天打鱼两天晒网。柳明只要他们有空便陪着闲聊闲逛，更多的时候是他们陪柳明，海阔天空，从木棉可以做枕芯，有明目的功效，再到《老人与海》的故事，还一起去工地附近的庄稼地里挖蛤蚧。凡是与海或与海南有关的话题都是柳明感兴趣的内容，因为柳明觉得在海南的日子不多了，需要抓紧学习一点新知识。

聊的是天，其实忍的是一种难以名状的不舍。其间，"琼之花"提了两次一起去天涯海角玩，柳明先是说去过了。她又说要和符兰一起带柳明去三亚的南山，说是到了南山拜一拜就可以寿比南山，长生不老。但柳明还没来得及说去就被"眼镜"以工地太忙为由拦住了。

一晃就是十多天又过去了。

有一天，"眼镜"跟柳明说："占队长说的，你们诸葛院长来了电话，要你回去。"

柳明愣了愣神，很快找理由回道："诸葛院长忙着呢，哪顾得上这儿。明天开始你弄点资料给我，我给院长写个报告。""眼镜"笑着答应了。

柳明由此改邪归正，苦攻一个礼拜，写成一篇有血有肉的工地考察报告，边自得其乐边给"眼镜"过目。

"眼镜"边看边乐："我们干几年，你一个星期全搞定了，老天真不公平啊。"

柳明得意地吹嘘道："我在学校围墙里修来的福啊，没准一不小心我又要回去修福了。"

"眼镜"突然说："我看你看那么多城市规划的专业书，是想干吗呀？"

柳明马上警觉，努力地要圆过来："别人的书，我看着好玩呗。"

"眼镜"又开起了玩笑："多看书多发奖金倒是挺好，不发奖金看那没用的东西何苦啦！我看你老看这些书就替你头疼。"

柳明只要他认可自己速成的报告就行，不去计较他一贯的口无遮拦，伏到桌上跟他一一核实心里还不太踏实的细节。

七拖八拖，七月中旬快过去了。一天上午柳明正在办公室与兄弟姐妹们为凡尔纳的《海底两万里》中，阳光到底能不能照射到海面以下三十英尺各执一词，占队长闯进来，劈头就说："柳明，你们龙局长来电话了，叫你马上回去！诸葛院长已经给你安排好明天的机票，你得马上走！"

柳明想，坏了，龙局长来电话！兹事体大了！来不及握手只说了一声再见就回宿舍收拾起东西，搭占队长叫来的拉货卡车就回海口。一路上柳明不说一句话，急急如漏网之鱼，惶惶如丧家之犬，反复琢磨回去后怎么解释在海南超时的问题,想来想去只有死猪不怕开水烫这招了,反正迟早要摊牌。

郁闷地坐一晚大巴赶到广州,省研究院有人举着牌子接着,草草吃点早饭就像押送一样被送到机场,此时的心情像连坐了一天一夜汽车的身体一样糟透了。在飞机上定定神反复盘算,超时也不过两个礼拜嘛,应该问题不大,随便找点理由就应付过去了,不是还有将在外君命有所不受的说辞吗?难的是怎么开口说报考研究生的事,看来要先缓和一下再说了,想想有点心安理得起来,竟然在飞机上睡着了。

快下班时赶到机关,直接去见龙局长。

出乎柳明意料的是,碰到的局里的人们依然像天天见面似的点头打招呼:"来啦。"柳明也点头:"来了。"一点也没有很久没见的感觉,柳明不由得佩服他们的这种久坐办公室练就的定力。龙局长和楼局长也都一如既往的平静,柳明想这是暴风雨来临前的宁静,屏住呼吸等着。

过了老半天,龙局长缓缓抬起头对柳明缓缓地说:"宋太祖的宰相赵普讲'半部《论语》治天下',我看你是读《论语》的,这很好嘛!孔子讲:君命召,不俟驾行矣。国家号召,我们都应该响应,为国家出力。你既不找对象,又不提入党,我就知道你想干什么。回来就好,有什么困难多跟处里老同志谈谈,也可以找我们嘛。"

楼局长和蔼地说:"年轻人有想法是正常的,没想法就不正常了,社会就不会进步。在单位也可以读书嘛,下棋要看三步,要往前看。回来好好干吧。"

柳明想晚归两个礼拜的时间自己像犯了好大的罪,在海南不也在为国家出力吗?关键是谁提前泄露了自己在准备考研,不过自己就是吃软不吃硬,既然如此那就什么也不说了,看样子你们清楚一点自己的困惑。

从局长室出来回到处里,大家都说晒黑了。柳明嗯嗯啊啊的算是回答。小陶掏出一把钥匙说他结婚搬走了,他原来宿舍的床铺就归柳明了,研究院也用车送还了柳明的被褥等东西。

柳明不禁又惊又喜,连声道谢,说完发现忘记了什么,又回头恭喜他结婚。

小陶说男大当婚嘛,要不然,老霍总把我们当小孩,嘴上没毛办事不牢。

柳明想你这家伙明明是王八对绿豆——对上眼了,非要扯上什么有毛没毛,又把我给装进去了。处里就剩俺光棍一条了,那就是我没毛了呗,看大家的劲,有我没我不是一样嘛,多一个不多,少一个不少,今后怎么办? 看样子又要开始乏味的秘书生活了,一向爱表态的老陆意外地好像还在生气似的不开腔。

老霍不依不饶地说:"事实上就是两代人了嘛! 我也想年轻一点,现在这时代多好啊。小柳,明天能说说你锻炼的情况吗?"

柳明想好话全叫您老人家说遍了,但向处里汇报的事压根就没准备,只好说:"好的,没问题,都准备好了。"本来想拿点海口买的椰壳糖像老温发的巧克力一样给大家尝尝,现在也没心思了,提着行李箱去了新宿舍。

晚饭时碰到沈瑀,他过完春节直接从老家去山东出差,柳明后来去了研究院,过了快半年才见到。沈瑀说他搬过来两个月了,还说老罗结婚了,嫂子就是柳明对门的那个,又聊了会各自近况就分手了。柳明回到办公室准备明天的汇报,从抽屉里看见一张纸条:不要因小失大,小不忍则乱大谋! 工资在保密柜里。看看既像是小陶的笔迹,又像是小季的,反正学过制图课的人写字都这么一笔一画的。心里说一句谢了,把纸条撕碎丢去废纸筐里。

很快整理出了汇报思路,除了钱的事其他海榆东线调研、考察和昌龙河工地的事都可以实事求是地说,写完提纲就回去准备洗澡睡觉。同屋的两位见面各自通报一下单位就完事了,小施是农林局的,小孙是机械局的,年龄看上去都比自己大。

柳明回到了曾经熟悉的环境,也不多说,只管忙自己的。

第二天到办公室,汇报好像很顺利,第一部分汇报完了,开始说考察的事,老霍马上敏感地说:"部里参加湛江会议的都回了北京,你怎么去了呢? 上面有规定,不准借开会之机游山玩水,我反复强调纪律问题!"

柳明听了有点蒙了,赶紧解释:"我去海南就是研究院的助工身份,海南公路局长叫去搭车考察现场,有路的地方都是考察的目标,就去了。事先也不知道部里的都回京了。"

老霍说:"我一再讲,出去要注意纪律,注意影响,这根弦一定要绷紧! 不过你说的也有道理,下不为例吧。还有什么?"

柳明想好家伙,差点说漏了,看来不能往下说了,言多必有失,便小心翼翼地说:"其他的还有一份去一个大桥工地的调查报告,都写在这了。"说着递过原准备给诸葛的报告。

老霍说:"技术标准问题了解些情况吗?"柳明想这问题简单,去年就交过报告,您老人家要么没仔细看要么是忘了,便又谈了通认识。全是从诸葛他们那里看来的理论,居然这回他默认了,汇报就算结束了。紧张中的柳明觉得北京一点也不比海南凉快,心想没准备的话还真不好混过去。想想还应给诸葛打个招呼,便打了个电话给他报告自己已回到单位。诸葛在电话那头笑了,柳明轻声跟他说好人难做啊,他笑得更起劲了,说以后有机会再一起出差噢。

挂断电话,柳明就是想不透到底是谁的眼睛那么雪亮,泄露了自己的天机。

晚上柳明决定去老程家看看,主要是想摸摸自己几个月不在都发生了些什么事,特别是关于自己的事情。顺手捎上一块海石花和一个椰壳糖作为上次君子兰事情的补偿。

到老程家时他刚吃完晚饭,他老伴在洗碗,他在厅里坐着抽烟纳凉,见到柳明便说:"我这两天在外面开会。你可回来啦!再不回来我就去海南找你了。海南怎么样?"

柳明一直在心里尊他为导师,而且觉得他也把自己当成学生,跟他说话从心理上就比较放松,便回道:"除了热些,其他都很好,就是时间待得长了些,让老霍他们着急了。"

老程瞪着眼道:"岂止他们急了,我也急了!老龙本来就不知道你去研究院,找我要人啦,我找来的人要跑!几个月不见面,还有个组织吗?能行吗?你可不要再干这种事了,处里有事没事慢慢干嘛,你这么年轻,着什么急呀!将来的世界归根结底是你们的!"

柳明听着他的教诲只有点头认错,他老伴出来倒茶,柳明忙说:"就走的,不用倒。"

老程还绷着脸说:"茶可以不倒,话还得说。你怎么还带什么东西来?"

柳明赶紧说:"是海南特色纪念品,我自己选购的,很便宜,叫海石花,是珊瑚化石。"

老程拿过去瞧了瞧说:"很有意思,这海南出这东西!我干一辈子了,海南没去过,你就比我强,一去就去了几个月。"

柳明听他语气和缓了,便说:"有机会去看看呗,海南自然风光特别好,就是交通条件太差。"

老程道:"看来我得去一趟看看到底怎么回事。"

柳明为了减轻自己的罪过,趁机叫苦好像受了多少折磨似的:"我在那里还闹了回肚子,跟您上回一样。工地上还有虱子,基层的条件比较差。从广州过去要在大巴上熬一晚上,屁股都坐疼了。"

老程终于露出了笑容,说道:"那就别赶路赶太急嘛。哎,上次那个君子兰是你给老海的吗?"

柳明想还是那个君子兰的事,这钱之若真是给我添乱,不过既然问了那倒是个解释的机会,便说:"那是我同学给的,本来放在办公室给大家欣赏的,他非要了去。"

老程说:"是这么回事啊!他说是你给的,我就怀疑。他这个人呢,什么都想要,出国去美国世界银行抢着去,我这个综合处长他也抢着当,还去找组织部门活动,被老龙发现阻止了。职务高低是组织考察决定的,不是谁可以抢的,你离他远点,这种作风的人成不了气候!"

闲聊了一会柳明就告辞了。一路回宿舍一路想这龙局长的能耐就像鲁智深的大小拳头,既能拳打老海这样的"镇关西",也能倒拔自己这样的"垂杨柳",确实是又有领导艺术,又有原则,还很关心爱护该关心的同志,确实是位好领导。诸葛也是一位好领导,把自己领到海南也是出于好意,只不过处里的领导们没想到罢了,还以为自己一直在北京呢。整个事情没有人出错,自己呢也没有什么错,错的是自己的年龄,年轻人哪能没错呢,总要有个错的,好在弄明白了自己被派去研究院并不是局长的意思,处长们派自己去也好像的确是为了锻炼锻炼,如此而已。想通了这一点,自己三个半月的青春就每天都是有意义的,就像那本残破了的《论语》,每看每新,岛上的日日夜夜又开始在眼前闪现……明天该去冲洗胶卷了!

柳明回到处里一如既往地努力做好每样领导们交代的工作,只是心情有了改善,听人劝吃饱饭嘛。

老霍不知从哪里弄了一台克朗棋。一个带框的小方桌,四角有带袋的孔,每人用一根木杆捅出一颗棋子去击打排在框边的另六颗棋子,谁先全部落袋为赢。老革命们中间休息时总要支起来玩上一会,几个老革命乐此不疲,缺人的时候就叫柳明代替出场。一次下来柳明就掌握了技巧,把他们打得稀里哗啦的。老陆说这学过力学的就是不一样,柳明便边示范边讲解,又是角度又是力量的,把他们的水平都提高了一番,其乐也融融。

两天过去,胶卷也在柳明的催促中扩印好了。两百多张照片绝大部分是自己的,先收了起来。把海南同事们的装了个信封当即去邮局给陈华中寄走了。

回来后的第三天,老霍叫过柳明说你回来得挺及时,休息过来没有?柳明不明就里地回答挺好的。老霍又说国家东北办组织去黑龙江考察交通,老龙早就决定派你去,后天到哈尔滨黑航局集合,你应该明天走,东北办在沈阳,他们走他们的。柳明听了自然高兴,心想难怪局长这么心急火燎地催自己回来,这么快就有机会去什么"太阳岛""漠河"看看那多好啊,更重要的是领导们开始派自己单独出差了!立即接过通知去找局长签字领经费再去办公厅订了火车票。

到了那天上午,柳明高高兴兴地去北京站上车,由于是张上铺,柳明便在下铺靠走廊的边上落座。上来两个看上去衣着同样质地非常考究而长相又十分相似的白胖姑娘,两人合提着一个差不多能装下她们其中一个的大旅行包,各人的另一只手拎着大塑料袋,看样子是水果,身上还各背了个小包,衣衫已被扯得东倒西歪,领口边露出雪白的肌肤,一边喘粗气一边找位置。一个说终于到了,一个说哎呀,妈呀,累死了!一口老霍一样的东北话。

这两位一个在柳明对面的上铺,一个在下铺。坐下就开始吃袋里的西红柿,一直吃到列车出了北京,一袋吃完了又吃另一袋。边上睡中铺的一位中年男士终于忍不住,劝她们别吃撑了,另一位住下铺的老太太也忍不地笑:"姑娘呀,这么好吃吗?"一位姑娘说:"北京的洋柿子就是好吃,还便宜!"另一位说:"我一顿吃一斤左右哈尔滨的红肠。"

柳明听了心里起腻,仿佛看见眼前的这堆鼓鼓囊囊地撑起高级服装的肥肉变成了自己在海口吃坏肚子的那堆肉。长得已经超级富态了,还要把能吃肉的长处拿出来炫富,太行山和五指山的人民群众一月能吃上一斤肉?老太太跟她们聊了起来。两位姑娘是姐妹俩,从哈尔滨去福建泉州批服装回来卖的,其中一位还指着柳明身上海南买的白衬衫说:"你这件衣服很便宜,说不定是泉州出的。"柳明被她说得心里烦,上车时幸福的感觉完全被她破坏,心里对她们俩恨恨的,怎么也想不通怎么曾经有人因为摸了姑娘的屁股而遭除名!有些坏姑娘的屁股确实应该碰一下,委里那个被除名的倒霉的家伙不过是理智为荷尔蒙所败,荷尔蒙拍大了他的胆,摸错了老虎屁股,但想想连肯尼迪这样的大总统都不能免了玛丽莲·梦露的俗,便没啥想不通的了。不过自己不是英雄,能过美人关,对眼前这一团团明晃晃的白肉就一点"观察"的兴趣也没有。只是想这东北人真是可以,就凭着这一身比海南姑娘白的肤色就可以这样直来直去的吗?大大咧咧地一点不考虑别人的感受,不就比我多几个钱吗!怀疑按她们的品行怎么能把那一大包衣服卖出去,但在海南碰到的那位万山同志好像挺会说笑的,目前唯一能找到的共同点就是好像他们东北人都很有钱似的衣着考究,不过老霍除外。嗨！管他呢！想到这就一言不发地爬上上铺睡觉去了，还想着南海姑娘要有这两个的一半的白皙就是十全十美了……

此时的柳明早已养成跟对的人说对的话，跟不对的人不说话的习惯。

晚上的盒饭倒是喷香，那米饭跟机关食堂一样的光亮，明显不同于海南的热带速成米，两片斜切的如那胖姑娘所说的红肠加上一堆酸菜一样的蔬菜，柳明终于从这晚饭上和面前的姑娘身上找到了一点可以确定的跟刚回来的南国不一样的味道。

第二天中午就到哈尔滨了。哈尔滨的天是明朗的天，而且格外凉爽，初来乍到的柳明觉得一切正如周立波先生在《暴风骤雨》里说的：天空是清水一般的澄清。搭公交赶到松花江边的黑航局大楼时正是午餐时间，办公室的一个干瘦的卢姓接待人员说怎么不来个电话说一下时间，我们去接呀。柳明说我又不是领导。对方笑着说那赶紧去食堂吃点吧，等东北办的领导来了就出发。

饭后在他们办公室隔着窗户看江景，看着船来船往，琢磨不透万山说的太阳岛在哪。等到下午三点多，卢同志来叫柳明上船。

一艘比汽艇大，比长江上客船又小得多得多的快艇停在码头上，柳明被引进一个小房间，安置好行李就被领到船上的客厅。卢同志先介绍了柳明，接着介绍已在座的三位大腹便便的领导，都是东北办的，一位李局长，一位胡副局长，还有一位欧阳处长，最后介绍的是他们精瘦而双眼像鹰一样的黑航局葛局长。柳明想这场面可真有意思，国家来的都是胖子，局里的都是瘦子，像不吃饭的一样。

柳明拣了个角落坐下，干瘦的卢同志就领了葛局长的指示去通知开船。柳明想这几个人级别太高了，除了自己都是挂"长"的，塌在沙发里只点头不挪窝，一个个谱都挺大的样子，调查内容一定很重要，看来这趟要仔细跟紧点，多掌握一点情况，好回去汇报。

听他们谈话话题却都是在省委省政府的领导身上，某位领导以前在哪里工作过，工作作风如何等等。一会说到葛局长自己，原来他曾是"右派"，胖子局长们说了很多同情的话。柳明想"牢骚太盛防断肠，风物长宜放眼量"。凡事应辩证地看，总之是挺过来了，而且回到了领导岗位。以为他会接着谈工作安排，怕漏过有关这次调查的内容，竖起耳朵仔细听，却一直没听到。

感觉船一直在往北走，天渐渐暗下来，领导们的谈话还在继续，不过是转到了李局长爱好的书法上。此时柳明已搞明白卢同志是这条船的船长。

卢船长来请大家吃晚饭，就在这客厅的一角摆着一张圆桌，大家落座就餐。海参、鱼肚、蹄筋、海鳗等，花样不多，但量大得吓着柳明。葛局长介绍说船上的条件有限，做不出炒菜，只能是东北乱炖。柳明想就这些在老家过年都难得吃到的东西还"乱炖"啊？跟楼局长去杭州都没吃过这么好的菜，没想到在船上炖上了，看来这哈尔滨的生活水平确实太高了。

吃饭时还是闲聊，直到睡觉柳明的笔记本都没机会打开。

晚上睡觉时船还在走。柳明的房间好像紧邻机舱，又吵又闷热，几乎又是一晚没合眼，老是想起昌龙河工地的歌声和入夜之后的宁静。

第二天早餐是饺子，柳明忍不住小声问卢船长是往哪里去。卢船长说去同江。

同江在黑龙江和松花江的交汇处，柳明昨晚餐后回房查地图看见过，觉得太远了，不知要走多久，天天没得睡是否吃得消，又想睡又怕耽误工作，只好在客厅继续观察。领导们看起来好像昨晚睡得不错，一张航道图摊在沙发前的地板上，葛局长正在讲解。柳明紧趋上前听到了一鳞半爪，再也不敢离开半步。这样断断续续地闲聊，穿插着讨论航道和航运问题。很快又到了吃晚饭的时间，今天上的是鱿鱼笋片、虾仁、带鱼等，领导们照例就着"乱炖"喝点小酒，柳明只管自己吃菜，因为昨天晚上和今天中午没吃完的菜不知去了哪里，据此推测盆里的菜不吃完就浪费了，实在是可惜。

晚上困得实在撑不住了，就把噪音当交响曲，倒头就睡。

如此循环往复到了第三天下午，船靠上了跟哈尔滨一样繁忙的佳木斯港。有小车把船上的主客双方都接到了政府宾馆，各色领导来了一大帮，陪进会议室开了一会儿会，就进餐厅共进晚餐。

局长、处长和柳明都在主桌，坐中间的是佳木斯的书记，照例是热情洋溢的欢迎词，之后是"三杯酒"，坐他右手的李局长好像是被东道主的热情感染，也可能就是好这一口，只不过是一路没遇到这盛大的机会，把持不住地放开了酒量，频频主动接招。之后是各路英雄竞献酒，直把李局长喝得晕头转向，欧阳处长只好出来挡驾，接住继续"厮杀"。胡副局长早就躲到别的桌装聊天去了。

柳明一开始就不端杯，也明白自己本就不是对方百万军中要取的"上将首级"，虽然不在风暴的中心，倒也风平浪静，相安无事，只管大嚼喷香的烤鹿肉，想想与《鸿门宴》里被项王"赐之彘肩"的樊哙"覆其盾于地，加彘肩上，拔剑切而啖之"大概也差不多一样的豪迈了。只是最后一道红烧鲤鱼刚入口就吐了，柴油味太重了。边上的一位作陪的见状就说这就是松花江里的鱼,江上航运量上来了,污染太严重,但无鱼不成席,这宾馆就拿来凑数。柳明吃了几天的海货本想尝尝江鲜的,这下是领教了,难怪船上没有来自江里的菜,看来万山说的在松花江里"下饺子"也是像"哈尔滨是个大城市"一样的笑谈。

饭后陆上的主人要所有的客人在宾馆住,除了柳明唯一醒着的胡副局长出面谢绝了。小车一溜烟又把大家送回了船上,柳明想今晚又要伴着"交响曲"过夜了,没想到船在港口停了一晚,柳明享受了一晚苏小明唱的"军港的夜啊静悄悄"。

次日早晨船在晨曦中出发,继续往北去。柳明被机器的轰鸣声吵醒,看着波光粼粼的江面上早有起早的小渔船在撒网捕鱼,想起昨晚的鱼,既然不能入口何苦还来捕鱼呢?不过渔民不捕鱼又能做什么呢?

船越往北去越寂寞,江面更宽了船只却更少了,江上和两岸人类活动的迹象明显越来越稀少了,左岸是深不可测的树林,右岸是看不到头的沼泽地,长满了竞放的野花,花香随风飘来,沁人心脾。船到处惊起一片不知名的鸟儿,纷纷往深处飞去,船像驶入了童话世界。大家都在欣赏这奇景,卢船长介绍这里就是黑龙江、松花江和乌苏里江的三江平原了。柳明想象着到冬天一片冰天雪地的时候这里又是一番如何的景象,举起相机拍了几张。

到第四天下午的时候船到了一个小码头靠岸,大家登陆后被招呼进一个小院休息,这里只有这一栋破旧的勉强能叫房子的房。葛局长说这里是局里的一个航运补给站。大家喝起了茶水,柳明被几株鲜艳的花朵吸引,从没见过这种花,端起相机正要拍,有人过来制止道:"不要照相,这是种着玩的。"

卢船长过来说:"这就是罂粟花。这里前不靠村后不靠店,缺医少药的,他们种点就是为了防病的,头疼脑热、伤风咳嗽的时候能顶一阵。照片就别照了,不让种的。"

这时葛局长正在介绍这个点的重要性,主要是给过往的船只提供油料。柳明想在这里坚守岗位还真的不容易呀,自己差点喂"狮子(虱子)"的地方就够基层的了,没想到还有这么偏僻的岗位,这么几个人的孤单坚守!礼貌地喝点他们端上来的茶水就随大伙上了船。

第五天中午船就到了目的地同江,柳明依然不清楚此后的工作计划,反正跟着走。

上岸吃了午饭后到三江口看黑龙江的黑水和松花江的清水汇流的景

观,柳明刚看过万泉河水和南海海水的交融,看见这清浊相融的景象也不觉得特别兴奋,随便观察了一下,发现对岸一座高高的瞭望塔下的码头上靠泊着两艘小炮艇,有水手在甲板上沐浴,那瞭望塔斜对着中国这面的瞭望塔。这时江面靠中方一侧有几艘小渔船,勤劳的赫哲族渔民正在撒网。

因为第一次真切地见到异国他乡,柳明总把目光对着对岸那个曾让我们吃尽苦头的神秘国度,心里感慨着世事无常。故意缺席联合国投票表决,致使中国卷入那场半岛战争;突然撤走全部专家;珍宝岛的浴血争夺……但东北却是苏联红军帮助光复的;对岸广袤的土地又是不平等条约被拿走的……历史的长河里这种是是非非谁能说得清楚?就像有人群的地方就分左中右一样错综复杂,留给今人的除了思考还是思考。

如今呈现在柳明眼前的是一片莽原和亘古不息的滚滚江水,战火硝烟早已散去,留下的只有柳明的不尽感叹。

照了几张有瞭望哨的相片就准备登车回同江县城。胡副局长叫住柳明说我们就在这里跟李局长他们分手了,我们俩换车回哈尔滨再去满洲里。说着领柳明到了一辆面包车跟前,柳明边走边想这满洲里跟曾经带给国人耻辱的伪满洲国是什么关系。溥仪的《我的前半生》写的大多是宫廷里的事,也没弄懂伪满洲国到底有多广。这时车门自己开了,车上钻出两个人来,柳明惊喜地发现其中一位竟然是万山!万山热情地伸手与柳明握手,把柳明介绍给他的袁局长,一位中年男子。

等上了车坐副驾驶位置的万山还在扭头开玩笑:"我们看见名单就赶过来接领导了。胡局长不知道吧,这柳明同志两个月前在海南岛碰上了,他说是部里研究院去实习的。我就纳闷实习怎么就一人,背个书包挎个相机,看样子也不像。"

胡副局长笑了:"是吗?潜伏在那的。这大机关挑的人就是不一样,苗选得好,气质模样都好,小伙子挺不错的,听口音不是苏南的就是浙江的,有江南人的灵气。没对象吧,我有个姑娘,介绍给你吧?在沈阳当老师,今年刚毕业,怎么样?你考虑考虑?"

袁局长打趣道:"好嘛,在海南出差碰到我们万山,到万山这儿要牵个姑娘回去了。我看挺好,将来胡局长退休了就可以上北京了。"

听了袁局长的后半句像真事一样的话,柳明腾地红了脸,想就胡副局长的五短身材不知道他家姑娘怎么样,怕是像来哈时遇到的那两个胖姑娘,不好看不说还爱炫富一样地炫耀干部家庭那可真是谁碰上谁倒霉!他这种事在京也没少见,岔开话道:"我们的行李还在船上呢。"

万山道："早取到这车上了，我们龙江的服务水平很高的，到了三江口，你们就归我们管了，船上那归部里管，他们是部直属的，伙食好。现在开始不吃水里的东西了，我们就沿路吃草了，路上长什么草就吃什么草。"

一路说说笑笑，本来非常难走的坑坑洼洼的泥巴路居然走得一点也不感到不愉快，只是路两旁或近或远零星散落的大小屯子好像还是周立波笔下破败的样子，令柳明有点感慨边疆地区经济的落后。

边聊边看北国风光，终于在傍晚时分赶到了富锦宾馆。晚上果然吃了顿"草"，除了家常的鱼和肉，基本上都是蕨菜木耳等的野菜，最后柳明吃饱了还被万山硬塞了几个饺子进肚。因为他说按东北人的规矩"下马饺子上马面"，这是他们接待的第一顿饭必须吃饺子，吃饺子是最重要的礼节。柳明分辩说周立波先生说的是"送行的饺子接风的面"。袁局长帮衬着万山说周立波说的那都是过去的事了，旧社会没吃的才拿面条来糊弄人的，谁不知道"好吃不过饺子"啊！弄得柳明非吃不可了，不过吃完闻所未闻的鲶鱼饺子，柳明觉得味道真的还不错。

晚饭后都到胡副局长房间商量接下来的行程。胡副局长的意思这边防路也看了，再看看省道就行。袁局长对本省道路情况了如指掌，介绍了一下基本情况。原来由于黑龙江地处边疆，地广人稀，工农业产值不高，汽车保有量又少，能收的养路费也相当少，平均每公里的养护费少得可怜。养护困难，自然条件又差，有大半年不能施工，因此公路大都状况很差，地理位置又是在神经末梢上了，所以希望胡局长帮他们多多呼吁多多支持。胡副局长说了几句官话，柳明在肚里暗笑，还没听说谁能补助养路费的，不过人家是领导，自己只有听的份。最后听他拍板决定走佳木斯过松花江奔铁力，再到绥化，再从绥化到满洲里，一路有省道和县乡路都可以体会一下。

听他说完柳明赶紧回去洗澡洗衣服去了，船上吃得再好，终究是地方太小又太吵，憋屈了一个礼拜还没有好好睡一觉呢。不过总算碰到了算明白事的领导，有了一个工作计划，心里踏实了很多。

登陆后的第二天开始，柳明就随车长途跋涉，一路遇水过桥，遇树穿林，好路也走坏路也过，总体感觉条件比太行山地区要稍强些，而且白桦林里山珍野味特别丰富，关键是顿顿有米饭还有大碴子粥吃。还听万山讲他上山下乡时晚上去林海雪原里抓傻狍子的故事，手电一照，狍子就不动了，一枪命中，然后是全屯子的人聚餐，喝酒唱歌；一路上还闹了不少笑话，比如把农民种的烟叶当蔬菜，猴头菇当发糕……

终于在第四天晚上到了平原区的绥化，用万山的话讲是从深山老林里出来到这富裕地方喘口气。公路局的局长们科长们照例等着一起吃晚饭，满桌的酒菜，都是东北特色的蘸酱菜、茄子炖鲶鱼、猪血肠什么的。

胡副局长一路遇人多的饭局就不喝酒，人少就喝两口，白的或啤的，今天人多他又不端杯。袁局长已了解到了他的酒风，也不管他，只顾自己应酬。万山和柳明是属于坚决不喝的，但今天来的局长里有位"人来疯"的非要柳明喝白的，架着柳明的右胳膊顺势就倒，柳明抿着嘴唇，洒了柳明一身酒，又换了杯子来灌，执拗不过，柳明只好端起啤酒杯喝了一口，那领导见开了头就跟柳明"理论"起来，说既然能喝啤的就能喝白的，客随主便等等。一时僵持不下，袁局长在边上看热闹，还不时来两句"锻炼锻炼"的话，柳明一听"锻炼"两字心里就窝火，但不敢表现出来，更不能说出口。万山看出来柳明的窘境，过来帮柳明劝开，柳明得以保全。想起这三天净走山路了，山里的什么飞龙猴头菇等奇珍野果尝了不少，积累的愉快心情今晚是全赔进去了。

胡局长总结道："这东北人是一年四季离不开酒的，尤其是冬天，农村里没事干，一天三顿酒，天天进'温柔乡'，碰到'酒苍蝇'那你就非被整倒不可。小柳肯定是第一次到东北来吧，今天整明白了吧！"柳明想说自己从周立波先生的《暴风骤雨》里看到的有些东北人嗜酒的情况确实也差不多，还有地主富农加二流子这帮偷鸡摸狗搞破鞋的事呢，不过想想不合适，时代不同了，再说酒这东西南方人不也有爱的嘛，拿茴香豆下酒的孔乙己就是个例子，再说诗仙李白，那更是斗酒诗百篇，无酒怎么能成仙，所以不能开这个玩笑。

恰巧万山帮柳明说话："人家以后东北不敢来了，我还指望'中央领导'到漠河去指导呢，你们就别给咱们龙江抹黑了，行不？"局面终于得到控制，柳明对万山感激不尽，端起米饭赶紧吃饱饭要紧。心想真要是来了中央领导你们敢灌酒？但人熟是个宝，亏得有万山，要不然今晚就出洋相了。

第五天就到了大庆，遍地撒布的"磕头机"让柳明大开眼界。这里到处是沼泽，干涸的地方露出白花花像霜一样的东西，跟在天津塘沽地上看见的盐碱地差不多。柳明想这里的水碱性一定很大，当年生活之艰苦可以窥见一斑，明白了一回铁人王进喜当年的不易。原来宝贵的石油是这么来的，上次经过任丘时与油田擦肩而过，这回是亲眼所见了。

袁局长说油产量越来越低了，采完了怎么办，胡局长说工业学大庆，油采完了但大庆精神还在。柳明附和说科技越来越发达，新的储量会发现的。万山说："我们龙江就是资源丰富，石油、煤炭、原木样样齐，都说龙江是'傻大黑粗'，就这些东西！还有北大荒的粮食，我怎么想怎么都应该富啊！关键是政策，资源国家平价调拨走了，老百姓用的轻工产品呢，是议价从外面倒腾进来的，所以老百姓赚不到钱，吃的盐、穿的衣，样样外面买来，你们领导了解了情况应该帮我们呼吁啊！多修路才行。"胡局长被他逗得哈哈大笑，柳明想话是说得有道理，但万山同志本人的穿着打扮可比自己这北京来的要强多了。

一路有说有笑地出了大庆。

第六天才到了齐齐哈尔，因为出大庆后往明水拐了一下，袁局长非要胡局长去看一下从明水到齐齐哈尔的断头路。路过扎龙沼泽地时按万山的提醒注意看丹顶鹤。屁股底下的汽车在泥泞里挣扎，颠簸得厉害，有时陷在坑里像抽风似的抽搐得前仰后合。费劲地看了半天芦苇丛，什么也没见着。

到政府招待所住了一晚又往西走，中午到了与内蒙古交界处的碾子山。内蒙古扎兰屯的领导在省界迎着，柳明跟着胡局长告别袁局长和万科长，柳明特别感谢了万山一路挡酒，万山临别还不忘说笑："记住咱们龙江不单有'酒苍蝇'哦，还有漠河没去呢，下次安排你们去，就是路没北京的好。"柳明想跟他开个玩笑说你们的路是够差的了，自己还没见过这么差的，原来觉得哈尔滨人很富的印象也早被完全颠覆了，但没有说出口，因为想起了老陆常说的表态要谨慎的话，说错了会打击人家的积极性，再次握手说声多谢了就告别了。

换上了扎兰屯来的北京吉普，一路继续往西就又进入了山区。柳明后悔为了看路方便抢着坐副驾驶位置了，因为路就紧贴着几乎直立的山坡。未经处理过的山坡上似乎都是挂着的大石块，看着好像马上会被汽车经过时的震动震下来一样。柳明把右手抓在上方的把手上，紧张地注视着上方，后面新上来的领导介绍说："你们过来的地方是小兴安岭吧？这里是大兴安岭了！这条路就是我们的主干路了，扎兰屯很小，但在内蒙古算大的了。"走过几段这样的路乇，再转过几个让柳明心惊胆战的弯，一块狭小的台地出现在眼前，铁路也出现了，脚下的路开始跟铁路线傍着走。那位领导说到扎兰屯了。柳明想这扎兰屯也太小了吧，跟老家的一个镇差不多吧，还以为是一个火车站呢，太有意思了！以内蒙古这么大的国土面积，实在是像棋盘上放的一粒珍珠或沙子吧。

晚上在政府招待所住宿，晚饭是黑龙江风味的。饭后柳明忍不住就出去转了一圈，刚才来时是一路在上坡，海拔应该高了点，感觉比哈尔滨又凉爽多了，说是内蒙古境内其实跟黑龙江也差不多，少有穿民族服装的，也没看到有什么传说中的蒙古包，失望地打道回招待所。

入内蒙古后第二天早晨就沿着这条傍着铁路的公路一路往西，路况依然糟糕。

傍晚到了牙克石。牙克石是一座美丽的山地小城，被拉到一座山包上发现这里可以俯瞰整个小城。海拉尔河在北侧汩汩流过，风景秀美。这里的领导们跟扎兰屯的一样特别热情，都会劝酒但都不逼着喝酒，显得有理有节。柳明忽然明白了一个道理，经济越不发达的地方盼发展的心理越强烈，越盼着能有大机关的人来，希望争取到一点资金或得到哪怕是一点点优惠政策的信息，但同时也越怕招待不好，所以这里的领导搞接待都是小心翼翼的，客人说不喝酒就不喝酒，同时努力把最好的物质条件和精神面貌展示给来客，几乎到了虔诚的地步！柳明想自己是不能给你们带来投资了，就看胡局长能不能给这里真诚的人们带来福音了。这么想着言谈举止更加谨慎了，端上来什么就吃什么，不管是饺子还是小米粥。

第三天就到了海拉尔的地界，这里是美丽的呼伦贝尔大草原。又是一个晴朗的天，广袤而又空旷的原野上是满目青青的草场，一眼望不到边，缓缓的山坡上牛羊像撒开的珍珠。鲁迅先生定义的路是走的人多了才成了路，而此时吉普车是在大草原上走的车多了以后才有的便道上疾驶。不时有惊慌失措的小鸟从草丛中惊起，有的就不辨方向地飞向挡风玻璃，当场陨落，青草的芳香夹杂着野花香扑鼻而来。后座的一位领导说这地方不是雨雪天不需要公路。司机补充说一下雨就不行了，草丛里都是小冲沟，开快了就颠得厉害，开车的就盼好路。胡局长说就是啊，这么平坦的地势，一旦有战事发生，那就是一马平川，对摩托化部队展开很有利，没有任何屏障可以阻挡。柳明想这么好的地方怎么就跟战争联系起来了？

说话间很快就到了一座接待点。几座蒙古包加上一个帆布搭成的厨房，一头杀好的羊挂在那里。主客都在一个简易支起的桌前坐定，喝了一通喷香的奶茶。又一辆吉普疾驰着赶到，车上下来一位穿着蒙古袍的高大汉子，张口就是抱歉来晚了，自我介绍说是呼日图副旗长，简单寒暄过后，呼日图就问客人来过没有，胡局长说他来过了，就小柳没来过。呼旗长马上离座带柳明去帐篷附近转转。柳明奇怪他的普通话说得好，呼旗长说他在北京上过民族学院的，接着就介绍草原上的特点，教柳明认识了深紫色的鸢尾草、淡紫色的百里香、金黄的十字花、雪白的繁缕，还有一大堆记不住名字的。柳明被这种类繁多的植物搞得眼花缭乱，举起相机一一拍照，之后又请呼旗长转着圈给自己拍了几张,蒙古包、羊群、马群都收入了镜头,高兴完了才发现头发里很是痒起来。呼旗长说这是"小咬",专钻头发根,很讨厌,夏天从牛羊的粪便里长出来的,所以草原上的人不管冬天夏天都戴帽子,冬天保暖夏天防虫。柳明是行一路学一路,遇见一个人学一点知识,真是三人行必有我师啊,感觉这趟又没有白跑。

午饭就在露天进行。呼旗长教柳明用手抓起新鲜的大块羊排,再示范蘸点韭菜花酱就吃了起来,柳明学着啃。看柳明吃得起劲,呼旗长又讲起了故事,说上海的知青们刚来大草原时都说不吃羊肉,过了段时间因为没有猪肉吃,抱着羊排就啃,打嘴巴都不肯放。说得大家哈哈大笑,受呼旗长的鼓励,柳明顾不上烦人的"小咬",吃完羊排又吃羊血肠,塞了一肚子羊肉,感觉从没吃过这么好吃的东西,难怪有人把羊肉比作美人,此话虽然俗点,其实挺耐琢磨。嘹亮的歌声在草原上飘荡,柳明估计他要么专门练过这曲子,要么草原上的人都天生能歌唱,总之一招一式有板有眼,唱得极有草原韵味,眼前的草原就像绿色的海……柳明要不是跟领导们在一起,真想放歌一曲"美丽的草原我的家,风吹草低见牛羊"来与其呼应。

饭后告别呼旗长驱车继续西行,一路上柳明不断请教"只识弯弓射大雕"的成吉思汗的故事,可惜几位局长只能说出一点他们上小学时只知道中国还是张桑叶,现在变成了一唱天下白的雄鸡。其实柳明倒是零星地读到过一点这片土地上曾经的往事,比如鲁迅在他的《随便翻翻》里就说过他十岁的时候,听说"我们"的成吉思汗征服欧洲,是"我们"最阔气的时代。到二十五岁时才知道所谓这"我们"最阔气的时代,其实是蒙古人征服了中国,到后来又知道蒙古人的征服"斡罗思",侵入匈奥,还在征服全中国之前,那时的成吉思还不是我们的汗,倒是俄人被奴的资格比我们老,应该他们说"我们的成吉思汗征服中国,是我们最阔气的时代"的。鲁迅的话向来费思量,姑且不论成吉思汗是"谁们的",柳明眼前只是不明白曾经的辉煌何以消失得如此无影无踪,就像在北京几乎找不到元大都的痕迹一样,只有眼前的草原和羊肉是值得回味的,除此之外呢? 看来回去要找本《元史》来看看。

五点多就到了国境线上,也是鸡冠上的明珠城市满洲里。雨后复斜阳,太阳还高高地挂在天边,蓝天白云依旧,只是多了道炫目的彩虹,静悄悄的城市在多彩的光芒下好像蕴藏了诉说不尽而又永无答案的谜。

按计划去局里开了个会就进宾馆进餐休息了。一夜无话,第四天上午去看了边防路,边境线上中苏各自拉起的几层铁丝网清楚地标明了国境线,柳明注意地看了中苏之间铁路轨距的差异,在国门跟前照了张相就回了宾馆吃午饭。

吃完饭柳明就到了跟"惜才"的胡局长告别的时候了。满洲里的同志们热情地出动将柳明送上返京的火车,还不忘提上一袋本地产的俄式香肠和面包。一个说是胡局长交代的事,一个说到京要三天两夜,路上千万小心等等。柳明再三谢过众领导,想十八里长亭相送也不过如此了,心里大受感动也大受教育。多么朴实无华的人们,火车开动了送行的还在挥手告别,柳明赶紧隔着车窗示意。

接下来在火车上的旅程柳明除了吃香肠和面包就是考虑怎么写回去的报告。香肠和面包省去了柳明不少买盒饭的费用,柳明决定向老革命学习,回去后只报销来去的火车票款,因为只有这两项费用是自己掏了的,出来快一个月吃住几乎没花自己一分钱。

这趟慢车站站停,走得实在太慢,但留给柳明很多琢磨报告的时间,吃东西时想,躺在铺上时也在想,最后趴在茶几上写下了一个调查报告初稿,第一部分讲调查的基本情况和执行工作纪律的问题,特别是强调没有游山玩水,吃人的喝人的,那是没办法,跟着上了那酒桌交不起那份钱。不吃白不吃,吃了也白吃,不过这话只是在心里。第二部分重点讲看到的交通方面存在的问题。第三部分谈个人观点,分析成因。第四部分讲建议。至于东北办是什么意见自己不知道,也不能瞎讲,但对接触的干部们特别是进内蒙古以后接触干部们的精神状态倒是可以小书一笔的。他们的实干劲头让柳明很受教育,尤其他们身处北国边疆而又渴望像南方一样轰轰烈烈改革的期盼神情给柳明留下了深刻印象。这虽然不是柳明此行调查的目的,但柳明感觉到了就有义务反映情况,也算是这么多天没白吃白喝。写完报告又随手写下《五律·过东北》一首:

> 雨后金辉闪,是谁查彩虹?
> 奈何稍会酒,尴尬向飞龙。
> 冽冽陕前水,清清垄上风。
> 古今多少事,投笔问苍穹。

终于在第三天晚上八点多回到宿舍,柳明到办公室把写好的初稿整理了一遍,就回去休息。

次日晨柳明照例早到办公室,看到桌上放着从海南陈华中处来的两封信,想着要汇报工作就随手放进了自己的书包。等处长们到齐了柳明就开始汇报,老革命们不断问问题,第一节对纪律问题很快过关,老陆通情达理地说人家两位局长去了只能跟着走了。但说到松花江上的顶推驳船的时候卡了壳,柳明坚持说是顶推的,小鲍他们百事通似的非说不可能,还说牛皮不是吹的,火车不是推的,轮船只见过拖轮拖的,没见过顶推的!好像要开柳明的批斗会的感觉。最后老霍说莫非像沈阳的"倒骑驴"?北京的三轮是在前面骑,沈阳的是在后面骑,是不是一个道理?处长一发话,最后大家都说有道理。折腾半天算是过了关,下面的几节他们都一副听过就算的样子,很快顺利结束。柳明知道他们本不指望自己去解决什么问题,只要他们能听一遍也就满意了,但这方面的内容对柳明来说是不吐不快,因为他感觉自己背负着太多北国边疆干部们的期待眼神,能顶多大的事柳明自己也心中无数。

老陆说内蒙古经参委的同志送来了参加观摩那达慕大会的邀请函,幸亏没去,你去过内蒙古了就全代表了。老霍说就是,情况摸得差不多了。老秦说上回听小柳说海南好,老程拉着老陆和他三人刚去了趟海南,坐的汽车在一座桥上撞了栏杆,差点掉河里,老程坐副驾驶座上,悬在桥外,差点回不来。大家都哈哈笑。柳明边笑边说:"这按林则徐的话叫'苟利国家生死以,岂因祸福避趋之?'"大家又笑,没人提出不同的看法,柳明想可能是因为说了领导们的好话吧。转念想老程还真去海南了,都是自己回来宣传的,这回说东北边疆好,他老人家是不是也要去一趟了。

看暂时没事就去局长那里销差,把报告给了龙局长,龙局长忙得头也不抬就说放那吧。柳明告辞出来就去见了老程,大致说了一下东北行的情况。老程像是怕柳明不知道,把海南遇险的事说了一遍,柳明又陪着笑了一回。

回到办公室想起看海南来信,先拆了一封,大体上说的是收到照片很荣幸之类的客气话,还有两位姑娘的照片已转给她们,等等,最后埋怨了一通柳明的"隐姓埋名"卧底的不够意思,被骗走了他不少真实情况……总体还是他一贯的说话腔调。

接着看第二封,看了让柳明吃了一惊,约十天前五指山大暴雨,导致昌龙河工地发洪水,吴海英和六位民工被冲走,全体出动沿着工地到入海口的十多公里河道找了一个星期,只找到三位民工的遗体,吴海英至今没找到。柳明反复看信希望找到一点"眼镜"说谎的破绽,但看不出他是在散布这么大的谎言的痕迹,那个扭着身体和胳膊唱着"我编斗笠送红军"的姑娘就这样没了?活生生的"琼之花"就这样没了?到了真的"生死以"的时候,才明白生活竟是这么残酷！柳明感觉自己的脸色应该是变了，小鲍和小季都疑惑地问柳明怎么了，柳明定定神说待过的工地上出事故了，一个伙伴死了。两人都不吭气，过了会有人说你先吃饭去吧。柳明起身拿饭碗去了食堂，一天也不知道该做什么。

到了晚饭时碰到沈瑀，他要柳明饭后一块去玉渊潭游泳。柳明想起水就想起工地的洪水，想起"琼之花"，但沈瑀不知道，拽着柳明一块去了，一路走一路讲他准备游到元旦的打算，柳明心不在焉地应付。

到了公园拣个人多的地方就下水，很是凉快，但沈瑀新学游泳，柳明只好站在外侧看着他在浅水里扑腾。一会儿水底的泥浆、水草被他折腾起来，柳明的思想负担更重了，脑子里总是离不开"洪水，洪水"的，不断催促他水太脏了，明天再来换地方学。

回去换了衣服，柳明回办公室小心谨慎地措辞，给陈华中回了封信，表达对曾经的同事的哀悼，用信纸包了五十元钞票放里面，嘱他代转吴海英家人，心事重重地去邮筒发出，除此之外想不出还能做些什么。

随后几天下班后天天陪沈瑀随其他单身汉们一起去游泳。此时的柳明已意识到死亡对于每个人都有公平的一次，鲁迅先生在《立论》里说"说（孩子）要死的必然，说富贵的许谎"。司马迁说"人固有一死，或重于泰山，或轻于鸿毛，用之所趋异也"。毛主席说过"为人民利益而死，就比泰山还重"。吴海英死在工作岗位上，是为人民利益而死的，值得周围的人纪念，既然上天给予吴海英这样的安排，悲伤已然是徒劳的了，死者长已矣！活着的还要努力生活得更好，以告慰亡者，只希望她的家人们也尽快从失去亲人的痛苦中解脱出来，如自己一般相信她是去了天国，可以在那里像在工地上一样快乐地生活。她原本就是这样一个清清亮亮的人，没有权欲，没有物欲，热爱生活，遇事豁达。柳明好像终于因她的永远离去而看明白了她。

不知道柳明最近心灵中经历了这么多的沈瑀到底是有大学文凭的，什么事都领悟得快，几天下来已能游几步了，柳明可以甩开他往远处游一游。在老家游泳就是柳明最喜欢的运动，运河是常去的，而且每次都要"到中流击水，浪遏飞舟"。有一回跟伙伴们在水中向经过的运输船泼水，意在与船上船员们对垒玩耍，捣蛋嘛，被快速开来的船头压入水下，为避免被船尾的螺旋桨打到受伤，柳明一个猛子急潜河底，等浮出水面时那船早过去了，但下潜时间太长，把伙伴们都吓着了。从此自诩为"浪里白条"，现在在公园里游泳简直是"胜似闲庭信步"。

次日又收到海南的来信,这回是符兰的来信,工整的字体一看就是学过制图的人写的,来信写道:

尊敬的柳工:

　　从"眼镜"那里知道了您的地址,很高兴收到了转来的照片,本来要早点给您回信表示感谢的,但接着就出事了。海英的不幸想必您已知道了,英年早逝,又是这样的突然,我们都无比悲痛,作为她的同学和好友,我无法再去回想与她一起的快乐时光。我决定要离开工地,可能会回我母亲的老家文昌去,也可能会回海口局里资料室。占队长肯定是不会再当队长了,"眼镜"可能会当负责人,详细情况我也不知道,我只能顾自己了。欢迎您有机会再来海口,我一定做几道像样的海南菜招待您——北京的贵客。如有空盼请来信指教,可寄公路局办公室转。最后祝您工作顺利。

海南符兰上

柳明头一回接到年轻异性的来信,当然学生时代偶然的一两张小纸条除外,心里像刚学游泳的沈瑀一样乱扑腾。白天人多,不敢多看,拖到晚上又反复看了几遍,寻思来信的含义,回了封信,信中不自觉地怀念起在工地共度的时光,为了安慰她,谈了点对她工作调动的意见,主要是认为女孩不适合在工地工作,但为了不再刺激她,忍住了不提吴海英的事,因为柳明清楚地记得达夫先生在著文怀念徐志摩时说过这样的话:我觉得文句做得太好,对仗对得太工,是不大适合于哀挽的本意的。也不提对"眼镜"可能当头的看法,最后也礼貌地邀请她有机会来北京时联系,并告知了电话号码。

这样稀里糊涂地过了两天, 老霍说总后组织去新疆考察国防公路,费用他们全包,就小柳去吧。还说总书记为了了解国情要走遍全国所有的县,小柳是一人吃饱全家不饿,争取用两年时间走遍全中国,看遍全国的公路。这下机会来了,不用我们花钱,就去吧。柳明听不明白他老人家的话是批评还是褒扬,姑且采取姑妄言之姑妄听之的态度吧,但能出门多看是好事,马上答应下来,接着就与总后的殷助理联系上了。

殷助理是江苏南通人,四十五岁左右,早接触过的了,做事雷厉风行,隔段时间就会来处里聊会天, 带些新版的小型张邮票什么的给大家挑选,军民关系非常融洽,柳明也碰到几回。

有一回听他侃,到南方出差时看到有人把茅坑搭在鱼塘上,人的粪便直接排到塘里喂鱼,从此他不吃淡水鱼,说得大家都乐。

这时接到柳明的电话,他就很高兴地通知柳明后天,也就是八月十九日早晨在国家经参委门口等车一起坐飞机走。

到了十九日早晨,一身戎装的殷助理如约带车赶到,接上柳明就去了首都机场。到了候机厅碰到诸葛,柳明疑惑他也去新疆吗。殷助理说都是一个事,诸葛介绍了他带的一位老工程师苗工,柳明也在他们院里见过的,大家会合后就等飞机起飞。诸葛问柳明海南局那个工地出了事,知道不知道。柳明回答说知道了,一个年轻姑娘没了,还有不少民工,怪可惜的。诸葛说看来海南的管理和技术水平还是不行,大白天怎能出这样的事。柳明说可能是发水太快,来不及反应吧,又主动聊起自己实习的事,想套套是谁泄露了自己的天机。没承想诸葛打起了"太极拳",只说现在信息传得快,你这个岗位你不认识人家,人家认识你,没什么瞒得住的,都是同行传得可快了。柳明没招便只好不再追究这事,默默上了飞机。

这回坐飞机柳明就踏实多了,一路睡到乌鲁木齐。军区和自治区研究院的车子接着就去部队招待所吃饭。因为有点时差的关系,把柳明的饭点搞糊涂了。饭后就是开会研究项目,第二天又研究一天,详细确定了出行的人员车辆和生活物资准备。柳明想漫长的旅程又要开始了。

进疆后第三天早晨七点,天还没亮车队就出了静悄悄的乌鲁木齐。清一色的丰田越野车,前四辆坐人,后三辆拉帐篷、罐头食品、汽油和水。清一色的男同胞,开会时来过的区经参委一位女干部,听说是区领导的丫头,也被谢绝参加。

第三天就穿过像栈道一样的天山公路,赶到库尔勒住下。第四天开始走进沙漠,为了躲开前车卷起的尘土,车队拉开距离。丰田这么好的车密封性还是不行,尘土从底盘不断涌进车里,只能闭上嘴不说话。北京春天的沙尘暴是来得快去得也快,这里的尘土却是像长江之水滔滔不绝,车一开动就来。柳明感觉尘土已随着自己的呼吸渗入了身体的每个细胞,问题已不是闻土腥味这么简单,好像学过的土力学理论已解决不了这里的问题,需要医生才能处理了一样。

应该是每个人都感觉到了严重性,只好每两个小时停下集合休息一次。司机们忙着检查车辆,乘客们下车拍去身上的厚厚黄土,忙着漱口、喝水、交流情况。偶遇有人家的地方,就喜出望外地找平坦而又靠近人家的地方搭帐篷过夜。

如此走走停停地过了四天,终于在第七天傍晚到了一个县城。简陋的招待所里一下子被随车队来的人挤满。县委书记和县长都来迎接,县委书记自我介绍说是江苏人。县长是位民族干部,普通话不标准,介绍情况时说明年这个时候他们就把"殡仪馆"建好了,大家要再来就不用住这干打垒的招待所了。诸葛朝柳明挤着眼,县委书记发现了问题,纠正说县里正在新建一座三层的宾馆,大家报以善意的嘿嘿笑声。

晚饭完全按照民族习惯进行,大家都吃上了新鲜的洋葱炒羊肉和拉条子,虽然简单却是几天来头一回坐在餐厅里吃饭,大家都挺高兴。饭后想洗澡却又遇到麻烦,因为水实在太凉了,只好擦擦就完事了。每个人都至少洗了脸,原来的蓬头垢面都又变成了白面书生,互相开着玩笑洗衣服后进房休息。

夜晚,万籁俱静,终于躺在床上的柳明很放松地睡了个好觉。

次日快中午时在招待所吃过早中饭车队又向东进入戈壁滩,沿途野驴野骆驼不断出现,柳明举起相机想拍时它们又跑得不见了。晚上找到一个宿营地时柳明发现一个铁夹上有只野兔子,告诉殷助理能不能取下来烤着吃。殷助理很有经验地说很快有人会来取的,想吃野味那很容易,到我们部队的兵站就行。其实柳明也是说说而已,在海南摘了两个香蕉没吃成,已让他有经验了,但心里是有点动了尝尝的念头的。

第九天到了终点——一座很大的矿山。晚上住在地窝子里,这地窝子跟柳明在北京住的地下室差不多,也要沿台阶往下走,只不过窗是开在顶上。一路跟柳明同住的军区的杨助理对这里的风土人情很了解,告诉柳明晚上睡觉脱下的衣服和贵重物品要放在脸盆里,再把盆放到自己的床铺下面,再在门口放把椅子。原因是屋顶是跟地面相齐平,人很容易走上去打开天窗,一个钩子就可以把里面的东西偷光。柳明被他说得心里惶惶然,虽然依计行事,但还是睡不踏实,睡一会就伸手去摸床底下的行李。还好一晚平安无事,行李不少一根毫毛,人倒操心得好像减了不少重量。

天又亮了,在矿上吃完简单的早饭就往回返。这回走的是与来时不同的路,一会儿走沙漠一会儿走戈壁滩,一路不停,下午四点多时来到了著名的楼兰古城遗迹。面对着看起来一片死寂、了无生气的"城市",柳明当然大感兴趣,抢着和诸葛、苗工下车观察。杨助理自然是来过的,当起了讲解。已过处暑的空旷沙漠上没有丝毫遮拦,依然是赤日炎炎似火烧。众人绕着古城只剩残垣断壁的城墙走了一圈,不过一公里多的路程,脸已被烤得通红,但难得有机会领略这丝绸之路上曾经的明珠城市的风采,顾不上燥热的天气,大家都举起手上的相机。

柳明请杨助理以烽火台和佛塔为背景拍下了珍贵的镜头,拍完照柳明又像有人在三亚天涯海角的沙滩上找贝壳一样埋头找有没有什么古人留下的东西。杨助理看见就笑着说早经过考古筛查了,发现并搜集了不少文物,其中有近千枚唐代开元通宝,足以证明丝绸之路到唐代还畅通。柳明想起了王昌龄的《从军行》,随口念道:"'青海长云暗雪山,孤城遥望玉门关。黄沙百战穿金甲,不破楼兰终不还。'楼兰的存在是不争的史实,而且汉朝时长城就修到了楼兰,可惜已看不到像样的城垣了,不过今天能亲自踏足楼兰倒是从没想过。"

杨助理立即表示还有木乃伊可看,柳明叫过正在研究穿城而过的古渠道遗迹的诸葛和苗工,大家都随他去一个坑口下到墓穴,果然见到一具完整的干尸,只是衣衫不整。殷助理开玩笑说谁能看出是男是女,柳明说应该是女尸,诸葛说为什么呢?

柳明又开始卖弄道:"解剖学上讲的,女性盆骨宽,男的窄。"

诸葛说有道理,殷助理道:"小柳年纪不大,还研究过女人盆骨?为什么要研究!"

大家都笑着退出去,柳明回敬道:"这叫秀才遇到兵——有理说不清。"

诸葛笑着说:"我也出个题目,上次我们院的秦院长去德国开会,上大街丢了东西,又不会德语,找不到人帮忙,如果是你你会怎么办?"

柳明道:"那简单,德语的警察字母看上去跟英语警察字母差不多,都是欧洲的嘛,读法不同而已。街上找一个'POLICE'揪住比画比画不就得了。"大家又笑。

诸葛笑着说:"这倒是个办法,看来侬脑子比老同志要灵光。"

柳明想诸葛当了院长后还没听他说过上海话,没想到到了这沙漠里还是熬不住说了半句,笑着装没听懂随大家上车,继续往乌鲁木齐方向返。

傍晚时到了一个兵站大院,说是大院其实就是一圈平房围成的一个院子,里面停着半院子的军用卡车。杨助理进去联系了晚饭,大家直接进了餐厅吃晚饭。来的人正好坐满两桌,随即两桌上上满了酒菜,站领导亲自出来招待,能喝的都喝了不少酒。柳明不喝酒只注意看,发现他们喝的都是四川的泸州老窖,还吃到了新鲜的猪肉和野兔,竟然连蔬菜都有!大家一路基本靠罐头食品过来的,见着新鲜蔬菜都有一种梅雨季里见太阳的感觉。柳明心想殷助理果然出手不凡,沙漠里享用上了名酒佳肴,亏得没有鱼,要不然又要影响他的食欲了。

晚上就在兵站住,居然还有电。时值农历的月半,入夜,朗空如洗,一轮明月当空,繁星闪闪,沙漠成了银色的世界,一片静逸,像是能感觉到月光与自己心灵的对话。进沙漠以后难得见到这番景象,大家结伙在院门口的简易公路上自在地散步,愉快地体会沙漠寂静而凉爽的夜晚。

次日早晨离开的时候看见几辆挂军牌的越野车停在院里,杨助理开玩笑说没准我们昨晚吃的酒菜是给这几辆车准备的,平常兵站的伙食不可能这么好,因为他去联系的时候咱们这拨是计划外的,先到就先吃了。柳明想这打仗的哪有什么计划可讲? 可不就是谁先到谁先享用了。

一路无话于晚上天擦黑时回到吐鲁番,住进了簇新的吐鲁番宾馆。柳明头一件事就是洗澡洗衣服,然后是跟杨助理一起到大餐厅吃晚饭。

装修豪华的大餐厅里早已是济济一堂, 进屋就闻到全是羊肉的香味。柳明这一拨的都聚在大厅一角的一个大圆餐桌上,属交通局的客人,其他的同样大的餐桌好像也都是什么单位在招待外地来的客人。气氛无比欢乐,一会有人站起身讲话,一会儿有人劝菜,此起彼伏。一会儿听见有人齐声欢呼,柳明扭头看见两个厨师端着一个盛着烤全羊的大金属盘子给隔壁桌上菜。柳明桌上的主人是一位红脸膛的维吾尔族局长,用有维吾尔族特色的普通话说我们今晚就吃羊,其他没有。柳明听懂了他的话,便不再好奇地四处张望。果然一会儿这桌也端来了烤全羊,羊头上还缀着一朵绸缎编成的大红花,整只羊像趴在盘里似的,只是全身已被烤得黄黄的泛着诱人的油光。局长撩掉红花就请殷助理开刀切羊肉,殷助理就请诸葛动手,两人谦让,最后诸葛按局长的调停意见用刀割了块羊脊肉给殷助理,全羊宴会就开始了。

呼伦贝尔的羊肉鲜嫩无比,这儿的羊肉首先是喷香无比,入口才感觉同样的鲜嫩。一个半小时的晚餐,一头羊就被十几个人吃得剩了个羊头。

饭后北京来的几位都跟杨助理去街上遛弯。满大街的水泥杆架起的葡萄架,高高地挂着成熟的一串串葡萄。晚上的吐鲁番凉爽宜人,白天和晚上的温差之大令人咋舌,月光和路灯照耀下的马路宽敞整洁,两旁的建筑高矮错落,没有了一路伴随的尘土的叨扰,感觉是那么美好。杨助理说了说明天的活动安排,大家就一起回了宾馆。

到吐鲁番后的第二天,北京来的都清清爽爽地随车去参观坎儿井和葡萄沟。其实昨天在靠近吐鲁番的戈壁滩上柳明就注意到了一路上的很多小土锥，杨助理说过那就是坎儿井的竖井口。

今天看的是一处专供参观的坎儿井地下渠道。下到渠道，流水汩汩，掬上一捧水，煞是清凉，洗把脸从里到外都凉爽了，喝上一口，甜到心里。陪同的交通局的同志说，这坎儿井最早的思想火花来自西汉时陕西关中的"井渠法"，传入新疆后得到发扬光大，成了今天大规模的坎儿井。柳明听得晕晕乎乎，只怪自己历史知识的匮乏，不能说出个所以然来，只看到来参观的人不像苏州园林和杭州西湖那样的川流不息。那位同志道这是与长城、运河相媲美的我国古代三大工程，林则徐发配新疆路过吐鲁番还赞过：能引水横流者，由南而北，渐引渐高，水从土中穿穴而行，诚不可思议之事。柳明听了想那秦始皇陵的兵马俑又算老几呢？谁不说自己的家乡好呀？不过耳听为虚，眼见为实，这坎儿井也确实是天下一绝，新疆人民有阿凡提这样骑着毛驴讲故事的智慧人物，创造这样的奇迹也不奇怪！

为避开中午的烈日，午饭后在宾馆休息到四点就去了葡萄沟。一路在尘土飞扬的公路上驶去，转过几个山口，真的下到了一条山沟里，已经熟悉了的葡萄架布满了整个峡谷，但与街上不同的是这里垂下来的一串串葡萄触手可及。一条小溪奔湍而过，沟里与沟外的温度居然是天壤之别。姑娘们穿着鲜艳的民族服装来回穿梭，送来一盘盘洗过的不同品种的葡萄。这里的游客比上午见到的多得多，三三两两，或围桌而坐，或在葡萄架长廊两侧的长椅上就座，都很斯文的样子，没有人自己去摘伸手可及的葡萄。柳明随殷助理他们几个人围着小石桌坐下品尝，他很快发现那马奶子葡萄最为可口，没有一点酸味，人们都说吃不到的葡萄是酸的，柳明吃到的都是甜的，吃不到的不知是酸是甜，但柳明仰头细看那头顶上的一串串葡萄，形如珍珠玛瑙，丰腴晶莹，应该也是甜的。见人们都往一处泉眼去洗葡萄，柳明也把葡萄再洗了吃，感觉味道更佳了。

休息良久，柳明随众人恋恋不舍地离开这神仙地方，出了沟上了公路。柳明闹明白了路旁一座座像碉楼的建筑是当地群众用来晾制葡萄干的地方，四壁掏出的一个个密密麻麻的洞孔就是为了让吐鲁番地区的热风穿楼而过，使葡萄迅速风干而保持葡萄的原有风味。这新疆人民利用自然之力的智慧让柳明再次折服。

路上交通局的同志还在讲唐僧路过葡萄沟吃了徒弟悟空送上的葡萄，丢下种子才形成葡萄沟的传说。柳明觉得这无非是为了发展旅游经济而编成的故事，像一些人为了出书而请名人写序是一样的道理，只是这葡萄沟好像不需要跟唐僧挂上钩就已是一个吸引人的去处了。

晚上在殷助理的房间开了五个多小时的长会，一直到深夜结束。

第三天早晨就马不停蹄地离开吐鲁番回到了乌鲁木齐，路上只是隔着车窗看了一眼火焰山。车上有冷气又是大清早，火焰山的炽热没有感受到一点，当天就乘飞机回了北京。

很晚才坐接殷助理的车回到宿舍，房间里空无一人。柳明知道那两位都是领了结婚证的，只是还没分到合适的房，暂时没搬走而已。小陶就去了每天要坐班车上下班的中央党校附近住，这两位其实也都有地方住，占着集体宿舍是为了中午睡午觉，有时出差晚回就来住。柳明去水房打来水，边洗澡边琢磨后天怎么汇报。

晚上睡得太沉，第二天醒来时已是九点多了，正好是礼拜天，吃完早中饭就洗衣服，又补觉。

周一去到处里，老霍他们是雷打不动地去开局务会了。等他们回来在办公室坐定，老霍说谈谈新疆之行吧。柳明得令开始汇报，把项目情况详细说了一遍。老秦以前可能都是在沿海地区跑，对沙漠里的情况很感兴趣，不时地问这问那。柳明不小心就说出了去过楼兰的事，老霍乘胜追击，不动声色地刨根问底，把柳明他们去吐鲁番住了两晚的事都套了出来。老陆说这又是坎儿井又是葡萄沟的，到底怎么回事呀？老霍说这又是犯纪律的事。

不过柳明这回很笃定，楼兰也好，吐鲁番也好，都是顺访，算不上游山玩水吧，这么想想就没事一样去倒水喝起来。

老霍说我请示一下楼局长吧。说完就拨通了楼局长的电话，说了一通问怎么办。柳明想还能怎么办，反正不是我自己安排的工作，吃也吃了看也看了，难道你们出差一点不吃一点不看吗？吐鲁番宾馆那个热闹劲可不是只有交通局一家的客人，葡萄沟那么多人难道都是自费旅游的不成？

过了好一会，楼局长上来了，依旧笑眯眯地说话："我跟老殷他们局长联系过了，他们这一次净钻沙漠，吃罐头住帐篷，楼兰就在那里，不看也说不过去，顺便组织没到过的参观一下吐鲁番也是犒劳三军嘛。"看看柳明又对老霍以开玩笑的口吻说，"你这个'资本家'，总不能要马儿跑得快，又叫马儿不吃草吧！年轻人要放出去锻炼，就不要怕有差错，紧箍咒要念，工作还是第一吧？发展才是硬道理嘛。"老霍似乎表示认同，柳明想局长就是局长，一个电话一番话就全搞定了！仿佛一路的风尘皆因局长的一番话而变得有了合情合理存在的价值，要知道换了自己还不好表白去吃了多少苦呢！不过看他们总在沿海地区跑,回来也不用对照纪律汇报思想,看来还是老革命信不过自己呗,下回就有经验了,再好的地方也不去看,不过不去看又怎么了解当地的经济呢？旅游业不也是国民经济的一部分吗？而且是跟交通紧密相关的一部分呢,去往旅游景点的公路可都是公路部门修的。达夫先生说:"我想旅行的快乐,第一当然是在精神的解放。一个人生在世上,少不得种种纠纷和关系缠绕在身旁的,一上了征途,则同进了病院和监狱一样,什么事情都可以暂时搁起,不管她妈了。第二,旅行的快乐,大约是在好奇心的满足。"当然这是不能拿来说的。等楼局长离开,柳明就往自己的笔记本上写下了一首打油诗《七律·新疆行》,以此牢记这一次的经验教训:

万里尘埃漠日吞,长空雁叫荡昆仑。

踌躇帐慢悠长夜,属意楼兰不二村。

烤肉无辜充众腹,葡萄有味忆猴孙。

是非非是风吹过,我自逍遥我自尊。

柳明于公元一九八五年九月二日

接连几天柳明都在想纪律这个事, 想来想去要想不犯事就是少做事,最好不做事就不犯错,还不如多看看自己感兴趣的书籍好。自此又开始把精力放在外语书上,还跑去找小德借了本发黄的《元史演义》来啃,进行得如火如荼的公铁谁先之争也不放在心上,反正我人微言轻的也改变不了什么,那就让有影响力的人去奔走吧！不过有把握的事还是可以小干一把,比如学他们那样写上一篇短文章往有关杂志上发一下,弄俩小钱充实一下自己的伙食费也挺好,题目就叫"国防公路规划的思考"。写完就寄给了老殷,请他把关后代转他们那里的编辑部。

有时晚上给孙庆华打打电话,刺探一下他跟舒燕华两人关系的最新进展,看能不能混顿喜酒喝。无奈这家伙敏感得很,说到关键处就打住,只知道舒燕华已毕业而且真的去当导游了！柳明不禁为国家少了一个未来的伟大的考古学家而惋惜。

沈瑀想坚持的游泳早就随着天气转凉而像秋草一样黄了。转眼过了中秋节到了国庆节,柳明和沈瑀一起去了罗晨的新家。罗晨会办事,不知道是不是他们局里考虑他是大龄青年,还是管房子的看他和小潘都是一个大单位,好同时解决两户的缘故,反正他从房管处争取到了位于动物园附近的一套一居室的婚房！比起小鲍、小季的合住房和小陶的婚房，一是不算太远，二是完全是独立的，把柳明和沈瑀羡慕死了。

罗晨偕新婚不久的夫人小潘请两位客人兼朋友吃了晚饭，都喝了不少酒才回。一路上两人聊这房子问题，柳明其实知道小鲍和小季在月下湾的部长住宅区里都有房，自己都跟他们分头去过，但他们公开的住房都是跟人合住，有机会还可以分房，忍不住说了句看来找对象还是很重要嘛。沈瑀的观点就是像老罗这样最好，既找到了如意夫人又分到了房，多逍遥自在啊。柳明自然不会跟他争论，悄悄一起回了宿舍。

又过了几天，老霍又接了个会议通知，说是山东要研究济青高等级公路问题，组织开一天会，老霍决定派柳明去，顺便看看山东的路。"山东的路"不是跟"广东的桥"一样有名吗？还用得着去看？柳明听了犯嘀咕，新疆的事还在记忆中，这回到底能不能去？老陆说山东近，几天就回来了，不像去边疆一去半个月一个月的。柳明遂决定去看看孔夫子家乡的交通到底好在哪里。

到了那天，柳明依旧坐火车硬卧去了济南。省公路局的一位姓孔的科长在昏暗灯光下的站台举牌接到了柳明，随即住进了跟天津宾馆差不多环境的山东宾馆。

柳明首先跟他确认住宿费谁出，孔科长回答食宿当然是会议上统一安排了。柳明觉得很踏实，孔子家乡到底是个礼仪之邦呢。

第二天上午开大会，柳明被安排在面对主席台的第一排的中间，副省长带着一帮官员坐主席台上轮流讲话，可惜领导们面前的一排鲜花似乎长得太高了，从柳明的角度看上去领导们的脸像是被藏在了这鲜花丛中。

领导们项目上的事说了一大堆，不过都是表决心的多，实质性的东西没听到什么，走又走不得，听又没啥听。柳明坐在那里干着急，拿什么东西回去汇报？忍不住想起刚去过的滴水不漏的新疆之行来，殷助理组织得那是活也干了，景也看了，部队的工作作风还真是说一不二。没办法！

中午饭后看准了坐主席台的那位省经参委领导就请教，哪里想到人家忙着要陪省长，三句两句就打发走了柳明。柳明不由得想起山东人的骄傲——孔夫子的话：放于利而行，多怨。

下午小组会，柳明听一会这组又听一会另一组，就像看了一回景阳冈又看了一回野猪林，没等看全书就被抽走了，始终看不到一个全部，忙乎半天会议就结束了。找到孔科长，他说没事的，你再住一晚，我给你介绍一下。

柳明说我按计划还要去看一下"山东的路"。孔科长说那更好办了,我跟局长汇报一下,明天早晨我来接你,路上边走边说吧。柳明巴不得,高兴地答应了。

第三天早晨孔科长果然独自带了一辆小面包来接柳明,柳明乐得拍屁股走人,不用管这贵得吓人的食宿费。上车后想起为了在大厅等他,自己早饭还没吃,但已坐到了车上也不好意思再跟孔科长提。人家已很热情了,参加完会还麻烦人家派车派人陪着看路,一顿早饭不吃也不在乎了。

就这样孔科长领路,边介绍情况边往南一路赶过去。中午时分到了泰安。柳明已饿得慌,孔科长像知道似的告诉司机找地方吃饭,司机说哪儿哪儿好,孔科长说行,然后就去了那地方。

原来是一个街边的小饭馆,炒了两个菜,上了煎饼和大葱,孔科长要了瓶烧酒和两个杯子,倒上就要柳明喝。柳明说不会喝酒,孔科长也不在乎,自己喝了起来。柳明这回是一点招儿都没有了,学司机的样用煎饼卷着大葱一口一口地啃,心里看不见的眼泪和着被大葱熏出的真眼泪一起往肚里咽,真的是有得吃比饿着还难受,吃完一张饼就说吃好了。孔科长这时也喝了七八分的酒,煎饼卷大葱他是当下酒菜的,红着脸,嘴里含混地说着吃饱啊,下午要爬山的。一边要服务员再拿瓶酒来,一边叫司机结账走人。

一路走很快就到了巍巍泰山脚下。司机熟练地开到上山的路上,柳明忙阻拦道:"这山上就不去了! 我们有规定,不能游山玩水的。"

孔科长已五十多岁了,这时似醒非醒地说:"为啥不去了! 我们开上去再走下来不挺好吗?"

柳明只好再说一遍理由,孔科长好像醒了,说:"那往哪儿走哇? 这山东就这么点地方,走哪儿都有名山大川,去青岛有崂山,往东有蓬莱仙境,往南是曲阜孔庙,往西是水泊梁山、微山湖铁道游击队,再往南是沂蒙山,'人人都说哎,俺沂蒙山好',咋办?"

柳明说:"那就随便走吧,国道、省道看两条就回去了。"

孔科长说:"那还是上山再说吧! 这路都是俺们修的,都可以看嘛,看完山路下山再去看国道。"

柳明跟他又不熟悉,没有勇气弃车独自下山,头一次单独执行任务就把人得罪了岂不说明自己能力不行吗,只好跟车上去,脸上还要挤出一副领情的高兴劲儿。到了山上从后山走到前山,没有一点树荫,再在大太阳底下沿着石级经什么天门一步步往下走,一路还要避让登山的游人和几乎脱得精赤条条而肤色像非洲人一样的挑夫,累得柳明汗流浃背,到了出口处坐上车时双腿发软。

时间已是下午四五点多了,只好一切听孔科长安排在泰安找招待所住下,孔科长与司机自然是又一顿烧酒加煎饼卷大葱。昨天那位领导和今天的挑夫们的形象老是在柳明眼前交替出现,领导知情不肯说,挑夫们有公路还要挑着上山,不知道谁推动山东经济发展更多一些。柳明想不透,只觉得这些挑夫更像是"中国人的脊梁"。

第四天一路南下,中午就到了曲阜。孔科长到了他的祖宗地就非拉着去参观"三孔"。柳明只好讲条件,保证当晚回济南上火车回京就进去。孔科长一口答应,柳明进去逛了一圈就出来了,孔夫子的模样都没看仔细,反正不是宋玉潘安之貌,要不成不了伟大的思想家!只记住了"三孔"占地不小,一副对联写得妙:与国咸休,安富尊荣公府第;偕天不老,文章礼乐圣人家。看得出历朝历代都很重视这地方。

然后就是上车往济南狂奔。到了火车站,孔科长就挺着像有身孕一样的大肚子奔下车去帮忙找熟人买票,柳明跟司机在车站门口随便吃了点。

还真在深夜搭上了从上海出发路过济南的火车,不过是硬座。孔科长还硬塞了瓶馆子里吃饭时多要的酒,说了一大通客气话,什么他就这点本事啦,局长太忙来不了,招待不周啦等等。但柳明能按自己的意思上车就已感到幸福了,又拉又骗地把他给劝下火车。

快中午时回到宿舍就是补觉,睡到下午四点多去处里复命,头一句话就是这回快吧。老霍老陆都笑了,柳明就汇报了开会一天的情况和看路的事,只字未提泰山和曲阜孔庙。大概是因为柳明凭印象描绘的"山东的路很宽很直,有些曲线指标与路宽不相称,但经济实力强,交通量很大,总体是很不错的",形象很符合他们对"山东的路"的先入为主的感觉的缘故,老革命们好像很满意,一直在问项目的事,也没人深究吃了啥不该吃的看了啥不该看的。柳明不禁想幸亏没带相机,一张照片没拍,要追究的话,证据是没有的,而且他们可能也想不到短短几天会跑了两个景点吧!汽车轮子其实比他们热衷的水运要快多少倍啊,岂是他们的习惯思维所能及的。行家看门道,外行看热闹,搞路的人把别人闲着时走的路当工作看了,进了景点时别人忙着看时反倒是休闲了一把,这也是辩证法给予修路人的恩赐吧!

其实来回五天,扣除开会一天和火车上耽搁的两天,能汇报出这么多内容着实也不错了。但柳明心里得到的结论是这种调查一点意思都没有,至少是意思不大,真所谓"店大欺客,客大欺店"。自己是个小萝卜头,大领导不想左右你,小领导你又左右不了人家,能有什么收获呢?但还不能说坏话,免得搅醒了别人的好梦,瞧人家花那么多钱开那么盛大的会,可见促进经济发展的决心确如领导们在台上的表态一样掷地有声,可不能因为自己的一点异样的想法而受哪怕丝毫的影响,因为这是工作。何况孔科长确实是挺卖力气地热情接待了自己的。

汇报完了就开始整理自己的内务,打开抽屉就看到了海南的来信,虽然未见信封上有署名但知道是符兰的信,心里有点小意外,不动声色地装进书包,下班回去了。

吃完晚饭一人在宿舍里躲着看,依旧是"尊敬的柳工"开头,接着写道:"收到了你的来信,我兴奋了很久,承蒙你的指点,也托了你的福,我已顺利调到局资料室上班一段时间了。对你来说海南太热了,不过我们海南人对北京人的热情比这还高,北京是首都,有天安门,有故宫,还有人人向往的生活环境,多么幸福,不像我们海南是小地方,走来走去可能找不到不认识的人;北京有那么多的著名的大学,我们这里上个中专都要去广州,想买本喜欢的书都难,文化水平太低了,都不喜欢学习,生在这海岛却好像没你了解海南。这里的人不求上进,盼望天上掉馅饼,封闭、自满是传统,夜宵、大排档是这里的主流生活。我好像正在被这种没有追求没有灵魂的生活淹没,遇到你好像让我明白了点什么,不过海南还是有不少好的东西,海浪沙滩椰风,还有始终如一的淳朴民风。

希望有机会在海南再见到你,在看得到的时间里我们到北京来的希望是很小的,工地上的工友们也会很高兴再次见到你的。'眼镜'已当上了队长。你上次走得很匆忙,没给你送上海南的特产木棉,一棵树长不了几两,我正在托人搜集,到够做一个枕芯的时候就寄来。这次先寄上徐志摩的诗一首,我感觉你就是这样悄悄地来又悄悄地走了,愿徐志摩先生的诗和我一起祝你一切平安! 海南符兰上。"信尾工工整整地写着:

再别康桥

轻轻的我走了,
正如我轻轻的来;
我轻轻地招手,
作别西天的云彩。

那河畔的金柳，
是夕阳中的新娘；
波光里的艳影，
在我的心头荡漾。
……
但我不能放歌，
悄悄是别离的笙箫；
夏虫也为我沉默，
沉默是今晚的康桥！

悄悄的我走了，
正如我悄悄的来；
我挥一挥衣袖，
不带走一片云彩。

柳明仔细看完信，寻思再三后一挥而就写下回信。

符兰你好：

　　以后就不要那么客气地称呼"尊敬的"了，我受之有愧呀。我来海南纯属偶然，走得也是突然，来不及向你们多多学习，反而是添了很多麻烦，远没有徐志摩大师那样的潇洒，"挥一挥衣袖，不带走一片云彩"已然是做不到了，因为在海南大家穿的都是短袖。而且我还带回了如你说的椰风沙滩的诗韵，只是我不会作诗，只好抄录一首徐大师的《偶然》回赠给你：我是天空里的一片云，偶尔投影在你的波心——你不必讶异，更无须欢喜——在转瞬间消灭了踪影。你我相逢在黑夜的海上，你有你的，我有我的，方向；你记得也好，最好你忘掉，在这交会时互放的光芒！

　　我颇同意你对海南的感觉，但我想海南是一个自然资源极其丰富的地方，每一片树叶每一粒果实都是上苍的恩赐，是一片丢什么种子就长什么果的沃土，有好政策定会结出丰硕的果实。而这样的时候已在眼前了，你和你的伙伴们的好时候已经到了，"眼镜"不是已经高升了吗！

另,木棉太金贵又不好找,最好不能再麻烦你,但如已收购我定当汇来相应款项,谨此表示深深的谢意。

　　有机会一定再来,祝一切顺利。

柳明上

　　柳明写完信还有点莫名的激动。海南的生活已在自己的心里烙上了深刻的烙印,就像《被爱情遗忘的角落》《蹉跎岁月》的作者那样,很多上山下乡过的人,虽然在农村吃了苦,还总是把曾经的生活挂在嘴上!已远去的万泉河、鹿回头、天涯海角、青芒果、邓丽君的歌声……每样都很清晰,一样样、一件件在这黑又静的夜里跳出来,拨动着自己的神经,忽然感觉自己"有机会一定再来"的诺言实在有点空洞,是否自己变得优柔寡断?沉醉于一次次的远足,为博得领导的一次次微笑而努力,是为了纯粹的生活还是高尚的理想?舒燕华选择放弃做教师是为了生活还是理想?自己是领导眼里的逐步成熟了还是如符兰说的被逐渐熟悉的生活淹没了?是她在浮出水面还是自己在沉沦?也许生活的本来面目就永远是这样的,只有少数人能鹤立鸡群,大部分人注定要显得庸庸碌碌。符兰的个性是像她当官的父亲还是不知干啥的母亲?这些问题一股脑儿地在心里翻腾,像南海的浪,你能分清是哪一朵?也像同江三江口的水,扯不清理还乱。重回海南与她谈谈的想法突然变得强烈起来,但这是不可能的!柳明好像终于找到了自己不断给其实并无深交而始终像谜一样的符兰回信的理由,不由自主地叹了口气。想起外婆家的水缸,下雨天的时候提来的湖水往往是混浊的,外婆总是要往里放一点明矾,使劲搅拌让它变得纯清,而现在符兰飘忽的话语就是那明矾,让生活中的渣子沉下去,让美好的理想纯净起来。

　　一晚上想得太多,睡也没睡好,好在第二天是礼拜天。睡到九点多起床再去吃饭,再去邮局发信后去办公室看《元史演义》,但太不好懂,出现的名字一概毫无中原文化的子随父姓之关联,总是记不住。怕搞混,只好捉死蟹似的看见一个在纸上记下一个,再逐步补上各名字之间的关系,比如兄弟或父子、母子等等,但地名那是只能连蒙带猜了,因为多少年的星移斗转、沧海桑田,如今的地图早就没了当年的踪迹,也不知道是在内蒙古还是如今的蒙古,只能是在历史书的灰尘中朦朦胧胧地寻找成吉思汗的蛛丝马迹。

　　看了会书就犯困,再看会电视提提神,到时间了就去食堂吃晚饭,吃完回来继续看。

到了礼拜一,又开始重复平静而忙碌的学徒生活,整理整理文件资料,给领导们打打下手,积累一点处理各类问题的技巧。

有一天突然变得不平静,起因是接到了一个气势汹汹的电话。上来就劈头盖脸地自我介绍说是某某历史名人的遗孀的秘书,关于外商投资某某机场的事要找管事的!柳明很不习惯这种颐指气使的腔调,但听着某某国际名人的来头确实太大了,马上屏住气,用比平常更为和缓的语调说机场的事要找民航处。对方马上不耐烦地说你知道某某将军吗?耽误事你负担得起吗?马上给我找管事的来!本来挺好听的女声在柳明听来好像遇到了地阴星母大虫顾大嫂,但又不敢得罪,因为冲她自报的名头,估计这是委领导都不敢随便回绝的主。

忍气吞声地去请来民航处长老崔,看他坐在自己的椅子上一通好话,说是总机接错电话了,我们还没有直线电话,你下次要打多少号分机等等。扯了半天才说到正事,最后还替柳明点头哈腰地赔礼道歉,说了番欢迎批评指正之类的话,把一直站着等他讲完的柳明气得愤懑满胸。见过难伺候的没见过这么难伺候的,人穷志短不说,气更短呢!要利用点外资可真不容易呀,瞧处长大人的酸劲就知道了,真是左脸挨了打,完了还要凑上去右脸!不过细想这世界上古今中外狐假虎威的事也确实太多了,这还算是易躲的明枪,还有更多难防的暗箭呢!于是心里又平复下来,就算是一个经历吧。

受了刺激的柳明发誓要像顾民们一样多看书多写东西,哪天跟领导对上了思路岂不是好,少接这种无聊的电话,耽误青春不说,还要为下月到哪里去吃饭穿衣操心。但眼下没办法,处长把电话安在自己桌上就是让自己当秘书接电话的,要想合情合理合法地远离这部电话的办法就是出差。自此,柳明又开始盼着出差,祖国的大好河山还有很多地方没去过,还有各地不同的美食可以品尝呢。

自以为想清了利害关系的柳明就又开始研究工作上的事,很快结合工作写了一篇四五千字的关于挖掘交通运输业现有生产力的文章,取名《交通运输业应注重内涵扩大再生产》,把看到的各行各业的情况盘点了一遍,主要思想是少花钱多办事。因为柳明转了半个中国,也看了听了很多别人的文章和见解,觉得当前要办的事实在太多了,靠国家那点投资根本忙不过来,必须提倡有效投资,加强投资监管才行。考虑到中国国情,有交通量的沿海地区人口密度太大，国民素质又没有提高，公路街道化影响到具体方案和标准，也就影响到了造价，高速公路可以建但要先试验性地修，主张多修二级路；铁路方面修了很多专线，其实用处不大，完全可以通过修坑口电站之类的措施减少运输压力；多建通信线路，通信问题解决了，很多出差就没有了，运输压力也就小了。写完，他谁也不给看就投给了《经济工作通讯》杂志社。

又过了几天，已是十月中旬了。一个礼拜一的上午，老霍叫过柳明说是部里马上要去广州调查一家直属远洋企业的贷款逾期未还问题，其他人都没空，要柳明跟着去。柳明说我一直没跟踪船的事，能行吗？其实心里想去，因为广州不是离海南近吗，说不定能再去趟海南找符兰。老霍说去了就听，不表态，把情况带回来就行，坐飞机去，部里解决机票，四五天就回来了。柳明听出他的口气是一定要去了，处里人是有的，只不过熟悉的人不想派去罢了，熟人去了不是不好表态吗！这恐怕也是领导艺术吧。心里有点可惜，去不成海南了，但总算又可以出去了，到了广州再想办法吧。

第二天早晨，柳明就到机场搭上了去广州的飞机。因为有人接机，所以中午时分已顺利坐在闹市区大得路上一个小门脸的宾馆里的餐桌前。部里来的是一位管船的黄工，看样子不到三十岁，柳明跟他是第二次见面，一共也没说过几句话，只是因为工作又聚到了一起。黄工说就我们俩吃饭了，他们有纪律管着，都不敢来陪吃饭的，吃完我们就签单抹嘴回房休息，下午见他们欠钱的银行，明天再见远洋企业，后天就回去了。黄工要柳明点菜，柳明翻翻菜谱，贵得吓人，便不敢点，要他点。黄工好像很熟悉这里的环境，很快叫过服务员点了基围虾、海鱼和空心菜。柳明估摸着两百元出头了，提醒他超不超标准。黄工说他们欠钱，咱们吃顿饭的钱不能欠吧，没事的。

两人吃完就回了房间，睡到下午快三点了，有人来敲门，黄工起床开门，两位穿着很新潮得体的一男一女被让了进来。黄工向他们介绍了柳明的身份，两位冷静地打过招呼便递过名片，年长些的男士西装革履，是位银行主任，年轻的女士着的是否女式西装，柳明不敢肯定，总之是很入时的感觉，让柳明有种不是一个阶级的距离感，看名片是位襄理。柳明也不懂襄理是个什么角色，反正按规矩办事，把两把椅子安排他们坐了，再端上茶杯，黄工和柳明就坐在各自床上。

反反复复谈了快两个小时，都是银行业务。柳明牢记老霍的交代，不开口就是听。听了个大概，就是贷款到期还不上怎么办。那主任听不到黄工的实话就是不肯走,一副财主逼债的样子,声称再拿不到款就上报总行要求取消明年的贷款指标,希望国家计划做相应调整。襄理不知为何一直不说话,像是遇见了大熊猫"盼盼"一样,时不时地把一双好看的杏眼盯着柳明,每每与柳明四目相对时,好像火花四溅,让柳明一会儿觉得自己到南方来好像总走桃花运,心里不时地随着她的顾盼走神,摸不透她为什么对一个衣衫简朴的寒士感兴趣。一会儿又觉得心里发毛,好像被讨债的是自己,后悔中午那顿饭吃得太好,不幸把"黄世仁"给招来了。到最后黄工说明天还要找船企协调,债主们才起身告辞。

两人下楼到餐厅坐下准备吃晚饭。黄工忽然说要去见个朋友就匆匆走了,柳明吸取教训点了份芥菜加碗肉丝面当晚餐。从上次听诸葛说芥菜的好处后,柳明就喜欢这玩意儿。吃完想出去找个打电话的地方,一想这会儿海口也下班了,只好作罢。折回房间看电视,到晚上八点多的时候接到黄工电话说是今晚不回来住,明天上午自由活动了,下午在宾馆跟企业谈。柳明很高兴有半天空闲,可以用房间里的电话打给符兰,打多久也没人管,关键是不用自己花钱,打完电话还可以去完成临来时孙庆华要求代购一把西洋吉他的任务,一晚上轻松度过。

次日早晨去吃早饭,或许是昨晚吃得太素了,柳明今早起来就觉得很饿了,这时也不讲客气,把各样小吃点了个遍。吃饱了就回房打电话,海口局的电话总机是知道的,又是在广东省内,所以一要就要通了。可惜资料室说符兰请假了,还问是谁,要不要带话。柳明难免有点失望,思索了一下就说不要了,挂断电话就出门去给孙庆华办事。

一路打听,不知不觉就走过了海珠大桥,来到了一座面朝珠江的百货大楼。乐器柜台前门庭冷落,各种乐器倒是琳琅满目。见到柳明,那柜台里的女售货员便热情地上来招呼,一下就让柳明感觉到南北方改革成果的巨大差异。北方人还在胡乱摆谱时,精明的南方生意人就已懂得"有钱就赚啦"。柳明突然醒悟昨天那襄理眼神的含义,原来自己是她眼里可以供奉的财神!可惜她没搞明白,自己只是老霍派来充数的"水货",白浪费了她老半天的装纯情。一番装模作样的讨论后,只会哼几曲"东方红,太阳升"之类老歌的柳明按售货员的建议买下了一把吉他,完成任务后就走回宾馆等吃午饭。

下午睡了一觉,黄工和那家远洋企业的人一起回来了,像模像样地讨论了一会就结束了。柳明听着好像没什么进展,反正来了就是听,不需要说什么,所以没有什么心理负担,随他们客客气气地告别。

第四天下午就回到处里，汇报完了这件事情对柳明而言就结束了，明年计划怎么下就与己无关了。但有件事与己有关，就是听老温说楼局长病了，大家都轮流去看过了，就剩我们俩了，约好礼拜天上午一起去看望楼局长。

到了周末，柳明便跟着去北大医院干部病房探视。所谓干部病房其实跟旅社的大通铺也差不多，好几个人一间的大病房里挤满了穿着病号服的病人和愁容满面的家属们，柳明想进了这种地方恐怕没病也会有病的。楼局长有气无力的样子倒是真的病了，老温汇报了几句最近的工作就带着柳明退了出来，柳明一句话都没说成。

期望着有谁来封信的柳明没收到任何来信，有点闷闷不乐，拖到晚上才跟孙庆华通电话，他要柳明马上送吉他过去。柳明坚持到下礼拜天上午送去，理由是好去蹭饭。孙庆华很着急似的骑车过来取走了，被柳明操着家乡话骂了一通。孙庆华不管柳明的呵斥，还把柳明放在床头桌上的山东酒揣包里得意地走了，理由很实在，肯定是哪儿扫来的货，不拿白不拿。那酒其实是柳明看别人喝着香，心里痒痒，故意放在那里闻酒香想习惯那个味道的，现在被他顺走了，柳明着实可惜了半天。

五

时间进入了十一月份，柳明如愿从惠大姐手上接到了符兰的来信，还有一个包裹单，柳明心里明白肯定是木棉到了。白天不拆信，下班时先去邮局领了包裹，然后等晚上没人了才在宿舍打开看。

信写了三页，开头按柳明的"抗议"改成了"柳工你好"，总算让柳明感觉到了一点变化。信中说了很多到局里以后的不习惯，主要是觉得找不到知心的人说说话，向柳明讨教，还说她只知道徐志摩的《再别康桥》，不知道还有这么好的《偶然》，抄录给柳明是献丑了。柳明想完了，自己还不知道东南西北呢，不过提到《偶然》心里还是有一种获得小成就以后的喜悦，好像这么好的诗句是出自自己之手一样。看到最后说的是柳明要付木棉款的事，说一定要付的话那就买几本有意义的书寄给她吧。

柳明把信反复看了几遍，仔细体会信中的含意，觉得她说得很诚恳，再说印象里这姑娘也不是陈华中那样有三分说成十分的人，便稳稳神给她回信，开了个头却不知道怎么往下接，干脆不写了，去办公室看起了电视。可惜又是没什么有思想的节目，其实是心里放不下那回信的事，就像有人说"会当凌绝顶，一览众山小"，可徐志摩先生非说："我们打开了一处知识的门，无非又发现更多还是关得紧紧的……爬上了一座山峰，无非又发现前面还有更高更远的山峰。"不知道谁说得对，好像都有道理，就看你的心情了，柳明现在就是这样，刘符兰的了解也如这事物的两方面难以说清，此时想说的话太多，想来想去，不如简而言之吧，挥笔写下回信。

符兰你好：

　　木棉和信收到了，谢谢你的一片热忱，我们年龄相仿，你所关心的我也没有太多说道，要谈人生经验更是无从谈起，只是推测你可能还沉湎于对吴海英的回忆之中，但我想这一切都已过去了，整理心情迎接新的生活倒是重要的。新环境总会有新问题，古人讲："知人者智，自知者明。胜人者力，自胜者强。"慢慢地就好了，关键是持之以恒的坚持，相信自己能胜任一切工作，"知之者不如好之者，好之者不如乐之者"，培养起了兴趣，一切困难都成了成长过程中的营养。

顺便明天去邮局寄上《傅雷家书》和《郁达夫选集》，以充木棉款。这两本书不知你是否已看过，估计后者是不常见的，如有其他明确的需要请来信告知。

上月二十三日曾出差到广州，跟你联系未成，殊为遗憾，以后有机会一定再来海口。再次谢谢你的木棉。

柳明上

1985 年 11 月 6 日

写完觉得挺满意，就封上信封在回去的路上丢进了邮筒。

第二天上班听说铁道处年富力强的柴处长升了副局长，因为楼局长已到点了。柳明不禁心里替楼局长抱怨起来，临退休了还住进了医院！处里有人也在议论说这领导啊，每到转折关头都要住住医院才能挺得过来。柳明搞不懂这两者之间的必然联系，自然也不明白一向乐观豁达的楼局长怎么会这么倒霉！想起了京剧《沙家浜》里阿庆嫂的唱词：人一走——茶就凉——优美的旋律随之在脑海久久回荡。处里明白事的都去新任的柴局长那里"报到"，柳明想不出有什么理由去插一杠子，只好默默等待有机会时再去表现一下。

又过不了几天，殷助理带着两本刊登着柳明《国防公路规划的思考》的杂志来了处里，开了几句玩笑就把二十元稿费给了柳明，柳明很高兴地收了。老秦笑说写得怎么样啊？值这么多钱啊。殷助理说反正秀才写的都比我们当兵的写得好，不信你看看，没人改过一个字。老霍说那我们也要学习学习了。柳明被说得不好意思起来，连忙解释没经过处长们审核，文责自负呗。老霍说好事啊，要看过了大家不要分稿费了吗？大家都笑，柳明心里明白这文章之所以能发表多少是看了殷助理的面子，自己在发给他之后就发现文章的深度不够，但既然刊发了那也是一件喜事，跟着嘻嘻哈哈。半天又快过去了，看着殷助理去拜见新局长去了，没人再提起去新疆吐鲁番看风景的事，心里松了口气。

拿到第一笔稿费，加上用上了符兰寄来的枕芯，柳明开始有点自信满满,看什么都是美好的,食堂里饭菜的味道也跟以往的不同。

这样又过了几天好日子,到了周末,柳明找不到说话的伴便一人去了王府井大街。从南逛到北,没看到什么价钱合适自己的钱包又中意的东西。快到头了看见外文书店门口进进出出人流如潮,便也进去逛,发现比西四拐角处的小书店名堂多得多了,尤其是考 TOEFL 的书籍那是海了去了,左挑右选买了本《HOW TO PREPARE FOR TOEFL EXAMINATION》出了书店。

搭车回到办公室细看,竟比一直看的许国璋《英语》有意思多了。如果说许氏英语是主流的正统派,那这一本就是非常实用的应试派,比《英语九百句》还好,心里很高兴,原来正风靡的托福考试是这么回事,从此又迷上了这本书。

周一下午一上班,参加完局务会的老霍就告诉柳明说委里流域局组织去云贵川考察粮棉布"以工代赈"政策的执行情况,要我们派人参加,龙局长决定派柳明去。柳明想这下真有机会两年跑遍全中国了,很高兴地应承下来。

按老霍记的纸条去三楼找流域局的雷处长。在一间跟自己办公室一样拥挤的小办公室里碰到了小耿,小耿很吃惊地看着柳明,眼光在问你怎么来了?柳明解释是来找雷处长,这时一位中年壮汉站起来说:"我是雷平,你是?"

柳明道:"我是运输局柳明,局长要我来联系跟你们出差的事。"

四方脸的雷平一口京腔:"噢,对了,就等你了。后天出发,留个电话吧,火车票到手就通知你。"

柳明听说坐火车走就有点纳闷:"坐火车走啊?云贵川都不近哎。"

雷平很精干利索地说道:"这次由我们局总经济师郝总带队,就仨人,他不愿意坐飞机,西南地区的机场都是小机场,我们就陪着吧。"

柳明一听这么回事也就不再提这事,跟他要了点资料翻了翻,见都是"以工代赈"建设农村公路和小水利的事,便明白了龙局长派自己去的用意,但不知道要去多久,便问雷处长。

雷处长答道:"走三个省至少二十几天吧,元旦前肯定回来了!听说南方冷,要多带衣服。"

柳明一听就犯愁,心想符兰该接到自己的信了,没准她的回信会下礼拜或下下个礼拜来,自己不在处里的话,这帮老见到海南的来信就该起疑了,急忙告辞雷处长,回自己办公室写了封短信,告诉符兰自己要出差一个月左右,提示她"有事等我回来再说",意思就是元旦以前就不要来信了。想想她应该明白吧,然后出大院投到邮筒里。压抑住自己的心跳,返身回局里找惠大姐借了一个专供出差用的软箱子,办好了出差借款单,又到财务支了差旅费。

回到处里见小鲍小季都在他们的座位上,便若无其事地请教他们怎么流域局有总经济师,我们局怎么没有。他俩一个说我们老霍本来是要当总工的,他自己不愿意,觉得自己没文凭。另一个偷偷说这是两年前的事了,你还没来呢,处长升不上去,耽误了后面多少人升职。柳明知道这两人有"来头",还想听听内幕,无奈两人都不肯往下说了。心想自己不知道的事太多了,也没必要事事都清楚,胡乱干点事就下班了。

随后两天,柳明心里总是不踏实,一会儿盼着能在出差前收到符兰的来信,一会儿又盼着符兰像多年的朋友一样收到自己的短信而心领神会地不来信。吴海英的不幸给人的教训就是一个人的离去太容易,珍惜现存的友谊又太重要了,柳明后悔当时没在给符兰的信中写下一段回忆吴海英的文字,弄得好像自己对她的离去漠不关心似的冷酷无情。符兰会不会不能理解自己这看起来异常的冷漠,毕竟好友的早逝带来的伤痛也是需要人去帮助抚平的,何况像符兰这样有过不凡家庭成长经历的人。

但到了说好出发的十三日了,雷平来了电话,说北京到昆明的火车票太紧张,不是没软卧就是没硬卧,再等等吧。柳明听了想真是天助我也,可以在京等等看有没有海南的信来了。

无聊的等待中,一个星期就过去了,到十一月十八日下午,信没等来,老雷的电话来了,要柳明准备二十日,也就是星期三午后出发,柳明不免有点失望,就要出发了,会不会自己刚走信就来了呢,要不要再去封信呢?怎么说呢?可恨自己没有文科生那样妙笔生花的如椽大笔,一连发三封信,人家还不知道怎么回事了呢,只好打消这一念头。

到了星期三,柳明吃过午饭早早地去车队等。郝总是局级干部,机关自然要派车送站。

等到他们午休后下楼已是快一点半了。两点多柳明就随郝总要的机关的车一起到了北京站,发车是两点半,卡的时间正好。郝总持的是软卧车票,柳明与雷平跟着沾光,从特别通道直接先上了车。上次跟楼局长去杭州时也走的这通道,不过好久没来了,好在这程序是仍然熟悉的。

先到郝总的车厢安顿行李,其实也就一个跟柳明一样的软革箱,应该也是机关里借来的,估计就几件衣服。雷平一路帮郝总提着,看着很轻松。见雷处长跟到软卧,柳明便也跟着先到郝总包厢坐一会。

郝总的个儿比柳明还高,年龄和块头跟老霍都有一比,浓眉大眼,透着和善。在机关上车时就跟柳明唠了几句家常话,一口改不了的东北话告诉了柳明他的籍贯,柳明有问就答,不问便不说话。

这时在包厢里坐定,郝总轻快地从雷平手里接过箱子拉开拉链取出水杯。柳明见状就伸手准备接杯去倒水,郝总说:"让老雷去吧。"

柳明缩回手,雷平接杯在手说:"等会吧,开车了才有水呢。"

郝总说:"坐会吧,这家伙,天还挺冷,我过冬的几乎全穿上了,不知到昆明是个啥光景,这次一定要好好转一转大西南。哎,你们老楼是彻底退下来了?还来班上吗?"

柳明见领导问,赶紧回答:"楼局长已彻底退了,宣布以后就没来过,一直在医院里。"

老雷说:"就是啊,这一到年龄就退,还挺干脆。咱们这北方人去南方恐怕还要习惯一下吧?"

郝总又转头问柳明:"江苏这会很冷了吧?"

柳明回道:"还没到最冷的时候,江苏最冷是农历十二月,江南人讲'头九暖,二九寒,三九冻得百鸟乱。四九三十六,夜航船随处宿。五九四十五,网船不捉鱼。六九五十四,杨柳青滋滋。七九六十三,破棉胎两头甩。八九七十二,黄狗躺阴地。九九八十一,犁耙一齐出。冬天没有暖气,屋里屋外一个温度,很难熬的。"

老雷道:"你还懂得挺多。数九寒天北方那个冷啊!三九四九冰上走。不过北京人的四合院都生炉子,南方人没有那东西,那老人孩子怎么过冬啊?"

柳明看过达夫先生的《北平的四季》,知道"一般的北方人家,总只是矮矮的一所四合房,四面是很厚的泥墙……在这样简陋的房屋之内,你只教把炉子一生,电灯一点,棉门帘一挂上,在屋子里住着,却一辈子总是暖烘烘像是春三四月里的样子"。但在苏州整个冬季烧炉子取暖恐怕计划分配的燃料煤是不够使的,便解释道:"多穿衣服啊,反正是冷。苏南人家里一般用脚炉和手炉,暖水袋什么的,少部分人烧炭盆或炉子取暖。"

郝总道:"要搁东北那还真扛不过去。"

雷平道:"小耿老家条件比苏南差远了,听他说冬天还生炉子。"

还是郝总体察民情,道:"看来不是取不起暖,是个供应的问题,江苏缺能源。哎,你说这小耿怎么回事?听说他要调动?你这个当处长的掌握情况没有啊?"

老雷说:"是啊,到处找人,好像谁欺负了他似的。真搞不明白,这机关多好啊!一个萝卜一个坑的,到什么资历坐什么位置,要前途有前途,要待遇有待遇,比哪儿差了?机关盖那么多房,迟早不分一套啊?慢慢来呗,好像全世界就他着急进步!"

郝总不满意地说道:"这孩子咋整的!还到处托人往大领导那里送他的'大作',这要真整下个领导批示来咱们还不好办,咋处理啊?谁知道领导会批个啥?现在领导挺重视年轻人的新思路,有一批年轻人已成了新的经济智囊班子了,他是不也想往里挤呀。我看要具体拿来实施还有不少问题。"

柳明见他们聊起了自己不方便听的人事问题便起身告辞,郝总说:"待会餐车上见哦。"

柳明拎着自己的箱子往自己的车厢走。这时列车刚开动,车厢里还是乱糟糟的,到处是躁动的人们,正赶上列车员换卧铺票,就随手换了。到自己的铺位前时,行李架上已塞满了。本来雷平客气地叫自己睡下铺的,但柳明自知在处长跟前自己是只能睡上铺的,而且上铺还安全,小偷光顾的概率低些。但这时行李架上已没地方摆了,便只有往他下铺的底下放了,弯腰看时发现也塞满了,只好往对面的下铺底下塞。

这时坐在走道边的座椅上的金发碧眼的外国姑娘起身过来帮柳明安置行李,边帮忙边咕噜咕噜说着话,柳明一句也不懂,心想这外国人的心眼就是这么好,中国同胞没见一个出手帮忙的,心生感激,憋了半天,想起一句:"Thank you."

那洋女子马上说道:"You speak English! That's wonderful.(你会说英语,太好了。)"

柳明这回听懂了,但不知道该怎么回答,一紧张就把许国璋的英语丢到了爪哇国去了,许老先生要知道有这么个不是徒弟的徒弟会不会被气疯,紧张半天再搜肠刮肚地凑了两句:"I know a little.Where are you from?(会一点点,你是哪儿的?)"

那洋姑娘的潇洒英语让柳明更加汗颜:"I'm from Frankfurt,West Germany.This is my first time in China.I'm a visitor.(我从德国法兰克福来,第一次来旅游。)"洋姑娘好像是故意拣柳明听得懂的说,柳明想起顾卫东的英语听说能力比自己好不到哪里去,不照样去了国外待下来了,想到这里像是受了鼓舞,便放轻松起来。仔细看了看这位洋大人,满脸的雀斑,像是没长大似的,分不清男女的短发。因为有些中国男人也时兴留长发,就像刚被剪了清朝的辫子,据说还都是什么艺术家。大冷的天,眼前这位的下身还穿着一件盖过脚板的长裙,上身倒是套了一件花哨的毛衣,看起来又像是一位淑女;瘦瘦的高个子又像是一位朱建华那样的跳高运动员,连佝偻着的背都像。不过声音和穿戴是个女的,最终让柳明肯定地想她更像是中国女排的姑娘们,顿了顿说道:"Where are you going?(你去哪儿?)"

洋姑娘说:"Guiyang.How about you?(贵阳,你呢?)"

柳明听懂了贵阳,按说话的逻辑估摸后一句是在问自己的去向,回道:"I——, to Kunming.(我——,去昆明。)"就这样吞吞吐吐、磕磕巴巴地边学边聊,柳明觉得很有趣,无意中碰到了一个免费的英语教练,刚开始的紧张感已被求学的新鲜感代替。

还想跟她接着聊,这时老雷回来了,看见柳明跟洋人打得火热,边往底下塞行李边找机会给柳明使眼色,柳明不明白他的意思,把目光盯住他,老雷安置好箱子,起身过来拍拍柳明的背说道:"走,跟我去老郝那里一趟。"

柳明稀里糊涂地起身,想想又转身对洋姑娘说了句:"Goodbye."

那洋姑娘还在那说:"See you later.(回头见。)"

跟老雷走到车厢连接处,老雷扭身小声说道:"别跟洋人说啥东西,你知道她是干什么的?卧铺票换过了吗?"柳明这才明白他使了半天的眼色的含义,心想自己还没有能力跟洋人泄露什么机密呢,自己学了那么多年的英语,科技英语文章还凑合看,可就是开不了口,而且现在都改革开放多少年了,洋人来了那么多,见了洋人也不至于像他这么紧张吧!

根据刚才的体验,看来回去要弄个顾卫东那样的录音机练练听力和口语才行,不然哪天又见了老外或出个国什么的真成个土老帽,像老雷这个年龄的不会外语是正常的,但这么小心翼翼倒是没想到,不由得习惯性地把随身带的书包往跟前挪了挪。心里还是有点好笑,但脸上不能表现出来,还要点头附和着说道:"哦,是的,就说了几句哪儿来哪儿去的,没事吧?票刚才过来时换好了。"

老雷边走边说:"那倒没事,走吧,去老郝那儿。你不知道吧?上次委里来两个老外来谈事,走时拉下了一支笔,打扫卫生的捡了的,交到保卫处研究了半天,最后交给了相关专业部门,小心没大错。"

柳明忙表白说:"外事规矩我知道点,外国人跟前喝三分酒,该说不该说的也学了点。"

老雷好像松了口气说道:"这就对了,见老外那是要经过批准的,不能随便接触。"

柳明心里暗暗叫苦,刚发现一个打发时间的法子好像被他堵死了,连路上遇到的老外也不能聊聊,多好的学习机会呀!没办法,只好老老实实跟他进老郝的包厢。

进到包厢时,老郝正隔着茶几跟一位白发老先生聊得火热。进来的两位插不上嘴,在他们的床铺靠门的地方分两边坐了,静静地听。

白发老者个子可能只有老郝的一半,清瘦的脸上眉毛很长,显然与他的个头不成比例,颧骨高高地突出,双眼炯炯地闪着智慧的光,正在说昆明的汽锅鸡如何如何好吃。说到云南米线时还说了个笑话:晚清洋务运动倡导者李鸿章应邀访问伦敦,晚宴后上了一道冰淇淋,由于天热那玩意儿还在冒着气,李鸿章以为是烫的,想凉一凉,便先往上面吹风,引得洋人们哄堂大笑。等他回来再宴请英国人时,特意选了云南的米线回敬,那米线上面是一层鸡油,看起来风平浪静,其实里边是滚烫的,英国佬一上口就烫了满嘴泡。

故事讲完,听的人也都哈哈大笑起来。

柳明想起锺书老先生写过的方鸿渐四十美金骗到一张美国假文凭,"这事也许是中国自有外交或订商约以来唯一的胜利"。如果锺书老前辈早点听到这一笑话估计要改方鸿渐的胜利为"之一"了。此时的柳明不知道该为编故事的云南人鼓掌还是该为李鸿章喝彩。

老郝乐得连连说:"这回咱们到了昆明一定要尝尝这些东西,干了一辈子了,云南没到过!还没尝过米线是啥滋味,汽锅鸡还是头回听说。"

那白发老者道:"那玩意文化人都喜欢,一般地方做鸡汤都是整鸡或鸡块直接放汤里熬煮,这汽锅鸡是把选好的鸡块放专门的容器里隔水用蒸汽蒸熟的,还不能忘了放几片我们云南的宣威火腿和三七。这容器就很讲究啦!你看了才会明白它的奥妙。"

柳明想这玩意儿也没什么神秘的,好像是江苏宜兴出的紫砂材料,自己去上海参加堂兄婚礼时就见过也尝过汽锅鸡,奇怪的是老郝听得入迷,好像真没见过似的。果然,老郝慨叹道:"我们老东北就知道饺子是好东西,猪肉炖酸菜粉条子就是上品了。现在条件好了,顿顿吃饺子也有腻的时候。老雷啊,这回咱们开荤去了!啊,是不?南方人吃东西就是讲究,还整个啥汽锅,咱们东北人吃鸡就吃鸡,最多加点蘑菇,整个小鸡炖蘑菇!那还是过年的货,城里的、农村的都一样,平常还养着母鸡攒鸡蛋,不容易啊。"

老雷附和着说："是啊！现在我们吃个鸡也还不容易呢，要下多大的决心才给家里买个整鸡吃啊。"

柳明想小时候去外婆家过年，外公都要专门杀头猪的，煮好的猪小肠是穿在筷子上当小吃的，鸡更是家常菜了，鸡块炒蒾菇、炒菠菜，那江南味道……现在到了大城市成了单身汉，自己成年了，社会也发展进步了，但自己的口福却是回不到从前了，吃回鸡还真不简单。想归想，嘴上还是不吭声，听着他们唠嗑。

一会儿话题到了昆明的文化人身上，白发老者对曾在抗战时期作为大后方的昆明如西南联大等的情况如数家珍，从沈从文、施蛰存、梁思成、林徽因，到钱锺书、杨武之、陈寅恪和老舍，再到闻一多、朱自清、光未然、冯友兰、吴晗等等，一个个柳明熟悉而又如雷贯耳的名字从他嘴里轻巧地蹦出来，谁家住哪里、谁家和谁家又常走动等等，像说大书一样生动有趣。这回轮到柳明听得入迷了，不住地揣测这老者的路数，几次想直言请教老人家的身份，几次话到嘴边又打住了，因为怕打断他的话题不礼貌，扫了他的谈兴。想着这软卧车厢不是高干就是高知，反正都是智者，真如当初进京时那老"右派"高兴时提到的：谈笑有鸿儒，往来无白丁。不像硬卧或硬座车厢人员成分混杂，是个长见识的好地方。

说着说着话题又转到云南的少数民族上，白发老者好像就是个昆明当地的，谈吐非常不俗。昆明的宗教、翠湖、滇池、泸沽湖的摩梭人、土司制度等等风土人情一一道来，说得老郝这样见多识广的老同志都不住地点头称是。五彩缤纷的云南故事听得柳明只想快点到昆明，好好看看大中国多姿多彩的神奇风貌。

转眼到了晚餐时间，老郝招呼去餐车用餐，随便点两样菜吃点米饭就结束了，老雷结的账。这是老郝定的规矩，一路上由老雷任秘书长，负责对外联络和结账，柳明接受安排，心里很高兴少一件麻烦事。

饭后老雷跟老郝去他的包厢，柳明惦记着两人的行李，自己的相机还在箱子里，打了招呼就回了自己的硬卧车厢。见到洋姑娘时她还在边擦玻璃上的水汽边隔着车窗望着外面黑乎乎的原野，见到柳明像看见了多年不见的老友："Hi！Good evening.（嘿，晚上好。）"

柳明想起老雷的告诫，只好也"Hi！"了一下算是打招呼，说完想想不够热情不礼貌，又比画一个用筷子吃饭的动作说道："Have dinner？（吃晚饭了吗？）"

洋姑娘回道："I have had my bread for dinner.（吃了面包。）"

柳明听完学外国电影里的人物耸耸肩摊摊手表示明白了，便不再说话，因为也实在想不出还能跟她说什么了。背后有不让跟老外瞎聊的老雷，柳明是"理屈"，对面是说洋话的老外，他又觉得"词穷"，还好晚饭吃过了，车厢里也挺暖和，要不然在这冬天里可真是饥寒交迫的里外不是人的人了。

在老雷的铺上坐了会又觉得无趣，便弯腰从自己的箱子里拿出那本托福书来看，可铺位前灯光太暗，只好挪到走廊里，但走廊里位置又坐满了吃晚饭的或看夜景的人，柳明便走到车厢连接处看了起来。

这次柳明吸取前几次短期出差不带书晚上没事干的教训，除了带相机还特地带上了几本书。现在在这温暖的车厢里书就派上了用场，这本托福书后面就有很多作者总结出的考试高频词汇表，什么蔬菜名字、动物名字等等都是科技英语里不常看到的，分门别类地一样不缺，这些才是开口说英语的前提。柳明反复看反复记，还真记住了不少，想想前几次出差没带书还真是损失。

等老雷走过看见时已是快晚上十点了，车厢里除了哐当哐当的行车声再没有其他声响，两人一起穿过亮着脚灯的走廊回到铺位各自休息。没碰到洋姑娘打招呼让柳明很满意，因为大家都睡了，要不然又得跟老雷费一番口舌。不知道这在锺书老前辈看来算不算是又一次的外交胜利，想到这里柳明不禁有点方鸿渐"为国争光"时一样的得意。

第二天早晨，柳明早早从上铺爬下来去抢位置上厕所、漱口洗脸，发现这晃晃悠悠的列车才走到河南的新乡。漱洗完往回走时碰到老雷，眯瞪着眼跟柳明说话："你还起得挺早。"柳明想自己是习惯早起的，每天要到单位擦桌子的，便如实说道："习惯了。"老雷说："待会一起去叫老郝吃早饭。"柳明自然答应了。

等他回来放好毛巾，两人一起去了老郝的车厢。只见老郝穿着厚毛衣正在包厢门口伸胳膊踢腿，看见两人来了点点头继续他的锻炼。两人陪着在边上站，等他活动完了就往前走去到餐车，稀饭馒头和面条点上三份，一会儿就吃完了。依旧是老雷结的账，吃完就往回走，到了老郝包厢门口又一起拐了进去。那白发老先生还在酣睡，老雷见状拉着柳明往回撤。柳明原以为又可以听听老先生说一段大书的，见状也只好跟老雷回自己的车厢，爬上铺位拿下那本英语书看自己的。

这时乘客们陆陆续续地起床，"小喇叭"也开始播放晨曲，车厢里又开始热闹起来。柳明庆幸睡中铺的老外还没起床，不然当着老雷的面又要说两个词的话,老雷会不会又要紧张地拉自己走,不过这回可能没地方去了,而且如果老外先开口的话,老雷会不会为了保护自己的同志而跳将起来把她当特务或间谍交给乘警。柳明做着各种有趣的假设和推定,权衡再三决定趁早像土行孙一样设法远遁,跟老雷打了个招呼就带着书向远离餐车的车厢另一头走去。

不知道是谁发明的"人倒霉的时候喝凉水都塞牙",柳明今早就碰上了。正倚着车门聚精会神地看书,那洋姑娘就来了:"Good morning sir. Where could I have my breakfast?(早安,哪里有早饭吃？)"

柳明想完了,真是想不要什么来什么,这洋婆子不懂一句中文可是怎么摸上这中国车的？只好指着餐车方向回道:"Breakfast?Oh ,You go that direction.10TH ——(早饭?朝那个方向,第十——)"柳明想不起"车厢"该怎么说,想了想说道:"10TH CAR.(车厢。)"

没想到洋姑娘好像明白了:"Thank you sir.(谢谢。)"说完感激地扭身,柳明想估计她带的面包是吃完了,还好这里老雷看不见,干脆再卖个好,体现一下中国男人的风度,就像她昨天主动帮自己安置行李一样,还可以练上两句《英语900句》里的句式,一字一顿地说道:"But there are no butter and bread.(但没有黄油和面包。)"

洋姑娘刹住步扭头问:"So what do they have?(那有什么？)"

柳明这下难住了,稀饭馒头还有咸菜不知道怎么说,只恨看过的英语书都是按外国人的生活习惯编的,想了想道:"Rice with too much water,and vegetables with salt.Do you know?(带很多水的米饭和腌菜,听懂了吗？)"

洋姑娘跟柳明一样有耐心:"Oh,I understand.Thank you very much.(好的,谢谢。)"说完竟莞尔一笑,弄得柳明闹了个大红脸。

望着洋姑娘离去,柳明想这回洋相出大了,不但被老雷眼里的间谍瞄上了,还有可能造成不良国际影响,爱捧书看的中国知识分子不会说英语,瞧人家德国人的英语说得多溜啊！再想想也没什么吗,中国开放也不过几年,不会说英语也情有可原嘛,人人都会说的话那不都夫英国美国混了？中国人那么多,英美的大街上那还不像王府井一样挤满了黑头发黑眼珠的中国人了吗？所以就算不会来两句英语是坏事也是好事。

站了一个多小时就觉得脚酸了,而且郑州站也到了。车厢连接处成了个是非之地,柳明只好回铺位处,老雷早不见了,估计是去了老郝处,洋姑娘又是寂寞地趴在窗户上看外面的风景,柳明不声不响地往老雷的铺位上躺下,仍然看自己的书。

洋姑娘好像发现了柳明回来,可能是觉得柳明在看书不便打搅,又转回头看窗外。柳明心里暗笑,这哪儿都一样的车站有什么好看,仍然看书,英语书看烦了就掏《元史演义》来看,这书也好久未翻了。原来也就看了个开头,只记得作者蔡东藩在这本写于民国初年的书的自序里写道:元史独多缺憾,非史官之失职也,文献不足征耳;考史莫备于日历及起居注,元不置日历,不设起居注;偶阅东西洋史籍译本,与蒙古西征时,较中史为详。由此就发现这书的很多缺憾,但可以肯定的是确有蒙古西征一事,这是以前没看到过的,这引起了柳明的好奇。当时看时就发现那时草原上的枭雄们个个如现今的小癫子撑伞——无发(法)无天!没老婆就去抢一个来,无牛羊就去夺一群来,估计跟治水的大禹一样都是奴隶社会的事,离现今社会实在太遥远,不甚有趣。现在细细重新看来倒好像看进去了,想起舒燕华说过的"口口相传",也就当了真事。

当看到哈不勒汗面见金主时竟上前"捋金主须",被金主遣将追杀,情节曲折,看到也速该被诃额仑"生得秋水为眉,芙蓉为骨"的模样所吸引,文字生动,自己也被书吸引进去,一看看到快中午时老雷来叫吃饭才放下。

午饭仍然是两个菜一个汤加米饭馒头,各取所需吃饱拉倒。吃完老郝回房休息,柳明跟老雷回自己车厢,发现车厢里有的旅客在吃盒饭,洋姑娘还在那走廊边上的座位上傻坐着,膝上多了本书,不知是该打招呼好还是回避的好,有点尴尬,想了想道:"Lunch?"又指了指身后的餐车方向,那姑娘会意便起身把书放在她的中铺上,去了餐车。老雷看见也不再多言,柳明想可能是见多不怪了吧,也学他的样爬上自己的铺位睡起了午觉。

不常睡午觉的柳明在温暖的被窝里做起了美梦,梦到自己在海南工地上与符兰、"琼之花"开心地聊着大海,约好一起去天涯海角照相……突然"眼镜"带着一条斑斓的海蛇出现在面前,那蛇张开嘴慢慢吐着信子逼近……柳明一下就惊醒了,很少做梦的柳明觉得自己出汗了,想坐起来可在狭小的上铺又坐不直,推开被子扭身伸手撑住对面的铺沿,再一个下双杠的动作就下了铺,心里还是突突地跳。

回想着梦境,莫非那蛇意味着遣将追杀哈不勒汗的金主,自己在"眼镜"跟前跟姑娘们来往,捋了他的"胡须"? 胡思乱想了一会才定下神来,发现老雷不在他的床铺上,被子方正地叠放在铺角。端起自己的水杯喝口水,凉水刺激下脑子更清醒了,心想演义这种东西可真够害人的,能有多少史实。乱说《西游记》,瞎编《封神榜》,这话真是一点不假。在老雷的铺上坐了会又觉得有点冷,又顺着床头的梯子爬上去取下外套穿上。

车厢里应该说是静静的,乘客们大都在睡觉,没睡觉人的小声谈话被外面哐当哐当的行车声掩盖住了。摁下走廊里的活动座椅坐下,柳明开始担心自己给符兰的那封信她收到没有,万一没收到的话,惠大姐会把她的回信放哪里呢?不过也没关系,自己的私人来信是处里最多的,多一封少一封的也没人会在意,何必多虑呢。看看时间快下午三点了,估计老郝应该起来了,不妨去他那里坐会,免得又要等老雷来叫吃晚饭了。

走到软卧车厢口时却被一乘务员拦住了,问是哪儿的要去哪里,柳明掏出硬卧铺牌子给他看,再解释了一通自己的领导在软卧车厢,这才被放行。到老郝门口听见里面传来他们说话的声音,放心地移开门,老雷果然在此,老郝盘着腿坐在靠窗的地方,老雷侧身对着他,白发老者在自己床沿坐着看书。

柳明不声不响地拣床角坐下,听他们说话。

老雷在说云南贵州和四川各待十天左右够不够,这样算上坐火车的时间元旦前肯定可以回到北京。老郝说就是啊,回去还一大堆事,关键是年度总结还必须要参加,只能重点选择几个点看看了。两人商量了一会,老雷扭身对柳明说元旦前肯定能回去了,没问题吧。柳明想自己跟着出来的,说什么也是要跟着回去啦,总不能半途早退吧,点头称是。老雷问西南来过没有,柳明忙说是头一次,这"粮棉布"的政策也是头回接触。

老郝说对呀,我们局牵头在办这事,刚开始第一年,概括地说就是给贫困地区修路修水利设施,利用冬闲的时间,群众投入劳动力,政府按劳付酬,发一些储备库里富余的粮食、棉花和布的实物,这些实物是品种上过时或储备量上不合适而需要调剂的,东西仍然是保证质量的。这样群众得到实惠,国家发展了农村的基础设施,两头受益,是大好事吧,这次就是要来看落实情况的。

柳明一下听明白了,想起去河北山区时看见的群众生存状况和交通条件,想起了"要想富,先修路",忙说老雷跟我说过一些了,发展了交通还让群众解决吃饭穿衣问题,确实是件大好事!

那白发老先生抬头说,这是好事啊!国家想着贫困地区的老百姓,云南都是山区,少数民族很多,基本都在大山里,都很贫困,太需要国家的投资了,人均能有多少补助?

老郝含糊地说道我们都拨给省里了,具体都是省里定的标准。那老先生挺认真地说道这事我们回去要宣传一下才好。

老雷肯定又在琢磨怎么岔开话题给老郝解围,只听他对柳明说道:"你有没有带云贵川的交通地图？咱们先熟悉一下情况，看到昆明后怎么走法。"柳明想图是带了，可老先生说的宣传一下有何不可呢？怎么都避而不谈呢？该不会是孔夫子说的"民可使由之，不可使知之"吧？带的图就在随身带的书包里，但都是不公开出版的军交图，不知道这时该不该拿出来，不是有这不知身份的老先生在场吗。想了想还是掏了出来，先给老雷看了一下地图上的"秘密"两字，老雷快速地接过去给老郝看了一下就还给了柳明，说回头再说吧。白发老者也不在意，又埋头看他的书，柳明接图装好，听着他俩聊起局里的琐事，后悔多余地带上了这几张地图，这么长的旅程倒成了个负担。

混到吃晚饭，老雷说那老爷子是云南什么报社的总编什么的，柳明听了只点头，想不明白为什么也要对他保密，可能是怕有假冒的吧！这软卧车厢原来也是一个江湖，真是走一路学一路，每一天都没有白过。

饭后老雷陪老郝回包厢，柳明觉得该说和能说的都说完了，独自回自己车厢拿起那本演义来看。

那洋姑娘好像已习惯了中国列车上的生活流程，要么看书，要么看着窗外发呆，跟柳明隔着个茶几坐也不再来打搅柳明。柳明不用再为怎么凑两句英语来对付她而发愁，逍遥地看自己的书。

等到熄灯时老雷还没回来，柳明想不出他俩怎么有那么多的话聊，只管自己休息。

第三天如昨天一样早起，发现那洋姑娘早已穿戴整齐地坐在走廊边的椅子上，神情安详，若有所思的样子。柳明忍不住主动打了个招呼："Good morning.（早安。）"洋姑娘淡淡地回一句："Hi."柳明想怎么连一句早安都没有，见她淡然的反应便不再去理会，只顾自己去漱洗。

等回来时那洋姑娘又换了一副神情，生龙活虎地冲柳明说："Would you please tell me something about Guiyang?（你能介绍一下贵阳吗？）"

这下柳明又被难住了，心里知道应该是贵阳马上要到了，列车员肯定是来给她换过车票了，老雷这会还在睡觉，也没人帮忙来个调虎离山计什么的打个岔，只好独自面对了，嘴里"贵阳贵阳"地念叨，就是不知道怎么描述贵阳，因为贵阳自己也没到过！只知道贵州有著名的黄果树瀑布和很多少数民族，脑子里在翻滚着想英语单词，终于想起瀑布"Waterfall（瀑布）"，便说道："Guiyang,Huangguoshu waterfall,very famous.You can go by bus.（贵阳，黄果树瀑布，很有名，你可以乘汽车去。）"

那洋姑娘很高兴："Oh ,really?I know the waterfall,But How to get there by bus?(哦,是吗？我知道黄果树,可怎么去乘车呢？)"

柳明想这洋人怎么情绪变化这么快,不过她的问题让柳明彻底缴械投降了:"Sorry！I have never been to Guiyang.(抱歉,我还没到过贵阳。)"说完后觉得这一句说得很溜,太潇洒了,《英语900句》没有白学。

"Oh,I see."那洋姑娘咧开嘴笑了。

柳明受自己上一句的鼓励,正要再超水平发挥一把,这时瞥见老雷坐了起来,眯缝着惺忪的睡眼,看看洋人再看看柳明。柳明被他看得心里发毛,连忙解释道:"她问我怎么去黄果树,我说不知道。"

老雷道:"就是,别跟她扯了。"说完起床去洗脸。

柳明心里闷闷的,出了办公室还受人管,跟老外聊两句家常能有什么呢？谁能遇见人不说一句话的,像他们一样留点神不就完了吗,见他离开了,便故意找洋姑娘说话:"Do you have a tourist guide in Guiyang?(你有导游吗？)"

那洋姑娘像明白老雷的意思似的,朝他的背影努了努嘴道:"Is he your boss?(他是你老板吗？)"

柳明没听懂,继续按自己的想法问:"Why don't you find a guide in Beijing?My friend in Beijing,She is a tourist guide.If She comes with you you will be very convenient in Guiyang.(你为什么不在北京找好一个导游？我有个朋友是导游。如果她来给你当导游,你去贵阳会很方便。)"

"No,No,No,I don't have so much money.I just want to travel around China alone,China is big enough to cost all of my money this time.I don't have the budget for a local guide.(啊,不,不,不。我可没钱,中国很大,转一圈会花光我手头的钱,我花不起导游的钱。)"洋姑娘又是耸肩又是皱眉摇头,表情丰富得好像柳明是她的债主,而她正在诉说还不起钱的种种烦恼。

"MONEY"柳明是完全懂的,心想洋人也有穷的吗？穷人怎么闯到贵阳来了？要自己也去德国遛一圈恐怕是不现实的,能利用出差机会到首都机场转转已经在同龄人中领先了,多少人飞机客舱里面是怎么回事还不知道。堂兄结婚时就是领着堂嫂从上海坐飞机到杭州,算是坐飞机旅行了一回,过了把瘾,这还是上海人婚礼的水平,而且回来时又坐的火车,自己家里人到现在还没到过机场呢。想到这里好像被噎住了一样,想来想去找不出合适的话来说,过半天说了句莫名其妙的词:"So So.So So."还想张口说点有意义的,这时老雷又踩着点回来了,洋姑娘也识相地不再说话,像什么也没发生一样面无表情地扭头看起了窗外。柳明想本来是"君子敬而无失,与人恭而有礼,四海之内皆兄弟也"的好事,全叫老雷搅了,敢情这全世界的人的动作神态都是通的,这洋姑娘一定是看出了什么苗头,便也不说话跟着老雷去餐车。

吃完早餐柳明惦记着贵阳站就要到了,大站上下车的人肯定多,忙回自己的车厢照顾自己的行李。此时洋姑娘已不见了,只看见车门口携着大包小包等下车的人流已排到了车厢里,估计她也入乡随俗排队去了,人生地不熟的怕过了站吧。柳明也不多想,又找出自己的小说来看,只是感觉平白少了一个练英语的机会。

这时这演义已徐徐看到了第十二回,"蒙古商人往花剌子模,被讹答剌城主掠去金银,一一杀死。成吉思汗遣使诘问,又复被杀,因下令亲征。是时为成吉思汗十四年六月。"柳明不知道那地方在哪,但看时间却是言之凿凿,越看越有意思,到午饭时间了都忘了。

老雷来找,翻了翻封面说笑着道:"一会儿英语书,一会儿又是《元史》的,带得还真不少!洋婆子走了就不看英语了?"

柳明忙合上书道:"可不是嘛。是吃饭吗?走吧。"

等吃完午饭各自散了回去休息,柳明想赶早看完这书,也不睡觉,坐在走廊里的椅子上抓紧看,看了一会书又像那洋姑娘一样再看看外面的景色。

云贵高原上葱茏的景象与北方光秃秃不见绿色的原野差别太大,太养眼了。火车在崇山峻岭中穿隧过桥,柳明时而仰头看山,时而低头观溪,非常壮观。柳明知道滇黔铁路建设始于第二个五年计划,受自然条件和国家经济条件的影响,几经下马再上马,直到1970年才告竣工通车。想象着这滇黔铁路当初建设时的困难情景,虽然这里不乏东北黑土地上搞工程缺乏的建筑材料,但在这沟壑之间施工的难度却是极大的,禁不住为建设者们的成就在心里喝彩。全国一盘棋,社会主义制度下集中人力和财力办大事的精神在这里得到了最好的注解,若干年以后在这青山绿水间会发生怎样翻天覆地的变化,眼前陈旧的寨子会不会变成家乡一样美不胜收的小桥流水人家。

从甲骨文记事到现在不过三四千年的时间,现在都用上电脑了,谁说不快呢!

看看书再看看天和地,时间就过得比想象的快。柳明的书已看到第十九回,书里夹生的地名和人名弄得柳明很生自己的气,不知道该恨自己历史地理知识的匮乏还是该恨成吉思汗和他的子孙们到处瞎晃荡,只记住了他们南到印度河,西到里海、黑海,甚至波兰,"欧罗巴洲全土震动",往北一直到阿罗斯首都,然后就是南征西夏,东出潼关攻陷金都汴京。一路摧枯拉朽,势如破竹,这曾经辉煌并掳宋徽、钦二宗北去的大金王朝顷刻瓦解。字里行间倒也看不出太多原因,记住了金主逃难路上还在"拣选室女,备作嫔嫱;修建山亭,借供游览"。真是好生荒唐!又叹南宋虽然"志在中原"然而不知唇亡齿寒,竟引蒙古狼入室会兵攻金"逃都"蔡城,待蒙古兵来攻汴城,那蒙古人居然"决河灌水"以夺城!正要往下看,老雷结束了午睡,柳明看表时已快四点了,想他今天是否真的没啥与老郝聊的了?

老雷坐在铺上发了会呆,就带着柳明去老郝处。一路畅通无阻,柳明奇怪跟他走就没人盘问,想想可能是老雷挺着个肚子更像是个坐软卧的角色。头一回明白吃馒头有吃馒头的好处,这年月要想被人瞧得起要么穿戴考究华丽,人靠衣衫马靠鞍嘛;要么多吃馒头把肚子催肥点,有点领导派头嘛。

一路瞎想着就到了老郝包厢,只见老郝像跟老雷约好了似的刚起床,正在整理被子,见到两人进来,慢悠悠地说道:"睡好了没有?今晚可是晚到,等睡下就不知道几点了。接站没问题吧?"柳明这才明白他们都是为了补今晚的觉。

老雷说:"在机关打通了电话的,应该不会有问题。"

柳明想昆明这大城市还怕住不好吗?想住帐篷可能还没有呢,老革命是不是有点闲吃萝卜淡操心了。老郝也不吱声,左手搁在茶几上,只顾扭头看窗外的景色。

老雷又跟白发老者请教昆明的天气。那老者依旧很热情地介绍:"明代大文豪杨慎说昆明是'天气常如二三月,花枝不断四时春'。你们下车就有体会了,因为云南东北部的乌蒙山挡住了冬天寒冷的北风,但西南方向来的印度洋暖流带来了温暖,所以昆明的夏天不热,冬天不冷。今年还陆陆续续来了一群红嘴鸥,看样子要在昆明长住了。这是昆明近期的大新闻,昆明人都很兴奋,吉祥着呢。"

老雷不解地问:"是突然就这么来的还是有什么道理呢?"

老者道:"据说是从西伯利亚躲寒流来的。昆明好呀,暖和,昆明人又喜欢它们,像喂自家鸽子一样喂它,有吃有住,就不走了呀。"

柳明想跟他开句玩笑昆明人不愁粮票不够吗,想想又打住了,专心听他们聊。

那老者喝了口水继续说："昆明的茶花是有名的,你们没来过的话不可不看,这花不但花期长,而且花朵大得像碗口,叶子碧绿,花色通红。现在时间稍晚了些,但还能看到,还有三角梅、报春花等等。这报春花吧名是这么叫的,但它秋季才开花,去翠湖公园就能看到,这在北京可是难得有的,建议你们去翠湖。"

老雷跟柳明一样听得入神,好像下决心地说道:"这昆明有这么多好处啊! 后天就是星期天了,咱们看来真得去好好看看了。"

老郝掉转头插话道:"这云南看来比贵州的自然条件要好, 是个好地方,我一路看来这贵州地方石山多,耕地太少,看来云南的发展潜力要大一些。老雷啊,到了以后一定要多了解些这方面的情况,好好谋划谋划。"

老雷顺着老郝的话说道:"是啊,这云南条件这么好,发展速度怎么上不来呢? 咱们回去是不是提个建议专门搞个综合性的研究报告?"

老郝道:"这事回去再说,咱们这次先研究'以工代赈'问题。有时间也可以先针对性地摸摸这方面情况。"

柳明听他们又聊起了工作便提醒他们要不要先去吃晚饭,老郝搓搓一双大手,再拍一拍说道:"好! 先吃饭,吃饱再说!"

柳明见状有一种重要建议被领导采纳后的愉快感觉,率先拉开门出了包厢,等他们俩出来后又顺手把门拉上,之后再跟在后面去餐车。

由于来得早,餐车上空荡荡的就他们三个人。老郝拣中间餐桌的一边坐了,柳明跟着老雷像前几次一样并排坐了另一边。

老郝说:"好家伙,终于快到了,三天火车坐得浑身不自在。明天咱们这么办,上午先听汇报,下午机动,看情况拉个单子给他们,补充资料,礼拜天出去城里转转,要他们准备车。星期一开始去到基层看几个点,争取多了解一些面上的情况,时间控制在一个星期,再回来坐火车去贵阳,这样行吧?云南十天一定要办完事。"

柳明想这坐火车不也是您老人家定的吗,按路上看到的公路条件恐怕一个礼拜看不了多少东西,但看老郝信心满满的样子不便多说,只建议道:"一个礼拜的话最好不要离昆明太远,点还不能太散,就怕路不好走。能不能坐汽车往贵州方向走,万一时间来不及就换坐火车去贵阳。"

老雷是管行程安排的, 马上说道:"这主意不错,你把地图拿出来看看。"

柳明奉命掏出地图,在图上指指画画一通,老郝决定就去老先生说的云南东北角的乌蒙山看几个点,还反复说道:"这叫战略上藐视敌人,战术上重视敌人！用时间换空间，尽量逐步靠近贵阳，争取主动性。"

柳明想好家伙，老人家好像是军事家一般运筹帷幄起来了，想起老程在海南悬空在桥外的惊心遭遇，心里在祈祷，千万可别赶路太急啊，要不然该追究谁出的馊主意了，但愿一切如愿吧。

商量完就开始点菜，三人这时真像完成部署后的战略家一样乐陶陶地享用列车上简单的晚餐，边吃边聊着南方菜和北方菜的区别。柳明想这火车上的菜能看出多大的区别呢？如果这时面前摆的是汽锅鸡的话，几位的话可能更多了。

餐后柳明又惦记上了自己的行李，先回自己车厢收拾脱下来的衣服和毛巾，又检查一遍床铺上有没有遗漏，抬腕看离到昆明还有两个多小时呢，便又找出那本时不时让他感到疑惑的演义来看。

看了几个回合，老雷就回来了，边收拾行李边交代柳明留下换卧铺牌，下车后到老郝车厢门外集合，一起出站，说完拎着行李箱返回去了老郝处。柳明想这家伙的处级秘书长当得可真不容易，事事周到，自己跟楼局长出差一路上可没这么多事，说好在出口处集合就完了，不过这真说明自己是个学徒工嘛，这处长也不是白当的。想到这里，嘴里答应了不见不散，然后就把书装箱里坐着干等。

这时窗外早就黑了，从车窗里看出去黑咕隆咚的不见一点光亮。好不容易等来了列车员，换完票他就开始逐铺整理铺上的被子，柳明只好拎着箱子提前去车门口躲避扬起的灰尘，心里想着不知道那洋姑娘是否见识过这中国式的服务，客人还没下车，床铺已整理好了，叫人往哪里去坐？

灯光逐渐密了起来，最后变成了万家灯火，昆明到了。

一路有书做伴，这三天柳明倒也没觉得怎么长。顺利地下车赶到软卧车厢门口时他们俩已下了车，可能是因为没有了北方呼啸的寒风，也可能是昆明的气候确实不错，两位的脸色在车站的灯光下显得很滋润，头发很整齐，神采奕奕。老雷依然是两手各提一箱，老郝左臂搭着自己的大衣，右手不断理着身上青色中山装的领圈。会齐后，都不说话只管随人流往出口处走。

刚出了站就有人举着"雷平处长"的牌子在接站的人群里接着，很快到停车场上了一辆丰田小面包。来人自我介绍说是办公室的，住处安排在委里的招待所二楼，明天早晨的早餐在招待所一楼，早八点他会过来接去会议室开会，委领导会过来见面等等。老雷说这么晚了让你来接，添麻烦了等等,客套了几句就不再说话。老郝只顾看窗外,柳明坐在后排听了几句就也开始贪婪地观察夜景。

在火车上听老先生说了一大堆昆明的美,这会儿在汽车上看出去却也看不到什么有特点的东西,只有两旁叫不出名的行道树上树叶正绿,灯光下的树影婆娑,尽显春城的绰约风姿。同其他城市相似,而又略显凌乱的钢筋水泥建筑在各类灯光的辉映下好像披着一层神秘的面纱。

只有等周末去揭开这面纱,好好发现昆明人看花赏鸟的闲适生活了。柳明不无得意地想着。

汽车走了半个多小时,拐进了一个院子,那位办公室的说到了,几人分头进了二楼的三个房间。柳明进屋就看表,已是十点来钟了,想到明天的活动安排,该睡觉了,撩开被子钻进被窝却又睡不着,想念起火车上那"哐当哐当"摇摇晃晃的睡觉环境。那有规律的声音和晃动像是专门用来催眠的,现在突然安静下来,反而不知道如何入睡,觉得达夫先生说的"旅行实在是有闲有钱有健康的人的最好的娱乐"确实不错,自己虽然没闲没钱的,但有健康,一路看书聊天地娱乐过来。想现在也不要浪费了在春城的宝贵时光,因为毕竟是下周一就要离开的。想到这重又起来喝水,虽然昆明"天气常如二三月",但这晚上还是蛮凉的,披上外衣,走到窗前拉开窗帘看那万家灯火慢慢变成星星之火,推测着那家灯火的主人还没安睡的原因,是不是在秉烛写着明天要交卷的报告。就像自己单位晚上的灯火。想象着明天早晨的春光明媚,更加睡不着了,坐到桌前打开那演义看了起来。

这时兀良合台平息西南后又入唐时曾设安南都护府的交趾,旭烈兀早已西渡波斯湾,蒙哥汗又南渡嘉陵江攻下成都后围合州时病逝,推举忽必烈为汗,迁都燕京,建国号为元……昏庸的宋主竟用奸人贾似道为相,南宋江山一片颓势,看得柳明心惊肉跳,再往下看到留下绝命诗《过零丁洋》的文天祥就义时,柳明再也看不下去,眼前的书变成像在学校里锻炼用的哑铃一样沉重的东西。看历史书虽然增长了知识,但同样有很多糟粕,比如这文天祥就不像其他汉族大儒一样愿为忽必烈所用,你说是气节还是愚忠呢?忽必烈依靠武力君临天下,又是代表了什么呢?中原地区的生产力是否因此而得到了提高?改朝换代给治下的人民带来的是什么?就像鲁迅先生诗中所说"梦里依稀慈母泪,城头变幻大王旗"。除了战乱看来是没有什么了,到了明朝,又回到了封建社会,本质上没有什么改变,怎么去取其精华,去其糟粕?转念想想怎么能用今天的眼光去看待古人呢?那时候讲究的就是丛林规则,弱肉强食,到现在还分三个世界呢!超级大国可以为所欲为,依旧在东征西伐,要不然怎么会有那么多的国家不用本国语言而讲上了外国话?

看书看出这么多问题,自然是累了,柳明合上书洗脸睡觉了。

次日起来,柳明洗漱完后又精神抖擞地出现在餐厅。路上那白发老者说得传奇般的过桥米线没有出现,三人吃完简单的早餐就到门口上车去了办公楼。

上到二楼的办公室时已有副主任和处长们在等着,互相介绍完毕后很快切入正题。工作进展情况是很容易说清的,接着就是讨论问题,由于大家都是大姑娘坐花轿——头一回,很多问题一时都不能取得一致意见,比如为什么只安排了公路行业等等,最后兜到问题的关键,就是怎么进行现场调查。

那副主任看样子快六十了,穿件半新不旧的中山装,瘦脸,还塌着背,一支接着一支地抽烟。只听他慢条斯理地说:"我们都安排好了,就在昆明附近看几个点,看看路南,看看玉溪,看看抚仙湖,那都是云南有代表性的好地方,然后坐火车去贵阳。"

柳明听得真切,怀疑老雷原来就是这么跟云南联系安排的,但老郝这时好像已经完全接受了柳明在火车上的建议,说道:"我们的想法是往东北角的乌蒙山去看现场,因为时间关系,我们计划好十天后应该要到贵阳了,这样我们从乌蒙山坐火车去贵阳也比较近,时间上有保证嘛。"

那副主任一听就摇头:"那个乌蒙山条件比较差,山高坡陡,交通不是很方便!我要对你们的安全负责啊。"

老郝挺认真地坚持:"你安排的好地方还真不能去,要去就去条件差的地方,能看到真实的情况,证明我们的判断是正确的,群众需要这样的政策!去了好地方你就不怕明年取消这项政策?"

副主任马上点头:"政策很好,我们云南肯定需要。不过,我们原来还有人建议安排你们去泸沽湖,既完成工作又看望了少数民族,要知道那地方很少有北京来的领导到过的,你们要能去那就是天大的喜事了。可是路太远,差不多已经进青藏高原了,都是山路,这才想安排你们去近处的,你看——"

见他一副吞吞吐吐的样子,老郝扭头问柳明:"这路南和玉溪都在啥方位啊?"

柳明忙回答:"路南在昆明东面,在干线公路旁,玉溪也在干线公路上,但在南面了。"

老郝又面对着副主任说道："就是啊，方位不对！老伙计，还是往东北方向走吧，别争啦，你就拍这个板得了！道不好咱们走慢点，一步步靠近贵阳不就行了？"

副主任似乎被老郝说动了，指着坐在那里不说话的交通厅的一位副处长道："老刘，这样吧，明天昆明市内的活动我们安排，星期一开始就交给你们来安排。要说上路你们就比我们熟，你们回去也商量一下，如果行的话直接送到省界，让贵州的同志在省界接着，按郝总的意思办！调整一下方案，边走边看吧。"说完又转回头对老郝说道，"郝总啊，我们没什么隐瞒的，您只管放心，我们云南绝对落实好北京的政策！"

被称老刘的刘副处长不过是个中年人，听到主任点名，忙抓紧表态："行，这项政策我们受益很大！看哪里都可以安排，请主任、郝总放心！我们回去马上落实好。"

老郝很满意，又伸出双手痛快地搓起来。副主任热情地说道："昆明不冷吧，还要多穿衣服，可别大意啊。哦，忘记个事，老刘啊，可别忘了带点常用药，咱们云南别的没有，中草药是丰富的，还有烟草。"

柳明被他慢吞吞的办事风格搞得心里有点急，早晨吃的那点早没了，巴不得快点结束上午的会，有啥事下午还可以说嘛。果然老雷可能是也有同感，插话说："下午我们对细节问题还要碰一下的，下午我们几点来？"

主任道："下午我们交通处计处长主持，我还有个会，晚上我来招待所陪郝总喝一点，好吗？你们只管休息！三点，计处长来接。"

老郝客气道："您忙您的，工作要紧。"

柳明想看来这汽锅鸡和过桥米线是要应在今天晚上了。看着主任笑眯眯地陪着老郝下楼，柳明收拾好笔记本，像香港电视剧或电影里大人物身后的跟班一样紧紧地跟着下楼。

回到招待所，三人先是静静地吃饭，吃到一半，老郝说："老雷啊，你看这云南的工作开展得怎么样？"

老雷放下碗筷正经八百地道："省里的计划是拨下去了，也很受欢迎，但效果没人说得清！能办多少事，好像很没谱！这家伙，谁都是头一回，看来下午要盯着厅里的刘处长。"

柳明觉得他说得对，各地的公路建设条件差异大，造价也千变万化，要按搞计划的一刀切做法可能搞不好，便插话赞同老雷的意见，补充建议要刘处长逐个分析项目。老郝听后皱着眉思索了半晌说:"还是抽样吧!估计项目太多,我们要相信他们的能力,在这基础上看几个项目的资料,最好结合要去的现场看。这样就事半功倍,你们看怎么样?"

柳明佩服老革命的工作水平,点头表示赞同,老雷自然是言听计从,午饭很快就愉快地结束了。

回到房间时正好正午的阳光照进来,暖洋洋的好像春天真的回来了,那本演义还静静地躺在桌上。吸取昨晚的教训,柳明不看书,躺在床上美美地睡起了觉。待老雷来敲门时已是三点了,揉揉眼睛挎上包就出门上车。老郝已坐在车上与计处长聊得火热。上午没听清楚介绍,不知道副主任姓什么,这时听明白了,因为计处长在解释上午左主任说话的意思:"我们左主任的意思是安全第一,我们云南这个地方没什么'出品'的,就是山多。老百姓吧,封闭在大山里久了,也不懂那么多山外世界,吃饱饭就不想别的了,所以发家致富的欲望不像沿海地区那样强烈,给多少就多少。你们大老远的都来了,上边比下边着急,左主任怕你们情况没了解到,还跑那么多路,他也是好意咯。现在这个国民教育还是一个首要问题,先要有个意识的。"

柳明想这话听着有点不对,来时火车上老先生说的可明明是"天花乱坠",云南就是一个比天堂还天堂的好地方,照他的说法那粮棉布应该先去办教育的,那这政策是否出现了偏差呢?马上毫不犹豫地说:"管交通的主任不热心交通,去关心教育,人家都说'要想富,先修路',他那不是——"本想说吃错了药吗,因为云南白药多,但话到嘴边换成了"本末倒置吗?"

计处长急忙解释:"不是这个意思,国民教育问题是我个人的看法,在其位,谋其政,管交通肯定是干交通,这是没问题的。我和左主任都是第二代的昆明人,上辈都是读书人,你要知道昆明作为大后方时来了很多'名人''大家',表面上看起来昆明很热闹,实际上云南的教育事业跟她的经济发展水平是相关的,拿不出钱来办教育,所以昆明和昆明以外的地方的教育水平是严重脱节的,落差很大。昆明的文化氛围是不错的,但实际上很多昆明人也安于现状,不思进取。好生奇怪的事情。"

老郝调和道:"现在不单昆明有这样的问题,我老家也差不多,吃饱算,这不怪老百姓,民以食为天嘛。现在一些还算干部的人,觉得自己有了地位,手上有权,不思改革,等、靠、要,拿不出发展经济的办法。我们就怕这好事给办瞎了。"

柳明觉得计处长刚才的话有道理,要换在沿海地区,来了个局级干部不知道会有多少人围着要计划要指标呢。昨晚下火车也不过是办公室的人公事公办地接站,食宿条件也就一般吧,也没看到"朋友来了有好酒"的劲头,冷冷清清的过了大半天了,好像还没明白昆明人的忽冷忽热是怎么回事。但只要老郝他们不说什么那就轮不到自己瞎发挥,由此觉得自己刚才凭着初生牛犊不怕虎的劲确实是言重了,不好意思地说:"我是瞎掰的,不了解昆明。"

计处长宽宏大量地说道:"别说你了,我还不了解昆明呢!不过事还得照办呢。"

老雷开起了玩笑:"那就瞎办呗。"大家都笑。

一路闲聊到会议室,刘处长带着助手早就在那里恭候了,桌上的茶杯都换上了新泡的茶水,柳明想这刘处长办事就是讲究。坐下等老郝开场白之后,老雷就登场管刘处长要项目单子,挑了几个,请他解答问题。介绍完又问项目挑选的原则等大问题,刘处长一一作答,思路清晰,方寸不乱。柳明想这大概假不了了,没做过细的工作是说不上这一套套的。老郝问计处长有什么补充,计处长解释他们只管原则,具体项目的挑选都是刘处长的事。说得老郝老雷都笑,柳明知道他俩应该对今天的汇报内容是比较满意的,心里宽松下来,觉得这下他们不会再怀疑把政策优先落实给交通有什么偏差了,自己的任务也就完成一半了,剩下的就是尽量多抓些现场情况回自己局里汇报用了,今天晚上又可以看自己的书啦。

到晚饭时,果然左主任和计处长两位都来了招待所,在一个包厢里喝上了酒。菜是昆明厨子做的自然是昆明风味,很辣,吃得老郝和老雷直咧嘴,什么折耳根、扒耳朵等等统统很辣,但面对左主任的热情情绪仍然很高。柳明不喝酒,也吃不惯辣,心里在怀念中午吃的份饭,好像没这晚上专门做的菜辣,总盼着汽锅鸡快点上来。

左主任边敬酒边说着上午没说清的问题,反复强调农村的基础设施建设资金缺口太大,但这天上掉下的好事来得突然,能找到办成这事的最好途径是搞农村公路,有个技术员划个线就成,受益面广,建农村公路见效快,有条土路进出寨子,全村人都念着你的好,群众积极性很高,取得经验后再全省推开搞其他行业。比如航运,建个码头,但只是有船的人家用得上,而且云南水运只有澜沧江,还有一些个别的地方,受益面太小。办这事要发动群众,小水利建设也有这些问题,云南这个地方净是大山,技术要求高些,引不来水,光栽树不结果就不好交代。

老郝边听边点头,不时地端起小酒盅与左主任碰杯,听他说完了才回道:"有道理,一个省有一个省的情况。可能的话,往下还要接着搞,就看这个冬天的效果,你们可是重点,要注意总结经验。来,老伙计,我敬你一杯。"

一番沟通后酒菜也吃喝得差不多了,老雷出来挡驾,刹住了计处长的倒酒。计处长看出菜辣的问题,进去叫上主食,一会儿厨师亲自端来了五碗米线。柳明迫不及待地用筷挑米线,计处长拦着说:"要凉会呢!这东西是鸡汤做的,可烫嘴了。"

老雷笑着说道:"我们来时的路上就听过介绍了,这玩意儿讲究,这次尝尝正宗的过桥米线了。"

柳明窃笑他根本没吃过假的云南米线,何谈正宗。计处长道:"啊,就是,没有调查就没有发言权,我们这里的厨师做这个东西的水平是一流的,鸡是刚杀的,保证原汁原味。"

左主任道:"有没有听说这鸡汤米线的来历呀?"

老郝也来了兴趣,边搓手边问道:"还有故事吗?"左主任把穷书生备考,娘子送米线要过桥,路远怕凉,用鸡汤保温送饭的故事说得活灵活现。

老郝听得认真,计处长发挥得也精彩:"这过去的知识分子待遇多高啊,米线不值钱,但这鸡汤可是很贵的。现代的知识分子不是臭老九就是'坐花轿',还没有这天天一只鸡的待遇。"

老郝道:"现在知识分子已翻身了,待遇会上去的。'坐花轿'是偏激的说法。"

柳明想忽必烈入主中原倒是挺重用知识分子的,那在吐蕃发现的人才八思巴被他拜为帝师,还帮他重新设计出了新的蒙古文字,还有大批中原文化人……元杂剧兴盛,关汉卿的《感天动地窦娥冤》、王实甫的《西厢记》:碧云天,黄花地,北雁南归,晓来谁染霜林醉……应该就是这时候写下的。自己坐机关,别人看着很风光,跑东跑西,吃香的喝辣的,但拿的是几个干工资,还不如有些人一天的收入,想想也没办法,比上不足比下有余吧!只好埋头吹米线上的鸡片和火腿片,准备先把眼前利益占着。

左主任看着大家品尝,说道:"这米线里的火腿也是我们云南特产,叫宣威火腿,跟浙江的金华火腿齐名,但外面人知道的少。"

计处长道:"还是云南人封闭,不知道吆喝,总以为酒好不怕巷子深。"

柳明听着他们的议论,心里想着这火腿真能与金华火腿相比吗?浙江在柳永笔下可是"东南形胜,三吴都会,钱塘自古繁华……市列珠玑,户盈罗绮,竞豪奢"的地方,那个市场里陶冶出来的名声当然是不会假的,不知这宣威火腿有何了得,敢与之相比?试着尝尝果然很香,这下可好,又是鸡汤又是火腿的,连带着这计处长所言不值钱的米线也觉得十分美味,吃完干货，三口两口就把汤汤水水的都喝进了肚，比学校宿舍楼下的肉丝面不知强了多少倍了。

到吃完米线也没见汽锅鸡上桌，柳明有点失望地随大家起立离席。想着总算尝了回正宗米线，也该满足了。

在老郝带领下一直把左主任和计处长送上车，老郝又提议一起去散步，走出院子时街上路人已不多了。三人边走边猜测各种行道树的名称，可惜到过海南并且待过一阵的柳明也认不全，露一手不成，感觉作为南方人有点脸上无光。

到一个小铺子门口老郝又驻足做了番云南卷烟的市场调查，柳明完全是外行，干脆闭了嘴，晃晃悠悠跟着往回返。回到自己房间时已快八点半了，打开电视机，放的是《四世同堂》，观看的兴趣不大，只好随手关掉，拿起那本让自己欲罢不能的演义看了起来。

可惜那接下来的帝王们躺在前人的伟业上无所轰轰烈烈的成就，就像九斤老太的口头禅：这真是一代不如一代。看到十点半干脆洗了睡。

礼拜天早晨起来用过早餐就在门口等计处长来接去逛昆明。汽车在不知名的街上快速行驶，很快来到一座气派的宾馆门口停下。因为上车后计处长转述左主任说委里固资局来了几位领导，带队的是岳总，住在圆通宾馆。

老郝说："老岳啊，这么巧，咱们得去见见面，不知道他们来啊！"他乡遇同事总是件高兴事，老郝的决定也没什么，问题是到了宾馆门口才发现不对。老郝的脸色就凝重起来，下车后就不再说话，进到老岳房间就只剩下打招呼的话了。

柳明看时，那房间是分里外屋的标准的套间，柳明是见过岳总的，但岳总不认识柳明。岳总带来的小乔是柳明在地下室时的伙伴，两人一见面便颔首示意，也不说话，众人坐下听两位老总客套。一个说我们昨天下午来的，另一个说我们前天晚上到的，又各说了点各自的任务。原来，岳总他们四人是从成都转过来看重点项目的。

说了一通话，老郝就告辞了。一路上也不说话，只顾快步走，走出大门回头见计处长被拉得老远，便小声说："怎么回事啊？都是总，怎么他们住宾馆，我们住招待所！这不另眼相看吗？全委的投资都是固资局管着不假，咱们不也拨了款的吗？粮棉布不也是钱吗？"

老雷紧跟一步道："看来咱们的钱拨得太快了，来得容易就不珍惜。"

老郝道:"咱们别看什么昆明了!今天就出发去贵阳,这叫个啥事啊!"

老雷为难地说:"今天还走不了,买火车票还得找他们呢,汽车今天又没安排。"

柳明在后面听得真切,两边的情况也都看到了。心里觉得这左主任办事真是欠考虑,忽左忽右的,思路不够缜密。这点小事要么统一标准,要么安排好了别互相透露,造成攀比,影响来客情绪,但事来得突然,干着急也没有办法,只有默默跟着。这时计处长三步并作两步地跟了上来,老郝又不说话了,趁老雷拉开车门便快速上了车。

待大家都坐定,汽车又在空旷的街上疾驶,到了一座看似很普通的老式宅院跟前停下,计处长带头走了进去,柳明坐在后排,跟进去时只看到院里一个报栏一样的玻璃框内贴着文字介绍,走近看才知道这里是吴三桂的宠妾陈圆圆住过的地方。正要往下看时,先进后院去的老郝他们已结束参观往门口返了,柳明明白他老人家的气还没消,急忙跟着往门口走。

上车后听计处长说下一站是去翠湖还是去滇池。老雷答去滇池吧,不是名气大吗。跑了一阵到了滇池,计处长熟门熟路地领进大门。

和暖的阳光下,远处绿水衬托着的青山像是被如尼斯湖怪之类的东西衔到水里的盆景,近处环湖堤上绿树掩映,水面波光粼粼,看来这里确是个湖光山色兼有的风光秀丽之处。

些许寒风中,老郝依旧快步疾走,马上就领了先,其他人只好紧紧跟随。到了一个大牌坊前,计处长说这里是核心处大观楼,招呼欣赏一下孙髯的天下名对,老郝这才停下脚步仰头看那长联。

老雷说:"这写的什么呀?龙飞凤舞的,咱也不认得呀。"

老郝好像已经看完了:"这里边还有啥看的吗?"

柳明看他们情绪不佳,只是不作声,连相机也不敢掏。

计处长道:"有这长联的印刷品。你们石凳上坐一会,我马上来。"

老郝见他跑开,又跟老雷商量行程,说:"这也一般嘛,就一副对联。那报社的老爷子神神道道的,把滇池吹得天花乱坠,我看也一般嘛。要不就早点回去吃饭休息。"

老雷说:"搞宣传的人就是笔头行,跟我们干实际工作的不一样。行啊,等计处长回来就走。"

过了一会儿计处长回来了,每人发了一张印刷精美的纸。

老雷就说:"回去吧,都看完了。"

计处长指着湖对岸的山说:"这里看完了,还有西山呢!从那里可以看整个昆明，一般头次来昆明的都去看。"

老雷干脆地说："爬山的话就不去了，留点下次来看！"

柳明想这回可冤了，文武之道，一张一弛嘛，工作之余看看景多好的事，来都来了，还不借机放松一下，今天可是礼拜天啊。这叫什么看景啊，明天就进山了，坐一个多礼拜的汽车不颠烂屁股才怪，但没办法，外婆经常说端人饭碗，听人差遣，只好跟着回去，一路想着在海南的日子是多么快乐潇洒！

在招待所吃完份饭估计没啥事了，计处长和司机把客人送回招待所后早就回去了。柳明就回房躺在床上看地图，推测明天的行车路线，看了会又觉得无聊，想这既然出来了那就像坐飞机一样全交出去了，多看也没用，跟着走就是了。又想起这短短几天的事可真是事赶事全赶一块了，还真长了不少见识，心里反倒放松下来，想着想着不自觉地睡着了。

醒来时已是快四点了，想想这觉是补齐了，接下来该做点什么呢？上街是不可能的，万一老雷来找不见人就麻烦了，看见那张计处长发的对联才觉得应该好好学学才是，但头一句"五百里滇池奔来眼底"就让柳明觉得这位孙先生言之差矣，不明白这对联是不是也可以来个李白似的"白发三千丈，缘愁似个长"这样的浪漫主义，家乡的太湖也不过八百里，这也太极尽夸大之能事了吧！把对联放下，看起了英语。看了会想起该吃晚饭了，别让他们来叫吃饭了，还是主动向领导靠拢比较好。

立刻放下书去敲老雷的房门，进去发现老郝坐在对门的椅子里，手里端着茶杯，看见柳明进来说道："休息好了？"

柳明急忙点头回道："休息好了，郝总。"

老雷指着老郝身旁的椅子说："坐那去吧。"

柳明知趣地在桌前的凳子上坐了。老雷回他的椅子上坐了，问柳明道："晚上出去吃还是还在这儿吃？"

柳明没想过这事，顺口答道："就在这吃吧，这里的份饭还不算辣，出去吃肯定辣得不行。"说完才发现这回答是多么得体，其实如果要出去吃的话不知道要花多少钱，自己那点出差补助又瞎了。

老郝好像很理解似的说："对呀，出去吃的话，他们会不会以为咱们闹情绪了呢！还是老老实实在这吃吧，就这一顿了，好歹对付过去了。"

老雷说："那行，时间也差不多了，咱们下去吧。"

柳明跟在后面想已经荒废了半天在春城的美好时光，这还不算闹情绪吗？但看他走路不再像上午那样风风火火的了，应该是想通了吧，便不去多想。

到了餐厅就看见计处长迎上前来，客气地招呼去昨晚的包厢坐下喝茶。柳明明白一定是他上午觉出了什么，补偿来了。边喝茶边聊天，但没人提上午的事，净聊这昆明的天气。柳明听得肚子饿，心里不耐烦，想怎么不干脆点上菜吃完好回去看书，时光就是在这种应酬中毫无意义地虚度了，这时感觉出差其实也挺乏味的，全无像有些人那样把旅行当作娱乐的愉悦，但考虑到礼貌只好不吱声。好像觉得聊得没话了，计处长终于起身去厨房叫上酒菜。柳明看表发现下来喝茶也就二十来分钟，自己却感觉好像过了一年似的，想想自己这种坐功还没有练到炉火纯青，还好今晚真的上了汽锅鸡，其他菜也不像昨晚那么辣。他们几个喝酒聊着各自的家乡菜，推杯换盏地热闹着。

晚饭吃了快两个小时，柳明忍不住想都是这汽锅鸡惹的祸，要不然这时他该看小说书好几回了，不过眼前的局势得到了转圜，这也是柳明乐于见到的，出门在外就是应该高高兴兴的才对嘛，食宿不都是小事嘛，"工作要紧"。

星期一早晨如约坐上了刘处长带来的中巴车，计处长和刘处长上车陪同。柳明先前就发现刘处长是个搞公路的同行，便不断找机会请教滇缅公路的情况。刘处长解释滇缅公路是往西走的，不符合我们这一次"战略东向"的走向，路是走不到了，但还是介绍了一些情况。称现在的滇缅公路仍然是老样子，最西端有些路段已损毁严重，勉强通车。说完滇缅公路又开始介绍云南交通的基本情况，总之是比较落后吧，为了说明云南的落后，说到云南十八怪：第一是鸡蛋用草串着卖，连个篮子筐子什么的都没有；第二是摘下草帽当锅盖，置不起锅盖不说还不讲卫生；第三是四季衣服不用换，温差小就懒得换衣服；第四就是种田都靠老太太，男人都懒得下地，经济怎么发展；第五是自己出烟但自己抽不起，云南烟叶出名，但自己省里人很少抽；第六是娃儿出门都是当爹的背，都是气管炎（妻管严）；第七是油炸蚂蚱当下酒菜，找不见什么下酒就抓蚂蚱和其他昆虫；第八是铁路比汽车跑得慢——

大伙都笑，老郝说："那不说明铁路比公路还落后吗？我们东北的铁路覆盖率还可以，但在我们东北也有十大怪：窗户纸糊在外；大姑娘叼个大烟袋；养了孩子吊起来；烙饼大得赛锅盖；烟囱砌在山墙外；嘎拉哈姑娘爱——"

计处长问："什么叫嘎拉哈？"

老郝说："就是不太正经的人呢。"

计处长道："这还真是怪了，姑娘还爱这种人，是不是像前几年穿喇叭裤、花衬衣，留长头发的那种人？"

老郝道："也不全是，这不正经的吧，还在某些方面有点长处，这一下子我还说不全。"

老雷接着说："反正差不多吧，就是土的嬉皮士。"

大家都笑，柳明想这长处该不会就是哄人特别是女人吧，要不怎么姑娘爱呢，果然听老郝说："东北的农村姑娘都是直肠子，见识少，穷呀，好骗。"

柳明想起去哈尔滨时火车上遇到的那两姐妹，说话确实直来直去的不会拐弯的。大家嘻嘻哈哈一路往东就到了路南，随便找了个路边店吃过午饭就直奔石林景区。吃饭的时候刘处长就介绍说第一站先看石林，这是云南一大怪，石头长在云天外，鬼斧神工，令人咋舌的奇景。

到了一看，柳明就明白这是典型的石灰岩地区的地貌。这片山地形成时石灰岩的裂隙发育，地表水顺着裂隙不断溶蚀石灰岩，形成了眼前千奇百怪的石头，这个过程是像天文数字一样的漫长，专业名称叫喀斯特地貌。如今发展经济，被聪明的当地人用来搞旅游了。可能是天气好，也可能是这一根根耸立的石头被导游们拟人化宣传得效果不错，有的是唐僧，有的是孙猴子……游客穿梭如织，比滇池还热闹。

看老郝看得仔细，便跟着一路慢慢走。计处长当着向导，一路上坡下坡，进洞出洞，老郝老雷都没有累的样子。走到景区的核心处是个园中园，一块颇似阿诗玛头部造型的石头吸引了很多人在那里照相，柳明掏出相机请刘处长留了影，等走一大圈出来时，老郝和老雷与计处长还没出来。站在门口正回身盯着出口看，两个着鲜艳民族服装，貌若天仙的姑娘往外走，刘处长道："云南姑娘漂亮吧，这都是导游，能上这里来的，不是百里挑一，而是千里、万里挑一的。那帽子是有讲究的，代表着苍山雪洱海浪。"

柳明正惊叹姑娘们桃花般的美，连忙应声道："太漂亮了，云南真是好地方。"

刘处长道："漂亮是漂亮，可我们云南有句话叫'少如观音老如猴'，姑娘们年轻时可以，到老了就不行了，上山下乡时有城里人来娶了云南农村姑娘，到后来分手的可多了。"

柳明想这是因为"如猴"吗？谁老了不是皱纹满脸呢，可能是指年轻时太漂亮到老了反差太大吧，能保持不变的容颜至老至死那不是妖精吗？再说这离婚的事,原因肯定是多方面的,上山下乡回城了,乡下老婆就看不上了呗,这是城乡差别决定的。曾几何时,进城的干部不都换上了时髦的洋学堂的学生吗？为此多少人丢官丢党籍,所以不足为奇！不过这都是他听说的,遂不理会刘处长的话,仅报以微笑。

刘处长好像意思没表达完,又说开了:"你是大学毕业去的北京吧？"

柳明见没啥聊的,只好回答:"是的,江工毕业的。"

刘处长道:"好学校！在我们云南有同学吗？我们的老总是你那个学校的。"没想到母校在此边陲还有点影响力的柳明禁不住跟他聊了起来,柳明把他和计处长的过去都摸了个门清。两人都是昆明人,上山下乡后读的大学,计处长学的是财经,是副处长,他们处的正处长老陈跟主任们去北京参加计划会去了,左主任是在家看家的,其实也不分管交通,刘处长本人是数学专业,难怪左主任看起来并不熟悉情况。柳明想问问他娶的是不是农村的老婆,怕万一他是分手的那群人之一,终于忍住了。

等老郝他们出来时,已是一个多小时后了,计处长说是去茶座喝了壶茶。

刘处长开玩笑说:"我们在门口看漂亮的导游了,比你们喝茶有意思多了。"

计处长说:"对喽,这里的导游是道风景线,云南的漂亮姑娘都在这了！小柳看上一个没有？"大家都笑着去上车。等回到路南宾馆住下,一天就过去了。

星期二开始就进了大山,一路净是一边高山一边深沟的小土路。简易的公路在半山腰出没,几百米的落差,看了让人不寒而栗,外侧连象征性的石墩都没有。刘处长说滇缅公路也跟这差不多,自卫反击战的时候北方的兵看着这山路就不敢开车,要习惯好一阵子。柳明坐在后面也不敢看侧面,只死盯着前方,心里想着自己老家的小山包跟这儿比不是小巫见大巫的问题,而是"六宫粉黛无颜色"的严重问题了。

这样一路走一路看项目,有时在小镇停车找地方吃饭,有时到村寨里访问贫穷的人家。由于老百姓普遍穿得破旧,跟石林里的导游姑娘有着天壤之别,也搞不清是什么民族,据说压箱底的民族服装都要在过年的时候才亮出来。那农户的家一般都是全木结构的二层小楼,楼上住人,四面开着窗,却没有半块玻璃,据说是需要时上块木板就成了,楼下只有柱子,四面空荡荡的连木板都没有,只是用来养鸡养牛。还有云南十八怪之一的袖珍马,虽然畜粪被勤劳的主人及时清理了,仍然到处是苍蝇和飞来飞去的昆虫。寨子里外的路都是乱糟糟的,让人想起城乡差别的话题;吃来吃去就是鸡和各种不知名的虫子,还有杂七杂八的地方小吃。感觉自己成了尝百草的神农氏,但有山有水的就是没有鱼吃,还好气温像家乡的晚秋,比较温和。也没发现左主任说的什么高寒山区冬季的危险性,一路也没有什么不适。住宿就尽量往县城跑,有三天就在乡镇的小旅馆里栖身,条件之差让柳明想起海南工地上的虮子。

想着自己可是在火车上跟洋姑娘近距离接触过的,自以为沾了点灵气,真要有虮子来是否能听得到它们说话的声音。还好它们始终没有造访,算是给了计处长和刘处长面子。晚饭后散步总是能吸引几个小孩跟在后面看热闹,好像寨里来了什么大人物一样。

奇怪的是老郝一路始终兴致勃勃,对几毛钱一晚的旅馆毫不在意,好像发现了新大陆,一副大领导下乡看到了真实情况后的好心情。柳明猜想他老人家一定是东北农村出来的,因为根据自己上次去黑龙江的体会,那里的农村还没有这里的条件好。这里一年四季都可以出产生活必需的蔬菜和粮食,就像老郝自己说的:"这里是春种一粒粟,秋收万颗籽,只要肯干就饿不死。但我老家就不行,半年'猫冬'很耽误事,生活自然好不了。"看着他高兴时就搓手,柳明对领导充满了信赖。

一直到星期天,这支老中青结合的队伍就像旋风一样如期来到滇黔交界处的可渡河旁。

细雨蒙蒙中,柳明屈指算来已走过了路南、寻甸、会泽和宣威等地,大家就在这凉意阵阵的河畔告别。

柳明看见他们在往贵州来的小中巴车上搬东西,趋前看时是什么大理石板和像绍兴人的黄酒缸一样的大罐路南卤腐。这些一路放在车后的东西,原以为是计处长他们自己采购的,现在一转移就引起柳明的注意,问干吗呢,两位异口同声地说是给你们的纪念品。柳明想不是开玩笑吧,这石板和坛子这么沉,怎么弄回去啊?要换成一条香飘万里的宣威火腿该多好啊,自己虽然三顿吃食堂,这火腿可是开水泡泡就能吃的样子,再重我也要搬回去,可这大理石和辣腐乳要来何用?忙说不用的。两位也不说话,只顾干活。柳明扭头看老郝跟老雷忙着跟贵阳来人寒暄,一下子不知道该不该跟他们说这事。

两位把贵阳来车的后厢盖盖好就过去跟老郝握手,柳明跟过去听到他们热情道别的话语,一路的陪伴让柳明想起"桃花潭水深千尺,不及汪伦送我情"的诗句,等他们握完手说完话,也凑上去握了握手,装起了深沉,什么也没说,就此告别。

汽车一过河,柳明就觉得这气候好像就进入了北方制,但两位远道来接客人的主人是热情的,还在夏天。贵州的风土人情已从马上要去的六盘水介绍到了贵阳,说贵阳过去是天无三日晴,地无三尺平,人无三分钱。

柳明好奇地问:"现在呢?"

那厅里的办公室万主任干脆地说:"现在也好不到哪里去吧!贵州落后啊,比云南差远了!"

先前说话的那位是计划处的郑处长,接着说:"他们云南带你们看的地方是他们比较差的地方,但比我们贵州还是要好,你们看看就知道了。"

老雷最关心的是怎么看法:"我们怎么安排呢?"

万主任道:"那您就不操心了,进入贵州就听我们的,我这办公室主任来了,一路保证安排好,今晚住六盘水,明天到六枝,后天看黄果树,大后天到贵阳。省经参委的主任在贵阳等你们,汇报完后去遵义,然后你们还想看哪里由你们定。"

郑处长说:"我们厅长听说你们来了,就派老万过来了,吃喝拉撒都由他管,看项目的事我安排。就是今晚要赶点夜路,到六盘水住了,那里条件好点。"

可能是老郝跟这两位还不熟,上车后一直听,不开腔。老雷道:"控制住时间就行。"

柳明觉得冷,这才注意到老郝他们早穿上大衣了,自己还以为要春捂秋冻,忘了一路走来,天气已逐渐寒冷了。趁他们不说话扭身去取箱子里的衣服,看见那堆没用的东西就有点心烦,但当着贵阳人的面更不好说了,想只好随它去了,只当没看见过。

一路穿村过寨,汽车终于在朦胧的月光下于晚上九点许来到了静悄悄的宾馆。见到宾馆的良好条件,柳明绷紧的神经放松下来,发现一个礼拜的山路其实赶得挺累的,还好屁股没有坐烂,坐在餐桌旁定定心吃了顿晚饭。

吃完晚饭,老雷去商量行程,柳明就早早地回房想像在云南一样美美地睡一晚,上了床才发现被窝里冰凉似水。

周一起来时柳明感觉头晕鼻塞,知道自己感冒了,有点后悔在云南太舒服,进贵州时没及时加衣服。出来时火车上那位神秘老爷子关于云蒙山挡住寒流的话成了魔咒,难道这省界是按气候来定的不成?出山就冷,一下觉得达夫先生的旅行快乐三要素自己是一条也不具备了。

早餐时就感觉鼻涕忍不住要往下流,柳明边偷偷用手帕擦边往馒头上抹着辣酱,想用辣来出出汗,好镇一下感冒。

老郝只看到柳明抹辣酱,奇怪地问:"怎么喜欢上辣了?"

住一个屋的老雷说:"他感冒了。"

万主任马上说:"我带了感冒药,一颗就好。不过这药含扑尔敏,吃完容易睡。"

柳明顾不上那么多,接过来就服了。吃完那感冒通药,鼻涕是止住了,可头果然晕得更厉害了,昏昏欲睡地上车跟了一路,只知道是到了一个寨子,这里的情况太触目惊心了,足以让柳明记一辈子。

乡干部领着看了一户人家,男主人病亡,女主人穿着全家唯一的一套衣服裤子下地去了,三个年幼的孩子没衣服,便像一窝刚出壳的光溜溜的小鸟躲在鸟窝里一样整天躲在一堆破棉絮里,见到生人来都把头缩到那堆破烂里,任那干部好说歹说就是不露头。跟老郝走过去看灶,没有锅盖的锅里只有几个小土豆和碎玉米粒,一碗碎辣椒拌盐巴搁在木板上,柳明觉得冷风嗖嗖地往屋里灌,抬头就看见屋顶没遮住的多,剩下的几片瓦也是摇摇欲坠,一副过不了这个冬天的样子。环顾四周,这勉强叫屋的木框里没有什么家具,仅孩子们睡的架子床和一个搭在石头上的木板,放在上面的就是那碗孤单的辣椒。

看得出老郝老雷也很震动,脸色又都凝重起来,问乡干部这种情况政府有什么帮助。乡干部一脸难色,可怜巴巴地说:"这里到处是石头,土地贫瘠,石头缝里开垦种粮,人均一分两分地,但海拔又高,种什么不长什么,这里粮食就靠苞米和洋芋,产量极低,吃饱饭算是好的,加上缺医少药,所以是非常贫困的。这户人家劳动力又少,是典型的极贫困户,乡政府也没有财力救济。"

老郝道:"那总不能看他们饿着吧。"

郑处长有点生气,道:"我们厅里给你们安排了'以工代赈'项目的,郝总他们来就是落实这个事的!你们先调剂点粮食给这家,救救急嘛!很快国家的粮棉布来了就给你们兑现了。"

看得出老雷的心情, 只听他说道:"看来这粮棉布是得抓紧落实了,你们省里能不能减少点环节,拨得快一点吗?我们拨出计划快一个月了,怎么还没到群众手里?"

郑处长道:"这组织工作耽误了一段时间,层层下拨的,程序比较多,关键是项目要筛选。贵州的贫困地区面太广了,不过我们一定抓紧。"

柳明想苏州的人均工农业总产值已接近八百美元了,这里还有这种局面出现,简直有点像《暴风骤雨》里的赵光腚家的光景,一时有点不知所措。等到晚上住到了六枝的一所招待所里,看着那感冒通竟想起这药不知道能换多少救命的土豆!犹豫半天才把它吞了下去,早早睡下。

周二中午就到了黄果树瀑布景区。一条沿着来时的公路蜿蜒向前的溪流里河水清清,柳明一直琢磨这河里是否有什么鱼虾。

车停下时万主任指着不远处的一座小楼说:"到了,那是观瀑楼。"

大家都找瀑布在哪,老雷说:"怎么没听见水声?"

万主任说:"今年雨量不大,上游缺水,所以听不见声音,就是这条溪了。"

柳明往前走几步,果真那溪的前方去处是一条两头窄中间宽的大沟,看上去像是大地身上一条裂开的伤口,深有上百米的悬崖让柳明望而却步,盼望中的"飞流直下三千尺"的壮观景象变成了眼前的涓涓细流。柳明明白不用细看,这特殊地貌又是水和石灰岩恋爱的结果。

万主任道:"你们千里迢迢地来了,怎么也要下去看一看吧!"

随他到观瀑楼前下到溪底,倒也能仰看那一条从天而降的水柱,可能是因为季节不对,也没有任何其他人在此,这著名的地方竟然冷冷清清的,想着那德国洋婆子是否很失望。在谷底能看到由于水量不够,那水柱只能落到崖壁近处裸露的石头上,好像人有三急中的撒尿,开始时气势汹汹,到最后时一不小心就淋湿了自己的鞋子。听到那水落在石上的声音在沟壑里回响,柳明掏出相机给大家留了影,感冒早就忘了,也许是早就好了,只想着下次再来不知道什么时候了,权当它是清水盈满了的吧。

等回到停车的地方,万主任拿着一盒什么糕点,请大家品尝。柳明尝出就是老家的酥糖,可万主任说:"上次总理来的时候尝了一块,说好吃,又吃了一块的。所以,你们也要每人尝两块。"

柳明道:"那我们不是跟总理一个待遇了。"

万主任道:"那就对了,你们来了我们就要请你们尝到地方特产。下午看完项目就早点去住普定,晚饭上点酒解解乏。"

柳明想这大领导来的事你是怎么知道得这么详细,难道是你负责接待的不成,肯定是瞎编的吧,又是一个跟海南陈华中一样的角色。酒的事更是跟自己无关啦,你就是上专门招待外宾的茅台我也兴趣不大,只要菜不太辣就行了。

跟着上了车就一路往东看项目去了。

天空中飘起了蒙蒙的细雨，估计是车外的温度降下来了，车窗上结满了水汽，外面的景色已看不清了。在车上突然想起了符兰，不知道她现在忙什么呢，自己那封抵万金的第二封信收到没有呢？

晚上吃饭时果然上了白酒，不过不是如雷贯耳的茅台，而是当地的平坝大曲。万主任一副没尽到责的样子，连说茅台太紧俏，都拿去供应外事部门了，剩下的也去搞经济协作了，一般时候碰不上。柳明看着他一副真诚的样子，不能确定是真的碰不上还是嫌贵没点上，要有的话该多好，这湿漉漉冷飕飕的天气，一上桌居然也特别想尝尝传说中的国宾待遇，可惜现在只能喝水吃菜。就是这样也要努力多吃，得把感冒造成的损失夺回来。

可能是几天没喝酒了，老郝和老雷一样喝得高兴。只见老郝不断地搓着手，频频举杯，连说这酒好，贵州啥酒都好。

周三离开普定县城，在雨中来到南面的紫云县境。看了一处工地，到处是石灰岩的山体，工地上没有机械设备，全靠人工，夯土的夯土，运石料的运石料。乡干部反映进度慢，钢钎和炸药都很难搞到。老郝最关心群众的积极性问题，乡干部顶着块雨布还在诉说施工工具的缺乏。郑处长提醒他说说群众积极性的问题，这是郝总关心的问题。他这才转过来说人工绝对不缺，大家抢着出工，张三李四地报了一串出工的天数，说完又唠里唠叨地说工程机具和材料。

老雷道："这倒没考虑这么细呀！我们光考虑粮棉布了。"

老郝问郑处长："这配套工具材料，你们以往一般是怎么解决的？"

郑处长道："这些东西有的是计划管理的，像炸药就是，有的是自己调剂调集的。现在也说不清楚，我们回去看能不能找有关部门研究吧。"

老郝不放心地要老雷记着这事，大家随他一起深一脚浅一脚地穿过下雨后湿滑的工地。柳明觉得自己踩在碎石上的皮鞋底就要被尖利的石块刺穿了，折腾半天回到车上时头上和身上都淋湿了。

郑处长反复强调说："郝总啊，这积极性是没问题的。您看老乡们这么大的雨都在干，都想脱贫致富啊，有这好政策，不干白不干啊！您就放心吧，政策绝对不会错，你们是积德啦。"

老雷客气道："我们积德不敢说，还是党的改革政策好。"

柳明想修路架桥本来就是积德的，只是不要把钱用到歪的地方去就行，但现在项目施工都直接放到了乡镇了，摊子铺得越大漏洞越多，工程量有几人明白？有些地方管理人员吃几个鸡蛋不算什么，这里不知道怎么样，转念想想既然发动了群众那当然要相信群众，而这些不是咱们调查的目标。再说，要没有专业人员管理的话，一个钢钎都缺乏的地区修路，那桥梁涵洞怎么办？难道都修成石拱的？能保证将来可以走汽车吗？将来建成的路谁知道会是什么样子？也许就成了一条条机耕路，看来这些地方汽车也不多，先解决有没有路的问题吧。但没到讨论的时候，现在还不便说。

下午万主任安排到新开发的龙宫景点游览。外面绵绵细雨一直下着，下到地下河倒是觉得比外面暖和得多。只是这类石灰岩溶洞柳明已见过不少，大学实习时就去过宜兴的善卷洞什么的，不过眼前的龙宫在规模上确是已去过的地方不能比拟的。坐船游遍整个洞窟是它的特色。

想想这一路已转了不少景点，不知道回去该怎么交代，在船上观景的心思大减，转完了就默默地回安顺住下。

晚饭时他们几位边喝平坝大曲边谈论这农村问题。老郝说："这北方是怕沙尘，北京的沙尘暴是越来越厉害的趋势，原因在西北沙化问题。这贵州的问题，我看是石头太多，能不能说是石漠化的问题？水土流失太严重，这是为什么？"

柳明忍不住插话："是不是上山下乡闹的？那么多人来云南贵州，这地方本来孩子生的就多，再来这么多人种地，土地就不够了。我听云南的刘处长说，知青们把热带雨林伐了以后种橡胶树，本地人还搞刀耕火种，今年毁片林，明年再换一片，这么搞法生产力水平上不去，原来的又守不住，石头就露出来了。"

老雷道："有点道理，土地有个承载力问题，土地利用效率必须提高才行。"

老郝皱着眉道："问题是这是个矛盾呢，这么多人要种地养活自己呢，没地方呀，有地方的话可以搞轮歇制，这地也需要休养生息的！又搞不起移民，财力可以的话，可以把山上的群众搬下来，到河谷地带、平原地区去生活。"

郑处长笑道："那得多少问题啊？贵州到处是这个情况，人人都得搬家了。不说没这笔搬家费吧，就是故土也难离啊，山里人除了那点薄地，也没什么文化，离开了那个老祖宗的环境，啥子也不会干，他必须跟石头打交道。"

万主任道："说的是啊，那大山里的人一辈子没下过山，都老实得很。你看见那赶场的吧？能出来卖菜的都是能人了，那乡干部一来，叫他往东他就往东,叫他多少钱一把菜就多少钱一把菜,都没有敢还价的。要讲科学种田,那还有差距。知识青年走了,依我看有点可惜,不然还有点希望,很多中小学校的老师都是这些知识青年;现在连过去的三线工厂也都在往东走了,本来还有点知识的星星之火,至少带点大城市的关系来,可以吸引点资金技术。现在西南地区的教育、科技水平可是难啊!"

柳明想任何事情都有两面性,所谓两害相权取其轻嘛。眼前的老少边穷地区的农村状况还真不能用"等、靠、要"去埋怨他们,连省厅的干部都有这意思,看得出来这改革的难度!但他所说的部分意思柳明现在是赞同的,心里倒是对老郝的宏大的移民规划不认可,哪里穷了并不说明哪里就不重要,都是祖国的领土,应该好好开发才对,岂能搬走了之,近的如南泥湾,如新疆生产建设兵团,远的如汉朝的屯垦戍边,都是成功的例子!

再说这上山下乡的知识青年问题,早已返城的知识青年中绝大部分没有得到他们想象中的舒适生活,无非是从茅草屋转移到了小阁楼里,这一点柳明从亲戚和邻居家里能看到。本来就是嘛,谁也不比谁生来就高贵,过度地渲染上山下乡的苦恼不过是当前社会的一种病!试想农村知识青年没有进工厂的机会又能去埋怨谁?《人生》中的高加林就是样板,他们就应该一辈子脸朝黄土背朝天吗?都是当下时髦的"知青文学"惹的事,起了推波助澜的作用,原谅这社会的阴差阳错吧!再不要给自己贴上"被耽误的一代"的标签,就像柳明做学生时就不喜欢被贴上"天之骄子"的标签一样,其实每个人的路都是自己走的。忆往昔多少家庭或个人条件很好的知识分子在那个年代走上革命的道路,这难道不是一个最好的释例吗?

想到这里柳明心里像开了锅,也顾不上老郝会不会皱眉了,觉得有点牢骚话必须说:"万主任说的也对,'上山下乡'还是有点好处的,至少人生经验丰富了。对于有才又有志气的人而言,受点打击,遇点困难,未尝不是好事。要不现在怎么把刚从大学出来到机关的叫作家门校门机关门的'三门干部'呢?现在问题是我们的宣传总是一边倒,比如这中日友好,说好时大家都说好,抗战的代价和艰苦没人说了;再说这知青返城的事,农村养活了他们,反过来还写书说什么在农村多么蹉跎啊,苦闷啊,被耽误了啊,也不想想生在农村的怎么办。他们现在不用种地了,有些人拿在农村的事写本书,再就是'走个穴'、唱个曲,赚的就比教授还多,这些人的生产力倒是提高了,生活水平可以比肩美国的篮球明星了,还被吹成什么——活跃了文化市场!"

老雷道:"就是,云南有十八怪,可要我说呀,现在这怪现象太多了,何止十八怪？社会的每一次变革总伴随着利益分配的调整，这道理咱们都懂，可现在收入差距拉太大了！这些人'走穴'，起了个坏头，也没生产什么，就拿那么多。唱一曲比我们郝总一个月工资还高，你说怪不怪？"

老郝听了柳明的话又皱起了眉，直到老雷说完，眉毛才舒展了一点，也可能是觉得老雷和柳明不该在这种场合说这番话，总结道："这些事啊，中央都清楚。有些事中央已经定论了，中央总比我们看得远，看得清吧！已经明确的，我们必须执行。不是我们管的事，用不着我们瞎琢磨；还有些事啊，时代不同了，新生事物太多，也会有人管的。不过，等沿海地区发展了，中西部就可以带动了。那沿海特区的工厂不知道要多少人就业呢！关键是要解放思想，解放生产力，国家有了钱，到时候你们说的这些都不是问题了，这叫'反哺'！来，我敬两位处长主任，你们辛苦了，大老远地来陪我们。"

几位又重归喝酒的话题，柳明想这"反哺"的话楼局长就曾挂在嘴上，还有"干工作像下棋，走一步看三步"，只是退下来的还住在医院里，在位的正在喝着酒谈天说地，叫不在位的怎么想？西部的教育搞不上去，没文化的劳动力能适应东部的工厂吗？而且，说实在话，现在火车票就难买，真要多多地去了沿海地区，不知道要修多少铁路才行了，交管部门来得及干吗？中国是三山六水一分田，弃了三分山，都往一分田上挤能挤得下吗？真是干什么吃喝什么，思路都是好思路，可矛盾像魔术师手上的环，一个套着一个，都只扫门前雪的话，什么时候能真正全面解决问题啊？个中缘由却不足为外人道乎？柳明不是魔术师，知道有解但就是不知道窍门在哪，心里像每个观众一样急于想知道答案，但众人忙着干杯。

星期四的时候一路沿 320 国道往东，地形变成了难得一见的微丘，万主任叫它为坝子，就是比较平坦的地方。汽车沿着贵州的"好路"曲曲折折地穿村过寨，有两次好像无缘无故地差点冲到沟里。柳明明白这一路司机太辛苦了，这里的路虽然比不上乌蒙山的险峻，但跟华北大平原比，完全可以说是崎岖的山路，想着等到了贵阳无论如何要跟老雷提议休息一天。

傍晚时就住进了贵阳的金桥饭店。这饭店的外形看起来是有点独特的南洋风格，正中间一个半圆形带柱子的门面，走进去木地板咯吱咯吱地响，比自己办公室的地板好不到哪去，说明了它的年代久远，房间也不大，但总算是比昆明的招待所要强多了。柳明猜不透它的来历，进房间后就把安全第一的意思跟老雷禀报了，老雷到底是个处长，一点就通，答应跟老郝说，还把柳明带去见老郝。

进了老郝的套间,老郝正在给郑处长和万主任沏茶,老雷忙接替他的工作,柳明见状又接着给老郝的杯子里换新茶叶。等大家坐定,老雷就拐弯抹角地提起了贵阳以后的行程,老郝急吼吼地坚持要按原计划抓紧赶路。万主任说贵阳有很多可看的地方,坐车很近。柳明一听又要坐车,心想休息的目的就要黄了,眼巴巴地看着老雷,老雷只好明说让司机好好歇歇,保证安全。

郑处长听明白了,马上说:"对了,安全第一,今天几次都挺悬的。贵阳今天不下雨,明天肯定下,干脆住两晚再直接去遵义,时间上有保证的,看的点我来调整。"

万主任好像什么都知道似的说道:"这宾馆条件还不错的,放心住。那今晚请省经参委的领导来一起吃饭,明天晚上我们厅领导过来请客,你们看怎么样?"

这下贵州人是给足了面子,老郝听了也没什么意见,就这样决定在贵阳盘桓两晚。

星期五坐省经参委的车绕着贵阳看了山奇水清、林寒涧肃的黔灵公园和建于明万历二十六年(公元 1598 年),小巧玲珑的甲秀楼。

大文豪苏轼把西湖比作西子,柳明没有那份荣幸见让自己的祖先灭国的西施,只好自认晦气,但见过其他漂亮的姑娘,觉得眼前的黔灵公园像是乌发飘飘的大姑娘,不用浓妆淡抹就散发出青春的自然美,就像符兰。而那建于明万历年间的甲秀楼则像是聪明伶俐而又饱读诗书的小姑娘,深有内涵却又恬淡、静逸。一副对联"乍来顿减尘嚣,看远山铜鼓,夹岸芦笙,丞相祠堂云霭霭;小憩便成仙境,听珠树莺声,鳌矶渔唱,将军柱石雨潇潇"写得很好,可柳明怎么也觉得没写出她最深处的玄妙。近四百年的历史,多少民族的沧桑,岂这四十四字能说明?

天气果如郑处长说的那样下起了小雨,烟雨蒙蒙的西南山城配着极辣的菜,都让人回味。冷风细雨中,不管室内还是室外,总是有种阴寒和湿漉漉的感觉,空气是绝对的清新,仿佛感觉负氧离子在帮助自己吐故纳新,有点像江南初冬时的雨天。不断地上坡下坡和辣菜又让人明白自己身处异乡,让柳明感觉到了一种独特的贵阳风情。

到了晚上自己的书是看不成了,因为那样就好像跟旅伴隔了一层,像不会打桥牌一样不入流,更要命的是还不会喝酒,不能与领导们在酒桌上左一杯董酒右一杯珍酒地同进退,所以,下雨天不能出去散步就陪领导看电视吧。虽然不时地回忆起海南的日子,但还要随着剧情,更确切地说是随着领导的喜怒哀乐,欢笑或唾骂,心里一会儿盼着这趟出差的日子快点过,好早点回去看符兰的来信,一会儿又想这干部会喝酒有什么好处?像万主任可能五十好几的人了,天天陪喝酒也怪没劲的,看来跟海南的詹科长一样升迁无望了……哎呀,其实达夫先生总结的旅游快乐的"有钱有闲有健康"三要素是远远不够的!

星期五早晨告别贵阳,擦过修文,穿过息烽,傍晚时分到达神往已久的遵义。同往的仍然是郑处长和万主任,省经参委的领导们一个也没来。柳明怕给老郝心里添堵,不敢点破,路上不断向两位处长请教贵州交通的情况,好让郝总的注意力转到工作上。过息烽的时候又打听张学良将军被拘押时的情况,万主任是个真正的万事通,问柳明要不要去他住过的地方看看。柳明回答他不是什么好地方就不去了,引得大家都笑了。

晚饭以后出去散了会步,老郝的情绪好像很不错,不断地跟老雷说这回咱们还真转了不少地方,连遵义都来了。

转了一大圈,天早就黑了,一个安安静静的小城,柳明跟了一圈,也没看见什么热闹的地方。回住所时想起应趁这空闲洗衣服,因为按商定的行程要在遵义歇两晚,天气又不错,之后就一路往西去毕节了,那可是柳明在贵阳时自己提出来要看的项目。因为领导不久前沿当年中央红军的长征路来西南视察时,了解到这一带的煤炭资源比较丰富,可以通过公路运到纳溪转长江水运到东部沿海,随即批示建设大方到纳溪的运煤公路,以帮助老区人民发挥资源优势,尽快脱贫致富。当时老郝听说后马上就同意一同前往考察,开着玩笑说:"我们借此机会也看看你们运输局管的大项目,去吧!"想到这里柳明禁不住的高兴,可以顺便完成一件自己处里的分内事,为亲自参与了却总书记的拳拳爱民之心愿出一份力,哪有不高兴的道理,一晚休息得很好。

次日早晨,温暖的阳光早早洒进房间。一行人来到遵义会议旧址,楼上楼下挨个房间参观。老郝不时地请教问题,讲解员从这里原来是柏辉章公馆讲起,一直讲到红军二占遵义,事无巨细一一道来。

两个小时很快过去,老郝边往外走边感慨。

万主任道:"到这地方来还是很受教育的吧。我们虽然来得多,但每次来都受教育。我是部队转业干部,从部队到地方,这地方来过少说有几十次了,还是喜欢来,亲切!"

柳明想自己的党史课是当主课来学的,完全明白遵义会议是个转折点。

回到政府招待所吃完饭就接着去娄山关,天公不作美,忽然下起了小雨。汽车像青蛙一样跳跳蹦蹦着上了山,来到一块巨型的宣传墙后停下,转到正面看见毛主席手书的《七律·长征》。不远处的制高点上耸立着一个纪念碑,上面写着"红军烈士永垂不朽",一行人在碑前肃立,接受教育,沉默良久。

万主任指着山下蜿蜒的公路介绍说:"这两边都是高山,就夹着这条小路! 可以想象当年攻取娄山关的难度。"

老雷道:"就是这条路上攻进来的吗? 真是雄关啊!"

此情此景,柳明想起毛主席的《忆秦娥·娄山关》——

西风烈,长空雁叫霜晨月。霜晨月,马蹄声碎,喇叭声咽。
雄关漫道真如铁,而今迈步从头越,苍山如海,残阳如血。

他抹一把脸上的雨水,掏出相机给大家照个合影,又请万主任给自己留了影。

不知道是不是阴湿的天气会让人想起酒,反正到了晚饭时他们几人又像发现了蛋上的缝一样喝上了酒,柳明心里说不出的滋味,"酒苍蝇"原来处处都有啊,大自然的规律是不敢再破了,现今都讲究科学了,可人类自己定的叫"纪律"的规矩却时时被冒犯,哪个组织没有纪律?

贵州有喝不完的好酒,这时上的酒已换成了习水大曲。刚受完教育就接着喝酒,说到底,不花自己钱的酒总是越喝越香,越喝越上瘾的。柳明仿佛又看见了《元史演义》里成吉思汗的子孙们躺在前人的丰功伟业上享福的情节,"呜呼,灭六国者,六国也,非秦也"。

从看别人喝酒享受的样子感到好奇,想习惯酒味自己也尝尝,到现在看见他们花大把的时间喝酒,心里就反感,心想虽然到了酒乡,好像也不用这么恋酒吧。不到二十天的时间里,一路见惯了山里人的贫困,酒是粮食做的,少喝一口能接济多少种田人! 城里人的挥霍伴随着山里人的饥饿,这难道也是城乡差别造成的一种必然吗? 柳明难免有点困惑,想起如今各地跟文化的事沾点边的地方都挂的"忍"字,咬牙下决心还是忍为上!

随后的几天,雨还在断断续续地下,柳明越来越感到自己是在贫困和酒香,还有对出发前没收到的那封信的惦记的夹缝里翻滚,跟外婆家门前的泥塘里为躲避蚊虫牛虻而给自己滚一身泥的水牛一样,看着像是万分悠闲,其实心里受着无奈的煎熬,又像入黔以来一路上洗了以后总是干不了的衣服和毛巾一样需要阳光。

一直到320国道的川黔交界处,柳明以为酒风问题会是一个转机了,但看到四川来接的车队就明白了这是自己的一厢情愿了。省经参委两位处长,省厅一位处长和省公路局的一位科长,分坐一辆小面包和一辆轿车,后面还跟着县里的北京吉普,一路浩荡,在沙石路上卷起团团尘土,直奔古蔺县城。晚饭时好几桌人就餐,酒已换成了四川名酒泸州老窖。或许是初来乍到的缘故,老郝反倒谨慎起来,但架不住四川方面敬酒的人多,很快就露出要落败的端倪,老雷急欲救驾,也被灌得晕晕乎乎。柳明想刚下山入川就遇到这一出,这四川号称是天府之国,经济条件果然不同凡响!只是不知这古蔺的经济实力在四川排老几,趁着混乱的当口,借口上厕所溜之大吉。

晚上老雷睡得鼾声大作,只苦了柳明,好像又回到了炮火连天的年代,心里一会儿想还好贵州的任务算完成了,离回京的时候不远了,一会儿又想在海南的日子是多么洒脱。同样是出门在外,学到的科目是如此不同。想得累了,居然也睡着了一会。

因为看柳明提出来要看的项目,耽误了两天,入川后第二天,时间已到了十二月十三日。

上午开了个会,下午就边看项目边赶路,晚上住到了叙永。县里四大班子都有领导到场陪同,场面的热烈让柳明觉得天底下没有比四川人更热情的了。

一夜无话,第三天就赶到了兴文,这时柳明跟四川省里来的几位领导已比较熟了,利用晚饭前等县领导的空当聊起云南贵州的道路明明比四川差远了,养的马是永远长不大的,养个驴还是技穷的,充分说明这两个省的交通状况了,为什么不叫滇道难或黔道难,而叫"蜀道难"?

交通处的卜处长说:"我转业到四川已快二十年了。四川的路基本都走遍了,盆地周围不是高原就是高山,盆地内除了成都也都是崇山峻岭。水系很发达,要想出川,除了走长江水路,其他都是比登天还难,'蜀道之难,难于上青天'啊!"

副处长老桂豪情满怀地道:"说这话的人是我们四川人嘛!当然要为我们四川多争取点国家投资啊!"两人一唱一和的奇妙回答惹得老郝老雷都笑了。老桂又接着发挥:"粮棉布政策我们举双手欢迎!四川菜是辣了点,但我们的酒不辣,尽管喝好!我们修路修码头的决心跟我们的酒杯一样深!喝好酒干好活,我们要发动群众大干一场,交通建设就是大战役!"

厅里的徐处长一边哈哈笑着邀请大家入席,一边插话:"我们厅领导本来要来的,给叫去北京开会了,交代我们一定要陪好客人。"

刚赶到的县委领导听到了后面的话,连忙一迭声地道歉:"哎呀,县领导不够用啊!我们四大班子二十几个人,每人天天几拨客人!发展太快了,形势一片大好啊!听说郝总一行来了,我一定要陪!我晚到了,先自罚三杯,罚完再汇报工作!"说完果然连喝三盅,然后就是县里的基本情况介绍,慷慨激昂、口若悬河,一点也不打磕,口才和酒量一样地道,把酒桌上的气氛搅得热火朝天,让柳明佩服得五体投地,卜、桂处长的答非所问也丢到了一边,面前辛辣的川菜也吃出了味道。心想既然躲不开那又何不尝试去乐在其中呢?据说人的一生要有很多老师,孔夫子不是讲:三人行,必有吾师焉,择其善者而从之,其不善者而改之。眼前能说会道的书记莫非就是吾师之一?不幸的是书记介绍完基本情况就好像其他人一样变成了专门来喝酒的了,再没有柳明想听的新观点。

见他们投入地边喝边聊,借此机会向坐在身边的公路局的李科长打听起自己的同学来。这位同学与柳明在大学里就投缘,一起玩足球,一起上晚自修,在图书馆相互帮忙用书包占位置,只不过他看的是与学业相关的书,柳明看的是乱七八糟的书多,直到有一次结构力学考试,很多人不及格,柳明刚够及格,才发现自己不是天才,必须像他那样言归正传才转而攻读专业书籍。李科长说他被局里派去广州学英语去了,要不然你们还有可能见见面呢。柳明也觉得遗憾,本来昆明也有位同学的,但考虑自己是跟领导出来的,没有自由活动的时间,关键是觉得没什么工作成绩,同学见面难免要谈起工作,自己的工作状态实在无颜见江东父老,犹犹豫豫地始终没有提出来去见。这回倒是提出来了,恰巧他又不在,真是扫兴得很。

酒桌上的酣战还在继续,主人是热情洋溢,客人是乐于成全,酒逢知己千杯少的古训像是被真实地演绎,只是柳明无法体会而已,反倒觉得自己是被周瑜和黄盖合起伙戏弄的曹贼,恨自己难成半世枭雄,因为连酒也不会喝,做不成酒囊而只能是个饭袋。

十五日早晨出发前往珙县,天空仍然阴沉沉的,就像是躲在喜马拉雅山的阴影里,似雨非雨。前几天把注意力都集中在了熟悉四川方面的领导们身上了,这会儿得空观察一下自然环境。在曲折的山路上每转过一个弯就看到一个不同的盆景,起伏的重丘和山峦本应是层林叠翠,现在都和山坡下地里的各类蔬菜庄稼一样蒙上了厚厚的霜,似雪非雪,一团团的雾迎面而来,窗外的景象完全是雾里看花。

赶到珙县境时,一位副县长带着一群人在迎候,会合后的队伍很快来到一处峡谷,这时天空好像电话知会过似的露出了光亮。入川以后柳明就跟老桂和厅里的领导一起坐小面包,对老郝和老雷坐的轿车上商定的行车路线一概不知。这时见前车人下车也跟着下车,那副县长指着头顶上的悬崖壁介绍上面的几处棺材。见半空中的棺材每处都用两根木棍支撑着,棺材没有一具是完整的。柳明猜想这就是自己在校图书馆看到的西南地区特有的悬棺,至今无人能解为什么放在那么高的地方,担心它随时会散落掉下来,下意识地往外靠。副县长说没关系的,这是巴人的祖先僰人留下的悬棺,多少年了没掉下来,很多教授来考古,为什么要弄上去、怎么弄上去的,都还是个谜,他们准备开发旅游,但脚下的路还是土路。柳明终于明白到此一游的目的,心里为四川人的精明喝彩,连老祖宗的棺材都拿来开发了!继而想想也很正常,县长解释半天的僰人是不是巴人的祖先姑且不论,现在皇帝的墓都想拿来做旅游的文章,区区几具僰人悬棺利用一下有什么可说道的呢?何况还可能是万恶的奴隶主呢!奴隶怎么享受得起这高枕无忧、有山有水、风光无限的待遇!不知道舒燕华同志是否研究过这玩意儿,回京后一定要向她讨教一番。

在珙县吃过午饭后继续向宜宾的长宁进发。一路上始终不见太阳露头,柳明不辨方向,也不知道走了多少路,久久不见进县城。等太阳终于在西天露脸的时候,车队又开始进入一片茂密的竹林,越走越深,感觉这竹林隐天蔽日,里面潮湿而阴冷,宕冥而深幽,怀疑僰人的棺材放错了地方,这里岂不更方便;狭窄的道路两旁除了竹子就是长着像恐龙时代的桫椤一样叶子的草,这种想不起名的草只在老家房与房的夹缝中见过,那还是小时候挤进去捡掉落的风筝的时候。

车子在一座招待所主楼门前停下,几位着中山装的领导模样的人迎上来,早有人把客人的随身行李卸下分头领入房间,柳明又是跟老雷在一个屋。简单安顿好后马上去老郝的套间,柳明这才搞清楚来接的人是宜宾交通局的两位局长,正热情地邀请老郝多住几天,老郝哈哈乐着说要赶路,元旦前要回京。

卜处长听了就说:"元旦还早了。这样,我们调整一下计划,在宜宾多住两天,然后去川北看看剑门关,再去奉节看三峡,这样四川的南、北、东都看了,这些地方都有项目。看完了,元旦前从重庆回北京。"

柳明听了暗暗叫苦,这卜处长是犯了魔怔了?希望老郝果断拒绝,没料到老郝更乐了,搓起了手,看见他老人家搓手,柳明就预感到他的下文,但柳明没有阻止的手段,心里在说这下坏了,只听他说道:"好啊好啊,返程的火车票要早点安排,你们管交通的,那没问题吧?"

卜处长差点拍自己的胸脯了:"绝对没问题,全川的火车票都可以买得来!"

柳明想这四川人真会做工作,老郝是领导,拍得了板,自己是随从,想早走又说不出口,自己的领导又不在跟前,元旦前回去的话还有十多天,超时半个月了,上次海南晚回去就挨了批,这次怎么办?这念头在脑子里盘旋,一直到吃晚饭,才想出一个办法,写张明信片报告一下吧。

晚饭时心里还是十五只吊桶——七上八下的,不知道发了明信片后会是什么结果,更加相信符兰的信已摆在了自己的桌上了,不少人正在猜度来信者何许人也!怎么办?菜已上到压轴的竹荪炖鸡汤,还在想怎么办。县长在介绍竹荪含有多少种氨基酸、如何抗癌等等,听一半没记住一半,明天的考察活动安排一概没听见,糊里糊涂跟着走吧。这一路走来,该看的早看明白了,再看已无必要了,心里进而对热情过度的卜处长充满了怨恨,省交通处的领导居然不征求自己的意见,还不是看我是一个小萝卜头,继而对老郝一路以来的工作安排和目的充满疑惑。到晚上睡觉时突然想清楚了,猜度也好,超时也罢,献媚也好,糊涂也罢,谁又能免俗?好话坏话,好事坏事,原本就是每个人天天要面对的,"人非生而知之者,孰能无惑"?一切随它去吧!

怀揣着这样高度的"理想",柳明在阴冷中抖抖瑟瑟地过了五天。五天中每天上午去附近看工地或到竹林深处看不同的竹子,中午睡醒后去老郝房间"开会",消化积食,老郝和老雷都快成交通和西南地区酒类问题专家了。晚上众人沉醉于宜宾五粮液的浓香里,不研究发展生产力理论,而以实际行动支持国民收入的再分配。柳明瞧着还没有离开的意思,便又开始找各种理由往自己房间里躲,种自己的自留地。

挨着看带来的书,有时记记这几天看到的人面竹、龟背竹、算盘竹、罗汉竹、剑竹、湘妃竹等等,看过的竹子种类已有好几十了,觉得长了不少见识。尤其听说这湘妃竹是做折扇的上乘原料,便满心期待到宜宾或成都去的时候一定要上街逛逛,看看有没有他们说得那么神的东西,好歹能胜过在这又湿又冷的招待所里闲聊。有时书看累了,想烦了,就拿出自己的笔记本来看,寻思这像蝗虫一样飞到哪吃到哪的日子什么时候结束?是否应该写首打油诗,记录一下自己的心境,阿Q连"吴妈,我和你困觉"都说得出口,自己写几句即使是不成样的东西留着以后看又有何妨!

考虑了两个晚上,趁老雷不在,柳明戏成一首《七律·夜郎南归》。写完正在想这夜郎国原来就在刚走完的贵州,但忘了具体位置,老雷开门进来了,柳明急忙把笔记本合上。

老雷道:"你不是给家里写过明信片了吗?又想家啦?"

柳明支支吾吾地应道:"前两天的……那——是给局里的。"

老雷经验丰富地说道:"那现在一定是给女朋友的了。这趟出来时间是长了些,不过我们局难得有机会这样出来转悠,不像你们局管项目,随时可以转,你看人家招待挺热情的,愣走也不合适。"

柳明不由得想起了自己单骑走麦城的山东之行,想他这话说的,是不是代表了京油子们的看法?我们局也不是想转就转的,接待的和被接待的谁家没有个规矩啊,但话还得说得客气:"那倒不是的,我们也没有这么多的机会。出来了,多看点总是好的。"

老雷道:"就是嘛!你们专业局看项目都看到国外去了,我们老郝眼看着要退了,等退了连国内出差机会都没了。不像你们年轻人,今后机会多,再忍忍吧。"

柳明想出国看项目有几人啊,但他这句话是道破了天机!自己掐指算算出来已有一整月了,到今天一个月来的疑惑好像都有了答案,只是仍不明白自己处长老霍怎么会放着总工不干,还总是唠叨"纪律"两字,人跟人的差别之大在这里太明显了。退休的楼局长可能还在医院里,元旦可是快到了,怪只能怪自己是个跑腿的,只能跟着走,而且不知怎么的,这种在单位就有的做不了自己主的感觉入川后是越来越明显,原以为自己是为赶时代的大潮而来的,却不曾想也落入了蝇营狗苟的握手、喝茶、吃饭、闲聊的勾当中了。这种感觉这时像比重小于水的木块一样今天终于浮出了水面,若干年后同学们都成了一方的技术骨干或著述等身的专家,自己只会喝茶聊天,像水面上漂浮的可怜的落叶,随波逐流,陶醉于这里拍个照,那里见个人,只好说:"没事的,多久都行。"

"刚定的,明天去宜宾了,收拾收拾吧。"老雷终于说了句柳明想听的,心想难怪他今天回得早,这时的柳明反倒没有了归心似箭的感觉了,只想着既来之则安之,其他都是小事,符兰的信来不来也是小事,不来信还可以打长途电话,多掌握点专业知识才是立足之本,要尽量利用这个机会多看看这难于上青天的蜀道,收集一点资料,回去后写点关于蜀道的研究文章,也算没有白来四川一趟。心里有了谱,一晚上感觉被窝都暖和得很,睡得踏踏实实。

到了第二日快九点了,柳明又坐上熟悉的小面包车,发现后厢的行李已堆起来了,也不便多问,一路只管向徐处长请教"蜀道"问题。

徐处长道:"蜀道在川北的广元,大概是春秋战国时秦惠王看中蜀国这块地方,借口与蜀国交好,要蜀国王在秦岭南麓的深山里修建以栈道为主的道路系统,修好后秦王就沿着这条路打了进来,这蜀道不修倒还好。"

柳明听了很感兴趣,不断地问细节,可车上没人能答,便问这次能不能去看看,徐处长道:"看天气吧,不下雪的话就可以去看。"

桂处长道:"四川境内都是蜀道,还是去看剑门关的好,都在那一块了。"

柳明不知为何这桂处长也总跟自己过不去,对卜处长的恨转移到他头上,愤然道:"那还不如早点回去了!"

桂处长听不出好歹,说道:"那怎么行,你们难得来一趟,川西去不成了,川北、川东总要去的。"

弄得柳明哭笑不得,心想自己把自己交出去了一路,这难得提点想法总碰得头破血流的,要是跟老程或楼局长出来的话,肯定能看成"蜀道",还有滇缅公路。想想还是不理他,继续问徐处长关于四川公路的话题。徐处长客客气气地介绍了半天四川的路和桥,李科长还说等到了成都找本四川桥梁的影集送给柳明,总算帮柳明挽回了一点面子,但心里还是闷闷不乐。

到宜宾晚餐时上了交通局下属的一条已改成水上餐厅的驳船上,原来的一大拨人吃饭剩下一路熟悉了的几位处长局长们。宜宾的局长年龄跟老郝差不多,这时坐到了主人位置,说到这儿就到他的家门口了,天寒得很,多喝几杯暖暖身。柳明不喝酒,反正也没人跟自己敷衍,只管吃这金沙江里的鱼。

一晚很快过去,宜宾的街道是什么样都没有搞清就离开了。

一路生着闷气,走过了自贡、内江、资阳等地,两天后的晚上住到了成都市内的锦江宾馆。眼看着元旦前回去的计划是实现不了了,柳明懒得提起,心想人在江湖身不由己,只管自己吃饱睡好就行了。

天明接着看杜甫草堂和武侯祠。柳明像在自贡看恐龙博物馆一样跑马观花,心不在焉,连相机都懒得掏,心里觉得很疲惫,草堂这种对读诗人而言非去不可的地方也没心思细看。

晚上卜处长请来了他们的主任。柳明依然自顾自地品尝川菜，可能是宾馆的环境是离京以来最好的缘故，柳明发现那宫保鸡丁、麻婆豆腐特别的香，醪糟汤圆、担担面等小吃一样接一样地上来，柳明忙得有点手忙脚乱了。跟谁过不去也别跟色香味俱全的名菜过不去呀，在北京吃食堂哪有这等享受！一晚上没费一句话。

　　晚饭后，李科长拿来的桥梁影集又令他爱不释手，有点乐不思蜀的样子，居然忘记了现在正在蜀的中心。

　　从成都出发沿 108 国道向北，赶上天气不佳，淫雨霏霏，虽已入冬，两旁树木依然葱茏，地里的庄稼，不论是小麦还是蔬菜，凝聚了四川盆地的天地精气，一概绿得发黑，生机盎然，一幅烟雨江南的图景。柳明心里又多了份伤感，想起四川同学的临别赠言：佳少年独剑游四方。他的本意是希望自己像诗仙李白一样凭一支笔走遍祖国的大好河山，进而留下躬逢改革盛世而歌颂盛世的醉人诗篇，可现在千里迢迢到了李白的江油故里，却连下车看一眼都不可能，心里怎能不埋怨卜处长的不近情理。

　　越往前走，离元旦越来越近，可离计划中的返京出发地重庆是越来越远，柳明的心也揪得越来越紧。

　　两天后的下午，一行人真的到了剑门关，不过冬天黑得早，天已擦黑，车队走过就了事了。桂处长指着道路两旁雄险的山说剑门关是川北门户，历朝历代从北面中原地区入蜀的势力都要先攻打这一关。柳明想这还用你说吗！蒙古人就是从这进的西南。就是不明白顶着寒气赶这么老远来看剑门，到了却连个车都不停，不知又是哪位领导的主意，真是费思量。

　　晚上往广元的宾馆一住，早晨就出发沿 212 国道往南充去了，这看蜀道的事就算彻底泡汤了。柳明心里的怨气像实验室里演示制氢气一样直冒，但想想这是龙局长亲自安排的活，又无可奈何。

　　柳明上大学时的地质课老师曾说过，地震就像老鼠钻进风箱，在同一条断裂带内来回折腾，现在老郝他们的考察也差不多，从川南到川北，再从川北往川南赶。从广元出来后两天，车队沿国道 212 来到西南重镇重庆。连续的山路赶得柳明真的屁股疼。

　　住下后，一桌丰盛的晚餐又开始了，汤汤水水的每道菜上都浮着一层红红的辣油，柳明尝了尝就放下筷子，又麻又辣，实在享受不了这滋味，赶紧要了碗白开水洗洗再吃。重庆的东道主开着玩笑说："你不喝酒不吃重庆菜，那哪里行哦！我们重庆菜跟四川其他地方是不同的，像这毛血旺就是典型的川江船菜,讲究个麻辣。要不你抽烟吧,重庆的大重久! 我这里中国产的好香烟都可以搞得到,不讲计划!"

说着真丢了支带过滤嘴的高级烟过来,柳明忙边倒抽着冷气解辣,边摇手说不抽烟的,惹得大家哄堂大笑。那家伙还在显摆:"你们谁要带烟回去的? 尽管找我!"

柳明边吃边注意他们的谈话,始终没听见他们说回京的事,更不要说火车票订上没有了,已经二十八号了! 心里的火气像这重庆菜一样热辣辣地没有地方撒,但空气终归填不饱肚子,只好不断地洗菜吃,心里恨不得咬碎钢牙往肚子里咽!

次日,大雾弥漫,一行人照例马不停蹄地参观重庆,先是渣滓洞、白公馆,然后是曾家岩、桂园,还有朝天门、磁器口。柳明耐着性子一一看完,心里在想看了也是白看,有人看了受了教育,有人看了当是一种待遇,怎么弄也是瞎耽误工夫,该吃吃,该喝喝,大家的任务就是在"把蛋糕做大"的幌子下在那毛血旺的菜盆里捞起干货,然后大快朵颐,这已经只剩一层女想男似的窗户纸了。自己只看了几本小说,学了点经济学皮毛,怎么能够理解透社会学的根本! 什么"商女不知亡国恨,隔江犹唱后庭花"等等,那都是放浪不检的诗人杜牧的杜撰! 据说"但将酩酊酬佳节,不用登临恨落晖"和"十年一觉扬州梦,赢得青楼薄幸名"就是他自己的生活写照,由这样的诗人写的商女唱亡国音其实没有什么警示作用! 何况现在又不打仗,忍忍吧! 不就是等着回去看符兰的信吗? 自己哪儿有小鲍们那样的本事,把待遇和形势连在一起参得透透的。明明老丈人家住房很宽敞,还给他们单独弄了新房,事实上他们也在那里住,可还要从单位要一套与人合住的房,做出一副没房的样子。他们心里的"形势",柳明全知道,因为爱炫耀他们的高干女婿身份,不止一次带柳明去看过他们的真住处。柳明不想去又怕这样好像不给他们面子,因为这些人像二流演员一样太需要有人为他们的"成就"和待遇喝彩了。

三十号早晨又往重庆东的丰都赶,山是一座比一座雄伟,路也越来越难走,到丰都住下时已是灯火阑珊的夜晚,政府招待所里就剩刚到的这一桌人吃饭,天气格外的冷,柳明草草吃完就回房间钻了被窝。

次日参观鬼城,什么十八层地狱等等看得身上起鸡皮疙瘩,恨不得抬脚就走。还好,老郝对这些东西也不感兴趣,随便看看就出去到街上吃点饭就往万县赶路。

走到半路遇到几辆草绿色的北京吉普,齐刷刷地等在道旁,见到老郝他们坐的小轿车就拦住了开车门,柳明坐在后面的小面包上看得仔细。桂处长板着脸道:"这计划外的事! 还是来了。"

柳明不懂,徐处长道:"来抢项目的。今年没给他们安排,他们从哪里得了消息就赶过来'断路'来了。"

正说着话,前面就有人来拉拉扯扯地把桂处长、徐处长和柳明"请"下了车。到了跟前才闹明白是一个县的四大班子都来了,柳明被稀里糊涂地塞进一辆吉普车里。车队呼啦一下就拐上一条黄土沙石路,扬起的尘土直往车里钻。柳明屏住气,觉得这些县领导想发展的紧迫感确实是挺感人的,山里人不容易啊,马上过节了还不歇着。坐副驾驶位上的那位胖胖的长者突然扭头用普通话问柳明是哪个单位的,柳明如实回答了。跟柳明一起坐后排的是位风韵犹存的半老徐娘,马上用本地话跟他说:"听说这是啥子流域局安排的计划?"前面的那位也用本地话道:"管他个锤子! 怕他个尿,晚上我们一起去找那个领队的。"柳明年少时看电影《陈毅市长》着迷,进了大学跟四川同学关系密切,又有老程的熏陶,听得懂他骂骂咧咧的四川方言,明白自己没入他们的法眼,心里有点不平,但漫进来的黄尘呛人,便继续不说话。

走了一段路,过一村寨时,前面的车突然停下,有人下车绕到车后捡起一条大黄狗就往自己车后备厢里塞。柳明看见了,后排的女士也看见了,乐呵呵地说:"这小李子就是会办事,今晚又可以喝狗肉汤了。"

前排的胖子扭头看着她道:"吃多了狗肉嘟个办?"

那女士伸手往他肩上一拧,道:"你还不知道嘟个办?"

柳明赶紧扭过头去装着看窗外的村庄,心里已怒火中烧,下意识地摸摸自己的头发,看是不是立了起来,想这两个马牛襟裾的鸟人,真是两个腌臜人,一对狗男女,还以为他们是为工作来的呢! 大过节的连着碰上这么多鸟事,像大清早刚出家门就踩着了狗屎,心情陡然变得更坏,忍不住在心里狠狠地连声呸! 呸!《红楼梦》里焦大的话:每日偷狗戏鸡,爬灰的爬灰,养小叔的养小叔子,我什么不知道? 连带丰都鬼城里看见的景象又一一浮现在眼前。

晚上吃饭时又是好几桌人,柳明只管往徐处长和李科长在的那桌凑,好避开那俩往"领队"的那桌凑的鸟人,见到狗肉也不下筷。李科长在边上拼命说冬天吃狗肉暖身,柳明只是端个架子当没听见。

元旦节就过去了。1985 年再也没有了! 柳明在心里重重地对自己说。

在乡里逗留了一天,二号终于住到了万县城里。天还是那么冷,晚饭后拽着李科长两人去看码头,从堤上下到江边就花了二十来分钟,再一级级往上爬,回到宾馆时快冒汗了,但总算按自己的意志自由活动了一回,柳明心里觉得有了一丝安慰。

在万县磨磨蹭蹭地活动了两天,五号下午到了奉节。

天寒地冻的江边,嗖嗖的江风吹来,冰冷彻骨,斜阳只透着微弱的光和热。从停车处往下看,滚滚江水一个漩涡接着一个漩涡,浩浩荡荡,前赴后继地向东逶迤而去,江面被两岸的青山束缚得只有五六十米宽,两岸崖壁高数百丈,亿万年来日积月累的冲刷才将七曜山在此切开,形成长江的第一雄关夔门,蔚为壮观。这七曜山肯定也是石灰岩山体,柳明听完介绍这样想着。以前只听说三峡的险,今天身临其境才体会什么叫变是永恒的,不变的是一时。让人想起举国上下改革的浪潮,也像眼前的江水,没有惊涛拍岸的喧嚣,只有无声无息的奔流,汹涌不息,而眼前的每个人都不过是一个水分子,不是蒸发就是随流而去,或湿润了空气,或滋润了禾苗,自己有幸是其中的一分子,一个多月来东奔西走的生活忽然变得有了十分厚实的意义,像遇见了迎雪绽放的红梅,心里不由得一阵轻松。原来观景也可以荡涤一个人的心灵,改变心境,怪不得茅盾前辈看见北方的白杨会生出那么多感慨。

在卜处长天快黑了的提醒下,大家匆匆忙忙地登上一艘驳船往白帝城去。船上一位早就等候着的导游开始介绍三峡的第一峡——瞿塘峡。柳明想这已到跟前了还用得着介绍吗?中学时就学过郦道元的"自三峡七百里中,两岸连山,略无阙处。重岩迭嶂,隐天蔽日,自非亭午夜分,不见曦月。至于夏水襄陵,沿泝阻绝。或王命急宣,有时早发白帝,暮到江陵,其间千二百里,虽乘奔御风,不以疾也。春冬之时,则素湍绿潭,廻清倒影。绝巘多生怪柏,悬泉瀑布,飞漱其间,清荣峻茂,良多趣味"。不过现在科技发达了,脚下的驳船就不是那时候的小舢板了,即使是夏水高涨也无安全问题。如今的长江已成为中国内陆腹地通往沿海地区的交通要道,要观赏的就是"夔门"两个字了,光听"夔门天下雄"这几个字就够惊心动魄的了!今日得见,柳明忘却了所有烦恼,趁他们听介绍端起相机猛拍照片,又请李科长转着圈给自己拍照,等拍够了船也到了对岸,众人拾级而上,柳明紧紧跟随。

到了白帝城门口,那导游介绍说这匾上"白帝城"三字是郭沫若先生所题,而且是郭老生平最后一次题词,因为题词时是 1978 年,他是当年去世的;门前一副对联:万国衣冠拜冕旒,僭号称尊岂容公子跃马。三分割据纣筹策，托孤寄命赖有诸葛卧龙。导游说这是民国时期黄元藻先生所题，道尽了白帝城的来历。柳明不知黄元藻是谁，怕错过，忘乎所以地忙着问导游。

卜处长抢白道："他不是导游，是奉节重点中学的副校长！"

一句话说得柳明无地自容，那"导游"微微一笑，不说话，转身健步领众人往里走去，柳明刚才还沉浸在自己亲临三峡的喜悦里，吃了他们两个钉子，悻悻然地退后几步，待他们都进院才把门口的对联拍下。等进院时他们已开始往后院去了，只看到几尊模拟刘备托孤场景的塑像和一副对联：兄玄德，弟翼德，威震孟德；师卧龙，将子龙，偃月青龙。柳明一看太有意思了，赶紧找角度给对联拍照，又忙着找人替自己留影，忙完后他们也从后院出来了，为不再耽误大家时间，只好跟着返回，心里老大的不高兴，觉得自己就是一个多余的人，到四川来跟着瞎跑瞎混了一个月，连校长都不留一点面子给自己，在对岸上船时"朝辞白帝彩云间，千里江陵一日还"带给自己的美好感觉烟消云散！心想不掌权的人出来跑就是瞎跑，像老郝到昆明看别人住宾馆时的感觉一样，还拎个相机晃荡什么？几十天的不如意变成两个字：晦气！

除了吃饭睡觉，一路不停地赶路。又花了三天时间才回到重庆上了返京的火车。临行前看着成堆的行李，柳明怎么看怎么都是嗟来之食，或者干脆就是偷偷拿了别人东西。小时候去外婆家，外婆经常唠叨说，你走过瓜地，可以向看瓜的人讨个瓜吃，看瓜人不在也可以自己摘个瓜吃，没人怪你，因为你渴了，但你做饭时绝不可以因为自家没种葱就去摘别人的，哪怕只是一根葱！因为前者叫民风，后者叫作贼。小时候总是不明白这两者的差别，后来渐渐明白，葱虽小，但是日常需要的，应该靠自己劳动所得，摘了别人一次就会有第二次、第三次，久而久之就成了惯偷。柳明难以想象带回去这些东西会是个什么影响，怎么出北京站，决定退回这些礼品！

知道卜处长不待见自己，自己也没看上他的做派，只有徐处长不哼不哈的为人很友善，柳明把他拉到一边把自己的要求跟他说了。徐处长和李科长拼命做起了柳明的思想工作，柳明被逼得像那个技穷的黔驴，道："那我少带点，就带两瓶五粮液酒。"

见柳明冥顽不化，徐处长最后使出撒手锏："你不要的话，郝总和雷处长怎么办？他们会怎么想？你得考虑周全啊！"

李科长也说："都是为你好，再说也不全是我们四川送的东西，留下来我们也不好处理。"

柳明被说得哑口无言。

徐处长道:"他们俩都是让我们打电报回去,叫家里人来接站。你也给个姓名地址,我们去联系,保证你顺利到家。"

柳明无奈地照办,把孙庆华的联系方式给了他们,心里祈祷着孙庆华可别出门,宁愿把东西都给他,也不能往宿舍背这些东西。

被拥上车后坐定,忽然想起惠大姐关于"人家局都有工资外收入"的光辉论断,想想其实人们对权力趋之若鹜,横竖都要抓点权在手上,除了有人确是想干点成绩出来外,大部分人恐怕还是为了这出门的风光和这点工资以外的收入,以获得心理的平衡,老百姓随波逐流不奇怪,可掌握权力的人呢?

塞到床底的这些劳什子也算正常,中国是礼仪之邦,不切实际地要退货的人不过是个书生,而书生是百无一用的,重要的是解决实际问题的能力,改造社会的都是实干家,实干家哪有圣人?就像达夫先生转述鲁迅先生的话:"既然是人,自然也要性交,若只拿住性交的一点,来攻击个人,则孔子有伯鱼。"既然人非理想中的圣贤,孰能无过?"即使是圣到无以复加的圣人,恐怕日常生活,也是和我们这些庸人相差无几的。"为自己找到这理论根据的柳明又心安理得起来,感觉自己已成了一个老于世故的人。锺书老前辈的堂弟钟韩教授是母校江工的院长,发给了自己一本货真价实的"天之骄子"的文凭,《围城》虽然在大陆热卖,但据说在宝岛台湾仍是禁书,说明它不是很多人眼里简单的婚姻问题教材,而是柳明眼里的社会学教科书。因此柳明看过好几遍,时时奉若神明,借以提醒自己别做方鸿渐,凭此觉悟,当然加上自己的"天赋",柳明觉得锺书前辈怎么的也得给自己发一个什么从社会大学毕业的文凭吧!谁再敢称自己为"三门干部",一定跟他没完!

原本像柜顶的灰尘越积越厚的一路上的疑问和忐忑,像是年底迎新的大扫除后一样一扫而空。只是这卜处长总是让自己感到不快,心想等他要找到自己办事的话,得给他点脸子看!不知是否等得到那一天,看他那副光景不会快退休了吧。

六

怀着马上就要见到符兰的来信的愉快心情，十号早晨柳明就到了北京站。外婆经常说的"做贼偷葱起"的谆谆教诲早抛到了九霄云外。

孙庆华早就在站台上等候了，柳明像落水而不会水的人抓到了抛来的船板，高兴地招呼他上车提货。

货被源源不断地从架上和铺底掏出来。孙庆华道："我是按电报上的要求带了个人来的，看来还差两只手。要早知道你是这样去'扫荡'的，我就多叫个人来呀！"

柳明刚醒过味来，忙向他带来的伙伴致意，再看老雷时，好像一家人都来了似的早把东西从窗户顺到了站台，说了声再见就匆匆出站去了。柳明提着大包小包，"押"着孙庆华和他的伙伴也往出口处去，累得不时地放下歇脚。

混出检票口，直接上了他带来的车上，孙庆华不住地笑话柳明："这麻袋橙子倒还能吃，你要这石板干什么？"

柳明道："这是三峡脐橙，我也吃不了。直接去你那里，东西全归你。"

孙庆华回道："得了吧！上次拿你瓶酒，已经被舒燕华说了半个月，再拿你东西，我还有好日子过吗？哎，我们元旦已经结婚了，你啥时候来吃饭！"

柳明没想到他真的结婚了，自己八字还没一撇，出门不到两个月，感觉这世界变化可真大，又想起了符兰，不知道她什么时候就上了自己的心了，大张着嘴敷衍道："啊，真的假的？"

孙庆华从麻袋口掏了个橙子往柳明嘴里塞："什么蒸的煮的，当然是真的。谁像你，到处'扫荡'，也不见你扫个娘子回来，这些东西当老婆用啊？"

孙庆华带来的人是司机，这时也说道："孙工的婚礼可热闹了，我们去了好多人。"

柳明觉得孙庆华的话很对，带回来的东西确实是个负担，自己又不喝酒,送给领导又不敢,自己都闹不明白在忙些什么,便拨掉嘴里的橙子像要吐掉传说中吃不到的葡萄,酸溜溜地说道:"你小子,这么大的事也不告诉我一声。"

孙庆华也学柳明过去爱做的那样挤挤眼道:"这不跟你说了嘛!我看你这儿不少好酒,你带了来吃饭,我不会怪你。"

"我这一趟真是羊拉屎一样,一路走一路拉,拉出来的全是贵州四川的好酒。你花钱都买不到,这下便宜你了,还有事向你老婆请教的呢。"柳明回过了味,想跟舒燕华讨教一下自己的几首歪诗,又怕他觉得自己老缠着舒燕华似的,便跟孙庆华讨价还价起来。

孙庆华大度地答应下来,还不忘提醒一句:"请教旅游的事可以,但不许说什么考古!人家正烦着呢。"

柳明一听就知道为什么,也满口答应:"没问题,我对考古不感兴趣,对她的本行有意思。"想想没说明白,忙补充,"我说的是旅游中的文学问题。"

孙庆华哈哈乐道:"那还差不多。记得我的老婆是我的噢,你的老婆自己去张罗!"

"儿子是自己的好,老婆是别人的好。你不知道吗?"见他现在笃定得很,柳明也跟他开起了玩笑。

孙庆华道:"等你有了老婆,我一定告诉她你的这句话。"说完大家都哈哈大笑。

柳明想符兰是绝对不会相信你的鬼话的,我才不怕呢。快两个月没痛痛快快地聊过天了,这时对着孙庆华喋喋不休地吹嘘个没完,说到黄果树瀑布的时候把它描述为还没有水牛撒尿的力道足,把孙庆华和司机逗得直乐。

一会儿工夫就到了柳明宿舍楼下,大家都上班去了。除了那袋橙子因为宿舍没阳台,放在屋里会烂也太打眼,柳明非摊派给孙庆华外,其他都搬上了楼。孙庆华会过日子,留了一堆橙子,然后丢下一句"打电话联系"后,他们就告辞了。

经历了差不多天天换地方的奔波以后,一旦到了自己的宿舍,柳明觉得一阵轻松,想想剩下的这多东西也是不能露头的,传出去不知会惹来什么麻烦呢。

把那些劳什子推到床下藏好,决定好好歇一天,明天去处里复命。处理完这些负担,才发现自己其实是累极了,躺到床上一会儿就睡着了。

挨到晚饭后,柳明迫不及待地去了办公室。一眼就看见了桌上的几封信,翻了翻就看到符兰的来信,打开看是 11 月 13 日回的,自己的第二封信还在路上呢。来信内容和组织有点乱,概括地说,先讲了从陈华中那里听来的柳明给吴海英家里捐款的事,陈华中夸柳明了不起,带了个好头;接着又说陈华中委托她召集同学校友同事写纪念吴海英的文章,准备出本纪念册的事,要求柳明写点什么,一是为了纪念,二是为了在海南掀起一个学习吴海英的热潮,陈华中的哥哥在区委宣传部当科长,为教育广大海南青年,配合海南大开发的形势,决定要推动这件事;最后又说海南将要建省的事,说柳明怎么知道得这么早,怎么不早点跟她说,问有没有机会再去海南。信写得很长,但柳明看了半天信没看到想看的半句亲昵的话,心里很是失望,冷漠的人眼里全是冷漠的世界! 想不起自己什么时候提起过海南建省的事,而且自己压根不知道这件事, 但宣传吴海英的事倒是可以看看能否出点力,其实早就考虑过这个问题了,现在符兰提出来了,马上可以满足,好歹算为吴海英,也为符兰做点事,同时对自己也是一个很好的安慰,想了想写下了回信。

符兰你好:

　　来信收到,我是今天刚回到北京,看到你的来信真的很高兴。你们为吴海英做了很多,我应该向你们学习的,她的事让我们每一个熟悉她的人感到心痛,即使是已过去了几个月,我仍觉得她就在工地。

　　提起她的事,我的笔就变得沉重。我原本不想跟你提这件事的,怕引你伤心,今天看你能够面对这件事,我内心也很宽慰。这里我想感谢你为她正在做的事,希望我们一起记住她,记住她为海南人民作的贡献。也希望你自己珍重,身体是革命的本钱。关于海南建省的事,在看你的来信前,我确实不知道。我只是从事交通工作的普通一员,很多国家大事也是通过报纸了解的, 来海南前还不知道你们的工地在哪里呢! 真要建省的话当然也是件大喜事, 海南大开发就要实现了,深圳特区的成功先例已在那里了,海南人民更加幸福的生活有望了。大发展需要很多人才,肯定有不少选择的机会,不知道你个人有什么职业打算,是不是一直在海口局里,如有调动盼能告知我,我们是同行嘛,行业内的事或许我知道多些。

　　如蒙不弃,我愿为你当个参谋。至于再来海南,我现在还看不到机会。

纪念文章我也写不来,呼天抢地的悲恸我已忘却了,剩下的只是无语的唏嘘,不忍去触动活着的人的伤处,希望这一页早点翻过去。在此遵你之命,凑了几句话,附在后面,供你甄选指正。

最后,祝你一切顺利。

柳明
1986 年 1 月 10 日晚于办公室

追怀吴海英

奋起琼崖百万辈,加强建设海榆西。
椰风海浪涛声伴,峒寨茅乡菡苕溪。
五指奇然滂湃雨,龙王怯误定洪犁。
红棉不放青山暗,齐唤英雄归彩霓。

天空里没有雨
　　——追思亡友吴海英

我回到了南海,
天空里没有雨,
喝到了朝露未褪的椰汁,
你说这是天使的馈赠,
我说这是你的心意——
赤诚一片。

我们在沙滩上徜徉,
贝壳是你的收获,
你说这是龙王的收藏,
还说,今天没有雨,
贝壳是赠我的项链,
再缀以浪花一朵。

我在泥淖中蹒跚前行，
还是那片天空，
天空里没有雨，
荷花在清风里招手，
招手的不是你，
我以为你会向我招一招手。

我从梦境中醒来，
看见了西坠的斜阳，
斜阳挂在椰树上，
天空里没有雨，但有虹，
这是不是你已去了的——
美丽天国。

　　带着复杂的感情又看了半天，装好信封，出院门就寄出去了。几封信里还有父亲的来信，柳明想明天回信吧，今天就休息好，明天还要汇报出差情况呢。

　　一般来说同一件事情在短时间内反复地做，人们就会产生厌烦的情绪，就像处里其他人出差回来汇报时，三言两语就完事了，听的人也不多问，这是柳明观察到的。但柳明不这样要求自己，今年柳明不断地出差不断地汇报，每次都很认真地像上课的老师一样事先备课，因为知道自己在领导们面前还没到免检的时候，所以周六汇报的时候按回京火车上拟定的汇报稿做详细汇报。

　　老霍听得很仔细，汇报到说自己没喝酒时，有人插话说这种事就不用说了，他从来就是大错不犯，小错不断，吃顿饭喝口酒是正常的，到了酒乡哪能不端酒杯！柳明搞不懂这大错和小错的分界线在哪，度怎么掌握，又不敢细说，怕被人认为得了"额外收入"的便宜还卖"挖掘思想根源"的乖，是少见多怪，年轻幼稚！中学时语文老师就教过"水至清则无鱼"这样的至理名言，要不然大家下乡调查吃的喝的哪里来？大宾馆如何住得起！想继续说说毕节的运煤公路的进展情况，这虽然是本次考察任务之外的，本来是想借此参卜处长一本的,说四川对四川段的建设配合不积极。

这时老秦不知为何突然饶有兴致地聊起了他刚去的芬兰之行的趣事,说有一天接待单位请客吃饭,大家喝了不少洋酒,那什么威士忌是用泥炭还是炭泥处理过的,翻译也没说清,那可是真的好酒,闻着就香!吃完饭主人又带大家去洗芬兰浴,大家脱光在一个密闭的小木屋里用蒸汽猛蒸,蒸到全身发烫透不过气时赤条条地冲出去跳到冰河里,好舒服啊。说得大家都哈哈大笑,柳明知道有人说笑话就意味着自己的汇报结束了,这回真的是遇上"大赦"了!原来想好的孔夫子的什么"政者,正也"和"子欲善而民善矣"等警句全用不上了,也假装高兴地凑趣说这不是举重运动员减体重的方法吗?

见大家围绕着这芬兰浴展开了讨论,趁他们热闹,柳明赶紧闭嘴去了龙局长那里。柴局长正好往外走,见到柳明就往后退着说:"小柳,你的大作我们都看了,有些观点不合适!都搞坑口电站那还要我们搞运输的干什么?不能帮别人忽悠我们自己!"

柳明想肯定是自己那第二篇文章刊登了,心想自己刚要发力发表点意见,就碰到了阻力,像小孩讨抱不成反挨了打,心里老大不畅快,想要争辩,但忌惮他是副局长,又不敢胡言,怕惹来更多麻烦,后悔为贪几个稿费给自己找事,以后不干了,不如自娱自乐地写诗有意思。

吃他这一吓,站在门口踟蹰不定。柴局长道:"你是来找龙局长的吧,回头我们再谈。"说完他出去了。

柳明想为了几个稿费惹领导不高兴真是犯不上,小季经常说领导都喜欢有思路的干部,不想画虎不成反类犬,不知道龙局长看了有什么想法,把汇报稿往正埋头淡定地看文件的龙局长桌上放下,看他没有做指示的意思便赶紧退了出来。心里扑通扑通跳,回到处里坐定才发现小鲍桌上干干净净的,像是许久没人坐过的样子。小季说他去鹿特丹学习去了。柳明这才缓过劲来,想看样子离自己出国看看的机会也不远了,加倍努力地表现吧,这一天迟早会到来的。

看到已发下来的"七五"计划和年度计划大本也没觉得有什么新奇的,好多项目的资料都是自己整理的,突然想起不知道这一个个项目的背后又隐藏了多少像卜处长他们那样的费心招待,揣度着多少人能抵抗得了"工资外收入"的诱惑呢?有道是"靠山吃山,靠海吃海",人是最复杂的玩意儿,不过也是最简单的,那就是外婆经常念叨的"千里做官只为财"。老辈人看得多,虽然说不出"一任清知府,十万雪花银"这样的名言,但也说得够明白了,眼前的国家经参委系统的林子可是大得海了去了,什么鸟没有?自己不也天天扳着指头盼着涨工资吗?

受正面教育长大的柳明人虽然囵圆回来了,也觉得没啥大惊小怪的,心里还是像罚失了点球的足球运动员一样失落,免不了要揣测一下这样那样的故事。按自己的"食堂理论",这个食堂里打饭的一勺出去就是几十万几百万,甚至几个亿人民币。越想越后怕,心想孔子讲的"君子不忧不惧"是多么难做到啊,而且反思自己这样想是不是太阴暗了,像不小心撞见了别人的隐私,心悸不已。老霍对自己的"严格要求"是否不合时宜?他的"无争"和"不求上进"的处世哲学能改造社会吗?新发现像百年老汤的味道一样久久挥之不去。

这一天闹的,不但卜处长的"仇"没有复成,还一惊一乍的过得实在不轻松。

到礼拜天下午去孙庆华新家的路上还在琢磨回京后的遭遇。先是期盼中的符兰的信让人提不起精神,再是昨天办公室柴局长说的事,也让柳明觉得不痛快。卜处长的事倒是放下了,柳明还用四句话总结:既无鱼肠剑,何结蜀门怨。学人郑板桥,做回糊涂蛋。但看见风光八面的柴局长就想起可怜的楼局长,上午提了袋橙子去了医院看楼局长,可他已经出院回家了,又不知道他住处,也不便问,后悔上次从杭州回来时没跟到他家去。这一切都让柳明觉得做人不容易,开口闭口"混日子"的孙庆华的日子倒是过得风生水起,又有钱又结了婚,踏踏实实的,看来"知足者常乐"这话不是假的,是向他好好讨教的时候了。

到孙家时才明白,新房是在舒燕华父母的两居室的大间,客厅像过道一样的小。在六层楼的五楼,进屋就进了他俩的新房,舒燕华的父母出来打了招呼就回了自己的房间。柳明从广州背回来的吉他挂在婚照边上,对面墙上挂一幅字:淡泊以明志,宁静以致远。柳明故意问是行书还是草书,孙庆华道当然是行书啦,这都看不出?柳明自然要逗逗他,对忙着倒茶的舒燕华道:"新嫂子!我今天是来讨教的噢。"

孙庆华忙说:"我可是有话在先的哦,什么该说什么不该说!"

"有什么不能说的,你俩是我看着走过来的,你什么没跟她说过的现在说来听听,别等我说出来就晚了。"柳明跟他胡搅。

孙庆华把从阳台上拿回来的橙子摆到床前的小桌子上,说道:"这橙子可是你非叫我拿回来的,不是我要来的吧?"

舒燕华像发现了什么，一副认真的样子："说说看！还有什么我不知道的。"

正说着废话，外面有人敲门，舒燕华要孙庆华去开门。柳明听见来人是位年轻女性，正跟孙庆华"呦！""啊！"地寒暄，等他们进来才看清来者不但年轻还很漂亮而且时髦，让柳明有种坐车进隧道的压迫感。因为不熟悉，柳明有点拘谨地站起来点头示意。舒燕华摊摊手介绍正脱大衣的姑娘道："这是我同学，也是我朋友，黄京京。这是柳明，是我先生的同学，老乡。"

孙庆华道："当然也是朋友啦，都坐着吧，站着干嘛！还在车上站票啊。"

舒燕华忙纠正："对对，首先是朋友。"

柳明有点没想到还有客，木然地坐回自己的椅子。黄京京被舒燕华拉去和她并排坐在了床沿上，孙庆华扭身去了厨房端茶。

舒燕华没话找话："柳明，你不是说找我说文学还是旅游的吗？出题目吧，我答不了的，还有黄京京呢。"

柳明明白她不想冷场，便把白帝城没看明白的民国黄元藻的对联先端了出来。舒燕华扭头问黄京京道："柳明跑的地方太多了！一般人看三峡都去不了白帝城，听说那地方不能靠船。黄元藻是谁我都不知道，公孙又是谁呀？"

黄京京道："大概是西汉末年，割据四川的大将公孙述吧。王莽死后他在四川称王，在长江边建城后又以自己白帝的名号命名这城。社科院的《唐诗选》上说因为那座山曾出过白龙，所以山叫白帝山，城叫白帝城，这肯定是天方夜谭了！我相信前者说法是正确的，所以才有黄元藻的对子。"

柳明听了觉得有道理，要不那个校长怎么说那对联说明了白帝城的来历呢，黄京京到底是有专业的，漂亮脑袋里还装了不少货，说话分寸感也特别好，是很会说话的那种，但黄元藻又是谁呢？

黄京京继续说道："黄元藻是民国时期四川眉山的名士。这眉山不是一般的地方，唐宋八大家中的三苏父子就是诞生在这里，到南宋时这里已经是全国三大刻版印刷中心之一，眉山的崇文风气可以想见。"

柳明恍然大悟道："我说呢，门口的'白帝城'匾是郭沫若先生题的，郭老可是四川乐山人。这对联要么是四川人，要么是大文豪，其他人写得再好也安不上去呀！"

孙庆华道："要不你写几句，我们看看是不是比他好，好的话我替你刷上去，让舒燕华带人去旅游，也好增加个景点。"大家都笑。

舒燕华道："人家那对子都挂了多少年了，黄元藻跟郭沫若都弄一块平起平坐去了,你给柳明出题目呢?"

黄京京道:"那不一定,郭沫若写的东西也不是个个都认同的,远的如李白,也是四川人,宁可辞官,不肯替人脱靴,近的有巴金、老舍、张贤亮。文如其人,这很说明问题。"

柳明只知道郭老是文学家、考古学家和书法家,是继鲁迅之后的又一位文化巨人,但鲁迅更是一位文化斗士,郭老则没听说过有这称呼,既然黄京京是专业的,听她这么说也提不出反对的意见。

孙庆华正色道:"嘿,你们别笑,也别扯太远,我这老乡是当今的江南才子,对对联、诗词都有研究,虽然学的是土木工程,不是只会画图纸的泥瓦匠。你们看看他在学校里写的东西就明白了。"

舒燕华道:"嗯,孙庆华这么说,应该是真的,柳明露一手吧!"

柳明想我连唐宋八大家是哪几位都说不全,哪有到中文系人士跟前摆弄的份儿,脑子有点发蒙,连连摆手:"这哪儿跟哪儿啊,断然没有的事。我就是个木匠加泥瓦匠,故宫维修的时候你叫上我还差不多。"

孙庆华还在那里念叨:"这家伙还怕见光!我这刚学的吉他都好意思往外挂,你怎么就这么含蓄呢?"

不管他怎么说,柳明只咬死没有的事,孙庆华起身去翻他的箱子,找出一个笔记本摊开给她们两位看,嘴里念念有词:"雨落桃花往事追,庭前只影洗烟随。轩窗渐暗愁心围,夜入琴声却为谁?题目就叫《雨庭轩夜》,是我们大三时一起去莫愁湖,柳明同志亲自写的。"

舒燕华抬头幽默地对孙庆华道:"你怎么不早点拿出来呢,要不我就不跟你成了。"

孙庆华道:"我就怕你不跟我成,所以不拿出来的!"说得大家又哄堂大笑。

黄京京笑完道:"莫愁湖边春语愁,读书不是只读书。确实很好,你的大学生活一定很精彩,怎么就学了土木工程呢?"

柳明被她们夸得有点找不着北,想想又搞不清真假,木讷地回道:"啊呀,这都是青春期的产物,青年维特还在烦恼而已,为作诗而作诗,无病呻吟,'少年不识愁滋味,为赋新诗强说愁',其实没有意义。小时候我就想当个裁缝,有个一技之长好养活自己,后来可以读书了,发现四书五经我是一窍不通,所以只好学工,有碗饭吃是我的理想。现在还好真的有了碗饭吃,其他都是瞎玩的。"

黄京京好像很佩服,也可能是一心要听别人的过去:"你们母校真是伟大,培养出这样的复合型人才,工科生能写律诗! 肯定还有,都亮出来呗。"

孙庆华不无得意地说:"南京远不止是六朝古都,其实也人杰地灵。人家都说大学里谈恋爱是最美好的,依我看呢,不谈恋爱也是最美好的时候。我们的校园是南京最早最美的,有数不清的罗马风格的建筑,还有六朝松,每条街道名都有来历——"

舒燕华打断他的话道:"别臭美了! 想谈没对象才是真的吧。你们学校往南是成贤街,往西是进香河路,因为往北是鸡鸣寺和北极阁,往东是小九华山,我都可以替你背啦,你怎么不写两句我看看。"

孙庆华兴致依然:"你知道成贤街是什么意思吗? 走过的人,那是要成才的。"大家被他逗得哈哈大笑。

黄京京边笑边认真地补充道:"南京的确不止六朝,可惜后来的时间都不长,人们只记得六朝。"

柳明很高兴黄京京没有追问下去,要不然自己学校里写的那堆破烂不知要在科班出身的她们跟前如何出丑了, 这孙庆华真是自己的铁杆老乡,关键时候总是奋不顾身为自己遮丑。

晚饭开始了,还是牛街特色——涮羊肉。舒燕华的父亲细品着柳明带来的五粮液感慨:"这么好的酒我们从来没喝过。"

柳明实话告诉他:"是出差时别人送的,我的收入还没孙庆华高呢。"

孙庆华道:"我收入高也买不起这酒啊。"

舒父笑着道:"我们那时候当工人就是地位高, 不过也没见过这酒,货少呀! 现在多了,又买不起了,光运费得多少啊,北京的二锅头管够就行。"

孙庆华马上在那赌咒发誓地声明二锅头的事他负责,柳明明白自己又说错话了,无言以对,在一旁傻笑。等她爸喝了几盅跟舒燕华母亲回屋去了,才想起吹嘘一番云贵川之行的见闻。

舒燕华叹息道:"什么时候我们也能去看看祖国的大好河山啊! 孙庆华同志,你要带我们出去看世界啊,任务很重啊。"

柳明一听话题有点走偏,连忙吃肉堵住自己的嘴,其他去过的地方也不敢再说了。

孙庆华马上说道:"我可以带你去苏州啊! 苏州园林里都是太湖石林啊。只要你有时间,华东地区随你看,看溶洞到宜兴,看瀑布到庐山,看海到舟山群岛,还可以到普陀山许个愿,还要看什么? 九华山还是黄山? 最后到黄山,黄山回来不看山。西南太远,以后再说呗!"

舒燕华笑道:"苏州我还没看够呢。江南确实出才子,历史上就重教育,江南四才子之一的徐帧卿就写了'文章江左家家玉,烟月扬州树树花',江南的生活水平高呀。我现在接待的团很多是苏南的乡镇企业里的,都花的企业的钱,还有广东人很多,其他地方很少。哎,'吴门四才子'的故事很多,那桃花坞还在吗?"

孙庆华对家乡荣誉看得重,见说到姑苏桃花坞就滔滔不绝地介绍开了,连已拍成电影的唐伯虎点秋香的故事也被他拎到了餐桌上当下酒菜。

黄京京许久没说话,这时笑着插话道:"唐伯虎点秋香的故事是冯梦龙写的,在他之前还有人写过《耳谈》,讲的故事跟唐伯虎点秋香差不多,男主角叫陈元超,也是苏州人,性格放荡不羁,但这本书不出名。冯梦龙重新把男主角写成唐伯虎,这'三笑'的故事就出名了,可能是跟人们对唐伯虎风流不羁的印象吻合,所以就信以为真,其实都是小说,秋香的角色并不重要,随便找一个女子安上就是了。现在的人也搞不清到底是真实的唐伯虎风流,还是被冯梦龙的小说写得风流。据我所知,唐伯虎科举不成后,卖画为生是真的,他自己就说'闲来写就青山卖,不使人间造孽钱',但生活很潦倒,拿什么去风流而点秋香呢?"

舒燕华好像刚醒悟:"就是啊,孔子讲:君子而不仁者有矣夫,未有小人而仁者也。才子不一定风流,不是才子而风流的倒很多。你们南京过去的秦淮河就是那种地方,有俩钱的都可以去风流,而且现在的'风流'两个字的意思也不同了。你看那什么歌里唱的'献身四化最风流',毛主席也写'数风流人物,还看今朝',也可以指潇洒的人,像'风流倜傥'。京京,你说是不是?"

"是啊,如今的汉语变化太大了,老舍在《四世同堂》里描述男人还用'漂亮'这两个字,现在漂亮只用来描述女人了,男人叫潇洒。'风流'这俩字的意思也太多了,以前的是真风流,就是你说的秦淮河。现在的是假风流,真正经,也可能是假正经,真风流。我们还看不懂。"黄京京附和着她的同学说道。

孙庆华又来了句幽默:"现在人家说爹都有假的,这算真风流还是假风流?"

舒燕华马上反驳道:"那是批驳你们南方假货多说的,跟风流不相干。"

柳明想起自己小公室的老秦有次议论说现在假货太多,有人喝到假农药没死成,招工时的假文凭、干部提干时的假履历、出国留学的假成绩单等等,就剩他的假领是真的了,忍不住说道:"假牙可是真的。"大家都笑出了声。

柳明被笑得心里很放松,忘记了黄京京总是很认真的考究癖,忍不住开始在关公跟前耍起大刀："听说这唐伯虎居然还临摹过《韩熙载夜宴图》，据说画得不如原作，典型的作假。难怪现在冒出来那么多古画、名画，恐怕都是跟他学的。"

黄京京马上说道："这恐怕怨不得他！学画的开始都是临摹别人的作品，就像现代人学书法总是先临帖一样，而且他在画上署了自己的真名，现在的假画是署原作者的名。唐伯虎临的时候把画的内容故意做了调整的，所以有人说不如原作。再说他的画存到现在都是古画、名画了。乾隆皇帝可喜欢他的画了，故宫里有很多。现在以画西洋的油画为时髦，也出了一些好作品。四川美院罗中立的《父亲》就很不错，罗中立是78级的，据说是画的他自己的父亲。"

柳明这回是真服了，什么话题都难不倒她，油画这东西自己基本不懂，只听说过什么欧洲文艺复兴运动产生了不少佳作，但欣赏油画是要有点西方历史知识的，而这恰是柳明的命门，不像中国字画。在南京时柳明经常去南京大行宫的省美术馆看展览听讲座，有回下午体育课都没上，溜出去看刘海粟大师的书画展，不敢说明白，也可以说懂点皮毛。《父亲》这幅油画一发表就打动了无数中国人，柳明也跟着叫好，其实初时并未有太多感受，只是觉得画本身很生动细腻传神，像是画的很早以前的饱经沧桑而显得表情极其复杂的中国老农形象。现在走遍了大江南北，看多了中国落后的农村和贫困中的农民，再回想起这幅画，太行山的石板屋、泰山的挑夫、云贵川的工地上披星戴月劳作的农民形象，连带他们锅里的碎玉米粒、瘦土豆等现在全被她像放电影一样勾了回来，一切是那么的吻合，感觉非常震撼，不知道该说什么好。想想还是不去纠缠自己不熟悉的油画，干脆再找篇冷僻的诗难为她一下，沉默半晌说道："有这么一首诗，请教是谁写的？'九月江南花事休，芙蓉婉转在中洲。美人相隔盈盈水，落日还生渺渺愁。'"

黄京京接着道："'露洗玉盘金殿冷，风吹罗带锦城秋。相思欲驾兰挠春，满目烟波不自由。'这是文徵明的《钱氏池上芙蓉》，题在他的芙蓉图上，文徵明同唐伯虎一样以画最为出色，唐是仕女图，文是兰竹，我都很喜欢。故宫有不少他的画作。祝枝山最有名的是书法，徐祯卿是以诗见长，都是江南才子，但各有所长。祝枝山常为唐伯虎题画，唐画祝字，四人又是朋友，凑到一起为姑苏大长了脸。"

柳明记得最后两句应是"相看未用伤迟暮，别有池塘一种幽"。不知道是她说错了还是自己记错了，刚问"后两句好像是'相看未用伤迟暮——'"孙庆华开着玩笑道："吃饭吃饭，别光斗诗了！我们四人今天的相聚也可以写入史册,为苏州长脸的。"

舒燕华道:"京京是我们学校一等一的才女,没有不知道的。"

黄京京赧然一笑:"可别,也就是个爱好,碰巧遇上两个苏州人才有了姑苏的话题,班门弄斧了。"

柳明自叹不如,老老实实地吃肉,心想她言必称故宫,自己去故宫两次了,光记着看皇帝老儿的排场,也没注意看她说的这些画,她既然这么说那相信是有的了,下次倒要去好好找找看。又觉得自己作为苏州人了解江南四大才子是起码的,但她一个北京年轻人研究得这么透却是奇怪的,看她的学识功底好像不是大学四年造就的,倒像是有深厚的家学渊源的人,庆幸没将自己那些破诗拿出来炫耀。

同样是吃饭,今天的饭比起云贵川之行的饭更让柳明觉得快意十分,来时的不顺心的感觉都没有了,不知不觉已快九点了,柳明想起了告辞。

孙庆华道:"交给你一个任务,黄京京住中关村,晚上不方便,你负责送她到家。"

柳明欣然接受任务,两人下楼就往车站去了。路上黄京京还在试探性地问土木工程都学些什么,柳明已知道她有探究一切的爱好,毫无保留地告诉她学土木工程是一件如何苦的差事,不但书本内容枯燥,而且还没有女同学点缀生活,思想和单调的生活一样枯燥。黄京京听了最后几句话直笑,说从你的诗里看出来了,但她觉得学理工的都是神人,没有毅力拿不到文凭。柳明说很庆幸自己现在不用去画图,坐机关就是整天写汇报稿,既不像工科生干的,也不像你们中文系干的,因为写的都是有格式的公文,开头是"某某领导同志",当然"领导"两字是不用写的,最后是"特此报告"或者是"妥否,请示"。形容词是基本不用的,只要客观描述,以简单明了为原则,领导们没时间看你显摆,据说领导们大部分时候只看标题,再决定是否往下看正文。黄京京又笑了,说是不是就是八股文一类的。

两人一路聊一路乘车换车,感觉很快就到了中关村。黄京京说:"你看时间也不早了,从这村里回你三里河的夜班公交车已很少了,估计要等很久。先去我家,然后再看是借你辆自行车还是让我父亲陪你回车站等公交车。"

柳明想这么晚去她家肯定不合适,说道:"你家就不去了,送到你楼下就完成我的任务了,只要有车我就回得去,再说我还有自己的'11路'呢。"

黄京京又笑道:"你走回去就天亮了,再说路上挺荒凉的,一个人走我也不好跟我同学交代,还是先去我家。"

柳明想楼下是肯定要到的,这跟三里河一区差不多一样黑咕隆咚的住宅区走夜路的确不便,先完成任务再说吧。说话间就到了她家楼下,黄京京拽着柳明胳膊就上了二楼,柳明怕大黑天拉拉扯扯地被当成她抓的坏蛋,只好主动抬腿上楼。还没等她敲门,房门就开了,一对偏老的中年人就站在门口,急切地说道:"回来啦。"

黄京京边介绍柳明边要柳明进屋,她父母醒过味来就要柳明进屋坐,弄得柳明不好意思,连忙说明自己完成任务就不进屋了。

黄京京说:"那就骑车回吧。"

柳明看来只有这样是早点离开的解决办法,马上同意,接过她爸推过来的自行车就扛下了楼,一甩腿就上车飞奔而去。寒风刮得脸上生疼,双手不停地交换插在外套口袋里取暖,心里却很高兴,友情和乡情像太湖上的船帆一样鼓得满满的。

到了一月十七日,已是星期五了,几天来柳明一直琢磨怎么应对柴局长的谈话,把自己那篇换来五十元人民币稿费的文章反复看。自己没觉得有什么漏洞,反复考虑要不要据理力争地来个"死谏",但左等右等不见领导召见,还装着去看老程,故意在局长室门口不断晃悠,有几次被柴局长看见了,但他好像忘了还有个谈话。柳明想不谈最好,发都发了,署的名是个人,本来就不代表单位,百家争鸣嘛,几天一过事情就淡忘了。

见没什么脱不开身的事,柳明盘算在中午请上一个小时假去还自行车。不巧老天周二下起雪来,柳明自己原谅自己,懒得动,心想周末雪化了再去吧。但周五这天接到指示要去参加京津塘高速公路的定线会议,也就是确定建设方案,周六出发下周一回来,这次活动委里参加的单位和人不少,部里是卢副部长带队。老霍指示处里由老温和柳明参加,老温负责召集兄弟单位的人员。听到这个安排,柳明知道出差报告不用自己管了。听着老温给委里的有关人员一个个打电话,柳明心里就压抑不住的高兴,倍觉轻松,该写的回信都早已发出了。给父亲的信这会儿应该已收到了,信中告诉父母今年春节一定回家,火车票已预订了,只是还没到手。其他同学处也回了信,国内最远的符兰估计这会也收到信了,但她会不会回信还是个问题,现在出差是合适的时间,去一个礼拜都没问题,柳明这么告诉自己。

等参加会议后回到北京,晚上在办公室闲坐,孙庆华的电话就来了:"柳明,你怎么搞的?借了人车就归你了还是怎么的?一个多礼拜了还不还过去,你以为人家是开自行车行的吗?买个车还要凭票呢,不是想买就能买的!"

柳明一听有点慌神："哎呀,不好意思了!这一下雪就忘了这事,雪停了,我周六又出门去了天津。这不刚坐到自己办公室喘口气,麻烦你跟黄京京打个招呼,我明天中午就是下刀子也给她送过去,可以吗?"

孙庆华使出他不依不饶的顽劲:"这可是你说的噢,那我就告诉她,让她在办公室等你。"

柳明突然想起孙庆华时不时孩子恶作剧般的胡闹,连忙问:"送哪里啊?不会是昌平或者延庆什么的吧?"

孙庆华哈哈大笑道:"看把你急的,人家也没催你还,不过你还是明天去还吧,地址在中关村大街 27 号,海淀区政府,教育口的,没几个办公室,你挨个问吧,抓住机会哦。"

柳明原以为黄京京是在学校上班,没想到是在机关上班,那天公交车上还在她跟前说了半天机关工作如何单调无聊的坏话,只记住了孙庆华要求的不在舒燕华跟前不提考古的事,怪孙庆华掘了个坑让自己跳,自己说人家工作不好,显得太不明事理,便回道:"什么机会不机会的,明天应该天好吧?不也是机关吗?你怎么不早说啊,我那天还跟她说了半天当老师桃李满天下,机关工作没出息呢。我还以为自己不提考古就行的,还得意自己多会说话呢。"

孙庆华哈哈笑道:"你去了再说吧,我得挂电话了,我在公用电话亭呢,要冻僵了,明天再说。"

柳明挂掉电话还不住地骂:"这臭小子!真是猴性不改。"

礼拜二真的是晴光万里,北京冬天难得的暖和天。柳明吃过午饭就去宿舍楼取车去了中关村,不费事就找到了黄京京。

黄京京穿了件比上周末更加鲜艳的外套,加上苗条的身材,艳光照得柳明真像做了什么亏心事,自惭形秽,连声道歉。黄京京倒是喜形于色,不提车的事,只说亏得柳明送她回家,要不太晚不方便。柳明禁不住浮想联翩起来,心想要是符兰这样站在自己跟前说话该多好,既有南国姑娘的娇媚,又有北方闺秀的落落大方,话语间给人以温暖。问了几句关于区机关工作的废话,算是那天路上说错话的补偿,聊过后柳明即行告别。

黄京京道:"周末我请燕华他们两口子过来聚会,知道你要来,就等着当面邀请你,希望你不会拒绝。只要我爸不加班,地方就在我家,到周六我告诉你,留个电话吧。"

柳明不假思索地留了电话后就拦住要送的黄京京,去搭公交回了三里河。

临近年关了,机关里并不忙,大家都在办公楼里互相串门,说着拜年的话,谋划着去哪个平时交往多的相关单位走一走,喝杯茶,联络联络感情。柳明没有太熟悉的地方,也没有去哪里的决定权,只是跟着跑,心思还在等符兰的信上。好在惠大姐每天送来的文件和公函私函都是先到自己手里,但几天过去都没见到海南有谁来信。柳明又有点心急起来,转而盼望春节慢点来,好让盼望中的信早点在春节前到。

有一天突然看到一份出国任务通知书,是关于老陆随部里的考察团去美国考察密西西比河的,过完春节就出发。看得柳明心跳耳热,心想他们都有机会出国去看西洋镜了,这美国可是自己做梦也想去看看的,自己不知道什么时候轮得上。按捺住激动把通知交给老陆,一向沉稳的老陆高兴得像三岁小孩看见了糖果,嘴里不住地说:"终于定下来了。"

老霍环顾四周开着玩笑说道:"这下陆竹同志这个年过得好了,大家都有机会的噢,别着急。"

有人接着开玩笑说:"我们坚决拥护处长的决定!"大家都哈哈大笑,一片要过年的祥和气氛。柳明想要派我去美国多好,去美国哪能只看河不看高速公路呢。小鲍是挺能琢磨人的,曾偷偷说过一句:"老柴升局长对老陆打击最大。"原来真的如此,出国变成了大事。

熬到星期六,海南的信始终没见到,黄京京的电话倒是准时来了,说好明天下午到前门大街的都一处聚会。柳明想这北京人的名堂就是多,请吃饭不在家里,还跑那么老远到前门,也不知道这怪怪名字的都一处是个什么所在。心想转着圈吃别人的怎么行,可轮到自己请客能到哪里去呢?下馆子没实力,酒倒是宿舍里有,但又没有做饭的条件,办公室的电话里不好多问,答应就是了。

到了晚上,闻着铺底下的酒香,柳明觉得该给老程送两瓶去,一是要过年了,二是这酒堆多了味道实在太大,容易暴露目标。想了想就动起来,又怕挨批评,好酒不敢拿,包了两瓶习水大曲,趁着夜色去了老程家。

赶巧老程的儿子和女儿女婿都在。老程拉住柳明给他们介绍,他老伴又要倒茶,柳明看见倒茶就怕一时走不脱,反被老程批评送年货来了,连忙果断放下酒就告辞。背后老程和老伴还在喊过年时来吃饭,柳明边回身答应着边加快步子下了楼。回到办公室还在庆幸自己忙了一年今天才算完成了这么一件大事,坐在沙发上用脚钩了把椅子过来搁脚,舒舒服服地看起了电视。

礼拜天早晨吃过早中饭,想着晚上不知道要闹到几点,弄不好还有送黄京京回家的任务,柳明就回宿舍蒙头大睡。一直睡到肚子叫了才起床,看看时间已是下午四点多了,急忙出发去前门。等到了前门大街先找都一处,果然有这个馆子,三层的旧楼,跟其他店铺看起来没什么区别,看样子年头不短了。心里嘀咕这好家伙!到这撮一顿得花多少啊。看表还不到五点,干脆就沿大街逛一圈再来。

前门大街里胡同很多,全是小门脸的店铺,以前知道这里热闹,但没来过,现在发现有点像老家的观前街,但大冬天的也没什么逛街的人。柳明到了似曾熟悉的环境,有点起瘾,逛了一家又一家。卖鞋的以北京产的三节头皮鞋为主,还有老北京的布鞋,花样繁多,布料店卖的都是江南的丝绸,其他工艺品更是杂乱无章。灯光下看得柳明眼花缭乱,拿不定主意买些什么回老家,等发现各家店开始关门打烊时,猛然想起该去赴宴了。

匆忙回到都一处,挑开厚门帘进门就看见不大的大厅里孙庆华和舒燕华在一张小圆桌前坐着,斜对面是黄京京和她的母亲,她母亲差不多正对着门,四位正热烈地讨论着什么,孙庆华还在比比画画,周围的桌子也都坐了人。柳明原以为改在外面请客会有几位黄京京的其他朋友,没想到她的母亲会参加年轻人的聚会,心里有点惊讶,但到了这分上只能大方地走过去。

黄京京的母亲已见过柳明,看见柳明来就热情地让座,柳明忙以微笑打了招呼,在孙庆华的边上背对大门的空位置坐了下来。

黄京京像看出了柳明的疑惑,开口就笑着说:“今天不麻烦你送了,我妈提早来接了。”

她妈看起来是个文化修养非常好的人,那天晚上也没太看清她的模样和穿着,今天看明白穿了件素净的外套,母女俩长相初看看不出相似之处,不事先见过的话,不会以为她们是母女,综合各种信息,柳明判断她妈起码是个知识分子。只见她还没开口脸上就堆满了笑意,一副和蔼的样子:“前天她爸扛煤气罐闪了腰,不能做饭,我又做不好,只能改在这儿了。我们又住得远,京京不让我来,我不是不放心她出来,我喜欢跟年轻人凑热闹,所以就来了。”

黄京京打断她妈的话道:“你看你,一来就说个不停,又忘了我跟你说的了。”

舒燕华道:“阿姨说得对,不过您放心,我们会保护好京京的。”

柳明和孙庆华听了只顾笑,柳明想有其女必有其母,难怪黄京京这么会说话,她妈就是能唠嗑的人,听口音她母亲好像是北方人,正想着这事,她母亲像知道柳明想什么似的又开始说话:“她爸是重庆人,她爷爷奶奶抗战时流落到香港,她爸生在香港,新中国成立后回来到上海的,他小时候就在上海长大。我是天津生天津长的,祖上是安徽的。很巧两家祖上都是做小生意的,不是大资本家,但也过得去,所以我们这些人才上得起学。"

孙庆华道:"那阿姨现在哪里上班呢?"

黄京京母亲道:"我们大学毕业就到北京了,我在故宫搞研究。她爸是在中科院超新物理研究所,刚当副所长,忙得跟国家领导人一样。"

柳明想原来是这样,一下子觉得这半个老乡的天津人也很亲切嘛,心里很轻松,随口说了句:"怪不得您女儿这么熟悉故宫里的宝贝。我们以后故宫就不用去了,有不懂的就问您女儿就行了。"大家都笑。

京京妈也笑着说:"是啊,京京她小时候就看了很多故宫里的资料,沾我点光。京京还有一个哥哥,一个弟弟,都生在北京。我们在上海没亲戚了,他们都去美国、加拿大投亲靠友去了。她哥哥在美国读博士,弟弟也去加拿大读大学,老大在那里结婚了,剩京京陪我们了。"

孙庆华道:"难怪您要跟着来了,身边就这么个宝贝女儿了。"

舒燕华道:"那当然了!京京是书香门第。"

京京妈道:"我们家都一样吧。小孙小柳你们是男孩子,父母不更看重你们嘛!"

柳明想我就沾不了父母的光,连机械厂的图纸都没见过。孙庆华开玩笑道:"我家兄弟好几个,皮糙肉厚的,爹妈都是工人,只有挨他们打的分,哪有什么早期教育!"

大家都哈哈大笑,柳明替他捞面子:"你不重点大学毕业了吗,还练了功夫在身,那可是谁也拿不走的。"

大家愉快地边吃边聊,谁也不知道过了多久,她妈把话题转到柳明身上:"听说小柳是读过很多书的,家里是干什么的呢?"

柳明想自己常读的书说得出口的就《毛选》和《鲁迅全集》,在她们母女跟前根本就不算多,但既然见问,就回道:"我家跟孙庆华差不多,也是工人家庭。我们那时候真的没书读,到我这儿算出了个大学生,沾了改革的光,要不然就当裁缝去了。"

舒燕华道:"这是他客气了,孙庆华练功夫打架的时候他都在看书。"

大家又笑。孙庆华道:"说起打架,你还真得谢我那点拳脚。上次在王府井,你不会忘了吧?那扒手多嚣张!被我逮住了还不认账,我一拳就打得他落荒而逃。"大家都笑。

舒燕华把她那被扒的事细述了一遍,还把孙庆华夸了一通,孙庆华才美滋滋地住了口。

京京妈道："对呀,遇见这类事敢出手的是要勇气的。能来北京的都是有能力的,我们那时候也是这样,总归是有很多长处的。小柳,你是在厂里还是研究所呢？"

柳明如实回答："我在三里河,中科院旁边的国家经参委机关。"

"噢——是这样子啊。"黄京京的妈好像陷入了沉思。

柳明注意到她的神情的变化,但搞不懂她在想什么,舒燕华连吃饭的筷子都搁到了桌上。

黄京京打破沉默道："妈,你给我们讲讲这'都一处'的怪名有什么来历吧。"

她妈马上恢复常态,热情地说道："这都一处的名字确实有来头。当年是个席棚小店,也不卖烧卖,因为乾隆十七年除夕夜,皇帝来吃了一回,当时就这一家店还开门营业,感觉不错,给送了个'都一处'的虎头匾,生意就好起来,到了同治年间才添卖烧卖。新中国成立后,郭沫若来吃烧卖,又写了一回'都一处'的匾。不过现在这一楼的匾还是乾隆的。"

舒燕华好像有点故作轻松道："我在北京长这么大还是头一回知道这'都一处'的来历,看来今后可以给游客讲故事了。"

大家又重归热烈的议论,柳明忍不住又兴奋地讲起了到云南吃虫子、四川看僰人悬棺的奇怪感受和参观新疆内蒙古那些景点和羊肉,件件事都跟舒燕华的导游工作联系得上。黄京京母女好像又都没去过,所以说的人高兴,听的人新奇。柳明意犹未尽,又添油加醋地说起了乌蒙山给自己的启发,说那么大的山要搁在苏州就不得了了,苏州的小山像天平山除了有像笋的奇石、泉和枫,就是有范仲淹的祖祠和祖墓;灵岩山就是因为曾经被吴王夫差用来把西施供在里边,现在有个灵岩寺,就被踏破门槛;虎丘山更是因为是吴王阖闾的墓址,后来被秦始皇挖墓找陪葬的鱼肠剑,剑没找到,倒是引来了白虎,只留下个坑叫剑池。现在这些地方的旅游热闹得很,要是乌蒙山有点掌故,云南人的经济何愁上不去。

黄京京的母亲道："这主意不错,这叫山不在高有仙则灵。云南的旅游资源极其丰富,关键是怎么开发,文化人要做的事太多了。那乌蒙山是不是毛主席诗里提的'乌蒙磅礴走泥丸'的乌蒙山？"

柳明记得云贵川之行看了不少红军长征纪念碑和雕塑群,但除了遵义是专门去的外,其他红军长征路线不是很清楚,但经她一点破,可以肯定就是那个乌蒙山,大家都参加考证,很快就又到了八点半了。

黄京京的母亲边吩咐黄京京给她父亲打包带了两笼烧卖做晚餐,边意犹未尽地问柳明:"我跟燕华、京京都是搞文化事业的,你走了那么多地方,又看过很多书,那你对文化事业有什么看法?"

柳明正看黄京京像勤劳的工蜂一样麻利地将剩下的菜打包,想起刚回来的天津之行,卢副部长带头打包吃剩的鸡鸭的事,在此之前自己还没看见有人打过包,新时代新风尚,吃不了兜着走,挺好!然后见她又变成一只蝴蝶,飘到账台找服务员结账,干什么都很快活的样子,心里想着眼前的人换成远方的那个人多好啊……只是今天黄京京的话太少了,全让她妈说了,本来可以听听她的许多同龄人的高见的。

听她母亲问,思索一下道:"我是学土木工程的,我觉得这社会就像钢筋混凝土一样,知识分子——当然是包含各界的知识分子,不单是专门搞文化传承的知识分子——是钢筋,其他群众是沙石,构成骨料,但这些还不够,还需要水泥做黏合剂,把钢筋沙石粘到一起形成合力,这水泥就是文化,文化就是黏合剂,中国的文化够丰富,所以中国的历史够长,中国的文化在里边起了主要作用。现在好像黏合剂出了问题,钢筋混凝土的设计强度就难以达到,这里边有部分沙石不适合黏结的问题,像过去的汉奸,《四世同堂》里说了很多,中华文化拴不住他们。但现在的主要问题是一开放就出现鱼龙混杂、泥沙俱下的局面。"

本想接着说"有点拜金主义泛滥",还没说出口,孙庆华打断说:"很多中国人不识字,做的菜很好吃,美食也是中国文化的一部分,厨师也是'钢筋',不然哪来这么好吃的烧卖!"

柳明知道他是在借题发挥,目的是好感谢东道主的热情招待,但大学宿舍里练就的辩论功底此时因为有了听众和对手而苏醒了,马上说:"那是,饮食文化也是中国文化的一部分,是劳动人民创造的!你说得对,做美食不一定要识字,有经验的人手把手教就行了,可是今天的知识分子的概念好像是过去叫'臭老九'的那部分人,厨师好像跟知识分子有差距吧?当然了,今天的知识分子也是工人阶级了。"

舒燕华道:"你们说得都对,文化是知识分子和所有人一起创造的,不识字的创造的文化被知识分子变成可以传承的文化遗产,后世就可以拿来用了,做了柳明说的黏合剂。"

京京母亲道:"燕华总结得对!文化和人是血与肉的关系,有人类就有文化了,与生俱来的。就拿故宫来说吧,当年搞建筑的不一定识字,但住它的肯定识字,他们共同造就了故宫,故宫就是一种文化!故宫里的文化包罗万象,诗文书画、建筑、饮食,阴谋、阳谋,甚至风水等等,无所不有,都是独一无二的,是我们民族的,越是民族的就越是世界的!越是开放越说明我们的文化博大精深,文化聚拢了人气,人气抬升了文化,所以无论是做学问的还是一般性的参观,每天都有那么多人来故宫。就是这都一处也是文化,用料精细,做工精湛,吸引了很多人。苏州就更不用说了,光一座小小的沧浪亭就有说不完的话题。我说的不知道对不对?哎呀,末班车要赶不上了,今天真的谢谢你们的光临。"

柳明想话都是这么说的,可怎么全家都弃了这"博大精深"去了国外定居呢?国家正需要人才干事呢,曾几何时,爱国的知识分子纷纷回国参加国家建设,"两弹一星"难道不是奋发有为的这群人自己搞出来的吗?现在出去的这些人是为了回来参加建设而出去的吗?这是个大大的问号!初时的好印象像隔夜饭有点走味,但没办法说什么,已经散席了。

大家热情告别,孙庆华问清柳明春节回老家的时间后说好到时再聚。他们四人还在门口的寒风里客套,柳明觉得女人们碰到一起总有唠不完的话,只管自己先走。路上还在想自己读的书太少,跟文科的人交流就是乏术,自己的工作又不能胡吹,还好出差的见闻倒是一个话题,救了急,不至于冷场,否则沉闷地吃饭好像真是个不大不小的领导一样端个什么架子,岂不太没礼貌。一会儿又回味起黄京京父亲一大家族人都去了国外的事,心想幸亏自己没把拜金不拜金的话一顺溜说出口,要不然还真是跟做客的身份不符了,还得罪人呢,多亏孙庆华误打误撞地又帮了回忙。想起小季说过的"少说多看"的金科玉律,上次在贵州时惹得郝总不想听的那通关于上山下乡的牢骚就完全应该避免的,说那些话有什么意义呢?写文章也是同理,除了显示一下文笔,得几个稿费,碰上领导不同意你的看法时,你还得费劲去解释,翻来覆去只能说明你不成熟,不说话不写文章,人家就不知道你的想法。

想到这些,柳明就有些懊恼,觉得政治学习时有人提到的"信仰危机"一说是有道理的,那么多人不说出自己的真实想法,而把想法付诸行动,或者奔了国外,或者做了别的盘算,其实比自己口头说说要"高明"多了。想不通怎么现在的年轻知识分子都以能出国为荣,诚如郁达夫先生在《怀鲁迅》中说的:"没有伟大的人物出现的民族,是世界上最可怜的生物之群;有了伟大的人物,而不知拥护、爱戴、崇仰的国家,是没有希望的奴隶之邦。"中国现在除了房子车子缺,并不缺伟大的人物,弃了这伟大的文化而去的人是否会有一天觉得压错了宝呢？有了这个发现,柳明又心安理得多了——自己总还是踏实地在工作中学习进步的那一类,多看书多观察多学习多思考总不会错吧。

礼拜一拿到了回家的车票,是计划中的二月四号的,今天是一月二十七号,离回家还有一个多礼拜,离除夕还有十多天,但还是没有海南的来信。柳明又开始掰着指头过日子,南方应该已闻到春的气息了,北京还是冬的氛围,柳明的心追逐着春天,已飞往江南,再往南……晚上放开任何书本,抄起报夹,打开电视,搁起脚,静静地等一天过去。

第二天早晨,惠大姐来交换文件,首先给的就是符兰的来信,惠大姐不说话,故意拿手指往信上摁摁,柳明想你知道什么呢,第二反应是把信赶紧放进抽屉,惠大姐笑着交割完文件走了。柳明被她吓得心怦怦跳,边登记文件边琢磨来信会说些什么,平常一个小时干完的活,今天干了快两小时。干完就往老霍桌上送,还没到吃饭时间就锁上抽屉拎起饭碗去了食堂,心里在想要延长一点打开信之前的时间,好让自己对这迟来的信中可能的不想见到的话语有个心理准备。

打到饭菜后边吃边上楼,心里猜测着今天办公室里会有几人中午在机关吃午饭,为的是决定要不要中午就看符兰的来信。

回到办公室时,在单位吃饭的小陶小张都不在,估计他们俩都去食堂了,柳明的饭已吃差不多了,打开门就直奔自己的桌子,打开信看了起来,来信比上次短了很多:

柳工你好:

这封信其实早就写好了,只是接到你的短信后,没有发出而已。对我来说,每次给你写信都是一次考试,不过现在有了机会重新写以后才发出。

我原以为我们小地方的人不配跟你这样的多交流,看了你给吴海英写的诗以后,我几个晚上睡不着,这几个月来我努力从她的事情里解脱,不想想起太多过往,麻木地接受陈华中交给我的整理海英纪念册的任务后,我总是盼着快点结束,事实上本来也是快结束了,但是你的信来了,你还说你不会作诗,一出手就是两首。我就觉得你喜欢相机,言谈高雅,来去潇洒,做人洒脱,是个作诗的高手。你的诗让我嫉妒,可惜走的是海英,而不是我。你对海英的好我会牢记,她泉下有知也定会感动,世界上还有这么好的男人,我觉得我的世界也改变了,男人不再都是冷酷的了,你知道我有一个多么可恨的生父,他气死了我的母亲,不过有机会再跟你说这些吧,这些跟你没有关系,算我多言了。

我将你的诗抄了一份交给陈科长,陈科长就是陈华中在区委宣传部的哥哥,他请专家看了,觉得非常好,说作者对海英的情思像荷香一样清新悠长,有了这样的东西,不用修改就可以去《广东日报》发稿,推动学习海英。他要伍局长正式了解作者情况,再代写一份局里的官方说明,他们好写编者按语。伍局长看了以后也说她原来不知道你是干什么的,没想到还能写这么感人的诗句。伍局长和陈科长本来想马上来北京看你,被我阻止了,理由是你总出差,不一定在北京,其实是我自己有点小算盘,就想跟他们一起来,现在他们要我跟你约见面的时间,就为这耽搁了几天没给你回信。

海英不在了,你能不能给我这点面子,跟他们见个面,你知道的,我不会干甜言蜜语求人的事,我不知道你会不会答应。你来海南连伍局长都不知道你的真实身份,可见北京的人是不能随便见的,你是来无踪去无影的有身份的人,但我想这是为了纪念海英,为了海英我愿意写这封信再次向你提出这样一个请求,期待着你的决定。

又:不管海南什么时候建省,我觉得我不会有变化,我现在对自己有信心,谢谢你的关心。你寄来的书我已看过了,现在又在从头再看,这是我整理海英纪念册以外的主要业余生活。本来是学做菜,好等你再来海南时显技,但看来你不会来了,所以懒得学了,天天吃食堂,你也是天天吃食堂吗?我还有个心愿,就是也想请你为我写首诗,看看我在你心里是怎样的。

祝你一切顺利!

海口符兰敬上

1986 年 1 月 22 日

信尾署名前本来还有"崇拜你的"几个字,被她涂掉了,改成了现在的"海口"两个字,"献技"被她写成了"显技",但这都不影响柳明明白她的意思。看完信心里已是又惊又喜,又从头看了两遍,努力从中寻找符兰变化的蛛丝马迹。

正思考着怎么回信,小陶和小张回来了,又跟进来几位隔壁局的同事,人还没进里屋,嘻嘻哈哈的声音已先传了进来。柳明赶紧收好信,若无其事地跟他们敷衍。

一下午又没干什么事,总想着怎么回信了。等吃完晚饭,柳明又钻到办公室的台灯底下研究符兰的来信。办公室里如往常一样只有柳明一人,每次有重要的信或文章要写,柳明就喜欢这样,好像台灯的灯光能给自己带来灵感一样。

窗外是零度上下,屋里暖暖的,静静的没有一点杂音,柳明好像听见了自己的心跳,觉得自己的思想和热血都随着灯光倾泻到面前的信纸上,慢慢地构思回信。经过反复的琢磨,柳明明白符兰开始向自己讲心里话了,不但提到了自己的家庭,而且是否"天天吃食堂"问的是自己是否单身,这一切暗示让柳明也信心满满。写诗要酝酿情绪,纪念吴海英的诗是柳明几个月反复思考的结果,没想到起到了未曾想过的效果,真是无心插柳柳成荫,现在马上再写诗,诗本身其实已不是问题了,俗话说"情人眼里出西施",自己写什么符兰都会叫好,这么想着,柳明想写几句,可是意识到符兰意思的柳明又觉得幸福来得有点太突然,反而有点不知所措,思来想去写不成,决定诗的事搁下,先写回信。

符兰你好:

收到来信甚是欣慰,看来你已从海英的不幸中逐步恢复,我曾经深切地感受到她的事对你造成的影响,好在一切都过去了。我们不管经历过什么,但终将重新面对未来,昨天的苦难会成为明天的财富,人就在这种日积月累中成长。我寄你的书我也看过几遍,哲人的思想总是给我以启迪,相信你看了以后会有同感。我们相识于偶然,还记得我上次送你的徐志摩的《偶然》吗?但愿我们能相知于未来。

海南建省自然是大好事。首先会解决交通问题,到时候海口与北京就不会再像现在这么遥远,北京也不会像现在这么神秘。我愿借机再次申明,我只是全国每年毕业的几十万大学毕业生中的普通一员,你和海英其实也是其中的一员。只不过我运气好,到了北京,而你们生活在基层,因此请不要再高抬我,我会承受不起的。有你和海英这样的朋友,倒应该是我的荣幸。

至于你说的伍局长他们要来的事,我想大可不必了,不知你是否看过《围城》，作者钱锺书老先生可也是我心目中的大家，他曾经说过大意如此的话："吃到好吃的鸡蛋，为什么还非要去找那下蛋的母鸡呢？"他的话我是奉若神明，何况我这只母鸡下的蛋并非那么好吃呢，如要见报，我不反对，但请他们只署我姓名就可以了，无论如何不要说明作者单位。东西已经给你了，为的是纪念，个人写的东西，没必要牵扯或张扬其他的，所以你阻止他们来是对的，但你想来北京的话，我是非常欢迎的，你唯一要做的就是事先通知我。我现在北京就是跟那时在海南一样天天吃食堂，等你来了，我给客人买饭的碗筷还是有的。但冬天来不太合适，北方太干燥，海南人可能短期内不能习惯。好在我们食堂的伙食还是不错的，比你们局食堂好，更比你们那个工地强得多，只是没有老抽腌青芒果。哈哈，不过我一点都不觉得在海南时的生活乏味。

谈到写诗，我面临很多问题，主要是文学知识少，还在扫盲阶段。写诗容易，写好律诗太不容易。毛主席都说旧诗不宜在青年中提倡，所以我现在还不能满足你的要求马上给你写诗，希望你能谅解，适当的时候我一定会写给你看，迟写和早写并不改变你给我的印象，请放心吧。

最后，告诉你我最近的行踪，我下月四号就回江苏老家了，估计待十天，最多十五天，我已有两年没回去看父母了，再不回去我就成了"少小离家老大回"了，说实在的我早就归心似箭了，但在单位总是有工作纪律的约束的，不能想到哪里就去哪里，这也是尽管很想来，但终不能再来海南叙旧的原因。想必你是明白的。

再最后，送你一首白居易的诗，他曾在江南做过苏杭刺史，盼你理解我对江南老家的想念之情，并借此祝你春节愉快！

忆江柳

曾栽杨柳江南岸，一别江南两度春。
遥忆青青江岸上，不知攀折是何人。

柳明上
1986 年 1 月 28 日晚于北京

寄走给符兰的信,柳明觉得自己这一年没白过,什么都很圆满,心里的石头落了地,回家前的几天天天情绪高涨得像等着出国的老陆一样,就等着符兰收到自己的信了,晚上没事总想着她看到信会是个什么表情。

等到二月五日下午回到自己位于苏州干将桥的家中时,父母家人俱欢喜,母亲加了菜,姐姐一家也回来共进晚餐。柳明拿出带回的五粮液与父亲姐夫对饮,忽然发现自己原来也可以喝两口白酒,高兴地说了很多话,给他们看了很多相片,一家人其乐融融。旅途中的拥挤和由此带来的劳累都像被母亲揭开盖的锅里的蒸汽一样全跑得没了影,可饭后全家人还是高度一致地要求他早点睡觉,柳明没招,只好早早去睡觉。

接下来两天,柳明被父亲"开导"着去看自己中学里的老师和同学。在这个局那个所混得好的同学还忙着上班,只有握手寒暄的时间。见到的老师们都很奇怪柳明还记得他们,好像柳明是从哪个糟糕的角落里遭了罪后又冒了出来。柳明细细地总结,终于明白自己穿得太"寒酸",比老家的同学们西服革履的派头已有了明显的差距,摸摸自己的口袋,有点舍不得那捂了大半年的几百元钱,决定再也不去见什么外人了。父亲可能早就看出了这一问题,掏了一千元巨款要儿子去买套西服。

大年三十,别人都在往家去准备过年,柳明揣着钱去逛街,从景德路逛到观前街,再到阊门石路,开着门的商店里,不是贵了,就是土了,愣是没有合适的!父亲决定利用春节假期陪儿子去上海买,顺便走走亲戚。柳明只要不花自己的钱就一切听父亲安排。

按老家规矩初一不拜年,柳明老老实实地在家待着。上午快十点时孙庆华和舒燕华到了。来的都是客,无所谓初几。

孙庆华说明道:"我们赶在昨天到家吃的年夜饭,回老家这几天的日程都安排好了,初四前白天看苏州,晚上走亲戚,之后坐班轮去杭州,再去普陀山,最后从杭州去黄山,怕你明后天不在家,赶初一就来见你,这也显示本领导重视你。"

柳明哈哈大笑:"北京人初一拜领导,来了就好,我充一回你的领导吧。你们终于还是出去看世界了!今天想吃什么?鸡鸭鱼肉家里都有,不过吃法与北京不同的。"

孙庆华道:"吃饭好说,什么都行,还有个事要跟你说。"说完就拉柳明去了柳明的房间,刚在床沿坐定,孙庆华就迫不及待地问,"你觉得黄京京怎么样？"

柳明完全不明白他的意思："挺好的。"

孙庆华道："这就对了，我看你看她的眼神就是拔不出来的劲，人家对你可着迷了，她妈也很赞同——"

柳明听出了味道不对，忙问："什么？什么意思啊？看两眼看出事来了，不看怎么认识啊！怎么回事啊？"

孙庆华才开始说明："这都是我跟舒燕华安排好的，去年上半年她们俩就沟通过了，黄京京一直等着见你。你一直出差，后来她又忙毕业分配，下半年你又连着出差，所以没机会跟你说，现在挺好吗不是，就是——"

柳明明白了他的意思，首先对他安排的自己的被相亲心里极大的不满。再想想他也没错，可能全是舒燕华的意思。她们是同学，这么做她的立场肯定是在她同学那边的，这时舒燕华还在外面的客厅里，为这事跟孙庆华再扯下去就冷淡了舒燕华了。

柳明决定快刀斩乱麻："别就是了，我没往这上想。回北京再说吧，先出去招呼人家舒燕华。我当是什么事了，这种事你怎么不早说，我好早点告诉你我的要求呢。"

孙庆华拽着柳明坐下，又说道："我不是跟你说过自己老婆要自己张罗嘛！现在问题是黄京京她爸的意见是当官是门特殊的学问。像他做学问的主要靠个人努力，当然也要点天赋，做官不是靠起早贪黑的努力的，主要看天赋，而且决定因素太多，没有哪个学校有当官这个专业的，但做学问的人当不好官。他女儿是女孩子，有份安稳而不担什么风险的工作就好，所以去了区机关，男孩子应去做学问，积累专门的知识，等学问做好了再看是不是从事行政管理的工作，不应该去从事专门的迎来送往的工作。黄京京希望你有机会去见她父亲，深入谈谈，打消他的顾虑。"

柳明觉得孙庆华或黄京京和她父亲的逻辑都乱了，听得有点不耐烦。自己经历了富阳的那事以后，对条件好的女孩已有了抵抗力，拼命想找理由中止这场谈话，便照实说道："他爸不是上海人吗？你又不是不知道我对上海人的看法，何必拉这个纤呢？走吧，出去说吧。"

孙庆华好像怕完不成任务，加快语速着急地说道："你家那么多亲戚在上海，你怎么还那么烦上海人呢？还说人家框框多，你这么点年纪也那么多框框。"

柳明见他着起急来，心想这家伙追求舒燕华时也是这德性，缓和一下道："人跟人不一样，我家亲戚是苏州去的，没那么多规矩。"

259

孙庆华来了劲："那你没谈过怎么知道人家就一样呢？"

柳明听了就笑："你这家伙一向帮我说话的，今天怎么了？还真做了功课来的，你就没想过我已经有目标了吗？这事我回去再想办法解决。这不还早吗？先招呼客人要紧。"柳明反过来拽着孙庆华出了房间，见母亲正在用洋泾浜普通话跟舒燕华应酬，忙让母亲去厨房，对舒燕华道："这事好解决，我回去跟黄京京说明一下就行了。"

舒燕华还不知道柳明对此事的态度，紧张兮兮地说："好吧，你们已经认识了，自己谈谈挺好。"

孙庆华不管三七二十一，看看他老婆再看看柳明，道："自己谈？这家伙顽固得很，你不跟他说透了根本不好谈，就一条'上海人'就谈崩了，还怎么谈？舒燕华可是把她最要好的同学介绍给你的。"

舒燕华明白了大概，马上小声说道："你们都把上海人看得很邪乎，她爸在上海也没待过几天，就是书读多了。她妈老家是安徽的大家族，中国近代史上有一笔的，她爸祖上当过巡抚，大户人家规矩肯定多一点，不像我跟孙庆华是小户人家，引车卖浆之徒，什么都不讲究。你看京京多好啊，家庭那边有点难度不正常吗？你的条件又这么好，这事只要你稍稍主动回应一下就差不多了。"

柳明想这两个红娘真是热心过头，自贬三分不说，把什么朝代的巡抚加大家族都搬出来了，不会是那位用过桥米线回敬外国佬的李中堂吧？他的功大还是过大还说不清呢，连阿Q还说自己是赵太爷的本家亲戚呢！但想想黄京京她妈可没招惹自己，再说他们怎么的都是黄京京的父母，她在这件事里好像也没做错什么，不能用阿Q去讥诮或刺激他们，但符兰的事还不想告诉面前这两位，只能另找理由！于是笑着说："你们别急呀，你们俩这么完美，还合起伙使苦肉计呀。黄京京是没得说的，挑不出毛病，问题是我配不上啦，我比孙庆华年纪小几岁，还不到找女朋友的法定年龄呢。先喝酒！其他事回去再说。我可是学会喝烧酒了，难怪大家都喜欢喝酒，酒原来真是好东西。"说完拉着心有不甘的孙庆华，再招呼舒燕华去厨房吃饭。

等客人走了，柳明坐在自己屋里发呆。

晚饭后，柳明恍惚间觉得自己已成了大文豪，有了作诗的感觉，决定趁热打铁，兑现给符兰写诗的承诺，憋了两个多小时，终于填完一首《采桑子·寄符兰》——

春兰陂静人先醉，江左今归。言语诙诙，老友忽然来做媒。

260

青青江岸天蓝色,暖意徘徊。春色涅杯,柳绿莺飞君为魁。

写完后,柳明像是已经完成了结婚这样了不起的人生大事一样得意地收起纸笔去了厨房,美滋滋地"指导"父母准备明天外公外婆和两个舅舅来家需要的酒菜。

到了初二中午的饭桌上,大舅就关心柳明见过中央领导没有。柳明虽然因为不能满足他的好奇而感到尴尬,但不怪他,因为他仅能识几个阿拉伯数字。二舅不同,紧问上面有什么新政策,现在苏南农村乡镇企业发展很快,简直是百舸争流,纷纷从上海请师傅来,就靠付酬比较灵活,上海快掏空了。柳明听他说了个错别字,想这长期禁锢的思想一旦开闸,各种思潮就像百舸争流的江面,迅速呈现多样化,人性中固有的物欲、权欲等等也难以避免,这在城市和农村都是一样的。好在江南的经济是上去了,城乡差别在缩小,这比说什么教条都强,想纠正他说是百舸争流,但想想打住了,他虽然是村里的支书,也只有高小的学历。见问不出什么,二舅便开始频频地举杯喝柳明带回的酒,说现在在农村当干部的酒不少喝,但这等好酒却从没尝过。让柳明又一次朦胧地感觉到即使是在经济相对发达的沿海地区,经济发展的道路也还很漫长,一种说不清的无奈在心里萦绕,有点恨自己不能拯救像罗中立《父亲》中一样的广大农民。

家里的条件连留外公外婆住一晚上都不可能,因为自己一回来就没房间了。

初三得了空就到了上海大伯家。午饭在大伯家,晚上就到了二伯家。二伯其实是姑父,小时候叫惯了以后一直这么叫。家里的房子比从北京回来的大伯大,是二层的朝南楼房,据说是上海的老干部房,东西两边山墙都连着邻居的房,屋里还架了阁楼,北门冲大马路,南门前是个几平方米的院子,虽然不大,但上海城里有院子的可没几人。除了大表姐一家从黑龙江上山下乡回城后没房,一直在此住外,表哥表姐们都在单位住或去了婆家,所以晚饭到姑妈家吃,因为有阁楼可以给柳明和父亲住。这阁楼是柳明所熟悉的,以前来上海就住这,他们出道的时候也就自己现在这么大。

二伯张口就是入党没有啊?表哥表姐们都在争取入党啊。说得柳明无地自容,大伯和父亲在一边敲边鼓。柳明说我身边的党员都忙着抢房子、位子,争待遇呢。二伯说要求进步很正常,房子位子问题谁都要遇到,党员也要有房生活,社会在发展,抢是不对的,不抢也是不可能的。一番用慢条斯理的腔调说出来的话像龙局长一样权威得让柳明无法再多说,想是不是又遇到代沟问题了。觉得老同志住再好的房都是应该的,可自己单位这帮后生抢房子总让自己感到别扭,尤其是弄得自己这个非党员住了那么久的地下室实在说不过去吧。

熬到初四就由表姐领到南京西路找"培罗蒙"西服店买了套毛料西服,花光了父亲给的一千元,还自掏了二百多,都是一年中出差省下的伙食费,像当年考上大学一样喜洋洋地于下午赶回苏州家里吃晚饭。

一到家,柳明又觉得自己有点像八旗子弟,穷了还要提溜个鸟笼上街装象,买这么贵的西服干什么?心里不是滋味。检点一下回家该干的事好像都干完了,没回家时就想回家,回了家又想着该考虑回京上班了,原因当然是因为还有符兰那里的事,只是嘴上不便说,只说是单位忙,央父亲去托人买票。

买票很不顺利,等到初七票到手时看却是正月初十的硬座,还是上海路过苏州的那趟慢车,上午上车第二天晚上才到的,估计这时符兰早已上班了,还好给符兰的信连同那首精心炮制的诗早就发过去了。

剩下的几天在家没事做就翻箱倒柜找旧书报来看,打发时间,偶有同学来访也只是敷衍了事。

正月十二日回到办公室上班,老陆已去了美国,小鲍在国外还没回来,小陶请了婚假也还没来上班,缺了这几个喜欢当"乐队指挥"的活跃分子,办公室里很安静,好像没有过春节这码事一样,大家各忙各的事。柳明就关心有没有符兰的来信,可惜直到下班也没有见到。

晚上觉得有点无聊,集体宿舍里也找不到合适聊天的人,去办公室把自己埋在沙发里看起了电视。电话铃响了,柳明以为是孙庆华回京了,一听才知道是黄京京,说起话来还是她一贯的很有节制的热情大方:"是柳明吗?估计你回来了,我知道你的假期没孙庆华长,有没有空出来走走呢?"

柳明知道她的用意,在苏州早就想好的话现在不知怎么说不出口,迟疑半天说道:"天太冷了,等暖一点,我请大家一起聚聚吧。"

黄京京在电话那头热情不减:"也是,这么大的北京现在也没地方逛的,要在南方就好了,春天早就到了。燕华他们去黄山了,还要过一阵才回来,你不准备先请我吗?"

柳明心里怪自己说话不周,刚才的别扭劲还没驱散:"先请你当然是可以的,不过你们北方人不是很重视正月十五的元宵节吗,还是等他们回来吧,没准元宵节前要回来的。"

"你的意思其实我知道,燕华来过信了。我爸其实也不复杂,他身边就我一个闺女,干预多一点,我哥他就不管,我跟他理论过,他说的都是歪理,我的事我还是自己做主。"

柳明终于下决心要好好说明白了:"是啊,怎么说呢?你条件这么好,我可是从没想过要高攀像你这样的。你爸说的是对的,我对明天干什么都不知道,怎么能牵扯你呢?"

"唉,我爸就是个怪人,非说当计划干部有很多风险,说他不懂经济也知道计划体制长不了,现在从事计划工作的将来怎么办?既然不可能干一辈子,将来转行能做什么呢?当干部的不跟人就不能进步,但跟错人就全完了!按他的分析,历史地看,每次运动来,都有一批人要跟着倒霉。即使没其他问题,在大衙门里到六十岁混个处长又能说明什么呢?嗨,他说得老多了。可我不这么看,我说他这都是谬论,我还进了机关呢,搞计划跟搞别的经济工作有什么区别呢?现在的改革能回头吗?计划没有了,市场经济就没有政府了吗?我觉得是不可能的事情!当不当处长又有什么关系呢?我说你能说会写的,把你以前写的汇拢来,我现在就可以去找同学校友帮忙出本书。"黄京京突然加快了语速。

柳明觉得她爸的话句句戳到了自己心里的旧伤,自听小德说每人的未来早就安排好了以后就怕听这话题,怕她再说下去逼得自己更没话说,该果断了断她的念想了,马上说道:"你爸说的句句是真理!男人就应该要有扬名立万的雄心,可我是个小职员,要钱没钱,要房没房,肩不能挑,手不能提,写的都是自己都看不上的玩意儿,你们北京人讲叫混子一个,出本书又能说明什么呢?何况还出不了,我哪配得上你?再说,我也有女朋友了。说了这么久,你不会是在公用电话亭吧,冻着了可犯不上!"

一阵难堪的沉默,电话那头的声音开始减弱:"我在自己办公室呢,我先回家去了。"

柳明心里不知道自己应该是完成任务后的高兴还是与朋友告别时的失落,或许还有些许从事的工作不被人看好带来的懊恼,本来找出对某些上海人的不佳看法是为了借坡下驴,此时也真的成了下决心说不的理由,五味杂陈,说了声再见就像电影里高大全的英雄一样大义凛然地做了一个动作——果断地挂断电话,再没心思看电视,快步离开办公室回了宿舍。

接连几天,柳明晚饭后不敢去办公室。直到三月一日礼拜六收到符兰的回信,才发现自己又活过来了,大有"今日长缨在手,何时缚住苍龙"的豪气。符兰在来信里说她过了正月十五才从文昌回到海口,今年春节过得特别美,看到柳明从老家发过去的信高兴了好几天才想起回信,还问"江左"是什么意思,老友来保媒成了没有。柳明不知道她是真不懂还是装不懂,随手就写回信,告诉她有了兰花,谁保媒都不会成功。江左原指江苏一带,现在指苏州,诗中的"君"既指兰,更指明符兰本人是"春兰"。怕她还不明白,额外说明梅兰竹菊为四君子,是中国画家们常选的作画对象,也是诗人的吟咏常物,是中国文化的象征和精髓,举了毛主席和陆游的两首《卜算子·咏梅》为例,再把黄巢的《题菊花》和《菊花》解释一番,连带介绍了一通板桥的竹,悲鸿的马,白石的虾,可染的牛,大千的虎,苦禅的鹰,文徵明的兰,还把台湾校园歌曲"我从山中来,带着兰花草……"拿来抒发了一通,总之是极尽美化兰花之能事,边写边觉得自己是一位如何博古通今的儒者,越写越投入,忘乎所以,尽自己所知,尽情发挥,拉拉沓沓写了几大张信纸。

就这样信来信去,转眼到了五月,北京春暖花开,一切都是欣欣向荣的模样。柳明里里外外忙得连轴转,天津塘沽又去了两次,都是为了京津塘高速公路的事。后来那次是随世界银行中国局的考察团去的,委里外经局去了位年轻的刘副处长。据说此刘副处长是委级第三梯队的后备干部,毕业于中国最有名望的大学,学的是宏观经济。听他一路跟老外聊世界银行的项目管理程序,流利的英语把柳明羡慕得不行,幸好自己的英语学习一直没放下,可以时不时地向他提供公路专业英语词汇,顺便偷学了不少世界银行的项目管理经验,暗下决心要继续攻英语听说能力。

一路中外双方分开吃住,北京来的吃饭也很简单,没有觥筹交错的场面出现,既解决了肚子里油水少的问题又不用缴饭费,所以觉得很轻松,盼着这样的出差能多些。

黄京京的事早已翻了过去,孙庆华很久没联系了,也没放在心上,反正集体宿舍里的伙伴们也熟悉了。国家经参委、经管委、统计局、国信中心的各个年龄段的单身汉们都在一个楼里嘈嘈杂杂地进出,互相串门,交流自己单位的除核心机密以外的信息。还有带家属过来住的,走廊里每天晚上都能闻到做菜的油烟和香味,锅碗瓢盆交响曲夹杂着春晚的金曲《在那桃花盛开的地方》都在这里响起。沈瑀没事总哼哼歌曲《深圳的夜晚》,他的女朋友已来过几次了,好像是个空姐,仪态万方。偶尔也有分了房子搬走的,这些空房空位随后被在柳明之后分来的大学生硕士生陆续搬来填满。自己局在柳明之后再没新人进来,他觉得一夜之间这单身楼里跟这北京的春天一样热闹了起来,不愁没事做。

进入六月初,柳明就接到老霍的口头通知,要柳明到龙局长那里领出国考察任务。柳明闻言喜不自禁,急匆匆地去了局长室。龙局长还是那样十分淡定地告诉柳明说有个机会,去澳大利亚培训十个月,准备派你去,想先听听你的意见。

柳明几乎不了解澳大利亚,只知道肯定不在非洲,心想龙局长安排去的肯定错不了,想想即使美国去不成,去哪个国家都是出国,能去非洲也是好的,顾卫东在非洲不是待得很好吗?再说自己在处里也没多少正事干,别人把那点权把得死死的,哪有自己说话的地,除了跟着惠大姐到后勤领鸡蛋分鸡蛋,就是帮同事搬家,或者当代表到八宝山给老同志送行,正想着怎么往外走找事干呢,遇到这等好事,早已是心潮澎湃,不住地朝龙局长点头。龙局长也不多说,把组团通知给了柳明,说看了以后交给处里办手续。

柳明接过通知边往回走边看,走到楼上时已看了几遍了。培训内容是运输管理,组团单位是经管委交通运输局,七月中出发。交出通知给老霍他们传看后,处领导们都有点惊奇,去这么久?小鲍去鹿特丹三个月就很久了。

正议论着,柴局长兴冲冲地进来了,说道:"小柳的事这么办!出国来回机票委里出,出国以后的费用是澳方全包的,国内工资得停发,第一次出国的 500 元置装费里包含三十美元外汇,照发。老霍你们看呢?"

老霍看看其他几位处长,问柳明:"行不行?"

柳明心里只想出国,除了机票自己出不起外,其他都可以忽略不计,要知道小陶、小朴还有小张他们好几个都比自己先来委里或早毕业,他们还没轮到出国,自己还挑什么,急忙表示:"没问题!怎么都行。"

老霍道:"那就定了,让老温办政审手续,尽快报委领导审批。"

柴局长又强调了一番出国前外事纪律教育,说完像办完一件了不起的国家大事一样精神抖擞地走了。事就这么定下来了,柳明接着就去经管委交通局集装箱处,找到本次出国的团长牛副处长。

年轻的牛副处长不过三十出头的样子,比自己处里的小鲍和小季的年龄大不了多少,柳明猜测他跟上次一起去天津的刘副处长一样将来是个大人物,但他的热情态度好像跟身边的人不同,给人一种不是那么想驾驭别人的平和感觉。这种感觉在天津跟刘副处长相处时也有过,柳明心里暗喜遇到了一位好团长,跟他出国应该是件愉快的事,觉得"组织"不是虚空的词汇,不是掌权、用权一句话概括的,更不像自己干着的收收发发一样简单。这领导艺术就是让你不知不觉中跟着他转起来,说近的像龙局长,还有这些年轻的处长们,说远或说大的就是领袖们⋯⋯一个海瑞式的朗朗乾坤,清平世界的理想社会在柳明心里展开,让他对前程充满了憧憬。

牛副处长介绍了大概情况,要柳明抓紧办手续,准备个人物品,西服至少准备两套,长短衬衣至少十件,毛衣风衣至少各一套,特别是要多准备外事用的小礼品。柳明静静地听,觉得出国前这些行头的准备压力还不小。回到办公室急忙给父母写信报告喜讯,重要的是厚着脸皮求援,还不忘记给符兰写了封短信。

过了几天,又觉得不能等家里寄钱来了,买不起西服就买料子做。上午忙文件交接登记这些必需的事,下午就心急火燎地请假出去逛王府井,准备置办行头,忙得不亦乐乎。

偏偏这时候接到顾卫东的电话,说他回来了,待一个月还要去非洲,约好礼拜天中午去他住处黄寺附近的一家叫"听鹂馆"的餐馆聚会,并指名道姓要孙庆华带女朋友一起去,为的是兑现当年请吃烤鸭的诺言。柳明告诉他孙庆华跟舒燕华已结婚了,顾卫东嘻哈道:"看来我也得回老家结婚去了! 身边的人怎么都结婚了。"柳明听出他心情不错,答应一定请到孙庆华夫妇俩。

到了周末,柳明高高兴兴地到了城北的安华路,在一座临街新楼房的二楼找到了那个听鹂馆。进包厢时顾卫东靠北窗对着门,正与两位靠西墙侧对着门的一男一女聊非洲见闻。柳明正春风得意的时候,进去大大咧咧地走到东墙,在顾卫东身边坐下,抬头看时男的有点面熟,女的是认识的,是同系同级建材专业的范湘仪,互相点点头算是打招呼。

顾卫东道:"还需要我介绍吗? 这是他先生梁军,79级的校友,六系的,也是我的盐城老乡。"

柳明起身过去热情地握手:"怪不得眼熟,原来是师兄。"

顾卫东继续介绍:"就是的,师兄在中科院研究所,大才子,科技精英。范湘仪在百万庄的研究院,离你三里河都不远。"

柳明听了有点不习惯,在校时因为范湘仪长相酷似《瓦尔特保卫萨拉热窝》里老钟表匠的漂亮女儿阿兹拉,长发飘飘,高傲得像个真公主,以冷艳出名,遇人总是一副矜持的样子。柳明还写过一首后来像校园里每天清晨催人起床的校园歌曲一样"红"的歪诗:睛若流星同,面如棠蕊红。可惜鼻向上,朋辈不能攻。这诗在系里高年级男生中口口相传,孙庆华经常来,也知道,所以那天晚上在舒燕华家,黄京京要看柳明的诗,柳明就怕他连这首也端出来!因为挤对女同学鼻孔朝天总不是好事,女同学是八戒,自己就是那顽猴,而且那时候吃不到的葡萄就是酸的!大家本就有同感,原来背后都叫她阿兹拉,后来因此诗而改叫"不能攻"。顾卫东原来议论到她时会说她父母想要她母仪天下先"仪"湘,到了高年级每次睡觉前议论到她时,不是嫌她学位高,冒犯了女子无才便是德的古训,而且头发长见识短,一定嫁不出去,就是以"不能攻"为称呼。现在她成功地嫁了他的老乡,不但请了来聚会,连称呼也改了。

幸亏他先改口了,要不柳明"不能攻"的称呼马上就要出口了:"原来师兄跟我们系花是一家。"

范湘仪也一改腔调,笑着还击道:"柳明又开始东拉西扯了!你们宿舍是最混乱的,别以为我们女生不知道。"

柳明觉得她原来也挺随和的,过去确实没发现,原来她心里早就对学兄芳心暗许了,难怪要藐视身边群雄了,朋辈都错怪了。顾卫东充好人,像现代京剧《智取威虎山》的人物一样拉着腔调打起了圆场:"'八年了,别提它了',那都是过去的事了,现在大家都不容易见面,聊点高兴的吧。"

师兄一直不说话,这时插话:"你们一个系的,我又离开得早,肯定有不少我不知道的,说来听听,我很感兴趣。"

顾卫东和柳明相视大笑,柳明笑的是这位学兄面相看上去有点老,似乎有三十好几了,跟范湘仪在一起有点满树梨花压海棠的意思,怀疑她是不是听到了顾卫东说她嫁不出去而急于成功给大家看,反倒成全了自己把她比作海棠,如此说来自己是一语成谶了,岂不罪过?

顾卫东道:"能有什么你不知道的?美女被你带到北京了,还不满足。"

范湘仪好像有点得意:"都是不好的话,现在倒是可以回忆回忆,不妨说给他听听。"

柳明想鼻孔朝天这种话岂能当面说,但听她这么说,怕又引起歧义,为打消学兄的好奇,可能还有不安,赔着笑道:"没啥不好的,都是给你们俩歌功颂德的。"

正在闲聊,交通研究院的邱达理来了,柳明见他来就不吭声了,借口出去等孙庆华和舒燕华,独自下了楼。

在楼下跶了会步,看了会这听鹂馆的介绍,刚弄明白原来这馆是颐和园听鹂馆的分号,想当初那颐和园可是皇家的禁苑,推测这顾卫东一定是大发了。正寻思着,孙庆华就到了,问他:"舒燕华呢?"

孙庆华道:"已进旺季了,哪有空出来聚会! 我还有话要对你说呢,他们到了没有? 在这说还是进去说?"

柳明马上明白他想说黄京京的事,想听又怕听,也怕他说起来没完,就推托说:"就等你了。什么也别说了,吃饭去吧。"

两人进屋就吃饭,顾卫东还在大侃非洲,说:"在达累斯萨拉姆碰到当年在咱们母校同一专业留过学的家伙,他爸居然是个部长,在一起吃喝玩乐,甭提多有意思了! 工作上还帮了我很多忙。中国重返联合国就是非洲'拉菲克(朋友)'抬进去的,当然我这个中国人也不能让他这个非洲校友白帮忙,我们中国人是最讲究情义的,要不然我们也不会去。"

大家都哈哈笑,柳明知道顾卫东现在腰缠万贯,说话语气变化是应该的,边笑边琢磨孙庆华带的什么话。听他们聊,自己心里总是有片抹不开的乌云。

等席散了, 柳明要孙庆华跟自己一起去王府井选布料衬衣还有行李箱。孙庆华一听柳明要出国,马上来了劲,随柳明往车站走,边走边说黄京京的事,说了一大堆,大概意思就是黄京京准备去美国了,那边的亲戚担保已过来了,话锋一转就说:"还是你好,不考试也能出国,这黄京京是有亲戚在那边,想什么时候走就什么时候走,你是不是也去美国? 到时留个地址,你们还能在那边见面发展。"

柳明听了就心烦意乱,像怕他听了自己的回答会跑了一样拽着他上公交,郑重其事地告诉他:"我去的是澳大利亚,培训! 还要回来的! 你怎么老是提黄京京,不可能的事,你总提,我已经跟她说清楚了!"

孙庆华祭起他的连环八卦掌:"那有什么关系? 出去了,谁管得着? 你从那个什么澳大利亚往美国一跑,啥事不都 OK 了? 离她爸远远的!"

车厢里人不少,孙庆华的话又说得响,周围几个乘客不住地往他们俩看,柳明知道出国的话题吸引了人们的注意,压低声音但斩钉截铁地用家乡话说道:"你怎么还不明白! 我不是罗密欧,她也不是朱丽叶,最好不要再扯这个事了。我真后悔拉你去王府井,我的出国批件还没下来呢! 这话要传出去,我的政审还通得过吗? 要知道我连个党员都不是,局长给了我多大的面子?!"

孙庆华还在唠叨:"难怪舒燕华不高兴! 你肯定也是这么粗鲁对待黄京京的。你要知道,你这样不但伤了一个,还得罪了一个!"

柳明觉得他安排的这相亲弄得自己像落汤鸡一样的狼狈，笑着回击道:"那怎么办呢？我总不能中国一个媳妇,美国也弄一个吧! "

孙庆华马上反击:"要不是你,人家会去美国吗？还不是觉得在你这丢了面子! 不过也不全怪你,换我可能也不干。上次我没有全告诉你,他父亲总之是看不上机关里的,说什么大机关里也不是个个出色的,小地方也不是个个都是庸才,真正有才的人反而出在环境恶劣的地方。你说这叫什么话？哪是一个大知识分子说的话？真要勉强成了,将来有什么事,你还会怪我,谁知道什么样的符合他的标准。幸亏我一开始没跟你说她的背景,满以为你们俩慢慢相处好了这些事会解决。唉,这大户人家呀,真是的! "

柳明心里一片乌云散,想起母亲经常说父亲这边的亲戚都去了上海是应了"上海不是养人场,到了上海不还乡"的话,大机关对自己就是有吸引力,同学们为了回老家去了小地方的没准在后悔呢,现在叫我去小地方我还真不想去,龙局长都这么信任自己,谁说自己在大地方就一定没出息呢？咸鱼就一定不能翻身吗？黄京京父亲非要看低自己那就让他去好了,只要过了这事,自己跟他的满肚子"学问"又没有半毛钱关系。至于谁丢了面子不重要,该怎样就怎样,想到这,反而安慰孙庆华:"好啦,找老婆哪能讲面子,北京这么大,人才这么多,缺了谁不行,我们不就是穷酸书生吗,何必去惹大户人家？人家没准本来就不想在中国待着。这要怪你,不早说,要不那顿烧卖我说什么也不能去吃。人家家族是跟着历史过来的,不比我们见得多呀？人家毕竟是父女,能亲过你去啊! 领导和同事不能选,老丈人还不能选吗？舒燕华跟她是要好的同学,是姐们,我们俩是哥们,你得为我想才对。这事已经过去了,管他爹刮的东南西北风,咱们过咱们的小日子,回去跟你老婆也解释一下。不争(蒸)馒头争口气,你不是说老婆要自己张罗吗？虾找虾,蟹傍蟹,门当户对是有道理的。你就歇歇吧,看我的,大丈夫何患无妻! 今天就帮我看看买什么好,OK？ "

孙庆华一下子像泄了气的皮球,但还在嘀咕:"她妈说得真对,我也觉得你做事是有道理的,要不怎么会派你去澳大利亚培训,这可跟去非洲援外意义大不一样。"

柳明听他提黄京京的妈,不去反驳他意义有何不同,马上警觉地问是怎么回事,是不是那天晚上得罪了请自己吃饭的人,孙庆华道:"人家夸你呢,说看见你的眼睛那么有神就知道你是个干什么都行的人,还说你将来肯定比黄京京的爸有成就。"

柳明听见好话就乐,但嘴上还要谦虚:"那是她爸赶的时候不好,要不然说不定诺贝尔奖都拿回来了。人家是王侯将相之后,龙生龙,凤生凤,我们小户人家出身,怎么能跟人家比?哎,她妈会相面?这话你怎么不早说,害我难受了这么久。"

暴风雨过去,云开日出,两人轻松地继续用家乡话闲聊。

好不容易安抚好孙庆华,王府井也到了,两人东逛西逛,柳明想先看好,等批件下来再来买,所以只选购了一堆像景泰蓝手镯、剪纸等小玩意。最后柳明假意邀请孙庆华去自己食堂吃饭,孙庆华道:"拉倒吧,我还要回去做饭呢。在人家屋檐下住,我也不请你去了。"说完分了手。

又是一个多礼拜过去,出国批文终于下来了。老温起草并经过老霍和龙局长签字的政审材料把柳明结结实实地夸了一通,外事、人事、办公厅财务等各有关单位一致通过,委领导签了"同意"两字!柳明看着就心花怒放,想起孙庆华说的什么直接飞美国的话,简直是胡扯!我岂能辜负了组织的希望!只是一直在心里琢磨的申请入党的事现在是时候了,历史的经验和现实的事例教育了自己,看清了社会发展的主流精神,更重要的是自己觉得思想和行动上不比别人差,差就差在组织上还没入党了。

当晚就写了份申请,第二天交给了支委老陆。老陆郑重地约柳明下班后单独谈了次话,肯定了柳明的正确举动,说现在处里就柳明是非党员了,鼓励柳明出国后多写思想汇报,找了几本书要柳明看,其中除了《党章》《共产党宣言》,还有刘少奇的《论共产党员的修养》。柳明想这些书自己在校就看过了,要不然自己早就回老家尽孝去了,还想告诉她写下"先天下之忧而忧,后天下之乐而乐"和"国家兴亡,匹夫有责"的范仲淹和顾炎武可都是苏州人,还有南宋著名诗人范成大,出使金国,抗争不屈,也是苏州人!自己作为姑苏传人,能没有一点境界吗?何况当今真正的知识分子依然是懂得为国尽忠的,像年轻的吴海英虽然不是党员,但她做到了极致,用自己短暂的青春写下了最美的诗篇……但想了想老陆是领导,而且是个知识分子领导,应该懂得自己的努力和良苦用心,此时无声胜有声,何须分辩,就不住点头表示同意老陆的意见。

不知怎么的,柳明出国的事也在单身楼传开了。年轻人都很羡慕,不少熟悉的人来道贺,还有取经。有的说你们局长可真有魄力,敢把单身汉派出去,不怕跑了。也有位开玩笑说你们局还要不要人,我调去你们局算了。更绝的是有人说他们局长没女儿,要有的话就怎么怎么好办等等。柳明马上正告他自己连局长家门朝哪儿开都不知道。沈瑀是早就知道柳明要出国的,这时打着圆场说都有机会的,早晚的事。大家嘻嘻哈哈地又像年还没过完。

柳明乐此不疲地跑王府井采购衣服和礼品,因为老家汇来的一千元已到了。忙中出错,去阜成门中行营业部换那三十美元时遇了小偷,放在裤兜里的人民币被扒走两百多,回到宿舍里一说,沈瑀说算了吧,别提了,单位知道了,肯定说你不会办事,护照没丢就万幸了。柳明知道这是他一贯的态度,报喜不报忧,还在唠唠叨叨,说那可是两百多啊!要带我那个会功夫的同学去就好了。沈瑀在一边笑,说你是什么要人呢,还带保镖出去办事,少买点礼品不就结了。柳明想确实也是,跟单位说了也没人补偿,跟满北京找不到有关澳大利亚的资料一样,只好忍下,既心疼又郁闷地过了几日。

正忙得焦头烂额时,许久没来信的符兰突然来了电话,说她跟伍局长已到了北京,住在六部口的一家宾馆,约柳明晚上去见面。柳明想她怎么不闯来办公室,也好干脆让她亮个相,让大家看看,咱柳明同志虽然年轻,也有对象了,不再是嘴上没毛,办事不牢的黄口小儿了,而是个能挑工作重担的成熟男人了。

到了晚饭后,柳明心里着急,但表面镇定得像没事人一样溜达出单身楼,坐公交车去了六部口。到了才发现是一个很不错的小宾馆,北临西长安街。

老远就看见符兰立在门口,合体的碎花连衣裙更让她变成了一个真正的窈窕淑女。两人见面,柳明觉得她好像比去年白胖了许多,说她菜一定做得很好,吃得丑小鸭变成了白天鹅了,说着还夸张地张开自己的双臂当翅膀比画一下。符兰开心地说来了好多人,就不上去了。柳明说应该去见见伍局长吧。

随后就去了伍局长的套间寒暄了半天。听伍局长夸自己,柳明颇不习惯,在海南时她怎么没看出自己是个人才,心里狐疑,但当她的面连看符兰都不敢,好不容易等她夸完,估计她接下去要夸符兰了,赶紧推托说去符兰那里取她带的东西。伍局长笑着说她知道的,弄得柳明不好意思起来,不知道她知道什么,但看来她确实知道了,只好厚着脸皮告辞。

到了符兰的房间,果然有位大嫂在屋里,符兰介绍说是局里的办公室副主任。

取了带来的干海货,柳明放入随身带的包里,两人就出门去轧马路。从六部口一直往东走过西单,两人的话聊不完。

其时正是北京的初夏,气候宜人,傍晚的长安街上,华灯初上,灯红树绿,人来车往,煞是热闹,一切都是美好的。种遍北京大街小巷的槐树上,串串白花正在酝酿,离落英缤纷的时节还早,但柳明依然能闻到花香,沁人心脾。许久柳明才发现这香味来自身旁的符兰,禁不住心旌摇荡,随手在马路边摘了朵月季花递给符兰。花前月下,符兰盯着柳明看不说话,安静地站在柳明面前,明亮的双眸随着灯光闪烁,鼻翼随着她的呼吸在开合,内心似乎想拥抱一下。柳明把一切看在眼里,但想到这是在大马路上,便不敢造次,尽管的确有人正这么做,开玩笑引开她的注意力:"原以为可以飞过海南岛时在飞机上给你发个电报的,你终于还是来了。"

"人家就是想来嘛,你什么时候出发?"符兰好像有点失望。

"七月底吧,等通知。下午的飞机,到时会飞过海南岛。"柳明故作轻松。

"要去那么久,你会给我写信吗?"

"你说呢,不给你写还给谁写呀?"柳明笑出了声。

"你会不会不回来?"

"我当然要回来的,不回来的话,现在就出不去了。"柳明想起了顾卫东挂在嘴上的中国人最讲情义的话。

"不回来多好啊,把我也带出去。我们那里很多有海外关系的都出去了,我不想在海南待了。"

"暂时不还得待吗?一切等我回来再说。中国人绝大部分没有海外关系,我就没有,再说我压根就看不起哪儿好就去哪儿的。"柳明本想说这些人跟汉奸虽然不同,但也差不多了,话到嘴边咽了回去。他不想说过头的话,出国的人各有各的目的,各个时期出去的情况也不尽相同。近代出去的最多的是"卖猪仔",到美国当铁路劳工,或者是下南洋,可能还有很多不知道来由的移民,大多数移民无不伴随着血泪。这样说或许太刺激她,谁知道她是不是真的没有海外关系呢?广东很多人是有的,文昌可也是个侨乡。

"真的等得到你吗?我怎么觉得都是假的一样。"

"傻吧,你就。"

"我就是傻,我现在就要到北京来。"

"你不是来了吗?"

"你知道我说的什么意思。"

"等我回来才可以。"

"我真想跟你一起去澳大利亚,我担心你不回来了。"

"你看,又来了？什么时候我们的想法一致了,你就可以来北京了。"

"美得你！谁说我自己不能来北京,没你同意我这不是也来了吗！"

"哎,你们这次来北京主要做什么？"柳明发现快走到天安门了,示意符兰一起往回走。

符兰告诉柳明伍局长带人来到部里衔接工作,建省的事估计快了,这样就可以直接与部里对接了,海榆东线就有希望上马了。

柳明轻松地道:"哦,怪不得人家都说要跑'部''钱'进,原来是你们发明的。"

符兰又说起海口军用机场已经快要通民航了,柳明想起那个离海口很近,曾经停满走私汽车的小机场,充大地纠正她说那叫军民合用。符兰说你什么都知道,那我说点你不知道的吧。随后说了她的家世,文昌台风很厉害的,她的母亲是如何在台风来的时候,不愿离开破烂的祖屋被砸伤致死,原因是她爸在外有了相好的,而他原来不过是公社文化站的放映员,是从你们江苏无锡怎么流落过来的,是她外公当区委书记时看中了他,她外公是琼崖纵队出来的老干部,文化不高,符是她外公的姓。柳明听得心惊肉跳,像她带过来的八爪鱼干活过来了一样在挠,问她的父亲现在做什么,符兰说在海口当什么局副局长呢,因为后妈的爹是海口的高级干部。这一连串的事把柳明惊得目瞪口呆,历史到了她爸这儿是登峰造极了,应该叫"情圣","公情者"都要让贤了！从古时的陈世美到身边少数人也在干着差不多的事,柳明忽然无语了,还好自己的朋友们还没有这么干的,这么干的都不是自己的朋友,这符合鲁迅先生说的"物以类聚,人以群分"的原则。符兰说是不吓着你了,柳明赶紧摇头,又接着点头,弄得自己都不知道要表达什么,支支吾吾地问她什么时候回海口。她说看伍局长的意思吧,正事明天就办完了,这次的任务就是来认认门,后天开始大家一起去逛北京。柳明告诉她自己最近特别忙,只能晚上过来看她,符兰都接受了。

回到宾馆门口,两人恋恋不舍地告别,符兰缠绵悱恻,恨不得"执手相看泪眼,竟无语凝咽"。柳明几度踟蹰,而后斩钉截铁地回去。路上琢磨开了,这符兰的生父是无锡人,不会对江苏人有什么不好的看法吧,苏州和无锡可是只有一箭之遥！或许她压根就没去过江苏？想了半天,记起她说过除了广州没去过岛外的其他地方,这才稍许心安。

第二天晚饭后,柳明如约来到宾馆门口碰面。柳明领她直接坐公交去了天安门广场。绕广场一圈下来,符兰就有点累了,坚持到大会堂门口的台阶上坐下继续聊。符兰就聊她小时候如何孤独和困难。柳明很关心她对江苏人的看法,符兰说她在工地刚听说柳明是江苏人时心里咯噔一下,都不敢追问柳明是江苏哪里人,渐渐熟了才发现江苏人也有好人。柳明开心地笑,讥讽她是井底之蛙。符兰得意地说看来我就是生来要跟江苏人打交道的。柳明开导她说她本来就是半个江苏人,符兰若有所思地说不知道是不是天注定,不过现在他父亲好像开始关心她起来了,背着他后来的孩子和老婆来看她,她躲了,问柳明人老了是不是都这样,柳明说我哪里知道这种事。柳明确实不知道,只知道兰生幽谷,她的名字跟她的身世是不是巧合?他现在最关心的是自己的问题——出国准备,当然还有跟前的符兰本人,符兰说什么都是柳明爱听的,他愿意倾听,给她提供排遣心中苦闷的机会。

随后三个晚上,两人都在卿卿我我中甜蜜地度过,足迹遍及天安门广场和前门地区的各个小店铺,还硬着头皮给她买了几件女子小饰物,像达夫先生说的"饿着肚皮而高使着牙签"。

每晚都是艰难的告别。

到了周六晚上再去时,却不见了人影,到前台一问,才知道海南客人已退房回去了,柳明忍不住的失望,怨符兰昨晚提都没提到,无奈地打道回府,原来打算领她到宿舍亮相的打算只能落空。

礼拜天到王府井转了大半天,别人到"红都"做衣服,柳明贪实惠,随便找了个在大街上挂牌,在胡同里干活的敢接活的小铺子做的,结果还没做好,让柳明心焦,怀疑那浙江裁缝是不是假货的祖师爷。出国的其他准备工作就差不多了,这时已到了八六年七月六号了。晚上柳明继续听英语磁带和看书,因为受不了去昆明路上那德国洋婆子流利英语的刺激,这些资料和单卡录音机都是从云贵川回来后马上置办的,录音机虽然是简单的国产货,但管用,柳明觉得自己听力有了进步,现在又多了几本老陆给的书,柳明反复琢磨,觉得该写的还得写,计划在出国前写份思想汇报。符兰的不辞而别暂时被放到了一边,心想总有她的原因吧,明天上班还没消息就去邮局打个长途电话问问。

不出所料,礼拜一上午交换文件时惠大姐带来了符兰的来信,柳明觉得自己是心有灵犀两点通,习惯地将它放入抽屉。到了晚上一个人时,柳明才打开信看。

柳明:
现在屋里屋外都是安静的,我终于能够坐下来给你写这封信。这次北京之行是多么愉快，很久没见到你了，所以才如此。请你原谅我的不辞而别，因为我怕当面告别，我会控制不住自己，让别人见笑，我想让你记住一个坚强的我。伍局长本来批准我多留几天，我不敢再在这时让你分心，只盼你早点来信，我想知道你从今后的一切，我想时刻跟你在一起。很想写下去，但又怕影响别人休息，再见了。

我把你的稿费连同其他人的一起都给了海英的父母，她老家在农村，挺困难的，相信你不会怪我。海英的弟弟已招工到了陵水分局，伍局长还是挺不错的，忘了跟你说了。

符兰于宾馆
7月5日

看完信，柳明陷入了亢奋，挥笔写下回信并附诗《蝶恋花·我们》一首：

　　云漫月遮觉露至。一晌黄粱？君到京都喜。相见方知兰苦觅。曾经寸断愁千里。
　　城锦风轻迎面起。多少欢愉，全往心头记。迎娶娇娘需几日？前门楼下屈兰指。

此后只要得空就写，一一寄去，还写了很多新诗旧诗。

一天下午，很久没见的江苏的师兄钱之若来电话约去喝啤酒，柳明按他的要求去各人办公室邀了小德、沈瑀和黄同坤，再从单身楼里拽了陈春生和另两位，下班后一起到了车公庄大街上的大都饭店，罗晨出差了没有去，还是凑成了大半桌。钱之若有的认识有的不认识，都是年轻人，嬉闹半天，紧俏的雪花啤酒喝掉两箱，话唠了几车。

席散，钱之若问柳明春节怎么不去找他，一起回母校转转看看老师。柳明告诉他车都上不去，自己又是坐硬座回的北京。钱之若马上说回江苏一切找他就行，还介绍说国办明副秘书长是苏州人，早年跟他父母就有交往，给柳明写了明副秘书长家和苏州经参委的蒙科长的电话，嘱咐说有空去看看领导，到苏州有事找蒙科长就行。柳明接过纸条，回去没两天就搞丢了，因为觉得秘书长那么大的领导，自己一个小萝卜头不便去打搅，至于蒙科长那里嘛，因为自己没权给人办事，不敢添麻烦，今晚的活动还是看在师兄面上才来的。同时觉得没本事的人才炫耀权力,自己没实力问鼎处长所以也没想去刻意认识谁,也就没当回事。

到了月底,柳明给符兰寄出一封重要的信,告诉她不要再来信,为给她鼓劲,也为自己打气,附自己的新作一首《椰子与海》:

大海依然蔚蓝
我却要远渡重洋
关山阻隔的是你我的手
隔不断的是思念
思念是永不间隙的信
思念是永慰你心的手

因为我是一颗中国的椰子
只会发芽在家乡的土地
异国他乡并不是我的乐土
虽然我已看见了那里也有海
但那只是一根红线
在心里把我们连接

你临别的叮嘱使我感动
你担忧的告别让我心悸
但我的告别不是为了让你泪流
泪流不是我别离的由衷
尽管你知道
露打的椰汁会更加甜蜜

等风从海上再来
风会告诉你我的所有
风会把你在梦中轻轻抚摸
等你从梦中醒来
那清风拂动的家乡椰林
便是我在向你招摇

七

到八月八日过周末的时候,柳明已在悉尼生活快两周了。根据接待单位 SHT 公司的安排,柳明和来自上海的科长杨峰结伴住在一个叫安克利特的地方。

房东是一对姓伍德的老年夫妇。老两口的住宅有三个房间,前院敞开临马路,后院种着花草,还可以晾晒衣服。柳明和杨峰占了两间临马路的房间中的一间,优美的环境让人想起"采菊东篱下,悠然见南山"的诗句。在这片住宅区里,老两口的房子再普通不过了。很快柳明就发现这里老年人多的原因,离悉尼机场近!每天早晨和傍晚当飞机从头顶掠过时,柳明都觉得脚下的地在抖,显然是因为这里房子便宜,适合拿退休金的老人居住。也只有这些外国的"贫下中农"才会想起设法去招揽几个外国人来吃住,好挣些房费贴补生活。等发现了这一点,初来时看到的遍地草坪和树木的优雅环境在柳明心里一下贬了值,第一天早晨下飞机时这地方的干净整洁可着实把自以为见多识广的柳明大大地震撼了一把。

时下正是悉尼的冬天,但气候好得让柳明想起昆明的"天气常如二三月",每天换上新衬衣,再套上一件羊毛衫,单肩斜挎着北京买的时髦挎包去位于邦迪枢纽附近邦迪大厦里的澳洲英语学校上课。

头次出国,柳明全身上下都是新的,与学生时代的服装彻底告了别。到处的洋文和高鼻子老外的新环境刺激得柳明像打了鸡血,誓要展示当代中国人的风采。尽管在北京登上澳大利亚匡塔斯航空公司的飞机时已一文不名,还是认为邋里邋遢的衣服带出国是不合适的,下了飞机柳明就庆幸自己的这一决定。唯一不满意的是摊上了与杨峰这样的上海人同屋,因为全团十八个人被分散安排住在九个悉尼外国人家庭,其目的是让大家尽快熟悉澳大利亚的人文环境,特别是语言,而这个杨峰什么时候都要挤在前面。柳明还在琢磨伍德夫妇那难懂的苏格兰口音表达的意思时,他已经"Yeah!

Yeah!"个不停,伍德夫妇便以为柳明也听懂了,等柳明大概弄明白老两口的意思时,杨峰已代表他跟老两口聊完了。柳明想就算自己承认你英语口语能力强,但也别抢别人的饭碗呀,心里很烦他,却没办法,好在在语言学校没跟他在一个班,部里设计研究院的小刘又神差鬼使般地与柳明坐到了一个教室。

小刘的英语口语水平跟柳明差不多,又是在海南时的老熟人,到了悉尼自然是哥俩好。中午小刘就拉着柳明下到一楼琳琅满目的洋铺子里花 7 元差一分买只烤鸡,轮流付账,一人一半,举着鸡到大厦前的小花园里找个僻静处啃。按他的说法,反正 SHT 公司发的津贴虽然只是澳人的最低社会保障标准,但也足够吃饭的了,因为住宿费和早晚饭的费用 SHT 公司已付给房东了,再考虑什么恩格尔系数毫无意义。可柳明想的是自己的工资停发了,能省一个是一个啊,一只鸡就合人民币四五十元了,哪像他们单位奖金一发一大把的,但也不能太跌份,就随他了,何况那烤鸡的滋味好得吃了一回想下回。

今天是星期五,按澳大利亚人的规矩也是周末,洋人生产力水平高,一周只工作五天,明后天就休息了。按 SHT 公司的安排,周末房东不提供早晚餐,柳明只好在从学校回伍德先生家的路上买最便宜的饭——两袋片状的面包。因为上个周末出去找吃的时,发现住处附近的店铺都在周末关门打烊了。在北京时看资料总见经济学家们说要提高中国的第三产业的水平,没想到老外的第三产业倒是倒过来的。结果柳明误打误撞摸到了唐人街,发现勤劳的华人倒是家家店开着,心想到底是中国经济学家知道华人,或者说华人知道中国经济学家们的理论。

馆子不敢下,但超市里吃的喝的都有。那超市像中国的阅览室一样都是开架式的,门面不大,但走进去里面东西的丰富让柳明吃惊,挑两盒牛奶两罐午餐肉就当了两天的伙食。牛奶是纸盒装的,从没见过,罐头是中国广东货,超市里大部分货都是中国外贸品,在国内没见过。还在华人书店里看了一天半免费的书报,发现了好多新奇的台湾或香港的书报,都是繁体字的,报纸的内容大都是乱七八糟的生活方面的事,书的内容却是荒诞离奇的武侠或爱情故事的多。第一个洋周末就混过去了。

回到住处时杨峰已回来了。有感于外国人传说:一个中国人最可怕,两个中国人好对付,三个中国人时放心睡觉。深知这位上海同胞的德行的柳明因此每天早晨要装团结跟杨峰一起出发去学校,但每天下课后都要到学校语音室听磁带,不愿意跟他一起回,这样路上见到人还可以故意问个路什么的,好跟人搭讪,练习听说能力。

这时杨峰正与伍德太太聊得很欢,柳明一听就知道又是在说做上海菜的事。老太太喜欢研究做菜,炫耀过几本西菜谱。杨峰很有经验,把他从上海带来的菜谱送给了她,她就更喜欢杨峰了,好像把柳明送了她一对景泰蓝手镯的事给忘了。

伍德先生见柳明回来了,马上示意老太太开饭。

伍德先生是喜欢柳明胜过喜欢杨峰的,估计是因为杨峰总缠着老太太说东说西。伍德先生的话是不多的,但柳明觉得他喜欢和自己聊。果然,按头一天安排好的座位,中外双方在长条桌的两侧面对面坐定,伍德先生开口就问坐他对面的柳明北京怎么样,柳明已习惯了他的口音,见问就逮住机会结结巴巴地如实说北京有多少多少景点。老太太马上说中国那么大,吃的都是米饭吗?杨峰拣着了机会,马上说不一样的,南方人吃米饭,北方人吃“傻瓜”(面条)。老太太优雅地纠正说是面条,noodles,不是傻瓜,noodle。伍德先生脸上露出鄙夷的神态,摇摇头,对柳明说他年轻时到过香港和上海,因为他当过海员,但他不喜欢那里,只知道你们的毛主席很伟大,他抗日!从那以后还没见过真正的中国人。老太太说她知道中国有慈禧女皇,中国就是竹帘政治(Bamboo curtain)。柳明猜她想说的意思是垂帘听政,不知道是贬义。晚饭后查了字典才知道这一点,心里埋怨杨峰英语不错为何也没反应过来,还不断“Yeah! Yeah!”地瞎附和。

伍德先生很生气地对老太太说中国早就没有皇帝了,现在的领导跟我们的霍克总理是一样的人,要不然中国人怎么会来我们家?老太太跟他还嘴说她从没去过中国,哪里知道这么多。两人像斗鸡一样拌起嘴来。

杨峰是个白面书生,地道的上海人,年纪已三十出头,这时不知是由于上海人的精明还是被吓着了,只顾低头用勺喝汤,柳明想劝但完全跟不上他们说话的节奏,只好也低头喝汤。喝汤的方法也是老太太指导过的,用勺往外舀起,再往嘴里送,吃东西时,嘴里有食物便不能说话。柳明发现现在喝汤倒是很合适,可以不说话。

等老两口吵完了,两个中国人的汤也喝完了。当过售货员而又口齿伶俐的战胜者——老太太起身去身后的灶台上端来主菜烤羊排。杨峰接过盘子说声谢谢就熟练地用刀叉吃起来,柳明学他样说声谢谢就接过盘子。但羊排是带骨头的,柳明还不习惯用刀叉吃,记得前两天吃炸鸡块时,老太太说过可以用手抓着吃,但面前的羊排比鸡块大,啃起来估计会很难看。正在犯难,伍德先生说:“柳,看我的样。”他往盘里淋上酱汁,左手用叉按住羊排的一头,右手用刀顺着骨头就把羊肉剔了下来,三下两下就剔完了,然后用叉叉住肉蘸酱往嘴里送,柳明学样也干完了。老头投来赞许的目光,老太太好像很不屑,不断地跟杨峰聊上海菜。

吃完主菜后的甜点早被两个中国人在第一天就婉言谢绝了,接着喝杯咖啡就算完成晚餐的全部程序了。

每当老太太和杨峰聊怎么做上海菜,柳明就在心里笑他们俩。这与客厅连着的开放式洋厨房虽然炊具都很先进,灶是管道气的,而且自动点火,还有用电的;锅是平底不沾的,有好几口;喝咖啡有咖啡机;灶下有烤箱,可以烤鸡烤肉和蛋糕饼干什么的;烤面包有吐司机;洗盘有洗碗机。乖乖! 但就没有隔断,岂能炒中国菜,难怪老头不喜欢爱出幺蛾子的杨峰。还有一个原因就是柳明到后院自己洗衣服,上厕所用后院备用的。杨峰则用房东的洗衣机,用室内厕所方便。虽然都是老太太同意并邀请过的,但老头不一定愿意,清官难断家务事! 柳明牢记古训,生活细节上非常注意,反正集体宿舍的生活过惯了,何况条件还没这么好,尽量少给房东添麻烦,不像杨峰那样觉得跟老太太好得像亲儿子一样。但按老太太第一天的提醒,胡子是天天刮,澡是天天洗,衣服天天换,放在自己房间等周末洗。为这些事他当时还认为老太太是不是觉得中国就是个贫穷落后的不毛之地。

像今天这样的晚餐除了周末天天上演。令柳明兴奋的是每五天为一周期,天天晚上的主菜都不重样,而早餐也是一样丰富,煎鸡蛋、烤面包,或煎培根、香肠,还有黄油、牛奶、橙汁、咖啡,当然还有英国人少不了的红茶,往往忙得赶时间去学校的两个中国人应接不暇。每天吃完早餐,老太太问茶还是咖啡的时候,两个中国人都边擦嘴巴边紧摇头,因为从这里到学校要转两次公交车,虽然马路上小轿车比北京多了去了,可上下班时公交车上总是满的,因为路上没有骑自行车上班的,不开车就只有坐公交了,"贫下中农"还是多呗。柳明心里总嘀咕什么时候中国人也过上这"贫下中农"的生活该多好。

晚饭后,杨峰照例要跟老太太热乎一会儿,说要帮她洗盘子,老太太照例是不让他插手,把盘收拾到机器里完事,但很愿意听杨峰聊上海。老先生则坐到沙发上看电视,柳明还不能看懂电视,也没那么多词汇量聊复杂的内容,便回房间做作业。

语言学校没有中国式的正规校园,只在邦迪大厦两栋楼里占了一栋楼的两层,每个教室可以容纳十几个学生,没有桌子,只带可以在上面写字的扶手,有点像中国的大学教室。教师是随时换的,同学也是随时换的。柳明因为发不准 Sydney(悉尼)中间那个间隙的音,急中生智想起了在唐人街中文报上把悉尼叫作"雪梨",变着腔调说也不对,连累小刘一起被降了班,同学们也随之变成了新同学。也没有正规的教材,上一节课就发几张复印的手写的讲义,每种句型反复练习讲讲就记住了,然后就布置大量的造句作业,内容全是生活中的场景。柳明发誓要重回高一级的班,因此一门心思抓紧时间学习。

次日晨两个中国人又一起出了门,不过上了街就分手了,柳明独自去植物湾,老师提过澳大利亚第一个英国佬登陆的地点就在植物湾。

公交车上空空荡荡。澳大利亚一共 1600 万人口,国土面积倒有 770 万平方公里,摊到每辆公交车上就没人了,也可能是因为这是通往远郊的公交线的缘故吧,又是周末。柳明胡思乱想着,一会儿就到了海边。沿着微微泛黄的草坪,走到库克船长登陆点,一个旧炮台就在眼前,蔚蓝的天空,和煦的阳光,浅湾的外面就是浩渺的太平洋,碧波万顷的大洋波澜壮阔,水天一色,海鸥在海面自由翱翔,海浪撞击着岸边的礁石,颇有"乱石崩云,惊涛拍岸,卷起千堆雪"的豪迈,哗啦哗啦的涛声有节奏地传来,空气清新得让柳明想像鸟儿一样飞,感觉又回到了海南,不过海南好像没有这么美的海边人工草坪,唯一能比的就是海了,还有鹿回头宾馆。

掏出相机用自拍功能给自己在锈迹斑斑的大炮前留了影,就席地而坐思考起来。这么好的地怎么就全让老外给占了做囚犯的流放地,而如今这个地方建设得这么好!到处不露土,有真正的 Green green grass to play on,皮鞋不用擦,衬衣穿几天领口都不脏,每天可以洗澡,肉蛋奶是家常便饭,公交车上、商店和银行里遇到的澳大利亚人都彬彬有礼,上公交、银行,去哪都这样,人多时就排队,也没看见大街上男女抱着啃的镜头,素质高得难以与囚犯的后代联系起来。

想得烦了,柳明干脆不去想了,掏出讲义和那本宝贝托福书来读,饿了就吃面包,盘算一下中国的来信会什么时候到,总之今天就要一个人在炮台过了。

星期天的时候,柳明又独自背着书包就近在安克利特找块草坪坐着看书,看累了就躺下数飞机,饿了就掏片面包吃。草坪上偶有家长带着小孩来嬉戏,柳明想跟他们套近乎,一不小心把小孩吓跑了。柳明明白是自己的洋泾浜英语或正儿八经的穿着作的祟,因为下飞机时中国人都是西装革履,进城一看满大街的便装,之后西服再没穿过,衬衣西裤却没法不穿,因为那种老外风格的便装自己压根没有。想去唐人街,又怕见中文,那里的街名都是中文的,叫德信街,一看就是中国人起的名。出国以后全英语的环境得来不易,还是憋着点好。

周一去学校,班上来了位台湾来的女孩,班上的印尼学生们课间都跟她打招呼,用英语交流各自的信息。柳明也想往前凑,小刘阻止道:"别惹事!"柳明只好打消跟她会会的念头,但于右任先生的"葬我于高山之上兮,望我故乡;故乡不可见兮,永不能忘。 葬我于高山之上兮,望我大陆;大陆不可见兮,只有痛哭。"总是萦绕在心头。

周二时碰见她,柳明好奇心不死,不理会小刘的告诫,决心跟她聊两句,但小姑娘们总在一起聊不完,柳明又凑不上前,便突发奇想,在边上哼:"我站在海岸上,把祖国的台湾省遥望,日月潭边……"这首歌是柳明小学时学的,现在被用作了接头暗号,想告诉她自己是大陆来的。那女孩盯住柳明看半天,惊愕得下巴要掉下来似的,这时老师进来了,上课了。从此那女孩一下课就不见了,直到柳明和小刘换班级也一直没机会跟她聊聊。

忙碌到周末放学后,牛团长召集全团开了个短会,问问大家的情况,有的说吃得不好。柳明脱口而出道这还吃得不好啊,天天肉啊蛋啊的。那家伙说你才天天吃好的,他们的房东抠着呢,早晨就牛奶面包,晚上就是鸡,鸡是最便宜的了。还有的说住得太远,公交费太多。有说房东家太闹的。也有人说参观歌剧院不花钱的,大家可以去看。五花八门地说了一大通,牛团长总结说这些都是小事,能够克服克服一下,要看到 SHT 公司安排大家来花了不少钱和精力,还专门配了联络员,要从中澳友谊的大处来想,不要多想钱的事,柳明是停了工资来的,你们企业的都是拿着奖金来的,老算小钱干吗? 提起点中国人的精气神来。等他讲完就没人再说了,接着散会,因为怕人家以为中国人在搞什么集会。

柳明知道这帮家伙除了经管经参委、交管部、铁管部的四位,还有小刘单位两位和西安运输学院两位中年教师以外,其他十位都是企业的科长或科长级经理等实权人物, 而且都是从大连到广州的沿海发达地区来的,有港口企业,也有公路、铁路单位的,估计早都是万元户了。平时家门口的海鲜吃惯了,改吃老外的鸡就不习惯了,可自己听房东老太太说悉尼虽然靠海,鱼类也是挺贵的,因为西方人是不吃多刺的淡水鱼的,所以快一个月了自己也就吃过两回海鱼,虾的腥味还没闻过。可这并没有丝毫影响柳明抓紧学外语的决心,有鸡吃就相当不错了! 他们哪里见过自己走过的大西南大西北和东北地区那些处于艰难困苦中的贫下中农的生活。据观察，这帮家伙居然省钱省到学校里了，在学校中午吃最便宜的面包或9角9分一纸筒的炸薯条，饮料都难得买，难怪计较在房东家不花钱的伙食。不过，不花钱的悉尼歌剧院明天自己是一定要去参观一下的了！因为期盼中的中国来信都由联络官转来了，母亲关心的是外国人吃什么，符兰在意的是是否回国。该回的信都回了，单位的来信最简单，老温写的，指示安心学习。一切正常，而英语学校的学习还有两个多月，暂时没有紧迫的事要办。

　　周六早晨，柳明穿上新风衣，自觉很潇洒地独自去了歌剧院。到了悉尼港附近看时，歌剧院周围静悄悄的没见有人，柳明绕着歌剧院转了一圈，找人给自己照相。等了半天，终于拍了几张，然后从找好的北门进了歌剧院，听见有个厅里有歌声就进去了。

　　台上有几个人围着一个正在引吭高歌的胖女士，台下除了柳明没有第二个。柳明索性在近大门处坐下来，认真地享受起了她的歌声和优雅的环境，等弄明白他们是在排练以后便离开了。出门去接着逛总督府和植物园，再从圣玛丽教堂到州美术馆，再到麦考丽夫人角，地上没见一处垃圾，隔几米就是一个标着 Do the right thing（注意卫生）标记的垃圾桶，中国的省级宾馆都没有的树木草地环境让柳明看得目瞪口呆，而这里一切都是开放的，不花一分钱！想起黄京京母亲说过"文化聚拢了人气，人气抬升了文化"的话，怎么这澳大利亚人这么少，文化就这么高呢？

　　人家的自行车是锻炼用的，满大街没有卖茶叶蛋的，没有中国人眼下时髦的搂搂抱抱，也没有满天飞的制服、大盖帽。警察也不知道躲在哪个角落里凉快，要知道国内的每个部门都想与众不同，弄个帽子吓唬吓唬群众。每个省都争相上马冰箱彩电生产线，知道重复建设的"诸侯经济"不好，还挤破脑袋争项目！放开搞活经济的好政策被一些人变成了无序的竞争。

　　反复思考，想得有点头大，人家是否也经历过这乱糟糟的时期，但牛奶多了往海里倒的现象好像还没亲眼看见。想想还是国内的理论没跟上，实践已跑前面去了，像深圳，建设速度惊人，但基本的理论创新没有，更谈不上超前。五千年的文化到头来不如两百多年的历史，人家心平气和地悠闲上班，享受生活，过上了每周五天工作制，而乱哄哄急匆匆忙着赚钱的人还在加班加点，可叹呢！思考和比较像人在国外难免想起祖国和亲人的情绪一样自然地在心里涌现。其实究竟什么原因这哪是柳明能一下搞懂的，但有一点柳明明白了，那就是什么是当今世界发展的潮流，那就是真的要发展生产力了,等中国真的发展起来以后,那十多亿中国人会是一股多么强大的力量,自己就不用再在这儿装中国人不穷了。但现在重要的研究目标是刚发现的海港大桥,今天太晚了,明天再来。澳大利亚的桥梁港口和高速公路才是自己此行的终极目标。

晚上回到住处时,房东的女儿女婿带着满地爬的孩子回来探老人。杨峰正坐在客厅的地毯上跟小孩母亲一起逗小孩。伍德先生介绍过以后,柳明取了个小小的大熊猫绒玩具给孩子,孩子还太小,一点也不感兴趣,柳明有点扫兴。孩子爸是个矮胖子,端着啤酒罐喝着啤酒,这时放下罐跟柳明说话。柳明又熟练地介绍了一番北京,他问了一通北京特产,接着说他是个商人,正在贩卖中国南京出的鞋子,柳明忙找话说自己其实是南京人。他马上转身出去从车上拿来一双鞋,是塑料底布面最普通的那种。柳明想中国人都追求有一双锃亮的牛皮鞋,想不到这中国没人看得上的破玩意在这会有市场,后悔没带几双来送人。他问柳明在南京卖多少钱一双,柳明不知道他进价,怕他知道中国人的商业机密,只好装不知道,他很失望地一个劲说到他手很贵,利润很薄。柳明告诉他北京产的布鞋质量很好,应该比这好卖。他说他很想直接去中国进货,但旅行费用是否很高,南京到北京是否很远,中国人都会说英语吗,等等。柳明只好凭印象告诉他要找外贸公司。柳明本来就不懂复杂的外贸管理问题,再加上蹩脚的表达,更重要的是像去昆明的火车上老雷的提醒还在起作用,把对方搞得像坠入云里雾里一样稀里糊涂,最后说还是去唐人街找中国商人容易得多。没能为中国鞋商做点实事,让柳明尴尬半天。

星期天柳明来到海港大桥上,由于是礼拜天,桥上人车都很少。桥是下承式系杆拱钢桥,桥的西侧是火车轨道,柳明走的东侧是人行道,中间通行汽车,这人行道明显是后来车流量大了以后加宽加出来的,外侧设置了高高的防护铁丝网,隔几米就挂了个禁止攀爬和投掷物品,违者罚款的牌子,牌子下面照例是写着"Do the right thing"的垃圾桶,处处体现了设计的人性化。公路行车道的上空横置着一排交通信号灯,研究半天才看明白是可以根据早晚不同方向交通量大小自动调整车道数的,早晨进城车多时中间车道为进城方向通行,下午则反之。感慨老外经济一发达就什么都领先!

站在桥上眺望悉尼港,吊车林立,几艘海轮正在进出,柳明认真看有无中国 COSCO(中远)的轮船,细看了多时终于发现一艘,很满足地往北桥头去了。心里想着外婆经常讲的做饭"千炖不如一焖",这学外语也好,学专业也好,在家里苦学几年不如出来生活几天,全搞明白了。

下桥一直走到博尔思角,沿途逛逛街看看北悉尼的西洋镜,研究一下街边的停车计时收费器,在海边看看书,故意找人问问路,一天就又混过去了。

很快又是一个周末到了,柳明没地方去,想起了去机场看看。就循着飞机下降的方向一个街区一个街区地摸索前进,很快出了安克利特,前面就是空旷的一大片,机场就在不远处。一条带钢护栏的四车道公路通向前方,路上汽车呼啸而过,柳明想正好可以看看路,毫不犹豫地踏进机场公路,走了三四十分钟,机场到了。

出国前就听说过很多中国留学生在国外打工的事,出来后也知道语言学校的印尼同学也有不少在打工,柳明想何不今天也体验一下呢,可转遍候机楼没发现似乎可以提供打工机会的地方。无聊地往外走,看见一对老年夫妇正吃力地往大巴上搬行李,便上前献殷勤,嘴里说着要帮忙吗,下手就提包,老头马上连说不。柳明已知道澳大利亚人是没有付小费的习惯的,忙说不要小费,这下老太太也加入进来说不了。柳明只好松手,看着他们上车,心里搞不明白他们为什么这样,看来老外是不习惯雷锋精神的。柳明这下更无趣了,机场也不想看了,干脆也上了车回城去了。

一直乘到市中心的终点站皮特街,漫无目的地闲逛,碰到团里运输学院的两位也在闲逛,便合兵一处逛大街,逛到热闹的巴色斯特街,又碰上了一个人的小刘,问他同住的他们院里同事小苏呢?小刘说他打工去了,说完好像又想起什么,又补充说可不要传出去哦。柳明说:"那有什么?我刚才还在机场体验了一把呢!不过没挣到一分钱。"几人哈哈乐着继续逛。

说来奇怪,原以为周末店面应该都是关的,可这大街上的商场却不像住人的街区商店那样关门,都是开的。

走过一家门口挂着巨幅裸女像的铺子,小刘说进去看看。这家店柳明已经过了几次,那裸女胸前的两个大气球和像北京烤鸭一样的肤色实在太性感,裸女还像玛丽莲·梦露捂住裙子的经典照一样双手比画着遮住差处。每次看见就有一种远超拿别人几瓶酒的犯罪感,想这到处标榜 Equal opportunity(男女平等)的国家硬生生地把女人的胴体当街挂是不是正好说明不平等呢?而且还冲着对面的市政厅,真是莫大的讽刺!有经验的人总是从反面看口号。第一眼看见这幅画时还让柳明想起在重庆下乡时碰到的那半老徐娘,因此估计不是什么好地方,都没胆往里去,现在人多就放胆进去一探究竟。

进到屋内看见四壁都是裸女像,三三两两的老爷们在挑画,书架上是一排排花里胡哨的色情杂志。柳明心跳加速,憋着气往里看,一个熟悉的背影正对着入口处。柳明太熟悉杨峰的衣着了,知道那是他在看杂志,急忙拽住小刘往外走,两位老师可能也看见了,跟着出来,都哈哈乐。小刘说没什么嘛,不就是些死的照片吗?怕什么呀?柳明说还有活的你没看见吗?杨峰正在埋头研究!小刘说那就赶紧撤吧,说完也乐了。

柳明突然想起自己上次准备考研的事是怎么给捅到局里的,便问他知道不,小刘说还不是你自己的位置太显耀,在集体宿舍的时候被人发现了考研资料,有人想通过他们秦院长推荐去运输局取代柳明,秦院长拒绝了,后来肯定又找了什么人,事情就捅开了。是谁就不说了,总之没成,要不怎么柳明现在出了国?反正不是他干的,他也是从海南回去才听说的。

柳明想这闷棍吃的,还好有龙局长把着,会是谁干的呢?默默地跟着走。

到了一处大超市,一起进去逛,这又是一个开架的商场。柳明挑了把最便宜的衣架,因为到周末洗衣服的时候房东家的衣架总不够用。他们也都买了些小物件,一路走一路看琳琅满目的商品,好衣服都是挂着卖,处理品或便宜的东西都是堆放着卖。边走边挑挑拣拣,一会发现已走到了另一条大街上,四人面面相觑,这钱还没付呢!怎么就出来了?急忙循原路返回去收款处付款。出来还在乐,这老外的商场不是应该都有不付款出门就报警的装置的吗?大家开玩笑说,早知道就多拿点了。柳明说要搁在中国这种商店恐怕早就关门了。四人哈哈乐着分手各回住处。

惊心动魄的一天过去了,礼拜天柳明再也不想上街,找块绿地看自己的英语。

周一去学校,柳明和小刘又被换了班,这回除了印尼同学外多了个日本老姑娘。说她老是因为长相不嫩,但脸上显然抹多了粉,个子矮到柳明胸口,说英语突噜突噜像说日本话。柳明觉得日本女人都应该是川岛芳子一样貌美如花或像山口百惠一样温柔贤淑的,要不旧中国时的文化人怎么都到日本去"寻花问柳"?既然她很通俗,柳明就不担心跟她说话会有想跟她风流一番的嫌疑。下课时柳明很轻松地走近她跟她说了句库嗯尼奇哇!(日语:你好)她马上张大嘴做作地用日语回了句库嗯尼奇哇!阿那塔哇尼乎嗯过尼兑斯嘎?(你是日本人吗?)柳明想你们日本有我这么高的个子吗?改用英语告诉她是中国人,她又装天真地笑着说她是日本横滨人,她会说中国话里的一二三四,是在麻雀馆学的。她憋出来的竟然是上海人的发音,柳明见她眼睛忽上忽下忽左忽右地骨碌骨碌乱翻,像日本电视剧里的一休,面部表情夸张多变得像北半球的八月天,心里不想和她再聊下去,便说了句 Excuse me(抱歉),就去了厕所。日本娘们的矫揉造作让柳明很不爽,心想徐志摩先生真是会蒙人,什么(日本姑娘)“最是那一低头的温柔,像一朵水莲花不胜凉风的娇羞”,完了还来句“沙扬娜拉(日语:再见)”,怎么不以一句国骂结尾来得过瘾!志摩先生到底只是个怀有小资情调的知识分子,全是扯淡!必须排泄掉,就像达夫先生说的:到(日本)浴场去洗了个澡,因以涤尽了十几年来,堆叠在我这微躯上的日本的灰尘与恶土。心想这上海人哪儿都去,丢人的麻将连带上海话都丢到横滨的老姑娘那里了,自己的行为不知道算不算是一次“二战”以后对日的理直气壮的又一次胜利!

到下午课程全部结束时,新同学们已基本熟悉了。印尼华侨小伙子陈有亮成了柳明的新朋友,他乡遇乡亲,缠着柳明讲中文。他的汉语水平实在有限,据他自己说他们那里没有华语学校。柳明开他玩笑说他是元末明初的陈友谅,他也听不懂,只会说他家从爷爷的爸爸开始从福建过去的,现在开了个超市,他和女朋友一起来悉尼学习英语,准备就地进大学。柳明问他多大,他说十八岁多一点,还说柳明看起来像马来西亚人。他女朋友也在这个班,现在就跟着走,柳明开玩笑回敬他说他女朋友像是童养媳,他也听不懂。两人一直“聊”到公交站才分手。

多姿多彩的学习生活让柳明很高兴。到了第二个月快结束时,柳明的英文听说能力已完全能自如应付国外的生活。

一天,从伦敦来的中年女教师布置了作业。这位老师上课时总穿着几乎拖地的长裙,有时穿衬衣有时穿圆领衫,弯腰用右手发讲义的时候总不忘记用左手捂住胸口,好像怕春光泄露,尽管她的胸脯平得像机场,但她的言行举止还是让柳明领略了英国淑女的风格,不像本地的男教师随便穿件 T恤衫,个别的上课时还端着啤酒罐,喝完最后一口才开讲,被从马来西亚二次移民来的 SHT 公司联络官林先生戏称为有五个女朋友,一天换一个。

今天她的要求是以“他”或“她”为题写篇短文,柳明自然而然地联想到了符兰,挥笔写满一页纸,以抒情的笔调赞美了一通心中的女朋友,最后以 Having her hand in mine We saw the butterflies dancing in a spring valley under warm sunshine .She told me she is the most ugly one.I said I hope the season will never change where she could be there as long as I could imagine.

Because She is so pretty just like a flower waving in the wind.Oh,Wherever I go She always brings love to me.(我们手拉手在春日的山间散步,看见了阳光下的蝴蝶翩翩,她说她是最丑的那只,我说我希望春天永在,因为她美得像花儿一样随风摇曳,哦,不管我走到哪里,她永远给我爱)结尾。第二天女老师拿着那张纸问大家说想不想看柳明写的诗,大家说想,她涨红着脸读了一遍,然后问柳明:"我很好奇,她在哪?"柳明被她搞得有点晕头转向,但还算保持一点矜持,想了想便随便朝边上叫埃米的印尼女生点点头,开玩笑说:"她在这。"大家都哦出了声,柳明满不在乎,但从此除了埃米仍喜欢坐柳明边上外,其他女孩都不跟柳明拉话了。

又过了几天,女教师告诉柳明说学校要办个小刊物,要柳明去投稿,内容自定,交给她就行,柳明欣然应诺下来。又过几天,柳明的大作终于在那个新刊物上面世,写的是北京的交通,从自行车一直写到地铁和刚通车的二环,最后以 We are looking forward meeting the bright future of transportation in Beijing (我们有理由相信北京交通将迎来一个辉煌的未来结尾)。

没想到周五的时候牛团长通知开会,声如洪钟地厉声批评柳明的那篇文章。理由有二,其一是那本勉强叫刊物的刊物封面上除了印有五星红旗外还有青天白日旗,尽管是黑白的,而且是复印机复印后用订书机装订的;其二是内容太糟糕,把北京写得就那几百万辆自行车,给人贫穷落后的感觉。

柳明被他唬得一愣一愣地说不出话,本来以为终于可以凭此文章在上海人面前直起腰了,完全没想到这个结果,心想这刊物的发行范围不过是校园内的班级,再说你也没说这里有台湾人上课,大陆人就不来了,还不是在一起学习?

广州港的潘经理是副团长,英语比他的普通话要好,用他的广东腔的普通话说道:"这事也不能怪柳明吧!应该交涉的是学校,澳大利亚跟我们是建交的,但也要好好说才是,先看是不是因为失误造成的。再说这刊物是第一次搞,柳明也不可能知道他会画那个东西上去。至于内容,我看没什么,中国自行车就是多,他还写了北京的地铁,这悉尼还没地铁呢! "

柳明缓过了劲,想想算了,他是团长,自己是人家给面子出来的,千错万错是自己的错,本来就没有稿费的事,写那玩意干啥?而且不该出现的事是已经出现了,何必像猫盖屎一样掩饰,不过对牛团长的好印象是烟消云散了。

见没人再吭气，牛团长又开始发飙，说杨峰应邀出去吃饭时把人家吃剩下的当场包回来了，有损国格。柳明听了个稀里糊涂，想这吃剩的打包在国内也有人这么干呀，到了国外就不行了？杨峰什么时候去吃请了？小声问边上的青岛港的虢科长，他就说了他们几个英语好的一直在单独上专业英语课，学校老师请他们出去吃了顿饭，就有了这事。

柳明记起有一天是看见杨峰带了炸鸡和虾给房东老太太，但自己刚被撸了一通，懒得掺和，等他啰唆完就跟垂头丧气的上海人一起完全无聊地回住处。

从那以后柳明再没兴趣去关心那本破刊物，不过那上专业课的老师倒是邀请柳明去他班上听了几次课。他是这个语言学校的股东，悉尼大学毕业的硕士研究生。课堂上他的高徒们回答不了的问题被柳明蒙对了几回，其实都是常读中英文双语刊《中国运输》的缘故，从此柳明进步快的名声在学校和SHT公司联络官的小圈子里传开。总算给中国人争了点脸，柳明渐渐把破杂志的事给抛开了。

这时房东家的空余的一间房里住进了一个不知从哪个学校来的日本小子，那天晚上开着车来的，行李一大堆，居然还带着日本人的音响，说话是日本人一贯的突噜突噜。杨峰像绿头苍蝇见了臭肉，两人很快搅在一起。老太太也很喜欢这个日本小子，因为又接了个大单子生意，而且她好像跟口齿不清的日本学生有天然的关系，很了解日本人的起居习惯，安排了榻榻米，还做起了日本料理。柳明判断是因为中国人来之前来了不少租房的日本学生，日本人比中国人有钱得多嘛！从语言学校的情况就可以看出来，为数不多的自费中国学生都上半天课，还有半天都打工去了，上语言学校的目的只是拿签证而已，而不少日本同学是开车到学校，在学校过生日请同学吃烧烤蛋糕等，但柳明和小刘一次也没参加过，不是日本女同学没请，就是日本小子请了也不去，因为小刘也特别烦日本人。

有天晚上，杨峰又去了对面日本人的房间，音响放得贼响。柳明无心做作业，干脆去老头那里看电视。老头说日本人不好，中国人不应该跟日本人这么近乎，日本人给世界带来灾难，中国人尤其不能忘记！柳明说还是澳大利亚人好，对中国人友善，要不然我们也不能来。老头说邀请你们来的SHT公司是家喻户晓的大公司，他就是这个公司的客户，打个电话他们就来取货，从不耽误。霍克先生年轻的时候就出去留学过，中国的领导人也留学过，所以中国要开放，还说柳明年轻时就能出来留学是好事，一定要努力学好,不要像(杨)峰。柳明被他说得很惭愧,自己怎么能跟大人物比? 含糊回答就回去强迫自己看书。

杨峰是越来越不像话了,有一次拿着老太太给的两张票跟日本小子去了歌剧院看戏去了。有时候晚上两人很晚回来,柳明只管好自己,不想掺和他们的事,但老太太越来越明显的厚此薄彼的态度让柳明很不快,又无从说起,只盼着快点结束学校学习,这样好早点搬家,重新安排宿舍。因为联络官来学校说过,学校学习结束以后会搬到公寓楼里一起住。

这天晚上杨峰又坐日本人的车出去了,到了快十点了,柳明正准备睡觉,他俩回来了。杨峰毫无睡意,拉着柳明去客厅和日本人一起开电视看。这晚上的电视柳明跟杨峰一起看过一回,记得是讲一条美人鱼被年轻的渔夫逮到后养在鱼缸里,美人鱼感念渔夫的慈爱,蜕变成为一个美丽的姑娘来与渔夫相会,但被恶人看中,得知真相的渔夫为保护美人鱼而被害身亡,美人鱼替他报仇后又孤独地回到大海。看得柳明胡思乱想了好几天,想起外婆讲的田螺精和农夫的故事。今晚看的是《德克萨斯的妓院》,玛丽莲·梦露演的女主角,讲的是州议会要取缔妓院,而警察们认为有了妓院后性犯罪率降低了,所以不应取缔。镜头并不黄而观点很黄。看了一会儿,声音已调到几乎没有,可能还是因为三人的动静太大,老头裹着睡衣从房间出来了,到卫生间转了一圈又回房睡觉。柳明觉得他脸色不对,赶紧回屋睡觉。第二天吃早饭,老头对柳明说西方的电视节目不好,你不应该看。柳明想分辩说没看见什么,又觉得没法说清,干脆简单爽快地答应以后不看了。从此柳明真的不看了,但杨峰依然晚归。

有一天晚上,柳明一觉醒来,看见杨峰正在脱衣准备睡觉,柳明气不打一处来,想说两句,想想不是自己管的事,何必去做恶人,随他去吧,但一晚上没休息好。

随后的学校课程,柳明和小刘已不固定班级,一两天就换地方,学的都是澳大利亚本土的歌曲、电影或地理等风土人情故事。有个老师推荐去看电影《The window with a view》,柳明和小刘到楼下的电影院看完以后再也不想看了,枯燥无味,淡得像澳大利亚街头随处打开龙头就能喝的水,只是领略了澳洲的无限风光;有个老师中午领着柳明和小刘去草坪吃烤牛排。澳洲公园里都有政府设置的烤炉,只需塞几个硬币就自动启动了,往铁板上放上黄油和切碎的洋葱,再把牛排往上一铺,翻翻,就可以吃了,刀叉盘等餐具超市里有卖,一次性的,本地人叫 B.B. Q(Barbecue,烧烤野餐),柳明吃了一回就觉得难忘,常想起呼伦贝尔草原上呼日图副旗长说的打嘴巴都不放的话,可惜不是每个老师都有这个雅兴。

学校里的好日子过起来真快,眨眼的工夫学校的生活就快结束了。一天下午,SHT公司的两位联络官又来学校召集大家座谈,谈完正事就开始闲聊。一位女联络官玛格丽特是前几年从北京语言学院毕业的留学生,是SHT公司为本次培训而招聘的。小巧玲珑的身材,偏又长了个大胸脯,说话时也会像走路时一样胸脯颤啊颤的,让人浮想联翩。小刘就说过看见她就想起街上的那幅巨照,担心她的衣服会绷开,里面的东西会喷薄而出,那简直是"飞流直下三千尺",好在外国女人不穿中国人的带纽扣的衣服。柳明直斥他面不猥琐而心理猥琐,连胸大无脑都不懂,分析给他说外国人吃肉和奶酪多呗,那不长肉嘛。据她自己说她父亲是英国人,母亲是法国人,先生是中国的画家,他们是在北京结的婚,然后就一起回了澳洲。她还有一个特点是看不起跟她共事的另一位联络官华侨林先生,他们俩一起出现的时候,林先生总不敢说话,只躲在边上看着大家,一副可怜兮兮被人欺负惯了的样子,虽然身上的洋服笔挺,但还是让柳明想起杨白劳来。也难怪的,澳大利亚在1972年才由现在执政的工党废除歧视性的"白澳政策",这澳大利亚是她的,不是他的。

今天她又开始考大家,用中文说大家英语学习的进步都很大,那中文的"焰火"英语怎么说。怕她自己的中文没说清,也可能是忘记了火药是中国人发明的,还比画着手说就是那高高的节日里五彩缤纷照亮夜空的东西。柳明正感觉好的时候,想都没想,脱口而出道:"Highlights!"杨峰道:"不对,应该叫Firework."大家都笑,柳明心里恨得牙痒痒,决心找机会以牙还牙。恰好玛格丽特又用英语问大家周末都怎么过的,杨峰吹牛说他教房东做上海菜。她又问会做什么菜,柳明想起因为杨峰的教唆,房东老太太把每日晚上的主菜里的配菜从土豆泥变成了米饭,但没有一回是熟透的,没好气地抢先说道:"Only rice.Half done.(半熟的焖米饭。)"大家哄堂大笑。玛格丽特收住笑又问杨峰还干什么,柳明又替他回答:"Sleeping like a pig.(睡得像猪。)"这回大家笑得更厉害了,把杨峰揶揄够了,柳明不吭声。

玛格丽特又说了个中文词"黄祸",这回没人答话。柳明马上联想到成吉思汗的西征,当年蒙古人的西征震撼了欧洲,玛格丽特作为欧洲人的后代肯定知道这个事,但吃了亏的柳明学乖了,佯装不懂。玛格丽特好像怕被大家参破她的坏意,只顾用她自己的母语解释,当然是西方史学家的那套观点,最后落脚点却是中国人很厉害,三个月把英语学得这么快。柳明想可惜你比错了对象,成吉思汗即使是一个古代的草寇也是在座的中国人无法比拟的,这出来的人都是挑选过的有文凭的人,英语都学了十几年了,除了听和说不习惯,其他有什么难的?你不是学了两年中文就可以在悉尼的大公司混饭吃了吗?奇怪的是牛团长这回听别人提中文的"黄祸"也不吭声了,至少这两个字是在贬中国人吧!记得鲁迅先生对"'我们'的成吉思汗征服欧洲,是'我们'最阔气的时代"的说法是很不感冒的。柳明推测按牛团长的年龄和专业可能压根就不懂成吉思汗和他的西征,就像自己处里有人不知道汉长城一样,中国的历史可是非常深奥的学问,外国的历史更是非常非常的复杂,据说英国和法国就过招了上百年,好在玛格丽特的父母看来是例外,否则怎么会有她这个小尤物在这里扯"黄祸"的淡,居然还嫁了个中国画家!还有那个杨峰,现在跟那日本坏小子快穿一条裤子了!必须得做点什么了,不然就真的要有损国格了。

等散场,柳明把杨峰在房东家的表现跟牛头,大家都这么称呼牛团长,如实报告,提请他注意,没想到这事把牛头气得七窍生烟,狠狠地说又是这个杨峰!

第二天柳明又是一个没想到。牛头在放学后再次开会,把柳明跟他说的劈头盖脸一顿猛训,杨峰辩称柳明睡觉打呼才晚睡的。柳明可怜他被训得体无完肤,不想多说。第一自己不打呼,跟那么多处长局长出差时住一屋,都是人家打呼影响自己,没听说别人受自己影响的;第二怕我打呼的话,你应该早睡才对;第三小日本来了你才晚上出去的,谁知道你在这个能把裸女像挂在市政厅对面的国度晚上干什么去了?但不想多说,给他留点面子,退一步海阔天空,同时也表示不同意牛头的简单处理方式。

人的思想何其复杂,做人的思想工作不是简单的训斥,你牛头是处长不假,但这种工作作风太需要商榷了。杨峰是你管理下的团员不假,但他毕竟不是你管乌纱帽的部下,这个团在国外是一个临时性的团体,这个特点决定了你做思想工作时更要有春风化雨般的热情和格外的细致缜密。虽然杨峰不是小孩子,但做思想工作还是要像哄小孩吃药一样耐心,因为现在这还是人民内部矛盾。包容不是不管,而是领导者的智慧和胸怀,讲原则也要讲策略,如简单地认为国家的管着省里的,处长管着科长,那事情就太简单了!简单粗暴那叫耍狠,若果真如此,那凭中国武术可以管遍天下了。你觉得自己是聪明人而去训斥别人时,别人不一定就是真傻子,尤其当你觉得抓住了人家的某个傻子特征的时候,其实你自己也开始犯傻,程度不同而已,傻子跟聪明人的区别可能就是那么一点点,就是"聪明人"开始犯傻的时候你依然保持清醒,像中国来的凡人到了裸女像跟前用手捂住自己的眼睛,同时又透过指缝偷看一样,又像圣人却也要生儿育女一样简单。

柳明这么想的时候,其实也落入了自己设定的怪圈,因为当他以为自己很清醒的时候,根本没想到大机关里的很多人是习惯以指挥别人的聪明人自居的,不然哪来那么多的"切一刀"或"一刀切"?而这左一刀右一刀往往是不能管三七二十一的,所以才会有上有政策下有对策的说法。谁又比谁聪明呢?所以柳明不是聪明人,也不是自以为聪明的"聪明人",但柳明知道牛头这样一来就把自己给推到了杨峰的对立面。柳明不怕得罪谁,尤其是大家都认为行为乖张的上海人杨峰,纪律当然是为所有人而立的,即使因为别人打呼噜也不能成为其"犯傻"的理由。想想自己因为被他诓去看晚上的电视而导致老头再也不愿跟自己多说话,柳明就来气,而柳明是多么喜欢听老头说中国的好话!但不想因为"告密"而得罪人,这不符合柳明做个谦谦君子的原则,因为孔子关于"女为君子儒!无为小人儒!"的话时刻记在心里。

但不管柳明怎么想,杨峰是肯定得罪了,回去的路上两人各走各的。

随后事情的发展就更说明柳明不是"聪明"人了,而说明另一个上海人黄京京父亲的聪明了,简直就是英明了。

到周末搬家的时候,两个中国人再也无法走到一起,柳明独自打了个车搬到了集中居住的 City garden 旅馆,这回北京部委来的四位住在了一个套间里。交管部来的小薛后上来,跟牛头说上海人是一个洋老太太和一个中国人开车送过来的。柳明很不屑地说那是个小日本,这回看出来我说得不假吧!牛头说这家伙就是喜欢乱搞关系。

杨峰喜欢摆谱又处处精明的处事风格使得没人愿主动跟他一起住,被怀着宽容和慈悲心的潘经理领走。潘经理在这一行人里年纪最大,又是师范英语出身,不怕杨峰利用语言的优势在背地里搞事。柳明则很高兴不用再跟他一起看得惯看不惯地瞎混,虽然心里承认杨峰搞关系有一套,正如黄父所说"人才"往往出在基层一样,但大机关里来的往往自以为原则性强而不越雷池半步,上海人实用主义的思想却处处融会贯通,可是自己并不羡慕杨峰这些上海人的小伎俩,相信团友们也不会为了几个出租车钱而去乱拉关系。

安顿好以后大家一起去赴 SHT 公司安排好的晚宴。

晚宴在一家叫上海楼的餐馆举行,全团一律正装出席,而且气派地集体打车前往。西装第二次穿上,让柳明感觉很隆重。其次感到冲击的是餐馆的名字,感慨到了国外还摆脱不了上海文化的影子。里面的装修是虽然没有抹浆但透着高雅的砖墙,墙根四周布满了花草,墙上挂着字画,最大的一幅是孙中山先生的"天下为公",还有一幅阿里山的风光照。柳明琢磨这是家台湾人开的馆子,好在没发现那标志性的旗,要不然牛头可能会招呼退席了,要知道在唐人街自己是见过的。柔和的光线亮而不耀眼,红木的传统中式家具和桌上的餐具一样发着光,好像都是水晶的一样,比成都的锦江宾馆里的包厢还要豪华舒适得多。好在里面吃的都是广东风味为主的菜肴,汤是北京风味的酸辣汤,开胃菜是配了广东风味的蒜蓉辣酱的春卷,鸽子的胸脯肉剁碎后用广东人的生菜包裹着用手抓着吃,虾是用的广式的虾仁,点心是广式的虾饺,鱼是淋了蚝油的清蒸石斑鱼,龙虾是用港式的奶油焗过的,最后上的主菜是北京的烤鸭,酒是本土的红酒。环境的优雅和酒菜的精致考究让人窒息。

出席的除了两位已熟悉的联络官外,都是 SHT 公司的高层,还有澳大利亚原驻华大使,他是这个团赴澳的牵线人。三桌人其乐融融,共商培训大事。柳明坐的那桌恰是那小尤物坐的,她的顶头上司蓄着一脸的连鬓大胡子,坐她旁边,看见他的胡子就会知道为什么他在大家都用筷的情况下坚持用刀叉了。她介绍说他是一名澳大利亚有名的帆船运动员,又不时地给他介绍中国的饮食文化。看她恭敬而且虔诚的态度,柳明明白老外的领导也是用来拍的。当她说到桌上的 Vinegar(醋)时,很有把握地跟他说了吃醋在中国意味着 Jealous (嫉妒)。引得他哈哈大笑,好像她挠了半天终于挠到了他的痒处。柳明发现她讲这个故事的时候,神态眉飞色舞的有英国佬请李鸿章吃冰淇淋般的嫌疑,想回敬他们"过桥米线",可又没有那本事,费半天劲才跟他说明白她说的意思只限于情人之间, 普通人喝醋一点事都没有,要知道中式的吃醋的意思必须看中国的小说《围城》,那是我的老师的哥哥写的。把他唬得直说中国文化太有意思了,一个词还能写本书。柳明想中国文化才不像你们的破电影那样味淡如水呢。

接下来就是礼拜天了。四个人住一套间,带个小厨房,外屋是小薛和铁管部的小崔住,一个简易床,另一个就睡沙发,晚上摊开,早晨收好。柳明被他们"让"到里屋和牛头一起住标准间。牛头是这间的当然的室长,这天一大早就烤好面包招呼大家吃早饭,边吃边把今后生活中的琐事安排到每人头上, 然后就出发按小尤物昨天提供的路线图去附近一个叫 Paddy's market 的市场去买菜。

出门就是悉尼大学，其实这旅馆就隔着百老汇大街与悉尼大学对望。转过几个街区就到了这个像大仓库一样的农贸市场。说它是农贸市场是因为农副产品一应俱全，但也有衣物、生活用具等等。物资是极大的丰富，东西都标了价，没人讨价还价，因为比那些专门的店铺都要明显便宜。卖货的大都是华人，买货的却也不乏洋人。四人一会儿就都不空手了，各种塑料袋里装满蔬菜和冻的肉食，还买了面条和一整袋橙子，奇异果太贵，牛头不许买。柳明和小崔要买米，小薛说唐人街的米比这还好还便宜，都是整袋的泰国香米，还有活的海鲜，不如下午去唐人街。牛头是会算计的，马上同意等下午去。

回到新住处，大家正在收拾这一周的食物，两位联络官来了，挨个房指导大家怎么用冰箱。到柳明房间也示范说把肉食分装在塑料袋里冷冻，把蔬菜洗净分开包好放在冷藏室，每顿吃多少就按多少分装，每天下班后做饭就比较方便。柳明被他们的热心弄得有点尴尬，想虽然中国人大部分没有冰箱，不见得牛头他们几个没用过，但人家是好心，自然要照做。

下午四人一同走去唐人街。唐人街上还是那么热闹，小薛的情报是准确的，好几家卖泰国香米的铺子里堆满了整袋的大米，十斤的、二十斤的，还有一百斤的，越重的袋，单价越低，四人看好价就按柳明的提议先去逛书店。看了会《星岛日报》，牛头就喊走了，柳明估计他没看到《人民日报》，这海外的报刊不对他胃口，不过自己也没发现什么感兴趣的新闻，只好一起离开去买米。路上看见海鲜档，小薛说太新鲜了，很好吃的。说完又挑了四个螃蟹，在牛头的不情愿中又买了四罐最流行最便宜的本土 Foster 大罐啤酒，赞成买米的柳明和小崔各自去扛上一袋二十斤的香米就坐公交回了。

晚上四人美滋滋地边看电视边过起了新的集体生活。小薛会过日子的特点很快崭露出来，晚餐做得很丰富，四人边喝酒边听他吹牛，什么如今老外的日子过得那叫美啊，老干部们要出来看见的话，能不能给气死！革命一辈子连个冰箱也没用上！因为他爸就是部里的副部级老干部，不过从没出过国。牛头一听就笑话他，说我们中国人也不差呀，差就差在人家是自动点火的灶，我们是用火柴点的吗？将来我们也不用扛煤气罐，这些不都是很容易办到的吗？没有什么高科技呀，种点树和草环境不就改观了吗？小薛一听马上就老实了，连连点头，嘴里是啊是的，手里端着的啤酒罐也规规矩矩地放下来了，可等牛头一去别的房间串门他就辩说他说的都是事实，差距就是大嘛，牛头怎么想的他都知道，就是想把人都带回去就交差了，据他观察没准这个基本任务还不一定能如愿完成。

柳明这三个月里是纯粹埋头学英语了，不像他这样眼观六路耳听八方，除了觉得身边的上海人难处外，其他人的情况并不关心，听了觉得奇怪，问他，他又不肯往下说。其实柳明跟小薛和小崔出国前并不认识，因为除了柳明，没有人是计划口的，来了以后开会才在一起，因为都是北京来的，相互都比较客气而已。话少的小崔插话道："你们知道牛头的底细吗？听说过'天上九头鸟，地上湖北佬'吗？他就是典型的湖北人，上海佬敢往湖北佬的枪口上撞，那叫找死！"

柳明想上海人不但怕湖北人，到安徽不也一样被人扔砖头骂上海佬吗？能叫佬的都是美国佬式的帝国主义，讨人嫌，随口说道："湖北佬也不是什么好东西！跟上海佬凑一块就火并，我倒要看看谁高谁低。"

小薛听了哈哈笑："你知道小崔是哪儿人吗？他就是武汉人！"

柳明自觉失言，想要捞回来："你小子挖个坑让我跳！"

小崔道："我不怕被别人叫湖北佬，所以可以证明我不是'九头鸟'。"

小薛道："所以翻来覆去证明你还是个湖北佬。"三人哈哈乐着把碗筷收拾了。

周一，大家按联络官分发好的地址各往各的培训岗位去。柳明跟小薛，还有宁波来的小包，三人去了 SHT 公司的子公司公路捷运公司。

SHT 公司是个集团公司，业务范围遍布全澳，在美国和英国也有分公司，此番邀请中国人来是为了去中国开分公司做前期宣传沟通工作。集团是由两个货车司机一台车发展而来，那两人现在功成名就，在澳洲家喻户晓，如今虽然年迈，但还老骥伏枥，要拓展正逐步开放的中国市场。

全团被分散到海陆空不同的子公司。

那公路捷运公司在悉尼的近郊，倒一次公交车就到了，但要花一个小时，占地不算大，也有几十亩，周边工厂林立。也许是因为有太多公司在的缘故，附近的道路明显比城区的道路差，沿途还能看见很多二手汽车售卖店，成排成排的车上都用大字标着价，广告牌竖得到处都是。时间已进入夏天，树少杂草多，汽车修理铺门口的草坪上到处是油污，有一种凌乱的感觉，但想想这是支撑澳大利亚人高福利的工业区，也就不奇怪了。

第一天当然是先报到。等大块头的总经理简单客套几句后，三位中国人端上带来的剪纸和景泰蓝瓶，大块头非常高兴地当场打开欣赏了一会儿，回赠了三人每人一条印有公司标记的领带，外加一套印刷精美的公司介绍,很快让女秘书打电话叫来一位部门经理,吩咐从今以后就由他安排三个中国受培训人员的工作,要求部门经理每周轮换岗位,有什么问题找他。

让柳明没想到的是小薛和小包的英语水平,三个月的培训后还不能开口,都把柳明顶到前面去应酬,好在两人的运输管理专业知识都比柳明强得多,柳明不懂的他们马上能提供炮弹,在随后的培训中发挥了作用,避免了好像中国人落后得什么都不懂的尴尬情况出现。因为柳明不是学运输管理专业的,这种"天仙配"让柳明在心里叫绝,不过他也同时几乎确认玛格丽特说的中国人三个月学会英语是在"恭维"自己。

部门经理叫皮特,三十来岁,说话时有点腼腆,尤其当总经理吩咐他负责照看三位中国人时,他竟像做错了事的孩子一样红了脸,柳明瞬间想起坐山雕与杨子荣的对白:脸怎么红了?西北风吹的。怎么又黄了?防冻涂的蜡!心里怀疑他的工作能力。但怀疑随即失效,因为皮特很熟悉公司上下,带着三人到每个部门转了一圈,介绍了一大堆人。柳明除了搜集了一沓名片,一个也没记住,只知道总经理的官衔是 CEO,其他人叫 Manager。每个经理门口都有女秘书把门,进门要先通过女秘书通报,她们还要负责端茶倒咖啡,大部分很年轻,但大块头总经理的秘书是位中年女士。女秘书们不管年龄大小,一律是穿着遮得住脚面的连衣裙,公司里的女性也跟悉尼大街上一样没有穿中国人流行的超短裙或暴露很多或半透明的服装。按照鲁迅先生嘲讽过的"衣服蔽体已足,何必拖后曳,消耗布匹"理论,柳明估计澳大利亚人的棉花跟鸡肉一样不缺,要不然怎么连经理们都要费劲地而且多余地大热天用领带箍住脖子躲在用大玻璃隔开的空调屋里,这仍然"是一种特别的经济学"。

等把一层楼的办公楼转完了,皮特把三人带到货场,又是一通转。这回小薛和小包恢复了生气,因为这种地方他们俩在国内就十分熟悉,尤其小包是在一线工作过的,皮特说什么,他都能用中文告诉柳明准确的术语,小薛就制止他,示意他听皮特介绍。他俩业务上有上下级的工作关系,小包听进了小薛的话。

转完了货场就该吃饭了。到了这儿吃饭没人管,三人自觉地去食堂,柳明买了牛排,他们俩买了香肠,都是带薯条和酱汁的,可柳明吃起来觉得味道比伍德太太的菜差远了,只有带黄豆粒的酱汁味道还可以,可能是罐头里直接倒过来的。柳明忽然怀念起伍德太太的好来,她为了让外国人能吃好是费了大劲钻研过西餐烹调的,尽管搭配的米饭总是夹生的。

吃过饭皮特忙他的去了,三人继续详细考察货场。货场是有高大的屋顶而没有空调的地方,工人们穿着随便,很多人胳膊上有文身。这里的一切在柳明眼里就是个苏南农村常见的大凉棚,不过材质是金属的而已。里面的人也换成了高鼻子的洋人,想不出里面能看出什么门道,可小薛和小包看见了就像到了他们家,里面车辆的进出路线、货物和托盘的堆放、叉车和人员的行走等等都要研究一番,柳明很快学到了很多。

　　货场的工头(Supervisor)是个叫安德森的中年汉子,不断地在货场里来回走动安排活计,时不时地过来吩咐三人注意安全,还不忘炫耀一下他的系统的高效。他的话不假,货场在他的管理下热火朝天而又有条不紊,不过柳明也注意到他的经理总是待在货场里的一个两层高的玻璃房里享受着空调监督着全场。他还热心地告诉三人说热了累了就去食堂二楼的工人休息室喝咖啡或茶,都是免费的,还有空调。三人依计而行,果然发现了那个好地方,但又不敢长待,怕人家看见以为是中国人偷懒。

　　下班时去办公楼里跟皮特告别,皮特说明天要早点来,由安德森安排跟车出去 pick up and delivery(取货送货),三人一天下来累得腿肉酸,听说要起早,心里嘀咕但都很快答应。

　　第二天三人如约于 7 点半赶到公司, 安德森安排了三辆车供三人分乘。柳明跟的车是辆小面包,司机是个二十五六岁的小伙子,等柳明坐定就出发,一路走街串巷,送货拣货的速度奇快,跟每个客户好像都认识似的。回公司的路上才有空闲聊,问他干了多久,他说两年了,车是他自己的,人也是他自己的,就是跟公司有个合同而已。柳明追问公司管理体制问题,可惜他也说不上,只能说清 SHT 公司的老板曾经也跟他一样是只有一辆大卡车的毛头小伙子,而如今是英国女王授勋的大老板。再问他,他就开始滔滔不绝地胡讲如何去派对上钓女孩的经验,搞得柳明一头雾水,想不明白为何澳洲年轻人平常的生活竟然如此简单,除了工作就是泡妞,国家大事一点都不知道,更谈不上什么理想教育了,可偏偏他们先过上了这衣食无忧到可以恣意挥霍时间和金钱的生活。仅此一点就让柳明的气一万个不顺,可这不是自己的家,这儿没有"六九五十四,杨柳青滋滋"的家乡,也没有挺拔的白杨,这里只有考拉待的桉树,一切的陌生都不属于自己!这里的月亮不比中国的圆,柳明不想跟眼前的年轻人多比,他年龄跟自己相仿,但连大学都没上过,断无可比性,在澳大利亚这样的经济环境下,跟不可能有海南工地的跳蚤一样不可能有愤世嫉俗的青年一代,都享乐去了。

回去卸完货他又准备出发去那片区,因为要求取货的电话是随时打来的,如果是悉尼的或要求快的货是当天要送达的,早晨取的货也要在货场分拣以后马上送出去。柳明决定跟他跑一整天看看。到中午吃饭的时候,年轻人掏出自制的三明治吃了起来,见柳明没有吃的,他又掏出几块饼干给柳明。两人坐在车里又是一通闲聊,不过大部分时间是他在说,柳明认真地听,因为不管柳明关心的是什么,他都会一如既往地拣他感兴趣的女孩和夜生活方面去说,而且刹不住车。柳明只好当是练听力了。

接下来几天又不断跟车,不过是换了车的,情况大体如此,柳明感兴趣的是接触不同的司机,还看到了悉尼不同地方的风光。

忙忙碌碌地过了五天,礼拜六又是买菜洗衣服,看电视喝啤酒。

礼拜天的时候,柳明提议去曼力海滩看冲浪,这也是听那个司机小伙子说的,他经常带女朋友去那里冲浪和晒太阳。小薛说他看见唐人街的报上说澳洲人皮肤癌发病率高就是因为喜欢脱光了在海滩晒的。小崔听了马上像煞有介事地说那都是因为南半球的大气层中臭氧少,所以紫外线强度太高造成的,但赞成去看海。牛头不赞成,说据说曼力海滩很远,还要坐渡轮,车船费太贵。小薛开玩笑说你不去,就没人给你做饭了。小崔说领导不去,莫非是要单独活动吗?小薛又说不出去看看怎么知道人家的生活呢?牛头拗不过大家,决定一起去。小薛马上按在公司吃到的三明治的样子做好了四份,无非是用两片面包夹个煎鸡蛋、一片圆肠和一片西红柿,再用食品包装纸包好。

四人晃晃悠悠走到环形轮船码头,找到去海滩的班轮渡过悉尼港湾上岸,再乘车直接到了海滩。路线是柳明在公司问好的,那些澳大利亚人都很热情的,周五时下班时间还没到,就在跟中国人说"Enjoy your weekend! "或"Have a nice weekend! "(周末愉快!)了,好像周末是大赦日一样隆重,不习惯的人大有明日有酒明日必须醉的感觉。

海边人很多,都在沙滩上悠闲地躺着。四人在堤上站了一会,看勇敢的冲浪手在滔天巨浪中穿行。几层楼高的巨浪排山倒海般地冲向沙滩,像要摧毁一切阻挡,大有"万丈长缨要把鲲鹏缚"的气势! 冲浪手像一片片树叶般渺小,时而被巨浪吞没,时而在谷底像溜冰一样疾驶,刻刻摄魂,步步惊心,煞是好看。

小薛要大家去下水走走。小崔说人家都是光着的,咱们走近去不合适吧。小薛吹牛说看看有什么关系呢,人家敢脱你还不敢看呀? 牛头说就是

吗,叫你们别来你们不听,这里的东西除了柳明,你们家里不都有吗? 小薛
不管,还是跟小崔脱鞋下水,牛头开玩笑说你们要去看裸女可要当心挨揍。
柳明马上表白说自己留下看着东西,让他们尽管去看西洋镜。其实柳明看
见海就想起了海南和符兰,大海对于柳明除了美味的海鲜,还有非常复杂
的含义,现在就想起了临别时写给符兰的那首诗,干脆找个条椅坐下来。牛
头好像很关心小薛他们俩的安全,终于也走向了沙滩。柳明趁机独自掏本
写了起来:

> 这里确实有海
> 海浪比南海还要汹涌
> 可是没有椰林
> 我失望得无助
> 像看不到回家的客船
>
> 海浪伴着我无尽的思念
> 每日我无法安静地向晚
> 祖国和你是我每晚的梦境
> 我用忙碌打发着时光
> 优雅掩盖不住内心的落寞
>
> 海浪曾否带给你我的问候
> 我每日躲在浪花里呢喃
> 牢骚似的埋怨那根红线的漫长
> 恨不能眼前的海枯
> 你我可以幸福地相聚
>
> 这里有太多的故事
> 故事里因为没有你而乏味
> 愿你是家乡的红棉树
> 为椰林在村头亭亭玉立
> 等着这一颗椰子归来后的精彩

300

写完收好,又开始了拍照,等他们肚子饿了回来拿三明治的时候,柳明已拍了几张照片了。小崔大呼过瘾,从没离海这么近过。柳明要给他们照相,小崔非要柳明把他的人照得大些,背景要有巨浪而不要海滩上的姑娘,说回去没法跟老婆交代。把大家都逗乐了。

回到住处就忙着洗澡,柳明写了几封信去街上发,碰上潘经理和小虢领着漂亮的广州姑娘小贺正往回走,满头的大汗,不问也知道是逛街去了。

柳明见过那小贺,她是自费出来留学的,在学校的时候,潘经理请牛头出去吃 BBQ,捎上了柳明,那次就有小贺。她也在同一所学校,不过她的英语好像很烂,她也不着急,主要的时间是去唐人街打工挣钱,那里广东话可以通行无阻。她是广州的什么剧团出身,弹得一手好古筝,拿过国内的什么大奖,跟潘经理也是来学校后通过口音熟悉的。

潘经理看见柳明就说晚上一起喝一杯,小贺申请定居成功了,祝贺一下。柳明想才不上那个当呢,上海人在你们屋,应付道那是该祝贺,不过自己屋里的饭已做好了,随即告辞去寄信。

第二周的第一天时已是公元一九八六年十一月三日,柳明掰着指头算到公司的日子。这回皮特安排三人跟销售经理霍布斯先生去跑销售。

车往幽静的树林里跑了半小时,一路上中年的霍布斯先生很健谈,看得出是位有文化和经验的人,说 SHT 公司就靠降低客户的成本而发展,客户的产品一生产出来就由他们公司运输出厂了,减少了客户的仓库储存成本,所以大客户他们每隔几天就要去访问,为的是衔接客户的生产计划和运输力量。散户都是人家打电话来的,公司只打广告,告诉人家电话。

说话间就到了今天的目的地,一家 VOLVO 公司的零配件厂。霍布斯先生在划好的访客车位上停好车就进了屋。屋里的环境像那叫上海楼的餐馆一样优雅,柳明根本想不到这是工厂的办公楼,窗户里望出去是密密的树林,室内和室外一样鲜花盛开,不可思议的是办公楼里居然挂着印有裸女的挂历,而这里来来往往的人却又安之若素,视若无睹。出面接待客人的经理西装革履,秘书端来咖啡。霍布斯先生炫耀地介绍了三个中国人,那经理非常高兴地开玩笑说他也要游说他老板召点中国人来培训,柳明顺便表示欢迎他来中国看看。小薛奇怪地说他要来了,你招待得起吗?柳明马上警惕地要他喝咖啡,怕万一有人能听懂中国话岂不失礼。霍布斯先生跟他交换了情况,就起身告别。

去下一家的路上,小包和小薛在后排座上大发议论,说中国的工厂要像人家这样的工作环境不知道是什么时候。霍布斯先生要柳明翻译过去，霍布斯先生说那很简单的，在澳洲就是社会化分工明确，绿化有绿化的公司，运输有运输的公司，每个企业只要搞好自己的本行就行了。柳明问他政府管什么，他回答说政府就是收税，然后提供安全和秩序，简单地说就是用法律和其他规章制度设计建造一个笼子，企业和个人只能在这个笼子里活动！还吹嘘说欧洲的文明起源于古希腊，发展于古罗马，到美国是发展到了顶峰。柳明想说美国的黑人不久前还是奴隶，要说更近的还有大约一年前，美国的"挑战者"号航天飞机爆炸，丢的是地球村里人类的面子！而高科技是美国人作为与人权一样引以为傲的。澳大利亚的土著也被你们白人收拾到了北领地的沙漠里了，还有美国的原住民印第安人也不见了踪影，但考虑自己其实对美国和澳大利亚也没有太多了解，忍住了。

见他有点跑题，再问他自己关心的道路问题，他说像道路这些基础设施当然是政府建的，不过也是公司来建的，像悉尼就有专门的 Main Roads Department 来管路，还说了这个在市区的机构的大概地址。柳明记在心里，琢磨着有机会去拜访。

中午大家在车里吃完各自带的三明治就继续挨家挨户地访问，一直忙到下班，霍布斯先生开着车把三人送回旅馆。接连几天，柳明他们就跟他跑。周五时他又送三人回旅馆，临行时热情地邀请三人周末去他家做客，约好了时间说礼拜天上午来接。

柳明从他那儿了解到不少公司管理方面的情况，经理们的车都是公司配的，销售部门保持有七八个人，员工的收入跟业绩挂钩，一线的工人采用合同制，司机大部分是自带车挂靠等等，小包都一一整理记录下来，一周又挺忙乎。

跟小薛时间处长了，柳明很快知道他爱琢磨别人事的个性，也是个研究"形势"的高手，什么小崔他们领导跟什么大人物一起打牌，什么人跟什么人打网球等等，国内的事情没有他不知道的，而且说话时总是像发布重大内部新闻一样神神秘秘，有时候实在没有新闻了就把说过的旧闻再说一遍，如此循环往复，无穷无尽。可他有一样好，不管说多少话，总不耽误按时给大家端上花样繁多的可口饭菜。因此同寝室的伙伴们都愉快地接受了他的这一分析形势的习惯。尤其牛头，有事总不忘记问问他的看法，不过问的大都是生活方面的事，比如买什么菜、能不能今天不喝酒等等。其实也是的，他俩本来就年龄上差不了几岁，而小崔和柳明年龄差不多，是属于后生了嘛。

今天又是礼拜六,四人又要去买菜了,牛头跟小薛商量了半天,研究怎么省钱。到了那个农贸市场,柳明和小崔看见什么都想买,小薛本来是你们看中什么就付款的,现在被牛头的条条框框管住了,付款前要看牛头的脸色,只买便宜的。转着转着,柳明就看见了房东的女婿在那里摆摊卖那种南京产的鞋,撞上了只好跟他打个招呼。牛头问怎么认识他的,柳明把情况一说,小薛就大惊小怪地议论,说看来他也可以弄点北京布鞋来赚点外汇,国家不正需要吗?正在大侃,看见玛格丽特也在买菜,后面跟了个跟班,手里拖着个装菜的拖车。小薛马上说肯定是她老公,因为那跟班是个中国高个男子。过去一见面,果然如此。玛格丽特说一会儿一起去大家的住处,看看你们生活得怎么样。她先生看见中国同胞就不住地点头,一副诚惶诚恐的样子,并没有长头发或胡子拉碴,一点没有大画家的潇洒劲。柳明怀疑这是被玛格丽特这个洋婆子直接 24 小时"管辖"的结果。

回到旅馆,大家就切橙子、倒饮料地招呼客人。大画家喜欢站在那里说话,既不吃橙子也不喝饮料,慢条斯理地把他来澳后感觉到国内不得劲的地方说了个遍,无非是国内人情味太浓,买点好吃的都要托人才买得到,物资太匮乏,要想成功没有关系不行等等。听他说话倒像是很有思想的人,玛格丽特在他说话时总是含情脉脉地看着他。牛头机警地听他说,不时地似是而非地嗯啊着算是回应,等他说够了才问他来几年了,在澳是不是自己开画廊等等,玛格丽特替他回答了不少问题,说他是专攻油画的,来悉尼两年多了,现在还没有怎么样成功,英语也不流利,靠她的工资养着等等,话题一转又说他肯定会成功的,到那时他们就会搬离市区去郊外买套大房子等等。说得大家都笑,祝他们早日成功。

等他们去了别的房间,小薛马上宣称玛格丽特的先生不会成功实现大房子梦,因为他们两人的关系不稳定。牛头问他根据是什么,小薛说他见多了涉外婚姻,大都是奔绿卡而去的,再说玛格丽特是正宗的老外,生活上肯定有很多分歧,你看这 高 矮,到现在还没孩了,他怎么看都怎么不会长久。牛头马上批评他胡思乱想,见不得别人好,人家已不是中国人了就别嫉妒人家。

等牛头追出去陪同玛格丽特去"视察"了,小薛马上就说:"我嫉妒?牛头哪知道出来的华人都是什么鸟?都不是什么好鸟!要不是受过冤枉,就是真的有事!正儿八经的有几个?我在唐人街看到了台湾那边的柏杨写的《丑陋的中国人》,里边讲'我们中国人成了今天这个样子,我们的丑陋,来自于我们不知道我们丑陋'。牛头就是典型的不知道自己'丑陋'的丑陋的中国人,跟小崔的不想被叫作湖北佬是一个道理。"

小崔马上跟他辩论说:"我愿意被叫作湖北佬!是别人不愿意这么叫,那是别人的事。"

小薛道:"那我还是叫你湖北佬的好,证明你不是像牛头一样的九头鸟。"

小崔道:"你敢叫牛头湖北佬吗?"

小薛立马就说:"叫你就捎带着叫他了。"

柳明想这牛头就是这样,谁也摸不清他究竟是怎么想的。不过牛头跟自己要长相处的那几位比可是强多了,有些人是话都说不完整,既没有妙语连珠的口才,又没有学富五车的内涵,只有贴着各种关系的标签的一副皮囊,里面装满的是对权力的渴望,看见领导就乖巧,人前顺杆爬、勾肩搭背、拉拉扯扯、吹吹拍拍,背后嘀嘀咕咕,视无聊为有趣,看见比他年轻的就爱"指导"两句,一副别人都不如他的派头!

柳明还记得鲁迅先生对于夏三虫的苍蝇蚊子和跳蚤是反复研究过的,他认为苍蝇最多拉点蝇矢,而都会吸血的跳蚤和蚊子里他居然比较不仇恨让柳明吃尽苦头的跳蚤,原因是蚊子除了吸血,还会得意地嗡嗡,宣示胜利,刺激人的神经!真不明白有些过来人招婿的眼光,其实做乘龙快婿没什么,谁家的孩子不成亲啊!有什么的是别总是担心别人不知道他被招了婿,要嗡嗡地招摇也得提高点素养啊!人家倒霉的时候敢跟人家结亲那才是真汉子,像小朴这样真正的公主反而踏踏实实的,可能还是焦大预言得正确:我什么不知道。

想起要跟他们长期相处,还有可能要长相处的符兰的生父,柳明就不想"读书"——,唉,跟喝酒一样,适当的权力有利于工作,泛滥的权欲就像耍酒疯,令人侧目。无怪乎黄父对机关里的人不感兴趣,小季说的"少说多看"这句话倒是蛮实在!所以柳明现在只管像品味国内公路和铁路究竟谁优先发展一样欣赏小薛和小崔他们俩斗嘴,不过无意中从小薛的话里发现了唐人街的书店是个宝库,应该常去走走看看。

礼拜天上午就按计划去了霍布斯先生的家,这是跟牛头请示过的。到霍布斯先生家时已快十一点了,他的儿子还不到十岁,已然是望眼欲穿。柳明拿出带来的大熊猫玩具给他,他高兴得又是亲又是抱的,接着就问他父亲可不可以让他的宠物朋友来见客人。霍布斯太太等他蹦蹦跳跳地跑开了,才有机会和客人行礼,那就是每个人抱两下,左一下右一下,虽然是象征性的,还是搞得完全没有思想准备的客人局促不安。小包拿出准备好的杭州产丝绸纱巾送给她,让她吃惊得张大了嘴。

霍布斯先生把客人引到院里的树荫下,那里已准备好了餐桌和座椅。霍布斯太太送来了杯子和酒,又拿来酒和软饮料,挨个问客人喝什么。柳明看见红酒就想起那晚宴会上的味道,就不客气地要了酒,小薛和小包图省事,都要了酒。四人坐了会就起身在那里转着圈边喝酒边参观霍布斯先生的豪宅。这是个有伍德先生家四五倍大的院子,正中间是一棵叫不出名的大树,绿草如茵的地上干干净净地没有一片树叶,木栅栏外就是茂密的桉树林,所以即使是夏天也不觉得太热。

一会儿工夫小霍布斯一手抱着大熊猫玩具,一手牵着马出现在院里。柳明他们没想到会是一匹高头大马,围过去欣赏,那马也是干干净净的没有一点动物的异味。小霍布斯骄傲地说这是他最好的朋友,他要把它养到自己上大学时骑着去上学。柳明问他能不能跟他和马一起照相,他高兴地点头。霍布斯先生接过柳明的相机给客人们照了相,又告诉他儿子把马牵回去,孩子满足地去了。

回到树下坐好,说了会话,霍布斯太太过来把烤肉的架子支好,又送来了肉,霍布斯先生三下两下就点了火。这是一个跟公园里的电烤炉不一样的烤箱,用的是木炭,木炭上面搁一个箅子,再在箅子上搁牛排,每块牛排有一斤左右,边烤边淋红酒,一会儿肉香就飘满了院子。柳明感兴趣的是霍布斯先生烤肉的技法,想这有点像北京街头烤羊肉串一样的烹调方法其实蛮有趣的,不同的是烤羊肉串撒的是孜然粉,霍布斯先生用的是高级的红酒,而且牛排量大多了,可以大快朵颐。

小薛最奇怪的是这看着挺乡下的地方,怎么没有蚊子和苍蝇。五个大人就在树底下边喝酒边切烤肉吃。老霍布斯边谈澳洲的运输边看他儿子在屋里的电视机跟前和餐桌旁来回忙乎,一副怡然自得的样子。他的太太不停地问客人要不要添酒,比来时的澳航上的空嫂还要热情。中国人发现了她的企图,只好放慢喝酒的速度,尽管那红酒配肉的感觉实在好极了。

聊完运输又聊中国人的生活状况,柳明前面已有了学校里的教训,只拣好的跟他说,听得霍布斯夫妇很神往,一个劲地说有机会一定去北京看看。小包就一个劲地推销杭州,无奈他的英语词汇量不像他的运输专业知识一样丰富,不能引起他们对杭州的兴趣,他们对于中国只知道北京和上海,还有香港。柳明趁机表示欢迎他们去中国看看,这回小薛不再提醒柳明是否招待得起的话题。柳明想这家伙要么是吃了人家的嘴软,要么就是上次回住处后自己跟他说过,自己只是泛泛地表示欢迎到中国,他们真的要来的话,机票和住宿费都会自理的,老外这方面是分得很清的,再说他们来了,请他们吃顿老北京的炸酱面总做得到吧。这叫越是民族的就越是世界的,不是越洋气就越诚心的。

吃吃喝喝地一直聊到下午三点了才告辞。按霍布斯先生的话说就是绝大部分澳大利亚人从没像他这样近距离地接触过中国大陆来的人,原来中国人也是像他们一样彬彬有礼的。三个中国人对处于中层的澳大利亚人也有了很直观的良好印象,回去的路上还在跟霍布斯先生请教运输方面的专业问题,到住处时已是快四点了。

小崔正在看电视里的格斗表演节目,抬头就开玩笑:"带什么好吃的没有?"

小薛道:"好吃的都进肚子了,不过我发现一个问题。"

柳明被他搞糊涂了:"什么问题?"

小薛道:"就是这老霍布斯快五十了,孩子怎么这么小?老外又不提倡晚婚晚育!我看唐人街的报纸上说,有中国人是以逃避中国的计划生育而申请难民资格的。"

柳明笑道:"你不知道老外有句话叫 Life begins at forty 吗?就是说老外的生活是四十岁才开始的,人家要过的是有质量的生活。"

小崔道:"照你这么说,都四十岁结婚,那他老婆能正常生育吗?"

这时牛头从房间里跑出来,他经常一个人在房间里写啊写的,说道:"什么质量不质量的,你们光看见人家的大房子、大车子,他们买房买车的难劲你们没看到,都是贷款买的!信用卡透支,可能到死都还不清!哪有什么质量?做饭吧!"

小崔马上附和:"对了,还是领导站得高看得远。"

小薛朝柳明挤挤眼,接着去开冰箱门。柳明知道他心里一定是在骂湖北佬!且不管他们,进房间看自己带回的捷运公司的规章制度。

每次觉得话不投机的时候,柳明就躲进房间或到旅馆院里泉水泳池边忙自己的事。做饭是小薛和牛头的事,而牛头本可以不动手的,但相信他是因为要借做配菜的工作机会来控制小薛这个火头军的大手大脚,只有餐后的收拾整理才是柳明和小崔的事。

旅馆的电视节目也是总台控制的,故事片频道是要付费的,自然不会给房客提供,剩下的就是看着热闹实际索然无味的摇滚音乐和纯属表演的

Wrestling(格斗)节目,还有谁也看不懂的橄榄球了。柳明和牛头只看新闻节目,不管是否看得明白都看,但其他人不想看,愿意看摇滚和格斗,所以柳明只好看书和资料,到了公司再找机会跟人用英语聊,不懂的就当场或回来后查英汉字典,小字典是随身带的,大的《新英汉字典》是放在房间里的。今天这种情况就又是回房间记单词的好时机。

就这样一天又一天,时间就进入了十二月份了。捷运公司里的上上下下也都混熟了,都知道这三人是中国来的接受培训的人员。经理们有时候在下班时领三人去公司的小酒吧一起喝几口再下班,有时候哪个经理顺路的话,就把三人用他们的专车送回旅馆,有时候下班晚的话,皮特就给张空白的支票,让三人自己打车回。总之,培训生活居然也过得红红火火的。

特别是有个部门经理可能是个天生的乐观派,每次见到三人,总是开玩笑说 Morning! Bloody colonist! (早安,残酷的殖民者!)开始时还拿他的大拇指指着他自己,到后来就用这句话代替说早安或午安了。柳明他们三人也用"残酷的殖民者"代替他的名字,当面或背后都称他为残酷的殖民者先生。今天他是来货场核查货物发送情况的,捷运公司有套在途货物情况的追踪系统,以应付客户的查询。查完以后他又开始开起了玩笑,说他是卡尔·马克思的信徒,为表示他的博学,又哼起了《国际歌》。小薛一时兴起,随声附和,旁边一位工人过来说你们花的都是我们的钱!吓得小薛马上闭嘴。残酷的殖民者先生端起架子厉声跟那工人说你干完你的工作就行了。你不知道我是残酷的殖民者吗?那工人悻悻然地转身离开。柳明很奇怪《国际歌》怎么没从蓝领那里找到同志,反而白领倒是对中国人优礼有加,看来"敌情"太复杂。从此三个中国人再也不敢跟人开玩笑,不管是白领还是蓝领。

转眼到了西方人的盛大节日——圣诞节。捷运公司的大草坪上搭起了几顶大帐篷,公司员工的家属们都来过节。胖子总经理亲自操刀,穿上白色的厨师装,一边擦汗一边烤起了肉!香肠和牛排,还有各类水果堆满了几个桌子,有空的经理们都来帮忙,分发酒和饮料,以及载有公司子弟参加赴马来西亚、印度尼西亚和英国、北欧等地修学计划的报纸。柳明接过一张,才搞明白 SHT 公司这一计划是专门为学业优秀的蓝领职工子弟设立的一个大奖,用来联系劳资双方的关系,他们美其名曰"企业文化"。人们三三两两围坐在草地上,边喝酒边吃,圣诞老人忙着转圈逗乐,可惜那套行头实在穿不住,隔一会就要脱下来凉快,逗得三个中国人直乐。

过了圣诞节,就等着过新年了。事先知道悉尼港那里有盛大的焰火晚会,中国来的团友们都早早吃过午饭去守候。歌剧院附近已是人山人海,感觉全悉尼的人都来了。军港码头上停靠着两艘军舰,水兵乐队排列整齐地在码头上演奏,一些市民带着各色乐器也围住乐队一同演奏,一副军民同乐的欢庆场面。港湾外彩色的船帆和各类游艇点缀着海面,海鸥围着船在盘旋飞翔。

柳明和小薛几人跟着牛头在人丛中穿行,东看西看,不一会就走散了。柳明和小薛两人找得累了,想找块树荫坐下休息,可除了有椅子的地方没看见有席地而坐的老外,怕人家看着不符合规矩,往南走了好一会,都快到领地公园了才找到座椅。小薛气喘着说:"早知道这样就带个三明治来,再弄罐啤酒,多好啊。"

柳明道:"是啊,这地方要是跟老婆孩子在一块过,那是太美了。"

小薛笑:"全团就你没成家,可就你想得最美。"

柳明回敬道:"我是替你想的,你不过是不说罢了。"

"是啊,在这作客是挺好的,要长住嘛,谁不知道金窝银窝不如家里的狗窝。在这可是得有人管开工资啊,不然怎么行?哎呀,这人真是的,没出来时想出来,出来时又想回去。不过我已经发现有人不想回去了。"

"有这事吗?"

"你答应不告诉牛头,我才能跟你说!"

"那还用说,牛头要知道这种事非提前回国不可。"

"那好!第一是杨峰,我知道他是出来前离的婚,第二是我们研究院的小苏,他一直在那个什么卖夸里大学听课,在语言学校学英语时他就弄了个破车到处拉活赚学费,现在去单位实习也是三天打鱼两天晒网的。"

"你怎么知道这么多?"

"你光埋头学英语了,这些事人人知道,小苏是那个联络官林先生指点的。杨峰的事,我琢磨是还没出来就策划好了的,就瞒过了牛头。"

"怪不得那林先生有回说什么'有阳光的地方就有华人',原来是他'策反'的!'阶级敌人'太狡猾了。"

"现在哪有阶级敌人!不过,在外面的华侨华人的情况确实太复杂了。还没告诉你,仍然是柏杨说的,到了国外宁可跟高鼻子打交道,不要跟有些同胞交往。有些华人只剩下一个中国人的姓,其他观念都变了,在他们眼里大陆来的就是穷,都怕沾上。"

"这都是'万恶的资本家'逼的,搞得他们只相信西方人的宣传。我相信中国人出来时贫下中农占绝大多数,为混口饭吃才出来的。"

"是啊,我们现在也成了资本家的客人了,怎么说呀?"

"我说的'万恶的资本家'是带引号的,资本家的那套激励制度看来有合理的成分,要不人家效率那么高?管理也是科学,科学像音乐,是不分国界的。我们现在是借船出海,资产阶级的一套生活方式奈何不了我们,'酒肉穿肠过,佛祖心中留',也叫'洋装虽然穿在身,我心依然是中国心'。"

"嘿嘿,还一套一套的,大陆来的确实是穷。你看那林先生上次怎么说的那位学校的大胡子老师,说他每周五位女朋友轮着来。他就关心人家有多少女朋友,全是资产阶级那一套。"

"像他这种所作所为,只能算是鲁迅先生说的'异胞'。"

"'异胞'?"

"中国古时候黄帝大战蚩尤,蚩尤是九黎族的部落首领,战败了,所以中国人都自称是赢家黄帝的子孙。鲁迅先生戏称蚩尤的后代为'异胞',意思就是虽然都是中华民族的子孙,但不叫'同胞'。"

"哎哟,鲁迅的话都是拧来拧去的费解。哎,我刚说的事,你千万不要在房间里提起。牛头高高在上,对这些人的底细不是很了解,这些人大部分国内就相互认识。北京爷们就是看不上自以为是的上海小男人,'湖北佬'也不是什么好东西,想学上海人的精明又没那个水平,想学北京爷们的豪气又没那个精气神,就剩狡猾冒尖了。嗨,说多了——嘿嘿,原来大家以为你这么拼命学外语是有目的的,现在看来你不是。"

"我还真没想过这么多,大机关的人就是只听见别人说好话,人家心里怎么想的并不清楚。"

"就是这问题,牛头这么年轻当处长也是有来头的。我都知道,估计他老婆不一般,你看他住的地方就知道。不过牛头这人还是比较正派的,就是性子急了点,没多少当头的经验,靠打压是管不住人的。"

"你怎么连这都知道?"柳明知道他是个"包打听",故意逗他。

"没有不透风的墙啊,下面的人找他办事就要先研究这个人,想办法对付他,谁的事瞒得住。"

"看来当个处长也没有隐私啊。"

"那是!你看老潘,虽然只是个科级,那在家可是风光得很。我有次出差时去他家,不到一小时,几拨人找,家门槛都踏平了的。现在经济发展那么快,运力紧张呗。再说了,现在哪个行业不是这样呢?有句话叫有权不用过期作废,大大小小的官谁没点权。我也想出差吃点喝点,回家时再捎点,那多好。你看,中国人住公房,不像他们要自己买房,我发现唐人街除了超市和中餐馆多,就是房产经纪多,一栋房几十万澳元!中国的部长级也买不起人家脚底下的一块地毯。嘿嘿,可惜这儿的好风光带不回去。"小薛一个一个地点评,把团友们数了个遍。柳明这会儿反正没事,且听他分析。想搞活经济谁不想先搞活自己的经济呢?谁也不傻,每个个体发展了,整体才能发展,问题是个体发展中的私欲问题,现在发展与私欲像矿产的伴生一样难以分离,不知道人家的经济秩序是怎么理顺的。而且这些念头像影子一样从中国一直追随着自己到了国外,不过这话没说出口。

一会儿又扯到霍布斯先生的"笼子"理论,小薛说:"对呀,你没听说吗?现在的领导是留苏的多,将来是留美的多;现在是技术专家当领导的多,将来是学经济的多;再后来是学法律的多,最终才是依法治国。等布好局,笼子才算扎好,还要看国际形势给不给我们时间。美国的今天就是我们的明天,你就瞧好了!我看了《资治通鉴》好几年,就记住了'贵以临贱,贱以承贵'八个字了。"

柳明早就适应了各种环境,像是山上滚落溪里的石子一样被磨平了棱角,对于这些乱七八糟的事或话见怪不怪了,而且无论是"上海佬"或"湖北佬",还是京油子,都能平安相处而不被蛊惑,无论什么长还是什么农村人,见了都不打怵。但现在还是被小薛的高论耍得有点团团转,问他那八个字是什么意思。他说他请教过别人,是人有贵贱之分的意思,还反问柳明看过印度电影《流浪者》没有,那里边说得明白。柳明心想这话听起来还真有点掏心掏肺的意思,他肯定是觉得自己是机关里的人,所以就是"贵"的一类了,这一通话相比起来国内的宣传要实在得多了。那国内的宣传实在是有点连搞宣传的人自己都不相信,肉蛋奶到底不是《在希望的田野上》唱出来的,而是"贵"的使"贱"的一颗汗珠子摔八瓣干出来的。柳明太了解中国各地的农村了,中国农村的落后就是这么来的,虽然现在农村形势已有所改观,但比起人家的效率那差老远了,城里的一部分人又在为"铁饭碗"被打破而发愁,何不把真实的一面实事求是地告诉群众,让群众有个目标,让"贱"的也能过上"贵"的生活呢?但有一点是明确的,一家有一家的难处,国家也是这样。改革就是要解放生产力!这话是抓住了要害。

两人混到天黑,又回悉尼歌剧院那里看热闹。现场老的少的明显减少,剩年轻人继续凑热闹,两人饿着肚子一直待到零点放完焰火才回,到住处时牛头和小崔已经睡了。

接着还是休息天,唐人街成了个好去处,尤其是书店,柳明和小薛把时间都花在那里了。《丑陋的中国人》也看过了,初看挺有理,细究有点受不了,柳明发现照柏杨先生的意见,中国人根本不能出国,像中国足球一样自己玩玩算了,外国人都是团结的,中国人都是不团结的,脏乱吵的,最容易膨胀的民族……中国人压根就只能在中国活,五千年的文化全是糟粕,《三国演义》《水浒传》都是大毒草……为什么要拿西方人的尺子来量中国人的身材呢?如果经济上领先的是中国,中山装和旗袍会不会在世界上流行呢?柳明觉得有可能,到时候一切以中国的传统为标准,那是多么美的事!但小鲍们和杨峰们这样的必须除外,他们还有很多柏杨先生没说出来的特点,这可能要怪柏杨先生没遇见过他们,由此可见,柏杨先生有些意见说的是中肯的,尤其是得势后的自我膨胀。

令柳明自己都没想到的是,这本书中体现的对本民族某些习以为常的特点的反思精神和部分观点像埃及金字塔中的魔咒一样如影随形地影响到了他今后很长一段时间。

过了元旦,培训方式发生变化。胖子总经理安排三人跟货车跑长途。柳明心里明白这是因为自己年前跟玛格丽特提过想看看澳大利亚的高速公路系统,那个 Main Roads Department 自己去过后也拿到了一些新南威尔士州的公路资料,但不全面,柳明想要全国的。因为柳明想着回去汇报的事,来一趟那么长时间,除了运输管理,不弄些建设方面的情报有点说不过去。为这事牛头还批评说不能给人家添太多麻烦,因为说的时候他在场,他的观点是说了来学管理就看管理。可柳明不这么想,只不过改成了偷偷进行罢了。想着错过这个机会就是对老霍的犯罪,他太需要了解国外的交通建设和建设标准了,而老霍是自己的顶头上司。现在终于有机会去别的州看看,让柳明暗自高兴。但捷运公司的长途运输都是夜班,晚上在悉尼的货场理好货以后出发,第二天早晨到达墨尔本的货场,再分投到客户。柳明专门为自己的相机配好了闪光灯,万事俱备,只等出发。

一九八七年一月十二日,星期一,柳明和两个伙伴分乘三辆大货车从悉尼货场出发了。柳明这辆车的司机是个胖胖的大汉,约莫五十岁的年纪,很健谈,以前见过。一上车就跟柳明聊上了,说他有两个孩子,一男一女,都在上中学,太会花钱,他的车是自己买的,也是采用挂靠的方式绑在捷运公司。

车出了悉尼天就开始暗了下来,司机就让柳明到驾驶室后面的简易铺上睡觉,柳明要看路,哪里肯听他,便不断跟他聊。他说到墨尔本要明天早晨了,他是为挣钱养家,柳明何必跟着熬夜。柳明掏出相机拍路,他也觉得奇怪,说中国年轻人是否也像他的孩子一样爱乱花钱。柳明含糊回答,料想他也弄不明白柳明此行的目的。反问他这一晚要走多少路程,他回答要超过一千公里,通常要走十二个小时,而且全程是由他一个人完成。

到了下半夜,柳明有点盯不住了,直犯困,司机还在盯着前方开车狂奔,路上没见有超车的,对面方向的来车一辆接一辆,基本都是像柳明坐的那种四十英尺集装箱大小的大货车。

突然前方出现情况,车都停了,胖子刹住车,跟柳明说待在车上哪也不要动,说完就急匆匆地跳下车,向前方跑去。柳明睡意全无,好奇地也跳下车,跑过一大截才发现前方有两车相撞,很多司机围着抢人。柳明举起相机,一个司机马上用手挡住镜头大声说 NO PHOTO! 胖子司机看见柳明也大声地要柳明回车上去,柳明只好返回,只见路上后到的司机纷纷赶来。那种一有事就纷纷出手援助的风尚让柳明感动。

竭力想多搜集一点第一手资料的柳明强忍着困意,不断与司机聊着天。老司机在柳明的勾兑下说了一大堆他的发家致富梦,都是关于他准备换的新房子的事,什么看中了一家带游泳池的大房子,但拿不定主意,因为游泳池的养护费用太高;一会儿又说选房地段太重要,等等。全是经济账,说得柳明只有羡慕的份。

终于熬到了墨尔本的货场,这时已是早晨的九点多了。司机与货场监工一起把车厢铅封验完,就把车头开到一边专门的停车场睡觉去了。车厢和车头是像火车头和车厢一样可分离的。小薛早就告诉柳明,这是西方国家通行的甩挂运输方式,非常高效,一辆车好几百万人民币。中国只有四吨或八吨的东风和解放或黄河几种货车,这洋玩意儿压根就没见过。

柳明迷迷瞪瞪地被人送到一个旅馆吃早饭,安排了房间休息。柳明到了新地方反而睡不着,因为这宾馆的花园太漂亮了,独自在院子里到处转了会,另两位也到了,然后在柳明房间里一起商量抓住机会下午去逛墨尔本。

不料中午还没到,来了两位年轻的洋女士,开车来拉三人进城吃饭,吃完饭就参观墨尔本,一口气看完艺术中心、皇家植物园和圣保罗大教堂,晚上又到唐人街吃中餐,全是海鲜。

回到宾馆小薛好像才透过气来,道:"安排太周到了,我怎么像还在梦里。"

小包开玩笑道:"我们就是三个包裹,一个晚上就给门到门送到了天堂。这是我最高待遇的出差了,澳大利亚人怎么都这么好啊!"

柳明想起第一次从悉尼货场打车回去的时候被蒙走了支票的事,那次支票上没写金额就被出租司机骗走了,因为三人都没用支票付出租车钱的经验,好在那是张限额二十五澳元的小额支票。次日皮特问清后只是红了下脸,也没怪柳明,只是以后再叫车就改叫用电话叫来的那种,因为澳洲的出租车很多是用无线电调度的,出租公司对每次载客都有记录,而北京街头还刚有美称为"大发"的勉强叫车的出租车!想到这,柳明笑道:"别忘了老外也不是个个都好人啊,上次那出租车司机就挺坏的,看来还是个层次和素质问题。今晚一人一个房间,可千万别梦游啊,洋婆子来了可别开门,这儿女人好像不是人。"

小包顽皮地说道:"洋婆子来了我就将计就计!这叫吃了葡萄不吐葡萄皮——照单全收,谁叫她使美人计来着。"

小薛老奸巨猾地对小包使着眼色说道:"我们俩都是过来人了,来了洋婆子不怕,要当心的是柳明。你看白天人家姑娘见了艺术中心里的裸女像就绕着走,就你能跟她们交流,那是对你有意思了,不知道咋使就招呼我们啊。"

柳明搬起石头砸了自己的脚,不甘地愤愤说道:"你看看,好心全当驴肝肺,那叫前卫艺术!咱没吃过猪肉还没见过猪跑吗?你们睡不着别来敲我门。"

那两人哈哈笑着就各自回房休息了。由于昨晚基本没睡,这一晚柳明睡得特别踏实。

第二天,三人刚吃完早饭,墨尔本公司就来了个中年经理,领着三人去一个叫巴勒拉特的地方参观,这是个产羊毛和黄金的地方,电推子剪羊毛那叫快,看得人傻眼。黄金只看见博物馆里的,还是天然的金块,也让中国人目瞪口呆!不过,柳明总算完全明白了澳洲人高福利的来源,感慨好地方怎么都是老外的,想什么来什么,地里都会长金子,挖个坑就能捡。

回来的路上那经理谈起澳洲工会就发源于此,并说现在澳洲的工会很厉害,一不如意就会罢工要求涨工资,问中国人说:"如果是你们遇到这种情况会怎么办?"

柳明支支吾吾地想半天,告诉他:"我们不是这里的经理,所以没有什么主意可拿。"

那家伙哈哈大笑,说柳明不知道该如何跟老外聊天。

第三天,又换了个经理来接出去看了一家银行的地下金库,那地方也是他们的客户,五十公斤一块的金块堆了一大堆。柳明有思想准备也没想到人家的黄金储备是这么干的。那经理开玩笑说:"谁要搬得动尽管搬回去。"

　　小包听完就装出一副要搬一块的架势,引得大家一阵笑声。

　　午饭后,就去看网球赛。露天赛场上早就坐了很多人等着开赛,很多人中午就吃带来的三明治。经理给每个中国人准备好了网球帽,可戴着比不戴还热。四人找好位置等开打,等开打了以后的问题就是看不懂。网球场还是在学校时见过,可从没见人打过,规则更是糊里糊涂一无所知,又不好意思问,等三个小时过去看懂了,球赛也结束了,还要装都看明白了,说太好看了。

　　开开心心就到了第五天,是星期五,早晨开始往回返。一位经理把三人送到首都堪培拉的一家中餐馆门口,四人在那里见到了等着的皮特,一起吃了顿中国饺子后就分了手。柳明三人随皮特去交管部见了一位官员,柳明知道这是专为自己安排的会面,非常仔细地听了官员的介绍,又要到了很多澳大利亚道路系统的统计资料,柳明觉得有了这些东西,自己在澳大利亚的学习就完成了一大半。

　　出门的时候,小薛还在嘀咕,这交管部会见外宾怎么连杯咖啡都不提供,到我们那儿还至少有杯茶吧,外宾来的话没准还弄顿烤鸭招待。柳明倒是很满足,剩下的在澳时间主要是学英语了,在皮特的车上一路聊到悉尼的住处。

　　周末去 Paddy's Market 补充一周的食品,柳明和小薛已知道捷运公司下周安排自己去布里斯班,所以多买了些面包和榨菜,准备路上吃就行了,因为墨尔本宾馆里的早餐其实挺贵的,但墨尔本和堪培拉之行还是让团友们羡慕了一把。

　　周一的早晨,皮特开车来接三人去布里斯班。由于跟皮特很熟悉了,一路上海阔天空。小薛和小包两人不甘示弱,结结巴巴地用英语聊开了。其实他俩日常的英语都能听懂,就是缺乏自信,稍正经的场合就不敢开口而已。柳明趁机休息,专注于去布里斯班的道路情况,发现无论是去墨尔本还是去布里斯班的公路都很普通,尤其是没有那么多行人和拖拉机驴车马车什么的,也没有国内计划中的京津塘高速公路的那种三四米高的路基。

　　晚上八点许,一行四人已坐在布里斯班附近的一家汽车旅馆旁的海鲜馆里用餐了。室外暑气还很旺,餐馆里却格外凉爽,冰镇着的各类大虾和螃蟹任人取用。三个中国人嘴上不说,免得皮特笑话,但心里早已乐开了花。

柳明取了一大盘大虾,慢慢享用,小薛取了个大螃蟹,学洋人的样斯文地用老虎钳一样的夹蟹的工具夹了半天,柳明准备去取第二盘虾了,他还没吃上蟹肉,急得他不耐烦地把蟹一扔说道:"Piss off!"那老外的餐厅都是在大厅里的,周围坐满了洋老头洋老太,都往中国人这一桌看,皮特又红了脸。可能小薛一路上用英语跟皮特聊惯了,突然冒出这一句龌龊话,柳明钦佩他学了没几句英语却总算用到了恰当的地方。只是周边老外的目光有些异样,现在去跟小薛说他就是丑陋的中国人显然多余,情急之下,柳明也冒出了一句日本话:由喜,由喜(好)。坐最近一桌上的一位洋老头跟洋老太说道:Japanese! 小包机灵地补充说道:Yes .We are Japanese! 把皮特逗得脸更红了,过了好一会才忍住了笑,悠悠地品着白葡萄酒,低声说道:Relax.We have all night free.Just enjoy your dinner.Usually it takes two hours.(晚上没事了,尽管慢慢享用,我们正常的晚餐要吃两个小时呢。)窘了半晌的小薛这才缓过劲来,把叉子使得像东洋人的枪刺一样挑蟹肉吃,嘴里叨咕着:"我刺,我刺刺刺,我刺她个东洋妞。"以掩盖他的不好意思。柳明也不翻译给皮特听,只顾跟小包一起偷着乐。

一晚上有酒有海鲜,除了不能大声喧哗,实在是快乐无比。

晚上就在那都是带走廊的平房样子的汽车旅馆住,一人一间房,房间很大,都有很好的空调,整洁的白色被褥,除了有点汽车过路声,环境一点不比悉尼住的小旅馆差。第二天的早餐都按皮特的安排给送到房间,三个中国人在异国他乡过上了资产阶级的生活方式。

吃完早餐,皮特就带三人去公司在布里斯班的货场。虽然没来过但一切都是熟悉的,在公司食堂吃完饭就由本地的经理带着去逛布里斯班城。路上柳明坐在那位经理左侧的副驾驶位置上,一会儿一个骑着摩托车的警察贴近驾驶员打手势要柳明系好安全带,那经理说如果不是看见你是外国人,警察就罚他款了。柳明马上系好安全带。皮特说那警察一定以为你拉的是日本人。那经理不明白,皮特把昨晚的笑话讲给他听,惹得他哈哈大笑,说来澳的日本人确实比中国人多得多,这故事太有趣了。

说曹操曹操就到,几人在沿布里斯班河看景时,碰到了小薛在语言学校的日本同学。那家伙的英语还是很差,咿里哇啦一通,柳明勉强听明白是在问小薛跟老婆一周干几次活,怎么这么久还没回去,他在悉尼时每周要去红灯区 King's cross 两次,现在到了布里斯班还在找红灯区。小薛可能知道他的底细,见面就 Hi 了一下再不开口了,等他背着大旅行包走了,小薛才用中国话说道:放他娘的狗屁!

皮特跟柳明说他才是真正的日本人,日本年轻人来旅游都是这样背个大旅行包,到处找乐子。小包说狗日的日本人侵略中国时背个锅一样的帽子,他们把老鼠送到他宁波家乡,死了很多老百姓,日本人现在看着是来澳大利亚旅游,实际是来找花姑娘的,日本人坏了坏了的。边中英文夹杂着说边比画着要柳明帮忙解释,柳明帮了半天忙,但好像效果不佳,在这到处能看到《Playboy》的国度里,花姑娘的话题引起不了别人的注意,何况那经理年岁也不大,肯定没经历过二战,似乎不像中国人理解的日本人那样理解日本人,或许对他而言哪国人都是他的客户。

市区转完就带着四人上了个山包,这里可以俯视整个布里斯班市区。这回除了柳明感兴趣看看人家的城市规划外,小薛小包就是等柳明给他们照相后等着撤了,因为布里斯班的室外太热了,这光秃秃的石山上似乎离太阳近,更热。

下山后一车人直接去唐人街找家中国餐馆吃晚餐。那经理点了 Foster 啤酒,倒进杯,边喝边聊。皮特问中国有什么啤酒。柳明答有青岛啤酒,德国风味。那经理马上叫过侍者问有没有,那侍者取来一小瓶,皮特尝了尝就放下了。柳明知道他不习惯中国啤酒的味道,自然也不追问,反问他喝了酒能开车吗,那经理说没问题的,关键是量,一定范围之内是允许的,所以喝啤酒,澳大利亚啤酒还有无乙醇的。又问三个中国人谁知道桌上是什么鱼,皮特说小包肯定知道,他是海边来的。小包听力没问题,用中文说是石斑鱼。柳明翻译说叫 Rockcod,其实是从唐人街的鱼摊上看来的,吃了那么多石斑,就记住了。那经理说看来你很了解澳大利亚呀。小薛不甘寂寞,逗趣着替柳明回答说 So so,引得大家一片轻笑,一天就又轻松地过去了。

第三天,皮特带三人去黄金海岸参观,在一家赌场逗留了半天。那赌场楼上楼下好几层,一流的装修,四周到处是灌木和高挑树干的热带树木,后面是海景的高档酒店,能看得到优美的沙滩和海浪,游客只有稀稀拉拉的几个人。皮特独自上赌桌玩了几把,输剩三个筹码就给中国人每人一个做纪念。小薛大发感慨地说这么大个赌场要搁在中国不赚死啦!小包说资本家哪有不赚钱的,周末不知道有多少人来玩呢。中午四人就在酒店餐厅吃了西餐,皮特潇洒地用公司配的信用卡结账,跟中国人说公司每个经理都有消费额度用于交际,把三个中国人看得面面相觑。

下午到基本没人的海边转了转就回去了,洗澡后再去那家海鲜餐厅吃海鲜。优渥的招待让三个中国人忘记了身处异国他乡的所有烦恼。

第四天就往回返,到麦夸里港看了看就住下了,周五傍晚才回到悉尼。临别时皮特交代明晚他来接三人去胖经理家参加派对,因为要过中国春节了。

见到牛头时才知道国内发生了大事,小薛着急的是咱们这个团是否会提前回国,牛头马上说这是不可能的,还说了一堆理由。搞得柳明云山雾罩,布里斯班之行的好心情变成了忧心忡忡,一晚上没睡好觉。

周六上午,他就和小薛借口去唐人街买酱油醋,直接溜了过去。

二十来天没来唐人街,两人也没发现有太多不同,只是过年的海报多了些。就去看旧报纸,零碎看到有些不知道真假的新闻说北京有学生游行什么的,才知道事情是确实的了,两人扭头去买些调料再扛上香米和面就回去复命。拿不准的事谁都不再说起,因为小薛现在受柳明影响挺大的,只收拾牛头他们俩买回的菜,准备午饭。

午饭后柳明进房就睡,到下午三点多起来洗澡,准备参加晚上派对的行头,因为这去人家里的正式派对还没经历过。小薛也对晚上怎么穿颇费脑筋,最后叫上小包一起商量半天,还是决定穿上短袖衬衣戴上领带,如果发现不对就取下领带。等上了皮特的车就发现他穿着崭新的T恤衫,头发整理得苍蝇都站不住脚,三人不约而同地摘领带。皮特说没关系的,你们想怎么穿都可以,你们是客人。

说说笑笑着到了胖经理家门口。这里一看就是高档住宅区,森林茂密,房屋间的空地很大,都是整洁的草坪,门口挂着几条不断闪烁的彩灯,像是电影里见过的西方人的圣诞节装饰。穿过一条走廊到了后院,一个足比半个篮球场大的游泳池边上或坐或站,满是人,彩灯更加的耀眼。胖经理早有准备,精神抖擞地快步上前跟三个中国人热情拥抱,游泳池边的人都起立鼓掌,柳明等受宠若惊,只好频频点头,因为这些人都是公司的经理们,大部分是熟悉的。胖经理走到安排在一棵大树底下的话筒前发表讲话,可以用"高度赞扬"来概括他的热情洋溢的讲话内容,等他讲完,又是热烈的掌声。接着他的秘书就递上三个相框,胖经理就给三人挨个发了一块,外加一本精美的澳大利亚风光画册。柳明看相框里是一份表明自己在捷运公司接受过三个月培训的证书,上面有他的签名,真的佩服他跟三个中国人直接相处的时间没超过二十四小时而没把三个中国人搞混。

接着就是BBQ,一直度过三个多小时的幸福时光,就激动地与经理们话别后坐皮特的车回了住处。牛头和小崔还在看电视，牛头问了问情况，就说过两天大家都要这么来一下，要换培训单位了吗，看来人家的礼节一点不比中国人差，这下其他人就有思想准备了。大家像已经过上了春节一样高高兴兴。

接下来几天，大家就是休息，互相串门，等着春节的到来，等着家里的来信了。牛头已经安排好了请所住旅馆的老板娘来吃饺子了。

到了一月二十八日下午，房东果然激动地来参观中国人过年，玛格丽特和她先生也一起来了，林先生带着太太和年幼的儿子也来晃了一圈，柳明直奇怪华人也讲究个"Life begins at forty"？实在搞不懂老外晚育的原因到底是因为想享受生活还是生活压力确实太大。

前者带来了对中国人过年的隆重劲的惊讶，后两者带来了春节后的培训计划。

小薛不但做了饺子，还学中餐馆里的样子做了春卷，牛头炒了几个湖北风味大菜，一顿春节大餐居然非常丰盛。

等客人走了，房间里反而安静得出奇。柳明知道大家其实都很想家，出来半年了嘛！手上抓紧洗碗，好看玛格丽特转来的中国的来信。

符兰的信上全是过年的开心话，父母的来信上也是过年的话，看不出有半点不同，柳明放宽心去串门。

接着初一就结伴去唐人街看华人过年。德信街上的小广场上演着广式舞狮，虽然规模很小很简单，却吸引了很多人，也有洋人来观看。这在老外的地方已算很热闹了。

洋洋洒洒地过了春节，柳明和小薛改跟牛头去一家叫彗星公司的子公司接受培训。这家公司的特点是以航空货运为主业，跟澳大利亚各机场和航空公司都有密切关系。由此，三个中国人被安排走遍了很多澳大利亚人都没去过的各个角落，比如超级阔佬才能进的 VIP 候机室、飞行员培训中心，还有塔斯马尼亚岛，佩斯；除了高档区还去了悉尼的新移民聚居的"下只角"，这里往往有海外的运输需求；频繁出入各式中餐馆和洋经理们的豪华的宅院，等等。而且牛头的英语不说一流，却也可以说相当纯熟，跟他在一起听他说就行了，偶有不知道的单词，柳明也基本可以给他填补，所以一切比较顺利。柳明再不用操心怎么跟老外回答一些刁钻的问题。

只有两件让柳明意外的事。一是关于住了几个月的旅馆，因为老板娘嫌中国人做饭油烟太大影响了她的生意而让中国人搬了家,搬到了悉尼电视塔附近的高层公寓。这里到处是高级写字楼和大公司,离悉尼歌剧院也近,但离 Paddy's Market 就远了。柳明算是领教了柏杨先生说的中国人脏乱吵的确是在外国人眼中存在的,心里怪牛头非要请那老板娘来看中国人过年,暴露了中国人厨房里的秘密,害得自己没了单独看书的后花园,只能跟着看电视度日。二是有一天回公寓的路上,牛头突然跟柳明和小薛说他们的主管副主任来了,就住我们附近的摄政王大酒店,是大领导随行的秘书通过中国驻悉尼领事馆找到了他,他在琢磨怎么招待一下领导。小薛说去看望一下不得了吗? 这么大的领导,人家住大酒店的,肯定都安排好了的,请到我们公寓,那条件可跟不上。柳明觉得这么大的领导,在国内自己根本够不着,不知道怎么处理,只好不说话。一向干脆的牛头碰到这事好像也有点犯难,磨叽半天说他在想要不要送点费用。看他下不了决心的样子,"拎得清"的小薛马上很有经验地支持他的想法,说完就凑钱,柳明也跟着掏。牛头说不用了,他先去汇报工作,看情况再说。说完分手,他就去了那大酒店。把不知道"这算嘛"的柳明唬得一愣一愣的,心想这下坏了,回国后怎么办? 几块巧克力能打住吗?

等到 1987 年年中回国时,柳明跟大家一样,积累的各种外文资料有好几纸箱,但这难不倒这帮搞运输的中国科长们。潘经理联系了一位 COSCO 的船长,免费帮大家把资料从海上运到了广州。

等柳明回到机关后大约一个月,小薛把资料送到了柳明宿舍。柳明跟他开玩笑说,国没白出,人家的高效率还真学到了,只可惜人少回来两个。这两人就是小薛预言过的杨峰和小苏。小薛听完得意地说他早看出来有人要"叛变"了,不过死了张屠户,中国人也不会吃带毛猪的。柳明被他说得哈哈笑,因为敌人的敌人肯定是朋友,柳明很高兴结识了一个北京的朋友。临了,送他一份自己单位刚分的猪肉作为他辛苦送资料过来的谢礼,嘱他吃前看清是否带毛。其实,柳明一个人在集体宿舍根本没办法享用这肉。

八

不知道人们是否都认为焰火放完之后的天空会更加暗淡,起码柳明是这么觉得的。

因为从澳大利亚回来后的一年就是不顺的一年,且不说柳明干的还是分鸡蛋和猪肉,这两样东西都是委里为补贴大家工资低而物价又涨得飞快而从农场代购的。按广东人的说法,1988年应该是大吉大利的一年吧,可柳明除了和符兰幸福地在春节回苏州老家举行了婚礼外,诸事不顺。先是符兰来了北京没工作,再是两人没房子,想入党又没结果,连结婚这等大事都是灰溜溜的,先打报告,再办手续。想举办个简单的婚礼,才发现没人喝彩,机关不兴这个,柳明身边要么是把你当下级的人,要么就是把你当对手的人!把你当部下的人等着你臣服的表示,当对手的人等着你犯错,偏偏柳明因为出国时被停了工资而既不想表示也不肯犯错,不该说的绝对不说,不说话比说话更容易学会,事不关己高高挂起,只做处长交代的事。比如接电话抄抄写写,再有就是谁家搬家就去帮忙,反正全是打杂,所以这些人发圈糖就算完事了。

诸多不顺,柳明这才深切地体会到什么叫"空中优势"和"靠"。

这时改革开放后第二次大规模的国家机构改革搞完了,撤并了很多局和处,柴局长当了没几天局长就变成了新的发展一司的副司长。柳明去要房子,他没精打采地说找司长要吧。新司长是别的局的老局长,几个局合并后他当司长,姓张名栋梁,冲他的名,命中注定他要管大事,却弄了个每天浓妆艳抹,嘴巴涂得像拉稀后的母鸡屁股的小封姑娘到他分管的综合处上班,不但解决人家的工作,还弄了套房给她。柳明找他时一提别人都有房,张司长马上就说你去了国外,别人还没去过呢,能绝对公平吗?搞得柳明不知道是该谢龙局长还是怨他,感慨中国人的"成也萧何败也萧何"的故事让自己赶上了,幸好老婆是自己找的,不然是否会说你看,组织还给你安排了一个媳妇!

可龙局长在柳明回国前已退休了,想找他感谢或埋怨都找不着人了。难怪小季春节不去拜局长——退得太快了,原来这世界上只有老丈人还算是固定的,说来说去还是老丈人好!当然必须是像样的老丈人,像孙庆华就从没听他把老丈人挂在嘴上。老霍也在前不久退了休,老程早就退休后去了委里的项目评估公司,老陆也去了那里当了个副主任,算是提拔了。按小鲍的说法,一个是还没干够,一个是干够了却提不起来,只好换地方了。小鲍本来一遇到大事说话就结巴,但说这类人事安排的事时特流畅。他本来是被组织上选派去天津港任职的,但他跟小季都嗅到了处长这个全国独一无二的宝座的味道,因为以年龄和背景当资历的话,他们离那位置的距离像太子的兄弟眼巴巴地瞅着王位一样已很近了,哪里舍得离开。处里现在是老秦主事,他是个只管自己埋头交卷,别人只要不捅破天他就不问的人,因为按他的背景当个处长已让大家吃惊了,更别说权威性了,全凭各人觉悟行事,所以他很明白地谁也不想管,不过人品不错,偶尔也会想起来送点米票给柳明,以示关心。老温原本是半道觉悟入党的,现在风调雨顺地当了副处长,更让大家惊掉下巴,还幸福地分到一套大房子,就差五子登科了。把小鲍和小季恨得睡不着觉。

变化最大的是铁道处,柴局长之后接任的处长奉调去了新成立的国家投资公司,新调来了处长和副处长,还从同样被改革的经管委调来一帮人,成了全司最大的处。其中有位副处长是工程兵转业干部,据他自己吹嘘,一顿能喝八两老白干,还能分清飞过苍蝇的公母。刚进委里时就去了趟美国,一共待了两周就把护照丢在了纽约唐人街。柳明听了直抽冷气,早就听说工地上的人能喝酒,但没想到能喝到美国去而因此丢了护照,还好没像杨峰和小苏一样丢人。此人平常上班的一大爱好是到交通处来找老温聊天,只要小鲍和小季不在(他们在的话会用大声说话的方式轰他,他们早对占了副处长位置的老温不满,最好是两个长一起轰走),他们就会把小陶和柳明当空气,两个半老头就大侃美国什么都大,车子大、房子大,还有美国女人的胸大,更怪的是美国佬的裤裆里的东西能绕自己的臀部一圈。言语之污秽远超沙尘暴,从能做肥料的角度看,还不如农村的茅厕,令人不忍卒听。小陶开始时还戏称他是"口奸"美国的专家,柳明纠正称他为"意淫美国"的专家,这样更科学而且上档次。后来小陶看见他来就闪人,柳明也学会了,去阅览室躲上半个小时。

他还不算奇人,柴局长,不过现在是正司级副司长,大家还叫他柴司

321

长。居然神通广大地从街道办调来一位管分发计生用品的大妈,听说是柴夫人的亲密战友。大家都私下推测两个司长在比着安排自己的人,目的都在到机关来弄房子的,谁叫这大机关家大业大,房子盖得多呢?柳明没他们高明, 只能相信老柴肯定是觉得计划生育的原理可以用来避免重复建设。此人勉强识得些字,偏偏喜欢穿高跟鞋,像有意跟小封赌气似的天天一件新衣服,挺着像煤炭采空区一样塌陷的胸出入各个办公室。柳明每次听到有力的高跟鞋踩在木地板上的声音就知道是她雄赳赳地进来了,同时就会想起河北的"死一轮"处长讲的"摊鸡蛋"的话,就是嘛,没有玛格丽特那样的"天赋",就认摊鸡蛋的账完了呗!偏偏她不管是给处长还是向柳明传话,也不管是传文件还是柴局长的手谕,都会加上一句:这是老柴的意思!脸上还要露出怪形怪状的笑,好像在说只有她才是老柴的嫡系! 其实这还用得着说吗? 司里每个看得见天亮天黑的人都看清了这一点,柳明也不例外,不过这是柳明二十五岁的人生里看见的最"华丽"的篇章了!

这乱糟糟的一切有点"飞起玉龙三百万,搅得周天寒彻"的味道,这里柳明冒昧觉得"玉龙"两字可以改成"私欲"更能表达自己的心情,柏杨的有些话就像新疆沙漠里的尘埃一样渗入了柳明的血液。想跟认为计划系统迟早要完事的顾民和罗晨一样去国家投资公司,但没人提携就去不成,只好看着地下室的伙伴们哗啦啦地去了一半。去新单位当元老拿票子位子的好事是轮不上了,不过话说归说,人还得活,不是吗?能忍就忍吧!既然不能忍找"靠"的烦恼就得忍没房没工作的烦恼,好在符兰还在刚到北京团聚的兴头上,除了对北京春天的沙尘天气很不习惯外,对这一切有怨言而不是不能忍,而且柳明的海南之旅不仅讨了个老婆,还结识了诸葛这个当官的上海人。跟他一说,他马上收容了符兰去那里上班,讲好户口进京问题自己办、住房自己解决的条件后,符兰去了研究院的资料室。让柳明诚心地觉得上海人中也有识大体的人。

符兰的工作解决以后就是继续操心燃眉之急的房子了。刚结婚的沈瑀运气好,他的老局长提拔成了委领导,点他当秘书,因此被照顾分到了两居室。不过柳明也知道,偶然中有必然,沈瑀一来就积极入党,而且不像柳明这样学外语看闲书,一心一意干好本职工作,给领导留下了死心塌地干好工作的好印象。这么大的机关,慧眼识才的好领导还是不缺乏的,只是自己没赶上,就像种树时头道行根水没浇好。然而,柳明不认为这是自己的过错,而是自己处里"人才"太多了,都把自己的一亩三分地看得很紧,这里有只能意会不能言传的个人利益问题,导致柳明这样不想抢班夺权的人一直插不上手,只好漂洋过海去培训,这是不是领导经验丰富的龙局长的平衡之计?柳明现在反倒有点拿不定!如果属实,那中国三十六计文化又发展了一步,但有焦大的"我什么不知道"这样的前言,柳明也不想去深究,高级领导都像猫头鹰一样睁一眼闭一眼,自己如何研究得透?

　　人们的生活条件一旦有了差距,尤其是比较身边的人,那落后的人的生活意义就全在弥补差距上了。正常的话这应该是社会进步的动力,问题是八仙过海各显神通,就有合法不合理的,或合理不合法的,或法与理边缘的,甚至完全不合法和合理的,比如没钱可以成为抢银行或受贿的理由,某省经参委就传来某熟悉的副处长拿人冰箱彩电而受党纪国法处分并已被调离的消息,本委也有用计划指标换来几十万而锒铛入狱的,让柳明痛惜的是此人还是个熟悉的苏北老乡,老家穷得叮当响,等等。这些连外国人也考虑不到的中国人的丑陋之处好像还不少,但柳明当然不会去走这些人走的路,而且柳明也不掌握可以用来做交换的"指标"!当发现自己顶头上司求不成时,就学顾卫东求师兄,钱之若不是说过认识国办的明副秘书长吗?柳明为自己的这一招找理由——不求有鲁迅的一丝半点才气,有他的一半骨气也行吧!我不找你而去找你的上司。

　　可惜钱师兄专门来了一趟,陪柳明去了领导家,领导的说法是你们单位的房源算是多的了,耐心等着吧,要相信组织。钱师兄替柳明涎着脸说柳明在那边也没有人关照,干脆让柳明调去他手下工作,这房不就解决了吗。也被他严词拒绝,说什么调一个老乡到身边工作,他不知如何开口!他的凛然正气让热心地张罗了一堆苏州土特产而来的钱之若下不了台,更让柳明望而却步,还要默默忍受师兄"平时不烧香,临时抱佛脚"的埋怨,再也无心去套近乎,想起在澳时牛头跟自己商量要不要给他们领导送钱的事,想不通牛头办那事的勇气是哪儿来的,自己想都不敢想去给秘书长送点外汇。

　　既然办不成,已使完了撒手锏的柳明只能灰溜溜地回去,忍气吞声地在自己的集体宿舍和符兰在交通研究院的临时宿舍间来回过日子,用从老家带来的小煤油炉做饭,还要跟符兰讲澳洲的BBQ如何美味。煤油是大老远从西四的杂货店里买来的,每跑一次就要感慨在中国人的群体中,一旦某人在某一方面领了先,那其他方面一定落后,否则中国人就不丑陋了。不知道这是不是柏杨先生分析问题的原则,边吃边心里恨起那几个洋钱来。全是资本家害的,弄个冰箱音响还有高级相机有什么用呢?要换成社会主义的房子多好,宁可住在没冰箱彩电的房子里,也不要看着家电没房住。

邮电处有位新来的副处长是经历过自卫反击战的,他告诉急得像犯鸡头晕一样团团转的柳明说,这种事求谁都不灵,县官不如现管,直接去找分房的就行,而且还不能多说谁有房,要说哪儿的房空着。末了,还不客气地说柳明一个大学生混得没房子住,早干吗去了?找个北京的姑娘不就得了,找好对象可以少奋斗十年,这都不懂啊?从此,柳明忍辱负重,卧薪尝胆,到处搜集房子的情报,天天去找管房的,忙得像小狗打着转要咬自己的尾巴一样,怎么追怎么够不着,怎么够不着还是怎么追。

人家说了半天房子多么多么紧缺,本委的有在岗的,还有那么多退休的要补差,除了本委的还要照顾周围的,比如管户口的、管电的、街道的、中小学的等等。个别不怀好意的人还说"苦不苦,想想当年红军两万五",好像他是两万五千里过来的。要真是的话,柳明觉得自己去给他家当门房都愿意,因为柳明知道他家房子大,手上也有本应拿出来分配的房。现在只好当没听见,只是把找他们当上班,终于把人家找烦了,还真给了间房,不过是合住的,还是离机关老远的莲花池。那地方靠近六里桥,到处在修路埋管子,风一吹就睁不开眼,楼道里到处是痰迹,垃圾就倒在门洞口,衬衣一天下来领子就变成了剃头匠手中的磨刀布!想想十八个人在澳洲没有一个人感冒过,自己带去的备用药都浪费了的事实,只好叹叹气摇摇头,要怪就怪北方的天气是如此干燥,换在南方天天下雨或许就没有这么多烦恼。而每天骑车到机关要半个多小时,符兰坐公交到单位要一个多小时,不过总算有了个地方放张双人床。

这时已是六月了。

接下来就是请要好的朋友们来聚餐,因为要"隆重推出"一下太太。由于新房地方太小,每次只能请一两对夫妇来,好在符兰在京没同学,诸葛这样的领导又不便请,免得旁人看着自己拉关系不顺眼,那地方也不见得"省油",已统一发糖了事。柳明要请的人也十分有限,顾卫东还在非洲,因此很容易就对付过去了。

只有孙庆华看了柳明的那间房居然还生出无限感慨,因为他在操心舒燕华的弟弟当兵回来后他将搬到哪里去栖身,孩子又快出世了,岳母又真的下岗了。搞得柳明像欠了哥们什么似的难受。舒燕华很深沉地吃饭,不多讲话,不知道是触景生情,想起黄京京的事,还是认真地听着她肚子里孩子的声音, 上次从二龙路出国人员服务部拉家电时她还没有一点怀孕的迹象。那时因为柳明不会踩三轮车,只好又麻烦孙庆华,孙庆华用他岳母贩菜的三轮拖着舒燕华一起来的,她不放心他出来干粗活,也可能是觉得她老公的这个朋友靠不住,要亲自看着点。

而罗晨夫妇和沈瑀两口子是一起来的。柳明跟他们请教罗晨是怎么调过去的,又是奖金又是位子的,好不舒服。罗晨说人挪活,树挪死,生命在于运动,想调动吗?找管事的运动运动不就行了吗?你不去找,人家怎么知道你的想法,就像做广告一样,现在不能酒好不怕巷子深了,要想换换地方绝对靠八小时以外的工夫。柳明想自己就是上了"少说多看"的当,唯一说了的地方又被油盐不进的明副秘书长拒绝了。见捞不到便宜,转而跟沈瑀说现在找你运动运动是否来得及。沈瑀说你就瞎运动吧,他现在跟着大领导一点自由都没有,领导加班到几点就跟着加班到几点,缩在那里都快成乌龟了。柳明知道他现在还只能照顾自己,而且他是个很本分的人,只好另找话题说乌龟不爱运动却长寿啊!本来想跟他提提房子的事也只好打住。沈瑀接着说:你没看见小德也走了吗!在他爸的单位干也不好办呢,避嫌呗。柳明恍然大悟说是啊,好久没见小德了,不过,这有什么关系呢?举贤不避亲嘛,小德其实挺不错的。沈瑀笑答中国人都像你这个觉悟?中国的部级干部不多,司局级就多了,再往下说那不知有多少了,都一家人在一起干,那不乱套了!罗晨有根有据地说这叫事物的两面性,也就是对立和统一,这是事物的矛盾法则,是唯物辩证法的最根本的法则。他眯着眼笑道,比如他跟他老婆小潘,将来他要是当了委领导就不知道该怎么安排她的工作。小潘故意不服气地说罗晨怎么就那么肯定将来会领导她,还是等将来有了孩子由孩子投票决定谁说了算!大家都被他们说得哈哈大笑。

小薛带他的老婆来的时候也很有意思,把在澳的趣事和"最惠国待遇"回忆了个遍,还不忘跟符兰说柳明给他当翻译官对柳明练英语的好处,最后告诉柳明说玛格丽特果真跟她的画家丈夫离了,画家也没发起来,谁都很现实的。柳明才明白小薛没白比自己多吃几年饭,看人很有一套。

每次请人来都聊到很晚,但柳明的房子位子的大局已定,除了相聚很愉快外已改变不了什么。

走投无路的柳明不知道是不是自己回国后的眼界高了,还是有些人确实不像话,反正看着张栋梁之流的所作所为就是不舒服,叹息着跟符兰说现在的顶头上司是一代不如一代了,感慨"巍巍乎,舜禹之有天下也而不与焉!"符兰不解其意,柳明又告诉她看有些人的所作所为,尧舜在地下有知会不会脸红?这下她懂了,说柳明看书太多,看问题太清,又不能解决问题,只会自己难受,无知者无畏,不如不读书或少读书。柳明觉得她说得也对,不过还不至于后悔回国,心里总期待着另一位伯乐的出现。

就是这样,可张栋梁照样当一把手,柳明心里愤愤不平,但也无可奈何,一天天混日子,还要争取混出点起色来。委里的大秀才们鼓捣出的"大进大出""三来一补"或"两头在外"等理论获得了高层的肯定,像罕见的好电影《红高粱》播放遍大江南北一样风靡国内经济界,这种思路学工的柳明根本摸不着门,澳大利亚人的为什么高效率又不敢胡吹,只能就事论事地介绍一下人家的交通系统现状,尤其重要的一点是没看见有收费的公路,标准问题好像也不像中国人想象的那样铺张。这样做是因为怕再招来像当初牛头一样的雷霆批判,而且柳明也确实不懂国内的"短缺经济"到底症结何在,跟经济管理体制是个什么关系,新中国成立之前的中国不是一直是私有制的吗?还不照样积贫积弱?人家澳大利亚走到今天的富足的"剩余经济"又花了多少年……自以为看出点门道,也不过是人云亦云罢了,更谈不上系统的理解,但看着有人走红,心有不甘的柳明便整理整理国外带回的资料,犯大烟瘾似的不顾领导的脸色,写些介绍悉尼的空中单轨电车、悉尼港隧道或自适应交通控制系统等内容的文章,呼吁呼吁尽早建设首都机场的轨道客运专线,城市建设要多考虑将来汽车时代到来后的要求,诸如城市停车楼、级差停车费,再就是讨论一下城市到底是环状道路好还是棋盘状路网好,建议取消各部门五花八门的收费政策以减少全社会资源的浪费,降低社会成本等等。

拿这些小作去各专业杂志发了一通,可能是因为内容比较新颖或观点比较超前,反正不愁没处刊发,除了混了几个稿费,还能像明知不能疗伤的止痛药一样聊以自慰,并且到符兰跟前显摆,让她高兴。这样一篇篇文章竟能骗自己和符兰高兴一个礼拜,还拿姜文没拿国际大奖来说服自己,因为柳明和符兰看完《红高粱》后都认为姜文在里面的表演好得实在太没得说了。

两人世界的幸福生活过到八月份,柴司长通知柳明去参加中央国家机关讲师团。这讲师团是前任总书记定下的锻炼青年干部又支援教育事业的政策,到这时已是最后一届。也不知道张栋梁接到人事部门分配的任务后是怎么想的,转手把司里的任务交给老柴完成,老柴就想到了他眼里已沾了这大机关很多好处的柳明。老温在一边上蹿下跳地帮腔说去一年要争取入党,房子问题司里帮忙解决等等。

柳明一听柴司长的话就答应了,因为早在自己去澳大利亚时,小陶就去过了讲师团,等柳明回来后,小陶又去了澳大利亚培训,只是时间已缩为三个月,他回来后还跟柳明说都是你们第一批去的没搞好。柳明回说看在澳元的分上,没人想缩短时间的,估计是牛头临走时交换意见建议缩减的,因为跟牛头一起去人家经理家做客时,洋经理的夫人们都对中国男人抛下老婆孩子这么久不理解,所以缩减也是考虑中国人的脸面。小季去日本研修也是三个月就回来了。

现在要柳明去讲师团,柳明一点也不吃惊,天底下好事哪有让自己一个人占全的,至于老温抛出的两个诱饵,柳明将信将疑,你们自己的事都安排好了,才用去讲师团做条件来安排我的事!不过也只好这样了,摊上张栋梁和老柴这种领导有什么办法?就是不想进步也不能不去,还有符兰的户口要通过组织办呢,权当是去上山下乡一年吧!何况现在的生活除了住房不满意,其他都比那些真插队落户时的知青和现在的"老少边穷"地区强多了,比起保尔·柯察金那个年代,更是在天上了。

回家跟符兰一说,人家就很不高兴,说你们单位官气太重,什么都是组织安排,哪有海南舒服?小单位也没那么多人想当官,早晨报个到,就可以干一天自己的事,现在海南正在大开发,不如她先回去再说。柳明知道她在赌气,想说她爸才官气重呢,但怕过度刺激她,转而好言做她工作,最后她同意留下,不过开了个条件,就是调动的事由她自己办,说了一堆理由。首要的是从分不到房看出来柳明办不成事,其次是她外公还健在,她要去找她外公在北京同样健在的老领导帮忙。柳明办不成住房的事,本来就白天晚上里里外外地丢面子,现在听她说有办法自己办户口的事,没想到她还有这一招的柳明心里也不知道是该高兴还是不高兴,马上答应。

单位的事就是说走就走,到八月底时,全委二十五人组成的唐山分团就全部到了唐山市和下属的三个县。

柳明被分配到了唐山市里的一所教育学院,这个单位是全新的,位于唐山市的北郊,据说是委里拨款建起来的,感觉对北京来的很客气,给六个年轻人加分团长分配了三间办公楼里二楼的办公室做宿舍。这次的分团长是位四十来岁的副处长,叫玄秉轩,整天乐呵呵的一位上海人。也不知道他是否真的上山下乡过,柳明根据他的年龄推测他是下过乡的,要不然不会来北方。

他的观点是男女生在一起事就多,经验很丰富地把包括罗晨老婆小潘在内的女生都派去了离唐山不远不近的丰南县,跟他留唐山的全是男生,其他人都分头去了较远的丰润和唐海两县。他自己占了三间宿舍的中间那间做他的卧室兼办公室,柳明和两位党员住进了最西头的那间,剩下那间归另一位党员和两位跟柳明一样的群众。

第一顿午饭学校是坚持要招待的了。根据老玄的意见,就在学院的学生食堂的一个角落里拉个简单的屏风,院长和副院长还有办公室主任都来了,炒上几个菜就吃上了。主食有馒头和米饭,酒也免了,因为老玄说他滴酒不沾的,边吃边把以后的生活做了安排,七个人轮流自己买菜做饭,学院提供煤气罐和灶具,其他餐具自备。

接着就是开学上课,老玄给柳明推荐的是上英语课,因为他事先了解的情况都是老温提供的,估计老温要向他推销柳明,就说柳明出国待了那么长时间,英语是过关的。柳明听后知道要坏事,凭自己那两句英语如何在这教育学院耍得开,但力学在这里没这个专业,只有硬着头皮上了。对付了不到一个月就败下阵来,学院安排了别的老师,柳明就只剩下收钱买菜做饭管生活这一项了,成了专职的炊事员兼管理员。

这时老玄见诸事安排停当,已回北京看孩子去了,他说他孩子在上小学,他爱人工作地点又远,他得经常回去看看。当然这个情况他只跟与柳明一个屋的小组长小覃和柳明说的,因为他已把柳明委任为分团的联络员。小覃是广西玉林人,北京名校经济学研究生毕业,他跟同屋的另一位湖南常德人小易都被老玄确定为柳明将来的入党介绍人。柳明被他这半个老乡有条不紊地照顾得妥妥帖帖踏踏实实,找不出调皮捣蛋和偷懒的理由,上不了课就老老实实地待着,每天骑个学校提供的自行车到菜场转悠,看能不能买点便宜的菜,或者在房间看自己从学校图书馆借来的书,在北京还没有这份闲暇。

唐山大地震后的恢复重建工作很快,作为北方工业重镇车辆特别多,灰尘特别大。除此之外,这时的唐山已看不出一点劫后余生的迹象,只有一处框架结构的楼房只剩了半拉框架还竖立在那里作为纪念,还有就是大地震纪念碑了。但唐山人都不愿意触及任何涉及那场大地震的话题,这一点在第一次跟学院领导吃饭时就领会到了。

为了给大伙采购新鲜而便宜的菜,柳明转遍了唐山的大小菜场,终于在南城的路南区发现有一处菜场品种比较齐全,新鲜的猪肉和比较合南方人口味的细菜都有,还有散装的啤酒和老白干。趁老玄不在,就提个水壶去灌,小易和另一个宿舍的仁见酒就欢呼,好像连带着觉得柳明做的菜有多好吃似的,不过柳明也发现自己开始只是模仿别人的菜,现在居然也能做些像样的家常菜了,配上便宜的酒这些菜居然也变得有滋有味的了。

等老玄从北京回来,柳明把"下课"的事一汇报,他就说了声那就上上辅导课吧。柳明心里本来就很丧气,想人家也不需要上辅导课的,再上那就真的要误人子弟了,便没有答应。老玄又做起了工作,说柳明是入党积极分子,总要做点事吧。柳明说那就做管理员吧。老玄说他要在分团办个刊物,大家写点文章,交流交流支教工作经验,活跃一下业余生活,要柳明帮着管管。这下柳明的心情总算有了起色,对上海人的看法也有了改变了,感谢起上海知识分子的宽宏大量了,自此就上任做起了管理员。

转眼国庆节到了,大家都往北京的家赶。

唐山虽然离北京不远,但到北京的火车快的就两趟,都是东北方向进京经停的,时间还不好,一趟是下午三点多的,到京就天黑了,还有一趟是晚上半夜里的,到京就天亮了,所以下午那趟的票不好买。等好不容易买上票回到莲花池家中,符兰第一句就是:"怎么终于回来啦?你不是说唐山很近的吗?怎么才回来呀?"还没等柳明回答,她又接着告诉柳明,"合住的那户经常在家请客喝酒,抽烟划拳,闹得乌烟瘴气的,怎么住下去呀?"

"哎呀,你不知道拳头要收回来再打出去有力吗!我这不是奔独门独户去的吗?遇到这种情况你就把咱们的宝贝音响开大声,他们有吗?这可是原装的先锋音响。"柳明只好绕起了圈子,心里想的其实是自己是因为看不惯司里的不正常氛围而出去避风头的,不过现在弄巧成拙,下课的事还不知道怎么"汇报"。

"早晨起来争着用卫生间,晚上回来又抢厨房,你说怎么办吧?"符兰一肚子气没处撒。

"是啊,是啊,要不然你先回海南去,等我分了房子再来?"柳明是实在没办法了,明白事而且相信个人的人都有房,相信组织的落到了这个地步,就像会中国武术套路的人遇到了不讲规矩的格斗运动员一样没法比。

"我才不回去呢!我姨已回信了,等空点就来北京。"

"是不是有好消息了?"柳明知道她姨妈挺能干的,没当什么官但在她老家没有不认识的人,用长袖善舞来描述绝对不差,结婚前去文昌时领教过的。眼见着家里的大事要靠走夫人路线来解决,心里不知是酸还是甜,差点把老家的民谣"雨落万莫爬高墩,穷来弗要攀高亲"说出口,因为根据自己的宝贵经验,大人物不是那么好找的。

"有好消息还跟你住这吗?我是全靠你了。"符兰边说边端上桌两个菜和米饭,菜比吃饭的桌子要好得多。

桌子是街上花三十元钱买的可收放的简易桌,因为房间只有十四个平方,除了床还放了个书桌,还要放一个衣柜,吃饭时只能支这种简易的桌子,不吃饭时再收起来靠窗斜放,符兰陪嫁的牡丹彩电也只能放在书桌上,柳明的彩电已被他抵给了老家的父母,因为觉得出国前花了他们太多钱。

"靠我那就没饭吃了,我刚失业。"柳明终于找到机会说出令自己难堪的事。

"什么意思?"

柳明把来龙去脉说了一遍,符兰乐得什么似的,说道:"那好啊,你可以回来上班了嘛。"

"回是不能马上回的,怎么的也要赖到结束,坚持到最后就是胜利,这叫曲线救国。"柳明见她高兴得太早,马上厚颜无耻地扭转话头。

"挣的还没我多,还曲线救国?都被人赶出来了,靠你的高谈阔论吧。跟我详细说说怎么回事?"符兰颇不服气地追问。

"你不知道吧,这教外语嘛——在国内教跟在国外生活是两回事,就像这当运动员的去当教练又是一回事一样!我学了那么长时间的英语,其实真正有用的只是国外语言学校的三个月,要用三个月里学的去教跟我差不多学历和年纪的人,那么大的一个班级,学生都是准备要去教别人的,而且人家国外都是小班级上课,也没个正儿八经的教材,上课也不是填鸭式的死讲什么语法。嗨,你不知道,我往讲台上一站,看一眼他们的渴求知识的目光,我就知道自己在误人子弟,可惜我在澳洲得的是进步奖而不是成就奖。你真的不知道,越这么想,我就越不知道怎么讲课,越是这样就越没什么讲的,一开讲就想着怎么还不下课呀。想改革一下吧,唉,又没机会了。那教研室主任一大把年纪,是从中学出来的,从来没出过国,哪里知道中国人学的都是哑巴英语的原因,老外的语言教育方法更谈不上。"柳明实话实讲,心里很不服气,找着自己"下课"的原因,想着像自己这种人已经被那些老人训练得只知道矜持,而不知道怎么表达了。总是"少说多看","按部就班",这不能说那不能议的,实则是怕人僭越,令自己的语言功能已退化到只能念稿子的糟糕地步了!本来想以柏杨第二自诩的,现在连方鸿渐第二也不能比了,好在还没到符兰因此会离开自己的程度。

"真是叫我摊上了,你怎么骗人哄人都不会呀!不就上个课吗?又不是没学过。光知道写些歪诗蒙我了,还要我等着看回来后的精彩。"符兰果然很大彻大悟似的说道。

"是啊,原以为有精彩的。不过,我也因此想到那些被赶鸭子上架一样去教农村孩子的知识青年，就觉得教书的和接受他们教书的都十分可怜，难怪现在要强调教育第一了。"柳明还在为自己的"下课"捞面子。

"吃饭吧！什么能比饭重要。"

"明天去天安门转转吧，北京的秋天是最美的了。"符兰的理解让柳明快涕泪俱下了，心想要是坐在这儿的是学师范的黄京京，是不是更丢人了，而黄父要知道这事的话，估计他的大牙会直接掉下来。

……

等国庆假期过去，回到教育学院的就剩了六人，其中一位北京人接到了美国大学的录取通知回家准备出国留学去了，他教的也是英语。

老玄玄乎乎地问柳明能不能接手，柳明只是不想上，想起教研室主任的目光就想走人。但唐山是不能离开的，这是任务所在。学院应该教会人学习的方法，而不仅是一点专业知识，前者更重要，自己在后一点上失败了，别处要捞回来，不能以一个失败者的面目回去示人，"匈奴未灭，何以家为"？不教书还可以做点别的，比如写调研报告，比如做管理员，都是接受再教育嘛，经历是人生的宝贵财富，人生的舞台绝不仅限于一座讲台，讲台只是个小天地，天地才是大讲台。

老玄也不坚持，改领柳明去各支教点转悠。第一站去丰南，两人分骑两辆自行车去的，回来后老玄就歇了一天，吃了一肚子灰不说，他还真的骑不动了。再去丰润和唐海时就改坐了长途车。几天下来，柳明也知道了大概情况，他们都在各县的中学上课，都有声有色的，一切正常，还搜集了一堆大家写的歌颂讲师团生活的长短文。

老玄就在里边挑了几篇，准备正儿八经地出版第一期《春风》，发现唐山组没人写，就让大家抓紧写。从委里研究所来的小邸文笔很了得，一晚上就写了篇长长的散文，内容是讲讲师团的重要性。老玄很喜欢，跟柳明房间里的三位说："你们看小邸的文章多有才气，标准的抒情散文，稍改改就是一首诗。"

可过了两天，柳明交卷的时候，他又说先登柳明的，还说小邸的文章作为散文是没得说的，但柳明的文章思想性比较突出。其实柳明以"房子和制度"为题的短文就写了对现行分房制度下很多怪现象的思考，以批判为主。

小覃说："应该登小邸的！柳明的文章要么调整，要么换题目重写！"

其实他不知道老玄也有个住房调整问题，这一点柳明也是跟老玄去丰南的时候无意中听说的，不过自己的文章不是为老玄写的，他的房子问题是想往近单位的地方调，属于锦上添花的问题，现在的问题是柳明的文章因此很合老玄的胃口。

听小覃拍在马腿上的意见，柳明虽然心里不服气，但也怕丢他面子，平静地先恭维他一下："你肯定知道徐志摩先生？"

小覃道："谁？"

柳明道："就是那个写《再别康桥》的徐大诗人。"

小覃好像终于想起来了："哦？对！就是他，'悄悄地'诗人，跟小邸是老乡，浙江人就是有才！"

柳明道："对了，就是他，我记得他在歌颂泰戈尔时说过，'真纯洁的是小孩子的世界，小孩子的世界是乐园'。这符合中国人讲的'人之初，性本善'的原理，但他又说'诗人的生活原与小孩子一般，纯洁而丰富的，诗人的想象尤其像小孩子'。这就不是一般人能做到的。所以，我写不出泰戈尔和徐志摩那样的文字是因为我的生活不纯洁而且压力很大，更重要的是作为成人，我还有比小孩子复杂得多的思想。为了生活，我要想工资怎么还不发？是不是比上个月多？还要想什么时候单位能分我房。所以我成不了诗人，是凡人。如果有人帮我解决这些问题，我倒情愿倒带回去做诗人。因为我也曾经是小孩，按志摩先生的意思，是小孩就是半个成功的诗人了！而且我相信每个人都想回去做小孩，特别是做个永远不长大的石油王子最好，生下来就要啥有啥。"

小覃说："你说半天是什么意思呢？"

老玄也被绕糊涂了，问柳明："就是啊，什么意思呢？"

柳明答："意思就是我的文章是像鲁迅先生杂文那样的杂文，鲁迅先生是自己找工作，自己赚稿费，自己买房子，自己对付敌人，什么都要靠自己的文化人，'破帽遮颜过闹市，漏船载酒泛中流'。这才是鲁迅！他的杂文是用来讲道理的，用来生存的，哪有时间抒情啊！诗人才是讲究抒情的，左一个'啊'，右一个'哟'的。"说话的时候，柳明一点也不敢说自己看过另一位杂文手柏杨的《丑陋的中国人》，而有些中国人缺乏反思和自省的能力也正体现在小邸的文章里，报纸上讲什么，他的文字里也跟着鼓吹什么，这种习惯就是小邸文章主题的出处，人云亦云就难免内容空乏。中国人的这一习惯最典型的就是一说中日友好，紧接着就有人拿出了《一盘没下完的棋》这种电影，日本电影、电视连续剧铺天盖地而来，大和民族不但勤劳勇敢，而且处处充满正义，还有很多……凡此种种就像中国人评判姑娘的俊俏一样，一白遮百丑，一好百好，表面现象掩盖了事物的本质，优美的文字和感人的故事真的像糖果的花哨包装让群众莫之能辨，以为看到了真理，但这种心里的鄙视也是柳明不能说出口的。

老玄说："对，就这意思！我就认为是两类东西！我们这个是内部刊物，可以登不同意见。"就这样柳明的文章上了榜，半个诗人小邸的散文也登了上去。

小邸确是个有才气的人，不但文章写得漂亮，还会弹吉他吹口琴，吹弹得好不好没人知道，因为同伴们没心思去欣赏，但他敢经常在走廊里边自奏边高声唱齐秦的流行曲，什么《外面的世界》《北方的狼》和《大约在冬季》等等，高兴时还要自己写词谱曲。他的这几手活为他招来很多崇拜者，不过都是他上课班上的女生。只有出生农村不会乐器的小覃因此觉得他很聪明能干也不奇怪，但究竟谁的文章能上榜这件小事传到他耳朵里以后，他看柳明就不再那么顺眼了，吃完晚饭起身就走，还到处散布柳明连课也上不了，还说能写诗的人是小孩，真能装等等。

更奇的是有一回学校晚上突然停电了，柳明去给他们送蜡烛，明明刚才还听见他在弹琴唱歌，敲半天门才开，进去才发现国庆节后也没上课的北京人小袁不在，但小邸不是一个人，有个经常来的漂亮女生在屋里默默坐着。

回到自己屋跟小覃一说，还没结婚的小覃说："还有这种事啊？随他去吧，都是大人了，谁管得了！"

告诉了柳明很多小邸语录要柳明注意，而已结婚的小易说："我知道他是没结婚的，那就不好说了。"

柳明便不再作声，因为不想落入中国人都不团结的"俗套"。何况小易还提醒过"小邸是党员"的事实，多说是不明智的，这种临时团体的生活几个月就结束了，要多说人家就以为两个南方人杠上了，自己又多了桩"不团结"的糗事。而且柳明深深地懂得人的社会性决定了人的功利性，材料力学告诉自己刚性越强的材料越容易折断，没有改造社会的实力而想去勉力为之，那都是徒劳，只会碰得头破血流。自此，柳明又过上了本已不想过的"少说多看"的日子。

紧接着就是接待总团长郦越了。郦越是教委的正司级干部，而教委是讲师团的总牵头单位，所以老玄很认真地准备。先要柳明去联系学校办公室准备午餐，但考虑到教育单位经费都很紧，要求就在学校食堂办，既要隆重又要简办，就像机关里的司局级小食堂一样的水平。柳明没去过机关里的小食堂用过餐，就寻思着假传起了圣旨：不准搞什么大菜，就家常菜，多放猪肉片就行。

汇报稿当然是老玄自己准备。等老郦来的那天,学院院长和办公室主任早早就来找老玄汇报接待安排,接着市教委一位副主任和柳明已经见过面的裘科长一起陪着郦司长和他带来的一位年轻人到了,在老玄房间谈了谈就去了食堂继续谈。

柳明奉命出席,就在那上次第一餐吃饭的角落里跟领导们共进午餐,不过这一次上了瓶老白干。市教委的副主任把唐山的教育情况继续做了汇报,老郦说了通类似唐山不容易的话就举杯把小酒盅里的酒带头干了。老玄和柳明都不喝酒也不作声,有副主任和裘科长陪酒就可以了。柳明边吃边琢磨老郦的举止,觉得他吃得挺香,心才放下来。

一顿饭下来,发现老郦是一个办事干脆的人,无论时事分析还是教育事业的发展形势,说话画龙点睛,没有虚与委蛇的客套,很有点龙局长的风度,竟羡慕起跟他来的总团的团委书记小车来了,他摊上了一个好领导。只是他的很多对时事的个人思考听起来跟龙局长和柳明跟着去云贵川的老郝都不相同,他一点也不回避听众是谁,更加直截了当,比如随着"关系学"的渗透,高考的严肃性和神圣性正在逐步流失等等。从他嘴里说出来,听起来有点新鲜,也有点刺激,但这些都不是柳明操心的事,听过就完。

等客人走了,就看小车带来的奇书——《新婚指导》。亏他想得出,这书是生理知识的大全,教育青年夫妇怎么生孩子的。小覃看了就脸红,说怎么中国还出这种书,怪小车文不对题。小易在那高兴,夸小车给大家办了件大好事。老玄在旁边只笑不发话。柳明也觉得很好,尤其像丰南的小潘,跟罗晨结婚那么久还没有孩子,肯定方法不得当。边议论边找旧报纸打包,准备第二天去市教委,托市教委的人下乡时分头带过去。

第二天早晨,老玄吩咐了小覃和柳明一堆事后,就准备回京去了,当然是公私兼顾。柳明就准备午饭,吃完各去各该去的地方。

柳明用自行车拉着书到了市中心的市教委,裘科长把事交代给手下后,就跟柳明聊起了有什么困难和要求。柳明想困难是不少,首先是伙食问题,虽然这里顿顿有大米,但自己每天买菜就知道,那猪肉贵得很,自己在澳洲吃惯了大鱼大肉,在北京时据说有补贴的机关食堂和小家里的伙食还不错,到了这儿每天只能沾点肉腥,每天晚上都有种想啃条牛腿再睡觉的感觉,周末时才可以买只烧鸡改善一下,因为要考虑包括自己在内的大家的经济能力,所以大家都想时不时地去哪里蹭顿好的,可这话哪里说得出口?学院有学院的账不说,这裘科长更是跟自己委里一样的机关,哪里掏得出钱请大家吃饭？

想了想说大家都是第一次来唐山，有什么可以看看的地方倒不错，其实心里想的是出去转转是不是就有人招待了。裘科长马上说好的，这事由他安排，先去拜访一位唐山已退下来的老专员，再去开滦煤矿，还可以去潘家峪看一下日本鬼子实行"三光"政策而被屠村的地方。柳明一听有点后悔没直接反映伙食问题，去看老领导肯定没人招待，去看潘家峪的话，既然是被屠了村的，肯定不好意思再去吃人家的，剩下那煤矿倒是个大单位，只是不知道怎么样。但话已说到此，只好都同意了。

回去跟大家一说，小覃说他完全同意，说什么要接受多元化的教育，挺好，最好是再加上参观李大钊故居。跟柳明一样也已下课的小袁说明天他就跟领导一样回趟北京去了，他是学制药的，到唐山后教的是政治，不知怎么自己要求"下课"了，一天到晚跟在唐山认识的几个弟兄在外面跑，好像从来不缺钱，也不需要为钱工作。半个诗人的小邸阴阳怪气地说有请吃饭的就去，要不然他也要请假回北京去看对象去。小易说既然有好事，那是不是把那几个点的都叫来。小覃接着说请假的话他做不了主，要等老玄，至于其他点上的吗，就别叫了，都来了谁管饭？自己还不知道饭在哪里呢。最后由他敲定周末先去潘家峪，因为眼下是北方的金秋，转眼冬天来了，就出不了远门了。

到十月中旬的一个周日，裘科长带了辆面包车来接大家。柳明和小袁坐后排，车一直往北开。裘科长开讲大地震给唐山人带来的一系列问题，绝大部分家庭是重组的，伤亡太过惨重，唐山人恐怕几代人都因此在心灵上受到影响，好在我们是社会主义国家，新唐山又站立起来了。心不在焉的小袁问柳明新婚怎么在这待得住，柳明答以"士不可以不弘毅，任重而道远"，自己只是做好本职工作，该留就留，该走就走，其他只好由别人去评说了。心里想的是自己对男欢女爱的欲望远低于精神层面的期待，相信符兰能够理解。

柳明听着前排他们跟裘科长的对话，看着阳光下的北方的山川，那里有熟透了的柿子在坡上和农家院落的里外静静地等着采摘，还有大片大片的板栗树点缀着他乡已是深秋而不多见绿色的土地，而川流不息的来往车辆已不能吸引柳明的注意力，柳明的思绪已飘回了北京那间熟悉而又陌生的小房间，那里有多少欢乐的谈笑，那里才是自己真切的生活！想了许久，柳明在心里已写完了一首给符兰的《浣溪沙·伤别离》：

昨夜欢谈几未央，问君今日可曾妆。小楼明烛月彷徨。

来日奈何如意阁，伤心怎待暮秋藏。酒阑何不著篇章。

　　车在经过漫长的山路后到达潘家峪，这里已荒无人烟，残垣断壁下埋藏了多少屈死的不散灵魂，很难想象当年是一番如何的人间惨景。

　　裘科长详细介绍了小日本子制造惨案的经过。全村上千口人除了个别外出走亲戚的外无一幸免。听得柳明汗毛倒竖，想起今天的日本人因经济崛起而走遍澳洲乃至世界，正如柏杨说的"中国人做生意也做不过日本人"那样，心里老大的不忿，心里窝囊得实在没地方出气。

　　逗留一会后，裘科长领大家去一位他熟悉的校长家吃午饭。校长夫人也是位教师，已热情地准备好大葱猪肉馅的饺子。柳明不知为何头一回吃了二十多个饺子。小组的头号厨师小袁平常就做得一手好菜，黄瓜可以切得剩一丝皮连着，可以拎起来而又用筷夹得断；红烧猪蹄炖得皮骨分离，入口即化，满口留香。一直让柳明佩服得很，老老实实地跟着他学。现在他也夸校长夫人的饺子呱呱叫，说完就洒脱地掏钱付饭费，大家一见就争着付。校长一概拒绝，说这寻常饭，再掏钱就是羞辱他了，多好的年轻人，请都请不来。裘科长就打圆场判决由校长请客，这才作罢。临行校长又端出一筐柿子要送给大家，众人坚辞不受，仓皇撤出。

　　这么朴实好客的老百姓让想出来改善一下伙食的柳明和伙伴们汗颜，相比之下城里功利性的饭局显得多么单调，只奔待遇去的人们是多么无聊。

　　一行人接着去看被水库淹没的水下长城。这里有山有水，乘上水库管理单位的小艇在水上兜一圈，饱览秋日的湖光山色，很是惬意。到了淹没的长城处，水浅的地方还能看到水下的墙砖，可惜没见到鱼。

　　小覃的话题本来已从校长的柿子转到了他家乡的容县柚子，现在又转到了很久没尝过的家乡清蒸鱼上。小易也说他老家农村的瓦钵子炖鱼如何美味。小邸则吹嘘他宁波乡下的海鲜该如何清者。一番天花乱坠的胡吹，只有小袁在一旁冷笑，说大家说的这些现在吃不到的东西原来都是贡品，只有他这个北京人才统统尝过。说得裘科长大笑，问不作声的柳明家乡有什么好吃的，说出来大家一起"尝尝"，柳明本来是想"多闻，择其善者而从之；多见而识之；知之次也"的，被他一问，觉得自己老家除了得月楼的菜不错，其他也没什么好吹的，但电影《小小得月楼》已把什么都说过了，便侃起了小时在外婆家钓青蛙摸泥鳅螃蟹来吃的难忘经历。小袁说有什么能有北京北海公园里的仿膳有名啊！现在吃一顿满汉全席要近万元，还不能保证吃到真正的熊掌，而且那味道还不如他烧的酱猪蹄。非要比别人高一头的小邸插话说他家乡的东海米鱼馅馄饨才是天下一绝，皇帝也吃不到，因为那鱼出水就死，死了时间稍长了味道就差很多，而且十分稀少，皇帝来了也不一定碰得上。

柳明想开口驳他一下，因为自己家乡也有长江里的刀鱼和鲥鱼很出名，前者有"春潮迷雾出刀鱼"的美誉，后者的鱼鳞脂肪含量极高，用红汤酒酿煲之，连鱼鳞同食，营养丰富，味道极鲜！还有拼死才敢吃的河豚也很鲜美，这几样东西自己还没吃全过！而已经听说前两样已快绝迹了，只有真正的贵人才品得到！可兴奋的小覃又发扬光大地吹他老家的猫肉如何的好吃，还美其名曰香肉。小易见他讲起野味来，索性讲起了湖南人的吃蛇法，因为柳宗元《捕蛇者说》里说的永州就在湖南，捕蛇有历史，现在吃蛇也很讲究。

裴科长听着听着就说出了唐山话：中！干脆下周末去唐海或乐亭海边吃对虾和虾爬子去。大家一听齐声叫好，回程就一路讨论对虾是怎么养殖的，虾爬子到底是什么东西，究竟是怎么捕的，好像海鲜已端到眼前了一样兴高采烈。

接下来的一周，好像大家都过得很欢，盼着周末到。

到周六柳明去找裴科长落实吃海鲜时才知道他去石家庄开会还没回来，估计海边去不成了。小袁一听就打包回北京去了，小邸则又干起了他下班后呼朋唤友唱歌跳舞的勾当。小覃弹压不住，只能指挥自己房间的两人，商量半天说干脆去那个老专员家里看看吧。

到了周日下午，三个人分骑两辆自行车直奔路北区河西路的老干部住宅区。到了一个安静的小区，这是跟北京月下湾部长楼差不多的别墅区。因为有地址所以很快摸对了门。

老专员一听是讲师团的来访，马上出来接待。说前两年的讲师团都来过他家，接着挨个问了问各人的专业，非常热情爱惜地夸了一通年轻人，然后开讲他对改革开放的认识。谈完经济问题又谈干部的问题，引用《资治通鉴》中的话来说：夫才与德异，而世俗莫之能辨，通谓之贤，此其所以失人也。才者，德之资也；德者，才之帅也。君子挟才以为善，小人挟才以为恶。夫德者人之所严，而才者人之所爱；爱者易亲，严者易疏，是以察者多蔽于才而遗于德。

绕来绕去地谈了两个来小时，老专员还没有打住的意思，老专员的老伴出来留吃晚饭，三人一听哪敢再在人家家里开起火仓，见想听听过来人看法的目的已达到，就马上起身告辞。

柳明一路骑车一路想，但猜不透老专员的文化程度，估计不能低，是又一位智者，配得上他住的这小楼，连山东半岛的穷人闯关东挖人参讨生活都知道！还有那本《资治通鉴》不知道是什么宝贝书，听不少人谈起过，尤其老专员说的德才问题很切中时弊，给自己带来了强烈的头脑风暴，下周一定要去学校图书馆找来看看。

到月底真的找到这本奇书后，柳明放下了小说和其他闲书，专心致志地看了起来。

为找书，柳明把冬储大白菜的事都给忽略了，市场上也买不到新鲜菜，夏天热闹的农贸市场已消弭于寒冬中，柳明出去几趟冷得受不了不说，还没什么收获，大家只好到学生食堂吃饭。

小袁带女朋友来了一趟，见没啥可看的也没啥好吃的，就又一起回了北京。

其实最不能适应唐山冬天的是最南方的小覃。他来北京读研究生两年半，毕业后就到了机关并随即参加讲师团，到食堂吃饭看见学生都有凳子不坐而非蹲在凳子上吃饭很不理解，因为满饭厅找不到一条干净的凳子，端回来吃又怕路上那本来就不怎么有油水的饭菜就凉了。每次去食堂吃饭都是遭肉体和精神双重的罪，而唐山的冬天比北京来得更早更猛烈。小易也想吃口热乎的米饭，而小邸总是把回北京挂在嘴上，大叫卡路里不够，但营养缺乏看起来并不影响他每晚时而如泣如诉时而鬼哭狼嚎地用歌声招揽女生注意的干劲，只是好像"生意"见淡。大部分姑娘似乎觉察了什么不来了，剩了那个据说会唱几句评剧的漂亮姑娘。而他已趁老玄不在时请假回去过一个礼拜了。

大家碍于这么冷的天想让柳明出去买菜又都不好意思说出口。商量半天，派出小覃和小邸去找食堂师傅买大白菜和胡萝卜。那师傅倒很痛快地拿了钥匙去开地窖的门，小邸飞快地跑回来叫小易和柳明去搬菜，弄了一堆回来，全是人家师傅送的。小邸唠里唠叨地说这下那虾爬子不吃也不遗憾了。柳明费劲地解释裘科长前一阵太忙，而现在冬天又来了，不适合再到处跑了。剩下就是柳明隔两三天去附近的室内菜场割次肉，日子看起来又红红火火地过起来了，其实柳明心里非常担心过第一个北方冬天的符兰，无奈之下只好多写信。

这时老玄回来了,他本来就是专职的分团长,来去都很自由,对各人的情况也很了解。面对走的走,"下课"的"下课"的局面一点也不吃惊,马上叫大家再写稿,好出版他的《春风》。柳明吸取上次的教训,胡乱写了篇像思想汇报一样长的稿子,好叫他不登出去。似乎随着冬天的来临,大家的思维也被冻住了一样,这次的《春风》远没有第一次时精彩,柳明如愿以偿地没见到自己的思想汇报上榜。

老玄又兴师动众地去校办打电话,要各小组组织来唐山聚聚,结果只来了几个小组长汇报近况。听参加会面的小覃回来讲各组的情况跟唐山小组差不多,不是张三请假回京了就是李四又回去了,不可能凑齐人。奇怪的是老玄依然很高兴的样子,每天早晨在走廊里穿着运动衣做早操,吃过饭就在他的房间闭门思过一样不知干什么。本来小邸每晚像公鸡打鸣一样雷打不动的音乐会也随着他的回来而取消,柳明房间的三人也得以平静地度过每个夜晚。

柳明就抓住机会啃《资治通鉴》,发现现在的很多事司马光早就精确地研究过了,做出了明确的"指示",越看越投入。

时间进入十一月下旬,这时开始断断续续地下雪了,老玄见一切正常就又带着他的宝贝《春风》回北京汇报去了,按他的说法每个派人出来的单位都要看到这份刊物,柳明听说后很后悔没再发点牢骚。

没过几天学校给了个回京的机会,让柳明忘记了发牢骚的事。

一位副院长来找小覃和柳明,说是学院计划往北京送一车大米给委里和委外的有关领导,希望小组能派人跟车,主要是考虑到京后分发的方便。小覃听了就叫柳明去,柳明觉得搭车回去倒不错,但分东西这事不好办。根据经验,挨家送可真是累死人的事,一卡车东西,即使挨个通知也一下摸不着头绪,谁知道他们要送给谁,想想就说要不去两个人,再加上小覃。小覃磨叽半天才答应。

等副院长走了,小覃也开始发牢骚,说亏他们想得出来,送东西这种事还叫上我们,这种晚上干的事越少知道越好。小易说人家信任你才叫你去的,我们还吃着他们的蔬菜呢。柳明觉得小覃是书读多了,这唐海的大米完全不比天津小站大米差,是稀罕物,但这年头送点大米有什么机密的?难怪听说他把地理课教得好,而他还不像自己那样走过大江南北。但话不能这么说,只把他哄住不改念头就行了。

两天后的早晨,来了辆四吨的货车,柳明和小覃还有那位副院长一齐上车,和司机挤在驾驶室里一路往北京而去。

　　唐山到北京的路本来是车很多的,但眼下是下雪天,一般的车都不出来了。虽然如此,开车的老师傅一路紧赶慢赶,中午吃饭时还看不见北京的影。吃过简单的饭接着走,下午三点多了才到进京的检查口。交警很认真地检查每辆进京的外地货车。副院长递上学校开的介绍信,那老交警挺着肚子看完就叫靠边停车,说是手续不全,不能进京。副院长连忙下车赔笑脸,又是打躬又是递烟,那交警好像是王八吃了秤砣——铁了心,理都不理,扭过脸去看雪景。

　　柳明想这下可真难为这位堂堂副院长的知识分子了,人类灵魂的工程师在这交警面前变成了一个可疑的小混混了。小覃出歪点子说柳明是管交通的,何不下车去通融通融。柳明回他道交警虽然也姓公,但那是公安局的公,不是公路的公。

　　但看场面副院长是没招了,也是受小覃的启发,急忙下车掏工作证,告诉那位交警自己的工作单位和此行的任务,煞有介事地解释自己也是管交通的,跟他是不穿制服的同行。不知哪句话触动了他,那交警突发善心,拿过柳明的工作证反复看,看完后好像给自己找台阶似的说那你拿你们办公厅的介绍信来吧。柳明忙说借用一下你们检查站打个电话,让我们办公厅领导给你说明一下是否可以,那交警坚持说不行,规矩是必须有相当级别的介绍信,这也是他的职责。

　　柳明穿着单皮鞋站在雪地上一会脚就冷了,眼看他要给自己讲首都警察的重任和义务了,一时也拿不出办法,其实自己也不敢确定能否找出办公厅领导来给警察打电话,谁知道怎么回事呢?想想就说能不能帮忙拦辆北京的车带自己进城,尽快拿介绍信来。那警察这回找不出拒绝的理由,也算是给了柳明的工作证一个面子,当即拦下一辆北京牌照的面包车让柳明上车。

　　北京人的正常的优点就是热情仗义,救人急难,那面包车司机二话不说就把柳明带进了城。好在北京城里几乎没雪,交通很顺畅,柳明再换两次公交就到了单位。

　　柳明边往办公厅去边想找谁办这个事。路过秘书处就看见秘书处长在伏案工作,这位处长是认识的,各司里的文件来往都归他管。柳明遇到救星就进去开口求援,处长听后开着玩笑说大米是不是有我一份啊?说完马上就去开了介绍信,还派了辆小车送柳明回扣车现场。

这时天已黑了，柳明拉着小覃钻进委里暖暖和和的小车，一路把货车带到三里河，这时已快晚九点了。副院长千恩万谢地向两人告辞，小覃很高兴没事了，柳明也庆幸不用扛大米，直接奔家去了。

进门时已快十点了，与柳明合住的那家好像饭局刚散，公共客厅里还飘着烟酒气。

符兰正准备休息，见面就怪怪地说："还没到元旦，怎么就回来了？"

柳明也有点奇怪地说："自己家可不是想回就回的吗？"

符兰也不问柳明是否吃过晚饭了，只是认真地说："婚姻是爱情的坟墓！每个男人都期待在拥有红玫瑰的同时拥有白玫瑰。"

柳明听不明白，问她何出此言，符兰把她同事告诉她的所谓的柳明在学校的艳事说了一遍。没有的事，所以柳明很笃定，先不反驳，只问她是什么同事告诉她的，她说是位浙江人，他有个同学跟柳明一起在唐山。柳明终于搞明白她为什么不给自己回信，也明白她说的那个人肯定是小邸了。自己以前总觉得上海人不好处，没想到浙江人更膈应，自己是被只相处了两个多月的小包蒙蔽了，而那些难处的上海人肯定都是南边那个方向移民去的，那里的人心眼多，既可以"卧薪尝胆，三千越甲可吞吴"，现在又弄点假货或虽真却粗制滥造的货色来换钱。幸亏自己觉悟高，没全信舒燕华关于人口大迁移后南北方人已不能分清的鬼话，没跟那里的人有更深入的瓜葛。

但眼前不是追究浙江人的问题的时候，首要的是要让符兰放心，想了想便说道："你知道王安石有两句诗'意态由来画不成，当年枉杀毛延寿'吗？比喻枉杀我还有点像呢。其实啊，每个人都有可能是自己熟人圈里的'明星'，关于国家领导人有多少传言，不管好的坏的，那每个凡人就可能有多少流言蜚语。这不奇怪的！你们单位还有人想取代我呢，我还没找出这个人，想不到我有多重要吧？没传言的男人肯定乏味，你看你多幸福。嘿嘿，其实是我的位置重要，而不是我有多少魅力。我早就不上课了，哪有什么女生围着我转？不经常回家是因为不上课也有其他正事干，身处官场而不以官场的标准要求自己，到头来岂不两手空空？坚持到最后就是胜利。事实上，干你说的那些事的正好是我的那个同事，被我撞上过。嗨，还有很多事，我在机关他是研究单位的，机关是用权的，研究所是只出点子的，心里不平衡罢了！"

符兰转为常态表示相信柳明一回，但又讥笑柳明连间独门独户的房子都没有还敢说做官的事，诘问柳明上面没人怎么可能做官，说"山外青山楼外楼,强中更有强中手",北京的大官那么多,哪个看着像是柳明可以当的,不当官就不能活了吗?有个工作就不错了,还拿她外公官当得小来说事。撒完气又添上一句:想当官的都不是什么好男人。接着不管柳明在一边如何呆如木鸡,说她姨妈来信说要把她儿子,也就是符兰的表弟,送到北京来落户。

柳明本想反唇相讥地说说他父亲为当官不管不顾的事,又怕这剂药太猛,弄不好马上就会惹她翻脸,迟疑半天终于忍住了。现在听她说到这里,柳明反倒不以为然。因为觉得这是不可能的事,符兰什么时候能把户口转过来还不知道。结婚前就在海南见过她那表弟,一没有文凭,二没有什么技艺,不爱读书却开口闭口以《水浒传》里仗义疏财的卢俊义自居,整天奇装异服,和一帮无业青年混在一起,借着他外公老革命的光环四处为人出头,结果都是拿家里的钱摆平。而他父亲不过是一位乡镇渔业站的站长,近乎南京街头的小混混一个,唯一擅长的就是以啤酒会友,见到柳明的第一件事也是拉去街上喝啤酒。但他是符兰外公儿孙辈中唯一的男丁,因此即使散尽了他父母的钱财也还照样在他外公跟前得宠,这样的人到北京来能站住脚吗?再说海南正待大开发,很多北京的都去淘金了,海南人还往北方跑?所以胡乱答应,先自己混顿晚饭再说。

旧恨未消又添新仇的柳明在家郁闷地混了几天,发现生气不能解决任何问题,就又踏上了回到唐山的火车。

一路上就想今后怎么跟可恶的小邸相处。早就听说美国人都有枪,遗憾的是中国人没有,个别中国留美学生在美解决恩怨的豪华方法就是用枪!假设自己现在有枪,头一个要解决的是小邸,然后是管着空房子说怪话的人,最后是张栋梁之流。又觉得这样不过瘾,不如用剑,用剑更有骑士风度,最不济也有中国古侠之风。想到最后柳明甚至看到了这些"敌人"跪在自己跟前求饶的镜头,跟真的似的。幸亏唐山到了,柳明发现自己手里除了个小包什么都没有,原来是在车上做起了南柯一梦。

边出站边想小邸不过是个《资治通鉴》里说的愚者,"愚者虽欲为不善,智不能周,力不能胜,比如乳狗博人,人得而制之"。而其他掌着权而又冠冕堂皇地干歪事的人一使坏就能要人半条命,甚至一条命,还不能保证让人死得没有痛苦!因为"小人智足以遂其奸,勇足以决其暴,是虎而翼者也,其为害岂不多哉"!

出站找个三轮车坐到学校,才发现唐山比北京冷多了,不但室外冷,进屋后发现室内的暖气也不如北京。

小覃一见面就告诉柳明为逃避第二天被"抓壮丁",他于回京后的次日一早就溜出集体宿舍去了火车站。柳明心里想着怎么对付那个很差劲的小邸,嘴里若无其事地告诉他很太平啊,自己躲在家里谁也找不着。小易哈哈乐着开玩笑:该立的功不立,何苦来哉?这时柳明终于想定了目前唯一可以采取的对策,宣布自己不再为大家天天做饭了,都去吃食堂,周末想改善就轮流做饭。小覃不高兴地说那我们下课晚了不就吃冷馒头了吗?哪儿都觉得不顺的柳明不管三七二十一,按自己的既定方案办,不报此仇,誓不为人!跟他敷衍说自己不在你们不也过来了吗?谁说南方人就不能吃冷馒头了,《资治通鉴》里说项羽要当刘邦面烹刘父,刘邦还要项羽分一杯给他,书里称刘邦是"为天下者不顾家",现在你们这些谋大事者还怕吃几个冷馒头?苏东坡早就说过:无肉令人瘦,无竹令人俗。总不能为你不瘦就让我无竹吧?怕冷就抹点辣酱,保你边吃边淌汗。

小易听出柳明的话里带着情绪,知道柳明不是针对他们两人,打着哈哈说他带的辣酱尽管可以供大家过冬。小覃好像有点明白了小易的用意,也诙谐地说燕雀安知鸿鹄之志也,柳明才是谋大事的人。

谋不谋得成大事不重要,重要的是从此柳明的日子实际上跟别人看起来一样过得优哉游哉的。每天来往于校图书馆和宿舍,除了看书就是埋头写东西,根本不理会其他人在唐山和北京之间来来去去。

有一天,柳明又想起了激励蒲松龄写完《聊斋志异》的那副对联:有志者,事竟成,破釜沉舟,百二秦关终属楚;苦心人,天不负,卧薪尝胆,三千越甲可吞吴。把此联反复揣摩,觉得其实跟事实完全搞反了,最后事竟成的是汉,而不是楚,这事大家都知道;吞吴的也不是三千越甲而是越国美女间谍西施而已,这事大家可能不知道,但有李白留下的"姑苏台上乌栖时,吴王宫里醉西施"的诗句明证。自以为已学会逆向思维的柳明越想越觉得自己正确,忍不住把自己近期经历的人和事反复捋了捋,觉得这世界真是奇妙和疯狂的,看着了不起的西楚霸王失败了,看着潇洒的吴王也被身边的美人害惨了,经过越王勾践苦心经营的越国后来又被楚国所灭……经过一番像公式的推导一样严密的分析,发现愚人和聪明人其实是轮回的,愚人有时候是聪明的,自以为聪明的有时候就是真正的愚人。而且这曾经有过的研究心得越来越明晰,遂写了篇短篇小说。

说的是很早很早以前,有一个出生于富家的天生的痴呆,长大后经过家里请来的高人的辛苦调教成了正常人,不但讨了娘子,还吃更好的穿更好的，却体会不到做痴呆人时无拘无束的快乐，不但不知道该跟娘子如何相处，也不知道锦衣玉食的用处。然后高人得了银子离开了，正常人又变为了痴呆人，娘子和美食锦衣变成了真正的束缚，痴呆人不知所以，抛却一切世人眼里的享受，回到了痴呆人的世界，却成全高人又回到他家敛财。高人见他很快乐的样子，自以为这回更容易成功，只安慰痴呆人的父母一句话：如果他能把生活当作是一种体验而不在乎旁人的目光，那么他生命中的每一天都是快乐的！这多亏了是我给他诊治才有这结果。说完拿着事先说定的丰厚的出场金飘然而去。痴呆人的父母望着他远去，骂道这家伙才是个疯子，随即向官衙告发将高人下狱。最后高人被衙役榨光从痴呆人家弄来的钱财死于狱中。

本来还可以编下去的，但写到这里时就快到元旦了，只好赶在回京前去邮局往一个著名的文学期刊编辑部寄了出去，心里充满了像阿Q终于当着吴妈的面说出"我要和你困觉"时一样的快感。

元旦前回到北京家里时，满屋子的咸干海产味，符兰脸上一副难得的高兴，兴奋地告诉柳明她姨妈来了，在家住了一个礼拜今天才搬去北郊的部队招待所，因为她表弟成功地参军到了北京。柳明不胜惊讶，没想到她表弟真的来京落了户，连忙表示祝贺，要她打电话请她姨妈过来明天一起去城里逛逛。符兰马上表示同意，说估计你今晚会回来才去的招待所，明天是元旦节，她会来的。这几天她跟她姨妈拜访了好几个她外公的老领导和老战友，人家都很热情，看来户口的事有希望了。柳明知道这事比他表弟参军的难度大多了，但见她高兴便也不扫她的兴。

为图表现，第二天一早柳明就出去买菜，碰上了校友黄同坤，才知道他刚结婚，也分到这里的合住房，两人边往楼外走边聊天。黄师兄问柳明最近在忙什么，怎么好久没见，柳明回答去了讲师团，难得回来。黄同坤说你们那里的小鲍和小季都提了副处长了，不知道吧？柳明吃了一惊，几个月没回单位，居然真的发生了这么多的变化。看着柳明一脸的诧异，黄师兄道人家都在精简消肿，就他们还在提拔，够"水平"的吧。柳明乍听到这消息晕晕乎乎地没反应过来，附和地说道：那是。黄师兄哼了一声，再不说单位的事。

买菜回到家里，稀里哗啦地一通准备，她姨妈就到了。虽然才隔了一个晚上，她们两人还像很久没见一样热闹，柳明理解很小没妈的符兰跟姨妈的感情，关上房门去厨房准备北方人式的早中饭，早点吃完好去故宫。

一路上姨妈就不断地跟柳明讲她的宏伟计划，中心思想就是北方虽然干燥,房子紧,但北京是多么的好,城市好不说,人的素质也高。从去时的公交车一直讲到回时的公交车,故宫其实并没在她眼里,柳明只能当一个听众,但明白了符兰觉得北京好的出处。

一连几天,柳明晚上回集体宿舍找地方借宿,白天陪她们逛北京。

到了元月的九日,柳明告别特别留恋北京的符兰姨妈回唐山。行前回单位取工资,果然验证了老秦去了老陆和老程处当专家,老温当了处长,小鲍和小季得以升任副处长。这时心里却一点惊讶都没有了,因为区区一个副处长对他们来说不过是如囊中探物。三位"老领导"缠着柳明问长问短以示"关心",柳明心烦,不想给他们表现的机会,没等他们发挥完那九把火,就以要赶车去唐山为由离开了机关。路上不住地想今后可怎么在这三个貌合神离而又喜欢颐指气使地指挥别人的"高手"手下过日子?

回到唐山没两天,老玄回来了,一看没人做饭,也去食堂管理科换了饭菜票吃起了食堂。白天到校办给各小组打电话,打了几天电话又闷在宿舍写材料,待了一个多礼拜没见他有回去的意思。

一天晚上,小易洗了澡去水房洗衣服。小覃私下里嘀咕:"老玄的房子是不是已经解决了呀?怎么待得这么久。"现在谁的情况都几乎公开了,老玄的房子问题大家都知道。

柳明听他提房子心里就没好气,直愣愣地回答他:"没看见小邸的音乐会也取消了吗?连小袁来了也不敢回京了。这静悄悄的正好大家多看点书。"

小覃忽然压低声音神秘地说:"说到小邸,哎,我元旦时见了小邸单位的同事,据说他真的有女朋友在北京!你说要不要跟老玄说?"

柳明道:"你不是说过,都是大人了,不用管他吗?"

小覃继续悄悄地说话:"嘿,那他这儿的事怎么办呢?"

柳明明白了他的意思,怕把自己卷进去,小邸的事自己最好不参与,道:"或许他还在比较吧!还是别说破的好,过不了几天就回去过年了,过完年就剩一个学期了,多想点好事吧。"

小覃道:"也是,多一事不如少一事。这种似是而非的事谁说得清。"说完接着忙他的。

柳明没事就看书。

一会儿小易洗完衣服回来了,进屋就关门,喜滋滋地说:"老玄在跟小邸谈话呢。"

小覃马上问:"是不是跟他的音乐会有关?"

小易说:"还能有什么事?刚才小袁也溜出来洗衣服,据他听到的是学院领导找了老玄反映的。"

小覃松了口气:"幸亏不是我去反映的,要不等回去怨死我啦。"

柳明有同感,因为想起了去澳洲时的另一个聪明人——同屋的杨峰,但现在批与被批的掉了个,看来上海人老玄比牛头经验丰富得多,最起码知道怎么做思想工作,便懒懒地说道:"老玄还是有一套的!好在马上就回去了,不会有事的。"

此后几天直到放寒假,小组里果真平安无事,柳明顺利地啃了一半的《资治通鉴》。

放假回到北京以后没两天,柳明又迎来了符兰的外公和外婆。老两口是符兰的表妹陪来的,他们听说符兰安顿下来后就纷至沓来了,也难怪,她的外公和外婆都七十出头的岁数了,还没到过北京,现在海口到北京有航班,便趁还能走路就一起来了。更重要的是他们来也是为了符兰的户口问题,所以柳明乐见他们的到来,但晚上就只好回集体宿舍了。

一直到春节后开学,老人家也没有回去的意思,柳明不便多说,像对待她姨妈一样随他们住多久,自己收拾起行装又去了唐山。

又过了几天,老玄又到了,带来了他的一沓子计划,主要是继续办他的《春风》,接着是要跟学校学生打场篮球,然后是准备接待郦越总团长,接受新一轮的工作检查。小覃还记着去年没去成的李大钊故居,一并汇报给了老玄,老玄爽快地增加了这项计划。

一晃就到了四月中旬,这一阵柳明净跟着老玄的计划转了,参观李大钊故居、写稿子、练习打篮球,都快忘了回京看老婆的事了。可小袁带着他的还在农学院读书的准夫人回到了唐山,小易笑话他还没结婚就老夫老妻地胡混。小袁面不改色地要小邸搬到柳明他们那屋去,还解释说早登记过了。

大家也没办法,随他折腾,为的是他来了伙食就好了,因为他愿意给大家做饭。

老玄因势利导,趁小组里的人都在,与学校的篮球队打了场"比赛",学校安排了摄像机,像模像样地比画了几分钟就完事了,还弄了几个班级的学生来观战以充场面。

到下旬的时候,郦越带着小车再次来到了唐山小组。四处看看后中午就坐到了小袁在老玄屋里准备好的当餐桌的书桌前，看着小袁给他筛酒，柳明认真地倾听,心里想起了很多,尤其是如果张栋梁他们也来听听该多好。

送他们离开后的几天,柳明有点坐不住,请假回家见符兰。晚上到家时,符兰的外公他们已回去了。柳明才放下心来,讨碗饭便吃。过了"五一"节,柳明必须回唐山去了,主意一定,他就回去了。

到了六月底,郦越带着小车来唐山主持派驻河北各分团新党员入党宣誓仪式,柳明成为一名光荣的中共预备党员,这一刻柳明等了很多年,宣誓时的柳明心潮澎湃,思绪万千。

唐山分团同时宣誓的除了柳明,还有丰南的小潘和另一位丰润的团员小丁。

九

　　七月十日,正在家里休假的柳明接到同住一个住宅楼里的其他司的同事转来的通知,回到司里参加党员大会。

　　头一件事就是听老柴传达领导的最新讲话,主要内容就是在抓经济建设的同时要抓党的建设,要反腐败。接着说了司里的支部副书记哈玉刚因包庇两个儿子被逮捕的事。

　　老柴说完以后刚转身离开,小季就告诉柳明,老柴刚通过司级干部补差的渠道给他儿子拿了套一居室的房子。柳明看过了《资治通鉴》这类书,早就有了鉴别能力,对有些人的行为见怪不怪,有道是"人不为己,天诛地灭",即使是他这种司级高干也不想被天地所灭。"文官不贪财,武将不怕死"的境界在此实在有点曲高和寡的意思,"身先士卒"也被赋予了新的含义,"六亿神州尽舜尧"是毛主席的远大理想,现在少见有人谈起,所以连哼一声都不愿意。

　　哈玉刚是第二次机构改革时司长张栋梁带过来的综合处长,也是支部书记张栋梁委任的副书记,曾经参加过抗美援朝的"老资格",被张栋梁倚为股肱,关键时刻掉大了链子。没想到的事是张栋梁的红人出了这么大的事,而张栋梁本人还像没事人一样出差去了,谁不知道他这级别的人出去是风光八面啊,反把这"难事"摊给了老柴。老柴似乎还很得意他自己分管的一拨人中没人出事, 也可能是因为觉得终于能主持一把这重要的会议。

　　柳明对这大事都没啥反应,何况小季说的老柴的一套房,暗自庆幸自己刚回来,要不还要去帮人家搬家出力流汗。现在嘛,好在自己回来了,没事下班就回家做饭呗,也好弥补一下没房子的缺憾,只盼着符兰的外公外婆春节这一趟没有白跑!

　　人类可以登上月球,但改变不了四季。柳明最近经常拿这理暗示自己,发现阿Q实在是了不起！有时又幡然悔悟，这钢铁也不是生来就成的，即使是挽狂澜于既倒的领袖，问题也要一个一个解决才行！

下班前柳明给孙庆华和顾卫东打电话。顾卫东是春节前回国的，一直邀柳明去坐坐，柳明忙着招待符兰家人，春节前后一直没空，之后就难得回京。

两人的电话都打通了，柳明确认他们都待得好好的，便告诉他们自己回北京了，顺便邀请他们周末来家里聚会。

回到家跟符兰一说周末请同学来聚会的事，符兰就上了心，第二天下班时就顺道买来了肥嘟嘟的肉鸡和冻虾什么的一大堆菜。本来她的西红柿炒鸡蛋就料理得很不错了，这时又不知从哪里学了一招在鸡蛋里加醋再炒的方法，号称"赛螃蟹"。柳明尝了尝，确实有河蟹的味道，大加赞赏，要她周末时一定露一手。

到了七月十六日下午，周末终于到来的时候，顾卫东带着范湘仪和梁军夫妇一起先到了。柳明没想到他们两口子能同来，将梁学兄待如上宾。

说到符兰的海南人身份时，范湘仪大惊小怪地说："海南的风光多好啊！我刚从我们单位在海南的公司回来。"好像海南人就不该到北京似的，该剪剪她的长发了，柳明禁不住地想。

柳明跟她开玩笑道："人家是海南农村的，养鸡养鸭的，椰林里到处是鸡屎鸭粪，还有鸟粪，你光看见椰林风光，没低头看地上吧！"

符兰道："我老家就是渔村，欢迎下次去文昌海边玩。"说完和对她的来历颇感好奇的范湘仪去了厨房。

顾卫东潇洒地掏出一瓶威士忌，拿腔拿调地说道："哎呀！要这会儿是在海边就好了，吃着大螃蟹，喝着威士忌，那多美啊！"

梁军道："看来你在非洲待得挺舒服的。"

顾卫东道："那是，达累斯萨拉姆就是海鲜便宜，那大西洋的龙虾、螃蟹真是没得说。不过，这酒可是法兰克福转机时带的英国货，不是非洲的。可惜非洲我可能不会去了，我们公司在中东的迪拜设了个子公司，我可能会去那里，那里的头将是我们的师兄。"说完看着柳明道，"什么时候你去海南呢？带上我们呗！我老婆也快来了，到时候一起去。"

柳明道："你去是可以的，但机票要你自己出，我可没那个能力。"

梁军哈哈乐着："就是嘛，你这挣外汇的，机票全由你包了。"

顾卫东马上不服气地说道："柳明的钱值钱呢！我们跟着沾点光不行

吗!我们公司现在也开始讲经济效益了,不过刚开始还没挣钱。求你们办事的人那么多,我要是柳明的话,就调一架专机去海南!"

范湘仪跟符兰去厨房刚回来,正好听见顾卫东的话,插话道:"谁坐专机去海南啊?"

梁军笑道:"顾卫东啊。"

顾卫东大声回道:"我干的都是求人的事,还有专机啊?哎呀,你说!凭什么柳明干的是被人求的事,而我是去求人!人跟人的差别也太大了!"

柳明正为工作和房子的事烦心,听不得这种像火车上关于机关里的人白拿别人工资的话,马上责问他:"你是不是数洋钱数烦了!你看我住的什么地方?没奖金,唯一的福利就是出差开会蹭点吃喝,还被你这样的惦记上了。学校学的都用不上,用上的都要现学。为什么你觉得我好,我觉得你好呢?被你看不上的人呼来喝去是嘛滋味?有些人为人处世的心胸小得像针尖,琢磨地位待遇权力的心思却执着得像太平洋里的洋流!对上对下永远是两副面孔,说的干的永远是两个极端,还以为他自己有当领袖的才干!从来不承认自己有缺点!更不要说主动改正!其实嘛也不懂,还领导你!我还不能像你那样随便换'食堂'!感觉每天都不是自己的,换你能过下去吗?"柳明被他的话惹动了气,天津话唐山话夹杂着东北腔全上来了,说完又想起了黄父关于艰苦的地方出人才的高论,又说:"不过有一点我是同意你的!机关里靠关系靠权力过日子,没有那份修养,也没有那人格魅力,还要鼻孔里插大葱——装象,个人利益永远摆第一!又不用担什么责任,到什么年龄当什么官,笃悠悠的,不像你们搞学问或搞公司,要靠真才实学。你也是在国外长待过的人,不会不知道'丑陋的中国人'这一说吧?!"

柳明心里有怨气的时候就会对照柏杨的观点找原因,好以此获得一点心理平衡。因为发现身边的一些有学历招牌遮羞护身的人日渐明显的心胸狭隘、拉山头比待遇、两面三刀、好大喜功、自我膨胀、投机钻营!还有机会主义猖盛,凡此种种恶习让柳明深恶痛疾!这种感觉早就超过了当初对上海人看不起非上海人的厌恶,相比起来某些上海小市民的这一点怪癖或小K们的无知轻狂实在是不足一提的小毛病了,上海以南的那群人的"狡猾"也可以忽略!黄父的观点原来是又一个经典,柳明不由得生出一丝没拜他为师的悔意了。

此时的柳明分析问题的深度已经超越了柏杨,正如符兰说的那样,解决不了问题不如不去想问题,但不想问题就不是读书人了,好在柳明还能做到只点到为止,总算学到了一点"城府"。隐忍不发是柳明近年修成的最大正果，即使是在仍然四处找对手以雄辩一番的顾卫东面前也能收放自如。

可能感觉话说过了头，顾卫东很泄气地说："我只管自己不丑陋就行了。"说完不吭声。

不知所以然的倒是范湘仪，好像对机关的生活很向往："我们单位也就给我们一居室的房。机关多好啊！天天那么多人围着。我们在海南出去办事可不容易了，去的单位太多，大家抢活干。机关里的人可神气了！听我们单位的头讲托关系找门子很流行，而且什么都要拿钱摆平！南方的风气跟北方不太一样。"

顾卫东突然找到了话："干公司的人都讲实际，没有那么多主义！只要能办成事，钱不是问题！关键是自己要挣得到钱，发得出奖金就有人卖力气，梁兄你说是不是？我在北京只有一间宿舍，放满了鬼子的电器，我老婆来了还不知道能不能转身呢！"

梁军道："是啊，现在最不值钱的就是我们搞科研的！卖力干几年不知道能不能出成果，出了成果又不知道能不能变成经济效益。"

柳明忽然想起了孙庆华夫妇，不知道他们怎么还没到，通话的时候好像听他说企业很不景气，就说道："就是啊，现在的新公司应该都是不错的，虽然国家不包你赚，但至少还有个效益的盼头。现在比较困难的是一些老企业，产品不对路，比较麻烦。"

梁军道："最近有什么新说法？"

柳明道："新说法天天有，正好给你们上上课。但现在强调惩治腐败！当然今后改革仍然是主题，经济搞上去了，其他问题都好办！"

顾卫东又活了过来，大声说道："惩治腐败是针对你们说的！老百姓哪有机会腐败？！对不对，我们花钱办事不就是花在你们身上吗？不过惩治腐败我是一百一千个赞成！"

柳明见他狗拿耗子似的老在机关和腐败间画等号，懒得跟他转，马上回答他："你又不是什么大高个，天塌下来也砸不到你。因为你是元谋人的后代，小个子！"柳明突然想起了初来北京的火车上关于中国人到底是北京猿人还是云南元谋人后代的话题。

这时孙庆华推开虚掩着的门进来，嚷嚷道："谁是元谋人后代啊？"

顾卫东一副狗行千里改不了吃屎的劲头，大声学着京腔道："还不是你老婆曾经这么诬蔑我的嘛！你老婆怎么没来？我得跟她理论理论！咱现在都是堂堂正正的北京人！"

柳明问清舒燕华在家带孩子不能来后起身让座，随他们在里面热闹，去厨房把几样菜端进来。这时顾卫东的酒已经打开了，不大的屋里飘满了高级酒的香味。

等把一瓶洋酒喝完，顾卫东还没尽兴，问柳明有酒没有。柳明把床底下的纸箱拖出来挨个翻，还真找到一瓶好像是上次小薛来时送的枝江大曲。顾卫东边批评说虾子太糯了，不新鲜，边跟孙庆华和梁军频频碰杯。

柳明朝符兰使眼色让她去再炒个"赛螃蟹"，对他说道："看来吃真海鲜要到海南了，不过这个'赛螃蟹'还是不错的！不知道你吃出咱们的家乡味道没有？"

好像好不容易得空出家门的孙庆华喝得很高兴，喋喋不休地夸："好！好！好！再来一盘更好。"

……

一九八九年底，符兰告诉柳明，她表弟因为表现突出受到所在部队嘉奖。柳明明白他的乐于助人的长处在对的地方得到了充分发挥，完全得益于他外公的优秀基因，但符兰的户口问题还是没消息。

一九九〇年三月，传来关于经济要上"新台阶"的指示，柳明像拧紧的发条，铆足劲东奔西走，积极参加调整计划指标的工作，同年底被明确为主任科员。

一九九一年六月，舒燕华和孙庆华带着女儿去了新加坡定居。因为舒燕华带的一个华侨旅行团中有位新加坡籍孤寡老太太，在游览故宫时突然发病，幸得舒燕华及时出手送医和照料，病愈后老太太将舒燕华认作义女，恳请舒燕华全家赴新作为她全部家产的合法继承人，并照料她的晚年。就这样，在一直为住房操心的孙庆华的怂恿下，从没想过要出国工作的舒燕华带着全家出国定居。之后孙庆华给柳明来信，告诉柳明他和舒燕华进了华文学校任职的消息，并邀请柳明有机会去的话一定到他家做客。

同年底，看似粗粗拉拉实际上胆大心细不拘一格的顾卫东在迪拜当上了所在公司的总经理助理。他的夫人也早就被他带到了阿联酋，因为在北京也没有合适的住房。

同时，随着改革的深入，学自世界银行的项目评估方法被广泛用于项目筛选；柳明的豆腐块文章像北方人的拉面越抻越长，经手的项目也越来越多，足迹也越来越远，并于年底获派前往纽约学习高速公路规划理论。期间，按照孙庆华提供的黄京京在美的电话号码，柳明与远在华盛顿州西雅图的她取得了联系，向她致以问候。她对柳明的到来大为吃惊，她正在攻读心理学博士学位。

直到一九九二年年中，柳明的足迹几乎踏遍祖国除港澳台以外的每个省份，符兰的户口也迁到了北京。

到一九九三年春节前，经过苏州家乡话叫"燕子衔泥筑断海"般的不懈努力，因为住房问题而历经千辛万苦的柳明和符兰带着快两岁的儿子搬进了一套两居室，三口之家其乐融融，与同时分到三居室的老玄做了邻居。

小鲍闻讯后风风火火地赶来看房，说他也看中了这里的房，怎么柳明先占了司里的分房指标呢？柳明心里闪现着"娘希匹"的词汇，再次无语了。小季也想来看，柳明干脆拒绝了。主观上柳明心里不想与这些人为伍，但已舍弃本专业日久像过了河的卒子不能回头的他没有选择，只能机械地想：天下为公，能什么好事都是你们俩的吗？

……

初稿完成于二〇一六年五月
修改完成于二〇一七年二月

后 记

这本书琢磨了不说二三十年,也有十几年了。

多少年过去,真的动手以后才发现太不容易了。头一个难题就是资料已不容易找到了,因为看着就在眼前的事,其实也已过去三十年了,有的已超过了;接着就是因为自己的写作能力原来不是像下写书的决心一样容易提高的;再就是自己其实是一个有很多毛病,有过很多私心杂念,也有过迷惘失落或任性膨胀的人,要写一本这样"高大上"的书实在有不配的感觉。要重申的是这不是一本传记或报告文学,更不是关于某个英雄人物的传记或报告文学,当然更不是统计公报。

至于写作能力不足的问题,我早抛到了九霄之外,因为这些所谓的问题比起我想表达的思想来,实在不值得一提。艺术要讲究"提炼",同时也离不开真实,长相平庸的孩子不是要先整容才能出世的,何况,文艺的表现形式像人的脸,如按标准图纸格式化人的面孔,我们看到的会是怎样的景象?

写此书的目的只是试图告诉你某群人在那几年的生活。金无足赤,书中的柳明确实是个普通人,即使是喜欢臆断或吹毛求疵的人也似大可不必计较柳明的"无知",就像作者也没觉得柏杨的所有观点都是完美的一样。有缺点的孙猴子仍是个生动的形象,既是饮食男女就没有十全十美的人和事,谁也不能免俗。

我想,书籍存在的意义之一就是告诉读者你不了解的故事。建设一个公平公正的社会,说理不可或缺。缺少反思和自我检讨的精神,闭着眼睛断章取义,一味地追求高大全的人物塑造、假大空的观点才是要命的庸俗。说到"庸俗",我能查到的《现代汉语词典》中解释是"平庸鄙俗;不高尚"。是否可以用"庸俗"的描写来表达书中人物的爱恨,或者给只能干不能说的"庸俗"列个单子,或许可以成本书,但我的理解是代表不了所有读者的,只告诉现在的年轻人一件事,20世纪80年代时的邓丽君歌曲还被那时的卫道士们视为低级趣味、靡靡之音、洪水猛兽。再看看今天的有些描写，请不要忘了故事的时代背景。生活中，有的人觉得能有时间聊聊天就是幸福，有的人则非要搂着钱袋才可以安然入睡，区别仅在于对"生活"的理解。

今天的改革开放的成果不是一蹴而就的，"摸着石头过河"不是白说的，改革永远在路上。流水不腐，户枢不蠹，常念紧箍咒才有了保护唐僧西天取经成功的孙行者。

再多说两点我的生活体会：一、喜欢的书多读几遍，不喜欢的书我就束之高阁，哪怕是花钱买的。但我看书绝不揣着糊涂装明白，就像我从没读懂过《山海经》，从而从不拿它说事一样，揣着明白装糊涂更是与我无关；二、常出去与半生不熟的人同桌就餐的人可能都有体会，不时地会碰到有人没看好想夹的菜就伸出筷去，在菜盆里乱翻一通，他拣到了他想吃的，别人的胃口却被他糟蹋了，碍于不熟悉或他是长于你的，你只好屈就。吃过西餐的人是否又会比较中西餐的缺点和优点，那也是他的事，我不多发挥了。

这本书能到您的手里，真的要感谢很多人。除了父母及祖父母、外祖父母早年的培养和影响，还要感谢我世界观形成最重要阶段即大学时期的田老师，她虽没教给我专业知识，但"从无字句处读书"的半句话影响我到现在。这种话对于今天的读者而言，就好像是武术家或魔术师熟悉他们自己的套路一样，可就像当初下决心写此书一样，不说出来总觉得亏欠自己些什么似的，说出来才发现自己跟所有帮助过我的人一样的真诚。曾几何时自以为已丧失这种功能，而且我现在除了真诚也已没有什么可以自夸的了。通俗地讲，这社会除了坏人都是好人，归根结底还是好人多一些的，否则，中国不至于有今天的境界。

写到这里，我的原本就不多而又完全虚无了的能力也已发挥到了极致，过去的事又仿佛历历在目，不管是真的还是编的，就差得到读者您的认同了。如果您认同了，那么我也终于可以释然了，像祥林嫂终于捐成了一条土地庙里的门槛！最不济，这只是文艺百花丛中的一片落叶，我也心满意足。因为，我本不是"家"，不怕出丑，也不露怯，唯一遗憾的是有可能会无端地让大家愕然一下，但那也不是我之所愿。其他想要表达的情感都在这本您已看过的书里了，还有什么不妥之处，敬请读者朋友批评指正！

衷心感谢长江文艺出版社！感谢所有关心、支持、审核这本书出版的人，没有你们的坚持便没有这本拙作的出版。

现在好了，这本书完成以后，我觉得自己的灵魂是纯清的，我已随着高尚的欲念到达了理想的桃花源。因为现在的中国已处处可见桃花源了,而且我相信每个人心中也都有一处桃花源。斗胆借用毛主席《七律·登庐山》里最后两句,改两字就成了:陶令已知何处去,桃花源里正耕田。

　　岁月易逝,我们都终将老去。记住老时光,青春才会永在我们心中鲜亮。

二〇一六年九月六日
修改于二〇一七年二月